U0569156

国家社会科学基金重大招标项目

『十三五』国家重点图书出版规划项目

国家出版基金项目
NATIONAL PUBLICATION FOUNDATION

吴笛 总主编
张德明 主编

外国文学经典生成与传播研究

第三卷 古代卷 （下）

北京大学出版社
PEKING UNIVERSITY PRESS

图书在版编目（CIP）数据

外国文学经典生成与传播研究. 第三卷，古代卷. 下 / 吴笛总主编；张德明主编. —北京：北京大学出版社，2019.4

ISBN 978-7-301-30337-5

Ⅰ. ①外… Ⅱ. ①吴… ②张… Ⅲ. ①外国文学 – 古典文学研究 Ⅳ. ① I106

中国版本图书馆 CIP 数据核字 (2019) 第 034560 号

书　　名	外国文学经典生成与传播研究（第三卷）古代卷（下） WAIGUO WENXUE JINGDIAN SHENGCHENG YU CHUANBO YANJIU（DI-SAN JUAN）GUDAI JUAN（XIA）
著作责任者	吴　笛　总主编　张德明　主编
组稿编辑	张　冰
责任编辑	李　娜
标准书号	ISBN 978-7-301-30337-5
出版发行	北京大学出版社
地　　址	北京市海淀区成府路 205 号　100871
网　　址	http://www.pup.cn　　新浪微博：@ 北京大学出版社
电子信箱	345014015@qq.com
电　　话	邮购部 010-62752015　发行部 010-62750672　编辑部 010-62759634
印 刷 者	北京虎彩文化传播有限公司
经 销 者	新华书店
	720 毫米 ×1020 毫米　16 开本　23.75 印张　405 千字
	2019 年 4 月第 1 版　2019 年 4 月第 1 次印刷
定　　价	88.00 元

目 录

总　序

文学经典的价值是一个不断被发现的过程，也是一个不断演变和深化的过程。自从将"经典"一词视为一个重要的价值尺度而对文学作品开始进行审视时，学界为经典的意义以及衡量经典的标准进行过艰难的探索，其探索过程又反过来促使了经典的生成与传播。

一、外国文学经典生成缘由

文学尽管是非功利的，但是无疑具有功利的取向；文学尽管不是以提供信息为己任，但是依然是我们认知人类社会的一个非常重要的参照。所以，尽管文学经典通常所传播的并不是我们一般所认为的有用的信息，但是却有着追求真理、陶冶情操、审视时代、认知社会的特定价值。外国文学经典的生成缘由应该是多方面的，但是其基本缘由是满足人们的精神需求，适应各个不同时代人类生存和发展的需要。

首先，文学经典的生成缘由与远古时代原始状态的宗教信仰密切相关。古埃及人的世界观"万物有灵论"(Animism)促使了诗集《亡灵书》(*The Book of the Dead*)的生成，这部诗集从而被认为是人类最古老的书面文学。与原始宗教相关的还有"巫术说"。不过，虽然从"巫术说"中也可以发现人类早期诗歌(如《吠陀》等)与巫术之间有一定的联系，但巫术作为人类早期重要的社会活动，对诗歌的发展所起到的也只是"中介"作用。更何况"经典"(canon)一词最直接与宗教发生关联。杰勒米·霍桑

(Jeremy Hawthorn)[1]就坚持认为“经典”起源于基督教会内部关于希伯来圣经和新约全书书籍的本真性(authenticity)的争论。他写道:“在教会中认定具有神圣权威而接受的,就被称作经典,而那些没有权威或者权威可疑的,就被说成是伪经。”[2]从中也不难看出文学经典以及经典研究与宗教的关系。

其次,经典的生成缘由与情感传达以及审美需求密切相关。主张“摹仿说”的,其实也包含着情感传达的成分。“摹仿说”始于古希腊哲学家德谟克利特和亚里士多德等人。德谟克利特认为诗歌起源于人对自然界声音的摹仿,亚里士多德也曾提到:“一般说来,诗的起源仿佛有两个原因,都是出于人的天性。”[3]他接着解释说,这两个原因是摹仿的本能和对摹仿的作品总是产生快感。他甚至指出:比较严肃的人摹仿高尚的行动,所以写出的是颂神诗和赞美诗,而比较轻浮的人则摹仿下劣的人的行动,所以写的是讽刺诗。“情感说”认为诗歌起源于情感的表现和交流思想的需要。这种观点揭示了诗歌创作与情感表现之间的一些本质的联系,但并不能说明诗歌产生的源泉,而只是说明了诗歌创作的某些动机。世界文学的发展历程也证明,最早出现的文学作品是劳动歌谣。劳动歌谣是沿袭劳动号子的样式而出现的。所谓劳动号子,是指从事集体劳动的人们伴随着劳动动作节奏而发出的有节奏的呐喊。这种呐喊既有协调动作,也有情绪交流、消除疲劳、愉悦心情的作用。这样,劳动也就决定了诗歌的形式特征以及诗歌的功能意义,使诗歌与节奏、韵律等联系在一起。由于伴随着劳动号子的,还有工具的挥动和身姿的扭动,所以,原始诗歌一个重要特征便是诗歌、音乐、舞蹈这三者的合一(三位一体)。朱光潜先生就曾指出中西都认为诗的起源以人类天性为基础,认为诗歌、音乐、舞蹈原是三位一体的混合艺术,其共同命脉是节奏。“后来三种艺术分化,每种均仍保存节奏,但于节奏之外,音乐尽量向‘和谐’方面发展,舞蹈尽量向姿态方面发展,诗歌尽量向文字方面发展,于是彼此距离遂日渐其远。”[4]这也从一个方面说明,文学的产生是情感交流和愉悦的需要。“单

---

① 为方便读者理解,本书中涉及的外国人名均采用其被国内读者熟知的中文名称,未全部使用其中文译名的全称。

② Jeremy Hawthorn, *A Glossary of Contemporary Literary Theory*, London: Arnold, 2000, p. 34. 此处转引自阎景娟:《文学经典论争在美国》,北京:社会科学文献出版社,2010 年版,第 27 页。

③ 亚理斯多德、贺拉斯:《诗学·诗艺》,北京:人民文学出版社,1962 年版,第 11 页。

④ 朱光潜:《诗论》,北京:生活·读书·新知三联书店,1984 年版,第 11 页。

纯的审美本质主义很难解释经典包括文学经典的本质。”①

再者，经典的生成缘由与伦理教诲以及伦理需求有关。所谓文学经典，必定是受到广泛尊崇的具有典范意义的作品。这里的“典范”，就已经具有价值判断的成分。实际上，经过时间的考验流传下来的经典艺术作品，并不仅仅依靠其文字魅力或者审美情趣而获得推崇，伦理价值在其中起着极其重要的作用。正是伦理选择，使得人们企盼从文学经典中获得答案和教益，从而使文学经典具有经久不衰的价值和魅力。文学作品中的伦理价值与审美价值并不相悖，但是，无论如何，审美阅读不是研读文学经典的唯一选择，正如西方评论家所言，在顺利阅读的过程中，我们允许各种其他兴趣从属于阅读的整体经验。② 在这一方面，哈罗德·布鲁姆关于审美创造性的观念过于偏颇，他过于强调审美创造性在西方文学经典生成中的作用，反对新历史主义等流派所作的道德哲学和意识形态批评。审美标准固然重要，然而，如果将文学经典的审美功能看成是唯一的功能，显然削弱了文学经典存在的理由；而且，文学的政治和道德价值也不是布鲁姆先生所认为的是“审美和认知标准的最大敌人”③，而是相辅相成的。聂珍钊在其专著《文学伦理学批评导论》中，既有关于文学经典伦理价值的理论阐述，也有文学伦理学批评在小说、戏剧、诗歌等文学类型中的实践运用。在审美价值和伦理价值的关系上，聂珍钊坚持认为：“文学经典的价值在于其伦理价值，其艺术审美只是其伦理价值的一种延伸，或是实现其伦理价值的形式和途径。因此，文学是否成为经典是由其伦理价值所决定的。”④

可见，没有伦理，也就没有审美；没有伦理选择，审美选择更是无从谈起。追寻斯芬克斯因子的理想平衡，发现文学经典的伦理价值，培养读者的伦理意识，从文学经典中得到教诲，无疑也是文学经典得以存在的一个重要方面。正是意识到文学经典的教诲功能，美国著名思想家布斯认为，一个教师在从事文学教学时，“如果从伦理上教授故事，那么他们比起最好的拉丁语、微积分或历史教师来说，对社会更为重要”⑤。文学经典的一个重要使命是对读者的伦理教诲功能，特别是对读者伦理意识的引导。

---

① 阎景娟：《文学经典论争在美国》，北京：社会科学文献出版社，2010 年版，第 1 页。

② 克林斯·布鲁克斯：《精致的瓮》，郭乙瑶等译，上海：上海人民出版社，2008 年版，第 232 页。

③ 哈罗德·布鲁姆：《西方正典：伟大作家和不朽作品》，江宁康译，南京：译林出版社，2005 年版，第 28 页。

④ 聂珍钊：《文学伦理学批评导论》，北京：北京大学出版社，2014 年版，第 142 页。

⑤ 韦恩·C.布斯：《修辞的复兴：韦恩·布斯精粹》，穆雷等译，南京：译林出版社，2009 年版，第 230 页。

其实,在作者与读者的关系上,18世纪英国著名批评家塞缪尔·约翰逊就坚持认为,作者具有伦理责任:"创作的唯一终极目标就是能够让读者更好地享受生活,或者更好地忍受生活。"[①]20世纪的法国著名哲学家伊曼纽尔·勒维纳斯构建了一种"为他人"(to do something for the Other)的伦理哲学观,认为:"与'他者'的伦理关系可以在论述中建构,并且作为'反应和责任'来体验。"[②]当今加拿大学者珀茨瑟更是强调文学伦理学批评的实践,以及对读者的教诲作用,认为:"作为批评家,我们的聚焦既是分裂的,同时又有可能是平衡的。一方面,我们被邀以文学文本的形式来审视各式各样的、多层次的、缠在一起的伦理事件,坚守一些根深蒂固的观念;另一方面,考虑到文学文本对'个体读者'的影响,也应该为那些作为'我思故我在'的读者做些事情。"[③]可见,文学经典的使命之一是伦理责任和教诲功能。文学经典的生成与伦理选择以及伦理教诲的关联不仅可以从《俄狄浦斯王》等经典戏剧中深深地领悟,而且可以从古希腊的《伊索寓言》以及中世纪的《列那狐传奇》等动物史诗中具体地感知。文学经典的教诲功能在古代外国文学中,显得特别突出,甚至很多文学形式的产生,也都是源自于教诲功能。埃及早期的自传作品中,就有强烈的教诲意图。如《梅腾自传》《大臣乌尼传》《霍尔胡夫自传》等,大多陈述帝王大臣的高尚德行,或者炫耀如何为帝王效劳,并且灌输古埃及人心中的道德规范。"这种乐善好施美德的自我表白,充斥于当时的许多自传铭文之中,对后世的传记文学亦有一定的影响。"[④]相比自传作品,古埃及的教谕文学更是直接体现了文学所具有的伦理教诲功能。无论是古埃及最早的教谕文学《王子哈尔德夫之教谕》(*The Instruction of Prince Hardjedef*)还是古埃及迄今保存最完整的教谕文学作品《普塔荷太普教谕》(*The Instruction of Ptahhotep*),内容都涉及社会伦理内容的方方面面。

最后,经典的生成缘由与人类对自然的认知有关。文学经典在一定意义上是人类对自然认知的记录。尤其是古代的一些文学作品,甚至是

---

① Samuel Johnson, "Review of a Free Inquiry into the Nature and Origin of Evil", *The Oxford Authors*: *Samuel Johnson*, Donald Greene ed., London: Oxford University Press, 1990, p. 536.

② Emmanuel Levinas, *Ethics and Infinity*, Trans. Richard A. Cohen, Pittsburgh: Duquesne University Press, 1985, p. 88.

③ Markus Poetzsch, "Towards an Ethical Literary Criticism: the Lessons of Levinas", *Antigonish Review*, Issue 158, Summer 2009, p. 134.

④ 令狐若明:《埃及学研究——辉煌的古埃及文明》,长春:吉林大学出版社,2008年版,第286页。

古代自然哲学的诠释。几乎每个民族都有自己的神话体系,而这些神话,有相当一部分是解释对自然的认知。无论是希腊罗马神话,还是东方神话,无不体现着人对自然力的理解,以及对人与自然关系的探索。在文艺复兴之前的古代社会,由于人类的自然科学知识贫乏以及思维方式的限定,人们只能被动地接受自然力的控制,继而产生对自然力的恐惧和听天由命的思想,甚至出于对自然力的恐惧而对其进行神化。如龙王爷的传说以及相关的各种祭祀活动等,正是出于对于自然力的恐惧和神化。而在语言中,人们甚至认定"天"与"上帝"是同一个概念,都充当着最高力量的角色,无论是中文的"上苍"还是英文的"heaven",都是人类将自然力神化的典型。

二、外国文学经典传播途径的演变

在漫长的岁月中,外国文学经典经历了多种传播途径,以象形文字、楔形文字、拼音文字等多种书写形式,历经了从纸草、泥板、竹木、陶器、青铜直到活字印刷,以及从平面媒体到跨媒体等多种传播媒介的变换和发展,每一种传播手段都伴随着科学技术的进步以及人类文明的发展进程。

文学经典的生成与传播,概括起来,经历了七个重要的传播阶段或传播形式,大致包括口头传播、表演传播、文字传播、印刷传播、组织传播、影像传播、网络传播等类型。

文学经典的最初生成与传播是口头的生成与传播,它以语言的产生为特征。外国古代文学经典中,有不少著作经历了漫长的口头传播的阶段,如古希腊的《伊利昂纪》(又译《伊利亚特》)等荷马史诗,或《伊索寓言》,都经历了漫长的口头传播,直到文字产生之后,才由一些文人整理记录下来,形成固定的文本。这一演变和发展过程,其实就是脑文本转化为物质文本的具体过程。"脑文本就是口头文学的文本,但只能以口耳相传的方式进行复制而不能遗传。因此,除了少量的脑文本后来借助物质文本被保存下来之外,大量的具有文学性质的脑文本都随其所有者的死亡而永远消失湮灭了。"[①]可见,作为口头文学的脑文本,只有借助于声音或文字等形式转变为物质文本或当代的电子文本之后,才会获得固定的形态,才有可能得以保存和传播。

第二个阶段是表演传播,其中以剧场等空间传播为要。在外国古代

① 聂珍钊:《文学伦理学批评:口头文学与脑文本》,《外国文学研究》,2013 年第 6 期,第 8 页。

文学经典的传播过程中,尤其是古希腊时期,剧场发挥了极其重要的作用。古希腊埃斯库罗斯、索福克勒斯、欧里庇得斯等悲剧作家的作品,当时都是靠剧场来进行传播的。当时的剧场大多是露天剧场,如雅典的狄奥尼索斯剧场,规模庞大,足以容纳 30000 名观众。

除了剧场对于戏剧作品的传播之外,为了传播一些诗歌作品,也采用吟咏和演唱传播的形式。古代希腊的很多抒情诗,就是伴着笛歌和琴歌,通过吟咏而得以传播的。在古代波斯,诗人的作品则是靠"传诗人"进行传播。传诗人便是通过吟咏和演唱的方式来传播诗歌作品的人。

第三个阶段是文字形式的生成与传播。这是继口头传播之后的又一个重要的发展阶段,也是文学经典得以生成的一个关键阶段。文字产生于奴隶社会初期,大约在公元前三四千年,中国、埃及、印度和两河流域,分别出现了早期的象形文字。英国历史学家巴勒克拉夫在《泰晤士报世界历史地图集》中指出:"公元前 3000 年文字发明,是文明发展中的根本性的重大事件。它使人们能够把行政文字和消息传递到遥远的地方,也就使中央政府能够把大量的人力组织起来,它还提供了记载知识并使之世代相传的手段。"[①]从巴勒克拉夫的这段话中可以看出,文字媒介对于人类文明的重要意义。因为文字媒介克服了声音语言转瞬即逝的弱点,能够把文学信息符号长久地、精确地保存下来,从此,文学成果的储存不再单纯依赖人脑的有限记忆,并且突破了文学经典的口头传播在空间和时间的限制,从而极大地改善和促进了文学经典的传播。

第四个阶段是活字印刷的批量传播。仅仅有了文字,而没有文字得以依附的载体,经典依然是不能传播的,而早期的文字载体,对于文学经典的传播所产生的作用又是十分有限的。文字形式只能记录在纸草、竹片等植物上,或是刻在泥板、石板等有限的物体上。只是随着活字印刷术的产生,文学经典才真正形成了得以广泛传播的条件。

第五个阶段是组织传播。科学技术的发展,尤其是印刷术的发明,使得"团体"的概念更为明晰。这一团体,既包括扩大的受众,也包括作家自身的团体。有了印刷方面的便利,文学社团、文学流派、文学刊物、文学出版机构等,便应运而生。文学经典在各个时期的传播,离不开特定的媒介。不同的传播媒介,体现了不同的时代精神和科技进步。我们所说的"媒介"一词,本身也具有多义性,在不同的情境、条件下,具有不同的意义

---

① 转引自文言主编:《文学传播学引论》,沈阳:辽宁人民出版社,2006 年版,第 55 页。

属性。“文学传播媒介大致包含两种含义：一方面，它是文学信息符号的载体、渠道、中介物、工具和技术手段，例如‘小说文本’‘戏剧脚本’‘史诗传说’‘文字网页’等；另一方面，它也可能指从事信息的采集、符号的加工制作和传播的社会组织……这两种内涵层面所指示的对象和领域不尽相同，但无论作为哪种含义层面上的‘媒介’，都是社会信息系统不可或缺的重要环节。”①

第六个阶段是影像传播。20世纪初，电影开始产生。文学经典以电影改编形式获得关注，成为影像改编的重要资源，经典从此又有了新的生命形态。20世纪中期，随着电视的产生和普及，文学经典的影像传播更是成为一个重要的传播途径。

最后，在20世纪后期经历的一个特别的传播形式是网络传播。网络传播以计算机通信网络为平台，利用图像扫描和文字识别等信息处理技术，将纸质文学经典电子化，以方便储存，同时也便于读者阅读、携带、交流和传播。外国文学经典是网络传播的重要资源，正是网络传播，使得很多本来仅限于学界研究的文学经典得以普及和推广，赢得更多的受众，也使得原来仅在少数图书馆储存的珍稀图书得以以电子版本的形式为更多的读者和研究者所使用。

从纸草、泥板到网络，文学经典的传播途径与人类的进步以及科学技术的发展是同步而行的，传播途径的变化不仅促进了文学经典的流传和普及，也在一定意义上折射出人类文明的历史进程。

三、外国文学经典的翻译及历史使命

外国文学经典得以代代流传，是与文学作品的翻译活动和翻译实践密不可分的。可以说，没有文学翻译，就没有外国文学经典在中国的传播。文学经典正是从不断的翻译过程中获得再生，得到流传。譬如，古代罗马文学就是从翻译开始的，正是有了对古希腊文学的翻译，古罗马文学才有了对古代希腊文学的承袭。同样，古希腊文学经典通过拉丁语的翻译，获得新的生命，以新的形式渗透在其他的文学经典中，并且得以流传下来。而古罗马文学，如果没有后来其他语种的不断翻译，也就必然随着拉丁语成为死的语言而失去自己的生命。

所以，翻译所承担的使命就是真正意义上的文化传承。要正确认识

---

① 文言主编：《文学传播学引论》，沈阳：辽宁人民出版社，2006年版，第52页。

文学翻译的历史使命,我们必须重新认知和感悟文学翻译的特定性质和基本定义。

在国外,英美学者关于翻译是艺术和科学的一些观点具有一定的代表性。美国学者托尔曼在其《翻译艺术》一书中认为,“翻译是一种艺术。翻译家应是艺术家,就像雕塑家、画家和设计师一样。翻译的艺术,贯穿于整个翻译过程之中,即理解和表达的过程之中”。①

英国学者纽马克将翻译定义为:“把一种语言中某一语言单位或片断,即文本或文本的一部分的意义用另一种语言表达出来的行为。”②

而苏联翻译理论家费达罗夫认为:“翻译是用一种语言把另一种语言在内容和形式不可分割的统一中业已表达出来的东西准确而完全地表达出来。”苏联著名翻译家巴尔胡达罗夫在他的著作《语言与翻译》中声称:“翻译是把一种语言的语言产物在保持内容也就是意义不变的情况下改变为另外一种语言的言语产物的过程。”③

在我国学界,一些工具书对“翻译”这一词语的解释往往是比较笼统的。《辞源》对翻译的解释是:“用一种语文表达他种语文的意思。”《中国大百科全书·语言文字卷》对翻译下的定义是:“把已说出或写出的话的意思用另一种语言表达出来的活动。”实际上,对翻译的定义在我国也由来已久。唐朝《义疏》中提到:“译即易,谓换易言语使相解也。”④这句话清楚表明:翻译就是把一种语言文字换易成另一种语言文字,以达到彼此沟通、相互了解的目的。

所有这些定义所陈述的是翻译的文字转换作用,或是一般意义上的信息的传达作用,或是“介绍”作用,即“媒婆”功能,而忽略了文化传承功能。实际上,翻译是源语文本获得再生的重要途径,纵观世界文学史的杰作,都是在翻译中获得再生的。从古埃及、古巴比伦、古希腊罗马等一系列文学经典来看,没有翻译就没有经典。如果说源语创作是文学文本的今生,那么今生的生命是极为短暂的,是受到限定的;正是翻译,使得文学文本获得今生之后的“来生”。文学经典在不断被翻译的过程中获得“新生”和强大的生命力。因此,文学翻译不只是一种语言文字符号的转换,而且是一种以另一种生命形态存在的文学创作,是本雅明所认为的原文

---

① 郭建中编著:《当代美国翻译理论》,武汉:湖北教育出版社,2000年版,第4页。

② P. Newmark, *About Translation*, Clevedon: Multilingual Matters Ltd., 1991, p. 27.

③ 转引自黄忠廉:《变译理论》,北京:中国对外翻译出版公司,2002年版,第21页。

④ 罗新璋编:《翻译论集》,北京:商务印书馆,1984年版,第1页。

作品的“再生”(afterlife on their originals)。

文学翻译既是一门艺术，也是一门科学。作为一门艺术，译者充当着作家的角色，因为他需要用同样的形式、同样的语言来表现原文的内容和信息。文学翻译不是逐字逐句的机械的语言转换，而是需要译者的才情，需要译者根据原作的内涵，通过自己的创造性劳动，用另一种语言再现出原作的精神和风采。翻译，说到底是翻译艺术生成的最终体现，是译者翻译思想、文学修养和审美追求的艺术结晶，是文学经典生命形态的最终促成。

因此，翻译家的使命无疑是极为重要、崇高的，译者不是一般意义上的“媒婆”，而是生命创造者。实际上，翻译过程就是不断创造生命的过程。翻译是文学的一种生命运动，翻译作品是原著新的生命形态的体现。这样，译者不是“背叛者”，而是文学生命的“传送者”。源自拉丁语的谚语说：Translator is a traitor.（译者是背叛者。）但是我们要说：Translator is a transmitter.（译者是传送者。）尤其是在谈到诗的不可译性时，美国诗人罗伯特·弗罗斯特断言：“诗是翻译中所丧失的东西。”然而，世界文学的许多实例表明：诗歌是值得翻译的，杰出的作品正是在翻译中获得新生，并且生存于永恒的转化和永恒的翻译状态，正如任何物体一样，当一首诗作只能存在于静止状态，没有运动的空间时，其生命在某种意义上来说也就停滞或者死亡了。

认识到翻译所承载的历史使命，那么，我们的研究视野也应相应发生转向，即由文学翻译研究朝翻译文学研究转向。

文学翻译研究朝翻译文学研究的这一转向，使得“外国文学”不再是“外国的文学”，而是我国民族文化的一个有机的组成部分，并将外国文学从文学翻译研究的词语对应中解放出来，从而审视与系统反思外国文学经典生成与传播中的精神基因、生命体验与文化传承。中世纪波斯诗歌在19世纪英国的译介就是一个典型的例子。菲茨杰拉德的英译本《鲁拜集》之所以成为英国民族文学的经典，就是因为菲氏认识到了翻译文本与民族文学文本之间的辩证关系，认识到了一个译者的历史使命以及为实现这一使命所应该采取的翻译主张。所以，我们关注外国文学经典在中国的传播，目的是探究“外国的文学”怎样成为我国民族文学构成的重要组成部分以及对文化中国形象重塑方面所发挥的重要作用。因此，既要宏观地描述外国文学经典在原生地的生成和在中国传播的“路线图”，又要研究和分析具体的文本个案；在分析文本个案时,既要分析某一特定的经典在其原生地被经典化的生成原因,更要分析它在传播过程中,在次生地的重生和再经典化的过程和原因,以及它所产生的变异和影响。

因此,外国文学经典研究,应结合中华民族的现代化进程、中华民族文化的振兴与发展,以及我国的外国文学研究的整体发展及其对我国民族文化的贡献这一视野来考察经典的译介与传播。我们应着眼于外国文学经典在原生地的生成和变异,汲取为我国的文学及文化事业所积累的经验,为祖国文化事业服务。我们还应着眼于外国文学经典在中国的译介和其他艺术形式的传播,树立我国文学经典译介和研究的学术思想的民族立场;通过文学经典的中国传播,以及面向世界的学术环境和行之有效的中外文化交流,重塑文化中国的宏大形象,将外国文学译介与传播看成是中华民族思想解放和发展历程的折射。

其实,“文学翻译”和“翻译文学”是两种不同的视角。文学翻译的着眼点是文本,即原文向译文的转换,强调的是准确性;文学翻译也是媒介学范畴上的概念,是世界各个民族、各个国家之间进行交流和沟通思想感情的重要途径、重要媒介。翻译文学的着眼点是读者对象和翻译结果,即所翻译的文本在译入国的意义和价值,强调的是接受与影响。与文学翻译相比较,不只是词语位置的调换,也是研究视角的变换。

翻译文学是文学翻译的目的和使命,也是衡量翻译得失的一个重要标准,它属于“世界文学—民族文学”这一范畴的概念。翻译文学的核心意义在于不再将“外国文学”看成“外国的文学”,而是将其看成民族文学的一个组成部分,是民族文化建设的有机的整体,将所翻译的文学作品看成是我国民族文化事业的一个重要的组成部分。可以说,文学翻译的目的,就是建构翻译文学。

正是因为有了这一转向,我们应该重新审视文学翻译的定义以及相关翻译理论的合理性。我们尤其应注意翻译研究的文化转向,在翻译研究领域发现新的命题。

四、外国文学的影像文本与新媒介流传

外国文学经典无愧为人类的文化遗产和精神财富,20 世纪,当影视传媒开始相继涌现,并且在人们的日常生活中占据重要位置的时候,外国文学经典也相应地成为影视改编以及其他新媒体传播的重要素材,对于新时代的文化建设以及人们的文化生活,依然起着极其重要的作用。

外国文学经典是影视动漫改编的重要渊源，为许许多多的改编者提供了灵感和创作的源泉。自从1900年文学经典《灰姑娘》被搬上银幕之后，影视创作就开始积极地从文学中汲取灵感。据美国学者林达·赛格统计，85%的奥斯卡最佳影片改编自文学作品。[①] 从根据古希腊荷马史诗改编的《特洛伊》等影片，到根据中世纪《神曲》改编的《但丁的地狱》等动画电影；从根据文艺复兴时期《哈姆雷特》而改编的《王子复仇记》《狮子王》，到根据18世纪《少年维特的烦恼》而改编的同名电影；从根据19世纪狄更斯作品改编的《雾都孤儿》《孤星血泪》，直到帕斯捷尔纳克的《日瓦戈医生》等20世纪经典的影视改编；从外国根据中国文学经典改编的《花木兰》，到中国根据外国文学经典改编的《钢铁是怎样炼成的》……文学经典不仅为影视动画的改编提供了丰富的素材，也通过这些新媒体使得文学经典得以传承，获得普及，从而获得新的生命。

考虑到作为文学作品的语言艺术与作为电影的视觉艺术有着各自不同的特点，在论及文学经典的影视传播时，我们不能以影片是否忠实于原著为评判成功与否的绝对标准，我们实际上也难以指望被改编的影视作品能够完全"忠实"于原著，全面展现文学经典所表现的内容。但是，将纸上的语言符号转换成银幕上的视觉符号，不是一般意义上的转换，而是从一种艺术形式到另一种艺术形式的"翻译"。既然是"媒介学"意义上的翻译，那么，忠实原著，尤其是忠实原著的思想内涵，是"译本"的一个不可忽略的重要目标，也是衡量"译本"得失的一个重要方面。

对于文学作品改编成电影应该持有什么样的原则，国内外的一些学者存在着不尽一致的观点。我们认为夏衍所持的基本原则具有一定的科学性。夏衍先生认为："假如要改编的原著是经典著作，如托尔斯泰、高尔基、鲁迅这些巨匠大师们的著作，那么我想，改编者无论如何总得力求忠实于原著，即使是细节的增删改作，也不该越出以致损伤原作的主题思想和他们的独特风格，但，假如要改编的原作是神话、民间传说和所谓'稗官野史'，那么我想，改编者在这方面就可以有更大的增删和改作的自由。"[②]可见，夏衍先生对文学改编所持的基本原则是应该按原作的性质而有所不同。而在处理文学文本与电影作品之间的关系时，夏衍的态度

① 转引自陈林侠：《从小说到电影——影视改编的综合研究》，北京：中国社会科学出版社，2011年版，第1页。

② 夏衍：《杂谈改编》，《中国电影理论文选》（上册），罗艺军主编，北京：文化艺术出版社，1992年版，第498页。

是:"文学文本在改编成电影时能保留多少原来的面貌,要视文学文本自身的审美价值和文学史价值而定。"①

文学作品和电影毕竟属于不同的艺术范畴,作为语言艺术形式的小说和作为视觉艺术形式的电影有着各自特定的表现技艺和艺术特性,如果一部影片不加任何取舍,完全模拟原小说所提供的情节,这样的"译文"充其量不过是"硬译"或"死译"。从一种文字形式向另一种文字形式的转换被认为是一种"再创作",那么,从艺术的一种表现形式朝另一种表现形式的转换无疑更是一种艺术的"再创作",但这种"再创作"无疑又受到"原文"的限制,理应将原作品所揭示的道德的、心理的和思想的内涵通过新的视觉表现手段来传达给电影观众。

总之,根据外国文学经典改编的许多影片,正是由于文学文本的魅力所在,也同样感染了许多观众,而且激发了观众阅读文学原著的热忱,在新的层面为经典的普及和文化的传承作出了应有的贡献,同时,也为其他时代的文学经典的影视改编和新媒体传播提供了借鉴。

在长达数千年的历史长河中,对后世产生影响的文学经典浩如烟海。《外国文学经典生成与传播研究》涉及面广,时间跨度大,在有限的篇幅中,难以面面俱到,逐一论述,我们只能选择最具代表性的经典作品或经典文学形态进行研究,所以有时难免挂一漏万。在撰写过程中,我们紧扣"生成"和"传播"两个关键词,力图从源语社会文化语境以及在跨媒介传播等方面再现文学经典的文化功能和艺术魅力。

---

① 颜纯钧主编:《文化的交响:中国电影比较研究》,北京:中国电影出版社,2000年版,第329页。

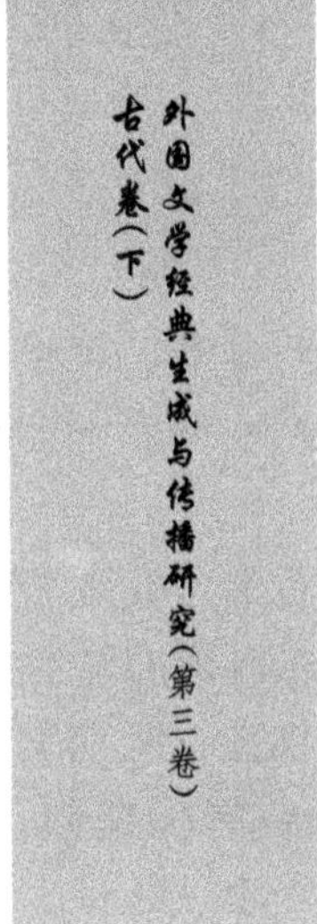

本卷导论

张德明

1611 年，英王詹姆斯一世授意翻译的英文版《圣经》，在吸收了几代学者研读、翻译成果的基础上，终于完成定稿，正式出版。此后几个世纪，这个所谓的“钦定本”就成了英语世界基督教信徒们顶礼膜拜的权威版本。1616 年，伦敦环球剧场的股东和剧作家威廉·莎士比亚去世。7 年后，本·琼生为他的这位剧坛对手和朋友编订了第一部戏剧集，并在序言中断言：“他（莎士比亚）不属于一个时代，而属于所有世纪。”此后，这个所谓的“第一对开本”就成了莎剧专家和业余爱好者们无法绕过的经典版本。上述两个事件，一个发生于圣界，一个发生于俗界，表面看来并无联系，只是时间上比较接近而已，但深究起来，我们似乎闻到了转型时代散发出的强烈气息。以下，笔者将从四组彼此相对而又重叠的关系入手，讨论中世纪后期和文艺复兴时期文学经典化的过程和特点，及其对当下可能具有的启示意义。

（一）文化传承与文学创新

众所周知，中世纪后期和文艺复兴时期是艺术创新的时代，是新的艺术类型、风格和技法出现的时代。用伯克的话来说，在艺术创新方面“这一时期充满了‘第一’。这是第一幅油画、第一幅木刻、第一幅铜版画、第一本印刷书籍……出现的时代。”[①]从文学方面看也是如此，这个时期出现了大量无论在内容还是形式上都可称为“原创性”的作品，如第一部短

① 彼得·伯克：《意大利文艺复兴时期的文化与社会》，刘君译，北京：东方出版社，2007 年版，第 16 页。

篇小说集、第一部长篇小说、第一个关于乌托邦的文学构想,等等。可以说,中古后期欧洲文学的整体面貌是因这些作品的出现而改观,并影响到后来几个世纪的。

但如果我们返回历史现场就会发现,在文艺复兴时期,古典文化的传承与原创文学的产生是同一个硬币的两面,正面镌刻了标志流通合法性的"国徽",背面则显示了具体价值和数字。国内学界在研究这一时期文学时,大多把关注点放在后者上,对前者基本一笔带过,难免有失偏颇。笔者认为,要准确理解两者关系,首先必须对中世纪教会有个重新认识。

自彼特拉克以来,历史学家都把欧洲中世纪视为蛮族和基督教会统治的"黑暗时代"。但随着历史研究的深入,当代历史学家和文学史家基本上已不再持此观点了,[①]而是反过来承认,在对古典文化遗产的保护上,教会起了很大的作用。早在20世纪初,美国古典语文学权威J. E. 桑兹在其著名的《西方古典学术史》中就指出:"若言希腊经典的安全保存,得益于君士坦丁堡的诸多图书馆以及东方世界的修道院,那么对于拉丁经典的保存,我们首先要感谢西方世界的修道院。"[②]由此而言,如要对那些保存了古典文献的中古修道院作公正评价,不仅应视之为"当时之学问的宝库",更应看作"将来之学问的源泉"。[③]

不仅如此,在对古典文化遗产的研究、转换和阐释中,教会也起了相当积极的作用。1312年维也纳宗教会议决议,巴黎大学、牛津大学、波伦亚大学、萨拉曼卡大学必须聘请古希腊文、阿拉伯文和希伯来文教授,但当时西欧的大学和普通学校大都没有古希腊语文的专职教师,1360年,佛罗伦萨的大学才设立古希腊语文文学教席,1397年,著名古典学者曼纽·赫里索洛拉斯(Manuel Chrysoloras)出任这个教席。之后,意大利学者、诗人、作家彼特拉克、薄伽丘、萨卢塔蒂(Salutati)等开创了研究和翻译古希腊—罗马文学典籍的先声。这是西方的古典语言学成就辉煌的时期,出现了人文学(Studia Humanitas)研究,教授古典语文(含语法、修辞、历史和伦理哲学)的被称为"人文主义者"(Humanitatis),之后影响到

---

① 翁贝托·埃柯说:"它不是一段黑暗时期,而是一段光明的时期,是孕育了文艺复兴的肥沃的土壤。这是一段混乱无序却又生机勃勃的过渡时期——从中诞生了现代城市,银行体系,大学,关于现代欧洲及其语言、国家和文化的理念。"见《翁贝托·埃柯访谈:空洞的秘密会控制那些脆弱的头脑》,《巴黎评论》,上海:上海译文出版社,2014年版。

② 约翰·埃德温·桑兹:《西方古典学术史》(第三版)第一卷(下册),张治译,上海:上海人民出版社,2010年版,第577页。

③ 同上书,第585页。

其他西欧各国的文人，他们的主要贡献是收集、整理、校勘古希腊语和拉丁语经典作品，重新界定语文学。1459年，费其诺(Marsilio Ficino)在佛罗伦萨建立了柏拉图学园。[①] 这一系列发生在欧洲大学和学院中的事件，大致可视为中世纪晚期古典学术复兴的标志。

古典学术复兴最大的成就是使古典语文学成为通识文学的基础，其主干是古典的文学，语文学与文学一体；从而，古典语文学与正在形成的大学教育联系在一起。兴办大学的本意最初是为了研习、传承古典文明遗产。[②] 这种观念和思潮发展到后来，形成一种时兴的风气，"该时期论述艺术的作家们都十分了解高等教育的重要性。例如吉尔贝蒂希望画家和雕塑家们学习语法、几何、算术、天文、哲学、历史、医学、解剖学、透视法和'构图理论'。阿尔贝蒂也希望画家们学习自由学科尤其是几何，以及人文学科，特别是修辞。建筑师安托尼奥·阿维利诺……则要求建筑师学习音乐和占星术。"[③]

从艺术转到文学方面，法国诗学专家让·贝西埃指出的一点值得我们注意："文艺复兴时期与中世纪一样，没有再生产(re-production)的先验观念，文学创作是不可思议的，对已有文本的参照成为一种传统。"[④]当时的"文学领域很容易看到喜剧作家摹仿古罗马作家泰伦斯和普劳图斯，悲剧家摹仿塞内加，史诗作家摹仿维吉尔的情况"[⑤]。另一方面，一些君主和富豪也乐于附庸风雅，提高自己的艺术品位和文学修养。"一位文艺复兴时期的君主既会阅读或聆听关于特里斯坦的中世纪传奇，也会阅读或聆听关于埃涅阿斯的古典史诗。"[⑥]

被当时和后世公认的经典作家，无论是否受过正规的古典语文学教育，都具有相当深厚的古典文学修养。他们首先做的工作不是创作，而是翻译、借鉴、模仿或改编。这方面，被公认为"复兴之父"的意大利诗人彼

---

① 参见丹尼斯·哈伊：《意大利文艺复兴的历史背景》，李玉成译，北京：生活·读书·新知三联书店，1988年版；加林：《意大利人文主义》，李玉成译，北京：生活·读书·新知三联书店，1998年版。

② 刘小枫：《凯若斯：古希腊语文教程》(上册)，上海：华东师范大学出版社，2005年版，第8页。

③ 彼得·伯克：《意大利文艺复兴时期的文化与社会》，刘君译，北京：东方出版社，2007年版，第61页。

④ 让·贝西埃等主编：《诗学史》上册，史忠义译，天津：百花文艺出版社，2002年版，第198页。

⑤ 彼得·伯克：《意大利文艺复兴时期的文化与社会》，刘君译，北京：东方出版社，2007年版，第18页。

⑥ 同上书，第19页。

特拉克无疑是最典型的。他首先是个古典语文学者,精通包括古希腊语、拉丁语在内的多种语言,对拉丁诗歌的母题、体裁、格律等烂熟于心。在整合古典体裁和民间歌谣的基础上,他创造了著名的彼特拉克体十四行诗,使之成为欧洲抒情诗的经典样式。

拉伯雷早在《巨人传》(出版于 1532—1564 年)发表前 20 年,就在丰特奈-勒孔特修道院自修了希腊语和拉丁语,翻译了瓦拉(Lorenzo Valla)的历史著作《希罗多德》(*Herodotus of Halicarnassus*)。同时代的学者迪拉库、比德、马克林等先后表示拉伯雷熟练掌握了希腊语和拉丁语。《巨人传》用了 15 种语言,在粗俗的形式、狂欢的氛围下,对中世纪被奉为神圣的一切进行了无情的亵渎和嘲弄,体现了作家渊博的学识和深厚的古典文化修养。

与意大利、法国相比,英国的古典人文教育的普及似乎相对要晚些,但也很快迎头赶上。"伊丽莎白时代的人们像劫掠西班牙港口一样劫掠希腊语、拉丁语、欧洲各国的世俗语言以及美洲的语言。"[①]其目标当然不是为了看得见、摸得着的经济效益,而是为了将一个崛起中的民族国家与一种消逝的古典文明紧密地联系起来,以提升自己的鉴赏品位和文化身份。女王本人具有语言天赋,能说一口流利的拉丁语,又十分热爱戏剧。在她的支持和赞助下,英国文学艺术的繁荣直追罗马帝国的黄金时代。当时活跃于伦敦剧坛、被统称为"大学才子派"的一批青年剧作家,大都在牛津大学或剑桥大学获得学士或硕士学位,具有深厚的古典文学修养,能将诗歌、激情和学院派对形式美的追求结合起来。[②] 概而言之,16 世纪晚期和 17 世纪早期,从意大利传入的崇古之风日盛。当时欧洲各国的作家、诗人和剧作家是在翻译、模仿、借鉴,甚至剽窃和戏仿古典作家的同时,自觉融入古典文化传统,慢慢进入原创阶段的。

(二) 拉丁语和俗语文学的消长

文艺复兴时期作家面临的第二个挑战或机会来自语言。因为古典文化的载体是书面的拉丁语,而近代文学的源泉则来自鲜活的民间俗语。早在 14 世纪初,意大利诗人但丁就在他的《论俗语》(*De Vulgaria Eloguentia*, 1304—1308)中提出三点理由,认为俗语(以托斯卡纳方言为

---

① 乔治·斯坦纳:《语言与沉默》,李小均译,上海:上海人民出版社,2013 年版,第 233 页。

② 斯蒂芬·格林布拉特在《俗世威尔——莎士比亚新传》中专设一章对这派剧作家有过描述,参见该书第 141—160 页。

基础）比拉丁语更高雅：第一，因为它是亚当在伊甸园最初所说的语言；第二，因为它很“自然”，而拉丁语则是“人工的”，因为只有在学校里才教；第三，因为它具有普遍性——大家都会说一种庶民的语言，但只有一些人通晓拉丁文。[①] 这个论证非常有力，以致使人误以为14世纪初意大利已形成某种共通语。但实际上但丁所说的更多的是理想而非事实。据克里斯特勒的考证，从但丁时代以来很长一段时间里，用托斯卡纳语书写的文学只局限于托斯卡纳地区，非托斯卡纳地区则各有自己的方言文学。换言之，托斯卡纳俗语文学的兴起只是一种地方性现象，不能认为整个意大利俗语文学压倒了拉丁语文学。事实上，一种以托斯卡纳语为基础的、通行于全意大利的书面语言要到16世纪才开始出现并达到高潮。[②] 在14—16世纪中，拉丁语和包括托斯卡纳语在内的各地方言是同时并存的，在文学上曾有过一个此消彼长的角力过程。在15世纪古典人文主义首次有了主导性的影响力，因此这一时期被视为方言文学的衰微期。因为毕竟拉丁语是古罗马留下来的文化遗产，一直被视为意大利民族的荣耀，不会那么轻易地被当作“外国”语言抛弃掉。[③]

在意大利之外的其他欧洲国家和地区，情况也是如此。拉丁语一直被认为是一种高贵、典雅的语言，用于官方文件和学术著作；以拉丁语为主要载体的古典文学题材和程式也被频频用于原创文学，作为保证后者融入经典的先决条件。英国伊丽莎白时代的宫廷教师罗杰·阿斯坎姆曾写道：“所有人都千方百计想使他们的孩子能说拉丁语。”因为“拉丁语代表文化、教养、往上爬的敲门砖。这是实现父母期望的语言，是要在社会上吃得开的最通用的本钱”。[④] 本·琼生说莎翁“既不懂希腊也不懂拉丁”，恐怕并非事实，更多是夸张之辞。据美国新历史主义主将格林布拉特（Stephen Greenblatt）考证，少年时代的莎翁曾在家乡的文法学校消磨过许多时日，眷抄汇集过一页又一页的拉丁语同义词[⑤]，并且很有可能在

---

① 转引自阿尔维托·曼古埃尔：《阅读史》，吴昌杰译，北京：商务印书馆，2002年版，第311—312页。

② 保罗·奥斯卡·克里斯特勒：《文艺复兴时期的思想与艺术》，邵宏译，北京：东方出版社，2008年版，第139页。

③ 同上书，第128页。

④ 斯蒂芬·格林布拉特：《俗世威尔——莎士比亚新传》，辜正坤等译，北京：北京大学出版社，2007年版，第2页。

⑤ 同上。

学校组织演出的普劳图斯喜剧中扮演过一个主要角色。[①] 莎翁早期写过几部罗马悲剧,中后期的悲喜剧也运用了不少古典题材和母题,台词中经常蹦出先贤的名言警句。由此可见,只上过文法学校的莎翁,在古典文学方面还是下过相当功夫的。

在论及文艺复兴时期俗语文学兴起的时候,还有一点是不能忽略的。在印刷术发明之前及之后相当长的一段时间里,人们是习惯用耳朵,而不是眼睛来"阅读"文学作品的。当代加拿大阅读史专家曼古埃尔甚至大胆断定:"乔叟无疑是在当众朗读之后又修改了《坎特伯雷故事集》。"[②]所以,换个角度看,拉丁语和俗语之争,实质上也是书面语和口语之争。前者是定型的,需要在学校里才能习得,而后者则是不定型的,生动鲜活地存在于口耳之间。概括地说,文艺复兴时期拉丁文学和俗语文学、书面文学和口头文学之间的彼此消长,也是宫廷与民间、精英与大众、学院与草根之间互相争夺话语权的表征,正是这些不和谐元素之间的"混搭",给文艺复兴时期文学的发展带来了生机和活力,从而为经典的生成和传播提供了丰富的营养和深厚的土壤。

科尔巴斯认为:"方言文学经典的形成只能发生在地方语言标准化、现代民族—国家稳固形成和民族主义意识形态广泛流传之后。"[③]这个观点非常重要。

综观文艺复兴时期文学经典的生成,可以看到一个有意思的现象,即几乎所有后来成为经典的作品,都经历过一个"否定之否定"的经典化过程,即首先来自精英阶层(宫廷或学院),在流散于民间、吸收了社会能量后,再复归于精英阶层,打上官方的印记后才有可能进入经典谱系。以十四行诗为例,据学者考证,十四行诗"几乎可以确定起源于弗里德里克二世执政时期(1194—1250)的西西里宫廷……同样,也几乎可以确定的是,它的发明者是一位来自普利亚的王公贵族,名叫贾科莫·达·伦蒂尼(Giacomo da Lentini)的诗人"[④]。在13世纪后半叶,十四行诗首先从形式上经历了一个"民间化"和"俗语化"的过程。一些商人和银行雇主借助

---

① 斯蒂芬·格林布拉特:《俗世威尔——莎士比亚新传》,辜正坤等译,北京:北京大学出版社,2007年版,第5页。

② 阿尔维托·曼古埃尔:《阅读史》,吴昌杰译,北京:商务印书馆,2002年版,第315页。

③ E. Dean Kolbas, *Critical Theory and the Literary Canon*. Boulder: Westview Press, 2001, p. 11.

④ Christopher Kleinhenz, *The Early Italian Sonnet: The First Century* (1220—1321), Lecce: Edizioni Milella, 1986, pp. 74—76.

贸易的流通，将宫廷中流行的十四行诗带入了民间。随着带有西西里印记的十四行诗进入意大利南方，宫廷诗歌的表现形式和当地民谣的创新结合在了一起。当地居民将本地的俗语发音方式融入了十四行诗中（比如名词不再以 e 或 o 这两个音节结尾，而用 i 和 u，动词则一改原先 o 和 e 的结尾音节，变为 io 和 ia），改变了原先西西里诗歌的韵脚，从而给十四行诗注入了地方特色。[①] 之后借助彼特拉克这位古典学者和诗人的影响力，十四行诗遂被视为西方抒情诗的一种固定格式，成为后继者模仿和再创作的典范。

（三）恩主、市场与文学共同体

在文艺复兴时期，一部作品要成为经典，除了得在传承和原创、雅言和俗语之间保持动态的平衡，还得经受传播过程中恩主、市场和文学—学术共同体的共同检验。

中世纪的文人学士在写就自己的作品后，通常会将它题献给某个贵族或富豪，以获得赞助。当但丁在流浪中写就他的《神曲》时，他首先想到的是将它题献给斯加拉大亲王，并附一封长信阐明自己的创作主旨，表示自己的忠诚和感恩。这种传统由来已久，至少可以追溯到罗马文学的黄金时代，当时的三大诗人除了奥维德后来失宠之外，维吉尔和贺拉斯一直是在皇帝屋大维的庇护下，从事写作和沉思的。与此相应，从古代到中古很长一个历史时期，艺术家、诗人或作家的经典地位基本上是由某种官方体制认定或追认的。用 15 世纪意大利建筑师菲拉雷特的话来说："若非有君主们的礼遇和荣宠，古代何以有如此多俊杰？"[②]

进入中世纪晚期后，随着印刷术的发明和资本主义的兴起，这种前现代的经典化模式慢慢被打破了。"从长远来看，印刷术的发明导致了文化赞助人的衰落，也导致了他或她最终被出版商和不知名的读者公众所取代。"[③]作家、诗人和剧作家开始意识到市场的作用，在若即若离地与官方体制搞好关系的同时，努力取悦匿名的新恩主，以期得到他们的回报。而一些大家族，如意大利的美第奇家族等，则开始利用自己的财力和人脉，

---

① A. D. Cousins, Peter Howarth, *The Cambridge Companion to the Sonnet*, Cambridge: Cambridge University Press, 2011, p. 86.

② 彼得·伯克：《意大利文艺复兴时期的文化与社会》，刘君译，北京：东方出版社，2007 年版，第 89 页。

③ 同上书，第 128 页。

私人订制艺术品,并联络出版商、批评家和评论家,左右文化市场,扩大自己的影响力。当时的文人雅士处于新旧体制转型期,不得不在有名有姓的私人订制和匿名的市场之间来回穿梭,这方面没有比莎士比亚更为典型的了。作为伊丽莎白女王的宠儿、南安普顿伯爵的密友和环球剧场的股东,他既要考虑权贵的品位和趣味,也要照顾到一般市民的口味。于是,雅俗共赏、悲喜掺杂就成了他构思剧本时首选的叙事策略。后来的事实证明,这在很大程度上保证了他的经典地位的确立。有关这一点,美国新历史主义评论家格林布拉特在《俗世威尔——莎士比亚新传》中已有论述,此处不赘。

除了权力和财力外,文学艺术市场的培育还需要另一种力量的介入,这就是文学—学术共同体及其衍生的话语权力。版本的校勘、编辑和注释,新作的推出和批评、评论,相关的文学论争,以及同气相求的文学家或剧作家圈子的形成[①],所有这一切属于当代文化市场的基本要素,在文艺复兴时期均已初露端倪,并在很大程度上推进了世俗文学的经典化过程。一位法国当代诗学专家在论及文艺复兴时期的批评与评论时指出,中古时代的批评主要关注文本细节,逐字逐句详细解释,而文艺复兴时期的意大利评论家们(尤以但丁和彼特拉克的评论家为代表)则更加关注“真正的文学层面和哲学的解读规约和规范,从而将被评论的文本晋升到不朽著作之行列”。与此同时,“评论家与翻译家一样,也以自己独特的方式,借他人之作品建构了自己的丰碑”[②]。

恩格斯曾认为,文艺复兴是一个“需要巨人并且产生了巨人”[③]的伟大时代,接着他的思路和句式,我们不妨说,文艺复兴也是一个需要“庸人”(赞助人、出版商、批评家和收藏家)并且产生了“庸人”的时代。没有后者的着力推动,无法衬托出前者的高大形象,正是这两类人物同气相求、利益相关的活动形成的文学—艺术—学术共同体,培育、催化和扩展了文化市场,在很大程度上左右了文学的经典化过程。

文学和诗学的评论首先在意大利,随之又在整个欧洲扩展开来,证明

---

① 格林布拉特说,莎士比亚时代伦敦的剧作家“是个不同寻常的团体”,“就像十几个或更多的杰出画家同时集中于佛罗伦萨”。参见《俗世威尔——莎士比亚新传》,第 141 页。

② 吉塞勒·马蒂厄-卡斯特拉尼:《文艺复兴时期的诗学》,见让·贝西埃等主编:《诗学史》上册,史忠义译,天津:百花文艺出版社,2002 年版,第 204 页。

③ 中共中央马克思恩格斯列宁斯大林著作编译局编译:《马克思恩格斯选集》第三卷,北京:人民出版社,2012 年版,第 843 页。

了这种社会团体存在的必要性和重要性。如斯坦纳所说："在一个共同体内，必须有训练有素的读者群"，才能"齐心协力完成对文学的成熟回应"。[①] 当本·琼生在1623年为赫明兹和康得尔编定的莎士比亚戏剧集写下诗体序言，认为"他（莎翁）不属于一个时代而属于整个世纪"的时候，我们无法断定，这位大学才子派的后起之秀究竟是在纪念他昔日的朋友和对手，还是在强化自己作为文坛盟主的地位？抑或二者兼而有之？无论如何，"第一对开本"及其所附的序言已经成为奠定莎翁经典地位的第一个重要文献，而作为宫廷宠儿和桂冠诗人的本·琼生通过行使他的话语权，实际上已经开启并影响了此后莎剧的经典化过程。[②] 这就印证了当代法国诗学专家吉塞勒·马蒂厄-卡斯特拉尼的观点，即文艺复兴时期的文学批评一方面促进了文学自我意识及自我反思活动的形成，另一方面也对文本的地位、文本的潜在诗学和接受对象提出问题，"评论所建立的规约和规范将长期主导西方文化中关于文学的言语"[③]。

（四）印刷术与传播

最后并非最不重要的一点是，经典文本的生成与传播对物质技术条件的依赖，以及后者对前者的潜移默化的影响。

对于中世纪的普通百姓而言，古典或经典的意义，除了其不可企及的神圣和完美外，还意味着其不可企及的昂贵，因为在印刷术发明之前，几乎所有的经典作品，无论是基督教的还是异教的，都是通过羊皮纸手抄本的方式流传下来的。只有教会、修道院或王室贵族中的个别成员才有资格和财力拥有它们，藏于密室中。中世纪晚期出现了一些木刻印刷的插图本书籍和小册子，主要是宣传基督教思想的，但因技术所限，无论印制的质量和数量均不甚理想。

但印刷术的发明改变了这一切。1438年美因茨人古登堡（Johannes Gutenberg）改进了活字印刷术。此后，书籍不再是少数人拥有的奢侈品。人人都可以拥有书籍，就像人人都可以通过自己的阅读来理解上帝的旨意，而无需懂拉丁文的教父在一旁指点一样。于是人们的思想变得更加开放了。古登堡印刷的第一本书是《圣经》。但之后，印刷文本的内容和种类均溢出了宗教领域，进入世俗领地。大众喜闻乐见的民间通俗文学

---

① 乔治·斯坦纳：《语言与沉默》，李小均译，上海：上海人民出版社，2013年版，第259页。

② 有关这方面内容可参见谈瀛洲：《莎评简史》，上海：复旦大学出版社，2005年版，第4—9页。

③ 让·贝西埃等主编：《诗学史》上册，史忠义译，天津：百花文艺出版社，2002年版，第205页。

作品也开始被印刷、定型、出版和流传了,数量也大大增加。《古登堡圣经》一共被印刷了约 180 份。相比于当时通行的手抄本,这个数量已经相当可观。据雅克·巴尔赞(Jacques Barzun)的估计,到 16 世纪的第一年,各种著作已经出版了 4 万多个版本——100 多家印刷厂共印出 900 多万册书,足见"书籍"这个新的工艺品的力量。在清教徒斗争期间,有些城市有六个以上的印刷厂不分昼夜地开工。每隔几小时,信差们就取走油墨未干的书籍,把它们送到安全的批发点。① 印刷术的发明或许可以称之为人类历史上的第一次信息革命。从此开始了一个大众识字的时代,直到今天。与此同时,印刷术的发明也为俗语文学经典的生成提供了更便利的传播渠道。

1475 年巴特勒密·布耶(Barthélemy Buyer)在里昂印刷出版了第一种法语作品《世界奇迹》(*Le livre des merveilles du monde*),1476 年雅克·德·弗拉金(Jacques de Voragine)出版了《金色传奇》(*La légende dorée*),随后,里昂和土伦引进了更多的印刷机。里昂的出版商印刷各种通俗流行的作品或者宗教书籍,也有少量享有盛誉的文学作品与翻译作品。1476 年,威廉·卡克斯顿(William Caxton,1422—1491)将印刷术引入英格兰,成立了英国第一家出版社,首先选择以对开本的形式印刷《坎特伯雷故事集》,并于 1483 年再版。于是,乔叟的这部作品就成了英国历史上第一个被印刷出版的文本,这在相当程度上扩大了它的知名度。在西班牙语世界,《堂吉诃德》自 1605 年问世以后立即受到广大读者的欢迎,塞万提斯在世时就已经再版了 16 次,之后更是被翻译成几乎所有的欧洲语言。

按照伯克的说法,印刷术对文学组织的影响既广泛又具有震撼性。首先,它对那些没准备好与时俱进和开始新职业生涯的抄写员和手稿商来说都是一场灾难。其次,书籍生产的扩张催生了许多有助于供养创造性作家的新行业,如图书馆馆员和校对员之类。另外,它对作家或学者来说都是一种有益的兼职。到 16 世纪,印刷商和出版商开始要求作家们编辑、翻译甚至撰写书籍,这种新的文化赞助导致了 16 世纪中期威尼斯"职业作家"的兴起。②

---

① 雅克·巴尔赞:《从黎明到衰落——西方文化生活五百年》,林华译,北京:世界知识出版社,2002 年版,第 3 页。

② 彼得·伯克:《意大利文艺复兴时期的文化与社会》,刘君译,北京:东方出版社,2007 年版,第 75—76 页。

印刷术不但改变了书籍传播的内容、种类和数量，也潜移默化地影响了人们关于书本的观念。最初被当作机器“手”写的手稿的印刷书籍逐渐被看成一种规格和价格统一的商品。威尼斯印刷商阿尔多·马努齐奥在1498年发行的书目中首次标明了定价，阿尔多出版社在1541年的书目中则首次使用了诸如“对开本”“四开本”等字眼。印刷商通过在每本书的末尾附加散文或诗歌形式的广告，劝说读者到书店买书，从而促进了这种新商品的销售。[①]

另一方面，印刷术也在很大程度上改变了人们的阅读习惯，进而影响了他们的欣赏力和美学判断力。按照斯坦纳的说法：“我们现在的文学形式观念，许多方面都与隐私相关。独自默读一本书，是特定、晚近历史发展的结果。这暗示了许多经济和社会的前提条件：要有‘一个人的房间’（伍尔夫的名言），或至少有足够宽敞、安静的家；要有私人藏书，随带的是要有不准他人使用自家珍本的权利；要有夜间人造的照明方式。当然，还应该暗含资产阶级的生活方式，以及工业化、很大程度上是城市化的那一套复杂的价值和特权。这套复杂的东西出现的时间通常比人们所想的要晚。”斯坦纳进一步强调：“一个家庭成员‘读书’给家人听，一本书‘从声音到声音’的流通，这在维多利亚时代中产阶级之中仍习以为常。几乎没有必要强调印刷书籍及其视觉意义符号带给旧有集体听觉文化形态的巨大变化。麦克卢汉探讨过西方意识中的‘古登堡革命’。很少为人理解的是：多少文学，多少现代文学，不是为一个人在寂静中阅读而写？”[②]接续他的思路，我们还可以提出更多的问题：有多少近代文学作品的经典地位，是在批评家和评论家的反复默读中被慢慢建构起来的？又是在一代又一代无名读者的反复默读中被确认、追认和再确认的？

如“本卷导论”一开头所表明的，笔者关注的重点是经典生成的社会文化机制，尽量淡化作家的个人生平、创作意图等主观因素，这种做法有一定危险，因为它可能会颠覆我们习以为常的一些文学观念。但为了更真实、完整地返回历史现场，这种危险还是值得一冒的。

通常我们会以为，经典作家或作品的内涵或主要内涵就是原创性。其实，这个概念是18世纪之后才有的。“浪漫主义运动将艺术家捧到了

---

① 彼得·伯克：《意大利文艺复兴时期的文化与社会》，刘君译，北京：东方出版社，2007年版，第128页。

② 乔治·斯坦纳：《语言与沉默》，李小均译，上海：上海人民出版社，2013年版，第435页。

凌驾于所有人之上的地位。"[1]返回文艺复兴的历史现场，当时的作家和艺术家想的只是如何做好一件作品，被恩主或市场接受，就这么简单。他们根本就没有想到是否原创或改编、借鉴或剽窃。正如克里斯特勒所说，原创性不是经典的一个必要条件，甚至不是一个充足条件。原创性本身不能保证艺术作品的杰出性，或者就此而言，也不能保证人类制品的杰出性。[2] 在文学领域中，像在艺术领域那样，有许多原创的作品并非特别优秀，也有不少原创性有限的作品却获得了相当高的艺术成就。莎翁的《哈姆雷特》肯定属于后者，而他借以改编的无名作者的同名剧作，或托马斯·基德的《西班牙悲剧》则属于前者。创造了经典的那些文学大师，往往是在原创和传承、新奇与熟悉之间保持平衡的高手，而非目中无人的莽汉。

另一个需要澄清的是个人主义的观念，这个观念是布克哈特发明的，并非历史事实的准确描述。[3] 生活在文艺复兴时期的艺术家、诗人和作家，更渴望的是荣誉和名声，而要做到这一点，首先意味着要能熟练地运用古典题材、母题和程式，在此基础上适度表现自我和个人风格，以便在与同行的竞争中胜出，获得恩主的首肯或市场的认可。正如彼得·伯克所说："不管现代艺术家如何(他们的自由常常被夸大)，文艺复兴时期的艺术家通常是或多或少地遵照别人的指示行事。对艺术家的这些限制是其自身历史的一部分。"[4]当然这并不是说，当时的作家完全是在违背自己意愿的情况下从事创作的，而是说，他是在扮演由其文化语境限定的角色。

从这个意义上讲，文艺复兴时期的那些经典作家们，在处理传承与创新、个人与社会的关系上做得比 19 世纪以来的现当代作家要好很多。恩格斯在论及文艺复兴时期"巨人"现象时曾说，"那个时代的英雄们还没有

---

① 保罗·奥斯卡·克里斯特勒:《文艺复兴时期的思想与艺术》，邵宏译，北京:东方出版社，2008 年版，第 248 页。

② 同上书，第 253 页。

③ 彼得·伯克告诉我们，布克哈特本人后来也开始怀疑他提出的解释，他在去世前曾向一个熟人坦言:"你知道。就个人主义来说我几乎再也不相信它了，但是我没有这么说；因为它给人们带来了多少快乐啊。"见彼得·伯克:《意大利文艺复兴时期的文化与社会》，刘君译，北京:东方出版社，2007 年版，第 214 页。

④ 彼得·伯克:《意大利文艺复兴时期的文化与社会》，刘君译，北京:东方出版社，2007 年版，第 3 页。

成为分工的奴隶"[①]，同样，他们也尚未沦落为个人主义自恋的奴隶，而是很好地在传承与创新、雅言与俗语、精英与民间、个性表达与市场接受之间保持了动态的平衡，虽然这未必保证他们的作品一定成为经典，但可以肯定的是，缺乏这些平衡的作品必定无法成为经典。

本书的一个核心观点是，在文学经典问题的研究上，如果我们不关注文本的经典化过程，撇开其生成和传播的社会语境和物质条件，而只关注作家的创作意图或叙事策略，试图从文本中䌷绎出某种幽灵般的"经典性"来，那么，最终不得不承认，我们所做的一切研究都只是循环论证，事后找出的东西不过是事先塞进去的。

① 中共中央马克思恩格斯列宁斯大林著作编译局编译：《马克思恩格斯选集》第三卷，北京：人民出版社，2012年版，第847页。

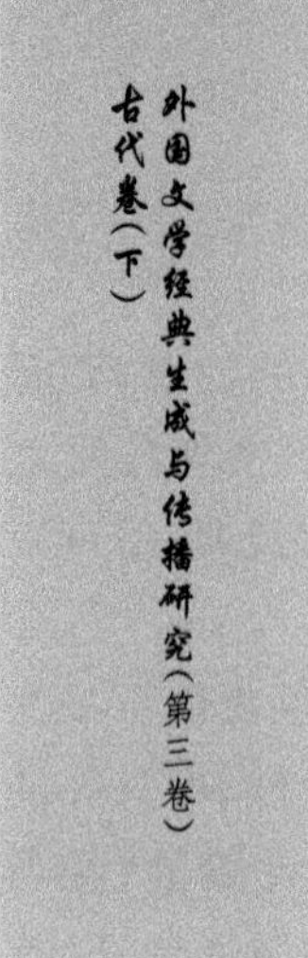

第一章
《歌集》的生成与传播

弗兰齐斯科·彼特拉克(Francesco Petrarch)被后世誉为“文艺复兴之父”。这已是不争的事实。倘若当代人回到他出生的年月(1304 年 7 月 20 日),追溯诗人最初的记录,就会发现另一个事实:查无此人。彼特拉克的父亲被人尊称为彼特拉克爵士(Ser Petracco)。所以严格说,彼特拉克的原名应是 Francesco Petracco。大概是觉得父亲给予的姓听起来不够好听,也不够诗意,他索性改了姓。[①] 改姓意味着对命定传统的突破,并重新塑造自我。考虑到姓氏听觉上的悦耳感,也可以说他是在诗意地重塑自我。这两点恰好成了彼特拉克成为经典作家的两个基本要素。

1364 年,60 岁的彼特拉克写信给作家朋友薄伽丘,表述了长久以来困扰自己创作的因素。概括起来,主要是三个问题:他是否能够跻身经典作家之列?与同时代作家相比,他的地位又该如何判定?后代人会如何评价他?面对这三个问题,彼特拉克自己给出的答案是:在意大利文学的范畴中,但丁应该排在第一位,他自己紧随其后,薄伽丘则名列第三。随后,有些自命不凡的诗人坚信,凡此三人定能成为后世批评眼中“戴在佛罗伦萨头顶上的三顶皇冠”[②]。此番言论可视为作家本人对自己经典地位的论述。其中传递出来的意思,与其说是自负,倒不如说是一种带有义愤情绪的自信。评论者认为彼特拉克之所以能这样“自夸”,源于他对当时“贫瘠的文化的愤怒,其中以奢靡的王室为主要代表,他们只会模仿他人的诗作。除此之外,大量庸俗的市侩充当权威,冥顽不灵地一

① 可参见张德明:《世界文学史》,杭州:浙江大学出版社,2006 年版,第 89 页。

② See Francis Petrarch, *Letters of Old Age: Rerum Senilium Libri*, I-XVIII, trans. Aldo S. Bernardo, Saul Levin, Reta A. Bernardo, Baltimore: John Hopkins University Press, 1992.

味排斥古典文化”[①]。

时至今日,彼特拉克作为经典作家的地位已经受到世人的肯定。只不过通过上述两段文字,我们可以进一步把“对传统的突破”定义为对古典传统的继承以及开拓,而“诗意的塑造自我”则可以从他诗歌“写作的形式的革新”和“对近代主体的塑造”这两个方面入手进行分析,从而发现彼特拉克成为经典作家,其作品成为经典文学的关键密码所在。

在他所创作的作品当中,《歌集》(*The Canzoniere*)是最具代表性的文本。因为《歌集》中的诗歌经过彼特拉克“数十年的写作,期间经过反复修改、重写……最终经由作家本人在他最后的年月里亲自编订成稿”[②]。由此可见,这部诗集当中凝聚了彼特拉克一生的心路历程。[③] 可以说,研究《歌集》的生成和传播,也就是在研究彼特拉克成为经典作家的轨迹。

另外,所谓的“彼特拉克主义”是学界在研读《歌集》的过程中概括出来的一个重要概念。从某种程度上来说,《歌集》就是集中体现彼特拉克主义的重要诗集。在笔者看来,彼特拉克主义至少包含以下几个方面:1. 彼特拉克在《歌集》中所展现出的人文主义精神,包括全新的爱情观和哲学观。2. 彼特拉克在《歌集》中通过表达对劳拉的思念所展现出的全新个体形象。3. 俗语和方言创作对近代民族特性形成的影响。本章将重点从这三个方面入手,在考察《歌集》生成与传播的同时,兼顾对彼特拉克主义传播的介绍,从而丰富我们对《歌集》的形式和内容的认识。

---

① Victoria Kirkham, Armando Maggi, eds., *Petrarch: A Critical Guide to the Complete Works*. Chicago and London: The University of Chicago Press, 2009, p. 1.

② Francesco Petrarca, *The Canzoniere* or *Rerum Vulgarium Fragmenta*, trans. Mark Musa, Bloomington: Indiana University Press, 1996, p. 2.

③ 值得指出的是,在国外的彼特拉克研究中,存有一份针对《歌集》文本形成过程所展开论述的资料,研究者针对文本修改的技术层面,事无巨细地展现出彼特拉克每次修改《歌集》的轨迹。囿于本书论述主题所限,故不能展现出这份研究的全貌,但它却是研究《歌集》必不可少的一份研究资料。有兴趣的读者可参考:Ernest Hatch Wilkins, “The Evolution of the Canzoniere of Petrarch”, *PMLA*, Vol. 63, No. 2 (Jun., 1948), pp. 412—455。

第一节 《歌集》的生成

(一) 彼特拉克之前的十四行诗创作

《歌集》从构成上来看,主要包含 317 首十四行诗(sonnet)、29 首合歌(canzoni)、9 首六节诗(sestina)、7 首民谣(ballad),以及 4 首牧歌(madrigal),共计 366 首诗歌,其中最主要的诗歌形式就是十四行诗。

十四行诗并非彼特拉克的首创。据学者考证,十四行诗"几乎可以确定起源于弗里德里克二世执政时期(1194—1250)的西西里宫廷……同样,也几乎可以确定的是,它的发明者是一位来自普利亚的王公贵族,名叫贾科莫·达·伦蒂尼(Giacomo da Lentini)的诗人"[①]。

当时的王室特别重视诗歌的创作,上至弗里德里克二世,下至其私人秘书皮尔(两人均出现在但丁的《神曲·地狱篇》当中)都用西西里方言进行诗歌创作。当时的诗歌主要表现的主题是爱情。从形式上来说,这些宫廷诗人注重韵律、修辞,并借鉴了当时流行的民谣。具体来说,当时的诗歌形式包含如下几种:1. 康索(Canso):它是颂歌的拓展形式,由五行或者更多的诗行所组成,其中包含多变而又重复表现的韵脚。2. 辩诗(Tenso):诗中包含两个展开辩论的人,各自交替地在相应的诗节中就诗歌所表现的主题(多为爱情)展开争辩。3. 叙事曲(Balada):包含叠句的舞曲。这三者是十四行诗诞生之前的主要诗歌形式。[②]

诗人伦蒂尼对早期诗歌中的音步和诗行做出了调整和融合,发展出了用八行诗和六行诗分别作为两个单位进行主题表现的诗歌形式。伦蒂尼曾在一首十四行诗的开头这样写:"Per sofrenza si vince gran vettoria"(荣耀是忍耐的胜果)。而整首诗歌就围绕着 sofrenza(荣耀)这个诗眼展开,此词一语双关,包含"忍耐"和"受苦"两重含义。如此一来,第一层意思"忍耐"就是前八行诗的主要表现内容,参照了《圣经·约伯记》的表现

---

① Christopher Kleinhenz, *The Early Italian Sonnet: The First Century* (1220—1321), Lecce: Edizioni Milella, 1986, pp. 74—76.

② See A. D. Cousins, Peter Howarth, *The Cambridge Companion to the Sonnet*, Cambridge: Cambridge University Press, 2011, p. 85.

方式。而后六行则主要表现“受苦”主题。[①] 可见早期的十四行诗，侧重于对两个彼此相关的主题分别进行表现，其中融合了辩论诗的内涵与外延，并且在一定程度上吸收了讲述和抒情这两种基调，对单个主题进行渲染。后两者主要来自于“康索”和“叙事曲”。

当代十四行诗的研究者威尔金斯(Ernest Hatch Wilkins)和克莱汉兹(Christopher Kleinhenz)在各自的著作中针对伦蒂尼的革新以及十四行诗的诞生展开了论述。威尔金斯认为伦蒂尼所做出的贡献“结合”大于“原创”。在威尔金斯看来，伦蒂尼对八行短诗(strambotto)——包含八行十一音步的诗歌形式进行了融合和拓展，随后发展出另外六行诗歌，组成一个新的部分。从押韵的形式来看，新拓展出来的六行分别以“cde”音韵重复两次得以表现。因此伦蒂尼的十四行诗的押韵方式就是“abababab，cde，cde”。并且这种安排诗行的方式受到了毕达哥拉斯和柏拉图有关“音乐数符”理论的影响。[②] 但这一观点受到了另一派学者的质疑。其中，保罗·奥本海默(Paul Oppenheimer)认为伦蒂尼的十四行诗编排并不具备音乐元素。因为十四行诗这个词本身意味着“无声”(little sound)，指的是一种基于书写和朗诵意义上的内省、思辨、沉思的私语表达。[③] 而克莱汉兹则干脆认为伦蒂尼的十四行诗仅仅脱胎于普罗旺斯抒情诗当中的颂歌。因为中世纪的普罗旺斯抒情诗已经包含了按照韵律和语气上的争辩来区分诗行的先例。普罗旺斯抒情诗总体来说可以分为两个部分：开头和结语。开头部分包含两组主题的不同切入点，结语部分则相应包含对切入点展开的两组不同的转折论述。[④]

从上述研究成果来看，十四行诗的诞生是建立在对原有诗作进行“结合”的基础上的。而在13世纪后半叶，十四行诗首先从形式上经历了一个“融合”的过程。这个过程概括来说，主要体现为“民间化”和“俗语化”这两个方面。随着资本主义的兴起，社会分工得到进一步的分化，一些商人和银行雇主借助贸易的流通，也将宫廷中流行的十四行诗带入了民间。

---

① See A. D. Cousins, Peter Howarth, *The Cambridge Companion to the Sonnet*, Cambridge: Cambridge University Press, 2011, p. 85.

② Ernest Hatch Wilkins, *The Invention of the Sonnet and Other Studies in Italian Literature*, Rome: Edizioni de Storia e Letteratura, 1959, pp. 11—39.

③ Paul Opeenheimer, *The Birth of the Modern Mind: Self, Consciousness, and the Invention of the Sonnet*, New York: Oxford University Press, 1989, pp. 1—29.

④ Christopher Kleinhenz, *The Early Italian Sonnet: The First Century (1220—1321)*, Lecce: Edizioni Milella, 1986, pp. 21—23.

而在意大利南方,用方言创作的民谣一直以来都是当地居民表达情感的主要方式。随着带有西西里印记的十四行诗进入该地,宫廷诗歌的表现形式和当地民谣的创新结合在了一起。当地居民将本地的俗语发音方式融入了十四行诗中(比如名词不再以 e 或 o 这两个音节结尾,而用 i 和 u,动词则一改原先 o 和 e 的结尾音节,变为 io 和 ia),改变了原先西西里诗歌的韵脚,从而给十四行诗注入了地方特色。①

而从十四行诗的内容上来看,意大利南部的诗人们开始借助十四行诗形式上的特点(前八行、后六行的两部分划分)来表现二元对立的主题,其中以爱情和政治主题为主要表现对象。在爱情主题的表现上,女性的声音开始进入十四行诗。但这种声音尚未构成一种女性话语,仅仅出自男性诗人的模仿。该类诗主要表现的是女子情感上受到的欺骗。而诗人们在表现这一主题时借助了十四行诗辩论主题的特点:借助修辞,展现了女性(尽管是模仿出来的)的哀诉和充满男子气修辞之间的张力对比。而对于政治主题,十四行诗的形式似乎成了天然的论辩阵地。当时的诗人们往往借助传统的辩论诗的形式,在十四行诗中加入归尔甫派(Guelphs)和吉伯林派(Ghibellines)之间的论辩。据记载,当时有一名叫做蒙特·安德拉(Monte Andrea)的归尔甫派银行主,创作了 112 首十四行诗用来表现他对爱情和政治生活的见解。在爱情方面,安德拉赤裸裸地将爱情当成享乐的方式,并大肆歌颂了敛财带来的饕餮之乐。② 作为回应,但丁和卡瓦尔康蒂则借助十四行诗对爱和政治表达了自己的观点。③ 总体来看,这两位诗人将爱情和政治理想融入十四行诗,借助十四行诗体的诗体特征(形式上集抒情和辩论为一体,意大利方言的革新)将所表现的主题往更具哲学思辨和宗教色彩的方向发展。

至此,我们可以发现,十四行诗经过了一个复杂的演变过程:由宫廷诗人的创造,转入商人和银行主的俗语化融合过程,最后经过不同政治立场的诗人的哲理化和宗教化的提升。而我们稍加区分就可以发现,彼特拉克既非宫廷诗人,也不隶属于商人和银行主这一阶层,更不像但丁那样

---

① A. D. Cousins, Peter Howarth, *The Cambridge Companion to the Sonnet*, Cambridge: Cambridge University Press, 2011, p. 86.

② Ibid, p. 87.

③ 由于本章的研究重点不是但丁和卡瓦尔康蒂,故无法在此过多地展示这两人的政治观点,对神圣罗马帝国,以及对教皇的态度,仅仅勾勒出这些政治和宗教的态度如何丰富了十四行诗的表现。

有着鲜明的政治立场。这说明彼特拉克需要重新开拓十四行诗的表现形式和内容。

（二）《歌集》对十四行诗的继承

彼特拉克的《歌集》可以分为两个部分，前 263 首诗为第一部分，从 264 首开始到最后为第二部分。后世学者这样划分的依据在于诗集描写劳拉“生前”和“死后”诗篇的不同。其中，《歌集》中的第 267 首诗，明确表明劳拉已离开尘世。这样的两部分划分体现出彼特拉克“为精神的重生搭建了框架，首先描绘了经历，为沉思奠定了基础，而后是忏悔，继而通过理性思索，达到了最终的自我融合”[①]。

无疑，劳拉是《歌集》中的重要表现对象。在彼特拉克生活的年代，用十四行诗来传递对妇人的爱已不是什么新鲜的事儿了。在他之前，中世纪骑士文学中的“普罗旺斯抒情诗”和以但丁等人为代表的“温柔的新诗体”都曾用十四行诗表达过对女子的爱慕。从文学史研究的角度来看，彼特拉克的十四行诗与上述两个诗派相比，在表达相似主题的前提下，相异点或许可以归结为抒情主人公与女子所处的相对位置不同。普罗旺斯抒情诗属于骑士阶级的产物，诗中女子多为贵妇人。骑士、贵妇人虽都处于尘世之中，但两者地位依旧有所差别，这种差别就是阶级差异，骑士在下，贵妇人在上。世俗之爱处于神学话语之下，骑士所歌颂的贵妇人呈现出世俗的偶像特质，但总体来说，骑士之诗表现出“内容公式化，缺乏活力，人物偶像化，缺乏血肉”等特质[②]。而在但丁等人的十四行诗当中，对女子的世俗之爱，往往表现出超越性，诗中的女子具有天使的气质，已不再是世俗中的一员。这种人为设定的世俗与神圣之间的相对位置差异，带给了诗人一种飞升的诗学矢量（既有方向，也有力度），表现出理想化的特质。

至于彼特拉克，他与劳拉在诗歌当中处于同一维度，两者都是世俗中人。但劳拉不再是抽象的偶像，而是有血有肉、充满细节描摹的女子。同时，劳拉也具有带领诗人超越自己的力量。但彼特拉克在表述这一点时往往体现出一种怀疑。这两点加在一起，可以视作彼特拉克对前人的突破。

---

① Francesco Petrarca, *The Canzoniere* or *Rerum Vulgarium Fragmenta*, trans. Mark Musa, Bloomington: Indiana University Press, 1996, p. 2.

② 彼特拉克：《歌集》，李国庆、王行人译，广州：花城出版社，2000 年版，第 8 页。

当代十四行诗研究专家威廉·肯尼迪(William J. Kennedy)认为,《歌集》中的第 90 首十四行诗可视为体现以上两点的代表作,因为整首诗表现出"普罗旺斯抒情诗与古典体裁的融合"。为方便引述肯尼迪的观点,笔者在此特意引入该诗的原文和译文对比[①]:

Erano I capei d'oro a l'aura sparsi
che'n mille dolci nodigli avolgea
e' l vago lumeoltra misura ardea
di quei begli occhi, ch' or ne son si scarsi;
e' l viso di pietosi color farsi
(non so se vero o falso)mi parea:
I' che l'esca amorosa al petto avea,
qual meraviglia se disubito arsi?
金色的头发被微风吹卷,
结成了一个个迷人的丝团;
多情的眼睛闪闪发亮,
让我怀疑这是在世俗的人间?
我似乎觉得,她的脸对我饱含温情,
但不知真的如此,还是我的猜断?
我的心早已对她爱恋多年,而这一次
又为何会对点燃的爱情之火又感到突然?

Non era l'andar suo cosa mortale
ma d'angelica forma, et le parole
sonavan altro che pur voce umana:
uno spirto celeste, unvivo sole
fu quel ch' I' vidi, et se non fosse or tale,
piaga per allentar d'arco non sana.
她高雅雍容的姿态犹如天仙,
她娇美温柔的声音自然也非

---

① 肯尼迪的观点和这首诗的原文可参见 A. D. Cousins, Peter Howarth, *The Cambridge Companion to the Sonnet*, Cambridge: Cambridge University Press, 2011, p. 95。中译本来源:彼特拉克:《歌集》,李国庆、王行人译,广州:花城出版社,2000 年版,第 132 页。

人间的凡夫俗子的语调可以比攀。
她是天上的灵魂，有血有肉的太阳，
即使她今天没有这种表现，
我的心灵创伤也不能及时得以痊愈。

整首诗所描绘的是两个时刻，一个是过去维度中转瞬即逝的劳拉之美，另一个则是当下苍白无力的思念。两者加在一起，参考但丁在《新生》中对贝阿特丽采的思念，并不足为奇。但肯尼迪认为，这首诗较为突出的地方在于其中彼特拉克的怀疑，这种怀疑使得“抒情者无法安置自己”[①]。更为关键的是，彼特拉克在诗歌的形式和主题上深刻地表现出了这种疑虑。

首先，从诗歌的音响效果上来看，肯尼迪认为这首诗经常出现非常规的停顿，主要通过“or”这个音节来体现。比如第一行中“d’oro a l’aura”、第四行中的“ch’ or ne son si scarsi”、第五行中“color”，以及第七行中的“amorosa”。而在全诗的后六行中，这个音节又出现在关键词“mortale”和“forma”当中。这些词有的是用来描绘劳拉的外形，有的则是用来表现某种抽象的感情，而“or”的原意是“now”(此刻)，因此，对劳拉外形的美以及情感的表达，都标记在此刻的时间维度之中。这种标记时间的力量，突出了抒情主体的当下感知，又因为音效上的停顿感，使得彼特拉克的迟疑具有了标记主体性的意味。

其次，肯尼迪认为彼特拉克在对劳拉“天使的形态”(angelica forma)的描写当中，所运用的语气和维吉尔在《埃涅阿斯纪》中描述维纳斯在迦太基海滩向埃涅阿斯显形时的语气如出一辙。正是加入了《埃涅阿斯纪》这一语境，加剧了“神圣幻象和幻灭之感之间的相互作用”。而对于彼特拉克而言，对维吉尔经典文本的移用，加强了这首诗当中抒情主人公对劳拉较为迟疑的情感。他所迟疑的不再是美貌的劳拉是否能再度显现，而是劳拉是否能作为救赎的角色，不仅给他带来救赎的力量，并且还能使他超越尘世，遇见像维吉尔笔下维纳斯初现时所展露的神圣荣光。对此，肯尼迪进一步指出：“转瞬即逝、若隐若现，再加上无边际的惆怅，这首诗通过运用一系列纵横交错的音响效果激活了其中词语的潜能，并且在词语的听觉效果和隐喻效果的双重作用下，凸显了彼特拉克诗艺的精巧、修辞

---

① A. D. Cousins, Peter Howarth, *The Cambridge Companion to the Sonnet*, Cambridge: Cambridge University Press, 2011, p. 95.

的精妙,以及形式和风格的有机整体性。"[①]

最后,肯尼迪总结认为,这首诗展现出"彼特拉克卓越的诗艺,这种诗艺继承于卡瓦尔康蒂以及之前的普罗旺斯诗派,而与但丁那压抑情感的诗作相比有很大的区别"。更为关键的是,肯尼迪认为,彼特拉克的诗作沾染上了"维吉尔诗作中的古老风格"。[②]

若从彼特拉克对十四行诗的继承及其经典性生成的角度来看,我们可以将肯尼迪的种种观点进行提升,将它视作彼特拉克的作品成为经典的起点。彼特拉克用精确到音节的细致雕琢,改变了先前十四行诗中单纯的歌谣性质。除此之外,更为重要的是,这种音乐性与抒情主体的心理活动紧密相连,改变了先前十四行诗中对外部事件的辩论特性。前八行、后六行的分割方式,仅仅用作抒情主体对自我的体认。他的诗歌不再展现追忆的情怀,也不再用来表现美人消损后抒情主体的惆怅,而是将抒情的时刻定在当下主体的感受之中。以劳拉为代表的诗学表征实则是剖析自我的催化。也正是从这个角度出发,我们可以说一个近代主体在十四行诗中睁开了双眼,这也是彼特拉克十四行诗成为经典的另一块厚重的基石。

(三)《歌集》与"自我"的塑造

在先前引述的种种观点中,其实还有一个悬而未决的问题亟待解决。如若彼特拉克在这首十四行诗中通过对诗歌词语形式上的创造,表述了抒情主体处于当下时刻的犹豫和停顿,那么这种犹豫和停顿背后的原因是什么?

针对这一问题,社会学研究者米歇尔·艾伦·吉莱斯皮(Michael Allen Gillespie)认为,彼特拉克的影响并不仅仅来源于他高超的语言驾驭能力,因为"但丁也曾在方言诗流行之前写过这样的诗,但并没有许多人效仿"[③]。

参照彼特拉克自己的论述,吉莱斯皮在《现代性的神学起源》一书中为我们引述了诗人自己内心的焦虑。彼特拉克曾为人们杜撰了这样一个

---

① See A. D. Cousins, Peter Howarth, *The Cambridge Companion to the Sonnet*, Cambridge: Cambridge University Press, 2011, p. 95.

② Ibid.

③ 米歇尔·艾伦·吉莱斯皮:《现代性的神学起源》,张卜天译,长沙:湖南科学技术出版社,2012年版,第94页。

场景:他认为会有一天,一个老人在街上与他相遇。老人会愁眉苦脸地埋怨他的诗作毁了他的儿子。诗人自辩说他并不认识那位老人,更别说他的儿子。但老人认为这并不是关键,问题在于这位想象中的老人竟对彼特拉克说,尽管他煞费苦心地让儿子学习民法,但还是未能阻止他的儿子仿效彼特拉克。诗人以此进一步想象了这样一个场景:他总有一天会毁在街上蜂拥过来的人们手中,因为他们狂热、多情,孜孜不倦地向他讨教,并彼此争吵。①

以上引述所包含的关键问题在于,彼特拉克对世人的影响站在了民法的对立面,并且在世人眼中,这种对立已到了足以毁坏一个人的程度。对此,吉莱斯皮认为彼特拉克的顾虑,其实源于当时的人针对所遭受的精神危机所采取的一种全新的解决方法。而面对此危机,彼特拉克实际上所采取的是两种应对策略。其一,"向内,通向未经开发的充满激情和欲望的自我,这些激情和欲望不再是某种必须根除或加以限制的世俗的、非精神的东西,而是每个个体性的反映,所以值得去展现、培养和感受"。而第二种策略则刚好相反,它"向后,通向古老的,但现在突然相关的过去,那时有许多勇敢而高尚的人,他们通过培养自己的个性而赢得了名声和某种不朽"。② 我们都知道,这两条道路是相通的,它的"目的地"是人文主义。但这条道路并非是从彼特拉克这里起步的,其背后蕴含着一条历史和社会的发展逻辑,这对我们从外部社会语境切入文学经典性的生成具有相当重要的参考价值。

吉莱斯皮为人们揭示出了"近代主体"得以诞生的历史和文化语境。他认为在彼特拉克之前,"人"有两种关键的属性定位:第一种是古希腊社会中"城邦中的人",其中以苏格拉底之死为典型。第二种则是基督教中"天国秩序下的人",这套秩序在尘世的城邦之外添加了两个维度:天堂和地狱,而人则处在这两个维度之间,因此"城邦"成了一个相对的维度,而非古希腊哲学家眼中需要绝对效忠的归属。其中以但丁在《神曲》中所勾勒的世界为主要代表。③ 而到了彼特拉克生活的年代,这两种关于人的归属判断由于受到各种政治事件的侵袭,再加上神圣与世俗生活的分裂而接近土崩瓦解。两座"城邦"土崩瓦解之后,在一片精神瓦砾和历史遗

---

① 参见米歇尔·艾伦·吉莱斯皮:《现代性的神学起源》,张卜天译,长沙:湖南科学技术出版社,2012 年版,第 94 页中的注释部分。

② 同上书,第 94—95 页。

③ 同上书,第 58—59 页。

迹当中,孤独而迷茫的近代主体诞生了。而彼特拉克则是通过自己的诗作传递了近代主体出生时的无助。

严格意义上来说是历史选择了彼特拉克,而不是彼特拉克选择了承担历史的职责。彼特拉克的传记研究往往放大了他个人的经历,似乎将他童年的经历以及个人对文物、古籍的热衷视作关键因素,并用来解释他对近代主体塑造的贡献。诚然,个人因素是其中重要的方面,相较之下,彼特拉克基于历史、文化的语境,替近代人所做出的选择则更为重要。因为在他看来,欧洲的历史在他出生之前可以分为四个时期,前两个时期分别以柏拉图主义和塞涅卡、斯多葛学派的道德智慧所支配,核心在于理性对人的支配,后两个时期,一个开始于道成肉身,以超自然的精神为主导,另一个则以经院哲学为向导。除此之外,历史的发展每况愈下,前两个时期中的理性对个人的美德有辅助作用,而经院哲学则对人的美德起了破坏作用。[①]

但是,彼特拉克区分这四段历史的依据何在?参照彼特拉克自己的论述,其依据在于赫拉克利特所说的"争斗"观。彼特拉克看待世界的方式是游离在某种体系之外的,既不参考理性的关怀,也不栖身于宗教的庇护所内,他将世间的一切看作是不断争斗的过程:"没有斗争和仇恨,大自然就创造不出任何东西。"[②]这场争斗除了大自然之外,还关乎人的内在灵魂的斗争。人的灵魂内部包含着对名望的追求、欲望、嫉妒、怨恨等因素,这些元素超乎理性、宗教等话语之外。而要想在这场争斗中获胜,人只有靠"美德"。从人自身的"美德"出发,摒弃外在的文化逻辑对人进行改造,这成了多数彼特拉克研究专家所公认的关键点。也就是说,彼特拉克打算塑造的近代主体将不再寄托于社会变革,而是一场文化革新。正是抱着这一目的,彼特拉克处在了历史的交汇点上,他向后把"目光转向古人,希望恢复文化在罗马所享有的崇高地位"[③]。但是这种向后观望的姿态不是"模仿古代,而是改善人类"[④]。因此,这种视野也同时在往前张望,希望能在古代文化的模式上,打破政治、神学对人的束缚,因为"他所

---

① 参见米歇尔·艾伦·吉莱斯皮:《现代性的神学起源》,张卜天译,长沙:湖南科学技术出版社,2012 年版,第 65—66 页。以及 Kenelm Foster, *Petrarch: Poet and Humanist*, Edinburgh: Edinburgh University Press, 1987, pp. 154—155。

② 米歇尔·艾伦·吉莱斯皮:《现代性的神学起源》,张卜天译,长沙:湖南科学技术出版社,2012 年版,第 64—65 页。

③ 同上书,第 68 页。

④ 同上。

设想的共同体更多的是一群关系友好的私人……而不是一个共和国或者公国”[①]。

至此，我们可以说彼特拉克用来孕育近代主体的基础在于文化观念的革新，它剥除了笼罩在近代主体周围的政治和宗教色彩，对历史的关注深深扎根于对自我的体认。人的希望在于美德，而对美德的承认也就成了对自我的认识，继而在诗歌当中书写这种美德与自我成长的关系，则成了摒除形式之外，彼特拉克奠定在《歌集》当中的另一经典性。

在《歌集》所涉及的一系列主题当中，爱情无疑是其中最为重要的一项。而爱情在《歌集》中所传递出来的更多的是一种苦涩。这种痛苦源自爱之激情与理性之间的缠斗，并标记着个体性的成长。在彼特拉克的理想模式中，只有克服爱的激情，才能成就自我。这一点使得他和但丁的诗作有了明显不同的落脚点：“与但丁不同，对彼特拉克而言，爱并非对人的问题的解决，而是一种巨大的危险……除非我们被吸引到恰当的对象上，爱会奴役我们，分散我们对美德和神的注意力。”[②]而对于整部《歌集》，尽管吉莱斯皮勾勒出了其中的争斗，并且一言断定“……《歌集》详细描述了这种心理斗争，揭示了彼特拉克的失败”[③]，但是他却未能指出这种失败的意义与价值。

介于此，朱赛皮·马佐塔(Giuseppe Mazzotta)的观点可视为对上述问题的重要补充。他在《〈歌集〉与自我的语言》(“The Canzoniere and the Language of the Self”)一文中深入地分析了彼特拉克如何运用诗歌的语言表述“分裂的自我”。

首先，马佐塔在梳理了之前的批评观点的基础上指出，批评界普遍认定的《歌集》中表述的“自我”在诗人自己的意志力和道德面前，呈现出碎片化的特征。这种碎片化的自我，由于在《歌集》中通过类似忏悔性的语气进行表露，所以呈现出一种转变特征，继而“一个诗人最终到达了顶峰，从这个高度出发，我们可以看到一种可被理解的结构凌驾在自我的碎片之上”[④]。除去这种观点之外，另外一派观点认为《歌集》所展现的是彼特

---

① 米歇尔·艾伦·吉莱斯皮：《现代性的神学起源》，张卜天译，长沙：湖南科学技术出版社，2012年版，第68页。

② 同上书，第69页。

③ 同上。

④ Giuseppe Mazzotta, “The Canzoniere and the Language of the Self”, ed. Harold Bloom, *Petrarch*, New York & Philadelphia: Chelsea House Publishers, 1989, p. 58.

拉克"分裂的心灵",它跌落在尘世之中,无法也不愿意获得高雅,同时,也无法追寻美的救赎,因此《歌集》就呈现出自恋和偶像崇拜的内在双重结构。[①] 但问题在于,这些"碎片"和"分裂的心灵"为何会反复出现在《歌集》中?彼特拉克作为一名诗人,是否希望通过写作诗歌来填补欲望和理想之间的鸿沟?更进一步说,如果这种推断是可信的,那么《歌集》中所体现出来的近代主体性是否就依此条件建立起来了呢?

马佐塔似乎没有考虑笔者所提出的这些疑问,而是从分析具体的诗歌入手,细致地考察这些碎片和分裂的意象是如何表现出来的。在前文中,我们已经从十四行诗的形式层面粗略地分析了《歌集》中的第 90 首诗作,但为了深入理解这首诗表现的有关主体性的内涵,我们还需从这首诗的意象、主题等方面入手作进一步的分析。

从主题上来看,这首诗除去前文已经提到过的与维吉尔的《埃涅阿斯纪》之间的互文关系外,评论者还关注到这首诗中出现了"金发"这个意象,它与奥维德的《变形记》当中的"日神和达佛涅的故事"有关。在奥维德的文本中,日神因自大,蔑视小爱神,笑其箭矢不如自己的威武有力。小爱神则用自己的带金头的箭射中了日神,又用无头的箭射中了达佛涅。如此一来,日神心生爱欲之火,达佛涅则极力回避,一场追逐就此展开。结果达佛涅化为月桂树,日神折枝嵌冠,以示怀念。在这则故事当中,有两个地方需要我们的关注。第一,在刻画达佛涅拒绝别人求爱之时,奥维德写道:"达佛涅用一条带子束住散乱的头发,许多人追求过她,但是凡来求婚的人,她都厌恶"[②],而在日神追逐达佛涅的过程中,"迎面吹来的风使她的四肢袒露,她奔跑时,她的衣服在风中飘荡,轻风把她的头发吹起,飘在后面。愈跑,她愈显得美丽。"[③]可见"头发"是奥维德刻画达佛涅时的重要意象,它是欲望的产物。达佛涅将头发束起来,隐喻她对欲望的拒斥。而在追逐场景中,头发散开的过程也是日神欲望被"撩拨"的过程。在《歌集》的相关诗作中,彼特拉克沿用了前文本《变形记》当中头发与欲望的关联,用恋人头发"束住"到"散开"的过程来隐喻自我欲望的展开。除去头发之外,我们还可以看到"丝团"这个意象,马佐塔认为这个意象还可以追溯到《变形记》当中"阿克泰翁偷看狄安娜入浴"这则故事。这则神

---

① Giuseppe Mazzotta, "The Canzoniere and the Language of the Self", ed. Harold Bloom, *Petrarch*, New York & Philadelphia: Chelsea House Publishers, 1989, p. 58.

② 奥维德:《变形记》,杨周翰译,北京:人民文学出版社,2008 年版,第 78 页。

③ 同上。

话故事讲述的是阿克泰翁偷看狄安娜洗澡，随后被狄安娜变成麋鹿，继而被自己的猎犬撕咬的故事。这则故事和先前那则故事相同的地方在于，两个故事中的女主角都是被追逐的人，是欲望的拒斥者，而男主角都是追逐者，传递的是欲望的宣泄。除此之外，两个故事中的女性都以头发束扎为欲望拒斥的隐喻，狄安娜与达佛涅相比更进一步，她不仅将头发束起来，还让最灵巧的女仆将"肩上的头发拢成一个发髻"[①]。

如果我们将这两个文本(再加上先前提到的维吉尔的文本)和全诗对应起来看，可以得到以下几点联系：

第一，彼特拉克显然将自己与劳拉的关系定位成一场追逐。他就如同前文本中的日神和阿克泰翁一样是追逐者，而劳拉则如同达佛涅和狄安娜一样是被追逐的对象。第二，由全诗第一句"金色的头发被吹卷，结成了一个个迷人的丝团"来看，这场追逐的缘起都是以"头发"为隐喻的欲望。第三，从全诗最后一句"我的心灵创伤也不能及时得以痊愈"来看，彼特拉克除去借鉴了"头发"这一意象之外，还保留了前两则神话文本中追逐者流血的结局，隐喻追逐者由欲望带来的惩罚。

除去几点相似的地方，我们可以看到奥维德的两篇故事之间最大的不同在于惩罚对象的不同。在日神和达佛涅的故事里，达佛涅最后化为月桂树，日神相思、惋惜，成了间接的受惩罚者，而在阿克泰翁与狄安娜的故事里，阿克泰翁化为麋鹿，被自己的猎犬撕咬，是直接的被惩罚者。马佐塔认为，考虑到语境的相似性，彼特拉克的文本更接近于阿克泰翁与狄安娜的故事，因为彼特拉克在全诗最后一句("我的心灵创伤也不能及时得以痊愈")里传递出了自己的创伤。[②]

但是笔者认为，查询出哪个文本最贴近这首诗并不是最重要的，因为这两个神话文本只是一个背景性的前文本，它的功能也仅限于"欲望与欲望受挫"这一叙事模式。除此之外，更关键的地方在于这两个神话文本都包含了被惩罚者的失语状态，在日神和达佛涅的故事里，达佛涅直接由肉身变成月桂树，只留下姿态，没了言语，而在阿克泰翁与狄安娜的故事里，狄安娜见阿克泰翁偷看了自己入浴之后，则直白地警告后者说："你现在

---

① 奥维德：《变形记》，杨周翰译，北京：人民文学出版社，2008年版，第50页。

② Giuseppe Mazzotta, "The Canzoniere and the Language of the Self", ed. Harold Bloom, *Petrarch*, New York &Philadelphia: Chelsea House Publishers, 1989, pp. 61—62.

愿意去宣扬说你看见我没有穿着衣服,你尽管去说吧,只要你能够。"[①]而阿克泰翁则说不出话来。

由此可见,两个神话文本所奠定的叙事模式是:欲望的受挫和受挫后的失语状态。而据马佐塔考察,在但丁和圭尼泽利等前辈诗人的笔下,这种模式也得以保留。也就是说,抒情主人公尽管有表达情欲的冲动,但这股冲动受到外在于个体的话语的压制,不能真正地引导抒情主体将欲望完整地述说出来。[②] 而抒情主人公所思念的对象,往往会被抒情主人公放入某个外在于主体的秩序之内(比如我们所熟悉的贝阿特丽采被置于天堂之中),通过拉开与诗人的距离,从而寄托诗人的情感。

但是,彼特拉克则不同。我们可以发现除去最初和最后这两句话之外,全诗都弥漫着一股思念的气氛。思念来自于记忆,记忆与时间相连。在此基础上,马佐塔的观点才是具有启发意义的。他认为:"借助回忆这一举动,诗人试图将劳拉的幽魂化为一种稳定的显现,继而赎回并且撤销时间……更为重要的是,回忆这一举动将诗人放逐到一个无法定位的空间里,在那里劳拉真实样貌的消损被悬置起来,成为一个假设……继而诗人的回忆,不只是一个想要将劳拉的形象稳定下来的隐喻,而是将自身表述成既是头脑中一个虚无化的行动,以此来建立时间的连续性,同时也是一种虚构,阻碍了诗人对时间和所处之地的感知。"[③]由此可见,彼特拉克与但丁等人最大的不同在于:他将回忆幻化成了一种诗学的力量。在这种力量的影响下,外在于诗人的世界里的时间和空间被虚构、虚化,劳拉则只能存在于由诗人通过诗歌所建构的时空之中,继而永久地保留下来。其次,彼特拉克作为欲望受挫的对象,没有再表现出一种失语的状态,而是尽情地将受挫的过程,以及由此受到的痛苦程度展现出来。换言之,他实则通过诗歌的创作将自我表达了出来。

应该说,欲望的撩动、痛苦的思念等情愫在彼特拉克的笔下不再是一股向外喷薄而无法被自身所控制的力量,它不再将欲望投射对象放在天

---

① 奥维德,《变形记》,杨周翰译,北京:人民文学出版社,2008 年版,第 50 页。

② 参见 Giuseppe Mazzotta, "The Canzoniere and the Language of the Self", ed. Harold Bloom, *Petrarch*, New York & Philadelphia: Chelsea House Publishers, 1989, p. 62。在此,马佐塔援引了但丁的诗句:"每一寸舌头,都在颤抖,发不出声来。"以此来说明彼特拉克之前的诗人在处理上述欲望表达模式时的失语状态。

③ Giuseppe Mazzotta, "The Canzoniere and the Language of the Self", ed. Harold Bloom, *Petrarch*, New York & Philadelphia: Chelsea House Publishers, 1989, p. 62.

际，可望而不可即，而是通过诗学的力量，将理想和痛苦汇聚成一种语言，在言说的同时，也塑造了自我。也正是在这个意义上，彼特拉克的诗才受到当世普通人的追捧。继而，这种对个体迷茫与理想的诗性融合，对后世浪漫主义的诗歌产生了巨大的影响，这是彼特拉克作为经典作家，他的《歌集》作为经典作品得以传播的起点。

第二节 《歌集》在意大利的传播

在我们考察《歌集》与彼特拉克主义的传播之前，首先需要界定研究的视角和具体的研究方法。

从研究视角上来看，研究者伯丹(John M. Berdan)所定义的两个术语值得我们的关注：广义的彼特拉克主义(Petrarchism)和狭义的彼特拉克主义(Petrarchismo)。这两个概念的重要性在于：它区分了彼特拉克对后世欧洲文学影响的两个不同范式。

伯丹认为："广义的彼特拉克主义指的是，作者沉浸在对彼特拉克的崇拜之中，在不失自主性的前提下，无意识地模仿或字字句句忠实地翻译彼特拉克的作品。"[①]而狭义的彼特拉克主义指的是："一种外来的风格，为此我特意保留它的原语言表达形式，是一种不忠于原意的风格，彼特拉克在此指的仅仅是一个类别。"[②]针对狭义的彼特拉克主义，意大利学者皮耶里(Marius Pieri)则进一步指出："狭义的彼特拉克主义指的是一种艺术风格，它灵巧而富有智慧地塑造由心而生的事物，在创作爱情诗的时候不夹杂灵魂里的骚动，对想象中的女神不掺杂任何虚假的热情，亦不歌颂某种矫饰出来的爱欲。他的语句和他的情景混合在一起，并且如其所是地诞生自一种不可撼动的传统。"[③]结合皮耶里的论述来看，狭义的彼特拉克主义更倾向于重视彼特拉克对后世诗人的内在影响，而广义的彼特拉克主义则注重彼特拉克作品的传播。

事实上，这两者的区别并非如此泾渭可辨。因此，我们在论述这一主题时将融合这两个定义，兼顾彼特拉克文本的流传和他诗歌主题、形式、

---

① John M. Berdan, "A Definition of Petrarchismo", *PMLA*, Vol. 24, No. 4(1909), p. 704.

② Ibid., p. 704. 需要指出的是，这两种类型的定义由于无法在翻译上做出较为明显的区分，故笔者依据其中的含义将其分为广义和狭义。

③ Marius Pieri, *Petrarque et Ronsard*, 1896, p. 268.

情感等内在品质的传播。同时,如若将视角放回文艺复兴时期,我们就会发现彼特拉克所产生的影响除去文学之外,更为重要的是在宗教、哲学思潮等意识形态领域。同时,从研究对象来说,除去哲学家、教士、思想家这些精英阶层之外,我们也应该关注那些占据绝大多数的民间普通阶层的人们对彼特拉克的接受。

至于研究的方法,我们可以借鉴文化研究学者罗兰·格林(Roland Greene)的观点。他认为:"阅读抒情诗中的意识形态,如果忽视了这种文体中基本的表达模式,从根本上说就有以偏概全的危险。"①而学者布伦丁(Abigail Brundin)则接着格林的观念,具体落实到彼特拉克主义上进行补充:"针对彼特拉克主义,有两点值得我们进行特别关注:每首诗的结构和构成……其次,还应关注整部《歌集》的构成和特性,包括将各首十四行诗统一成一部连贯的,有时还是标记作者特性的统一整体的方式,这与在改革精神的语境下,考察彼特拉克式创作的内在部分具有同等重要的意义。"②因此,从方法论上来说,我们需考察十四行诗与文化意识形态,包括宗教、个体生活以及哲学等之间的关联。

(一)《歌集》与宗教改革

论及宗教改革和彼特拉克主义之间的关系,不得不提这一方面的代表性人物:彼特罗·本波(Pietro Bembo)。本波借鉴了彼特拉克的主题风格,并在自己的抒情诗实践中创作、模仿了彼特拉克式的语言。③ 除去诗人身份之外,本波还是一名罗马天主教会的红衣主教,并与意大利宗教改革有着较为紧密的联系。诗人和主教的特殊身份是他能够推动彼特拉克主义的主要原因。

具体来说,本波用自己的诗歌创作,将俗语文学的语法和尘世生活的文化特征带进了天主教会。④ 而意大利俗语文学的传播"本身就是意大利宗教改革的标志,它利用新兴出版机构的活力,致力于推广俗语文学,

---

① Roland Greene, *Post-Petrarchism: Origins and Innovations of the Western Lyric Sequence*, New Jersey: Princeton University Press, 1991, p. 6.

② Peter R. J. Hainsworth, *Petrarch in Britain: Interpreters, Imitators, and Translators Over 700 Years*, Oxford: Oxford University Press, 2007, p. 135.

③ See B. Richardson, "From Scribal Publication to Print Publication: Pietro Bembo's Rime, 1529—1535", *Modern Language Review*, XVC, 2000, pp. 684—685.

④ 由于资料收集有限,再加上笔者学识积累尚缺,无法在这里具体展现出本波的诗作,继而发现他与彼特拉克的具体联系,姑且只能引述一些学者的结论。

最大范围地向读者传递宗教改革的信息”[①]。

宗教改革的核心在于让更多的人能够用自己的方式接近上帝。而在此过程中，“孤独”和“虔诚”是两个不可或缺的因素。我们可以想象，本波之所以把彼特拉克的诗作当成自己和教会传递教义的重要载体，恰恰借鉴了彼特拉克诗中“个体的孤独”以及对劳拉“忠贞不渝的思念”这两个核心因素。而彼特拉克用意大利语所创作的诗体语言特色，为新教教义能够被最大范围内的受众所接受提供了完美的立证。

真正推动宗教改革运动的实体其实就是普通大众。除去教义的推广之外，我们还应该首先考察大众对彼特拉克主义的接受情况，尤其需要发现大众通过彼特拉克的诗作，接受宗教改革的内在动机是什么？可以说，彼特拉克笔下那种对自我迷茫与困顿的关注是最先打动民众的元素之一，那么在彼特拉克故去之后，这种情愫又延伸出了怎样的变奏呢？针对个体性的情感表达，彼特拉克主义又幻化出了怎样一种新的形式呢？要回答这一系列问题，我们还是秉承前文提及的格林的观点，从诗歌形式方面进行分析。

有学者认为十四行诗是一种先定的诗歌形式，也就是说，在诗人动笔之前，他所要达到的一定效果，包括诗歌中的容量以及整体结构等元素已被先验地限定了。[②] 但这并不意味着这种诗歌的形式限定了诗人的创作。学者富勒(A. Fowler)就认为，这种形式与其说束缚住了诗人，不如说较为积极地促成了其形式，因为它能给诗人一种秩序，使得他们在创作过程中表达自己。[③] 那么，这种形式对于当时的人来说具有什么意义呢？

从宫廷的受众出发来看，“十四行诗容量上的限定性和结构，可充分与宫廷社会的构成本质相比较，彼特拉克主义正是依此在早期现代社会里扎下了根”[④]。具体来说，十四行诗在宫廷里的流行，为王公贵族们提供了一个“可供缓冲的理想形式，使得他们远离不安的事实，如此一来，编制精密、结构先定的宫廷社会获准给其中的成员一种限定的自由，让他们

---

① Peter R. J. Hainsworth, *Petrarch in Britain: Interpreters, Imitators, and Translators Over 700 Years*, Oxford: Oxford University Press, 2007, p. 134.

② 可参见 M. R. G. Spiller, *The Development of the Sonnet: An Introduction*, London: Routledge, pp. 1—10。

③ A. Fowler, *Kinds of Literature: An Introduction to the Theory of Genres and Modes*, Oxford: Oxford University Press, 1982, p. 31.

④ Peter R. J. Hainsworth, *Petrarch in Britain: Interpreters, Imitators, and Translators Over 700 Years*, Oxford: Oxford University Press, 2007, p. 135.

能够越过拘囿,迈向新的认知和身份之中"[①]。

由此可见,十四行诗形式上所具备的限定与自由之间的博弈,给了当时宫廷社会一个相对自由的表达契机,而彼特拉克的十四行诗,又由于前文所提过的关注自我的特性,更加深了传递自由的效果,使得当时宫廷中冒出了一大批彼特拉克的拥趸。其中最明显的例子就是贵族女诗人维多利亚·科罗娜(Vittoria Colonna)。

维多利亚·科罗娜曾写过如下一首十四行诗(笔者试译):

我时常从冰冷的迷雾中奔向
上帝的光与热,神圣的光和炽热的火焰
凝聚成力量,融化冰块
撕裂虚无的面纱
就算我的心灵仍旧阴冷黑暗
我全部的思绪也会奔向天堂
于我体内无边的沉默之中
我听见只有灵魂才能听见的声音
它对我说:"别害怕,耶稣将会降临尘世
丰饶无边的大海装着无尽的宝藏
有了它我们就能从重负中解脱
若有人能够弃绝自身
对着满载他那神圣荣耀的大海谦卑地狂喊
他的海浪就会一直变小,越来越温柔。"[②]

这首诗在学者们看来显然受到了彼特拉克《歌集》中第189首诗的影响。彼特拉克的诗作如下:

我的生命如同一条船,在黑夜环境
在波涛翻滚的大海里,在暴风雨中
渡过一道鬼门关;爱神站在舵前,
它是我的主宰,又是我的敌手和克星。

每一条桨都在玩世不恭,

① Peter R. J. Hainsworth, *Petrarch in Britain: Interpreters, Imitators, and Translators Over 700 Years*, Oxford: Oxford University Press, 2007, p. 136.

② Ibid., p. 144.

似乎在把滔天的巨浪嘲弄；
狂暴的风不停地喘着粗气，
怀着希望，带着欲望摇晃船艇；

苦涩的雨水，傲慢的雾气重重，
打湿了绳索，锁住了锚钉，
错误和无知交织在一体之中。

两颗明亮的星星被遮挡住，
聪慧和理性被巨浪吞噬，
我开始怀疑驶不到港口泊停……①

我们经过粗略的对比后可以发现，两首诗都涉及了“在海上”的这一场景，区别在于：彼特拉克的诗中，诗人困于海中，并对是否能够驶出海域感到迷茫，在他笔下，海是情爱的象征。（爱神站在舵前，它是我的主宰，又是我的敌手和克星。）而在科罗娜的笔下，大海的汹涌因为有了耶稣基督的指引反而成了对坚定信念的考验。

由此我们可以发现，科罗娜作为彼特拉克的信徒，在诗歌中保留了“海上挣扎”的场景，但是这种挣扎显然有了全新的方向，这就是宗教的指引。那么，科罗娜是否想要借助这股力量，回归到但丁那种借助宗教力量来表达自我提升的诗性塑造这一层面呢？对这一问题的回答，既然涉及宗教，那么我们还需进一步考察彼时彼特拉克主义与宗教语境之间的关联。

彼特拉克的《歌集》从总体的结构安排上来看，呈现出一种重复的特征，也就是说，整部诗集都在反复表达诗人因爱而不得，从而与自己的意志和理性斗争的主题。这种主题贯穿整部《歌集》，直到《歌集》的最后一首诗中，诗人的困境依旧没有得到解脱，只能借助向圣母玛利亚乞求来结束整个主题的展现。这样一来，整部《歌集》呈现出一种封闭的结构特征，这一点对我们有何帮助呢？

据学者考察，当时的彼特拉克信徒多半也是宗教改革的拥护者。②

---

① 彼特拉克：《歌集》，李国庆、王行人译，广州：花城出版社，2000年版，第260页。

② See Peter R. J. Hainsworth, *Petrarch in Britain: Interpreters, Imitators, and Translators Over 700 Years*, Oxford: Oxford University Press, 2007, pp. 137—145.

并且这样的双重身份加注于个人身上也绝非偶然,两者的平衡点在于:"如果彼特拉克诗中的爱偏向精神层面而非尘世之爱,如果读者用路德的观念来解读《歌集》这种封闭的结构安排的话,将发现更为重要的内容。"[①]路德的观念,具体来说就是"因信称义"(Sola fide),它指的是:个体无需控制自己的命运,而需弃绝自身,迎接上帝的荣光降临在灵魂的时刻,如此一来,个体的无力感会带来一种改变,这种改变会给个体的信念深处带来一种见证,使得个体成为被上帝选中的一员。[②]

从这个角度出发,我们可以发现彼特拉克在诗中重复表现出来的困顿状态,为路德的新教思想提供了一个可供发展的土壤。在笔者看来,首先,它与但丁在《新生》中所表现出来的诗学思想与宗教愿景有较为明显的区别。彼特拉克在《歌集》中所展现出来的个体是孤独的,这个前提与路德的改革精神相统一。其次,路德"因信称义"的教义"包含着一组悖论……个体的基督徒要求通过研读和思考上帝的言语发展出积极的信念。与此同时,他们又无法接触到优良的作品,转而接受自己的信念已经被先定,自己的救赎早在出生之前就已经决定了"[③]。如此来看,路德用来解决这一悖论的关键就在于通过个体的沉思来接近上帝,这似乎也是宗教改革的核心部分。从这个层面来看,彼特拉克十四行诗中表现出的孤独、真实而挣扎的个体,为处于宗教改革背景中的个体提供了先验的模型。针对这两者的关系,布伦丁的观点可视作最好的总结,他认为:"个体作为人的局限也许会困扰诗人,但是这些困扰无时无刻不在指引他通过自身的信念寻求救赎。彼特拉克的脆弱给他带来了苦恼,而那些经过改动的彼特拉克主义者只会感到快乐。"[④]

除此之外,我们也应当关注到,一种全新的意识形态诞生伊始肯定结合了当时的哲学观念。那么,在宗教改革与彼特拉克主义的关联背后,又蕴含着怎样的思想观念的转变呢?

---

① See Peter R. J. Hainsworth, *Petrarch in Britain: Interpreters, Imitators, and Translators Over 700 Years*, Oxford: Oxford University Press, 2007, p. 137.

② J. Pelikan, *The Christian Tradition: A History of the Development of Doctrine*, IV, Chicago: University of Chicago Press, pp. 128—155.

③ Peter R. J. Hainsworth, *Petrarch in Britain: Interpreters, Imitators, and Translators Over 700 Years*, Oxford: Oxford University Press, 2007, p. 138.

④ Ibid.

(二)《歌集》与意大利思想文化变革

按照格林的观点来看,探究诗歌与意识形态的关系需从探讨诗歌创作入手,那么在探讨彼特拉克主义与哲学思潮的关系之前,芬奇(Guiseppe Finzi)的观点值得我们的关注。他认为《歌集》并不是一部历史和心理学的文献资料。而是持续了一个多世纪,有关意大利和普罗旺斯地区发展的一段心路历程。而在描述这段心路历程的过程中,芬奇用了三个关键词:"艺术的"(artistic)、"缓慢的"(slow)和"丰富多彩的"(manifold)。[①] 笔者认为,芬奇的观点值得进一步展开说明。首先,"一个多世纪""意大利和普罗旺斯"这两点说明《歌集》成书的过程是漫长的,它的影响是多面的,这一点与"缓慢的"和"丰富多彩的"相对应。其次,"艺术的"则与前面的非"历史"和非"心理学"文献相对应,表明《歌集》在接受过程中既有开放性,也有一定程度上主题变奏的可能性。

前文提及十四行诗这种诗体形式的一大原型就是"辩诗"。形式上的优势使得这种诗体天然地具有论辩的色彩。而在哲学层面,将这种论辩特征幻化成哲学思辨的一个代表性人物就是布鲁诺(Giordano Bruno)。布鲁诺以自然科学的成就闻名于世,并通过坚定不移地传播哥白尼的日心说,成为打破旧世界科学观和建立新时代人文主义思想的领航者。但很少有人关注到,在这位科学家掀起的科学风暴背后,其实隐藏着一种哲学思潮的演变。可以说,布鲁诺正是通过艺术性地变奏彼特拉克主义的主题,为彼特拉克主义与近代哲学思潮之间架起了一座意义丰富的桥梁。

布鲁诺借助十四行诗的论辩特征,并非为了展现两种不同观点之间的争斗,而是相反,他认为十四行诗这种形式可以融合诗歌和哲学的可能性。这一思想早在他的拉丁文著作中就有所展现,他认为:"哲学家从某种层面来看就是画家和诗人,诗人是画家和哲学家,画家是哲学家和诗人。所以,真正的诗人,真正的画家和真正的哲学家互相融合且互相崇拜。"[②]而盖提(Hilary Gatti)则认为,布鲁诺的这一观点"可以得到更深层次的认识:在理性和想象、直觉和逻辑,幻术和科学之间,它揭示了一种重要的融合,而非带争议性的矛盾"[③]。

---

① See Guiseppe Finzi, *Pétrarque, Sa Vie et Son Oeuvre*, Carolina: Nabu Press, 2011, p. 102.

② F. Fiorentino, *Opere latine conscripta*, Volume 3, Carolina: Nabu Press, 2010, p. 133.

③ Peter R. J. Hainsworth, *Petrarch in Britain: Interpreters, Imitators, and Translators Over 700 Years*, Oxford: Oxford University Press, 2007, p. 151.

盖提所认为的"争议性的矛盾",其实指的是在对彼特拉克的接受过程中曾经存在过的一种拒斥的观点。这种观点认为,彼特拉克似乎有厌女症(Misogyny)的倾向,它使彼特拉克无法去爱现实中的女性,而只能去热恋逝去,或者经过抽象化的、内涵单一的女性——劳拉。在这种思想倾向下,彼特拉克之后的一些诗人认为,他的诗歌中没有一句可称得上是"爱情诗",根本无法和但丁相媲美,充其量也只是用一种单一的语言来表述对单一女子的赞扬,拘谨、冷静,并缺少热情。而在这个意义之下,彼特拉克所用的俗语,就失去了实际的用处。[①] 事实上,一部文学经典的接受,恰恰在于对它的接受与拒斥的博弈过程之中。拒斥者的核心观点在于:彼特拉克无法给具体的、尘世的爱情提供可借鉴的范式,所以他所用的俗语就失去了实际的效用。但当我们换个视角来看这一点时,不免就会发问,彼特拉克的俗语创作为何不能用来传递一种抽象的、普遍的情感呢?

在一系列作家当中,一位叫做麦里彼得罗(Hieronimo Maliepetro)的修士给我们回答上述问题提供一个较为典型的参考例子。据资料表明,布鲁诺也在一定程度上读过这位修士的作品,[②]这样一来,对他的了解又能帮助我们深入所要论述的主题。麦里彼得罗曾于1536年发表了一部作品,其中杜撰了自己在彼特拉克墓前朝圣时,彼特拉克的鬼魂向他显灵的一段经历。在他和彼特拉克的鬼魂交谈的过程中,这位修士首先肯定了彼特拉克在诗中表现出的贞洁观,继而又唏嘘彼特拉克为恪守这种贞洁所表现出的挣扎,这两点受到了鬼魂的认可。于是,修士就提出了解决这种苦恼的一个良方。他建议彼特拉克的鬼魂授权自己对整部《歌集》进行重写,重点在于重新编排《歌集》的顺序,使得整部诗集可以从对劳拉的热爱提升到对上帝和圣母的赞扬之中,这样一来彼特拉克的鬼魂就不必再为情所困,尘世中未了的夙愿,可以在天堂的荣光中得到补偿。彼特拉克的鬼魂在此期间先是向修士诉苦,列举了许多后世诗人对他的非议,包括认为他的诗歌空虚,充斥着矫饰过度的词句等观点,最终还是同意了修

---

① 有关彼特拉克和厌女症的论述,学术界尚无定论,对此观点的论述也超出了本书的叙述目的。对此问题感兴趣的读者可参见:Diego Zancani, "Renaissance Misogyny and the Rejection of Petrarch", ed. Peter R. J. Hainsworth, *Petrarch in Britain: Interpreters, Imitators, and Translators Over 700 Years*, Oxford: Oxford University Press, 2007, pp. 161—175。

② Peter R. J. Hainsworth, *Petrarch in Britain: Interpreters, Imitators, and Translators Over 700 Years*, Oxford: Oxford University Press, 2007, p. 151.

士的提议。[①]

透过这个虚构的故事本身,我们可以看到这位修士实际上是在用自己的创作驳斥了反对彼特拉克的人,并且还提出了一种全新的立场:将彼特拉克对劳拉的爱上升为一种对天国的爱。在这一语境下,彼特拉克的专一就变成了宗教语境中的虔诚,而他所受到的折磨就变成了一种考验,从而使得彼特拉克主义与前文所提到的宗教改革相联系起来。

布鲁诺既然看过这位修士的作品,那么他的态度如何呢?首先,布鲁诺肯定了麦里彼得罗的立场,赞同需要重新将彼特拉克主义指引到别的方面去。但是,布鲁诺的立场不是宗教而是哲学。

布鲁诺所关注的核心点在于:“彼特拉克主义……是否适用于定义自然哲学?”[②]对于他来说,既然当时的人们拒斥彼特拉克的焦点在于如何表达对女性的爱这一点上,那么要想转变世人对彼特拉克的偏见,就需要重新定义彼特拉克诗歌中的女性与诗人之间的关系。面对这一问题,布鲁诺进行了两个方面的修正:第一,他将彼特拉克诗歌中具体的劳拉形象上升为更为普遍的女性,抑或说用女性象征自然哲学中的真理。这样一来“十四行诗就可以促进哲学思辨”[③]。第二,布鲁诺着重对彼特拉克诗歌中所引用的经典典故进行了修改。就拿我们先前所举过的诗歌为例,彼特拉克在处理狄安娜的典故时,将原始的场景表现为求爱而不得的苦涩经历,而布鲁诺则首先将狄安娜当成了普遍存在的真理,继而将看狄安娜入浴的猎人当成了思索哲学真理的哲学家。如此一来,彼特拉克诗中苦涩的恋爱关系就转变成了对真理的求索过程。

至此,我们可以发现,彼特拉克的诗作除去宗教性的深化之外,还被后世的哲学家转变成了求知的过程。其中的孤独、虔诚既可以是宗教层面的信仰实现,也可以是求知过程中的德性展现。当然,布鲁诺的这一改变并非空穴来风,其中也包含着新柏拉图主义与彼特拉克主义之间的关联。

著名思想史研究家巴登豪斯(R. W. Battenhouse)就曾撰文指出,在

---

① 彼特拉克鬼魂与修士之间的对话可参见:Peter R. J. Hainsworth, *Petrarch in Britain: Interpreters, Imitators, and Translators Over 700 Years*, Oxford: Oxford University Press, 2007, pp. 151—152。

② Peter R. J. Hainsworth, *Petrarch in Britain: Interpreters, Imitators, and Translators Over 700 Years*, Oxford: Oxford University Press, 2007, p. 152.

③ Ibid., p. 153.

新柏拉图主义观念下,思想家所表现出的对知识、真理的探索和宗教改革的思想核心之间有着较为明显的联系,甚至可以说,"知识"就是"信念",因为拯救就包含在追求知识的过程当中,其中的重点在于如何通过选择将自己的信念引向上帝,这个过程必定是漫长而又艰苦的。[①] 这样一来,彼特拉克在《歌集》中所展现出来的一切品质:孤独的自我、不断的克制、虔诚的态度等,就为世人接受新柏拉图主义的相关理念提供了诗学的土壤,也使得彼特拉克主义在哲学中找到了新的变奏与发展。

(三) 普通民众对《歌集》的接受

除去宗教、哲学和相应的社会思潮变化之外,普通民众对彼特拉克的接受也经历了一个多变而有趣的过程。凤毛麟角的哲学家和思想家属于精英阶层,而在彼特拉克成为民族诗人的过程中,我们也不该忽略普通民众对他的接受。相较精英阶层关注彼特拉克的诗学、哲学、宗教思想与变奏,普通民众更关心的是《歌集》当中所重点歌颂的女性形象:劳拉。

尽管彼特拉克通过手稿、信件、作品,已经向读者展现了一个活生生的劳拉形象。但当时的批评者一直对是否存在劳拉这个形象有所怀疑,他们更倾向于认为劳拉不在尘世之中,而只存在于彼特拉克的诗歌当中。换句话说,在批评者眼中,劳拉是谁这个问题,只有放在《歌集》当中来考察才会有意义。评论者的观点,再加上当时彼特拉克研究资料的匮乏,使普通读者对劳拉的好奇心无法得到满足。于是在文艺复兴时期的意大利,普通读者对劳拉的考证逐渐演变成了一种风尚,这恐怕是彼特拉克始料未及的,但它却在一定程度上促成了彼特拉克作品的传播。

据 1525 年的一份资料记载,当时有位叫维卢泰洛(Alessandro Vellutello)的人为了考证劳拉这个形象,不惜离开自己的家乡卢卡(Lucca)来到普罗旺斯,对彼特拉克与劳拉相遇的地方进行实地考察。凭借着热情与好奇,维卢泰洛最终认定,前人对劳拉的认识是错误的。比如,劳拉并非出生在阿维尼翁(Avignon)这个地方,而是此地之外的一个村庄里,她本人也并非是大贵族的后代,而是一个地位很低的贵族的后代。而对于民众比较关心的劳拉是否结婚这一问题,维卢泰洛的答案非

① 新柏拉图主义与自然哲学、宗教改革之间的联系的问题过于庞大,超出了笔者所要论述的范围,在此只是点到为止,巴登豪斯的观点以及相关主题的深入探索,可参见:R. W. Battenhouse, "The Doctrine of Man in Calvin and in Renaissance Platonism", *Journal of the History of Ideas*, IX, 1948, pp. 447—471。

常肯定:劳拉从未婚配。[①] 尽管维卢泰洛自信满满,但他所找到的这些证据并不能和彼特拉克所记录的文字相匹配。人们更多的是从他的举动中受到启发,前赴后继地开始了一系列考察工作。

七年之后,另一个叫做隆贾诺(Fausto da Longiano)的人启程了。他几乎是针锋相对地逐条否定了维卢泰洛的考证,其中最为关键的是,隆贾诺认定劳拉不是整日陪伴在父亲身边的老处女,相反,她结过婚,并且还生过孩子。如若这点是可信的话,那么彼特拉克在世人眼中就是一个对有夫之妇想入非非的人。隆贾诺还特意拿彼特拉克的拉丁文作品作为证据,认定彼特拉克对劳拉表达的不是一种赤诚而又纯洁的思念,而是一种淫欲。[②] 诚然,这两人对劳拉的考察是否属实不是我们应该关注的问题,重要的是,我们可以发现,以这两人为代表,当时的普通阶层似乎急于将彼特拉克从书本中推到现实的维度中,不亚于我们当今社会中的"追星"。

除去麦里彼得罗之外,一个叫做加索尔多(Andrea Gesualdo)的人于1533年出版了一部评述彼特拉克的专著。[③] 据学者潘尼扎(Letizia Panizza)介绍,加索尔多的专著是献给一位贵族夫人的。作者假借彼特拉克与劳拉的关系,实则在向这位贵族夫人献殷勤。他将贵妇人等同于劳拉,继而将彼特拉克对劳拉的这份感情转移到自己对贵妇人的爱慕之中,这部作品与其说是一部介绍彼特拉克的作品,倒不如说是一部展露自我私心的情书。[④]

1539年,意大利市面上出现了一本非常有趣的有关彼特拉克与劳拉关系的作品。这部作品的作者是弗朗哥(Niccolò Franco),他杜撰了一个叫做圣尼奥的彼特拉克主义者,记录了他去拜访彼特拉克故居时的所见所闻。圣尼奥对彼特拉克的作品如数家珍,能够模仿彼特拉克的笔调创作十四行诗,尤其善于模仿《歌集》里的作品。在弗朗哥的笔下,他甚至有

---

① 英文版的论述引自 Letizia Panizza, "Impersonations of Laura in Sixteenth-and Seventeenth-century Italy", ed. Peter R. J. Hainsworth, *Petrarch in Britain: Interpreters, Imitators, and Translators Over 700 Years*, Oxford: Oxford University Press, pp. 181—183。

② 转引自 Letizia Panizza, "Impersonations of Laura in Sixteenth-and Seventeenth-century Italy", ed. Peter R. J. Hainsworth, *Petrarch in Britain: Interpreters, Imitators, and Translators Over 700 Years*, Oxford: Oxford University Press, pp. 183—185。

③ See R. De Rosa, *Dizionario Biografico degli Italiani*, LIII, Rome: Instituto dell' Enciclopedia Italiana, 1999, pp. 505—506.

④ Letizia Panizza, "Impersonations of Laura in Sixteenth-and Seventeenth-century Italy", ed. Peter R. J. Hainsworth, *Petrarch in Britain: Interpreters, Imitators, and Translators Over 700 Years*, Oxford: Oxford University Press, 2007, p. 188.

时就把自己当成了彼特拉克。于是,在他到达旅行终点站之后所做的第一件事就是去拜访劳拉的墓,瞻仰一番后,他就对身边的人开始讲述有关劳拉的经历,企图找到别人的应和。但是,包括教士在内的一切人都对他的言论表示怀疑。一气之下,他转身来到了彼特拉克的故居,参观了彼特拉克的书房,在他的眼中,这间书房到处贴满了劳拉的画像,身处这样的环境中这位彼特拉克的信徒不免感叹,如若能待在这个屋子里,他也能够写出许多歌颂劳拉的诗歌来。在他离开彼特拉克的故居之后,他结识了当地的两个居民,这两人带他去拜见了当地的镇长。这位镇长私下里给他看了据说是还原度最高的劳拉画像,让这位信徒大失所望的是,劳拉并没有长得如诗中那样宛若天人,相反,她不仅相貌普通,而且双手也不像诗中写得那样仿佛雪花和象牙,甚至看上去长得就像一个妓女。随后,圣尼奥"亲眼"看到了彼特拉克的手稿,从这些手稿中,他读出的不是一颗炽热的心,而是一条冷嘲热讽的舌头,彼特拉克非但不怀念与劳拉的相遇,相反他还诅咒这一次邂逅,最让他惊讶的是,《歌集》当中歌颂劳拉带领彼特拉克"翻过一座座山丘,越过层层思绪"的诗句,原始的版本是"递过一杯杯美酒,踏进一家家妓院"①。

至此,我们选取了16世纪意大利普通民众对彼特拉克,尤其是劳拉这个形象所展开的一系列研究。严格说起来,这些举动算不上严谨的学理研究、严肃的文学创作。但它们依旧对我们具有启发的意义。

首先,当时的背景是文艺复兴时期的意大利。文艺复兴是肯定人,尤其是肯定巨人的一个年代,人们也渴求个性解放,肯定世俗的欲望,这两点合在一起,塑造出了一个有血有肉的,夹杂着情欲的巨人形象——彼特拉克。如若按照这样来看,这些举动实际上可以看做是文艺复兴时期的人们针对彼特拉克所形成的一种"亚文化"追寻模式。

其次,这种"亚文化"模式也具有一定的文化逻辑。维卢泰洛等人对彼特拉克和劳拉关系的"考证",实则可以看做民间对作家成为经典的另类贡献,它将处于书本和精英意识形态中的彼特拉克,渗透进了民间的话语当中,它消解了先前精英阶层有关彼特拉克的固有印象与意义,带来了一定意义上的解读开放性,正是在这一层文化逻辑之中,诞生了麦里彼得

---

① 这则故事可参考:Niccolò Franco, *Il Petrarchista*, Venice: G. Gioliti da Ferrara, 1539。转自 Letizia Panizza, "Impersonations of Laura in Sixteenth-and Seventeenth-century Italy", ed. Peter R. J. Hainsworth, *Petrarch in Britain: Interpreters, Imitators, and Translators Over 700 Years*, Oxford: Oxford University Press, 2007, pp. 189—192。

罗和加索尔多两人的虚构作品，它们体现出是解构文化符号后所诞生的一种重要的诗学力量——虚构。对于经典文学形象的传播来说，虚构就会带来意义的增殖，它是经典文学意义开放性的体现。彼特拉克与劳拉的关系，在经过上述两位“作者”的虚构之后，实则成了民间的一种传奇，它具有一种感召的力量，由于劳拉的形象过于神圣，彼特拉克的情感又过于坚贞，使得这种传奇天然地具有了一种感召力，也难怪加索尔多会利用这一符号化的力量来表达自己的私心。可是，我们知道某种意义在生产过后势必会带来新的消解，随之而来的弗朗哥的作品，就可以看作是对新形成的作家形象的一次戏仿。

如此一来，彼特拉克在文艺复兴时期经过了“民间化—虚构化—戏仿”的过程，在意义的增殖、虚构与消解的过程中，他的形象，连同与劳拉的关系逐渐深入人心，甚至成了意大利人民心中的近代爱情神话典范。除此之外，正是在这种真假难辨的作品传播过程中，民间的话语得以流通，使得文艺复兴时期的民众一方面以类似巴赫金所说的“狂欢化”的姿态，一定程度上消解了宗教、政治等的意识形态话语，另一方面又用自己的话语形态，塑造了能够让普通民众“消费”的彼特拉克形象。这一点，对于考察当代民众对经典文学的接受亦具有一定的借鉴作用。

（四）《歌集》与意大利文学

彼特拉克对 17、18 世纪的文学影响不及它对 19 世纪浪漫主义思潮的文学影响。但就实际的接受情况来看，彼特拉克在 19 世纪的接受则经历了较为曲折的过程。①

文学史研究者帕梅拉·威廉姆斯（Pamela Williams）认为，在 19 世纪初期的意大利作家的心中：“但丁占据着非常重要的位置，而彼特拉克作为一名诗人的地位开始受到怀疑。”②究其原因在于“但丁对那些企图通过公民和民族变革，来促成一个全新社会的意大利作家来说，更具有楷模的样貌”③。相比之下，彼特拉克诗歌中沉溺于个体情感的表达就缺少了

---

① 笔者在此并非认定彼特拉克的文学对 17、18 这两个世纪的意大利文学没有任何影响，只不过囿于语言与所掌握的材料，未能找到相关方面的具体例证，有待有识之士进行这方面的补充。

② Pamela Williams, “Leopardi and Petrarch”, *British Academy*, Issue 146, p. 278.

③ See A. Cicciarelli, “Dante and the Culture of Risorgimento: Literary, Political or Ideological Icon?”, eds. A. R. Ascoli and K. von Henneberg, *Making and Remaking Italy: The Cultivation of National Identity Around the Risorgimento*, Oxford: Oxford University Press, pp. 77—102.

对社会和政治现实的关怀。[1]

而就当时的意大利文坛而言,尽管有类似反对的声音,但占据文坛主流风尚的却是(尤其是外来的)感伤主义文学。[2] 为了迎合这种风尚,意大利主流出版界把彼特拉克搬了出来,他们认为这位注重情感的诗人势必会让读者找到本国的抒情模式。于是在出版社的推波助澜之下,彼时的出版界冒出了一大批对彼特拉克诗歌的全新评论和介绍。[3] 而在这些评论者当中就包括日后意大利浪漫主义的代表诗人贾科莫·莱奥帕尔迪(Giacomo Leopardi)。莱奥帕尔迪的确不屑流行于文坛之中的感伤主义,[4]但他似乎并没有因此而拒斥彼特拉克,相反,借助评述彼特拉克的热潮,莱奥帕尔迪发现了彼特拉克的诗歌与19世纪浪漫主义思潮结合的可能性。

莱奥帕尔迪重新审视了彼特拉克诗歌中所表现出来的柏拉图主义。在给友人的信中,莱奥帕尔迪说:"于我而言,彼特拉克的柏拉图主义就像一种神话,因为我们可以清楚地看到,他的诗歌虽然像别人一样处处显现出感伤的情怀,但也包含着情欲的成分。"[5]那么我们该如何理解莱奥帕尔迪所说的"情欲的成分"呢?它和前半句所说的"神话"之间有什么联系呢?威廉姆斯在看待上述问题时援引了另一个诗人乌戈·福斯克洛(Ugo Foscolo)的观点,该诗人认为意大利许多模仿彼特拉克的诗人"将他看成是教会高僧和有识之士的典范,这些人借鉴了他诗中歌颂柏拉图式爱情的语言,用来与异性进行交往"[6]。而顺着这一观点,威廉姆斯认为:"莱奥帕尔迪的确愿意写这样的感伤性的诗歌,但需与乌戈·福斯克洛所说的那些彼特拉克的模仿者相区别地方在于,莱奥帕尔迪所要创作的是一种现代纪元中的感伤诗歌,而非为意大利的宗教机构所服务。"[7]很显然,威廉姆斯所说的现代纪元就是浪漫主义时期,而在这样的时代背

---

① Pamela Williams, "Leopardi and Petrarch", *British Academy*, Issue 146, p. 278.

② Ibid., p. 280.

③ Ibid., pp. 280—281.

④ 莱奥帕尔迪对此的评价可参见他写给友人的一封信,在信中,诗人用较为辛辣的语调讽刺了感伤主义,参见 G. Leopardi, *Tutte le Opere*, I, eds. W. Binni and E. Ghidetti, Florence: Newton Compton, 1988, p. 1234。

⑤ G. Leopardi, *Tutte le Opere*, I, eds. W. Binni and E. Ghidetti, Florence: Newton Compton, 1988, p. 1266.

⑥ Pamela Williams, "Leopardi and Petrarch", *British Academy*, Issue 146, p. 282.

⑦ Ibid.

景当中，莱奥帕尔迪所谓的“情欲的成分”就可以理解了：它区分了彼特拉克主义当中与宗教结合的一种新柏拉图主义（可参见前文的相关部分），强调的是个体性的体验，也就是说莱奥帕尔迪“意在建立一种表达自身观念的风格”①。

既然莱奥帕尔迪所说的彼特拉克诗歌中的柏拉图主义与个人相关，是一种“情欲的成分”，那么它所说的“神话”也必定是从个体性出发的一种感悟，换句话说，这种神话模式就是浪漫主义者所试图建立的“个体神话”模式，并且抵达这种模式的途径也是浪漫主义诗人的核心诗学旨归：想象力。

在论述莱奥帕尔迪有关想象力的构建这一问题时，威廉姆斯详细地对比了《歌集》中第126、129首诗与莱奥帕尔迪的诗作《致他的女士》（“Alla sua donna”）之间的关联，得出的结论可以概括为以下几点：1. 莱奥帕尔迪从彼特拉克的相关诗歌中发现了彼特拉克对劳拉的思念折射出一种想象力，借助这种想象力，彼特拉克体验到了存在的意义。2. 莱奥帕尔迪认为彼特拉克的上述诗学力量，可以上升为个体对美以及德性的一种追求。3. 与柏拉图的相关理念不同的地方在于，莱奥帕尔迪并非主张通过智慧达到柏拉图所说的“永恒”与“太一”境界，而是通过想象力。因为理性只会摧毁想象力，而想象力可以带来热情。4. 正是凭借着这股想象力与热情，现代人才能在追寻美中获得无限和超越。这是他与英国诗人雪莱的不同之处。②

至此，借助威廉姆斯的分析，我们可以看到彼特拉克主义当中有关柏拉图主义的部分在莱奥帕尔迪那里获得了新的内涵。前文所提及的宗教改革者，在关注彼特拉克主义与新教思想的契合问题时，侧重的是个体与上帝之间的关系，彼特拉克在诗歌中所表现出来的克制、挣扎等要素被他们视作隐忍、虔诚等优秀的宗教品质，这种模式虽然打破了旧时代的信仰模式，但却依旧笼罩在宗教的氛围之中。而到了莱奥帕尔迪的笔下，彼特拉克主义中的这一系列特性，成了自我想象力的促成因素，一切不再与宗教情怀相联系，它的出发点和最终的旨归都是个体性的，并且他对彼特拉克的解读更接近诗学本质，而非外在话语的借鉴。也正是在这个意义上来说，莱奥帕尔迪打破了无病呻吟式的感伤主义，通过建立一种关乎个体

---

① Pamela Williams, “Leopardi and Petrarch”, *British Academy*, Issue 146, p. 282.

② Ibid., pp. 282—290.

存在的深刻情感,在丰富了彼特拉克主义的同时,建立了现代维度中的个体,相比先前文艺复兴时期的近代个体,这个全新的个体更为独立,某种程度上来说也更为孤独,但正是在这种全新意义中的孤独当中,彼特拉克主义在现代语境中幻化出了全新的可能性。

第三节 《歌集》在欧洲的传播

彼特拉克在意大利本土的接受情况顺应了时代的发展,在宗教、政治和民间文化等层面形成了较为立体的诗学体系。而随着近代欧洲各国经济的发展,尤其借助于泛欧洲的文艺复兴运动的势头,彼特拉克主义开始走出国门,对欧洲其他国家的文学创作产生了深远的影响。

(一)《歌集》在英国的传播

国外学界,尤其是英国文学史研究者对彼特拉克主义在英国的接受情况已做出了系统的概述,笔者试图在已有资料的基础上,以时间为轴线,围绕着《歌集》这部作品当中呈现出的上述几个层面进行重点论述。

英国文坛对彼特拉克的接受可以追溯到16世纪初期。就当时文坛对彼特拉克的接受情况来看,首先被英国人了解的是他的拉丁语作品。学者迈克尔·怀亚特(Michael Wyatt)认为:"乔叟是就彼特拉克的重要性,对英国文坛发出第一声的人……"[①]由此可见,彼特拉克在英国诗歌界的接受轨迹,可以以"英国诗歌之父"乔叟为源进行考察。但这样说并不意味着乔叟对彼特拉克的接受是直接性的。作为补充,费雷森(J. Finlayson)指出:"彼特拉克对薄伽丘故事的拉丁文改编是乔叟诗歌故事的主要来源。"[②]具体来说,乔叟的《坎特伯雷故事集》当中的"店员的故事"一章可看作彼特拉克着陆英国的第一站。彼特拉克对乔叟的影响,就这则故事来看,还是较为初级的,主要表现为乔叟为故事主人公取名为"弗朗西斯·彼特拉克"(Francys Petrake)。

---

① Michael Wyatt, "Other Petrarchs in Early Modern England", ed. Peter R. J. Hainsworth, *Petrarch in Britain: Interpreters, Imitators, and Translators Over 700 Years*, Oxford: Oxford University Press, 2007, p. 203.

② See J. Finlayson, "Petrarch, Boccaccio, and Chaucer's Clerk's Tale", *Studies in Philology*, XCVII, 2000, pp. 255-275.

相较于乔叟，以英国的另一位桂冠诗人约翰·斯凯尔顿(John Skelton)为代表的英国诗人则站在反教会的立场上，对横行于文坛的拉丁文提出了质疑。这种情况催生了当时的英国文坛对俗语方言的需求。因此，彼特拉克用意大利语创作的作品，迅速成了当时英国诗人所效仿的楷模。但是，当时的英国没有任何一所机构或者大学具备教授俗语的资格与能力。在此情况之下，托马斯·怀亚特(Thomas Wyatt)和亨利·霍华德(Henry Howard)两人于1520—1540年间对彼特拉克诗作的翻译就显得弥足珍贵。[①] 其中，托马斯在其《意大利语语法要则》一书中附带了意大利方言的发音举例，为英国人更好地理解薄伽丘、但丁和彼特拉克的作品提供了佳径。除去发音之外，怀亚特以当时出版的三部意大利语语法书为蓝本，重点吸收了意大利语的语法，为彼特拉克的意大利语作品的英语翻译奠定了重要的基础。[②] 通过怀亚特的努力，英国民众得以在1557年第一次见到了彼特拉克《歌集》中的诗作。

《意大利语语法要则》一书一经出版就产生了持续的影响力，此书先后于1560、1562和1567年再版。伴随着这本书的不断再版，英国民众对彼特拉克的认知度也逐渐加深。在此期间，一位虽出生在伦敦，但成长于瑞士意大利语区的英国人弗洛里欧(J. Florio)回到了英国。身为一名新教牧师的儿子，弗洛里欧除去带来了当时较为先进的宗教改革思想之外，更是把意大利俗语的创作进一步展现在了英国人民面前。弗洛里欧重点介绍了《歌集》中第232和第272首诗的部分内容，给世人展示了彼特拉克诗中克服愤怒情绪，面对流言蜚语，培养忍耐之心的诗学品质。[③]

或许是怀亚特和弗洛里欧等人对彼特拉克的引介产生了轰动性的效应，彼时的英国文坛在经历过一阵子狂热的接受之后，产生了质疑的声音。在这种质疑声音当中，裹挟着英国人对英语俗语的担忧。在这些反对派当中，一位叫做约翰·切克(John Cheke)人的态度较为直接，他在给当时的外交官托马斯·霍比(Thomas Hoby)的信中这样写道："鄙人对国语秉承以下观点，国语需纯，需净，移用外来语无疑使国语变得浑浊难

① See P. Thomson, "Wyatt and the Petrarchan Commentators", *The Review of English Studies*, XXXIX, 1959, pp. 225-233.

② Michael Wyatt, "Other Petrarchs in Early Modern England", ed. Peter R. J. Hainsworth, *Petrarch in Britain: Interpreters, Imitators, and Translators Over 700 Years*, Oxford: Oxford University Press, 2007, pp. 207-208.

③ Ibid., pp. 208-209.

辨……”[①]无独有偶,当时著名的文法学家罗杰·阿斯坎(Roger Ascham)则认为,相比借鉴彼特拉克式的意大利俗语诗歌创作,英国文坛更应该回归彼特拉克的源头,通过追寻古希腊和拉丁语的文法来振兴英语的俗语创作,他尖锐地指出,彼特拉克用意大利语创作的诗作,不但背叛了他所熟知的拉丁文,更是发明了一种猥亵上帝的言语,若英国人追随彼特拉克的诗歌,则会透过语言,迷失在摩西的启示录之外。[②] 相比之下,罗杰·阿斯坎最著名的学生伊丽莎白女王似乎没有听从老师的教诲。女王亲手翻译了彼特拉克的部分诗作,并且也创作出了相当数量深受彼特拉克影响的诗作,其译笔之精准,创作之优秀,受到了当时生活在英国的意大利人的好评。[③]

应该说各个时代都会有类似约翰·切克和罗杰·阿斯坎这样抵制外来文化的代表,但结合当时的社会思潮来看,加里森(C. Grayson)则一针见血地指出,约翰·切克的观点“较为明显地展现出一种与语言相连的爱国主义,这种情怀尤其与当时的道德和宗教的纯粹主义相关,其矛盾尤其指向外来或者外域的事物……展现出在面对别样的先进文化时,激发出的不断寻求自足的民族自觉性”[④]。除此之外,由于受到了伊丽莎白女王的推崇,英国对彼特拉克诗作的接受与否成了一项既关乎英语俗语发展的文坛之争,又涉及民族大义的政治事件。

前文我们提到了布鲁诺为彼特拉克主义在意大利的接受做出的贡献,正是这位自然科学家通过改写或者说重写了彼特拉克在《歌集》中对

---

① Michael Wyatt, “Other Petrarchs in Early Modern England”, ed. Peter R. J. Hainsworth, *Petrarch in Britain: Interpreters, Imitators, and Translators Over 700 Years*, Oxford: Oxford University Press, 2007, p. 209.

② Roger Ascham, *The scholemaster or plaine and perfite way of teachyng children, to understand, write, and speake, the Latin tong but specially purposed for the private brynging up of youth in gentlemen and noble mens houses, and commodious also for all such, as haue forgot the Latin tonge*, London, 1570, p. 28. 转引自 Michael Wyatt, “Other Petrarchs in Early Modern England”, ed. Peter R. J. Hainsworth, *Petrarch in Britain: Interpreters, Imitators, and Translators Over 700 Years*, Oxford: Oxford University Press, 2007, p. 210。

③ 伊丽莎白女王对彼特拉克的译介主要集中于组诗《胜利》,对这部作品的评价不在本书研究的范围之内,有兴趣的读者可以参考:L. Forster, *The Icy Fire: Five Studies in European Petrarchism*, Cambridge: Cambridge University Press, 1969, pp. 122—147; F. Yates, Astraea, *The Imperial Theme in the Sixteenth Century*, London: Routledge and Kegan Pawl, 1975, pp. 215—219; R. Strong, *The Cult of Elizabeth: Elizabethan Portraiture and Pageantry*, London: Thames and Hudson, 1977, pp. 50—52。

④ C. Grayson, “Thomas Hoby e Castiglione in Inghilterra”, *La Cultura*, XXI, 1983, p. 147.

神话典故的运用，使得《歌集》中借助狄安娜女神来歌颂劳拉的隐喻转变成了对自然科学、哲学的热爱。1585 年，在《论英雄式的狂热》(*Heroici Furori*)中，布鲁诺戏仿了彼特拉克在《歌集》最后塑造的圣母形象，将原本诗人企图求助圣母的仁慈，帮助自己摆脱情欲的折磨的诗意诉求变成了对王权的赞颂。彼特拉克的圣母在他的笔下变成了伊丽莎白女王，原本那颗因情欲而饱受折磨的心，变成了朝拜女王的赤诚之心。

彼特拉克主义中对女性的思念，以及对圣母的求助，在布鲁诺的笔下，经由对自然科学、哲学的渴求，发展到了对统治权力的膜拜，这是彼特拉克主义真正迈向近代社会的一次重要转变。因为在"布鲁诺《论英雄式的狂热》中，历史、自然和政治，从来不是超越凡尘的对天国的追求"①。除此之外，我们还应看到，布鲁诺将自己的这部作品寄给了当时英国的重要诗人：锡德尼(Philip Sidney)。有论者甚至认为，正是这一次跨越国界的文字交流"将长期弥漫在意大利文坛中有关彼特拉克主义与反彼特拉克主义的论争带到了泰晤士河畔……"②

但是，并非所有泰晤士河畔的诗人都遵从了意大利人的意图。锡德尼作为当时著名的诗人之一，其代表作《爱星者与星》(*Astrophel and Stella*)历来被解读为一组爱情组诗，甚至其中所折射出的对他人之妇、她人之夫的"无果之爱"也被一些学者解读为是对彼特拉克诗作的直接效仿。顺着这一解读思路出发，我们似乎可以得出锡德尼继承了彼特拉克主义，或者说是支持彼特拉克主义的诗人。但是，如若我们剥离出《爱星者与星》当中的爱情成分，"从诗人苦苦诉求的贵族遗风以及他失意的政治生涯着手阅读这部组诗"，就会发现锡德尼对彼特拉克的借鉴"其实更在于政治思想层面……尤其对都铎王朝的帝国君主统治体系中越来越明显的霸权倾向表现出的担忧"。③ 当时英国主流社会(包括伊丽莎白女王)对彼特拉克爱情诗歌的定义可以概括为三个关键概念："无望""受罪"和"偶像崇拜"。④ 从这三点来看，大多数诗人其实是站在了支持彼特拉克主义的一面，而锡德尼则不同，"他通过反讽式地描写爱星者身上的不定的激情，放大了彼特拉克在对自己的激情进行批判的过程中所体现出

---

① Peter R. J. Hainsworth, *Petrarch in Britain*: *Interpreters*, *Imitators*, *and Translators Over 700 Years*, Oxford: Oxford University Press, 2007, p. 154.

② Ibid., p. 150.

③ Ibid., pp. 243—244.

④ Ibid., p. 244.

的斯多葛式的元素，而且，通过追随十六世纪晚期新斯多葛话语中的政治色彩，将目光聚焦于道德和政治服从层面”[①]。

具体到诗作层面来看，有学者认为《爱星者与星》中的第49首诗与彼特拉克《歌集》中的第97、98首诗有较为明显的联系。在第97首作品当中，彼特拉克将“理性”比作了骑手，用来驾驭激情这匹马，而当诗人坠入爱河之后，他就不再受理性的控制，甘愿受爱的指引。而在第98首诗当中，彼特拉克描写了一位叫做“奥索”的骑士，尽管他的马被人勒住不能前去比武，但是他的心却依旧在向着贵族荣耀的路上奋进。[②] 结合这两首诗，锡德尼在《爱星者与星》的第49首诗中写道：

我骑马练骑艺，爱神教我练骑术，
其间我根据奇怪的结果终于证实：
于马我是骑士，于爱神我是坐骑，
这下马儿因我而发现了人之残酷。
爱神用使人卑微的思绪变成缰绋，
那缰绋可拉动用敬畏铸成的嚼子，
但嚼子上有用希望做的镀金装饰，
镀金装饰使嚼子看上去爽心悦目。
他还用欲望作鞭，用想象作鞍韂，
用记忆扎肚带；我用踢马刺策马，
他却用强烈的欲望把我的心驱赶；
不管我怎样蹦他都骑得稳稳扎扎。
如今他纵缰扬鞭已经是潇洒自如，
所以他以为我乐意陪着他练骑术。[③]

在彼特拉克的诗歌中，马是被束缚住的，它隐喻着自由和尊严被爱情所控制。而在锡德尼笔下，马受困的隐喻更多地指向被“爱神”所驾驭的人本身，由此可见锡德尼在此不是在歌颂爱神的魅力，也不是在表述受困

---

① Peter R. J. Hainsworth, *Petrarch in Britain: Interpreters, Imitators, and Translators Over 700 Years*, Oxford: Oxford University Press, 2007, p. 244.

② 观点可参照：Peter R. J. Hainsworth, *Petrarch in Britain: Interpreters, Imitators, and Translators Over 700 Years*, Oxford: Oxford University Press, 2007, p. 246。彼特拉克的诗作可参考：彼特拉克：《歌集》，李国庆、王行人译，广州：花城出版社，2000年版，第139—140页。

③ 菲利普·锡德尼：《爱星者与星：锡德尼十四行诗集》，曹明伦译，保定：河北大学出版社，2008年版，第99页。

于爱神的彼特拉克式的彷徨，而是通过将自己比作马匹进行自嘲，从而体现出一股讽刺的力量。这股讽刺力量的核心在于“锡德尼将《歌集》中第97首诗中表现出的爱人遭受的道德奴役，与第98首诗中体现出的贵族式的荣耀结合在了一起。彼特拉克眼中爱人受困激情的情况，在《爱星者与星》中以较为怀疑的笔调表现出来，这同样是一种旧式封建尚武尊严在君主集权制度下日渐式微的体现”①。

布鲁诺将彼特拉克笔下的圣母玛利亚转变为伊丽莎白，诗中最终的救赎力量从“女神”变成了“女王”，而受困于诗歌中的个体，也从对天国救赎力量的启迪（尽管是宗教改革后的神学观念）降到了对尘世君主的服从，可见彼特拉克主义基本模式在文艺复兴时期更多地披上了俗世的君臣色彩，这本身虽然是宗教改革后的必然结果，但是从彼特拉克主义的另一面，亦即个体塑造层面来看，锡德尼的诗作尽管从表面上来看是对彼特拉克的诗作的一次误读，尤其偏离了他的朋友布鲁诺的意图，但却在自嘲以及对王权的讽刺中确立了自主性。从这一点来说，锡德尼实则继承和发扬了彼特拉克身上通过诗歌创作，保持自我独立性并不断塑造自我的诗性特征。

无论作为对理想女性的歌颂，还是作为对王权的歌颂，彼特拉克笔下对女性形象描写在布鲁诺、锡德尼等人的笔下呈现出了理想化或者自嘲式的象征意义。之所以会出现这样矛盾的表述，或许是两位诗人各自都看到了彼特拉克笔下充满矛盾性的劳拉。彼特拉克一方面运用诗意的笔调神化劳拉，以此来赞颂心中足以和女神相媲美的女性，而另一方面，彼特拉克却没有完全否定劳拉作为普通人的特性，通过揭示劳拉身上的不足来为自己求爱不得的心灵寻找寄托，正是这种矛盾性使得彼特拉克与传统的普罗旺斯抒情诗派、西西里诗派，以及托斯卡纳诗派相比，有着巨大的差别。② 彼特拉克笔下的这种矛盾性具体在英国玄学派诗人约翰·多恩的笔下得到了全新的阐释。

多恩与彼特拉克之间的比较研究在国外，尤其在英国展开已久。学术界普遍认为：“对于发展彼特拉克的爱情诗而言，多恩最为原创性的贡

① Peter R. J. Hainsworth, *Petrarch in Britain: Interpreters, Imitators, and Translators Over 700 Years*, Oxford: Oxford University Press, 2007, p. 247.

② 以上观点可参考：Gianfranco Contini, “Preliminari sulla lingua del Petrarca”, ed. Francesco Petrarca, *Canzoniere*, Torino: Carcanet Press, 1968, pp. vii—xxxviii。

献在于他对女子现实性、讽刺性的描写上。”[①]诚然,如前文所说,彼特拉克的确会在诗歌中表现出对劳拉不足之处的讽刺,继而展现出自己对劳拉感情的动摇性,但是这是否意味着多恩仅仅借鉴了彼特拉克的诗歌呢?学者西尔维娅(Silvia Ruffo-Fiore)给出了否定的答案。而她对此问题的精彩论述也可以帮助我们理解多恩与彼特拉克之间的文学经典传承性究竟在何处。

西尔维娅认为,谈论此问题不能脱离多恩诗歌的本质属性(巧智、戏剧性等)。多恩在多数讽刺诗作中并没有纯然地排斥彼特拉克式的理想女性,也没有对彼特拉克坚定的爱慕之情表示质疑。彼特拉克式的理想化情景一直被多恩坚定地当成一种假设和对比存在于他的思想当中。他的那些讽刺诗经常表现出极端化的观点,其中理想化的情景表面看起来是完全倒置的,而多恩的实际意图却是想在更大的经验范围内对理想化的情景进行重新定义。[②] 从西尔维娅的观点出发我们不难发现,多恩其实是将彼特拉克的主题纳入了自己玄学性的诗歌创作中进行表现。具体来说,西尔维娅认为多恩诗中那些“有伤风化的幽默、讽刺和挖苦的笔调经常被当成一种面具化的写作,多恩用它来具体展现戏剧化的情景中理想和真实并置的情况,这种手法需要抒情主人公做出积极的反应,而非沉思式的想象”。继而,此类诗歌“以原创的方式展现出理想如何与现实展开互动,除此之外,虽然人们对理想的事物感兴趣,但还是会在现实生活中,拒绝把一种美德能量倾注到将理想化作可能和现实的行动中去,这也是人性使然”[③]。那么多恩诗歌当中的这一特点与彼特拉克有什么关联呢?

围绕此一问题,西尔维娅举多恩的诗作《歌谣:去吧,去抓住一颗流星》(*Song: Go and Catch a Falling Star*)为例:

> 去吧,跑去抓一颗流星,
> 去叫何首乌肚子里也有喜,
> 告诉我哪儿追流年的踪影,
> 是谁开豁了魔鬼的双蹄,
> 教我听得见美人鱼唱歌,

---

① Silvia Ruffo-Fiore, “Donne’s ‘Parody’ of the Petrarchan Lady”, *Comparative Literature Studies*, Vol. 9, No. 4 (Dec., 1972), p. 395.

② Ibid., pp. 395—396.

③ Ibid., p. 395.

压得住酷海，不叫它兴波，
　　　　寻寻看
　　　　哪一番
好风会顺水把真心推向前。

如果你生来有异察，看得见
人家不能看见的花样，
你就骑马一万夜一万天，
直跑到满头顶盖雪披霜，
你回来会滔滔不绝地讲述
你所遭遇的奇怪事物，
　　　　到最后
　　　　都赌咒
说美人而忠心，世界上可没有。

你万一找到了，通知我一句
向这位千里进香也心甘；
可是算了吧，我决不会去，
哪怕到隔壁就可以见面；
尽管你见她当时还可靠，
到你写信了还可以担保，
　　　　她不等
　　　　我到门
准已经对不起两三个男人。[①]

（卞之琳 译）

西尔维娅认为这首诗主要借鉴了《歌集》中的两类诗。在第一类诗中，彼特拉克将劳拉的“美”和“美德”与非凡的事物进行了对比，比如彼特拉克曾将劳拉比作从废墟中飞升的凤凰（《歌集》第185首诗）。而第二类诗则偏重于追寻的主题。彼特拉克通过将自己比作某个朝圣者（《歌集》第16首诗），企图在别的女子身上找到劳拉的“美”和“美德”，但均以失败告终。

---

① 王佐良主编：《英国诗选》，上海：上海译文出版社，1988年版，第92—94页。

反观多恩的这首诗。在第一个诗节里,多恩和彼特拉克一样列举了许多非凡的事物,意在搭建一个理想化的情景,从第二诗节开始,美丽和真挚的女性出现了,但显然不是存在于第一诗节的理想情景中。彼特拉克所写的朝圣之途充满了希望,体现了朝圣者的毅力,但在多恩笔下,这段旅程必定会成为一场徒劳。从第三诗节开始,多恩诗歌中所特有的反讽与戏谑出现了,与其说他是在斥责或者讽刺理想中的女子,倒不如说在自嘲,寻找的虚无。如此一来,表面上来看,多恩是在戏谑彼特拉克的追寻,但是我们别忘了这首诗还包含了西尔维娅所说的借鉴自彼特拉克的第二类"对比"诗作。事实上,多恩在这首诗中先是借助了彼特拉克在理想世界中"追寻"完美女性的情景,再通过将完美的女人和现实中欺骗的女人进行"对比"。除此之外,诗中种种迹象表明,这两个女性是同一个人。这样一来,多恩意在"将高高在上的理想带到现实世界中……最后几句诗歌表明……尽管抒情者表面上在指责这位女人,但却在心底中默默希望能够找到美丽和真挚的女子"[①]。

由此可见,多恩的这些所谓的讽刺诗,其实只是借助了彼特拉克的主题,通过细分彼特拉克对劳拉的矛盾态度,多恩将矛盾的两个方面分别写进了自己的诗歌中,并形成一股特有的诗学张力,在这股张力中,多恩进一步深化了彼特拉克对女子的态度。如果彼特拉克的劳拉与但丁的贝阿特丽采相比,更接近于尘世,更具有人的样貌与姿态,那么多恩与彼特拉克相比,诗作中的女子已进一步嵌入尘世之中,具有了人本该有的性情。继而,多恩笔下的抒情者与彼特拉克笔下的自我相比,更具有世俗的嘲讽精神,通过戏剧化的表现,横亘在彼特拉克面前的那条理想与现实之间的鸿沟已被填平,在冲突和对立的主题表达之中,理想的世界变得更为透彻,而现实的世界则进一步变得更为清晰可触。多恩从这一方面来讲,其实是将彼特拉克诗歌中的"俗世"精神进行了扩充,更为重要的是,多恩笔下的女子不再是政治偶像,也不是天神,而是一个能与诗人同行的平凡人,因为她既能承受某种嘲讽,也能在诗人的自嘲背后带给诗人理想的光辉,这样的诗学力量似乎也只能诞生于多恩的玄学诗歌理念之中。

如若我们将多恩的诗歌创作与16世纪意大利民间对彼特拉克的接受结合起来看,就会发现,这两股对彼特拉克的接受力量有一个共同的特

---

① 以上观点可参考:Silvia Ruffo-Fiore, "Donne's 'Parody' of the Petrarchan Lady", *Comparative Literature Studies*, Vol. 9, No. 4 (Dec., 1972), pp. 395—400。

点：彼特拉克主义的世俗化。伴随着这股世俗化的接受，彼特拉克也成了一位披着理想诗人光辉的文化符号。将诗人的艺术创作与本人的气质糅合在一起，并对这种结合进行模仿与崇拜，成了英国浪漫主义时期对彼特拉克接受的全新起点。[①] 因此，我们可以发现在英国浪漫主义运动初期，对彼特拉克的接受首先诞生于一系列英国人撰写的彼特拉克传记当中。

1775年，苏珊娜·多布森(Susanna Dobson)出版了《彼特拉克传》(*The Life of Petrarch*)，有论者认为，这部书的出版标志着"18世纪的英国重燃对彼特拉克的兴趣"[②]。苏珊娜这部两卷厚本的传记，以萨蒂(Abbé de Sade)1764年出版的《彼特拉克见闻录》(*Mémoires pour la vie de François Pétrarque*)为蓝本。萨蒂的这部作品不仅收录了彼特拉克作品批评的代表作品，而且还具体考证了彼特拉克生活当中的一些细节，并对劳拉这个形象提出了自己的实证考察证据。苏珊娜所选取的仅仅是萨蒂版本中的一些片段。萨蒂认为彼特拉克的《歌集》所展现出的仅仅是一则爱情故事，它反映了一位诗人较为忧郁的情怀。苏珊娜不认同这个观点，她在她所写的传记首页，开宗明义地指明："只有那些对彼特拉克和劳拉怀有极深的感同身受感的人们才能理解他们，正视他们。"而要想读懂彼特拉克的诗作，人们必须具有一颗"敏感的同情心"。[③] 客观来说，苏珊娜的传记不无浪漫色彩，主角彼特拉克与劳拉与其说是来自异域的一对情侣，倒不如说像是浪漫小说里的男女主人公。在苏珊娜的笔下"彼特拉克相貌英俊，性情不定，有时甚至也有些暴力行为，留下过一些作奸犯科的罪行……相反，劳拉长得极其精致美艳，一举一动无不透露出高雅的气息"[④]。可见，苏珊娜将彼特拉克和劳拉塑造成了一对具有"敏感情怀的英雄"[⑤]。除去传记部分之外，苏珊娜还着手翻译了彼特拉克的一些诗作。结合当时的情况来看，英国文学界并没有出版多少彼特拉克的诗作译本。也就是说苏珊娜没有任何可以参考的译本，她自己也表示无法去翻译彼特拉克的十四行诗，只能依据传记材料，翻译一些与传记相关的诗句。再加上苏珊娜所接触的诗作本身已经是萨蒂翻译的法语版本。因此

---

① 本章在介绍英国浪漫主义对彼特拉克接受的情况时，笔者大多借鉴了学者祖卡托(Edoardo Zuccato)在其著作 *Petrarch in Romantic England* 一书中的研究成果。

② Edoardo Zuccato, *Petrarch in Romantic England*, New York: Macmillan, 2008, p. 2.

③ Ibid.

④ Ibid., p. 3.

⑤ Ibid., p. 2.

我们可以说,苏珊娜的这些诗作其实只是传记材料的附加物。[①] 综合来看,苏珊娜其实塑造出来的是一对带有传奇色彩的爱侣,传记中无法考证的事例,再加上掐头去尾的诗句引用,其实只是虚构人物的一些特定手法,这使得彼特拉克更多的是作为一名多情风流的才子在当时的英国读者,尤其是当时女性读者的心中扎下了根。

当时的评论界对这部传记的态度可以分为两类:"一部分人通过贬低彼特拉克的诗作,突出他的学者或者政治生涯部分,另一部分则干脆直接反对萨蒂的论断。"[②]第一类人以历史学家托马斯·华顿(Thomas Warton)和爱德华·吉本(Edward Gibbon)为主要代表。概括来看,这两位历史学家在接受萨蒂观点的基础上,弱化了彼特拉克的诗歌创作,突出了彼特拉克作为政治家和学者的贡献。[③] 而在第二类人当中,亚历山大·弗拉瑟·泰勒(Alexander Fraser Tytler)是典型的代表。此人于1784年出版了《论彼特拉克的生活与性格》(*Essay on the Life and Character of Petrarch*)一书,并于1810年扩展了这部书的内容。在这部著作中,作者主要围绕劳拉这个形象的真实性展开了对萨蒂观点的辩驳,并且推翻了萨蒂笔下彼特拉克作为浪荡子的形象,重点指出彼特拉克对劳拉的爱并非一种柏拉图式的爱恋,而是基于"私通与幻想"之间的一次虚构。[④] 而与两位历史学家不同的地方在于,亚历山大也亲自动手翻译了彼特拉克的诗作,但这些诗作"更像是模仿的创作而非翻译。"[⑤]亚历山大版本的传记总体来说,站在新教改革的角度来看,对彼特拉克表达的更多的是同情,而非像他的前辈那样站在感性的角度,为彼特拉克与劳拉正名。[⑥]

1810年开始,英国出现了一些专题论述彼特拉克的文章,除去对劳拉与彼特拉克本人的持续争执之外,最早对彼特拉克的诗作感兴趣的是赫兹里特(William Hazlitt)。赫兹里特之所以会对彼特拉克感兴趣,源于他对彼特拉克诗作技巧层面的关注。在当时的英国诗人看来,彼特拉克的诗作"怎么可能将难以言表的激情与极为精湛的技巧融合在一

---

① Edoardo Zuccato, *Petrarch in Romantic England*, New York: Macmillan, 2008, p. 5.

② Ibid., p. 6.

③ Ibid., pp. 6—7.

④ Ibid., pp. 7—9.

⑤ Ibid., p. 9.

⑥ Ibid.

起?"[①]赫兹里特认为彼特拉克不但能够做到这两者的结合,而且还能较为出色地使两者融为一体。为了阐明自己的观点,赫兹里特将彼特拉克作为一个重要的参照点放入对自英国文艺复兴以降英国诗人的考察中。赫兹里特认为:"作为学者的彼特拉克培养了一种知性习惯,这种习惯使得他能够很自然地用语言来表述自己强烈的情感。"[②]这一点在英国文学史上只有弥尔顿可以与他相比。因此作为浪漫主义时期最为重要的文学评论家之一,赫兹里特借助对彼特拉克诗作的研究,不仅把人们的视野从关注彼特拉克与劳拉的浪漫故事,转到了较为系统的作品研究上,而且还借助对彼特拉克诗作具体特征的研究,开创了一种跨越国界的比较文学视野,这对促进英国学界认识彼特拉克,乃至反观自己的文学传统具有重要的借鉴意义,并对浪漫主义诗人的创作起到了推波助澜的作用。

若提到彼特拉克诗歌作品对英国浪漫主义文学的具体影响,就不得不提彼特拉克作品的翻译。据学者统计,包括前文提到过的几位传记作家的尝试在内,到18世纪末期为止,英国一共出现过51位彼特拉克的译者,一共出版过398个版本的彼特拉克诗歌译作。[③] 但这并不意味着彼特拉克的作品受到了当时人们的推崇。相反,彼特拉克的作品在当时可谓受众寥寥。之所以有这么多的译本,大多都是因为受到传记作家的影响,将彼特拉克当成是爱情的典范来加以介绍的。除去同一首诗的多种翻译之外,多数诗歌也是作为注释出现在评论家的论述当中。当时的英国文坛对意大利诗歌的态度本身就很平淡,英国人普遍认为意大利诗歌充满了娇柔的女子气。[④] 在此前提下,英国人真正崇拜的意大利人只有一位,那就是但丁。而在一系列译介彼特拉克的译者当中,诗人托马斯·格雷(Thomas Gray)值得我们的关注。因为格雷不仅翻译了彼特拉克的诗作,还受到彼特拉克的影响,创作出了一系列十四行诗,对十四行诗在18世纪的英国再度复兴起到了重要的推动作用。

根据祖卡托的介绍,格雷的创作在以下几个方面受到了彼特拉克的影响:第一,格雷借鉴了彼特拉克诗歌中的众多主题,其中以哀悼失去情人主题为最主要的借鉴。第二,格雷的十四行诗从形式上直接借鉴了彼

---

① Edoardo Zuccato, *Petrarch in Romantic England*, New York: Macmillan, 2008, p.15.

② Ibid.

③ François J.-L. Mouret, *Les Traducteurs Anglais de Pétrarque 1754—1798*, Paris: Didier, 1976, p.53.

④ Edoardo Zuccato, *Coleridge in Italy*, Cork: Cork University Press, 1996, pp.230—231.

特拉克的诗作,押韵方式同为:abab abab cdc dcd,并且都在第九行中进行语调的转折。第三,除去彼特拉克用意大利语写作的诗歌,格雷还翻译了彼特拉克的拉丁语作品,正是在翻译彼特拉克作品的过程中,格雷吸收和内化了彼特拉克哀悼爱人的悲伤情愫,并在自己的作品《墓畔挽歌》中将这些彼特拉克式的忧伤表现了出来。①

但是,格雷这种对彼特拉克的关注与效仿,并没有得到后辈诗人的继承。在浪漫主义诗人眼中,十四行诗、自由体诗和歌谣是主要的诗歌创作形式。② 因此彼特拉克的创作既作为一种诗歌形式上的借鉴,又作为浪漫主义怀旧中古的诗学寄托,受到了浪漫主义诗人们的关注。围绕着十四行诗的形式与主题,柯勒律治在 1796 年出版的《众家十四行诗选》(*Sonnets from Various Authors*)的前言中重点讨论了这一问题。柯勒律治对十四行诗的态度是建立在反对外来十四行诗,尤其是意大利十四行诗的基础上的,他认为:"十四行诗是用来表现某种孤独情感的诗歌形式。"③除去这种功能之外,十四行诗充其量也只是"颂歌、歌谣或者献词"④。因此,在柯勒律治看来,十四行诗从形式上来说只不过是篇幅更短的讽刺诗和篇幅稍长的挽歌。⑤ 其次,柯勒律治认为十四行诗中的韵律和节奏"可有可无,或者干脆没有韵律最好"⑥。他之所以这么说,祖卡托认为是因为受到前辈介绍的意大利语诗歌的影响,在意大利十四行诗在英国本土化的过程中,柯勒律治发现了这种诗歌"水土不服"的情况。具体来说,"意大利语十四行诗的韵律结构不适合英语的表达习惯,因此意大利十四行诗体经常表现出句法含混不清,用词不够自然的特点。"⑦柯勒律治之所以这样认为,或许是因为他看到了十四行诗形式上的约束性,这种约束性不能自然地表现浪漫主义的情感。

1803 年,柯勒律治阅读了彼特拉克的拉丁语作品。显然在他看来,彼特拉克的拉丁语作品似乎就没有意大利语所面临的英国本土化问题。

---

① See Edoardo Zuccato, *Coleridge in Italy* , Cork: Cork University Press,1996, pp. 30—33.

② Edoardo Zuccato, *Petrarch in Romantic England* , New York: Macmillan, 2008, p. 94.

③ Ibid. , p. 1205.

④ S. T. Coleridge, *Poetical Works*, I: 2, ed. J. C. C. Mays, Princeton: Princeton University Press, 2001, p. 1205.

⑤ Edoardo Zuccato, *Petrarch in Romantic England* , New York: Macmillan, 2008, p. 94.

⑥ S. T. Coleridge, *Poetical Works*, I: 2, ed. J. C. C. Mays, Princeton: Princeton University Press, 2001, p. 1205.

⑦ Edoardo Zuccato, *Petrarch in Romantic England* , New York: Macmillan, 2008, p. 95.

彼特拉克在拉丁语作品中表现出的自我反省特质，以及他对神学问题的思考引起了柯勒律治的注意。带着这种全新的发现，柯勒律治重新阅读了彼特拉克的《歌集》。祖卡托认为正是在这次重新阅读彼特拉克的过程中，柯勒律治发现了他与彼特拉克在“身体与灵魂，基督教理念与柏拉图主义”之间的共通性。这一点集中体现在他对“爱”这个主题的形而上思考当中。① 柯勒律治既反对通过放纵身体感官来表达的“爱”，也不赞同完全克制“爱”的表达，他认为在这一点上，“彼特拉克作为最完美也最成熟的抒情诗人，继承了骑士般的爱情观，这使得他与众多注重肉体官能的意大利叙事诗人相比，有着巨大的区别。”②柯勒律治所指出的骑士般的爱情观，其实指的是他从彼特拉克诗作中看到的“新柏拉图主义”③。

当然，这样论述的目的并不在指出柯勒律治就是一个 19 世纪的彼特拉克主义者，而是想要说明，彼特拉克对浪漫主义者的影响很大程度上不在于诗歌形式的拓展上，而在于彼特拉克有关哲学、爱情等问题的形而上思考上。这构成了彼特拉克主义在浪漫主义诗人群中最大的影响。当然，这种影响不一定就是柯勒律治式的赞颂，也包含拜伦、华兹华斯等人反对彼特拉克的态度。如若我们粗浅地将彼特拉克在浪漫主义诗人群中的接受情况简单地分为接受与反对两类，那么柯勒律治、雪莱、济慈等人可以归为接受这一阵营，而拜伦、华兹华斯等人则相应地可以放在反对派的阵营中。④ 正是在这种反对与接受的双重作用下，彼特拉克的诗学观念在英国浪漫主义作家群中得到了升华。

纵观彼特拉克主义在英国的传播，我们可以发现，英国对彼特拉克的接受是较为立体的，其中既有诗人群体对彼特拉克诗作从形式到内容上的争执与接受，又包括传记作家对彼特拉克个人神话的塑造，同时又有以伊丽莎白女王为代表的官方力量的推波助澜。毫不夸张地说，彼特拉克在英国的传播，史无前例地涵盖了官方、民间和文学界这三股力量的综合

---

① Edoardo Zuccato, *Petrarch in Romantic England*, New York: Macmillan, 2008, p. 110.

② K. Coburn, *The Collected Works of Samuel Taylor Coleridge*, II, Princeton: Princeton University Press, 2001, p. 95.

③ 这一主题的论述可参见 Edoardo Zuccato, *Petrarch in Romantic England*, New York: Macmillan, 2008, pp. 110—113。

④ 当然，简单地归类诗人对彼特拉克的态度只是为了勾勒出浪漫主义诗人对彼特拉克的大体态度，针对这一问题祖卡托已在著作中做出了详细的描述，笔者在此不做过多的引述，对此问题感兴趣的读者可参考 Edoardo Zuccato, *Petrarch in Romantic England*, New York: Macmillan, 2008, pp. 135—141。

作用,相较在意大利本国传播的状态来看有过之而无不及。我们有理由相信,随着英国对外拓展的展开,彼特拉克作为一种文学资本与文学遗产,也走向了全世界。

(二)《歌集》在俄国的传播

如若我们参考英国等国对彼特拉克的接受情况来看,要想真正吸收并接受彼特拉克的诗歌创作,无论是官方还是民间,以及相应的文学团体中必须有对意大利语熟悉的群体存在。俄国由于长期处在封闭的发展环境内,俄罗斯本土从未大范围地流行过外来语。自彼得大帝改革之后,法语在俄国上流社会流行起来,因此相较意大利语文学,法语文学其实更早地在俄罗斯传播开来。直到1762年,彼特拉克这个名字才出现在俄罗斯读者眼前。

第一位向俄国读者介绍彼特拉克的是谢尔盖·多马什涅夫(Sergey Domashnev)。他的《诗歌创作》(*On Verse Composing*)一书是俄国学术界较早针对历史和诗歌理论做出探索的重要著作。在这部著作中,多马什涅夫介绍了但丁和彼特拉克的创作情况。六年之后,亚历山大·廷克夫(Aleksander Tinkov)出版了《试论彼特拉克或他写给劳拉的文字》(*Imaginings of Petrarch, or His Letter to Laure*)一书,它成了俄国第一部专题论述彼特拉克诗作的著作。尽管这部书包含了四首十四行诗的翻译,但作者却虚构了彼特拉克的生平,并且杜撰了他与劳拉之间的关系。[①]

1780年左右,得益于俄国的平民教育,俄国人民开始接触到一些有关彼特拉克真实信息的著作。而到了1793年,一本名为《历史辞典》(*Historical Dictionary*)的书出版了,在这部书中,作者用10页左右的篇幅介绍了彼特拉克的生平与作品,重点介绍了诗人对劳拉的爱情,以及被封为桂冠诗人的情况。而针对彼特拉克的诗作,这部书的作者强调了其中的孤独、沉思等主题。[②]

而在当时的诗人群中,只有四位诗人具备阅读意大利语的能力,他们是:米哈伊尔·罗蒙诺索夫(Mikhail Lomonosov)、安齐奥赫·康捷米尔(Antiokh Kantemir)、亚历山大·苏马罗科夫(Aleksander Sumarokov),

---

① See Tatiana Yakushkina, "Was There Petrarchism in Russia?", *Forum Italicum: A Journal of Italian Studies*, 2013, 47:15, p. 16.

② Ibid., p. 17.

和瓦西里·特列季亚科夫斯基(Vasiliy Tredyakovskiy)。相较这四位诗人,俄罗斯民众接触意大利语文学的主要途径是法语的翻译。[①]

18世纪末和19世纪初期,由于受到法国文学的影响,俄国民众开始对感伤题材的作品产生了浓厚的兴趣。彼特拉克和劳拉的爱情故事在当时感伤风潮的影响下,迅速成了人们所追捧的对象。彼特拉克本人也成了用诗歌来表述爱恋的绝佳偶像,而劳拉也成了拥有无限荣光的女性象征。卢梭的《新爱洛伊丝》在俄国的流行,就介绍彼特拉克而言产生了两方面的影响:第一,卢梭的作品中由于选取了彼特拉克的诗作,其中许多是选自《歌集》中的诗,这对俄国读者具体认识彼特拉克的诗歌创作提供了一个间接的窗口。第二,卢梭的这部作品由于关注的是一种无望的爱,故而借助这部书的男、女主人公的故事,彼特拉克与劳拉的故事也就有了可接受的模型。在此影响下,俄国作家尼古拉·卡拉姆津(Nikolay Karamzin)创作了《俄罗斯旅者来信》(*Letters of a Russian Traveler*)一书。在这部作品中,作者多次涉及彼特拉克和劳拉的爱情故事,使得彼特拉克作为感伤主义英雄的典范更加深入俄罗斯读者的心中。[②]

受感伤主义思潮的影响,对彼特拉克诗作的翻译在俄国掀起了一次风潮。但从总体来看,翻译的质量并不高。材料的缺乏使得俄国译者只能只言片语式地翻译几首诗,有时甚至将几首不同的十四行诗拼凑成一首。同时,俄罗斯译者对意大利语的十四行诗缺少相应的了解,无法准确地传递出彼特拉克十四行诗的结构和语言特色。多半的译作只是感伤主义文学的附庸,实难还原出彼特拉克真正的创作特色。[③]

这种随意翻译彼特拉克诗作的情况直到康斯坦丁·巴丘什科夫(Konstantin Batyushkov)的出现才告一段落。巴丘什科夫能说一口流利的意大利语,在他的努力下,一大批意大利语作家得以真正登陆俄罗斯大陆。1815年,他出版了俄国第一部影响深远的彼特拉克专著。[④] 作为一名诗人,巴丘什科夫也创作了一批模仿彼特拉克的作品。在翻译和创作的过程中,巴丘什科夫逐渐发现了意大利语与俄语的区别。在他看来,《歌集》较为完美地体现出意大利语灵活多变、音调响亮、韵律丰富等特

① See Tatiana Yakushkina, "Was There Petrarchism in Russia?", *Forum Italicum: A Journal of Italian Studies*, 2013,47:15, p.17.

② Ibid., p.18.

③ Ibid., pp.18—19.

④ Ibid., p.23.

点,相比之下,俄语则在他看来显得拘谨而呆板,不适合表达丰富的情感。[①]

在诗歌语言的对比过程中,伴随着民族解放运动以及文学界浪漫主义思潮的崛起,彼特拉克不再仅仅是一名感伤主义者。人们通过巴丘什科夫的指引,逐渐发现先前所定义的感伤主义基调其实源于一种柏拉图主义的情怀。这一点对浪漫主义诗人具有重要的启迪。其次,彼特拉克通过诗歌创作不断推广、精进意大利方言的实践,连带着语言背后所反映出的民族自觉意识,对俄罗斯人进一步完善俄语诗歌语言,进一步树立民族性格提供了重要的参考。可以说,正是通过巴丘什科夫,彼特拉克诗作中的一系列主题,以及其诗作背后所折射出的内涵才真正融入俄语文学的创作中。从这个意义上来说,巴丘什科夫是彼特拉克通往普希金之间的一座重要桥梁。

第四节 《歌集》在中国的传播

结合《歌集》在意大利、英国和俄国的传播情况来看,国外对彼特拉克主义以及《歌集》的接受主要可以分为三个维度:彼特拉克个人神话的书写(包括彼特拉克对树立近代主体的作用、彼特拉克与劳拉的爱情故事,以及彼特拉克作为抒情诗人的典范)、彼特拉克主义与民族性的树立(包括《歌集》中的俗语创作与推动各国建立民族独立性的关系、《歌集》中反映出的个体性沉思与新教改革的关系等)以及《歌集》的翻译。然而,我国却未能展现出上述各国在接受彼特拉克作品时所体现出的广度与深度。可以说,《歌集》在中国的传播还处在开端阶段,笔者在此抛砖引玉,从我国十四行诗的创作、翻译和研究这个三个维度出发,提出一些可能存在的研究点,供有志于从事该主题研究的学者参考。

首先从十四行诗写作的角度来看,我国的十四行诗创作始于"五四"运动时期。许霆、鲁德俊两人在《"十四行体在中国"钩沉》一文中指出:"一般现代文学史都以 1917 年 2 月 1 日《新青年》杂志发表胡适的《白话诗八首》作为白话新诗的最初'尝试 '。其实，胡适用白话写新诗起始于

① See Tatiana Yakushkina, "Was There Petrarchism in Russia?", *Forum Italicum: A Journal of Italian Studies*, 2013,47:15, pp. 25—30.

1916年7月22日。"[1]顺着这个日子往前推,该文作者认为:"胡适早在1914年12月22日曾用英文写过一首Sonnet,是意体,这是到目前为止我们所能见到的现代中国诗人所写的最早的十四行诗。"[2]文中所提到的"意体"表明,胡适最初写作的十四行诗很有可能参照的就是彼特拉克体。但这两位作者未能指出胡适是否参考过彼特拉克的创作,以及其中的借鉴关系到底如何。但可以确定的是,"胡适不仅在中国现代文学史上第一个创作了十四行诗,而且也是第一个把欧洲十四行诗的格律介绍到中国"[3]。胡适的这首诗是用英语创作的,严格意义上来说只是一种模仿性的创作。该文作者又指出,真正用汉语进行创作的第一首十四行诗应当是郑伯奇所著的《赠台湾的朋友》,从形式上来看,"《赠台湾的朋友》是比较典型的意大利彼特拉克式,四四三三段式,每行基本上是六个音步,韵式是AABB CCBB DDD EEE"[4]。由此可以看出,中国诗人最早借鉴的十四行诗体其实就是彼特拉克体,但是为何会选取彼特拉克诗体作为尝试,是机缘巧合,还是出于特定的目的,该文作者并没有给出答案。这或许是今后研究中首先需要搞清楚的一点。

自胡适之后,我国的一系列诗人,比如,戴望舒、闻一多、冯至、郭沫若等通过翻译国外诗人的十四行诗,对推广汉语十四行诗的创作起到了重要的作用。但我们不禁要问,中国的一代文人为何会选择十四行诗这种诗体形式?诚然,作为一种文学实践的创新,借鉴国外独有的十四行诗体是一种必然的选择,那么是否在文学背后还有另外的时代原因呢?针对这一问题,陈小凡在其硕士论文《中国现代十四行诗》中为我们提供了几个方面的原因。概括起来看,该作者认为,第一,动荡的社会格局使得一些敏感的诗人转向内心,关注自身情感的探索。第二,十四行诗的创作是中西诗歌交流的产物。十四行诗通过国内一些诗人的翻译,大量涌入中国诗人的眼前,这是中国诗人能够借鉴这种诗体的直接原因。除此之外,十四行诗注重诗体格律及形式的特征与我国的格律诗创作有相同之处,这是这种诗歌能够扎根现代诗歌创作的另一个原因。第三,新诗发展到一定的阶段需要从形式与内容上重新定义一种规范,因此十四行诗的引入为中国新诗的规范化提供了重要的借鉴。

---

① 许霆、鲁德俊:《"十四行体在中国"钩沉》,《新文学史料》1997年第5期,第111页。

② 同上。

③ 同上书,第112页。

④ 同上书,第114页。

除去上述原因之外,我们也应该看到,十四行诗的创作与白话文运动的兴起有着直接的关系,继而白话文与我国“五四”运动所树立的近代民族特性也有着千丝万缕的联系。如若我们参考彼特拉克的俗语写作与意大利近代民族特性之间的关系,并结合《歌集》在各国传播的实例,似乎就能将这一主题做更深入的研究。

再者,从彼特拉克作品的翻译情况来看,我国第一部完整翻译《歌集》的是李国庆、王行人的译本。在此之前,彼特拉克的诗歌翻译散见于各个版本的意大利文学史和各类诗选当中。诚如译者在前言中所说,翻译彼特拉克的十四行诗是一件“难啃”的工作。彼特拉克的《歌集》是贯穿诗人一生的创作精华,诗人在用词和韵律方面无不经过仔细的修改。这给中译本的翻译带来了很大的难处。但就译本的质量而言,笔者认为译者的工作是非常值得肯定的。在韵律方面,译者最大限度地利用中文的韵律习惯还原了彼特拉克体的风格特征。并且值得一提的是,在这部译作中,编者加入了许多彩页。这些彩页本身也是彼特拉克的《歌集》在传播过程中的一个重要产物。

最后,从我国学术界对彼特拉克的研究来看,主要有三种研究方式。第一种研究可归纳为“人文主义与彼特拉克”主题研究。这些论文主要从意大利文艺复兴的背景入手,将彼特拉克的创作作为个案进行比较研究。研究者往往关注的是彼特拉克所体现出的人文主义精神,所研究的文本也仅仅局限于《歌集》中的几首诗,迄今为止还没有国内的学者对《歌集》的整体创作进行系统的论述。第二种研究可归结为“十四行诗研究”,彼特拉克的作品零星地出现在系统研究十四行诗这种诗体的研究当中。在此研究维度之下,彼特拉克的诗歌创作只是作为一种大体的样貌展现出来,多数研究者只关注其诗歌形式上的特点,以此来作为和英国的莎士比亚体、俄国的奥涅金诗体进行比对的内容。多数论文未能突破形式研究的局限,从具体诗歌的研究扩展到其背后折射出的文化差异上。第三类研究则是围绕着彼特拉克诗作的具体特色展开的,这一类研究也是相关主题研究中做得最为充分的。直到1996年,我国才出现第一篇专题论述彼特拉克诗学思想的论文。作者陆扬在文章《彼特拉克诗美学思想及其他》中结合彼特拉克的诗学形成展开了具体的论述,向读者具体展现了彼特拉克思想的形成和发展过程,并兼顾了意大利语和拉丁语的创作情况。在论及《歌集》时,陆扬指出,《歌集》当中“人文主义气息是显而易见的。爱不再是一种空灵的缥缈的经验,诗人于清丽的语词中写出了相当生动的心理真实……彼特拉克的《歌集》,往前看是继承了普罗旺斯抒情诗的传统,往后看是为文艺复兴时期的抒情诗作树立了一个样板,不仅在于具有强烈自我意识的人文主义内容,而且在于形式。”[①]这段话较为清晰地勾勒出了《歌集》的大体特征,为我们读者认识彼特拉克指明了较为清晰的方向。

总体来看,我国在译介彼特拉克作品方面还有非常大的空缺,相应的文学研究也亟待扩充。笔者认为就彼特拉克在《歌集》中所体现出的诗学特征来看,我国的研究除了研究其具体的十四行诗形式特征之外,也可以借鉴西方的研究成果,充分挖掘诗歌背后所折射出的有关主体性以及民族特性,并与我国“五四”新文化运动中所诞生的一系列十四行诗创作进行比较研究,这无疑能够丰富我们对十四行诗的认识,并在此基础上真正继承彼特拉克作为文学经典的丰厚遗产。

① 陆扬:《彼特拉克诗美学思想及其他》,《外国文学研究》1996 年第 2 期,第 85—86 页。

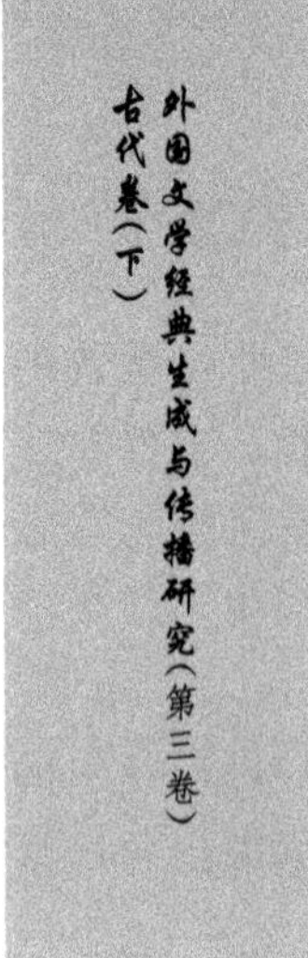

第二章
《十日谈》的生成与传播

作为意大利文艺复兴的"人文主义之父",彼特拉克推动了14世纪文艺复兴的发生与最初的发展。其后,"人文主义运动沿着一个新的方向发展","它与佛罗伦萨的市民精神和荣耀紧密结合在一起"——"早期的人文主义"思想开始转向"市民人文主义"(Civic Humanism)思想。[①] 此时,正是一位来自佛罗伦萨的作家乔万尼·薄伽丘(Giovanni Boccaccio,1313—1375),凭借一部描写市民生活的小说作品《十日谈》(*The Decameron*),成为了市民人文主义新思潮的启发者与先驱。

可以说,对薄伽丘经典作家地位的认知和对《十日谈》文本经典地位的建构是与文艺复兴、市民人文主义思想的传播紧密结合在一起的。在《十日谈》成为经典作品之前,薄伽丘不但"在佛罗伦萨共和国的文化演变中扮演了一个极为重要的角色",而且已经成为了"佛罗伦萨人文主义知识分子群体的领袖人物"[②];而在《十日谈》经典化的过程中,薄伽丘更是逐渐地被视为整个人文主义思想发展过程中最重要的标志人物之一。

第一节 《十日谈》在文艺复兴语境中的生成

市民人文主义是一种来自于意大利城邦共和国市民阶级、伴随着资

---

① 杰克逊·J.斯皮瓦格尔:《西方文明简史》(第四版)上,董仲瑜等译,北京:北京大学出版社,2010年版,第309页。

② 张缵、江宁康:《文艺复兴与早期人文主义思潮的嬗变——意大利文艺复兴经典作品的思想倾向与"市民人文主义"思潮的兴起》,《清华大学学报》(哲学社会科学版)2013年第4期,第143页。

本主义工商业在欧洲的兴起所产生的人文主义思潮。薄伽丘正是出生于这样的市民阶级工商业主家庭。他的父亲是一位金融商，随后又成为那不勒斯一家银行的高级职员。她的生母则是一位来自巴黎的女子。薄伽丘出生于佛罗伦萨附近的切塔尔多，并在此度过童年(也有一说薄伽丘出生于巴黎)。可以说，薄伽丘的市民阶级出身、佛罗伦萨成长背景和法国文化血脉都是后来作为经典的《十日谈》所植根的土壤。

十三岁时薄伽丘随父亲去那不勒斯(那波利)。在那里他先是迫于父命学习经商，虚度了六年的光阴。在说服了父亲之后，薄伽丘又进入了教会学院学习宗教法规。在此期间，他习读了更多的古典文献和文学作品，结识了一大批来自欧洲各地的诗人、哲学家和艺术家，并且有机会接触到意大利统治者罗贝托国王的宫廷。值得一提的是，罗贝托国王特别喜好文艺，推崇法国文化，被薄伽丘称为“所罗门二世”[①]。在薄伽丘看来，“所罗门国王”是能够以非凡的智慧来化解世俗的烦恼的圣贤，正如《十日谈》第九天第九个故事中写道：

> 我所说的所罗门国王的智慧，那可是世人皆知，久负盛名。而且他平易近人，谁有问题去找他，他都能热心解答，因此当时世界各地凡遇到难题之人，都赶去向他请教。[②]

而这个故事的讲述者，同样也是一位“国王”。在《十日谈》当中，青年男女们每一天都会选出一名“国王”(“女王”)，作为当日活动和故事会的组织者，而这名国王往往能够对故事做出智慧的解读。从薄伽丘所设置的这名“国王”身上，多多少少能够看出所罗门国王或者罗贝托国王的影子，也透露了作家将“热心”的、“平易近人”的世俗智慧视为当时社会核心力量的价值取向。薄伽丘所崇尚的世俗智慧包含了机智、精明和知识，而这些品质都被商业和市民社会视为财富；相反地，愚蠢和迟钝则被视为缺陷，应该受到惩罚。在整部《十日谈》当中，商业道德是普遍和占主导地位的意识。市民社会的商业道德伴随着欧洲城市中心的崛起和货币化的经济体系建立而出现，取代了更加强调虔诚和忠心的农村封建和修道院系统。

---

① 参见薄伽丘：《十日谈》，王林译，北京：北京燕山出版社，2001 年版，“译序”。

② 薄伽丘：《十日谈》，王林译，北京：北京燕山出版社，2001 年版，第 509 页。在这个故事当中，两个年轻人向所罗门国王求救，一个问如何能得到别人的爱；另一个问怎么样才能驯服悍妇。所罗门对第一个人说去爱，叫第二个去鹅桥——去看赶骡人是如何惩罚倔强的骡子。

1338年,薄伽丘父亲的金融事业遭受了挫折,薄伽丘也结束了悠闲的生活,随着父亲回到了佛罗伦萨。在其后的岁月中,薄伽丘一方面参与政治,在激烈的政治斗争中始终站在共和国的市民阶级一方,另一方面则潜心于文学创作。回到佛罗伦萨十年后,即1348年,薄伽丘亲历了那场席卷意大利的可怕瘟疫。随后五年左右的时间,他以这场瘟疫为背景,写出了《十日谈》。

从作家个人角度来看,那些生活在薄伽丘身体里的不同人格——知识分子、学者、艺术家、朝臣以及探究世界的人——最终融合成为作家独一无二的身份认同,在作家文学成就的丰碑上镌刻上了无可复制的奇妙图案。而从"经典化"的视角来看,这些作家个体体验,代表了经典生成可以追溯到的"有一个原点或者有一组使该经典得以形成从而进入某个特定的社会话语系统的环境"①。换言之,那些隐藏在作家履历之下的文化形态与话语环境:以市民人文主义为核心的意大利诗人传统、以希腊语和古典文学为载体的希腊传统,以及以故事形式为表现的民间文学传统,正是构成《十日谈》文本最主要的话语及文本基础。

(一)诗人传统与《十日谈》的生成

批评家托马斯·伯金在一次演讲中提出:"意大利文学是牢固地建筑于但丁、彼特拉克、薄伽丘所构成的三角之上的。这三个人物是如此的重要且极具魅力,他们影响了意大利文学,他们的观念和作品更是在西方世界的思想中留下了明显的印记。"②在文艺复兴的历史中,这三位作家并称"三颗巨星",与拉斐尔、达·芬奇、米开朗基罗"美术三杰"交相辉映。在这三位文学家当中,薄伽丘作为出生最晚的一位,他的成就很容易被两位前辈的光芒所掩盖。而事实上,正如伯金所说:"即使薄伽丘缺少了但丁的宏伟和彼特拉克的优雅,我们也坚信他是三人中最多才多艺、最具创造力的。"③

三位作家在他们各自的经典作品中都表现了令人惊叹的天分;而伯

---

① 张德明:《文学经典的生成谱系与传播机制》,《浙江大学学报》(人文社会科学版)2012年第6期,第93页。

② Thomas G. Bergin, "An Introduction to Boccaccio", eds. Mark Musa and Peter Bondanella, *The Decameron: A New Translation, 21 Novelle, Contemporary Reactions, Modern Criticism*, New York: W. W. Norton & Company, 1977, p. 151.

③ Ibid, p. 151.

金认为，当我们在欣赏其中任何一位作家的文本时，只有在脑海中对照另外两位的成就，才能提升我们对于这一经典的认知水准，触及该经典真正的灵魂。这不仅仅是因为，“他们三人都来自托斯卡纳（意大利中西部地名），都在相同的文化氛围之中得到滋养”[①]；更重要的是，三位作家通过他们的经典作品和艺术形象，阐释了文艺复兴时期人文主义思想的嬗变过程，建构了属于他们的“诗人传统”。正如一些学者所指出的，“自文艺复兴时期出现了新的哲学观念之后，文学和哲学之间就产生了‘直接的、重大的相互关系’。”[②]人文主义与诗人传统的相互结合，成为包括《十日谈》在内的文艺复兴时期经典作品序列的最主要的话语基础。

恩格斯将但丁称为“新时代的最初一位诗人”。《神曲》（*Divine Comedy*）所表现的对于天堂和神性的向往，隐含了但丁对于人间和理性的追求。虽然《十日谈》与《神曲》是两种完全不同的文学形式，薄伽丘对但丁的这一精神做出了最为明确的回应。可以说，“但丁关闭了一个旧世界，而薄伽丘打开了一个新的世界”[③]：神性的生活变为了现世的生活，彼岸世界从文学中消失，人不再存在于遗世独存的精神世界之中，而是投入生活中去感觉和享受，天国与神祇从人的意识中慢慢淡出，自然和自我取而代之。总之“生活不再是以**应该**（*should be*）为基础，而是建立在生活本身**是**什么（what *is*）之上”[④]。

《神曲》同《十日谈》这部“人间喜剧”（human comedy）正是通过这样的人文主义精神内核链接到一起的。同样在《十日谈》当中得到传承的还有《神曲》的现实主义和批判精神。但更重要的是，《神曲》“以俗语写俗人”的“陌生化”写作，从语言形式和思想内涵两方面影响了《十日谈》。

一方面，但丁使用托斯卡纳市民俗语，而不是古典拉丁语进行写作，这正是一种以理性对抗罗马教皇神权的文化态度：“光辉俗语的文字书写

① Thomas G. Bergin, "An Introduction to Boccaccio", eds. Mark Musa and Peter Bondanella, *The Decameron: A New Translation, 21 Novelle, Contemporary Reactions, Modern Criticism*, New York: W. W. Norton & Company, 1977, p. 151.

② 张缵、江宁康:《文艺复兴与早期人文主义思潮的嬗变——意大利文艺复兴经典作品的思想倾向与“市民人文主义”思潮的兴起》,《清华大学学报》(哲学社会科学版)2013 年第 4 期,第 139 页。

③ Francesco De Sanctic, "Boccaccio and the Human Comedy", eds. Mark Musa and Peter Bondanella, *The Decameron: A New Translation, 21 Novelle, Contemporary Reactions, Modern Criticism*, New York: W. W. Norton & Company, 1977, p. 221.

④ Ibid., p. 221.

表明了对中世纪教会文化,特别是古典拉丁文化的专制的反叛。"[1]另一方面,《神曲》塑造了贝阿特丽采这样一个"超凡入圣"的市民形象。众所周知,贝阿特丽采不但是但丁诗作《新生》中真挚爱情的对象,也是《神曲》当中引领但丁游历天堂的向导。如果说,带领但丁穿过黑暗密林、游历地狱和炼狱的维吉尔象征着理性和哲学,那么贝阿特丽采这一"理想女性"形象则是"神圣加世俗的寓言""崇高愿望的理想化身"。需要指出的是,贝阿特丽采是一位银行家的女儿,属于市民阶级的一员,但丁将这样一位平民俗人作为掌管天国钥匙的圣徒,更加强烈地表现了将肉身之美与道德之善、世俗爱欲的快乐与天国崇高的幸福结合起来的人文理想。贝阿特丽采在《神曲》最后部分的出现,既"体现了市民阶层渴求人性解放和精神获救的双重意愿",也播撒下了挑战教会神权、主张市民身份平等的反封建意识的种子。[2] 而这颗种子最终将在薄伽丘的《十日谈》当中生根发芽。

到了彼特拉克的《歌集》当中,人文主义的理想已经不再有《神曲》当中的宗教色彩和神秘感,而是一种艺术与文学表达。一方面,彼特拉克对于世俗情感的书写,已经不再需要借助于"圣经式的象征"、梦幻和语言的修辞手法,炙热的"爱情"与"欲望"成为诗人直接表现的对象。他的爱人已经从上帝光辉的宝座边走下来,"来自天上的女神"化身为"降临凡尘的天使"(《金色的秀发随风飘洒》),成为兼具形体美与自然美的劳拉。另一方面,彼特拉克的十四行诗体,以及他的诗歌风格和手法,"无疑是追求精神和肉体解放的市民人文主义观念的最佳表述","他的诗歌更为生动形象地传达了人文主义思潮的核心价值观——寻求人性解放,赞美世俗幸福,歌颂个人自由意志等等"[3]。彼特拉克的诗歌及其俗语文学的表达方式,为薄伽丘的《十日谈》开拓了新的话语空间。"传奇故事与民间故事,这些曾经被放逐的文学形式,开始获得了更高的地位。那个充满宗教迷狂、幻象、传奇的抒情性世界,被这个充满冒险、庆典、描述、愉悦和怨恨的叙述性世界所取代。"[4]

---

① 张缵、江宁康:《文艺复兴与早期人文主义思潮的嬗变——意大利文艺复兴经典作品的思想倾向与"市民人文主义"思潮的兴起》,《清华大学学报》(哲学社会科学版)2013 年第 4 期,第 140 页。

② 同上。

③ 同上书,第 143 页。

④ Francesco De Sanctic, "Boccaccio and the Human Comedy", eds. Mark Musa and Peter Bondanella, *The Decameron: A New Translation, 21 Novelle, Contemporary Reactions, Modern Criticism*, New York: W. W. Norton & Company, 1977, p. 221.

（二）希腊传统与《十日谈》的生成

彼特拉克对薄伽丘的另一种影响是对于古希腊文化的借鉴，特别是对于古希腊语言的热衷。当代著名历史学家雅克·巴尔赞就指出，对于"早期的人文主义者"来说，"古希腊著作光彩夺目之处"不仅仅是"它们反映出一个业已消失的文明的面貌"，也在于它们"优美的语言"。通过这两个方面人文主义者"找到了一种新的感觉"。[①] 可以说，以彼特拉克为代表的人文主义诗人们通过古希腊的语言，自豪地召回了一个伟大的过去，从而使得中世纪那种静止而混沌的神性时空消失了，取而代之的是变化的、发展的、连续的当下的世俗世界，过去、现在、未来都变得因此鲜活起来。

批评家马内蒂确信，彼特拉克是第一个接触外国语言的意大利人文主义者；在这一方面，薄伽丘模仿了彼特拉克，"但是通过异国的语言，薄伽丘获得了比彼特拉克更丰富的受益"，并且最终"成为一个希腊语的专家"。薄伽丘学习希腊语的初衷，一方面是出于对拉丁语典籍"丰富而又贫乏"的现状的不满；另一方面是对于希腊文学宝库的极大渴望，希望"通过希腊文学对拉丁文学的缺陷做出最好的补足"。于是薄伽丘花了三年时间聆听一位学识渊博的希腊传教士皮拉图斯(Loentius Pilatus)的公共和私人课程。当这位教士离开威尼斯时，薄伽丘竭力邀请他来到佛罗伦萨。薄伽丘在自己的家中隆重地接待了他，并让他成为自己长期的客人。其后，薄伽丘又协助他获得了佛罗伦萨城市的聘请，请他为公众宣读希腊文学抄本。这位教士也成了第一个在佛罗伦萨用希腊语进行公开演讲的人。不久之后，出于作家个人对于希腊文学的兴趣，薄伽丘将许多希腊文的抄本带回了托斯卡纳，其中包括了荷马的作品，这使得薄伽丘成了第一个将希腊抄本引入埃特鲁斯坎地区的人。由于掌握了希腊语，薄伽丘对荷马的经典诗歌《伊利亚特》和《奥德赛》有了更完整的认识，他也通过导师的解读了解了其他的希腊诗人，并且在他的许多作品当中恰当地运用了所学到的这些知识。[②]

---

① 雅克·巴尔赞：《从黎明到衰落：西方文化生活五百年，1500年至今》(上)，林华译，北京：中信出版社，2013年版，第51页。

② See Giannozzo Manetti, "The Life of Giovanni Boccaccio", eds. Mark Musa and Peter Bondanella, *The Decameron: A New Translation, 21 Novelle, Contemporary Reactions, Modern Criticism*, New York: W. W. Norton & Company, 1977, pp. 194—195.

马内蒂认为,“引入希腊文学所结出的第一批果实是为意大利造就了两个如此特异的诗人(彼特拉克和薄伽丘),这两个果实随后成为种子,而希腊文学则在意大利找了肥沃的土壤,所有这一切随着时间的迁移,成就了我们这个时期繁花似锦的景象,他们创造了一次伟大的丰收。”①在彼特拉克和薄伽丘的影响下,意大利文艺复兴时期的作家们毫不犹豫地开始学习希腊语和希腊文学,这使得意大利文学的传统和古希腊文学传统合并成了一种新的、文艺复兴时期所特有的、不断传播的话语形式。

从语言层面上来看,希腊语和希腊文学的影响也渗入了薄伽丘那令人愉快的表达风格之中,这使得他的“方言写作”常常显得很优雅。“光辉的俗语”和优雅崇高的希腊文学/文字看似矛盾的结合,在文化史研究者看来却有其必然逻辑:

“最初的人文主义者认为,古典著作中描述的文明在处理世俗事务时是以人为中心的。这些著作包括诗歌、戏剧、史书、传记、道德和社会哲学。它们是古人生活的指南,本身具有重要的意义,并不从属于把人的幸福统统推迟到审判日的某个大计划。世俗主义的主题由此而来。

“人文主义这个名称有些奇怪——意思是作为人的主义——但不是随意想出来的,他的原意是形容古人的风格:literae humaniores,即有人性的文字。这种文字不像中世纪的哲学文章那么抽象,而且文法优雅,用词简练。这就是人文主义者所说的‘典雅文字’的特点……中世纪的文章并没有忽略人,但缺乏逻辑,把人的一切关注统统与来世挂钩。14世纪初期,意大利一些才华横溢的作家,其中著名的有彼特拉克、萨鲁塔悌和薄伽丘,对中世纪的文章深恶痛绝,他们的门徒把人文主义变成了以后几个世纪的文化。”②

正因为两者所蕴含的人本精神是相通的——古典的文学指向世俗的生活,精致的字词亦是人文主义的表征——“光辉的俗语”和“典雅文字”才得以在经典作家的笔下得以统一,而像《十日谈》这样的俗语经典文本才能具有更加强烈的、更加鲜活的现世意义。也正因为文学在语言层面的这种革新,时人才能有如此感叹:“哦世纪!哦文章!活着是何等令人

---

① Giannozzo Manetti, “The Life of Giovanni Boccaccio”, eds. Mark Musa and Peter Bondanella, *The Decameron: A New Translation, 21 Novelle, Contemporary Reactions, Modern Criticism*, New York: W. W. Norton & Company, 1977, p. 194.

② 雅克·巴尔赞:《从黎明到衰落:西方文化生活五百年,1500年至今》(上),林华译,北京:中信出版社,2013年版,第48页。

欢欣。”[①]而这样的感叹何尝又不是对于《十日谈》这样的作品的主旨的精妙表述。

从文学类型和写作风格来看，希腊文学/文字与拉丁文学/文字的相互影响和融合，为全新的文学形式的生成提供了话语和语言环境。正是在这样的环境中，“薄伽丘这样的作家能够将古代的形式和现代的形式巧妙地贯通起来，创造出一个新的世界，并为这个新的世界打上专属他个人的印记。”德桑克蒂斯指出：“当拉丁作家需要表现戏剧效果时，他们常常会抛弃他们沉重的武器轻装上阵”，而薄伽丘更是“像普劳图斯那样构思，像西塞罗那样写作。”[②]

简洁的表述与讽刺的手法可以说是《十日谈》文本写作风格上的标志。薄伽丘所有的作品都是由大量细节所构成的，具有一种用现实包裹起来的简洁而严实的结构。在他的文本世界中，读者得到的是超越印象的客观、超越感觉的感知、超越幻象的想象。因此，德桑克蒂斯称作家为“擅长跨越障碍的”“简洁的大师”。同时，“漫画式的讽刺”也是薄伽丘世界的重要基础。简洁与讽刺的结合，使得《十日谈》中的每一个小故事都以一种希腊喜剧的方式呈现出来：“薄伽丘对于人物的介绍和大致的描写都很简短，然后就立刻将幕布拉起，在完整的行为、动作和对话之中展现他的人物。喜剧的主题在一开始就出现，逐步地、一点一滴地发展，每一步都会有新的喜剧元素伴随着更好的戏剧效果加入其中。”[③]一种新的喜剧形式由此生成——不再是神圣的，而是属于人间的。在当时的拉丁文学环境当中，《十日谈》的这种喜剧特质无疑是充满吸引力的：法国人看到了薄伽丘的“激情”(verve)，并且模仿他的力量和灵巧；而意大利人则因为《十日谈》的“生动”(brio)而更注重其中充满活力的智慧。在这激情与生动之中，薄伽丘以西塞罗的方式创造了一个充满魅力的“塞壬”。如果不是作家同时也采用了丰富的拉丁文学形式将那个裸露的身体从头到尾包围起来，而是任由希腊放纵、多欲的诸神走入世俗的市民社会，那么《十日谈》的世界或许将会是令人厌恶与作呕的。希腊传统为《十日谈》的生

---

① 语出乌尔里希·冯·胡滕致伯克海梅尔(1518年)。参见雅克·巴尔赞:《从黎明到衰落：西方文化生活五百年，1500年至今》(上)，林华译，北京：中信出版社，2013年版。

② Francesco De Sanctic, “Boccaccio and the Human Comedy”, eds. Mark Musa and Peter Bondanella, *The Decameron: A New Translation, 21 Novelle, Contemporary Reactions, Modern Criticism*, New York: W. W. Norton & Company, 1977, p. 228.

③ Ibid., pp. 226—228.

成输入了飞扬的个性和超越的可能,而拉丁文学传统则是牵住风筝的线,将文本的世界控制在理性和现实的范围之内。这样的结合也保证了作家的个性和文本的特质,既是特立独行、无法模仿的,也能够和时代保持着相对和谐的关系。而这两点都是经典生成的重要保障。

另外值得一提的是,希腊传统还为意大利文艺复兴作家提供了新的意象和主题。如巴尔赞所说:"在彼特拉克之后,各派诗人把多神教神话、历史、地理与基督教混在一起……诗人喜欢用新的词汇,神的名字、英雄的名字、地名和事件都成了新形象和新声音的宝库。人文主义诗人动辄赞叹'神一样的柏拉图'、'天赐的塞内加'。"[①]彼特拉克们的"典雅文字"和"光辉的俗语"带来了异教神话和古老传说,也使之褪去神秘化的光环,仅作为一项艺术性和文学化的事物而存在。而在神秘主义衰退的同时,自然主义也已经兴起:人类与自然的元素,代替了神圣与天国的意识。当神圣或神秘的传说改由人与自然来演绎时,被中世纪所压抑已久的民间文学传统就获得了新的自由。民间文学传统与人文主义的结合,标示出了文艺复兴的另一个重要维度,也酝酿和生成了新的文学经典。

(三)民间文学传统与《十日谈》的生成

在德桑克蒂斯和其他一些文艺批评家看来,《十日谈》生成的时代是一个"转变的时代":神秘主义已经成为一种对超自然世界的怀旧情绪,成为一种普通事物,以一种传统的形式留存;自然主义正在表现出它作为新兴事物的魅力,将世俗生活和人的感知和谐地融合在一起,人不再生活于世界之外的精神领域。时代精神的转变彻底颠覆了当时文学的根基,旧的文学世界正在从经典生成的话语环境中退出,"中世纪随着它的幻想、传说、神秘、恐怖、阴影以及迷狂一起从艺术的殿堂当中被驱逐。"甚至就连但丁也"用他的佛罗伦萨长袍裹住自己,然后消失了"[②]。现在薄伽丘进入了这个殿堂,伴随着他那个喧嚷的世界一起。

薄伽丘所呈现的这个世界在《十日谈》问世之前已经存在很久了。那个时候的意大利流传着大量的传奇故事、民间故事、拉丁语歌谣以及民间

---

① 雅克·巴尔赞:《从黎明到衰落:西方文化生活五百年,1500年至今》(上),林华译,北京:中信出版社,2013年版,第57页。

② Francesco De Sanctic, "Boccaccio and the Human Comedy", eds. Mark Musa and Peter Bondanella, *The Decameron: A New Translation, 21 Novelle, Contemporary Reactions, Modern Criticism*, New York: W. W. Norton & Company, 1977, p. 220, p. 229.

歌谣。“如我们所知的，女性秘密地阅读这些‘渎神’的作品，而那些故事的作者也通过不断地制造这样的内容来取悦这一群‘快乐’的读者。”[①]传奇故事最常见的题材来自于圆桌骑士的冒险和查理曼大帝的事迹。薄伽丘也涉及过这样的题材，在《爱之景》(*Amorosa Visione*)当中，作家就提到过许多这样的男女英雄。薄伽丘进入这个不敬和轻率的世界，同样也会抱着取悦于那些女性委托人的目的。但和他的追随者以及后来的模仿者不同的是，薄伽丘更加关注如何使故事表现出令人愉悦的品质。他需要将那些结构混乱、粗陋的、由不通文墨的人提供的素材重新组织起来，塑造成型，将它们带入和谐的艺术世界。

薄伽丘尝试为这个世界寻找一个新的表演舞台，既能够使这个世界从中世纪的厚重的幕布后面轻松地走出来，又能够唤起古希腊剧场的气氛，在经典文学厚实的基础上建构新的场景。在重写菲洛里奥和比安科费奥雷的浪漫传奇之后，同时基于作家对于希腊传统的研究，薄伽丘开始转向一种新的文学表现形式：他希望能从希腊原始时期和英雄时代的文学遗产当中获得启示；同时他也注意到了，在那个时代的所有已存的文学形式中，有一种特别受欢迎，这就是短篇故事(novella)，即传说故事(tale)或者短篇小说(short story)。

短篇故事这个形式尽管有许多不同的称谓，但它的确是所有拉丁民族共同继承的遗产，并且很好地融合了当时的风俗与时代精神。在薄伽丘之前，重新创作或者整理重写而成的作品就已经是各种类型的故事当中的主流，他们当中有一些是严肃的，另一些则是喜剧的；有一些是道德教谕的，另一些则是亵渎和情色的。这些故事所有的修改和润色都是为了符合读者的口味，而当时的知识阶层认为它们的主题是不敬且轻率的，往往对它们表示轻蔑和否定。但薄伽丘则将故事视为一种允许想象力自由发挥的文学形式，并将它发展成为一种现代的文学类型。[②]

不可否认的事实是，《十日谈》的内容和题材，和《神曲》以及彼特拉克的《歌集》一样，都不是一个人思想的产物，而是众人智慧的结晶。许多研究都证实了，《十日谈》的大部分故事都不是薄伽丘本人的原创。这些题

---

① Francesco De Sanctic, “Boccaccio and the Human Comedy”, eds. Mark Musa and Peter Bondanella, *The Decameron: A New Translation, 21 Novelle, Contemporary Reactions, Modern Criticism*, New York: W. W. Norton & Company, 1977, p. 220.

② Ibid., p. 221.

材在重现于薄伽丘笔下之前,已经经历了许多不同阶段的传播。“从横向的时间轴上来看,首先,任何一个经典文本都曾经有一个,甚至不止一个前文本(pretext)或者非文本(non-text),这些表面上看上去非常散乱、尚未成为经典的文本,实际上却积聚了巨大的社会和文化的叙事能量,是经典文本得以形成的先决条件,我们也可以把这个阶段称之为经典的‘潜伏期’。”[①]薄伽丘凭借着他的天分对众多来自民间文学的题材加以修改,使得这些前文本当中的社会和文化叙事能量得以释放,《十日谈》的经典文本也藉此生成。

《十日谈》的故事来源十分广泛。虽然薄伽丘本人只接触了法国、意大利和拉丁语的民间故事,虽然在1300年前后意大利就出现了《故事集》(*Il Novellion*)[②]这样的文本,但《十日谈》当中一些故事原型最早生成却是在西班牙、印度这样遥远的国家;而另一些故事也已经在民间流传了好几个世纪。例如,第二天的第五个故事[③]就是源自公元2世纪的以弗所[④]的《以弗所故事》(*Ephesian Tale*)。

和经典文本本身一样,作为经典最直接前文本的民间故事,就是各种文学文本穿越时空传播、相互接受和融合的结果,而民间故事的传播和再传播的过程也就构成了民间故事传统。对《十日谈》经典生成影响最大的中世纪民间故事,其两个最基本来源是基督教的说教故事(exemplum)和来自东方的故事。

说教故事脱胎于基督教的说教文本和布道词,通过正与误、积极与消极之间的对比来教导人们正确的思想与行为。说教故事在发展的过程中不断地和其他民间文学形式,如圣徒行传、普罗旺斯游吟诗、法国故事诗和籁歌(lais)、宗教经典传说等相融合,最终在托斯卡纳地区形成了与小

---

① 张德明:《文学经典的生成谱系与传播机制》,《浙江大学学报》(人文社会科学版)2012年第6期,第94页。

② 参见肖明翰:《〈坎特伯雷故事〉与〈十日谈〉——薄迦丘的影响和乔叟的成就》,《国外文学》2002年第3期,第78页。《故事集》也有一百个故事,为《十日谈》提供了不少情节。

③ 佩鲁贾城的安德鲁乔去那不勒斯买马,一日之内遭遇多次危险,被骗钱财、遭人挟持、被困棺内,结果全都化险为夷,还弄到一枚红宝石戒指回到家中。

④ 基督教早期最重要的城市之一。以弗所在古代安纳托利亚(Anatolia)是希腊的爱奥尼亚,在公元前10世纪由雅典殖民者建立。在现土耳其境内,存有非常完整的城市遗迹。

说最为接近的文学形式。[1] 在13世纪末的那些最著名却匿名的托斯卡纳民间说教故事中，原有的道德教诲成分已经被剔除，而颂扬智慧、知识以及幽默的成分被大大加强。“虽然在正常情况下，这些说教故事不会用框架结构，但是这些故事的写作风格构成了一个统一的因素，使得各种各样被选取的、去语境化的、重新编织的故事组成了一个新的自主作品。这一醒目的联系，也使得说教故事成为《十日谈》最重要的灵感源泉。”[2]

东方故事对于西方民间故事传统的影响是显而易见的，《五卷书》(*Panchatantra*)、《一千零一夜》《大故事》(*Brihat Katha*)、《巴兰和约沙法》(*Baelaam and Josaphat*)[3]等东方文本通过古希腊文明和希伯来文明，以及12世纪的拉丁语译本，被不断地传播进入西方文学。《十日谈》当中的第八天第十个故事[4]就是来自于11世纪的一部印度故事总集《故事海》(*Katha Sarti Sagara*)[5]。更重要的是，《十日谈》的框架叙述结构起源于古印度的《五卷书》。该故事集是在公元500年前后用梵语写成，在其后八百多年中经过了一系列的翻译和转译，其中包括了波斯语、阿拉伯语、希伯来语和拉丁语。薄伽丘接受了这一文学形式，将众多的短篇故事集结成册，并将一个统一的、单独的作者视角和一个有机的整体贯穿其中，最大限度地释放了故事的叙事能量。可以说，东方文学在传播过程当中启发了西方文学一种全新叙述形式的生成。

一些学者认为一些找不到更早来源的故事也仍然不能看做是薄伽丘原创的，它们可能是在本土民间的口头传统中传播，薄伽丘只是第一个已知的记录者。薄伽丘自己也说过，他曾经通过口头传诵听到过一些故事。例如在第七天的第一个故事[6]的结尾，薄伽丘借用故事讲述者伊米莉亚

---

① See *The Novella Before Boccaccio*, http://www.brown.edu/Departments/Italian_Studies/dweb/literature/narratology/novella.php. Adapted from "Novelle Italiane. Il Duecento. Il Trecento", eds. Lucia Battaglia Ricci, Robert J. Clements and Joseph Gibaldi, *Anatomy of the Novella. The European Tale Collection from Boccaccio and Chaucer to Cervantes*, New York: NYUP, 1977.

② *The Novella Before Boccaccio*, http://www.brown.edu/Departments/Italian_Studies/dweb/literature/narratology/novella.php

③ 《五卷书》为古印度故事集，《大故事》为古印度诗体故事集，《巴兰和约沙法》是改编自佛陀生平事迹的基督教圣徒传说。

④ 一个西西里女人巧妙地取走了一位商人运往巴勒莫的货物。商人第二次来时，佯称带来了大批值钱的货物，向那个女人借了大笔钱款之后，留给她的全是水和麻屑。

⑤ 该故事集取材于《大故事》，编著者月天(Somadeva)。

⑥ 季安尼·洛泰林和妻子正在睡觉，妻子的情人误打误撞地前来敲门。妻子哄骗洛泰林说是鬼。两个人来到门口念了一段咒文，敲门声就停止了。

的口吻,为读者提供了两个不同版本的故事结局,并且写道:

> 不过我邻居的一个老太太对我说,据他所知,这两种说法都没有错,只是按第二种说法,那丈夫不是季安尼,而是一个住在圣彼得门附近叫季安尼·迪·奈洛的男人,他的傻劲不下于第一个季安尼。
>
> 亲爱的女士们,这两个咒语你们可以任选其一,两个都选也行,你们已听到了,知道这种咒语在我刚才讲到的那种情形下大有用处,你们要好好记住,以备今后派上用场。[①]

在此,薄伽丘承认了他是从一个老妇人那里得来的这个故事。他明确地指出了民间口头传统对于《十日谈》文本生成的作用,并且强调了这样的口头传播的不确定性和多样性。而作者最后对于故事的处理,则颇有几分现代文学和电影当中"开放式结局"的意味。

虽然《十日谈》的故事并不都是来自于虚构性的前文本,例如对于小说核心事件黑死病的描写借鉴了某些历史文献[②],而故事当中许多人物也是以现实人物为原型的。[③] 但不可否认的是民间文学传统不仅为《十日谈》提供了最主要的前文本来源,还直接影响了作品的叙述方式和整体结构。一部文学经典的生成就是其他文学文本传播汇入的结果。《十日谈》作为经典是人类文学传播链条上关键的一节,它通过本身的经典化过程,将来自遥远空间——爱琴海、地中海、中亚、阿拉伯以及南亚的故事,和来自久远时间——一些流传了几个世纪的故事,吸收进入自身的叙事和话语体系,使不同性质的文本既相互融合,又相对并置,从而生成了新的经典能量。总而言之,《十日谈》经典的生成过程既发生在文本层面上,也发生在话语层面上——文艺复兴时期的市民主义、希腊文化传统和民间文学传统之间的话语交叉及整合形成新的人文主义价值观,为《十日谈》的生成提供了最主要的动力。

---

① 薄伽丘:《十日谈》,王林译,北京:北京燕山出版社,2001 年版,第 354 页。

② 这里主要是指公元 8 世纪本笃会僧人执事保罗的《伦巴第史》(*Origo gentis Langobardorum*)。

③ 例如第八天第三个故事当中的卡兰德里诺、布鲁诺、布法尔马科三个人物就是确有其人。卡兰德里诺、布鲁诺、布法尔马科三人沿穆尼奥内河寻找宝石,卡兰德里诺以为自己找到了,便满载石头回了家,受到妻子的数落,他一气之下出手打了她。后来他向朋友谈起,却不知这本来就是二人为了捉弄他而玩的诡计。

第二节 《十日谈》在西方各国的传播

巴尔赞认为:"从典雅文字开始风行,到现代人文主义者成为自由思想家或学者,这一道路迂回曲折,但从未中断。倘若寻找这几百年里人文主义者的共同点,可以发现两点:第一,他们有一组得到公认的作家,第二他们有一套学习和辩论的方法。此外,他们还有一个信念,即理性和自然是幸福生活的最好指南。"[①]也就是说,人文主义在西方的传播,除了核心价值的播散和话语体系的扩展之外,对经典的不断建构也是人文主义这一大叙事得以维系和展开的重要支撑。与此同时,经典文本也在循着人文主义发展的路径进行传播,而且在人文主义划开的水面上荡起更漂亮的涟漪。

印刷术的出现对经典传播起到了推波助澜的作用。巴尔赞说道:"与典雅文字有关的一切都是与印刷书籍有关。"从作者的角度来说,"人文主义者对一切新鲜事物求知若渴,对自己的丰富知识信心十足,对自己的治学方法和别的新发明充满自豪,他们一代又一代,在印刷术这个武器的帮助下,对世界进行艺术和科学教育。"而从读者角度来说,"书"在近代有了新的用途,它们不再是昂贵的手抄本著作,也不再被陈列于世俗人无法进入的图书馆之中。"人们开始默读和单独阅读",僧侣的"讲师"职能即将消失。思想的辩论不再只停留于口头形式而无法留存。印刷更加方便的民族俗语的使用更是大大扩展了读者群体。[②]

法国作家雨果曾说过:"书与大教堂较量,前者会战胜后者。"[③]对于薄伽丘的《十日谈》来说,文艺复兴与宗教改革以来的人文主义思想和印刷术的兴起[④]就是带动它在西方文化的水域当中航行的两支主帆。它从地中海海岸出发,在莱茵河与多瑙河徜徉一番,又驶过泰晤士河,最终进入世界文学的汪洋之中。

---

① 雅克·巴尔赞:《从黎明到衰落:西方文化生活五百年,1500年至今》(上),林华译,北京:中信出版社,2013年版,第50页。

② 同上书,第66、69、71页。

③ 1831年雨果对巴黎圣母院墙上和玻璃上的故事发表的感慨。

④ 在1456年,也就是薄伽丘身后80年,《十日谈》首次正式出版前15年,古登堡在德国美因茨印刷厂印刷出了第一本拉丁文《圣经》。此事可看做欧洲印刷术兴起的标志。

(一)《十日谈》的翻译文本

《十日谈》于1471年在威尼斯首次正式出版,随后被翻译成各种文字而不断传播。[①] 在经典的生成与传播中,翻译是一个必须考虑在内的重要因素。翻译文本是原文本的生命"在新的社会语境中的再生""持续更新"以及"最完整的展开"。从传播机制来讲,译文总在原文之后产生,翻译文本属于从经典衍生的次文本。[②]

通常我们认为,经典的翻译是经典传播过程中不同语言和文化之间的互动;如果两种语言和文化比较相近,那么以翻译为形式的传播过程所需跨越的障碍就会小得多。虽然意大利与法国之间有阿尔卑斯山作为阻隔,但是在文艺复兴时期,"意大利由于其文明所具有的吸引力而对阿尔卑斯山以北的贵族文化进步产生了巨大影响。……彼特拉克享有的国际声誉推动了十四行诗的繁荣,大部分法国诗人都或多或少地彼特拉克化了"[③]。这就不难理解法国成为最早接受《十日谈》的文本传播并产生次文本的国家。"1483年,《十日谈》首次在法国印刷,1485—1541年间又再版八次。1545年,玛格丽特·德·纳瓦尔又促成了安托万·勒马孔的新译本。"[④]勒马孔(Antoine Le Maçon)的《十日谈》译本的确称得上"经典",在其他语言的《十日谈》翻(转)译过程中,这个译本甚至与意大利文的校订本一起被作为翻译的源文本。在勒马孔译本出现之后的三百年时间内,法国再也没有出现过可以与之相提并论的译本,直到1879年弗朗西斯科·雷纳德(Francisque Reynard)的译本出现。在最近三十年中,也有三个较好的法语译本出现,分别是1971年安东尼·赛巴迪(Antoine Sabatier)的译本、1988年让·布雷塞斯(Jean Bourciez)的译本以及2006年乔万尼·克莱里克(Giovanni Clerico)的译本。

《十日谈》英语译本相对晚于法语译本出现。虽然早在1525年,就有《十日谈》当中的单个故事被翻译为英语,收录于威廉·沃尔特(William Walter)编纂的一部拉丁文献集成,但《十日谈》单行本英文译本直到

---

① 由于资料以及篇幅所限,本节述及的主要为《十日谈》的英译本与法译本。西方其他主要语言中,德语《十日谈》译本也较为丰富。1782年,第一个单行本德语译本于莱比锡问世。

② 张德明:《文学经典的生成谱系与传播机制》,《浙江大学学报》(人文社会科学版)2012年第6期,第95页。

③ 乔治·杜比主编:《法国史》(上卷),吕一民等译,北京:商务印书馆,2010年版,第626页。

④ 同上。

1620 年才出现。而且这个译本仍然是以勒马孔的法语译本和 1528 年赛维提(Leonardo Salviati)的意大利语修订本为参照译出的,并没有以薄伽丘的意大利语原文为基础。译本的译者没有正式署名,但是一般认为这是约翰·弗洛里奥(John Florio)[①]所译。从经典传播的机制来看,这个次文本丢失了很多原文本当中的信息:译本删去了作家的前言和后记;去掉了一些"冒犯性"的词语、句子以及片段,代之以星号,甚至完全替换为其他文本;第三天的第十个故事[②]被译者替换成了一个相对"无害"的故事,来自法国人弗朗索瓦·德·贝尔福莱(Francois de Belleforest)的《悲剧故事集》(*Histoires Tragiques*);第九天的第十个故事[③]也被修改了,而第五天的第十个故事[④]被去掉了其中同性恋的部分。究其原因,一部分是因为转译造成了文本传播的路径较长,传播过程中的信息散失与误入也增多;另一部分原因是经典被自身所进入的新社会语境所选择和抑制。1971 年"企鹅经典"(Penguin Classics)版《十日谈》的译者麦克威廉(George Henry McWilliam)就此评价这个译本是詹姆斯一世时期散文的杰出样本,但是由于它以专横的态度对待原文本,也造成了一定的缺陷。

1620 年译本一直在影响后来的《十日谈》英译本。1720 年的佚名译本(也有人认为应该归于约翰·萨维奇名下),也有着与前一译本相似的情况。该译本同样删节了序言与后记。用包含在第四天序言当中的故事替换了第三天第十个故事。而第九天第十个故事被删掉了。这些问题可能不是译者故意为之,而是因为采用了错误的原文本造成的。

1741 年的英译本同样也没有明确的译者[后来又将查尔斯·巴卢伊(Charles Baluy)追认为该版本的译者]。在这个版本当中也依然没有序言和后记,译者删掉了第三天第十个故事和第九天第十个故事,同时还去

① 约翰·弗洛里奥(1533—1625),语言学家和词典编纂者,是詹姆斯一世的朝臣和皇家教师。可能是莎士比亚的朋友并对莎翁的创作有一定的影响。

② 阿莉贝出家作了隐居者,修士鲁斯蒂科教她如何把"魔鬼"打入"地狱",最后她终于被人带回,做了内尔马莱的妻子。

③ 彼得罗要求神父贾尼用法术把自己的妻子变成一匹母马,神父正要给马按上"尾巴"时,彼得罗说不要尾巴,结果法术就失灵了。

④ 彼得罗·迪·温奇奥洛是佩鲁贾的富商,钟情男色的他为了掩人耳目或者改善人们对他的看法娶了一个妻子。彼得罗去埃尔科拉诺家吃晚饭,彼得罗情欲旺盛的妻子就找来一个青年幽会,不料彼得罗回来了,彼得罗妻子只好把情人藏在鸡笼下面,彼得罗告诉自己的妻子在埃尔科拉诺家时发现了埃尔科拉诺的妻子藏在家中的情人,只得提前归来,彼得罗的妻子痛斥了那家女人的无耻。不巧的是,这时一头毛驴踩了鸡笼下那个青年的手,那个青年喊了起来,彼得罗便发现了妻子的私情。由于这个青年也是彼得罗仰慕已久的美少年,于是彼得罗便使出了手段使得三方都满意。

掉了第五天第十个故事当中隐晦的同性恋情节。这一次,译者为他的删改留下了明确的解释。他认为薄伽丘在许多地方显得过于荒淫,他需要做一些处理以保留原作者的机智和幽默,同时也为薄伽丘留下一些过得去的体面。因此译者尝试着删掉两个故事,因为这两个故事在他看来已经是无法再加以修改了。他并不为这样的删除感到担心,反而是疑虑是否删除得太少。1804 年到 1895 年间,这个版本修订过很多次,改动或大或小,有一些改动译者自己也未得知。这些修改要么是敷衍了事地恢复了那两个被删掉的故事,要么将那些令人不快的段落的意大利原文保留在文本中或者替换成勒马孔的法语译本,修订者甚至表示那些段落是"不可能被译成可以接受的英语的"。

1855 年凯利(W. K. Kelly)的译本宣称是一个"完整"的版本,但事实上他却秉承了 1741 年版本以来对于《十日谈》原著的一贯态度,第三天第十个故事和第九天第十个故事虽然被包含在内,但还是有相当一些段落仍然是意大利语或者法语的,一些关键的句子还是被删掉了。

1886 年约翰·佩恩完成了第一个真正意义上完整的《十日谈》英译本。这个译本最初是由私人募资通过维隆社团(Villon Society)在非公开的场合发行的。可以说这是一个非常私人化的版本,按照麦克威廉的说法,这个译本的文字是华丽、严谨的,却又是怪异的、古旧的,具有一种夸张而又不安的前拉斐尔派风格。这个译本直到 1931 年才由现代书屋重新公开发行。

在 1903 年里格(J. M. Rigg)的译本中,第三天第十个故事再次消失了,只留下了意大利语原文和一个注脚:"不需要为此道歉,按照先例,下面的这些细节是不可翻译的。"

1930 年弗朗西斯·温沃(Frances Winwar)的《十日谈》英译本成了第一个美国人的译本和第一个女性译本,也是一个相当准确和极具可读性的版本。

1972 年麦克威廉的"企鹅经典"版译本,是第一个用当代英语译出的《十日谈》版本。当这个译本在 1995 年再版时,除了经典文本之外还附加上了 150 页的阐释性文字,解释了促成新译本生成背后的历史学和语言学方面的因素,对原文本当中的一些典型片段做了深入的细读研究,从民间和官方两个不同的视角细致地描述了作家的生平和文本的历史。在这里,研究"经典生成与传播"而产生的次本文,已经自觉地从形式上进入经典的场域之内了,与经典文本展开了互文性的对话。

《十日谈》最新的英语译本是2013年由韦恩·瑞布霍恩(Wayne A. Rebhorn)翻译、由诺顿出版公司(W. W. Norton & Company)出版的。《出版者周刊》称赞这一译本"惊人的现代","极富可读性"。很有意思的是,译者在接受《华尔街日报》采访时表示,他翻译《十日谈》最初的原因是他发现在课堂上教学所采用的译本不够完善。

从《十日谈》英语翻译的四百年历史来看,英语文化对于经典文本的接受和再传播的态度是随着社会语境的变化而不断更新的。早期的英语译者常常认为《十日谈》当中某些片段是"不可译"的,这不是在语言和艺术上的困难,而是对经典原文本的价值取向的怀疑。随着人文主义在西方不断地发展,英译本也逐渐由转译变为直译,从残缺变得完整,其传播也逐渐从私人或半公开的领域走出,进入公众出版与新兴媒体,并最终凭借现代英语在全球化当中的优势地位而获得世界性的影响。而从1995年的企鹅经典版和2013年诺顿版译本的生成和传播过程中可以看出,强大的资本、媒介和教育以及学术研究已经形成了一种全新的语境,不断地为经典本身回注新的意义。

(二)《十日谈》在文学中的影响与再生

经典是具有强大播散力的。后来作家从经典文本当中获得灵感,衍生创作出新的文本,是作家对经典所传递给她/他的能量做出的反应以及被激发出来的新能量。《十日谈》影响了许多后来的作家,他们或借鉴故事的情节,或模仿小说的艺术形式。他们所创作的后文本是经典能量的延宕,也是经典作品的再生。

自文艺复兴开始,西方的戏剧家们就特别喜欢根据《十日谈》当中的故事情节来安排戏剧冲突。这里面甚至包括了莎士比亚:《辛白林》当中普修默以伊摩琴的贞洁打赌的情节,是莎士比亚从15世纪的一个日耳曼故事当中得来的,而这个名为《詹内家的费德丽卡》的故事的基本情节正是以《十日谈》的第二天第九个故事[①]为基础的。而第三天第九个故事[②],

① 热那亚人贝尔博纳同安布罗焦洛打赌,认为对方是无法勾引到自己的妻子的,结果中计被骗。贝尔博纳把钱输光了,还叫人去杀害他无辜的妻子。妻子幸而逃脱,乔装成男人在苏丹跟前效力。查到骗子后,她设法让丈夫也来到亚历山大城,惩罚了骗子,恢复了女装,带着许多财宝返回热那亚。

② 纳波尼的吉莱塔治好了法国国王的顽疾,请求国王让贝特兰得做自己的丈夫。贝特兰得不情愿地和她完婚,接着就愤然离家前往佛罗伦萨,爱上了那里的一个姑娘。吉莱塔冒充那个姑娘和贝特兰得睡觉,并为他生了两个儿子。最后他终于爱上了她,认她作自己的妻子。

也被莎士比亚改编为《皆大欢喜》。莎士比亚最初可能是从威廉·佩因特的《快乐王宫》当中读到了这个故事的法语译本。同是文艺复兴代表人物的西班牙黄金世纪最重要的作家维加(Lope de Vega)也借用了许多《十日谈》当中的故事情节[①],他根据第三天第三个故事[②]写了《离散的爱》,用第五天第四个故事[③]的一部分情节写了《他们不都是夜莺》。法国戏剧大师莫里哀的《丈夫学堂》同样来自第三天第三个故事。同时莫里哀的《困惑的丈夫》一剧也从第七天第四个故事[④]当中挪用了一些情节。德国戏剧家莱辛曾经很明确地表示,他的戏剧《聪明人内森》是直接来源于《十日谈》的第一天第三个故事[⑤]的。

薄伽丘的虚构技巧、创造戏剧性的能力以及在"讲故事"方面的才能,使得《十日谈》能够在西方小说发展史当中占有重要的一席之地。经常有一些小说家会借用《十日谈》的情节,例如斯威夫特就借鉴了第一天第三个故事,写出了他第一个公开出版的作品《一只桶的故事》。但更多的小说作者是直接模仿了《十日谈》的框架结构和叙述风格。德国作家维兰德(Chritoph Martin Wieland)的系列小说"罗森海因六日谈"就是以《十日谈》的结构为参照的。16世纪的法国宫廷中出现了《七日谈》;而在17、18世纪法国民间的廉价图书生产中心"蓝色图书馆"当中出现的表现情感故事的短篇小说《格利瑟里迪的耐心》,"它肯定起源于薄伽丘"[⑥]。

《七日谈》(*Heptaméron*)的作者是纳瓦尔王后,或称纳瓦拉(又称昂古莱姆)的玛格丽特(Marguerite of Navarre,1492—1549)。她是"骑士国王"弗兰西斯一世的姐姐。她的宫廷坐落在法国西南部,她在那里款待各路作家和思想家,宗教改革家加尔文是她的座上宾,作家拉伯雷也受到她的保护。她鼓励当地的贸易和艺术,自己也写诗,并努力在天主教徒和新教徒之间作调解。[⑦] 她本来打算完全按照《十日谈》的模式写一百个故

① 有学者认为,维加借用过12个《十日谈》当中的故事。

② 一个有夫之妇爱上了一个小伙子,到虔诚认真的神父那里去忏悔,哄得神父以为她真是贞洁女子,便为她牵线搭桥,成全其好事。

③ 里佐·德·瓦尔博纳老爷发现自己的女儿在和里卡多·马迪纳睡觉,手中还握着"夜莺"。后来两人结为夫妇,才使老爷消了怒气。

④ 一天晚上托法诺把妻子关在门外。妻子再三恳求仍不得人内,便扔一块大石落井,假装投井自尽。托法诺从屋里出来跑向井边,妻子趁机溜进屋,反锁上门,提高嗓门把丈夫臭骂了一顿。

⑤ 犹太人梅尔基士德用三只戒指的故事,躲过了萨拉丁为他设下的危险圈套。

⑥ 乔治·杜比主编:《法国史》(上卷),吕一民等译,北京:商务印书馆,2010年版,第725页。

⑦ 雅克·巴尔赞:《从黎明到衰落:西方文化生活五百年,1500年至今》(上),林华译,北京:中信出版社,2013年版,第96页。

事，但是在她去世之前只写到第八天的第二个故事，所以这个故事集最终只有 72 个故事。与薄伽丘的作品聚焦于市民阶层不同，纳瓦尔王后的很多故事是以法国宫廷为背景的，而讲述故事的也是五个贵族和五个贵妇。[①] 而《七日谈》成为《十日谈》最著名的仿作的另一种原因，可能在于它“色情文学杰作”的名声——就像薄伽丘的经典得到过的偏见一样。这 72 个故事当中的大多数都是关于爱情、欲望、偷情以及其他浪漫的事情的，但现代读者绝对不会在作品中找到肉体的刺激和挑逗性的幻想。它们或是出于娱乐的目的，或是出于记录当时宫廷生活的目的，但最终都是赞颂高尚的爱情和忠贞，并宣扬有罪必罚的道理。另外，这位王后的文笔为当时翘楚，简明清晰，不掺杂任何抽象的哲理性议论，一些故事的处理用的几乎是冷静的自然主义手法。[②] 这一点也和薄伽丘颇为神似。

在西方叙事文学当中，模仿《十日谈》创作并获得了经典地位的作品，当属“英国文学之父”乔叟的诗体短篇小说集《坎特伯雷故事集》。“《坎特伯雷故事集》从形式、内容到主题思想受到《十日谈》的影响”，其中包括了叙事技巧、叙事框架、叙述者的设定、现实主义的倾向以及对于多元文化的态度。两部经典中“还有相当一批故事的情节和主题相同或相似。其中一些可能是因为来源相同，比如古代的故事集。但专家们认为，《坎特伯雷故事集》里至少有五个故事的情节直接来自《十日谈》。”[③]（《十日谈》对于《坎特伯雷故事集》生成的影响，详见本卷第三章“《坎特伯雷故事集》的生成与传播”。）

从 18 世纪晚期开始到 19 世纪，薄伽丘的《十日谈》在英语诗人中的受关注程度明显增强。在这两个世纪中，《十日谈》不但为英语诗人带来新鲜的灵感，也给英语诗歌提供了陌生的意象。例如美国诗人朗费罗和英国诗人丁尼生，就都使用过出自第十天第九个故事[④]的“猎鹰”的意象。

---

① 乔治·杜比主编：《法国史》（上卷），吕一民等译，北京：商务印书馆，2010 年版，第 625 页。

② 雅克·巴尔赞：《从黎明到衰落：西方文化生活五百年，1500 年至今》（上），林华译，北京：中信出版社，2013 年版，第 96 页。

③ 这五个故事包括：《管家的故事》来自“9:6”；《海员的故事》来自“8:1”；《学士的故事》来自“10:10”；《商人的故事》来自“7:9”；《平民地主的故事》来自“10:5”。参见肖明翰：《〈坎特伯雷故事〉与〈十日谈〉——薄迦丘的影响和乔叟的成就》，《国外文学》2002 年第 3 期，第 77—83 页。

④ 乔装成商人的萨拉丁苏丹，受到托雷洛先生的热情款待。托雷洛参加十字军远征，与妻子约定，如逾期未归，可以改嫁。托雷洛被俘，因驯猎鹰有术被推荐给苏丹，苏丹认出他，恩宠有加。后来托雷洛思妻成疾，苏丹请人施法连夜送他回家乡帕维亚，正赶上妻子改嫁，在婚宴上夫妻相认，双双把家还。

浪漫派诗人更是毫不隐晦《十日谈》对他们的影响。“浪漫主义之父”华兹华斯曾说过:“1797 年在莱斯当,薄伽丘就出现在我的书房当中。”柯勒律治写过一首名为《薄伽丘的花园》的诗,诗歌颂扬了“老薄伽丘”的活力和喜悦,也赞美了《十日谈》当中自然和超自然的世界。雪莱和拜伦都非常喜欢作为小说家的薄伽丘,称赞他在作品中表现出的天分,赋予他与但丁、彼特拉克两位诗人一样崇高的地位。在《恰尔德·哈罗德游记》当中,拜伦还愤怒地谴责了 1783 年持激进宗教观念的人士对于薄伽丘坟墓的破坏。[①]

更有一些浪漫派诗人直接将《十日谈》的故事改写为诗歌,其中包括浪漫派的标志性人物济慈。诗人 1818 年的《伊莎贝拉》(*Isabella*)一诗改写了第四天第五个故事[②]。这首诗展现了作者对原故事精到的解读,而且诗歌本身优雅、精致,是浪漫派重述薄伽丘故事的作品中最著名的一篇。霍布豪斯(John Cam Hobhouose)改编了第三天第一个故事[③]——玛赛托的故事,从新教徒的立场出发讽刺了天主教会。托马斯·穆尔(Thomas Moore)在《薄伽丘〈十日谈〉的精神》当中重写了第七天第九个故事[④],去掉了其中的暴力成分,使得故事显得更加轻松愉快。威廉·威尔莫特(William Wilmot)的《吉思曼达与吉斯卡多的故事》取材于第四天第一个故事[⑤],用自然界的暴风雨比喻了原文当中缺席的人物情感。普罗克特(B. W. Procter)的《西西里故事》从另一个角度重述了伊莎贝塔的故事,将女主人公的思念与花盆中的罗勒树的意象并置起来。这位诗人还写过一首《薄伽丘的文字》,其中也提到《十日谈》当中爱情与自然是紧密联系在一起的。约翰·雷诺兹(John Hamilton Reynolds)改编了第

---

① *The Romantic Revival of Boccaccio*, *Part* 1, http://www. brown. edu/Departments/Italian_Studies/dweb/literature/lit_relations/romantics/romantic 1. php. Adapted from Herbert G. Wright, *Boccaccio in England from Chaucer to Tennyson*, Fair Lawn, New Jersey: Essential Books, 1957.

② 伊莎贝塔的三个兄长杀死了她的情人,情人给她托梦,说出了自己葬身的地点。伊莎贝塔偷偷挖出情人的头颅,放在一个花盆里,每天都守着花盆哭泣。她的兄长们拿走花盆,不久,她就忧郁而终。

③ 玛塞托·德·兰波雷基奥假装哑巴,混入修道院里当园丁,修女们争着跟他睡觉,最后连院长也参与进来。

④ 尼科斯特拉托斯的妻子莉迪亚爱上了侍从皮鲁斯。为了验证她的诚意,皮鲁斯给她出了三个难题。她不仅全部完成,而且还设计当着丈夫的面与皮鲁斯寻欢做爱,使丈夫以为眼前的一切只不过是幻觉罢了。

⑤ 萨勒诺王子坦克雷底,杀死了女儿吉思曼达的情人吉斯卡多,将其心脏放于金盆之中。女儿把毒液洒在心脏上,饮尽后死去。

四天的第七个故事[1]和第九个故事[2],主题相同,都是赞美爱情不可思议力量的。而查尔斯·劳埃德(Charles Lloyd)的《蒂托与吉西波》对于第十天第八个故事[3]的改编,则被视为重述《十日谈》的诗歌当中一个有趣的范例,无论是不是以浪漫主义的标准来衡量它。

浪漫主义时期的英语诗人对于《十日谈》当中的故事的关注,说明了薄伽丘经典文本的主题与大革命一代作家的诗歌精神有着本质性的联系。首先,《十日谈》契合了浪漫主义中逃避现实的倾向。薄伽丘《十日谈》的目的就是为那些"短暂受难""耳闻目睹或身临其境"的人们(特别是女性)带去"甜蜜和欢愉"以作安慰。当七男三女从残酷的现实中走出,进入田园风光,也意味着他们用想象世界中的强烈情感净化了现实世界中的糟糕感受。而浪漫主义要逃避的则是一种"社会黑死病"——工业化以及法国大革命带来的社会动乱,一种慢性的却同样致命的时代症候。以"先知"自居的诗人们希望像薄伽丘一样,建构出一个花园,一个新的伊甸园。其次,《十日谈》承载了浪漫主义思想的两大基本元素——崇尚自然与中世纪精神。《十日谈》中的花园,既是激情与爱情、愉悦与满足的体现,又为它们提供背景,它象征着自然界与人类情感——特别是爱情之间的联系。而浪漫主义者提倡自然至上,他们也常常将自然风光作为强烈个人情感表达的启示或展现。同时,《十日谈》对于中世纪民间文学传统的继承,最好地接应了浪漫主义对于谣曲、民间故事以及原始自然力量的向往。这就使得诗人们更加痴迷于薄伽丘的世界,并视《十日谈》为浪漫主义早期的样本。经典的能量和浪漫主义者的激情相互碰撞,促成了《十日谈》在传播五百多年之后又以新的形式再生。

(三)《十日谈》的跨媒介传播与再生

从传播学的角度来看,跨媒介的信息传播是《十日谈》生成的重要环节:当薄伽丘从民间的故事讲述者那里收集到故事,将它们改编并书写成

---

[1] 西蒙娜爱上了巴基斯诺,两人在花园中幽会;巴基斯诺用一片洋苏叶磨牙,突然倒毙。西蒙娜被捕,为了向法官说明巴基斯诺死亡的原因,她也用一片同样的树叶磨牙,结果也死去了。

[2] 鲁西伦秘密地杀死了妻子的情人卡勃斯坦,却设法让她吃下情人的心脏。她知道后,从窗口跳下自杀身亡,后来与她心爱的人合葬在一起。

[3] 吉西波将未婚妻索佛罗尼娅让给好友蒂托,夫妇二人前往罗马。吉西波潦倒之后亦赴罗马,以为蒂托瞧不起自己,绝望中假称一命案为自己所为以求一死。蒂托发现后,为救朋友,亦说自己为凶手。后真凶良心发现前去自首,渥大维将两人释放,蒂托将胞妹嫁给吉西波,并与好友分享财富。

文本时,民间故事当中的信息就从口语媒介传播进入了纸媒介。在《十日谈》文本成为“书”的同时,它也具备了多媒体传播的可能性,薄伽丘本人就在《十日谈》的经典“血统”当中留下了文学以外的艺术形态的“基因”:现存最早的《十日谈》手稿当中都配有插画,其中有一些是在薄伽丘的监制下创作的,有一些留下了薄伽丘手写的备注,有一些更是有可能直接出自薄伽丘的手笔。信息来源的多样以及信息艺术表现方式的多维,再加上经典本身势能的强大,使得《十日谈》在漫长的传播过程中,不断“改道”,从主流的文学文本的河道中溢出,开辟出许多新的传播渠道。

1. 绘画

《十日谈》为绘画艺术提供了特别丰富的题材资源。这一方面是因为,在经典传播的早期,在文本当中加入绘画能够很好地帮助读者理解文本呈现的内容。另一方面,薄伽丘简洁且时而隐晦的表述在文本信息当中留下了许多空白点,允许并召唤着艺术家们通过不同的媒介形式去想象和填补。也就是说,薄伽丘文字当中的不确定性,为艺术家们提供了更多的可能性。艺术作品实现了超越经典文本的可能性的同时,经典本身的意义也通过跨媒介传播获得了增殖。另外,《十日谈》与绘画艺术的紧密联系,与大众对不同媒介传播性能的认识转变有关:“在 15 世纪末,书面文字和印刷书本构成一种新的传播媒介”,而当时的受众对于这种新的传播媒介是持“怀疑、不信任和忽视的态度”的。“这一切现在很难想象得到,因为在(西方)当下最经常受到审查的媒体形式是视觉媒体,从绘画和摄影到表演艺术。但是五百年前,印刷的文字是一个神秘并且常常是不可理解的现象;相比较而言,快速发展的图像艺术在教育和传播领域则是一种众所周知和值得信任的方式。”[①]因此,从《十日谈》文本到相关的绘画,不仅仅是信息传播过程当中简单的复制或反馈行为,特殊的传播史语境使得这一跨媒介的信息传播与原文本的传播产生了一种伴生和共生的联系,并最终共同纳入经典的场域之内。

除了与经典文本直接联结的插画作品以外,《十日谈》当中的故事场景也成为独立的绘画题材,出现在从文艺复兴到现代主义的各个时代、各种流派画家的画布上。15 世纪最杰出的佛罗伦萨画派画家波提切利的四幅系列画《纳斯塔焦·德克里·奥内斯迪的故事》(*The Story of*

---

① Vittore Branca, “Interpretazioni Visuali del Decameron”, *Studi sul Boccaccio*, 1987, pp. 87—119.

Nastagio Degil Onesti），取材于第五天第八个故事[①]。画家通过系列画的形式，以及使用线条对时空巧妙的分割，使得画作极具叙事能力，可算得上是文艺复兴时期文学与美术结合的典范。[②] 16、17 世纪著名的画家斯尼德斯（Franz Snyders）的《西蒙和伊菲金妮》（*Cymon and Iphigenia*，1617）取材于第五天第一个故事[③]，其人物表现颇受鲁本斯[④]的影响，是典型的巴洛克风格。19 世纪德国的新古典主义画家温特哈尔德（Franz Xavier Winterhalter）的画作《十日谈》（1837）表现了十位青年人在花园中围坐讲故事的场景，在人物布局、场景描写等方面与画家的宫廷画名作《拿破仑三世皇后与众宫女》颇为相似。《十日谈》题材更是受到了英国维多利亚时代画家的欢迎。弗雷德里克·莱顿（Lord Frederick Leighton）是唯美主义画家，他的《西蒙和伊菲金妮》（1884）虽与斯尼德斯选取了相同的故事题材和相同的场景，但其表现风格截然不同。而弗雷德里克的好友，埃德蒙·布莱尔·莱顿（Edmund Blair Leighton）的《丽莎如何爱上国王》（*How Liza Loves the King*）则以中世纪骑士画的风格表现了第十天第七个故事[⑤]。前拉斐尔派的创始人之一，约翰·埃弗里特·米莱斯（John Everett Millais）[⑥]同样也画了《西蒙和伊菲金妮》（1848），选取的是与前人不同的场景[⑦]；而他的《伊莎贝拉》的题材也是来自最为人熟知的《十日谈》故事，画家并没有选取暴力或者悲伤的画面，而是用充满暗示和张力的平静场面来表现叙事性。而被称为“现代前拉斐尔派”画家约翰·

---

① 纳斯塔焦·德克里·奥内斯迪爱上了特拉韦萨里家族的一位小姐，他挥金如土，却被狠心地拒绝（波提切利的第一幅画）。亲友邀请他去基亚西，离开家乡以后他在路上看见一个骑士在追逐一个少女（波提切利的第二幅画），杀了她以后还拿她的心脏去喂狗（波提切利的第三幅画），这是地狱中对于追求者和冷漠者的惩罚。于是纳斯塔焦邀请亲友和那个小姐去那个地方用餐，结果小姐眼前出现了同样残忍的景象（波提切利的第四幅画），她担心自己将会落得同样下场，就嫁给了纳斯塔焦。

② 1458 年，法国画家富凯（Jean Fouquet）为《十日谈》作的插画，亦可归入此类典范之列。富凯是文艺复兴观念在法国美术界最早的传播者。

③ 西蒙受爱情的启发，对伊菲金妮一见钟情，然后他就去海上抢亲，结果被罗得岛人抓获并关了起来；后由李西马修斯搭救，两人一起抢走正在举行婚礼的伊菲金妮和卡桑德拉。两人带着姑娘逃往克里特岛，正式结婚后，共享欢乐。斯尼德斯的画作表现的是西蒙在林中干活时发现了正在熟睡的伊菲金妮，他“一下子停住了脚步，用棍子支持住身体，目不转睛地望着她，暗自爱慕不已”的场景。

④ 斯尼德斯是巴洛克美术代表人物鲁本斯的助手、合作人以及遗嘱执行人。

⑤ 彼得国王听说少女丽莎因为他相思成疾，前去安慰，把她许配给了一个高贵的青年，吻了她的前额，并答应永远做她的骑士。

⑥ 也是前拉斐尔派代表作《奥菲利亚》（1851）的作者。

⑦ 画作表现的是男女主人公到达克里特岛，受到众人欢迎的场面。

威廉·沃特豪斯(John William Waterhouse)的作品始终与文学、文学中的女性形象相关。他的两幅关于《十日谈》的画作都是以花园中的女性为主体:《〈十日谈〉中的一个故事》(*A Tale from the Decameron*)再一次表现了在花园中讲故事的场面;而《被施魔法的花园》(*The Enchanted Garden*)是以第十天第五个故事[①]为题材。

2. 电影

随着以电影、电视为代表的现代媒体的兴起,经典在跨媒介传播的过程中获得了新的再生形态。1924年赫伯特·威尔考克斯导演并制作了默片电影《十日谈》。1953年雨果·弗雷格内斯导演了彩色电影《十日谈之夜》(*Decameron Nights*),选取三个来自薄伽丘的故事[②],并让原作家本人在电影中登场。1972年出现了两部改编自《十日谈》的意大利电影,分别是雷纳托·维诺编导的《十日谈'300》(*Decameron*'300,1972)和马力诺·吉罗拉米的《试着讲〈十日谈〉:薄伽丘给我住口》,但它们的影响力都没有超过前一年帕索里尼的作品。2007年大卫·勒兰执导了一个浪漫喜剧版的《十日谈》电影,名为《处女地》(*Virgin Territory*)。影片保留了中世纪背景和原文本的喜剧色彩,并且加入了许多现代元素,甚至包括现代摇滚乐。同年,意大利一个名为《十日谈》的讽刺类电视节目开播,并一直运营至今。2015年塔维亚尼兄弟执导的电影《了不起的薄伽丘》(*Wondrous Boccaccio*)是最新的《十日谈》题材的作品。

1971年由意大利著名导演皮埃尔·保罗·帕索里尼(Pier Paolo Pasolini)创作的电影《十日谈》,是所有同题材电影中影响力最大的一部。该片进入了第21届柏林国际电影节,并获得了评委会特别奖。《十日谈》是帕索里尼"生命三部曲"(*Trilogia della vita*)的第一部,其余两部是《坎特伯雷故事集》与《一千零一夜》。

帕索里尼将许多文学经典改编成为电影,除了"生命三部曲"以外,还有以现实主义风格讲述耶稣一生的《马太福音》、改编自古希腊神话的《俄狄浦斯王》和《美狄亚》。起先他认为这样的跨媒介传播需要的只是一个技术方面的改变,但他慢慢地认识到电影有属于它自己的"语言"。帕索里尼批评大多数电影制作者都只着重于情节,使电影落入散文体记叙文

---

① 吉尔伯托的妻子戴安诺拉夫人叫仰慕者安多萨在一月里弄出一个美丽无比的五月花园来,安多萨重金聘请魔术师设法满足了夫人的要求。于是吉尔伯托同意妻子去供安多萨享乐。安多萨听闻吉尔伯托如此慷慨,便取消了夫人的诺言,同时魔术师也免去了安多萨的酬金。

② 第二天的第九、第十个故事以及第三天的第九个故事。

式的结构之中。他认为，电影语言从本质上来看是诗性的，是一种与书面语言和口头语言不同的非传统的媒介，它并不通过象征来传递信息，而是通过现实的自我指涉来完成。他发现电影语言有“梦”一般的特质，能够极致地改编文本，更接近于“现实的神秘与不确定”①。在帕索里尼看来，电影永远不会同于它的文学原著。因此，他要用电影语言对薄伽丘的经典做出重新解释，就像许多学者对于《十日谈》所做的文学批评一样。

在薄伽丘的经典文本中，“讲故事”叙述方式破坏了作品中的现实幻觉——或如亨利·列斐伏尔所说的“透明幻象”，使得读者能够将注意力集中到经典的文本层面上。另外，在《十日谈》第四天的序言当中，薄伽丘“现身”对自己的批评者说道：

> 对那些认为我告诉他们的事情并不如实的人来说，如果他们能够带来原初的版本，且与我所写的不同，我将非常高兴。我会称他们批评得公正并努力匡正我自己；但是直到某些超越文字的东西出现为止，我都不会理会他们的观点且坚持自己的认识，将他们对我说的话原样奉还。②

在薄伽丘看来，“超越文字”的现实本源不是文学作品的目标。帕索里尼电影采用了相同的机制，促使观众既不要只关注于被描绘成“现实”的故事之上，也不要寻求事件之间的外在逻辑。他同样使用了“讲故事”的方法：在两个完整的故事之间插入了一个讲故事的人照着一本印刷版本的《十日谈》讲述第一个修女的故事（第九天第二个故事）③的场景。这里还包含着一个刻意为之的时代错误，因为薄伽丘写出这个作品是在印刷术诞生的一百年前。导演故意将时空打乱，是在对观众宣告：这个电影作品绝不是对薄伽丘的原文本和中世纪意大利的现实的机械复制，应该将注意力放在作为艺术作品的电影本身之上。同时，帕索里尼也在电影

---

① Ben Lawton, “Baccaccio and Pasolini: A Contemporary Reinterpretation of the Decameron”, eds. Mark Musa and Peter Bondanella, *The Decameron: A New Translation, 21 Novelle, Contemporary Reactions, Modern Criticism*, New York: W. W. Norton & Company, 1977, p. 307.

② Boccaccio, “The Decameron”, eds. Mark Musa and Peter Bondanella, *A New Translation, 21 Novelle, Contemporary Reactions, Modern Criticism*, New York: W. W. Norton & Company, 1977, p. 78.

③ 一位女修道院院长正和一个教士在一起睡觉，忽然有人向她报告说有个修女正和情人幽会。女院长匆忙从床上爬起前去指责修女，黑暗中把教士的裤衩误作了自己的头巾。修女在受指责时发现了这一点，并给院长指出，从而获得宽恕，之后便可随时与情人幽会。

中“现身”,他扮演了作为乔托[①]学生的画家的角色,在不同的故事之间穿插出现,表达自己的艺术理念。这也是帕索里尼电影叙事当中的去现实化手法——用现代批评术语说就是“陌生化”或“间离”的手法。

帕索里尼认为薄伽丘的《十日谈》试图通过框架叙事结构和故事主题的安排遮蔽其逻辑性与连续性,并且聚焦于“叙述过程本身”“艺术作品的神秘创作过程”以及“创造叙事神话的乐趣”。[②] 作为对于经典传播的反馈或是出自一种“影响的焦虑”,帕索里尼也为自己的电影设计了一个精致的框架结构:他从薄伽丘的经典文本当中的每一天选取一个故事,作为“十日”结构的主体内容,再将这十个故事分为上下两部。[③] 帕索里尼为第一部的最后一个故事(赛佩里洛先生的故事)扩写了前文,而为第二部的第一个故事(乔托的故事)续写了后文,将这两个衍生故事分别作为两个部分的框架,把各个部分的其他四个故事或其片段通过蒙太奇的手法穿插进入这两个框架故事的片段之中。帕索里尼的这一结构,不仅是在向薄伽丘“十日”结构表示敬意,也是在用电影媒介特有的语言组织方式彰显电影叙事本身的价值与意义。

虽然帕索里尼在电影当中表达了许多颇受争议的理念,但他并没有忽略薄伽丘《十日谈》中的人文主义遗产,而且试图在当代大众文化的社会语境当中保护这份遗产。他拒绝将电影仅仅视为一种大众传播的工具,拒绝给观众一个仅仅可以消费的作品。他声称:“唯一的希望是一种文化的(电影),成为一种具有智性的(电影),对于其他的部分我感到悲观。”他相信依然存在着“人文主义潮流的一小块空间”,“在那里仍然留存着某些美好的人性,当你看了我的电影之后”。[④]

在电影的最后,帕索里尼留下了一个隐喻。作为乔托学生的画家(或

---

① 意大利文艺复兴时期杰出的雕刻家、画家和建筑师,被认定为意大利文艺复兴时期的开创者和先驱者,被誉为“欧洲绘画之父”。

② Ben Lawton, “Baccaccio and Pasolini: A Contemporary Reinterpretation of the Decameron”, eds. Mark Musa and Peter Bondanella, *The Decameron: A New Translation, 21 Novelle, Contemporary Reactions, Modern Criticism*, New York: W. W. Norton & Company, 1977, p. 309.

③ 这十个故事按电影中的顺序,分别为(上部)第二天第五个故事、第四天第二个故事、第三天第一个故事、第七天第二个故事、第一天第一个故事;(下部)第六天第五个故事、第五天第四个故事、第四天第五个故事、第九天第十个故事、第七天第十个故事。

④ Ben Lawton, “Baccaccio and Pasolini: A Contemporary Reinterpretation of the Decameron”, eds. Mark Musa and Peter Bondanella, *The Decameron: A New Translation, 21 Novelle, Contemporary Reactions, Modern Criticism*, New York: W. W. Norton & Company, 1977, pp. 317—319.

说导演本人)在画完教堂的壁画后自问道:“如果梦想一件艺术作品甚至比创造它还要美妙,那么为什么还要去创造它呢?”而墙上的三联画留下了最后一幅的空白。帕索里尼以此揭示了有限的生命和艺术之间的内在矛盾:只有当生命结束时个体才能完整地被表述,①也只有在作品终结时其意义才能完整地传达。但从经典传播的视角来看,一部真正的经典是永远没有终结的,帕索里尼在墙上留下的空白,正是为经典不断地再生留下的空间与想象。

当下世界已经进入计算机和网络时代,超文本和超媒体(hypertext and hypermedia)②的出现正在使文学经典的传播发生天翻地覆的变化。超文本与传统的书本或其他静止形态的文本不同,它可以被阅读、被编辑、被重组;它具有多变的结构,由文本块和通向外部的无数电子链接组成;它提供给阅读者的是文本块的图像及以不同形式(树形、网状、巢状)呈现在屏幕上的文本结构。布朗大学的“薄伽丘在线”就是以超文本的形式来教授《十日谈》的,可谓对经典跨媒介传播新形式的大胆试验。

第三节 《十日谈》在汉语语境中的传播

周作人在1917编纂的《欧洲文学史》③“文艺复兴之前驱”一章中对《十日谈》的介绍,代表了国人对于这一经典作品最早的印象:

> Biovanni Boccaccio 亦 Florence 人。幼从父商业,弃而学律,复不惬意,改治希腊文学。与 Petrarca 友善,亦致力于古学。著作甚多,以小说为最善。
>
> 《十日谈》(*Decameron*)尤有名,为其绝作,书言一三四八年 Florence 大疫,有士女十人,避地村落间,述故事以消长日。人各一篇,凡十日,共一百篇。荟萃众说,假设事迹以连贯之,古昔多有此体,如印度之 Panchatantra,亚拉伯之《一千一夜》,皆是。Baccaccio

---

① 电影第一部分的框架故事——塞佩里洛先生的故事隐喻了个体生命的这一矛盾。

② 此处的“超文本”是作为“超级文本”简称的计算机术语,指用超链接的方法将不同空间的文字信息组织在一起的网状文本。“超媒体”在本质上和超文本是一样的,是将超文本技术的管理对象从纯文本扩展到了多媒体领域。

③ 1917年9月,周作人被聘为北京大学文科教授,兼国史馆编纂处编辑员,开始撰写《近代文学史》与《希腊文学史》讲义,合而为《欧洲文学史》,1918年由上海商务印书馆出版。

> 盖仿之，所收小说，亦非尽出已作，率取材于故事俗说，而一经运化，无不美妙。叙述仿 Apuleius，间或失之不庄。唯其清新娱乐之精神，乃能与阴郁之中古，开拓一新方面，功绩甚伟。不仅为意大利散文开祖已也。[①]

短短三百余字，虽然中外夹杂、文白相间，但介绍全面、定义准确、评论精致，可谓经典的经典评介，为后来对《十日谈》的认识和研究树立起了路标。

现在研究者们一般认为，薄伽丘的作品在中国的译介始于"五四"运动之后，而《十日谈》的第一个译本出版于 1930 年[②]：由黄石与胡簪云合译，上海开明书局出版。但事实上，1929 年施蛰存已经从英译本当中选译出了《十日谈选》，由光华书局出版。选译本包含了八个故事，并附译者题记：

> 从白尔登的"忧郁的解剖"中我们可以窥知从前的英国人的最大的娱乐便是朗读十日谈。……
>
> 至于译文中所有较为情炎的话，我是很忠实地转译过来，虽然没有恐防要有违碍而加以改削，但也决不敢有所增饰。……
>
> 最后，我还希望有一日能从原文译一个全本给读者，因为我现在好奇地读意大利文。[③]

最早汉语全译本《十日谈》，是由莎士比亚的译者方平与王科一共同自英译本转译而来的，1958 年由上海新文艺出版社以内部书的形式出版。而直到 1994 年由王永年翻译、人民文学出版社出版的《十日谈》，国内才有了第一部从意大利语原文直译的全译本。20 世纪 90 年代后国内出版的《十日谈》译本多达几十种，其中只有钱鸿嘉、泰和庠、田青合译的全译本以及肖天佑的全译本是从意大利原文译出的。

自改革开放以来，关于《十日谈》的各类文学批评文章中，一直有一种"十分强调薄伽丘对中世纪天主教会批判精神的评论影响极大，它引导着我国许多读者沿着它的评论轨迹去解读《十日谈》和薄伽丘的其他作品"[④]。这种由于经典传播进入异质文化和话语环境而产生的"误读"，遮

---

① 周作人：《欧洲文学史》，北京：东方出版社，2007 年版，第 177、178 页。

② 王军：《薄伽丘和〈十日谈〉的另一种解读——纪念薄伽丘诞辰七百周年》，《外国文学》2013 年第 4 期，第 25 页。

③ 施蛰存：《施蛰存七十年文选》，http://www.shuku.net/novels/dangdai/sczqsnwx/scz150.html.

④ 王军：《薄伽丘和〈十日谈〉的另一种解读——纪念薄伽丘诞辰七百周年》，《外国文学》2013 年第 4 期，第 25 页。

蔽了原文本当中以爱情和智慧为支撑的世俗生活之愉悦，也无法体现出市民阶层的风貌与价值观念，更是使作品失去了关键的趣味。

汉语语境对于《十日谈》的另一种接受方式，是拿它作为明清话本小说的比较对象。随着国内比较文学的兴起，这类学术研究文章如雨后春笋。学者们将《聊斋志异》《金瓶梅》，甚至是《红楼梦》都拿来与《十日谈》作比较，其中以“三言二拍”为最多。叙事手段、爱情主题、女性形象是此类“平行研究”最常见的方向。从汉语的学术和社会语境来看，“叙事”“反禁欲”和“女性意识”的概念，是随着西方文学经典一同传播且被接受的。也就是说，这些批评概念本身就是从属于整个西方文学经典的次文本，用它们“套取”或者阐发中国的古典文学经典，为东方文学的研究提供西方的视野，可以说是西方经典能量播散的一条间接路线。

另外值得一提的是，《十日谈》的书名及其框架结构对中国的编辑出版界产生了影响。1933 年 8 月，作家和出版家邵洵美主办发行了旬刊《十日谈》[①]。时值日寇侵华，“洵美感到国难当头，不能平静，他特地出版了‘给青年人有所泄愤的场所’的《十日谈》旬刊。这本刊物在多个省份被查禁，后来被迫停刊”[②]。此刊一度汇聚名家，颇有影响力。此后至今，“某事几日谈”就成为中文出版界组织文本和撰写标题的一种模式，例如“宏观经济十日谈”（栏目）、《经典七日谈》（书）、《人生百日谈》（书）等等，不胜枚举。

可以说，《十日谈》在汉语语境当中得到了广泛但不充分的传播，经典文本自身的能量在这一语境中尚未得到完全的释放。所幸的是，薄伽丘的《十日谈》从思想到形式都具有开放的态度和包容的精神，它可以吸纳异质的文本进入它的场域，也会为新的经典提供生成的营养。从文学形态来看，《十日谈》的叙述手法和幽默讽刺的艺术，与文学中的后现代精神有着某种契合；从传播形态来看，当下社会中媒介的不断更新就是信息的不断重组——在文学领域这意味着文本的不断流动和变形。所以，《十日谈》这样真正的经典是能够在教育、学术、新媒体和商业的力量推动下不断再生，表现出自己顽强的生命力的。

---

① 刊名《十日谈》本意应为旬日一刊一谈之意，与薄伽丘的框架结构无直接相关。但因周作人早在 1917 年就明确将 *Decameron* 译为“十日谈”，而在 1929 年选译《十日谈选》的施蛰存也常常在邵洵美的期刊——包括《十日谈》一刊上发文，因此笔者推测邵故意以此为期刊命名，存心暗合。

② 李乃清：《邵洵美：一个被严重低估的文化人》，《南方人物周刊》2012 年第 45 期，第 90—97 页。

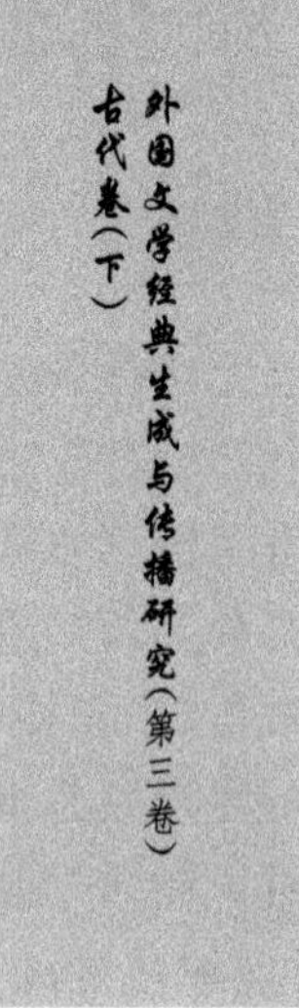

第三章
《坎特伯雷故事集》的生成与传播

《坎特伯雷故事集》是14世纪英国诗人杰弗里·乔叟（又译杰弗雷·乔叟，1343—1400）的代表作，也是中世纪向文艺复兴过渡时承上启下之作。乔叟第一个用充满活力的本族英语，塑造了一群新鲜活泼、个性鲜明的人物，讽刺了教会的腐朽、僧侣的虚伪，并严肃地思考了两性关系、婚姻等现实主义问题。乔叟的写作巧妙地平衡了说教与娱乐之间的矛盾，他卓越的讲故事能力，在他的时代以及后世，都是首屈一指的。这部作品自诞生以来，就享有极高的声誉，被各个时代、不同地域的人们广泛阅读，并稳居遴选出的各类文学经典的行列。毫无疑问，乔叟的《坎特伯雷故事集》是一部经典作品。

“经典”在不同的语境下，具有不同的含义。笔者认为，谈到经典的生成和传播时，实际上对应了两个概念：经典性（canonicity）和经典化（canonization）。经典性是作品文本层次一种静态的内在特征，是作品审美价值的衡量，是作品所具有的普遍的艺术价值。关于经典的标准，众说纷纭，如崇高性、成熟性、普遍性、陌生性等。这里引用刘象愚先生的观点：“经典应该具有内涵的丰富性，经典应该具有实质上的创造性，经典应该具有时空的跨越性，经典应该具有无限的可读性。”[①]而经典化则是一个漫长的社会历史过程，是文本经典性素质的延伸与播撒。经典化牵涉出版、批评、教育、政治等文学系统内外各种因素的制衡和运作。经典的生成与传播是一个复杂的社会历史过程，需要从作品本身和社会语境两

---

① 刘象愚：《西方现代批评经典译丛·总序》（二），见刘若愚：《中国文学理论》，南京：江苏教育出版社，2006年版，第6页。

方面来寻找答案。

《坎特伯雷故事集》之所以能够屹立于英国文学经典的行列，就是因为它同时具备经典性和经典化的条件。经典性在《坎特伯雷故事集》那里，体现为成熟的历史意识、承上启下的文学地位，以及独特的原创性。在文本层面之外，《坎特伯雷故事集》名声的迅速上升与英国民族意识的觉醒、英语民族文学的发展，密不可分。此外，这部作品开放的故事框架结构、娴熟的形象语言、创造性的反讽技巧，成为英国文艺复兴文学的典范，被后代作家不断模仿、重写、阐释，催生了许多次文本，确保了乔叟在英国文学史上的经典地位。进入 20 世纪后，《坎特伯雷故事集》的传播呈现了跨媒介的特征，改编者借助原著的故事、情节，传达了所在的时代、社会和民族对原著精神实质的新理解和再阐释。原文本、次文本、超文本之间形成了丰富的对话和张力，使得《坎特伯雷故事集》不断积聚能量，增殖自身。

第一节 《坎特伯雷故事集》在源语国的生成

（一）“重写”基础上的原创性

权威、传统是文学史中永远无法回避的问题，特别是在中世纪，世俗经典还不太普遍。拉丁语的基督教文学和古典作家，如荷马、西塞罗、维吉尔、波伊提乌斯等，是唯一的权威，他们的作品发挥着道德教化和修辞典范的作用。由但丁建立起的方言文学经典，还处于试验阶段，时刻处于拉丁文学的影响的“焦虑”之中。因此它们常常通过对拉丁经典的模仿、借鉴，以获得文学上的合法地位。中世纪对于权威的崇拜，对于文学程式的依赖，远超过任何时代，作家们从已存在的典籍中获取素材，采用传统的程式、技巧写作，重写已经有出处的故事、民间故事。后辈诗人总是或隐蔽或明显地，借鉴着前辈的权威，为自己争取话语权。他们以效仿先哲为荣，对于先贤的著作，作家无需标明出处，便可直接挪用，大段乃至通篇地转述、翻译。例如，《坎特伯雷故事集》中多次充满尊敬地提到但丁，也有两处提到过彼特拉克，但从未提起过薄伽丘。

《坎特伯雷故事集》里的故事并非全部是乔叟的独创，有的来自法国市井故事，有的来自亚洲传奇，有的来自意大利，有的取自《圣经》。据学者考证,"医生的故事"取自罗马的一个寓言,一个道德说教故事。乔叟自己讲的"托巴斯先生的故事"模仿了一个流行的英雄小说。"僧人的故事"取材于一些谈论道德的拉丁文作品。《坎特伯雷故事集》里至少有五个故事的情节直接来自《十日谈》,分别为"管家的故事""学者的故事""船员的故事""商人的故事""自由农的故事"。[①] "骑士的故事"根据薄伽丘的长篇史诗《苔塞伊达》(*Teseide*)缩写而成,只有原来 1/4 的长度。乔叟删去了薄伽丘原作中许多战役和围攻的描写,增添了情感和心理斗争的内容,将原来的英雄史诗变成了紧凑的爱情故事。另外,乔叟还增加了命运与自由意志的探讨,两位贵族青年分别由战神和爱神佑护着,骑士决斗的结果早已由天神决定,他们只能顺从自己的命运。通过描述超自然力量对人间事务的干预,更加衬托了人间优雅的礼仪,以及骑士们高尚的道德准则,也使得这个爱情故事更加凄婉动人。

与故事来源相比,乔叟在叙事结构、故事重点、人物塑造、诗歌格律上都作了一些改变。《坎特伯雷故事集》不是简单地翻译、转述彼特拉克、薄伽丘的故事,或者重复民间故事,他总是能从对前辈的借鉴中,发展出自己灵动的个性。如果借用哈罗德·布鲁姆的"影响焦虑"理论,可以说乔叟在《坎特伯雷故事集》中完全摆脱了前辈权威的焦虑。与一般的影响理论相比,布鲁姆更强调了后辈诗人对前一位诗人的创造性衔接。毕竟只有继承而无创造、更新,就无法成就经典。在继承和创新这一对矛盾中,后者是主要方面,原创性是一部作品之所以成为经典的内在原因。用布鲁姆的话来说,强者诗人急需廓清自己的空间,将立体声隔离在外,通过修正的冲突,实现自己的个性,找回自主性和优先权,摆脱施加在他们身上的诗歌传统的伟大和崇高。[②]《坎特伯雷故事集》之所以能够屹立于英国文学经典行列,最重要之处在于它既有继承又有创新,既有互文性又有原创性,通过持续不断地吸收和拓展,在古今对话的竞争中取胜,形成了自己的风格。

首先,但丁和乔叟在某些地方,的确有异曲同工之处,如二者都把维吉尔作为人生朝圣的向导。也许乔叟正是受到《神曲》中朝圣的启发,才想起用朝圣旅途作为《坎特伯雷故事集》中故事展开的情节。但是,但丁与乔叟二人的朝圣具有根本的区别。但丁是西方文学史中最激烈好斗的

---

① Robert M. Correale & Mary Hamel, *Sources and Analogues of the Canterbury Tales*, Volume 2, Cambridge: D. S. Brewer, 2005.

② 哈罗德·布鲁姆:《影响的焦虑》,徐文博译,南京:江苏教育出版社,2006 年版。

一位,《神曲》是一部致力于启发性的史诗,在维吉尔的引导下,但丁的灵魂漫游地狱、炼狱,最后抵达光明澄澈的天堂。但丁对于精神朝圣途中的一切,领悟透彻,傲慢武断,他是个严厉、愤恨不平的先知式道德家。而乔叟的朝圣客们,边走边讲故事娱乐,故事不必是真的,也不必有道德寓意,只要是新的、有趣的就行。哈罗德·布鲁姆在《西方正典》中就指出《坎特伯雷故事集》极大的世俗性,正是对但丁一种怀疑式的批评。“乔叟的反讽明显是故意而为之,所针对的就是但丁以先知自居的傲慢姿态,是对《神曲》的恶意戏拟。”[①]这种观点具有很大的启发性,虽然乔叟的《坎特伯雷故事集》中有很多宗教寓意的故事,并以堂区长的布道词结束了作品,但它绝不是一部宗教或寓言式作品,而但丁却和神学时代的寓言保持着联系。乔叟也不是基督教道德主义者,无意于宣扬一种社会变革,他赞同的是基督教信仰里的人文主义关怀。叙事者乔叟表现出与世无争,不计功利的态度,他一丝不苟地注视着周围的一切,他总是能抓住朝圣客最显著的特性。他在同伴面前戴着面具,露出危险、狡黠的温和,对于朝圣客的恶劣品质和生命力,表现出最大的容忍。作为朝圣队伍中的一员,乔叟谦虚地把自己排在讲故事名单的后面,并让自己扮演了一个蹩脚的讲故事人的角色。在女修道士的故事结束后,客店老板打趣腼腆的乔叟:“你是个什么人?你难道在低着头找野兔吗?我只见你看着地上。来,走过来一点,抬起头来高兴一点”,点名让乔叟来讲一个好玩的故事来。但乔叟却唱出一曲无聊的诗韵“托巴斯之歌”,结果被客店老板粗暴地打断,让他忘记自己的歪诗,乔叟只得用散文讲了一个不算有趣的道德说教。乔叟把自己伪装成朝圣队伍中一个默默无闻的人,保持中立的立场,力求记述得客观真实,足见乔叟写作手法的高明。他不卖弄才情,敢于自我贬低,也足以证明作者谦虚坦诚、宽容大度。

其次,乔叟采用框架故事的结构,显然受到薄伽丘《十日谈》的影响,但他明显改进了这种叙事艺术。与迄今发现最早的故事集《一千零一夜》相比,《十日谈》的确有很大进步。它虚拟了一个讲故事的理由和场所,将故事串联为一个艺术整体。但是《坎特伯雷故事集》胜出《十日谈》的地方是对人物个性的塑造,他把 29 个朝圣客描绘成有血有肉、活灵活现、个性独特的艺术形象,乔叟的笔下没有脸谱化的人物,朝圣客的个性与叙述故

---

① 哈罗德·布鲁姆:《西方正典:伟大作家和不朽作品》,江宁康译,南京:译林出版社,2005 年版,第 87 页。

事之间有着紧密的联系,故事的内容与体裁,以及讲故事的方式,完全适合他们各自不同的教育、气质和职业,以至于把任何一个故事放到任何另外一个人口中,都不合适。《坎特伯雷故事集》囊括了那个时代英国民族的习惯和特质,几乎包含了所有的社会阶层,如骑士阶层、僧侣阶层、商人、学者、手工艺者,难怪"英国文学批评之父"德莱顿在《古今寓言集》曾感叹:"上帝之丰富多彩莫过于此。"对于故事情节的推进,乔叟善于利用开场白、插科打诨,以及人物之间的冲突来组织故事,这样不仅显得自然,而且颇具戏剧性。不仅如此,故事之间的安排与组合也表现出乔叟的匠心。例如,"骑士故事"放在开篇之首,就具有明显的艺术意图。骑士不仅处于当时社会阶层的上端,而且代表着真理荣誉、自由谦恭的道德规范。相比之下,《十日谈》中的10个男女讲的100个故事,情节雷同,每个都由其中一个人来讲述,故事短小,故事讲述完之后,彼此都异口同声地赞同,没有明显的冲突。

众所周知,宗教是中世纪文学的核心主题,《坎特伯雷故事集》的创作也离不开基督教意识形态的影响。肖明翰指出:"基督教思想为这部纷繁复杂的巨著提供了一条贯穿全书的主线,基督教文化传统拓宽并加深了它的文化底蕴,而《圣经》不仅是它描写人生百态而且也是它揭示其精神实质的蓝本。"但是乔叟的杰出之处在于,"他在《坎特伯雷故事集》里把脍炙人口的现实主义描写同人类寻找精神家园的探索结合起来,实际上是要像但丁著'神圣喜剧'那样,创作一部人类回归上帝的'人间喜剧'。"[①] 乔叟讲述了一些"说教示例""寓言故事"以及"圣徒传",但是他的说教并不明显,或者根本无意于说教。乔叟揭露了教会的虚伪,以及僧侣的腐朽生活,但他的幽默与讽刺手法,让他的批评看似不着痕迹,实则入木三分。这种揶揄诙谐、冷静的距离感是但丁和薄伽丘所缺乏的。《神曲》是傲慢、先知先觉的,《十日谈》是激烈的,充满了对天主教虚伪的揭露和讽刺。

传统是评价一个诗人和作品时不可或缺的参照。伟大的作家是依附于传统的,但经典作品和普通作品的区别,恰好在于它们对待前辈影响和权威的能力。按照布鲁姆的话说,经典是冲突的产物,是在与前辈强者诗人的竞争中取胜的能力。14世纪,中古英语还处在缓慢的进化中,拉丁语、法语文学是一种权威和标准。乔叟的《坎特伯雷故事集》无法回避前

---

① 肖明翰:《〈坎特伯雷故事〉的朝圣旅程与基督教传统》,《外国文学》2004年第6期,第93—98页。

辈强者诗人的影响，他自觉地借鉴中世纪诗歌传统，在继承中完成了超越，创立了"英国特色"诗歌形态，开创了现实主义的反讽艺术。

(二) 英语民族意识的觉醒

诚然，《坎特伯雷故事集》具有艺术的原创性，对普遍人性的了解、热爱和描写，是其经典化的首要原因。正如将乔叟引入美国大学课程的耶鲁大学教授朗斯伯瑞（Thomas R. Lounsbury，1838—1915）在他三卷本《乔叟研究》(1891)中指出，乔叟"属于所有的时代，而不是那个年代"①。朗斯伯瑞的评论强调了经典具有的普遍性，但仅仅这一点，不能确保《坎特伯雷故事集》能顺利地跨越时代，走向世界。前面说过，经典化是一个漫长的社会历史过程，经典的产生必定是适应了特定的历史语境。下面我们来审视一下，14世纪的社会历史、政治文化条件，如何有助于这部作品的经典化，并让乔叟的名声在15、16世纪达到了顶峰，成为两百年间的唯一代表诗人，使得其他的诗人相形失色。

1066年诺曼底入侵，切断了中古英语演化的道路，英国的王室长期被法国贵族霸占，英语被斥为粗鄙的、野蛮的语言，难登大雅之堂。14世纪后期，随着英国与欧洲交流日益广泛，英国的经济贸易得到长足的发展。英语和法语长期融合，吸收了大量的拉丁语、法语和意大利语言的词汇和文法规则。特别是到了英法战争的后期，英国取得了关键性的胜利。"外来"的王室和贵族，为了得到民众对战争的支持，激发人民的民族情绪和爱国热情，大力提倡本民族作家使用英语创作。

14世纪下半叶是个动荡的时代，相继爆发了百年战争、黑死病、农民起义。伴随着动荡的社会政治格局，英语开始了中古英语向现代英语过渡，并试图摆脱法语的控制。尽管乔叟精通意、法、拉丁等语言，但他终其一生都用英语翻译与写作。虽然那时的英语很粗糙，也为达官贵人所不齿，但乔叟恰好看准了伦敦东南区方言形象生动、朗朗上口的生命力。乔叟同时代的作家兼朋友约翰·高尔（John Gower，约1330—1408）同时用英语、法语和拉丁语创作，而英语一直是乔叟翻译与写作的唯一表现工具。相比之下，乔叟对民族语言的热爱，就显得难能可贵了。通过翻译、直接挪用、改写，乔叟实现了对中古英语的改造，丰富了英语的词汇，使其

① Thomas R. Lounsbury, *Studies in Chaucer*, Ⅲ, New York: Russell & Russell, 1962, p. 366.

更加文学化,为英国诗歌的发展奠定了基础。《坎特伯雷故事集》是书面语和口语的完美结合,朝圣客主要来自伦敦南部,从而确立了伦敦南部方言成为标准英语的雏形。《坎特伯雷故事集》奠定了英语诗歌的基本形式——五音步抑扬格(iambic pentameter),并从法语和意大利语诗歌中引进了新的诗行和韵式,如"英雄对句"(the heroic couplet)和一种韵脚为ababbcc的新型七行诗节(septet),以更适合叙事。[①] 在乔叟和同时代诗人的努力下,到了15世纪初亨利五世时代终于迎来了英国历史上第一次文学大繁荣,在很短的时间内创造出《坎特伯雷故事集》《特罗伊勒斯和克丽西达》《高文爵士和绿衣骑士》《珍珠篇》《农夫皮尔斯》《一个情人的忏悔》等一批杰作。英语的命运真正开始改变,终于成为与法语、拉丁语并驾齐驱的语言。

尽管乔叟在世时,就受到同时代作家的赞扬,例如约翰·高尔在其诗作《一个情人的忏悔》(*Confessio Amantis*)的结尾处借维纳斯之口对诗作里的情人说:"你见到乔叟时,好好向我的这个弟子和诗人问好;因为他年轻韶华时期,在许多方面,尽力帮我写了叫国人喜闻乐见的诗歌和小曲;所以,比起其他人来,我特别感激他。"[②]同时代的法国诗人厄斯塔什·得尚(Eustache Deschamps,1345—1405)称乔叟为"伟大的翻译家、高尚的诗人、世俗的爱神",把他和古代文坛巨匠苏格拉底、塞纳卡、奥维德等相提并论。但是,乔叟的确是在死后,直到15世纪亨利五世时期,伴随着英国民族文学的繁荣和民族意识的增强,他的名声才开始迅速上升。[③]

15世纪中叶,许多同时代作家作品的手抄本只有一种,如《高文爵士和绿衣骑士》、《亚瑟王之死》,而乔叟作品的手抄本迅速增多,《特罗伊勒斯和克丽西达》有16种手抄本,《百鸟会议》12种,而《坎特伯雷故事集》的手抄本种类多达52种。[④] 有些手抄本装饰精美,绘制了所有朝圣客的肖像编订在一起。人们在抄写、编订故事同时,又试图加入抄写者修订乔叟的语言,并补充了乔叟未完成的部分故事,足见这部作品受欢迎的程度。1476年,当威廉·卡克斯顿(William Caxton,1422—1491)将印刷

---

① 沈弘:《乔叟何以被誉为"英语诗歌之父"?》,《外国文学评论》2009年第3期,第139-151页。

② 常耀信主编:《英国文学通史》(第一卷),天津:南开大学出版社,2010年版,第130页。

③ John H. Fisher, *The Importance of Chaucer*, Carbondale: Southern Illinois University Press, 1992, pp. 148-150.

④ Tim William Machan, "Text", ed. Peter Brown, *A Companion to Chaucer*, Massachusetts: Blackwell Publishing, 2002, pp. 428-442.

术引入英格兰，成立英国第一个出版社，首先选择以对开本的形式印刷《坎特伯雷故事集》，并于1483年再版。英国历史上第一个被印刷出版的作品，这份殊荣一直属于《坎特伯雷故事集》。

科尔巴斯曾指出："方言文学经典的形成只能发生在地方语言标准化、现代民族—国家稳固形成和民族主义意识形态广泛流传之后。"[①]如果没有民族主义意识的觉醒，乔叟对英语文学的贡献，不会那么快地被认可，也许晚几十年或一个世纪。虽然乔叟之前也有作家使用英语创作，但他们的艺术造诣远远在乔叟之下。《坎特伯雷故事集》不论在语言上，还是构思上，都可以与法语、拉丁语的经典之作相提并论。与乔叟前几部作品相比，《坎特伯雷故事集》摆脱了法语宫廷爱情诗的影响，以英国特色屹立于世界文坛，它生动地记录了伦敦的生活面貌，将英语世俗化、口语化、文学化。英格兰民族意识的觉醒是《坎特伯雷故事集》经典生成的重要原因，反过来，方言文学的经典化又进一步巩固和加强了民族意识，二者之间互为因果关系。因为民族是一种人为的建构，是一种社会共同体的想象，是各种历史力量复杂交汇的结构。但是它一旦被创造出来，就变得模式化，可以被移植到形形色色的社会语境下，与各种力量组合。如果说英法战争的节节胜利，让英国人民在政治和经济上更加自信，那么在文学上，《坎特伯雷故事集》终于让英国人们扬眉吐气了，乔叟也成为英语民族文学的英雄与代言人。经典文学在帮助人们建构民族身份时的重大作用，甚至远远大于政治认同，因为它涉及价值观、生活情趣、情感态度、生活习性，已经变成了集体无意识，隐藏在民族记忆的深处。

乔叟具有明确的历史意识，他敏锐地意识到自己在时间中的地位，自己与当代的关系。他的写作充分考虑了那个时代的诉求，《坎特伯雷故事集》的内容贴近现实，满足了新兴市民阶层的阅读兴趣。而这是同时代的其他诗人所缺乏的。"总引"中描写了29个朝圣客，男、女、老、少，除了最高贵的王室和最贫贱的农奴外，涵盖了所有的阶层，有骑士、教会人员、知识分子、商人和手工业者。鲜明的个性、形象的语言、浓郁的生活气息、明朗的幽默、善意的反讽，使《坎特伯雷故事集》具有很强的可读性，而且各个阶层的人都可从这部作品中看到自己的影子。自从威廉·卡克斯顿在1476年将印刷术引入英国后，普通民众的识字率大大提高，达到了60%

① E. Dean Kolbas, *Critical Theory and the Literary Canon*. Boulder: Westview Press, 2001, p. 11.

左右。15世纪《坎特伯雷故事集》已经多次再版,说明了这部作品在普通民众中很受欢迎。

同样,为了巩固这一民族想象共同体,从国王、批评家到作家都开始赞扬本土的方言文学,树立本土文学大师,将拉丁文学经典拉下圣坛。英国需要一个本土的荷马、维吉尔和但丁。1700年,德莱顿正式确立了乔叟"英国文学之父"的地位,他在《古今寓言集》的"序言"中写道:"我对他的尊重,就像希腊人民对于荷马,罗马人对于维吉尔的尊重。他是艺术的永恒源泉,博学多才,且语言永远恰如其分。"①

1400年10月,乔叟去世。他的遗体被安葬在威斯敏斯特教堂内墓地的东侧。他享有此荣耀,不是因为他写作上的成就,而是因为他曾担任过英国王室的建筑大臣,去世前一直居住在大教堂的管辖区,他的妻子菲利帕与王室有亲戚关系,也曾是服侍王后的宫女。不论如何,乔叟是第一个以平民的身份被安葬在威斯特敏斯特大教堂的诗人,从此以后,在他的墓地周围,形成了一个著名的"诗人之角"。斯宾塞于1599年葬于乔叟墓地的下方,后来莎士比亚、弥尔顿、哈代和狄更斯等都葬于此,它聚集了公众的爱戴,有意识维系着一个民族文学的传统,文学经典的名录也就此形成了。"诗人之角"的墓地、纪念碑和塑像,一起构成了英国民族文化想象共同体的一部分。诗人的雕像出现在著名的建筑上,公开表现了民族文学的重要性。由"诗人之角"确立的经典作家,不仅代表了一个民族业已取得的文学成就,还一起维护着民族制度和文化传统的统一性与连续性。

(三)英国文学传统的先驱

在英语文学经典库中,乔叟当之无愧地排在首位,他对英国文学影响范围之广泛,影响之深刻,无人能及。他是英国"中世纪最后一位诗人,又是新时代最初一位诗人"②,担当了英国中世纪与文艺复兴运动之间承上启下的历史任务。乔叟开创了写实主义的风格,奠定了英国文艺复兴的基础。斯宾塞称乔叟为老师,弥尔顿又称从斯宾塞那里获得了灵感的源泉,乔叟对虚拟文学人物的表现能力,特别是反讽的艺术手法,是莎士比亚原创性最伟大的起点,莎士比亚正是从《坎特伯雷故事集》那里获得了表现人类个性的方法,并发展出更多的丰富性。

---

① John Dryden, *Fables Ancient and Modern: Translated into Verse from Homer, Ovid, Boccace and Chaucer, with Original Poems* (1700), Whitefish: Kessinger Publishing, 2010.

② 杰弗雷·乔叟:《坎特伯雷故事》,方重译,上海:上海译文出版社,1983年版,第15页。

《坎特伯雷故事集》树立了英国文学史上第一批个性鲜明、令人难忘的文学形象，如"充满活力的巴斯夫人""欺诈诡辩的赦罪僧""贪婪的法庭差役"。读者得以透过这些人物画廊，瞥见已经消失的传奇世界。乔叟刻画人物的方法，为后来的现实主义小说开辟了道路。人物形象的成功塑造，归结于乔叟采用了一种"真实的"叙述表现手法。叙事者总是站在中立的位置上，忠实地转述他人的话语。这一点乔叟在"总引"中就有说明："但我首先请求各位，不要认为我据实而言，就是不懂礼貌，我讲出他们所用的一字一句，所表现的姿态神情，你们同我一样懂得一个道理，任何人复述旁人所讲的话，他不得不把每个字照样说来，尽量不走样，顾不到原来是如何粗鲁猥亵。"[①]这种据实而录造成了一种喜剧性、流动的效果，任由朝圣客之间打闹、争吵，自我表现。叙事者乔叟表面天真，实则老练。他不下断言，不做评论，将道德判断的责任推给读者。乔叟不承担所讲故事好坏的责任，一切都是读者的选择。例如，在意识到磨坊主讲的市井故事可能过于庸俗，乔叟在磨坊主的开场语之后为自己辩护道："所以我愿每位高尚的人，为了上帝的爱，不要以为我有什么坏意，无非我不得不把他们的故事好的、坏的，都依样讲出来，否则对不起事实。因此谁若不愿听，尽可翻过一页，另择一个故事；有的是古来大小不同的事，高尚的作为，或是道德信仰的文章。你若选择错了，不是我的错。"[②]打破高高在上、无所不知的叙述者形象，注意与读者之间的交流，乔叟的"现实主义"是一种极有效的写作方法，而且已具有"读者为中心"的写作理念。

乔叟笔下的朝圣客之所以令人难忘，还在于乔叟笔下的人物倾听自己的声音，形成了自我意识。王佐良在《英国诗史》里评价乔叟："仅仅说他是中世纪英国文学最伟大的代表者是不够的，因为他已经开始做许多后世所重视的某些事情，如心理描绘和叙事艺术。"[③]乔叟是一位具有强烈戏剧性倾向的作家，他的写作手法为文艺复兴的作家提供了借鉴。《坎特伯雷故事集》每篇故事之前的"开场语"，实际上就是一种戏剧独白(the dramatic monologue)，让主人公不知不觉地把自己的本质、性格戏剧性地暴露出来，揭示他们复杂而充满矛盾的内心世界。例如，巴斯(又译巴思)妇人长达820多行的"开场语"就是早期戏剧独白的典范。"在巴思妇人的独白里，我们可以听到人性的声音、压抑人性的宗教意识形态

---

① 杰弗雷·乔叟：《坎特伯雷故事》，方重译，上海：上海译文出版社，1983年版，第14页。

② 同上书，第51页。

③ 王佐良：《英国诗史》，南京：译林出版社，1997年版，第39页。

的声音、女权主义的声音、男权主义的声音，而诗人却引退幕后，没有直接表达观点。"[①]戏剧独白，在乔叟之后仍继续出现，后来在莎士比亚、玄学派诗人那里进一步发展，特别用于内心探索和性格冲突的表现上。

除了现实主义传统，英国文学中的"反讽"艺术最早也可以追溯到《坎特伯雷故事集》，乔叟可谓是英国文学史上第一位讽刺诗人。乔叟通过不协调因素的展现，包括身份和言行的反差，以及动机与结果的不协调，营造出喜剧的氛围。例如，在"总引"部分，那个修道僧身材魁梧，最爱打猎，将所有的娱乐都寄托在骑马打猎上，不惜为此挥霍钱财，乔叟称他为"一位不平凡的僧侣"，实则暗中讽刺他追逐新事物的热情与清心寡欲的僧侣身份不符。赦罪僧的身份本来是接受别人忏悔，给予教徒救赎，却向教徒兜售假的古董，搜刮钱财。巧言令色的赦罪僧，并不避讳自己的贪婪，且为那些骗人的伎俩沾沾自喜。"我站在教坛，俨然是个牧师模样，那些听众坐下之后，我就开讲起来，加上许多谎言胡说，竭尽我哄骗的能事……我再说一遍，直截了当，我说教的目的就是谋利，没有其他目的。"[②]可就是这样品行的人，却讲了一个"贪财是万恶之源"的说教故事。赦罪僧的身份、品行与所讲故事之间的反差，造成了极强的讽刺效果，也成就了英国文学史上第一个"虚无主义者"。

(四) 后世作家的追随与研究

"经典的价值和能力不是固定的，僵死的，而在持续不断地播撒过程中生成和释放的出来的。从某种意义上说，经典犹如货币，只有在流通中才能增殖。"[③]如果人们停止阅读、改写、评论、研究《坎特伯雷故事集》，那么它的经典化之路就要暂时被悬置了。《坎特伯雷故事集》的经典化不是一成不变的，而是在不同时代、不同地域文化、不同媒介里，经过艺术家的不断阐释建构起来的。

在15世纪，由于乔叟名声的上升，乔叟的追随者从英格兰延伸至苏格兰。英格兰的追随者(the English Chaucerians)包括：约翰·里德盖特(John Lydgate)、托马斯·浩克利夫(Thomas Hoccleve)、本尼狄克·伯格(Benedict Burgh)、乔治·阿什利(George Ashby)、乔治·瑞普里

① 肖明翰：《英美文学中的戏剧性独白传统》，《外国文学评论》2004年第2期，第28—39页。

② 杰弗雷·乔叟：《坎特伯雷故事》，方重译，上海：上海译文出版社，1983年版，第198页。

③ 张德明：《文学经典的生成谱系与传播机制》，《浙江大学学报》(人文社会科学版)2012年第6期，第91—97页。

(George Ripley)、奥斯贝恩·伯克纳姆(Osbern Bokenam)等,他们称乔叟为英语诗歌的“老师”(mayster Chaucer)或“父亲”(fadir Chaucer),模仿乔叟清新自然的语言,栩栩如生的人物刻画,以及幽默反讽的手法,并重写或续写了其中的部分故事。乔叟的苏格兰追随者(the Scottish Chaucerians)包括罗伯特·亨利森(Robert Henryson)、威廉·邓巴(William Dunbar)、加文·道格拉斯(Gavin Douglas)、瓦尔特·肯尼迪(Walter Kennedy)以及苏格兰国王詹姆斯一世(1394—1437),他们学习《坎特伯雷故事集》的格律,开始运用一种每诗节 7 诗行,每诗行 5 音步抑扬的格律写诗[①]。例如,苏格兰国王詹姆斯一世的名作《国王之书》(*The Kingis Quair*)就明显借用了《坎特伯雷故事集》中“骑士的故事”里的元素,主人公自塔楼牢房向外观望时,见到一个女人出现在花园,爱慕之情油然而生,坠入情网后,这个女人再也未现身过。16 世纪,文艺复兴早期的作家们继续考证乔叟的生平,树立了乔叟温和的学者、无所不知的智者形象。其中,斯宾塞对乔叟的推崇,又持续扩大了他的影响力。尽管乔叟注重写实,而斯宾塞注重奇异的想象,斯宾塞多次承认《坎特伯雷故事集》对他的影响,并致力于推进乔叟自然天成的诗歌语言。斯宾塞在其作品中频繁地称乔叟为 Dan Geffrey,还将乔叟化身为 Tityrus,在他的田园诗歌中,借牧羊人之口称 Tityrus 为老师,声称正是从他那里听到这些诗歌的,哀痛乔叟的离世。《仙后》某些诗行是对《坎特伯雷故事集》的直接挪用或改编。

《坎特伯雷故事集》的开放结构和未完成的故事,成了模仿或续写的最佳选择。按照书中总引的安排,29 位朝圣客每人要讲 3 个故事,可实际上只有 24 个故事,由 23 个人讲述,作者乔叟讲了两个故事,还有 7 个人没有讲故事。“厨师的故事”“侍从的故事”未讲完,“托巴斯先生的故事”与“僧人的故事”也被中途打断。他们这群人最后到达了坎特伯雷城吗?在这场讲故事的竞赛中,谁获得了胜利?他们朝圣归来的途中,又发生了什么?在 15 世纪,有个匿名作者写了《贝林的故事》(*The Tale of Beryn*),描述了朝圣客们到达坎特伯雷城之后的活动。大约在 1420 年,视乔叟为老师的约翰·里德盖特把自己想象为朝圣队伍中一名僧人,描述了他对听到的故事的感受,并扩充了“骑士的故事”中底比斯城被围困

---

① Denton Fox, “The Scottish Chaucerians”, ed. D. S. Brewer, *Chaucer and Chaucerians: Critical Studies in Medieval Literature*, London: University of Alabama Press, 1970: pp. 164—200.

的历史,以及两名骑士之间为了爱情的相互伤害。这个名为《底比斯城的围困》(*Siege of Thebes*)是对乔叟《坎特伯雷故事集》的致敬之作,全诗4716行,引言部分仿照《坎特伯雷故事集》的“总引”风格,但显然劣于乔叟的写实作风。这个故事在15世纪非常流行,独立成篇或者与《坎特伯雷故事集》的手稿编纂在一起。

“侍从的故事”这个未完的传奇,在英国文坛上引起了广泛的关注,弥尔顿在沉想诗中特别提到它,斯宾塞曾打算将这个故事续完。莎士比亚以《坎特伯雷故事集》的第一个“骑士的故事”为蓝本,创造了《两位贵族亲戚》,该戏剧于1613或者1614年上演,1634年出版。事实上,从《坎特伯雷故事集》诞生之日起,对它的续写、模仿和指涉就从未停止过,确保了乔叟在英国文学史上的经典地位。

此外,“文本的重新勘定、翻译、再版,各种乔叟研究书籍、词典的出版,以及电子教学资源、网络讨论等,都以文化商品形式保留和推广乔叟经典。”[①]乔叟的名声在15、16世纪达到了顶峰,那时乔叟个人的生平、经历、形象是研究的重点。17、18世纪文艺复兴后期,乔叟的名声有些下滑,由于语言的距离感,读者对其作品的阅读热情下降。到了19、20世纪,学者们突破对乔叟的个人研究,转向对其作品的勘定、注释、翻译以及研究,重新开创了乔叟研究的新局面。[②] 最具有影响力的事件是,1868年佛尔尼法(F. J. Furnivall) 建立乔叟学会(Chaucer Society),推动了乔叟作品学院派研究的进展。早期的研究者从实证主义角度出发,对已存手稿进行对比辨伪,发现书中各个故事的出处和来源,并着力分析乔叟诗学修辞方面的成就,编订了一批有影响力的《坎特伯雷故事集》的版本,如1912年斯基特(W. W. Skeat)编订的版本,1957年罗宾逊(F. N. Robinson)版本,1977年费希尔(John H. Fisher)的版本,另外也出版了一批现代英语的翻译版本,降低了现代读者阅读中古英语的难度。

20世纪后期,随着各种文学批评理论的层出不穷,对《坎特伯雷故事集》研究视角日趋多元化,例如社会历史批评、心理学批评、女性主义批评、巴赫金的复调诗学、后结构主义批评,呈现出一派众声喧哗的场面。不同的批评声音,不断打开与延续这部经典,拓展了原著的解释空间,拉

---

① 丁建宁:《价值与困境:文化资本视角下的乔叟研究》,《四川外语学院学报》2008年第4期,第24—27页。

② Carolyn Collette, “Afterlife”, ed. Peter Brown, *A Companion to Chaucer*, Massachusetts: Blackwell Publishing, 2002, pp. 8—22.

近了专业读者与普通读者之间的距离。

第二节 《坎特伯雷故事集》在汉语语境中的再生

(一)《坎特伯雷故事集》在中国的译介史

谈论一部文学作品的经典化过程,必须把这部作品在不同语境下的译介、接受和影响情况考虑进来。优秀的文学作品,不会局限在一种语境下的传播。它一定会跨越民族文化的疆域,扩散到其他领域,继续发挥着自己的影响。在异域文化语境下,外国文学作品是以翻译文学的形式呈现的,译者取代了作者,译作模糊了原作。由于异域文化语境的介入、译者二度创作的影响,外国文学作品在异域语境下的经典化,比起在源语境中更为复杂。译者的语言水平、采取的翻译策略、当时的意识形态、诗学系统、赞助人等诸多因素,都会对翻译文学的经典化过程产生影响。现在就从《坎特伯雷故事集》在中国的译介历史开始。

由于中国近代的闭关锁国,与外界交流的停滞,直到民国时期,中国读者才了解乔叟的这部作品。据有关学者的考证,介绍乔叟的最早文字,见于1916年的清末《小说月报》,前清秀才孙毓修(1871—1922)在《欧美小说丛谈》一文中提及"孝素诗集之最传者,坎推倍利诗也"[①]。

最早开始翻译《坎特伯雷故事集》的是林纾及其合译者。1916年12月,林纾与陈家麟开始翻译《坎特伯雷故事集》的部分故事,陆续连载于1916年12月到1917年10月的《小说月报》上,这九个故事分别是《鸡谈》(*The Nun's Priest's Tale*)、《三少年遇死神》(*The Pardoner's Tale*)、《格雷西达》(*The Clerk's Tale*)、《林妖》(*The Wife of Bath's Tale*)、《公主遇难》(*The Man of Law's Tale*)、《死口能歌》(*The Prioress's Tale*)、《魂灵附体》(*The Squire's Tale*)、《决斗得妻》(*The Knight's Tale*)、《加木林》(*The Cook's Tale*)。9个故事中,唯《林妖》一篇署"英国曹西尔原著",其余诸篇均未表明出处。晚清末年,伴随着现代报刊业的兴起,翻译文学极其繁荣,但未形成严格意义上的翻译概念,亦没有原作者与忠实的概念,译者创作与翻译区分不大,张冠李戴,借题发挥,是常有

---

① 孙毓修:《欧美小说丛谈》,《小说月报》1916年第四卷第1期,第6页。

的事。林纾的翻译是经过二度加工的故事梗概,所参照的底本也不是乔叟的原作,可能是查尔斯·考顿·克拉克(Charles Cowden Clarke,1787—1877)为儿童编写的《散文本乔叟故事》(*Tales from Chaucer in Prose*)①。

20世纪30年代后期,任教于国立武汉大学的方重先生,着手乔叟作品的译介与研究。"有感于当时尚未有人把乔叟这位英国文学史上为现实主义文学奠基,为文艺复兴运动铺路的承前启后的伟大作家的作品介绍到中国来,遂发愿翻译。"②1946年重庆云海出版社出版土纸版的《康特波雷故事》,是方重当年在剑桥大学工作期间的重要研究成果之一。该书篇幅不长,仅121页,收录了六篇故事。在序言"乔叟和他的康特波雷故事"中,方重先生确立作者的译名,"叟"象征英国文学始祖之意,以匹配作者"英国文学之父"的地位。音译加意译法的"乔叟",听起来既亲切顺耳,又寓意深远,传为翻译史上的一段佳话。中华人民共和国成立后,方重先生参阅各种版本重新审定译稿,用散文来译诗,1955年上海新文艺出版社出版了《坎特伯雷故事集》,该书是1946年出版的《康特波雷故事》的延续。1983年2月上海译文出版社重版这本书时,方重先生为了将该书与短篇小说集区别开来,改书名为《坎特伯雷故事》。"本书书名原译为《坎特伯雷故事集》,现在觉得这样容易和短篇小说集混同起来,而这本书虽然可分为二十几个短篇,但是整个作品又具有内在的有机联系,和一般的短篇小说集是不同的,因此,这次删去了集字。"③1995年,人民文学出版社推出"外国文学名著丛书"系列时,再版了《坎特伯雷故事》。此外,方重先生1962年出版的《乔叟文集》分为上下卷,收录了乔叟一生创作的七部叙事诗作,最后一部作品就是《坎特伯雷故事》。半个多世纪以来,方重先生的译本是国内《坎特伯雷故事集》唯一的译本,被多次再版,也是乔叟研究时经常引用的权威。

在台湾,台北志文出版社在1978年4月出版了《坎特伯利故事集》,由王骥翻译。这也是一部散文体的译著,译者在序言里介绍了每篇故事的类型,分析了妙趣横生的故事情节如何让读者忍俊不禁。除了趣味性,译者还强调了故事背后的讽刺意味,认为乔叟从故事形式到内容,叛逆地表达了对当时的宗教文学、社会观念的不同意见。为了迎合市场,译文比

---

① 参见马泰来:《关于〈林纾翻译作品全目〉》,《读书》1982年第10期,第140—142页。

② 杰弗雷·乔叟:《坎特伯雷故事》,方重译,上海:上海译文出版社,1983年版,第18页。

③ 同上。

较现代化,加入了时下流行的词汇,如称巴斯夫人的故事为"怕老婆"的故事,口语化倾向较重,句末语气词使用频率较高,不同于方重先生译文的雅致、简洁。译者在书末增加了乔叟年谱,弥补了序言对作者的简单化介绍。

随着翻译标准的进步,上海译文出版社的黄杲炘先生在1999年推出了《坎特伯雷故事集》的诗体译本,弥补了这部英诗奠基巨著无诗体翻译的遗憾。黄杲炘用"以顿代步"的方法表现原诗的音步,尽量传递原诗节奏和韵律之美。除了格律的传达,黄杲炘还注重形似,对每行译文的字数有严格的控制,如用十二个汉字对应五音步十音节的诗行,八个汉字对应三音步六音节的诗行。黄杲炘的译本是国内第一本诗歌体的译本,形似与神似,二者兼备,非常困难。虽然他的译作在个别语段略欠自然,但是他"以顿代步"的大胆尝试,受到了学界的肯定。

从上述译介史可以看出,林纾的翻译为《坎特伯雷故事集》在中国的接受奠定了基础,但是后来作家或当代人的回忆录书信中,均尚未提到该书,也说明了这几篇小故事,湮没于报刊边角故事中了。直到方重先生译本的出现,才使得国人第一次真正意义上了解乔叟及其作品。为了更加忠实于原作,学者用诗体翻译《坎特伯雷故事集》是非常可喜的尝试。

对某部外国文学作品的翻译热度,体现了主流诗学规范对其作品的关注。与其他一些作品不断重译,有多达十几个译本相比,《坎特伯雷故事集》的遭遇冷清。即使与中世纪的其他经典,如《神曲》《失乐园》相比,《坎特伯雷故事集》的译本数量也偏少。而外国文学的翻译历史说明,译本的非唯一性是翻译文学经典化的基础。"如果说原创文学经典是在与其他原创作品的对比中脱颖而出的,那么一部翻译文学经典则是在与同一部外国文学作品的其他译本和其他翻译文学经典的对比中确立其经典地位的。"[①]因此,《坎特伯雷故事集》在中国的重译还有很大空间。

(二)方重对《坎特伯雷故事集》经典化的贡献

经典文本跨越时空的旅行,离不开翻译的媒介。翻译活动对经典作品的传播,对外国文学作品经典地位的确立,起着至关重要的作用。绝大多数读者都是通过译作来了解原作,甚至将译作等同于原作。翻译与文

① 王恩科:《翻译文学经典的独特品格》,《长安大学学报》(社会科学版)2001年第4期,第115—120页。

学经典的形成具有辩证关系,翻译活动会巩固、扩大经典作家作品的地位,也可能瓦解、重估一下外来经典作品的地位。正如劳伦斯·韦努蒂(Lawrence Venuti)所说:“经典一经翻译,它作为语言和文学艺术品的内在品质就发生了根本变化,同时它的价值在译本生成的异域文化中发生了变化。经过翻译,一部外国作品很可能失去其在源语中作为经典的地位,最后变得毫无价值,而且无人阅读,终止印行。”[①]没有优秀的翻译家,就没有外国文学经典在中国的传播。尽管《坎特伯雷故事集》本身的艺术价值,以及在英国文学史中的地位,是乔叟在中国接受的良好起点。但是,如果没有翻译家方重,中国读者对《坎特伯雷故事集》的了解可能要晚很多年。方重对《坎特伯雷故事集》以及乔叟在中国的传播,功不可没。

首先,方重的译本重视底本的选择,以及译文的完整性。乔叟时代印刷术尚未发明,他的作品均以羊皮手抄本流传,《坎特伯雷故事集》是乔叟生前的最后一部作品,虽然历时时间很长,从 1378 年到 1400 年为止,但仍未能按计划完成。因为未完成,乔叟不会彻底加以整理修订,文中矛盾疏误在所难免。《坎特伯雷故事集》流传下来的手抄本在 15 世纪已近 60 个版本,各个版本的故事前后次序也略有不同,对这部作品的校勘与考证,一直是西方乔叟研究的重要方面。在方重之前的译本都是节译本或片段译文,底本选择并未引起关注。

“忠实”是翻译伦理的基本要求,反映了对原作与原作者的尊重,是译者应该遵守的职业道德,尽管这一点由于各方面的原因,很难做到。忠实首先是完整,不随意删节原文段落,然后是内容和风格的无限靠近,这样读者才会觉得译本是可信的,才是原作的真实面貌。方重先生的翻译是建立在严谨的版本选择基础上的。方重先生在“译者序”中介绍自己依据的版本是罗宾逊所编、牛津大学出版社在美国刊行的 1957 年《乔叟全集》的第二版,探本求源,从古英语直接译出。另外参考了其他 5 个权威底本,既有中古英语版,也有现代英语版,以使得自己的译本最可能接近原著的面貌。

其次,方重将翻译和研究相结合,利用译者序、注释,补充翔实的背景知识,并加入自己的见解评论。方重先生有着留学海外名校多年的经历,也是 20 世纪外国文学研究领域的先驱者。方重治学严谨,倾注笔墨来加

---

① Lawrence Venuti, "Translation, Interpretation, Canon Formation", eds. L. Alexandra Lianeri & Vanda Zajk, *Translation and the Classic: Identity as Change in the History of Culture*, London: Oxford University Press, 2008, pp. 27—51.

注释,并且化繁为简,力求通俗易懂,不仅帮助读者更容易理解原著,也使得中国读者对中世纪英国文学状况有了一些基本认知。"译者序"介绍了14世纪下半叶的社会背景、乔叟生平与创作,以及《坎特伯雷故事集》的艺术特点。译本脚注详细繁多,其注释可以分为三种:一是在无法用目的语来翻译的情况下使用注释手段来解释;第二种是对某些人名、事件、文化、典故、意象的解释,第三种是对故事来源的辨伪、故事类型的说明,或者对乔叟写作艺术、创作意图的点评。例如,对于"磨坊主的故事"的注释如下:"这篇故事属于法国流行的短篇古体叙事诗的一类;乔叟在这里描写了一个牛津学生,一个木匠的妻子和一个乡间教堂的管事,竭尽写真的妙笔,是他最成熟最生动的一种笔法。"①方重在翻译时充分参考了西方乔叟研究的成果,将西方学界的一些困惑如实抛出,引发读者的思考,例如:"这篇律师的开场语,读来不甚连贯,且与故事本身不易配合……研究乔叟的学者们也觉得无从解释。"②

理想的翻译要求译者隐身,只忠实地转述原作者的语言,而不发出自己的声音。但是译者主体性的彰显,似乎一直都无法回避。译者序、跋、注释、按语,就是译者主体彰显的体现。译者加入自己的见解,建立起与读者的对话,拉近了与读者的距离,使得读者对译者的信任度增强,原作者的权威也就此建立起来。译者这种文本外的行为,除了表明自己独立的观点外,还旨在引起读者对某一现象或观点的重视。这种"多余"的干涉行为是其态度认真的体现,无形之中增加了作品权威性的确立。

最后,一部优秀的外国文学翻译作品,在异域旅行时成功与否,还取决于译者的双语能力,特别是目的语的语言水平。根据奈达的"读者反应论",译者有责任让目的语读者,获得原作读者阅读原作时相同或近似的感受。译者有时候可以叛逆地再创造,实现对原文的超越,让读者感觉到就是在读用中文写作的外国小说。翻译家本身最好也是一名作家、诗人,传统文化修养极高,文笔风采传神。具有较高的可读性和艺术性,是一部作品得以流传久远的重要原因。虽然《坎特伯雷故事集》是一部叙事诗,但以讲故事为主,方重先生以散文来译诗,侧重表达作品的叙事内容,保住了"讲故事"的节奏,彰显了乔叟诗歌的人性魅力。在形似和神似不能兼备的情况下,方重选择了"神似",这种创造性的叛逆,也使得原著以平

---

① 杰弗雷·乔叟:《坎特伯雷故事》,方重译,上海:上海译文出版社,1983年版,第51页。

② 同上书,第74页。

实、活泼的风格,被更广泛的中国读者所接受。

实际上,方重在1946年出版的《康特波雷故事》所选择的语言颇有文言的余韵,如将"巴斯妇的自述"译为"林边老妪","以白话文的'评书'文体演绎乔叟善讲故事的五步抑扬格英雄对句诗体,以凸显乔叟诗歌的叙事特征"[①]。中华人民共和国成立后,文字改革开创新局面,明确了语言规范化的标准:以北方话为基础方言,以现代白话文为典范。为了适应时代精神,方重1955年的译本改用现代白话文,字词层面也与英语忠实对应,以做到"信"为上。方重受过严格的文言训练,即使使用现代白话,译文仍然雅致简洁,对应了中古英语的典雅,篇中的抒情短诗,以新诗形式译之,亦清新雅丽。以散文体为主的译文,避免了现代汉语诗那种打油诗的格调,而且以散文为主,使得叙述节奏流畅,情节连贯完整,语言通俗不拗口,在艺术性与通俗性的结合上,达到了很高的境界。正如杨周翰教授评价"译文总的说来极其忠实,而且能够达到'雅'的地步"[②],这也是方重先生的译本长期被奉为权威的重要原因。

(三)文学史对《坎特伯雷故事集》的经典建构

文学经典通常是被后代不断地指称与确认的,这种确认最集中的体现是各种文学史的记录。文学经典的建构离不开文学史的书写,正是通过各种文学选本、文学史,普通读者得以了解一般的文学状况,对不同的作家形成了一种等级式的价值判断,从而有选择地去阅读一些经典范本。外国文学史是重写外国文学经典的重要途径之一,编者依据西方的文学史,根据意识形态的需要,结合本土文学传统,选录一部分作家,加入审美性评价,以及现实意义的阐释,制作出一套特殊的对经典的诠释话语。

美国翻译理论家勒菲弗尔在《翻译、改写以及对文学名声的控制》一书中将控制文学翻译的基本力量归纳为三种:即意识形态、诗学和赞助(Ideology, Poetics, Patronage)。这三种力量影响着翻译行为的发生和进行,也决定着翻译文学的经典化进程。勒菲弗尔指出,作为主流诗学和意识形态的合谋,外国文学参考书目的编制和作为教材的"外国文学作品选"的编选,也是翻译文学经典操纵的方式,并且是"最明显也最有效的经

---

① 曹航:《论方重与乔叟》,《中国比较文学》2012年第3期,第27—38页。

② 杨周翰:《方重译〈坎特伯雷故事集〉和〈特罗勒斯与克丽西德〉》,《西方语文》1957年第1期,第108页。

典建构形式"[①]。尽管从《坎特伯雷故事集》译本的种类、再版次数，以及销售量来看，这本书称不上是很畅销的作品，它在普通读者中的阅读范围并不广泛，但它在中国外国文学史中的地位，一直都能屹立在严肃经典的行列，这离不开文学史和选本的编写与阐释，这种阐释又受到了意识形态的制约，受到文学思潮演变的影响。

1924年欧阳兰编著的《欧美文学名著节本》中称"乔塞极福来"为"英国第一大诗家"，并收入《肯脱白来故事》中的七则故事。后来，欧阳兰在1927年的《英国文学史》也提及了乔叟作品，并介绍了西方乔叟研究的状况。1937年出版，被誉为民国期间最为完备的英国文学史论著的《英国文学史纲》对乔叟及《坎特伯雷故事集》浓墨重彩，赞誉有加，称乔叟为英国文学"开山祖师"。金东雷独辟一章为"乔叟的时代(公历一三五〇年至一四八五年)"，详细介绍了乔叟所处的社会背景、创作的三个时期、《刚德勃莱故事诗》的格律、引言，以及第一个"骑士的故事"，称颂《刚德勃莱故事诗》的写作是一件异常伟大的事，"英国各色人的工作与娱乐、事业与梦想、游戏与真诚，甚至生命欢乐之洋溢，都给他网如珊瑚，包罗万象。在他以前的文学家，从来没有过这样的作品"。不仅如此，金东雷还注意到了《坎特伯雷故事集》中的浪漫主义元素。"在英文作家中，乔叟是第一个以浪漫主义作风写男女日常生活实事的人。这派作风后来形成了欧洲的文艺复兴和一切近代文学的式样。"[②]

中华人民共和国成立以后，金东雷对《坎特伯雷故事集》的乐观活力和浪漫主义色彩的颂扬，很快让位于对这部作品的"现实主义"关注，强调了作品对社会现实的批判，并试图归纳出作者的思想倾向和阶级立场。这大概与方重先生《坎特伯雷故事》序言中对这部作品的定位有关。方重赞扬了乔叟的创作艺术，认为他绘制了当时时代的"现实主义画图"，但是仍然在"译者序"中对这部作品采取了批判性的态度："在充分肯定《坎特伯雷故事集》的杰出的艺术成就的同时，我们应该可以看到，乔叟未能摆脱当时的宗教思想的束缚，往往以宗教家的眼光来看待生活中的善与恶，并且宣扬了消极容忍的人生哲学。此外，乔叟和薄伽丘一样，在某些地方，是用对于市民阶层的纵欲抱着欣赏的态度来讴歌爱情，反对禁欲主

① Andre Lefevere, *Translation, Rewriting & the Manipulation of Literary Fame*, London: Routledge, 1992, p.19.

② 金东雷:《英国文学史纲》，长春:吉林出版集团有限责任公司，2010年版，第35—38页。

义。这些是我们所不能赞赏的地方。”[①]

“批判地接受”曾经是外国文学作品在中国接受时遇到的最常见的状态。在译序中，译者介绍完作品主要内容、审美价值之后，通常还要从主流意识形态出发，对其主动进行批评，以引领读者有所选择地接受。中华人民共和国成立后的很长一段时间，现实主义，尤其是批判现实主义在文学系统内，处于金字塔的顶端，而宗教文本、性爱描写过多的文本，不符合主流的诗学观，被排斥接受。

20世纪七八十年代出版的外国文学史、英国文学史，基本上把《坎特伯雷故事集》放在市民文学、城市文学的目录之下，突出了文学划分的阶级性。以杨周翰等主编的《欧洲文学史》(1979)为例，对《坎特伯雷故事集》的介绍和阐释，将乔叟视为“英国资产阶级文学”和反封建的人文主义斗士，体现了从阶级立场出发的文学批评。杨周翰将《坎特伯雷故事集》的故事分为两类：一类是关于婚姻与爱情现实问题的，另一类是讽刺僧侣，揭露金钱罪恶的。“乔叟的故事体现了反封建的倾向和人文主义思想因素，反映出十四世纪英国历史的趋势，暴露了封建阶级尤其是教会的腐朽败落。”对于作品的宗教思想，他同样持批判态度。“作者并未能摆脱宗教思想，表现出消极容忍的人生哲学(《梅利比故事》)，和薄伽丘一样，他在肯定爱情，反对禁欲主义的同时，也流露出市民阶层对纵欲的欣赏，这些都是本书的糟粕。”[②]

到了20世纪90年代，李赋宁担任总主编的《欧洲文学史》(1999)就试图纠正这一偏向，肯定了乔叟的市井故事不只为取笑逗乐，也解释了时代和人性的复杂性。针对国内一些学者经常试图根据某一个故事，而断章取义地认为乔叟的思想性如何时，编者批评了这种狭隘。“强调某些故事的成功和价值往往导致对另一些故事的疏忽，从而造成对全书和乔叟的丰富而复杂的思想的误解。”似乎为了回应之前文学史对乔叟宗教思想的批判，编者特意加上：“例如被称为‘天真的人文主义者’的批评家常常只对爱情传奇和滑稽故事感兴趣，忽略或贬低宗教故事，认为诗人‘鼓吹快乐，只为活得快乐而鼓吹快乐’，忘记了中世纪人与现代人在观念和审美上有巨大的不同，看不到宗教在当时的社会生活、乔叟的思想和他的作

---

① 杰弗雷·乔叟：《坎特伯雷故事》，方重译，上海：上海译文出版社，1983年版，第13页。

② 杨周翰、吴达元、赵萝蕤主编：《欧洲文学史》(上卷)，北京：人民文学出版社，1979年版，第181—182页。

品中是真实、重要而且并非完全消极的存在。”①

21世纪，学界思想更加开放，文学史、文学教材也尽量避免了对《坎特伯雷故事集》思想内容的评判，更多地转向这部作品的创作技巧。梁实秋的《英国文学史》对《坎特伯雷故事集》写实与幽默的作风，从作品的审美价值、艺术风格来阐释，不强调文学与艺术的相互反映，梁实秋认为乔叟的“现实主义”就是对当时实际生活的忠实反映。“他像许多伟大作家一样，没有成系统的人生哲学，不拘于任何一派的政治与社会的思想，他也不偏爱任何一种生活形态，他适应社会的各个阶层的生活，他酷爱人生的形形色色。”②王守仁的《英国文学简史》称乔叟为“英国诗歌的坐标”，指出：“诗人在《坎特伯雷故事集》中着力表现的是他那个时代精神世界与世俗世界的联系……诗中人物不同的社会背景以及他们所讲述的故事，呈现出世俗世界的复杂性和多样性。” ③

（四）国内关于《坎特伯雷故事集》的评论与研究

除了文学史、文学选集、大学教科书之外，专业的文学评论家、批评家、学者对一本作品的评论，也同样引领着一部作品的认识和接受。一方面，因乔叟的作品折射了14世纪的时代风貌，乔叟被评论家尊为英国现实主义的先驱，《坎特伯雷故事集》被称为“人间喜剧”。另一方面，因为歌颂了新兴资产阶级的进取精神，赞颂了人的智慧，鼓励人们追求世俗生活的幸福，乔叟被冠以“人文主义者”的称号。这种标签化的归类，反映了中国主流诗学对这部作品的认知，很长时间内都是国内对《坎特伯雷故事集》研究的指导思想。

方重先生也是国内乔叟研究的开拓者，1958年在《上海外国语学院季刊》第2期上发表了长篇论文《乔叟的现实主义发展道路》一文，将乔叟的创作生涯置于14世纪英国严峻的社会现实之中，分析了乔叟的现实主义逐渐发展的过程，论述了1381年农民起义对他的现实主义写作风格形成的影响，并肯定了现实主义风格在《坎特伯雷故事集》中达到了顶峰。“全部《坎特伯雷故事》结合在一起，成为一个有机的整体；是一出形形色色、包罗万象的人间喜剧，要深入了解乔叟的时代，《坎特伯雷故事》比任

---

① 刘意青、罗经国主编：《欧洲文学史》（第1卷），北京：商务印书馆，1999年版，第128－129页。

② 梁实秋：《英国文学史》（一），北京：新星出版社，2011年版，第92页。

③ 王守仁、方杰：《英国文学简史》，上海：上海外语教育出版社，2006年版，第25页。

何史料都来得真切可靠。”[①]方重先生突出了乔叟作为一名“现实主义”作家的地位,赞扬了其对腐朽教会体制、僧侣的揭露,以及其反封建的倾向,奠定了《坎特伯雷故事集》早期在中国接受的基调。

在方重之后,20 世纪 80 年代杭州大学的鲍屡平教授在深入研究《坎特伯雷故事集》里的单个故事的基础上,于 1988 年出版了《乔叟诗篇研究》,鲍屡平从文本细读入手,概括了《坎特伯雷故事集》中的 24 个故事的情节,从社会历史背景出发,对“总引”中的人物形象进行了细致分析,研究了作品的现实主义特征。

20 世纪八九十年代,“现实主义”与“人文主义”是研究乔叟以及《坎特伯雷故事集》的重要视角,如江泽玖的《〈坎特伯雷故事〉总引的人物描写》(1985)、聂文杞的《从象牙之塔走向现实主义——论乔叟和他的〈坎特伯雷故事集〉》(1984)、王翠的《试析乔叟的人文主义思想及其表现》(1997)、王莹章的《论乔叟人文主义思想的形成》(2000)等。

乔叟“英国诗歌之父”的形象,民国时期的教科书已经确定了。但如何证明乔叟在英国文学史上的先驱地位呢?进入 21 世纪以后,随着中古英语领域研究的进步,特别是李赋宁的《英语史》的推出,学者开始从语言学角度来分析乔叟对英语诗歌的巨大贡献。沈弘的《乔叟何以被誉为“英语诗歌之父”?》(2000),结合英语语言发展史、英语诗歌形式和体裁演变的历史,从现代英语诗歌形式的发轫和传承这个特定角度考察,分析了乔叟无愧于“英语诗歌之父”的称号。其他学者结合中世纪的时代背景,从乔叟作品的艺术表现力,来证明乔叟在英国文学史上的地位,这方面肖明翰先生的贡献最为瞩目,发表一系列文章如《乔叟对英国文学的贡献》(2001)、《〈坎特伯雷故事〉与〈十日谈〉——薄迦丘的影响和乔叟的成就》(2002),出版了专著《英语文学之父——杰弗里·乔叟》(2005),分析了《坎特伯雷故事集》如何拓宽英国文学的主题,创立和引进了新的体裁,丰富创作手法,注入人文主义的新精神,并开创英国文学的现实主义传统。曹航 2008 年的博士论文《乔叟〈坎特伯雷故事集〉的独创性》,认为《坎特伯雷故事集》的伟大之处存在于多个方面,这部作品确立了书面英语语言的表达方式,革新了诗歌形式与风格,拓展了英语文学的内涵。

由于时代的局限性,学界之前一直故意淡化,甚至误读这部作品的宗教思想,使得乔叟在 20 世纪中国的接受和研究,丧失了一个重要维度。

① 方重:《乔叟的现实主义发展道路》,《上海外国语学院季刊》1958 年第 2 期,第 49—57 页。

到了21世纪，一直被学界忽略的宗教内容、精神探索的主题也获得了关注，如肖明翰教授的《〈坎特伯雷故事〉的朝圣旅程与基督教传统》(2004)解释了故事框架与《圣经》的联系，香客们从伦敦到坎特伯雷的朝圣历程也象征着人类寻找失去的家园的精神之旅。刘洋风的《信仰和现实之间的徘徊——论〈坎特伯雷故事〉的宗教思想》(2007)指出基督教思想本身就蕴涵着对人的关怀这一思想，乔叟已经具有了新教对个人内心虔诚的关注和人文主义者对个人、现世生活肯定的因素，但篇末“忏悔词”中的担忧又反映了诗人在现实生活和彼岸的诱惑之间的徘徊，是诗人宗教信仰思想两重性的体现。

随着更多西方批评理论的引入，国内学者的研究视角也日渐多元化，如利用巴赫金的诗学理论对《坎特伯雷故事集》展开全新的解释。这方面，最早的研究是华东师范大学的刘乃银1999年用英文出版的博士论文《巴赫金的理论与〈坎特伯雷故事集〉》(*Reading the Canterbury Tales*: *A Bakhtinian Approach*)，后来又引发了另外几篇从狂欢化视角解读《坎特伯雷故事集》的学术论文，如何岳球的《〈坎特伯雷故事〉中的狂欢化喜剧特色》(2003)、张金凤的《狂欢和对话：对〈坎特伯雷故事集〉的重新解读》(2003)、贺晴宇的《试论〈坎特伯雷故事〉的喜剧性》(2007)。

乔叟在《坎特伯雷故事集》中刻画了许多令人印象深刻的女性形象，既有生机勃勃、挑战男尊女卑的“巴斯夫人”，也有忠贞顺从、一味接受丈夫试探的“格丽西达”，也有知书达理，机敏地劝诫丈夫的“慎子”，乔叟对婚姻问题、女性地位的关注，有着超越时代的意味。因此，近年来，女性主义也是国内学者研究《坎特伯雷故事集》的新视角。

近十年来，由于英语教学的拓展，对乔叟及《坎特伯雷故事集》的研究成果日益增多。多篇硕士论文和博士论文的研究视角从“现实主义”“人文主义”拓展到“对话理论”“性别主义”“文化权利”“社会生活”等，不断丰富对这部作品的阐释。

可以说，《坎特伯雷故事集》在中国的研究起步不算晚，但是研究成果却算不上丰盛。由于中世纪文学研究的门槛太高，多数研究都是从宏观叙述入手，着眼于作品的现实主义特色、框架故事的结构，而极少深入具体的故事，结合中世纪的社会语境，提出一些有见地原创性的论述。很多研究都试图将《坎特伯雷故事集》的内容作为一个整体，从中归纳出作者的立场与态度。这种研究思路有极大的误导性。这部框架故事集，在艺术上是浑然一体的整体，但是故事内容之间、讲故事人的观点，却前后矛盾。乔叟只是将生活的丰富多彩,各个阶层的差异,如实地表现出来,并没有更多地流露出自己的态度和观点。这也是这部作品的魅力之所在,因此在研究中,将不同故事对照分析,会显露更多的发现。

综上所述,乔叟在中国的知名度,远远无法匹敌其“英国诗歌之父”“英国文学之父”的地位,也远远低于那些后世尊其为老师的英国诗人。作为一本通俗的故事集,普通读者对《坎特伯雷故事集》的阅读并不广泛,很多人都因为它是外国文学的必读书目,才买来放在案头。[①] 尽管从清末民初的译介开始,《坎特伯雷故事集》译介历史已近百年,但多年来都只有方重先生的一个译本。对某部外国文学作品的翻译热度,体现了主流诗学对其的关注与认可度。译本数量偏少,也说明这部作品在中国图书市场不太流行。《坎特伯雷故事集》在中国接受以及经典化,主要依赖于外国文学史、教科书的选录。由于主流诗学的引导,“现实主义”与“人文主义”是《坎特伯雷故事集》研究的重要视角。在西方,虽然乔叟的名声在15世纪之后也有过起伏,但乔叟研究一直是“显学”,《坎特伯雷故事集》更是乔叟研究的重点。随着国际学界的交流增加,中国学者开始借鉴西方的研究视角,对《坎特伯雷故事集》研究的视角日益多元化,这部作品的创作艺术、写作风格、宗教意义,得到更多的关注。但是,如何借鉴西方研究成果时,又保证了中国本土研究特色,彰显现实关怀,这是个值得思考的问题。

探讨一部外国文学作品在异域文化语境中,是否成了一部经典作品,除了看主流意识形态、诗学系统对其追认与定位,还要看它是否对目的语的文学系统产生了影响,是否催发了另一个文化语境中对其风格、主题、创作手法、文学思想的模仿。尽管学界尚未形成关于“经典”的普遍定义,但不可否认“经典”涵义的一个重要维度就是充当典范的作用。从这一角度来看,《坎特伯雷故事集》在中国尚未达到一个较高的经典地位。究其原因,首先,这可能源于《坎特伯雷故事集》与中国文学传统的间隙。例如,中国古代小说不缺乏这种框架故事,如《三言两拍》,故这种故事没有引起国人的兴趣;其次,中国小说缺少旅行叙事,朝圣这种主题与中国的文化也有一定的距离。因此,在笔者看来,探讨为什么《坎特伯雷故事集》未对中国文学系统产生影响,或者从比较文学的视角,对比研究《坎特伯雷故事集》与中国故事集在主题、叙述上的差异,是非常有意义的。

---

① 可参阅国内一些网站的图书销量、读书论坛的评论,如亚马逊、豆瓣等。

第三节 《坎特伯雷故事集》在当代媒体中的传播

(一) 大众文化语境下的经典改编

进入20世纪以来,随着电子信息技术突飞猛进的发展,《坎特伯雷故事集》的传播呈现媒介化的特征。由《坎特伯雷故事集》改编的电影、电视剧、音乐剧、动画片,推陈出新地涌现,改变了传统文学的存在方式、传播方式和接受方式。《坎特伯雷故事集》的跨媒介改编,已经跨越了半个多世纪,每次改编都呈现出不同的美学风格,折射出改编者对原著的不同理解。改编的目的不是对经典文本的复述和模仿,而是要借助原著的故事、情节,来传达改编者所代表的一个时代、社会和民族对原著精神实质的新理解和再阐释。忠实于原著不是改编的核心原则,改编者充分利用经典文本的历史地位和艺术价值,挖掘其与当下社会生活的相关性,以使其符合大众的消费趣味。现以由《坎特伯雷故事集》改编,较有影响力的同名电影、电视剧为例[①],说明经典如何被大众文化利用再生了许多超文本。

布尔迪厄(Pierre Bourdieu)在《区隔:趣味判断的社会批评》中指出,一个社会通常由主流文化、精英文化和大众文化三种文化组成,它们对待经典文本的出发点、态度和阐释方式各不相同。主流文化基于宗教与意识形态的意向设立了某一类经典,使其承载着政治教化、伦理教育与文化传播的功能,担负维护社会等级制度的作用。精英文化用非功利的、保持虔诚敬仰距离的态度对待艺术,把它当作目的本身来欣赏,注重艺术作品的绝对性和普遍性。[②]《坎特伯雷故事集》最初的经典化也不例外,作者乔叟宫廷御用诗人的身份符合经典作家的筛选标准,用本族英语写作,迎合了日益高涨的民族情绪,使得这部作品成为15世纪建构英格兰民族身份认同的重要工具。后来的作家、文学评论家,赞美其伟大的艺术成就,尊其为语言的典范,牢固地确立了乔叟"英国诗歌之父"的地位。

但是,晚期资本主义出现的大众文化,则质疑经典的普遍性,执意打

---

① 本文提到的影片下载于 http://worldload.net/与 http://www.verycd.com/,引用的台词若未直接标出引自乔叟的原文,则由作者翻译。

② Pierre Bourdieu, *Distinction: A Social Critique of the Judgment of Taste*, tran. Richard Nice, Massachusetts: Harvard University Press, 1984, pp. 263—267.

破经典对社会阶层等级的固守。它对经典的态度不再是毕恭毕敬的膜拜,不再与之保持距离,不再尊重经典作品的完整性和自足性,而是把经典打成碎片,随心所欲地将其与其他文化资源,与自己的当下生活经验组合、拼装在一起。经典文本同其他一切商品一样,可以被加以使用,现代科学技术和工业化手段赋予了大众文化这种优势。以新兴的媒体工具为媒介,大众文化正将经典的文本资本转换成经济资本,挖掘其潜在的功用价值,让其在不同的群体和不同艺术形式之间自由地流动。人们对经典作品的挪用、拼贴和改写,消解了经典文本的深刻意义和权威光环。这种变革是前所未有的颠覆。"文本不是由一个高高在上的生产者——艺术家所创造的高高在上的东西,而是一种可以被偷袭或被盗取的文化资源。文本的价值在于它可以被使用,在于它可以提供的相关性,而非它的本质或美学价值。"[①]大众文化拒绝文本的封闭性、绝对性和普遍性,追求意义的多元阐释,特别是阅读方式以及消费方式的多元性。

经典重现的背后是商品化、市场化机制的运作。它改变了传统文学的存在方式、传播方式和接受方式,将经典文本视觉化、影像化。大众文化知道经典文本表述和当下社会体验之间的差异,因此努力从中生产出相关性,筛选和识别出相关性,使得二者得以相互启发和相互作用。通过挪用,戏仿和解构,使文学经典日常化、生活化和当代化。当社会意义和文本意义发生冲突时,社会意义将占据主导地位。大众文化趣味倾向于参与意义的创造,让经典作品参与日常生活,将审美消费整合到日常消费中。在大众文化逻辑下,经典文本的通俗化、当下化、娱乐化是必然的趋势,改编后的艺术形式与经典文本面目可能迸发出相距甚远,也有可能迸发出心有灵犀的对话。

(二) 框架挪用:《一个坎特伯雷故事》(1944)

众所周知,《坎特伯雷故事集》在朝圣的背景下,用故事竞赛的方式展开情节。这种安排具有深厚的生活基础。在中世纪,朝圣是一件重要的宗教活动,是人们日常生活的一部分。朝圣把三教九流的人聚集在一起,在这里人们不受阶级和身份的限制,自由畅谈。朝圣客们讲述符合自己身份的故事,既有浪漫的骑士传奇,也有粗俗的民间趣闻和悲情的圣徒

---

① 约翰·费斯克:《理解大众文化》,王晓珏、宋伟杰译,北京:中央编译出版社,2001 年版,第 171 页。

传。讲故事的人之间插科打诨，冷嘲热讽，营造了一种狂欢化的语境。“从文化人类学的角度看，朝圣代表了一种逃离正常的社会责任和压力形式，来自不同社会阶层、有着不同背景的朝圣者们为了一个共同的目标来到一起，进入一种共同体状态，而且(在某种程度上)处在比平常更平等的地位中，更自由地交往。”[①]朝圣的背景有利于现实主义画卷的展开，以及世俗化故事的释放。

乔叟把朝圣作为讲故事的场合，为形形色色的故事提供了一个总的叙述框架，这种艺术构思简直是神来之笔。但朝圣的意义不仅仅在于提供艺术框架，更具有深层的象征意义。这个旅途既是讲故事消遣、找乐趣的场合，又是一个寻找精神之旅的神圣历程。在基督教看来，自亚当、夏娃之后，人类就失去了家园，朝圣之旅是对上帝的回归。乔叟笔下的朝圣客前往离伦敦约 53 公里的坎特伯雷大教堂，朝圣当时英国最著名的圣徒托马斯。在基督教徒眼中，圣徒可以将人们的祈祷转呈到神的面前，因此通过朝拜圣徒，堕落的人类可以重返上帝的家园，实现自我救赎，获得祝福。朝圣的象征意义，被日后的艺术家反复借鉴。

1944 年，英国人鲍维尔(Michael Powell)与普雷斯布格尔(Emeric Pressburger)合作推出了名为《一个坎特伯雷故事》的黑白电影。该影片利用了乔叟在英国文学史上的地位，以及朝圣作为精神之旅的象征意义，虚构了第二次世界大战时两名士兵和一个乡村女孩前往坎特伯雷大教堂的朝圣之旅，突出这种精神朝圣永远都不落伍。和六百年前乔叟时代一样，今天沿着朝圣之路前进的人们，一定会获得自己想要的祝福，奇迹一直在降临。三位主角最后相聚在坎特伯雷大教堂，钟声轰鸣，好消息传来，困扰三人多日的担心放下，各自的愿望达成。不仅如此，三位当代朝圣客还对英国乡村的美丽景色，被工业文明和战争破坏下失去的宁静，有了新的认识，这得益于神秘的发胶人(glue man)：他在夜晚袭击和士兵一起出去的女孩，把胶水洒在女孩的头发，给当地人们带来极大困扰。三个朝圣客发现，发胶人原来就是当地的执法官。他虽然行踪不定，诡异莫测，但却充当着英格兰传统和价值观的守护者，试图将朝圣的精神灌输给每个人。虽然生活中时有不幸，但通过祈祷或忏悔，一定会得偿所愿。发胶人似乎是乔叟的化身，提醒着人们不要忘记坎特城的历史，即使在战争

---

① 张德明：《朝圣：英国旅行文学的精神内核》，《浙江大学学报》(人文社会科学版)2010 年第 4 期，第 159—166 页。

时代,也不要违背英国价值观。

导演鲍维尔出生于肯特郡,熟悉那里的田园景色,虚构三个当代的朝圣客,表达了对处于第二次世界大战前线的故乡的眷恋之情,以及被战争折磨得筋疲力尽的人们希望获得救赎的愿望。第二次世界大战时肯特郡处于战争的前线,已经满目疮痍。虽然电影未直接讲述《坎特伯雷故事集》中的故事,但利用了其“朝圣”的象征意义,引用乔叟原著中的经典段落,鼓励基督战士为了大不列颠的荣耀奋战,为了美丽宁静的乡村而战,实现人类的救赎,早日获得自己的祝福。

电影叙事利用画外音与原著对话,乔叟间接地成为影片的组织者和推动者。电影开始的画面上,一群中世纪的朝圣客行走在肯特郡的乡村,《坎特伯雷故事集》“总引”中的画外音响起:“四月的甘霖渗透了三月枯竭的根须,沐濯了丝丝茎络,触动了生机,使枝头涌现出花蕾……这时,人们渴望着朝拜四方名坛,游僧们也立愿跋涉异乡。向着坎特伯雷出发,去朝谢他们的救病恩主、福泽无边的殉难圣徒。”[①]然后,一个蒙太奇画面切到第二次世界大战中厮杀的士兵,给观众一种感觉,行进在同一条路上的士兵,难道不也是在进行朝圣之旅吗?此时,画外音继续道:“600 年过去了,乔叟和同伴们看到的景色没有变化,峡谷和青山依在……一支现代的朝圣队正在前行,与乔叟不同,他们看不到朝圣的终点。马蹄声、滚滚车轮都已逝去,如今峡谷内正回响着钢铁叮当声。太阳下山时,没有热情的店主迎接我们,我们的朝圣之旅才刚开始。”尽管这部电影画面优美,语言也充满诗意,是不可多得的艺术佳片,但仍然掩饰不了战争宣传的意图。电影结尾处,画外反复回荡着:“前进,基督战士,向战场迈进,带着基督的十字架,杀死敌人。”

(三)扩充阐释:帕索里尼的《坎特伯雷故事集》(1972)

1972 年,意大利著名导演皮埃尔·保罗·帕索里尼选取了乔叟原著 24 个故事中的 8 个故事,拍摄了名为《坎特伯雷故事集》的电影,取得了艺术上的极大成功,获得了当年柏林国际电影节的金熊奖。该电影是帕索里尼“生命三部曲”中的第二部,另外两部是《十日谈》和《一千零一夜》。电影还原了中世纪生活背景,虽然只选取了原著中的故事展开影像叙述,但仍然保持了艺术的完整性,突出了人物形象的塑造。

---

① 杰弗雷·乔叟:《坎特伯雷故事》,方重译,北京:人民文学出版社,2004 年版,第 1 页。

和原著一样，电影叙述视角仍然以乔叟为中心，透过由导演帕索里尼扮演的乔叟，将同行的朝圣客呈现出来，并赋予了朝圣客们的故事一个完整的结尾。借助视觉画面，原著“总引”中对朝圣客们细致入微的描述，得以呈现。

影片开始，温和而略显狡黠的乔叟牵着一匹马准备投宿；头戴沉重帕巾，身上裹着鲜红色丝绸的巴斯夫人，絮叨地向周围炫耀着：“我的编织胜过伊普埃和冈德的所有妇女，没人比得上我……我去过耶路撒冷和罗马冈玻斯戴尔的圣雅克科隆，我比别人都知道如何逗人笑……福音书没有告诉我们保留处女之身。为什么又造出那些生殖器官？为了‘享乐’呗！它们不只是用来撒尿的，男人要为他们对女人所做的付出代价。”那边，赦罪僧摊开圣骨开始叫卖：“来看看我的赦罪符吧，都来自罗马。圣母玛利亚头巾的一端，圣皮埃尔船帆的一角……贪婪是一切罪恶之源，不要这么小气嘛，快买吧。”还有镜头一闪而过的优雅温柔的女修道院长，头发梳得油光的骄傲管家。这群人随后到了泰巴酒店，店主哈里出场了，提议大家在旅途中讲故事以排遣无聊，8 个故事依次展开。

虽然影片在结构上尽量忠实原著，人物形象塑造也栩栩如生，但受导演帕索里尼美学风格影响，电影画面粗俗、淫秽，充斥着裸体、纵欲、奸淫的场面，人性的贪婪、冷漠、虚伪阴暗，一览无遗。特别是电影结尾用视觉画面表现了“法庭差役故事”开场语中的地狱景象。游乞僧的幽灵被捉进了地狱，亲眼看到了游乞僧从魔鬼的座下生出，地狱里的画面淫秽粗鄙，让人触目惊心。粗俗淫秽成为这部电影日后颇受诟病的主要原因，被排斥为另类。普通观众会认为，影片的虚无主义和绝望阴暗有悖于乔叟积极向上的人文关怀。一般认为，乔叟笔下的《坎特伯雷故事集》是一部人间喜剧。他“以乐观娱乐的精神，看待一切世间滑稽可笑之事。他的幽默是明朗的，与人为乐”[①]。鞭挞僧侣黑暗和虚伪时，虽绝不宽容，但却拥有完美的反讽艺术，不会引起人的反感。对世俗生活持肯定的态度，尤其歌颂了新兴市民阶层旺盛的活力，尤其以巴斯夫人为代表。但在帕索里尼的影片里，温和的幽默、积极乐观的生活态度都消失了，只剩下对人性丑恶的震惊。

帕索里尼曾在一次采访中表示《坎特伯雷故事集》比《十日谈》更加黑暗和悲观，他认为自己电影阴郁的基调抓住了原著的生命，是对乔叟精神

① 鲍屡平：《乔叟诗篇研究》，杭州：杭州大学出版社，1990 年版，第 29 页。

最好的传达。[①] 这种解读的确是颠覆性的,但这就是帕索里尼,他总是站在反对主流的立场,用极端性的艺术创新,表达着他自己的"现实主义观念"——神圣和粗鄙的混合,批判着人性的丑恶。为了突出他对世界的绝望,帕索里尼强化了原著中对人性阴暗、教会腐败的讽刺的故事,淡化了积极乐观的浪漫故事。例如,他扩充了原著中未完成的"厨师故事",通过学徒"波金"的命运,展示了世界的冷漠和信仰的失落。"烂苹果最好踢出,莫烂了其余的果实",师傅将"波金"赶走了,这个漂亮爱玩的学徒,在外面游荡几日后,竟被警察莫名其妙地逮捕,最后被架在广场上绞死,执行死刑时广场上人们自顾自地嬉笑,对死亡司空见惯,更谈不上同情了。一方面,是肉体的狂欢和为所欲为,如商人、磨坊主、管家和巴斯夫人亲人经历所示,另一面是人心的阴暗、随时可能降临的死亡威胁。帕索里尼把这两种基调组织在一起,旨在强调了性爱是反抗宗教束缚、争取人性自由的武器。第二次世界大战后,意大利政权更迭频繁,政局动荡,20 世纪六七十年代,先后爆发了学生风暴和工人造反,造就了大批处于边缘的知识分子。帕索里尼的电影一直关注处于底层的无产阶级,对边缘人群寄予深刻同情。人生无常,世道黑暗,面对别人的欺诈,遭遇不平等的婚姻时,为什么不放纵自我,纵情享乐呢?

影片的结尾,导演借乔叟之手,写了这样一行话:"这里结束《坎特伯雷故事集》,一切只是为了乐趣而讲述。阿门。"这句话是对原著的戏仿,也体现了导演与乔叟对艺术理解的分歧。原著结尾乔叟的告别词,宗教色彩浓厚。乔叟写道:"《圣经》上说,'一切用文字写出的东西,为的都是教导',这也就是我的原意。""愿耶稣基督照顾他的灵魂,阿门。"[②]帕索里尼用"乐趣"代替了"教导",再次凸显了他的虚无主义。虽然乔叟以犀利的笔锋揭露了教会的贪婪,但仍然笃信基督教,希望通过忏悔来达到救赎。而帕索里尼在青年时期就加入意大利的共产主义组织,是一名坚定的左翼分子,一生都在与教会抗争,删去了这些字句,无意宗教训诫,突出肉体享乐,走向了无神论的虚无,彰显了神话的狂欢化色彩。

---

① Gino Moliterno, *The Canterbury Tales. Cinémathèque Annotations on Film*, Issue 19, *Senses of Cinema*, March 2002. http://sensesofcinema.com/2002/cteq/canterbury/#b1, Retrieved 10 May, 2013.

② 杰弗雷·乔叟:《坎特伯雷故事》,方重译,北京:人民文学出版社,2004 年版,第 310—311 页。

(四)语境替换:BBC(英国广播公司)的《坎特伯雷故事集》(2003)

艺术和商品的双重属性,使得电视剧改编更加重视受众,追求内容的通俗性,寻求与当代观众对话的切合点。由于时间和空间都发生了迁移,不同时代的读者对于同一部文学作品期待不同。这便促使改编者将文学经典的形式、主题和内涵不断地丰富和发展,以迎合当下的政治经济境况、哲学思潮、风俗传统和社会时尚。

乔叟的《坎特伯雷故事集》背景设置在14世纪的中世纪,那时神权时代逐渐结束,市民阶层刚上历史的舞台,英国民族还未真正形成。由于相距遥远,21世纪的观众也许感觉14世纪是野蛮、未开化的代名词,对故事和人物的认同度从而大大降低。从经济成本上考虑,搭建真实场景,还原历史感,需要高昂的资金投入,无疑会加大电视剧的制作费用。为了更吸引当代观众,2003年,BBC以《坎特伯雷故事集》中流传较广的6个故事为蓝本,创作了六集现代故事片,将14世纪的中世纪语境置换为21世纪的英国。该剧的制作人凯特·巴特利特说:"我们尽可能努力地忠实于原著的精神,以给熟悉乔叟的观众带来惊喜,同时希望这部剧能够成为独立的艺术品,吸引那些从未阅读过《坎特伯雷故事集》的观众。"[①]乔叟的知名度和权威性,为开辟市场,提供了最好的宣传广告。改编者要忠实的是电视剧艺术特点,而不是原著的文本。他们不在乎将原著的历史深度抹平,以当代观众的生活为参照,创作出独立的艺术品,邀请观众一起体验,分享超越时空、真实可见的世俗人生。

虽然电视剧以单元剧为基础,割裂了原著的连贯性,但故事与现代语境结合,角色更加贴近生活。另外影像具有直观性、形象性、娱乐性的特征,可直接地获取刺激与愉悦。

《坎特伯雷故事集》是一座文学宝库,故事类型庞杂,有骑士传奇、市井故事、寓言故事、圣徒传,该选择哪些进行当代语境的演绎呢?当然是爱情、婚姻故事、两性关系,这些是大众文化市场上的常青树,是电视艺术驾轻就熟的优势,影视艺术可以借助灯光、角度展现人体美与性诱惑。BBC挑选的6个故事中有5个可以归类为爱情、婚姻故事,乔叟原著中那些关注家庭生活、婚姻问题、妇女地位的故事受到了青睐,并在新的经济

① "Stars line up for modern retelling of *The Canterbury Tales* for BBC One", BBC Press Office, 6 August 2003, Retrieved 16 May, 2013.

文化语境下,焕发夺目的艺术光芒。而那些道德训诫的寓言故事、宗教色彩浓厚的圣徒故事被跳过不提,因为这些故事的教化基调不符合大众的口味。

乔叟在“总引”中用32行描绘了巴斯夫人,刻画了一个敢作敢为、要强逞威、精力旺盛、生活富足的中年妇女,她可谓是英国文学史中女性意识觉醒的先驱,对男权传统发出诘难,挑战教会的禁欲主义,主张妇女和男子应该享有相同的婚姻自由。不仅如此,巴斯夫人用自己五次的婚姻经验,分享了男女相处之道,妻子如何用谎言和诬告来控制丈夫,让丈夫甘愿受管辖。巴斯夫人完全迎合了现代的女权主义运动,是BBC故事改编的重头戏。在新语境下,巴斯夫人化身为一名53岁的电影演员,她自信乐观、爽朗豁达、魅力四射,令20岁左右的男子为之着迷,在得知巴斯夫人与上一任丈夫离婚后,立即投怀送抱。但巨大的年龄差异让他们的婚姻出了问题,经过武力的磨合后,二人重归于好。乔叟原著中巴斯夫人的宣言“我愿意将生命之花奉献给婚姻生活,以享受做一个妻子的满足”,被放在电视剧片头,可谓是画龙点睛之笔。

乔叟的《坎特伯雷故事集》还描述了几种不自然、不合理的婚姻,典型的代表就是老夫少妻,年迈的丈夫总是担心妻子红杏出墙,但结果妻子还是与人通奸,让丈夫无比难堪。正如原著中乔叟借克多的话说:“人应该和相同的人结婚。情况相等才可以成婚,年龄一老一少是不会合调的。不过他既已进了网,也只好忍痛,像别人一样。”[①]BBC改编了两个典型的老夫少妻、不相称的婚姻,分别是“磨坊主故事”和“船手的故事”,并把故事背景置换到现代语境。

例如“磨坊主故事”是个典型的“骗子被骗”,欺诈、捉弄和复仇的故事,讲述了一个牛津学生戏弄了老木匠约翰和他年轻的妻子通奸,但又被爱慕木匠妻子的教堂管事捉弄的故事。BBC的改编完整地保存了这一情节,所有细节忠实再现。约翰在肯特郡郊区经营了一家酒吧,一个陌生人(尼克)来到镇上,声称自己是个星探,欲将约翰年轻妻子艾莉森打造为明星。尼克巧舌如簧,机灵敏锐,赢得了镇上所有人的信任,也说服了约翰出钱为艾莉森灌制唱片,实际上却为了勾搭年轻的艾莉森。故事还有另外一个主角阿伯沙龙,他是个漂亮的多情种,一直迷恋艾莉森,他要求艾莉森吻他一下就离开。艾莉森却让他闭上眼,吻了自己的屁股。阿伯

---

① 杰弗雷·乔叟:《坎特伯雷故事》,方重译,北京:人民文学出版社,2004年版,第52页。

沙龙受到捉弄后，爱情幻灭，蓄意报复，用烧红的金属烫伤了尼克的屁股。讽刺的是，约翰被外面的声音弄醒，醒来看到艾莉森和尼克在一起，却被告知这一切都是他的幻觉。结果，约翰摔断了胳膊，却乐此不疲地在酒吧里向人诉说他的幻觉。最后，尼克骗了约翰的钱，与艾莉森风流之后，逃之夭夭，只剩下艾莉森一场空恨。这个结尾是编剧新加上去的，改编之后对轻佻、不安分的少妻批判的意味更强一些。

乔叟故事的主人公很多是王公贵族，这些在现代语境下，显得不合时宜。如"骑士的故事"是中世纪颇为流行的浪漫传奇，写了两个贵族青年被困于异邦的监狱里，后来同时爱上了王后的妹妹，国王开恩允许两个骑士决斗，胜利者阿塞特却从失足马上摔死，最后幸存者派拉蒙与王后妹妹结合。故事中三位主角都是中世纪浪漫传奇中的模式化人物，而且加入了神话因素，两名贵族青年之间的决斗实际上是天上爱神与战神的对抗，派拉蒙向爱神祈祷，而阿塞特请求战神赐予力量，二人的胜负早已注定。BBC 的改编将贵族青年替换为底层平民，上演了一场发生在现代监狱里的三角恋，两位情同手足的狱友同时爱上了监狱里的老师艾米莉，爱情的癫狂，使得两个人都备受煎熬。"爱情是致命之源"，最后一位追求者自杀。在这一改编过程中，乔叟原著中的骑士精神，以及关于命运问题的讨论，荡然无存了，这也显示了经典的完整性和通俗化之间的差异，是不可回避的矛盾。

"律师故事"中的罗马公主康斯顿司，是一个女性忍耐的典范。BBC 的改编将罗马公主变成了来自尼日利亚的黑人女孩，为了躲避尼日利亚对基督徒的破坏，漂流到一个白人社区。在那里，她依靠上帝的庇护，保住了清白，洗清了诬陷，战胜了邪恶的婆婆。这个故事打乱了原来故事的叙事顺序，悬念重重，更像一出现代谋杀案，因此更具观赏性。

（五）经典演变的思考

除了上面提到的几部影视剧，由《坎特伯雷故事集》改编的音乐剧、动画片，推陈出新地涌现，正在世界各地上演。经典文本迎来了电子媒介的视觉化时代，传统的纸质文本在影像化面前显得苍白无力，因为影像具有直观性、形象性、娱乐性的特征，可直接地获取刺激与愉悦。《坎特伯雷故事集》内容庞杂，故事类型丰富，是一座文学宝库，为各色改编提供了养料。在大众文化语境下，改编者运用拼贴、改编、续写、扩充、转换、引用等方式，移植《坎特伯雷故事集》中叙事框架、人物形象、故事情节、经典用语等,结合改编当时的社会语境,创造复制出与原经典作品异态的、异质的影视文本。这些文本消解了文学经典的完整意义,只选取了对改编者有用的几个故事,而遗忘了那些对中世纪话语秩序建构至关重要的故事,并对这种秩序背后的道德秩序、宗教价值进行戏弄和颠覆。由于强调对相关性的发掘,影视改编使得《坎特伯雷故事集》与原生环境之间的关系分离,作品的"灵氛"(Aura)遭受到彻底的瓦解。

在后现代的媒介文化下,对经典文本的利用和发掘,一方面将经典消解成一堆文化的碎片;但另一方面,改编、挪用产生的超文本,同样填补了原著文本的裂隙,扩展了解释的空间,如帕索里尼对乔叟的悲凉阐释,提供了另一种洞见,挑战了乔叟是个温和、乐观的人文主义者的形象。改编是对文学经典的再诠释、再表现、再创造,昭示出原初意义的多元性。影视改编虽然解构了经典的普遍性和确定性,但是真正具有经典品质的作品,一定可以经得起各种文化和艺术媒介的摧残。大浪淘沙下改头换面的演变,更昭示了其作为艺术经典的崇高地位。正如陶水平指出:"后现代语境中的文学经典将是一个开放的文本世界系统或相似的家族系统,我们这个时代新的经典将在多样化的文本及其价值之间的对话、交流、沟通乃至质疑、争议、冲突、竞争中脱颖而出。"①

大众文化是一种无根的文化,具有文本贫乏的特征,它只能通过对经典重复利用,生产出无数个新文本,来维持自身。借助对文学经典的巧妙借鉴、改编和引用,衍生出有声的、无声的、纸质的、电子的、音频的、视觉的、舞台的、电影的文本。在这个过程中,文学经典与再生文本相映生辉,形成了一种共生关系,获得了广泛的跨文本互文性(transtextuality)。经典只存在于互文式的流通之中。如果一部经典作品长时间不进入流通领域,它的经典化之路可能被悬置。经典的流行和传播,是经典地位得以维持的根本因素,所以对文学经典的改编不会停止,反而随着技术手段的进步,愈演愈烈。经典的原初文本和再生文本之间的多元对话是必要和有益的,如此一来,才能支撑起经典化的绵长之路。《坎特伯雷故事集》的经典化不是一成不变的,而是在不同时代、不同地域文化、不同媒介里,经过艺术家的不断阐释建构起来的。在时间和空间的往复运动中,积聚能量,不断重生,从而牢固地树立了自己在世界文学中的地位。

---

① 陶水平:《当下文学经典研究的文化逻辑》,见童庆炳、陶东风主编:《文学经典的建构、解构和重构》,北京:北京大学出版社,2007年版,第277页。

第四章
《乌托邦》的生成与传播

众所周知,我们时常谈及的"乌托邦"取自文艺复兴时期英国的人文主义先驱托马斯·莫尔爵士(Sir Thomas More, 1478—1535)所创作的《乌托邦》(*Utopia*)一书。"乌托邦"(Utopia)一词的正式诞生,要归功于莫尔的巧妙造词:首字母拉丁语"u"既取自希腊语的一个谐音词"ou",意为"无""不存在",又取自另一个谐音词"eu",意为"美好";其后的"topia"源自希腊语词"topos",意为"地方""处所"。"ou-topos"(no place)与"eu-topos"(the place where things are well),音相似,意相反。这样一来,莫尔的"Utopia",既指向一个"虚无之处",又指望着一块"美好之地"。单从莫尔的造词策略上说,"Utopia"既展示了一种独特的创意,又幽默地表达了一种知识分子的绝望心境。

通过自相矛盾的命题方式,一个完美的"乌有之地"(no-place, no-where)已清晰点明,《乌托邦》是在一种否定性或虚无化的思考前提下创作完成的。若不是出于对先行存在的历史事实和社会状况的不满,莫尔也不会钻进语言虚构的另一片天地,通过理性的细密构思和文学幻想的虚化,从而完成对现实社会的一种文本的镜像反映。从"实"与"幻"相融创作风格上看,后续的"乌托邦"创作者们都倾向于将个体心理机制所产生的幻想元素与外部社会—文化语境相糅合,借作品表述他们独特的思想观点、性格特征和精神天赋。当这样一种"乌托邦性情"以作品生成为思想的"肉身",在它的传播与塑型路径上,就依稀可见由幻想勾勒的那个时代所特有的"忧郁的痕迹"。

第一节 《乌托邦》在源语国的生成

乌托邦的起源究竟在何处?

也许,很多人的第一反应便是将乌托邦的初始场景放至柏拉图著述的《理想国》,那里记载了人类思维建构的第一个完美社会,并且存在于未来之中。对于这样一种近似于常识性的判断,赫茨勒(Joyce Oramel Hertzler)在《乌托邦思想史》(*The History of Utopian Thought*)中不禁辩驳:"这是由于我们将所谓著述限制在过于狭隘的范围的缘故。倘若把阅读的范围放宽一些,注意寻找各种乌托邦的思想因素,就会得到不同的结论。"[①]于是,赫茨勒将乌托邦时间轴上的源点向前移至公元前 11 世纪的希伯来先知的宗教情怀和救世预言。赫茨勒为乌托邦所标示的起源算是 20 世纪早期的历史研究发现,在他之后,还有更多研究者将乌托邦的起源意识代入对人类早期的氏族神话、阿里斯托芬的喜剧《鸟》、基督教的《圣经》、奥古斯丁的《上帝之城》、英国民谣《科凯恩之地》(*The Land of Cockaygne*)等作品的分析之中。

确切地说,乌托邦的"正式"起源,还是要归到莫尔的《乌托邦》。莫尔先用拉丁语将批判当时英国的《乌托邦》撰写完成,伊拉斯谟审阅之后,决定让此书远离英国,在比利时的卢万城首版。之后,在欧洲各国相继出现了多种译本的《乌托邦》,但内容都已经过相应的删减与修整。直到 1663 年,莫尔以叛国罪(并非因《乌托邦》)被英王亨利八世送上断头台一百多年后,拉丁语版《乌托邦》才辗转回到英国得以出版。从文艺复兴时期的文化语境上看,当时阅读莫尔拉丁语作品的多为博学的精英人士,或是与他有着相似的教育背景和思想传统的人(绝大部分为男性)。以伊拉斯谟为交际圈的核心人物,形成了一个国际性的精英团体,也是一个供人文主义者集会的圈子。

按照德国知识精英勒佩尼斯(Wolf Lepenies)在《何谓欧洲知识分子》(*Qu'est-ce qu'un intellectuel européen?*)中的说法,莫尔患有忧郁症,为了控制疾病的发展,他写了《乌托邦》。忧郁症和乌托邦是两个极端,欧洲知识分子的伟大和不幸就在于他们处于这两者之间,尤其是文艺复兴

---

① 乔·奥·赫茨勒:《乌托邦思想史》,张兆麟等译,南木校,北京:商务印书馆,1990 年版,第 8 页。

时期诞生的一群脑力工作者。[①] 忧郁症产生于毕达哥拉斯学说的信徒和后来恩培多克勒(Empedocle, 490BC－430BC)对宇宙本原的思辨,在古希腊罗马的体液病理学说中最初被视为一种紊乱。[②] 在很多时候,忧郁症带给人一种无法言说的痛苦,也许会导致某种危险且难以控制的情绪和举动。与之相反,乌托邦是一个构想完美、设计合理、控制自然、运行有序的社会,脱离了现世的混乱与烦苦,忧郁症远远地被排斥在外。

1987年至1988年冬,瑞士文艺批评家和观念史家斯塔罗宾斯基(Jean Starobinski)在法兰西学院做了八次讲座,主题是"忧郁的历史和诗学",其中三次讲的是波德莱尔的诗,后结集成一本小书《镜中的忧郁:关于波德莱尔的三篇阐释》(*La mélancholie au miroir*: *Trois lectures de Baudelaire*)于1989年出版。法兰西学院的主管、法国当代诗人和批评家博纳富瓦(Yves Bonnefoy)在为此书作序时不禁感叹:

> 忧郁可能是西方文化最具特色的东西。它产生于神圣事物的衰败、意识与上帝之间日益扩大的距离当中,它被各种情势和最为不同的作品折射与反映,它是那种自希腊人以后不断产生但从来也不曾摆脱怀旧、遗憾和梦想之现代性的核心内容。从它那里产生出呼喊、呻吟、笑声、怪异的歌和活动的小军旗,这长长的队伍在我们各个世纪的烽烟中经过,丰富着艺术,散布着非理性——有时候,在乌托邦主义者或意识形态学者那里,这种"非理性"则被乔装成极端的理性。[③]

在欧洲忧郁的历史中,我们可以拉出长长一列"伟大的名字"。谈论到忧郁症时,我们不能不向文艺复兴时期的一位忧郁的前人致敬,他就是英国作家兼神父伯顿(Robert Burton, 1577—1640)。伯顿撰写的一部两千多页的百科全书式的著作《忧郁的剖析》(*The Anatomy of Melancholy*)曾让约翰逊博士、拜伦、恩格斯这样的大家都对其赞叹不已。他在书中用炫耀的口气说自己出生的时候受到了土星的关照,所以这位天生的忧郁症患者通过写作来驱散自己的忧郁,并传达经验,让读者也摆脱困境。可以说,伯顿是欧洲历史上将忧郁与医学联系在一起的先驱,他对忧郁这种原本

---

① 威尔赫姆·韦措尔特:《丢勒和他的时代》,朱艳辉、叶桂红译,北京:北京大学出版社,2009年版,第38页。

② 恩培多克勒持物活论观点,认为万物皆由火、水、土、气四种元素所形成,动力是爱和憎,爱使元素结合,憎使元素分离。

③ 让·斯塔罗宾斯基:《镜中的忧郁:关于波德莱尔的三篇阐释》,郭宏安译,上海:华东师范大学出版社,2012年版,第52页。

不可言说的情绪或心理状态施以科学的阐释,并将其当作一种人们普遍患有的精神症状展开分析。同时,对后来的一些文学研究者来说,伯顿的影响则体现在他和莫尔一样,将现实与虚构相融,以讽刺的姿态、诙谐的语言,勾勒出了一个“本质上无法被认可的”(virtually unrecognizable)没有患忧郁症的“勇敢新世界”(brave new world)。[①]

对此,法国历史学家泰纳(Hippolyte Taine, 1828—1893)在他撰写的《英国文学史》(*Histoire de la littérature anglaise*)中关于异教文艺复兴的章节里,如此描写伯顿的忧郁症状:

> ……他博览群书,跟拉伯雷一样博学,记忆力超强,满脑子知识。他变化无常,是个性情中人,时不时会兴高采烈……他相信自己的感觉,具有英国人的奇特性情。这种人内向,想象力丰富,谨小慎微,脾气古怪,会在不同场合扮演不同角色,比如诗人、自我中心者、幽默的人、疯子或清教徒……[②]

泰纳刻意强调的“英国人的奇特性情”,在莫尔身上我们也能看到。或者可以说,莫尔本身就是一个“奇特的混合物”(a strange mixture of himself)。[③] 据他的莫逆之交伊拉斯谟说:“他是一个喜欢开玩笑的人;也是一个居家男人,他在切尔西的家中养了一只海狸,一只猴子,还有一只鼬鼠;他以严谨和诚实出名;但他又曾下令对不少异教徒执行死刑,把他们活活烧死。”[④]

伯顿认为,并非只有被确诊的忧郁症患者在忍受煎熬,与此同时,整个国家、社会,乃至一切存在物,都在体验忧郁症所带来的痛苦。忧郁症成了他笔下的一种“英国病”,如果,一个社会的现实正如伯顿笔下所描述:

> 人人怨声载道,牢骚满腹,人民生活穷困,言语粗俗,遍地乞丐,流行病盛行,战争不断,反抗、起义和暴乱时常发生,人们争论不休,无所事事,无事生非,只讲究吃喝玩乐,田地无人耕种,一片荒芜,满

---

① See Anne S. Chapple, “Robert Burton’s Geography of Melancholy”, *Studies in English Literature, 1500—1900*, Vol. 33, No. 1, The English Renaissance (Winter, 1993), p. 99.

② 转引自沃尔夫·勒佩尼斯:《何谓欧洲知识分子:欧洲历史中的知识分子和精神政治》,李焰明译,桂林:广西师范大学出版社,2011年版,第31页。

③ See Stephanie Forward, “A Taste of Paradise: Thomas More’s *Utopia*”, *The English Review*, 11.4 (Apr. 2001), p. 24.

④ Ibid.

> 是泥坑、沼泽、沙漠和沦落的居住区，城市破旧，房屋坍塌，村庄荒无人烟，人民肮脏丑陋野蛮，那么，“这儿必定是忧伤而抑郁的，是病态的，必须对它进行医治。”[①]

但问题是，我们又能否治疗这种社会病呢？

1884年，罗斯金（John Ruskin，1819—1900）在伦敦学会发表演讲时，曾用“灾难性的云”“暴风雨”“日月昏暗，星宿无光”等特殊天象来描述那个时代所“特有的气候”。在对这种气候进行了深刻的反思之后，他伤感地预言：“大英帝国过去是日不落之国，如今则变成日不升之国了。”[②]罗斯金的危机意识恰如卡莱尔（Thomas Carlyle，1795—1881）早在《文明的忧思》（*Past and Present*）中警醒人们的不祥之兆。在对“过去与现在”的忧思之中，卡莱尔意识到英国人的精神“正在空洞浅薄中日渐衰落”，这样糟糕的精神状况让英国遭受的并不是“某种急剧的阵痛”，而是“一种长期的顽症”。[③] 这种“顽症”经20世纪初处于社会转型时期的高尔斯华绥（John Galsworthy，1867—1933）的观察，就是对人们内心中的一种“矛盾、混乱、迷茫”的精神状态的概括，是一种社会病，被称作“潘狄斯病”（Pendycitis）[④]。它将如何得以缓解或治愈？这正是令人忧思的本源。

显然，伯顿在很早之前就认为，给社会治病的任务异常艰巨，好比“天方夜谭”。于是，他找到了另一条出路，并游戏其中说：

> 我可以满足自己的欲望，作为消遣去构建一个属于我自己的乌托邦（Utopia of mine owne），我可以自由自在地按我的意愿在这个国度里建造一些城邦，颁布法令法规。我为什么不这么做呢？[⑤]

伯顿这种“看似聪明”的做法属于精神上的“慰藉式脱轨”（consolatory digression），他所谓的“属于自己的乌托邦”首先标志着“世俗的不完美

---

① Robert Burton, *The Anatomy of Melancholy*. 转引自沃尔夫·勒佩尼斯：《何谓欧洲知识分子：欧洲历史中的知识分子和精神政治》，李焰明译，桂林：广西师范大学出版社，2011年版，第33页。

② 约翰·罗斯金：《罗斯金散文选》，沙铭瑶译，天津：百花文艺出版社，1997年版，第251、266页。

③ 卡莱尔：《文明的忧思》，宁小银译，北京：中央档案出版社，1999年版，第109、111页。

④ John Galsworthy, *The Country House*. London: J. M. Dent & Sons, Ltd., 1935, p. 178.

⑤ Robert Burton, *The Anatomy of Melancholy*: “I will yet to satisfie & please my selfe, make a Utopia of mine owne, in which I will freely domieere, build Citties, make laws, Statutes, as I list my selfe. And why may I not?” qtd. in Angus Gowland, *The World of Renaissance Melancholy: Robert Burton in Context*, Cambridge and New York: Cambridge University Press, 2006, p. 262.

性”(worldly imperfection),对外界环境的不满导致了他个人意识上的“退缩”(withdrawal)。[①] 无疑,伯顿的“退缩”也让我们触到了忧郁症与乌托邦之关系的核心。

莫尔的《乌托邦》是在15—16世纪的地理大发现已经开始但远未完成的条件下创作的。对当时很多人来说,新旧思想的交替以及一些重大历史事件背后的真正意义还难以判断,但他们已不可避免地卷入其中,并能够感受到弥散在空气中的紧张气氛。解除自身忧虑和恐惧的方法之一就是幻想。在伯顿看来,“大凡是人,皆难免幻想”,“幻想不光作用于病弱和忧郁的人,有时也能极强烈地影响那些健康的人”,“既然人能因幻想而患病,有人反过来,就能单凭幻想、好的幻想,而轻易地病愈。”[②]

我们暂且不论莫尔是否忧郁病重,通过阅读《乌托邦》,我们可以发现,莫尔幻想着通过一次航海旅行发现了乌托邦,那里人人富裕,并享有平等的权力。通过对莫尔生活细节的回探和描述,新历史主义泰斗格林布拉特指出莫尔的整个政治生涯都是受一种幻想的驱控,这就是权力。“权力的典型标志就是以虚构凌驾于真实世界的能力:这种虚构越是令人震惊,就越能强有力地体现出权力的作用。”[③]当莫尔与众权贵富人同坐一桌时(at the table of great):

> 他显露出了独特的野心、嘲讽的逗乐、无比的好奇,以及随时准备撤离的反感,他仿佛在观看一场虚构大戏的演出,自己也为它的非真实性,以及凌驾于整个世界的巨大力量所倾倒……一旦他的幻想被突如其来的变动戳破,他被现实打败,被全世界抛弃,莫尔这个承载着对人类社会的美好憧憬、莫大焦虑和宏图壮志的伟人之躯褪去了他原有的光华,宛若微光闪烁的一幕蜃景。他是那么夺人耳目,引人入胜,又是如此顽强坚韧,意味深长,但这一切,终归还是虚妄一场。[④]

由此可见,在莫尔的整个政治生涯中,他能选择的只有表面的顺从和内心

---

① Angus Gowland, *The World of Renaissance Melancholy: Robert Burton in Context*, Cambridge and New York: Cambridge University Presss, 2006, p. 263.

② 罗伯特·伯顿:《忧郁的解剖》(精简本),冯环译注,肖建荣审校,北京:金城出版社,2012年版,第57、60、61页。

③ Stephen Greenblatt, *Renaissance Self-Fashioning: From More to Shakespeare*, Chicago and London: The University of Chicago Press, 1980, p. 13.

④ Ibid.

的脱离。他通过写作寻找、确立和建构自我，经历了一个自我塑型的过程，而他又在现实的政治生活中不断消解自我，受困于权力和欲望的陷阱。而这也许就是他所患忧郁症的根源。

在创作《乌托邦》的1515—1516年间，莫尔正经历一场思想危机，他不知是否该接受皇室授予的官职。因为抉择进退两难，莫尔陷入哈姆雷特式的"犹豫"之中。于是，莫尔在《乌托邦》中与幻想中的另一个自己"希斯拉德"（Hythloday）相遇：莫尔本人是"英国名城伦敦的公民和行政司法长官、知名人士"[①]，曾被挚友伊拉斯谟在《愚人颂》中笑称"与希腊词'愚人'（Moria）相似得近在咫尺"[②]；另一位是"热衷于浪游，宁可将生死置之度外"的"杰出人物"[③]，名叫"希斯拉德"，在希腊词源中意为一个懒散的家伙，一个只会夸夸其谈的见闻家，一个专门打理鸡毛蒜皮的小事的高手。[④] 由这样的两个人展开关于某一个国家理想盛世的对话，其荒诞、讽刺、幽默与《乌托邦》文本风格的矛盾性便顺理成章了。

同时，莫尔巧妙地将自己与谈话具体内容拉开了距离，强调文中的观点不是他自己的，他只是倾听、记录和转述拉斐尔要告诉人们的东西。这样一种声明无疑是一个非常聪明的举动，在当时莫尔所处的政治环境中，是一种必要的自我保护。或者，换一个角度看，我们可以把希斯拉德视为柏拉图式哲学家，他在见过白日的阳光后，又重新返回洞穴，来启发他的同胞。当他的福音被拒绝时（因为在这些愚昧之徒看来，他当然是疯了），他拒绝再浪费时间，为得到报偿而继续谈话，把俗务留给了莫尔那样的会顺时应变的人，让他在现实政治的世界中对这些实践性做出必要的调整，以实现他的梦想。[⑤] 正是在这样一种既矛盾又合理，既清醒又迷乱的状态下，乌托邦的故事通过幻想的虚构，缓缓地铺展开来。

细读《乌托邦》文本开头，当莫尔与朋友们坐在"花园中草苔丛生的长

---

① 托马斯·莫尔：《乌托邦》，戴镏龄译，北京：商务印书馆，1960年版，第6页。

② 伊拉斯谟：《伊拉斯谟（鹿特丹）至友人托马斯·莫尔函》，见伊拉斯谟：《愚人颂》，许崇信、李寅译，南京：译林出版社，2010年版，第1页。莫尔的姓"More"是希腊词愚人"Moria"的谐音，莫尔在《乌托邦》中的身份，颇有自嘲的意味。

③ 托马斯·莫尔：《乌托邦》，戴镏龄译，北京：商务印书馆，1960年版，第9页。

④ See J. C. Davis, "Thomas More's *Utopia*: Sources, Legacy and Interpretation", ed. Gregory Claeys, *The Cambridge Companion to Utopian Literature*, Cambridge and New York: Cambridge University Press, 2010, p. 29.

⑤ See William T. Cotton, "Five-fold Crisis in *Utopia*: A Foreshadow of Major Modern Utopian Narrative Strategies", *Utopian Studies*, 14. 2. (Spring 2003), p. 41.

凳上”开始了关于国家和乌托邦的交谈;当美丽的“花园”与“草苔丛生”的景象糅合在一起,我们会不禁想到哈姆雷特的悲叹:“上帝啊!上帝啊!人世间在我看来是多么可厌、陈腐、乏味而无聊啊!哼!哼!那是一个荒芜不治的花园,长满了恶毒的莠草。”[①]在文艺复兴时期,“melancholy”有“忧郁”与“沉思”双重含义,而“花园”则被看作激励人们进行哲学思考的地方,也常被用作国家和谐与秩序的象征。莠草蔓生的花园是表现社会不和谐的最好意象,得到园丁照料的花园则是社会和自然两者结为和谐整体的象征。[②] 据莫尔的生平记载,在一番“犹豫”之后,莫尔还是受权力的驱使,接受了“园丁”一职,于1518年加入亨利八世的议会,被任命高职,并很快投身于繁忙的国务活动。[③] 然而,在“照料”花园的过程中,莫尔渐渐意识到自己在权力与幻想、理想与现实之间实在难以取得平衡,又深陷政治的泥潭而无法脱身。即使他自愿退居田园,最终也还是被送上了断头台。

第二节 《乌托邦》在西方各国的传播

几百年来,《乌托邦》在西方各国一直被重译再版。随着译介语种的不断扩充,“乌托邦”的形式与内涵也愈加丰满,并在不同的语境中衍生出其他“副文本”(paratext)。[④] 对于作为文本消费者的读者而言,“乌托邦”已渐渐脱离它原初独具匠心的语言构思,逐步转化为一个普及性的概念。与此同时,莫尔曾经撰写的祷告词以及与好友的通信,也相继被翻译成多种语言出版及再版,使我们对莫尔其人其作的了解也更加深入和多元。从文本外部看,这种“文本的不确定性”(textual uncertainties),也让读者对《乌托邦》的阐释难以把握。[⑤]

---

① 莎士比亚:《莎士比亚全集》(五),朱生豪等译,北京:人民文学出版社,1994年版,第293页。

② 参见胡家峦:《沉思的花园:“内心生活的工具”——文艺复兴时期英国园林诗歌研究点滴》,《国外文学》2006年第2期,第26页。

③ George M. Logan, ed., *The Cambridge Companion to Thomas More*, New York: The Cambridge University Press, 2011, p. xxii.

④ See Terence Cave, *Thomas More's Utopia in Early Modern Europe: Paratexts and Contexts*, Manchester and New York: Manchester University Press, 2008, p. 145.

⑤ See Gregory Claeys, ed., *The Cambridge Companion to Utopian Literature*, Cambridge and New York: Cambridge University Press, 2010, p. 30.

1516 年,《乌托邦》的首版出现在比利时的卢万城。到 1519 年,最初发行的五版《乌托邦》都为拉丁语,但具体内容却各不相同。《乌托邦》的译本最早为德语版、意大利语版和法语版,分别于 1524 年、1548 年和 1550 年发行。但这三个译本都将莫尔的原作改得"面目全非":在第一部中原文已完全被删除、书中人物被更换,甚至连书名也并非《乌托邦》。英译本《乌托邦》于 1551 年问世,直到 1663 年,拉丁语的《乌托邦》才得以在英国出版,这距莫尔首次将它公之于众已近有一个半世纪。在此期间,卢万城、巴黎、巴塞尔、佛罗伦萨、科隆、威登堡、法兰克福、汉诺威、米兰、阿姆斯特丹等地区已发行众多拉丁语版本。① 莫尔的拉丁文风精练,措词优美,但修辞复杂,还引经据典,将它翻译出版必然众口难调。很多译者和研究者都试图从不同的宗教、哲学、政治视角切入,对它进行译介和分析。由此可见,莫尔的《乌托邦》是随着欧洲语言和文化的进程发展起来的一部杰作,对它的阐释,无法被限定在某一国家、地区和语种。

进入当代,自 20 世纪 70 年代起,经众多莫尔研究者们历时二十多年的搜集、研究、撰写与编辑,《耶鲁大学版莫尔全集》以其十五卷本的完整性和浓厚的学术性将莫尔其人其作淋漓尽致地展示给了世界和读者,也保存在了文本延续的历史之中。1965 年出版的一部最详尽且煞费苦心的双语版(拉丁语/英语)《乌托邦》被收入这套全集。此版《乌托邦》试图避免与无政府主义之间的联系,并致力让文本生成、发展与传播的历史语境更为清晰。而阐释的争论也始于两方:文本该被放入哪一个合适的语境进行阐释呢?通过语境分析,我们又能找到什么有利于阐释文本意义的关键?② 这又需要读者自己去寻找答案。

以上概述,可以说是《乌托邦》译本的繁衍造成的传播影响,以及在此过程中对广大读者而言所提出的阐释难题。同时,更为影响深远的,可以说是《乌托邦》作为一种文化传播符号和文学类型所带来的"乌托邦复兴"。这里的"复兴"有两重意义:第一,莫尔的《乌托邦》可以说是对欧洲古典国家理念的继承与复兴;第二,"复"为后续的作者们对莫尔乌托邦题材与理念的复制与延续,"兴"则为乌托邦作品的逐步兴盛,与这一独特文类的塑形。

英国学者波尔(Nicole Pohl)认为,从类别属性,及其所受时代特征的

---

① See Gregory Claeys, ed., *The Cambridge Companion to Utopian Literature*, Cambridge and New York: Cambridge University Press, 2010, p. 30.

② Ibid.

影响上说,乌托邦具有“杂糅”(hybrid)的特征。它将“文学性”与“政治性”融入一种兼具“多元属性”(polygeneric)与“多元模式”(polymodel)的类型性文学之中。在这一文类中,产生了:

1. 复古怀旧情怀的乌托邦(primitivist and nostalgic utopias);
2. 感伤的个人主义乌托邦(sentimental individualist utopias);
3. 游记中的乌托邦(voyage utopias);
4. 讽刺文学作品(satires);
5. 反乌托邦(anti-utopias);
6. 色情乌托邦(pornographic utopias, or somatopias);
7. 女性主义乌托邦(feminist utopias or feminotopias);
8. 微型乌托邦(micro-utopias);
9. 哲理性叙述(philosophical tales);
10. 与立法系统文案密切相关的乌托邦(utopias with mixed legislative systems documents)。

不过,对乌托邦的界定,最终可被归为两个主要范式:一种乌托邦,是高度“秩序化”(archistic)的,不论其社会结构,还是人们日常生活所涉及的各个方面,都受到国家与政府严格操控;而另外一种乌托邦,则属于“无政府化”(anarchistic)的,它基于最大程度的自由与自制(self-regulation)的政治理念之上。

按照 2010 年版的《剑桥乌托邦文学指南》中的归纳,以及文本被研究论及的次数,从 1516 年莫尔《乌托邦》的出版到 2009 年,相对重要的乌托邦文学作品可如下表所示:[①]

---

① 表中时间、作品与作者均取自《剑桥乌托邦文学指南》;首版语言参考图书馆网络数据库中的信息;中文译名主要依据已出版的译著,其中未被译为中文的均由作者本人按数据库中的英文信息翻译。

时间	作品	作者	首版语言	中文译名
1516	*Utopia*	Thomas More	拉丁语	莫尔:《乌托邦》
1606	*Mundus Alter et Idem*	Joseph Hall(Bishop)	拉丁语	霍尔主教:《发现新世界》
1619	*Christianopolis*	Johann Valentin Andreae	意大利语	安德里亚:《基督城》
1623	*The City of the Sun*	Tommaso Campanella	意大利语	康帕内拉:《太阳城》
1626	*New Atlantis*	Francis Bacon	拉丁语	培根:《新大西岛》
1638	*The Man in the Moone*	Francis Godwin	英语	歌德温:《月亮上的人》
1641	*A Description of the Famous Kingdom of Macaria*	Samuel Hartlib	英语	哈利比:《对闻名之国玛卡利亚的描述》
1648	*Nova Solyma*	Samuel Gott	英语	高特:《理想之城》或《新耶路撒冷》
1652	*The Law of Freedom in a Platform*	Gerrard Winstanley	英语	温斯坦利:《自由法则》
1693—1694	*Gargantua and Pantagruel*	François Rabelais	法语	拉伯雷:《巨人传》
1656	*The Commonwealth of Oceana*	James Harrington	英语	哈林顿:《大洋国》
1657	*Histoire Comique: contenant les états et empires dela Lune*	Cyrano de Bergerac	法语	贝热拉克:《月亮帝国戏剧史》
1666	*The Description of a New World, Called the Blazing World*	Margaret Cavendish	英语	卡文迪什:《一个新世界:火焰国》
1668	*The Isle of Pines*	Henry Neville	英语	内维尔:《松林岛》
1675	*The History of the Sevarites* or *Sevarambi*	Denis Vairasse	法语	维拉斯:《萨瓦兰人的历史》
1676	*The Southern Land Known*	Gabriel de Foigny	法语	伏瓦尼:《已知的南方》

续表

时间	作品	作者	首版语言	中文译名
1699	*The Adventures of Telemachus*	François de Salignac de la Mothe Fenelon	法语	费奈隆:《忒勒玛科斯历险记》
1719	*Robinson Crusoe*	Daniel Defoe	英语	笛福:《鲁滨孙漂流记》
1726	*Gulliver's Travels*	Jonathan Swift	英语	斯威夫特:《格列佛游记》
1737	*The Adventures of Sig. Gaudentio di Lucca*	Simon Barrington	英语	巴林顿:《西格历险记》
1751	*The Life and Adventures of Peter Wilkins*	Robert Paltock	英语	帕洛克:《彼得·威尔金斯历险记》
1756	*A Vindication of Natural Society*	Edmund Burke	英语	伯克:《为自然社会辩护》
1759	*Rasselas*	Samuel Johnson	英语	约翰逊:《拉塞勒斯》
1762	*Millenium Hall*	Sarah Scott	英语	斯科特:《千禧年大厅》
1764	*An Account of the First Settlement, Laws, Form of Government, and Police, of the Cessares, a People of South America*	James Burgh	英语	伯格:《萨塞尔记》
1771	*Memoirs of the Year Two Thousand Five Hundred*	Louis-Sebastien Mercier	法语	梅西耶:《2500年回忆录》
1772	*Supplement to Bougainvil le's Voyage*	Denis Diderot	法语	狄德罗:《布干维尔岛游记》
1795	*Description of Spensonia*	Thomas Spence	英语	托马斯·斯宾塞:《斯本索尼亚》
1808	*Theory of the Four Movements*	Charles Fourier	法语	傅立叶:《四种运动论》
1811	*The Empire of the Nairs*	James Henry Lawrence	英语	J. H. 劳伦斯:《奈尔帝国》

续表

时间	作品	作者	首版语言	中文译名
1818	*Frankenstein*	Mary Shelly	英语	玛丽·雪莱:《弗兰肯斯坦》或《科学怪人》
1826	*The Last Man*	Mary Shelly	英语	玛丽·雪莱:《最后的人》
1827	*The New Industrial World*	Charles Fourier	法语	傅立叶:《新工业世界》
1836—1844	*The Book of the New Moral World*	Robert Owen	法语	欧文:《新道德世界》
1840	*Voyage en Icarie*	Etienne Cabet	法语	卡贝:《伊卡利亚游记》
1852	*The Blithedale Romance*	Nathaniel Hawthorne	英语	霍桑:《福谷传奇》
1864	*Journey to the Centre of the Earth*	Jules Verne	法语	凡尔纳:《地心游记》
1871	*The Coming Race*	Edward Bulwer-Lytton	英语	立顿:《一个即临种族》
1872	*Erewhon*	Samuel Butler	英语	巴特勒:《埃瑞璜》
1880	*Mizora: A Prophecy*	Mary Bradley Lane	英语	莱恩:《米佐拉:一则预言》
1888	*Looking Backward* 2000—1887	Edward Bellamy	英语	贝拉米:《回顾:2000—1887》
1890	*Freiland*	Theodor Hetzka	德语	赫茨卡:《自由国度》
1890	*News from Nowhere*	William Morris	英语	莫里斯:《乌有乡消息》
1895	*The Time Machine*	H. G. Wells	英语	威尔斯:《时间机器》
1896	*The Island of Doctor Moreau*	H. G. Wells	英语	威尔斯:《莫洛博士岛》

续表

时间	作品	作者	首版语言	中文译名
1898	*The War of the World*	H. G. Wells	英语	威尔斯:《世界之战》
1901	*The First Man in the Moon*	H. G. Wells	英语	威尔斯:《月球上最早的人类》
1905	*A Modern Utopia*	H. G. Wells	英语	威尔斯:《现代乌托邦》
1905	*Underground Man*	Gabriel Tarde	英语	塔尔德:《地下人》
1908	*The Iron Heel*	Jack London	英语	杰克·伦敦:《铁蹄》
1915	*Herland*	Charlotte Perkins Gilman	英语	吉尔曼:《她的国》
1916	*With Her in Ourland*	Charlotte Perkins Gilman	英语	吉尔曼:《与她同在》
1923	*Men like Gods*	H. G. Wells	英语	威尔斯:《神一样的人》
1924	*We*	Yevgeny Zamyatin	俄语	扎米亚京:《我们》
1930	*Last and First Men*	Olaf Stapledon	英语	斯塔普雷顿:《初代与末代人类》
1932	*Brave New World*	Aldous Huxley	英语	赫胥黎:《美丽新世界》
1933	*The Shape of Things to Come*	H. G. Wells	英语	威尔斯:《即将发生的事》
1937	*Swastika Night*	Katherine Burdekin	英语	柏德金:《纳粹之夜》
1948	*Walden Two*	B. F. Skinner	英语	斯金纳:《瓦尔登湖续》
1949	*Nineteen Eighty-Four*	George Orwell	英语	奥威尔:《1984》
1953	*Fahrenheit 451*	Ray Bradbury	英语	布莱德波利:《华氏451度》
1954	*The Lord of the Flies*	William Golding	英语	戈尔丁:《蝇王》

续表

时间	作品	作者	首版语言	中文译名
1958	*Brave New World Revisited*	Aldous Huxley	英语	赫胥黎:《再访问美丽新世界》
1962	*A Clockwork Orange*	Anthony Burgess	英语	伯吉斯:《发条橙》
1970	*This Perfect Day*	Ira Levin	英语	莱文:《完美一天》
1974	*The Dispossessed*	Ursula Le Guin	英语	勒奎恩:《一无所有》
1975	*The Female Man*	Joanna Russ	英语	拉斯:《女性男人》
1975	*Ecotopia*	Ernest Callenbach	英语	卡伦巴赫:《生态乌托邦》
1976	*Woman on the Edge of Time*	Marge Piercy	英语	皮尔西:《时空边缘的女人》
1986	*The Handmaid's Tale*	Margret Atwood	英语	阿特伍德:《使女的故事》
1987	*Consider Phlebas*	Iain M. Banks	英语	班克斯:《菲尼基启示录》
1992—1996	*The Mars Trilogy*	Kim Stanley Robinson	英语	罗宾森:《火星三部曲》
1996	*The Truth Machine*	Jack Halperin	英语	哈贝因:《真理机器》
1997	*A Scientific Romance*	Ronald Wright	英语	怀特:《科学罗曼司》
2000	*White Mars*	Brian Aldiss	英语	奥尔迪斯:《白色火星》
2003	*Oryx and Crake*	Margaret Atwood	英语	阿特伍德:《羚羊与秧鸡》
2005	*Never Let Me Go*	Kazuo Ishiguru	英语	石黑一雄:《别让我走》
2007	*Rant*	Chuck Palahniuk	英语	帕拉尼克:《咆哮》
2009	*The Year of the Flood*	Margaret Atwood	英语	阿特伍德:《水淹之年》

接下来,我们以上表为依据,对乌托邦文学的**类型化**和**模式化**展开分析:

第一,乌托邦是欧洲文艺复兴的产物,这点已毋庸赘言。

第二,虽然莫尔本人是地地道道的英国人,他依照当时的英国,虚构出了第一个乌托邦,但从16—17世纪早期几部作品初版的语言上看,它们都不是用当时还处于乡土阶段的英语完成的,而由拉丁语和意大利语撰写并发表的。由此可见,乌托邦的诞生,就与其“高处不胜寒”的“精英化”特质牢牢黏合在一起。

第三,从后续作品的创作和初版语言上看:17—19世纪,随着法国在欧洲知识中心地位的确立,在此期间,发行出版了几部重要的法语乌托邦作品;19世纪中期,欧洲世界展开了实验性的乌托邦文化运动;20世纪,第一次世界大战过后,扎米亚京用俄语完成了著名的作品《我们》。其余的大部分作品,都可被归类到英国/英语文学。我们或许可以说,英国/英语文学是名副其实的乌托邦文学“重镇”,这自然与英国本土的精神内核、秩序传统与文化操控的对外输出与殖民脱不开关系。

第四,一部著作可否被归为是一部乌托邦文学作品,往往从标题上我们就能够识别出来。抛开纯说理性的政论与哲理著作,本章认为,大多(而非所有)乌托邦文学作品的命名方式,可划为三个维度:

空间维度:

1. 某一新发现或虚构的地名,或国家名,突出“新”与“奇异”。如《新大西岛》《美丽新世界》《现代乌托邦》《她的国》《生态乌托邦》;

2. 某游记、漂流记、历险记或传奇故事。如《格列佛游记》《鲁滨孙漂流记》《地心游记》《科学罗曼司》;

3. 对某一空间或国家的描述,或传奇性讲述。如《对闻名之国玛卡利亚的描述》《福谷传奇》。

时间维度:

1. 某回忆录,从想象的未来回望现在或过去。如《2500年回忆录》《回顾:2000—1887》;

2. 对未来发生的某种预设,如《米佐拉:一则预言》《一个即临种族》《即将发生的事》《世界之战》;

3. 以某种科学发明为时空跨越的媒介,如《时间机器》《真理机器》;

4. 以某一时间段或年代命名,如《1984》《纳粹之夜》《完美一天》。

人性维度：

1. 某人物的姓名或称呼，其代表经探索发现或科学发明的异类人种或物种。如《弗兰肯斯坦》/《科学怪人》《地下人》《神一样的人》《女性男人》；

2. 具有隐喻色彩的人性异变。如《我们》《蝇王》《发条橙》；

3. 对某种人生处境的表述，或启示性的揭露。如《一无所有》《别让我走》《咆哮》《菲尼基启示录》。

第五，从写作的目的和风格上来看，乌托邦文学可归为两种典型：一是**政论型**，二是**叙事型**。政论型以散文和对话录为主，目的直接，主要在于表达作者的政治立场和治国理念，其代表作品有古代柏拉图的《理想国》，文艺复兴时期马基雅维利的《君主论》，等等。叙事型指对乌托邦的文本性虚构，泛指乌托邦文学，主要为乌托邦小说，具有小说的叙事结构和特点。从16世纪《乌托邦》的出现，到19世纪末期，传统的乌托邦小说一般会具有如下几个非常容易被识别的特征，也可以说是它特有的**叙事模式**：①

1. 故事情节相对比较简单；

2. 故事发生的线索，一般都是通过一次海外探险或航行（而且往往伴随着海难或迷航等事故）来贯穿；

3. 全部或部分采用对话体的叙述方式，而且，通常以回忆往事的方式展开。有时，也会出现顺叙和插叙的交替，作者一般仅仅充当叙述者的角色；

4. 故事中最大的事件之一，往往是对某个不为人知的神秘之地（要么是某个岛国，要么是某个地理位置不详的国家，或者某外太空领域）的发现；

5. 对这个神秘之地的发现，往往是与对这个地方的风俗习惯与风土人情的发现结合在一起。尤其是与对它的“完美的、理想的”政治制度和社会秩序的详细描绘结合在一起的；

6. 要真正发现以上5点所提及的那些内容，尤其是要描述，直至探讨被发现之地的政治制度和社会秩序，离不开对该地的语言的学习，这也是乌托邦小说十有八九要描写的内容；

7. 人物不是这类小说关注的中心；

---

① 参见姚建斌：《乌托邦文学论纲》，《文艺理论与批评》2004年第2期，第59—60页。

8. 对乌托邦的描写与找寻,主要是为了同探险者或航海家所来的国家形成对照,给人以希望的指引或批判的理由。

以上几点,可以说是对乌托邦这一文类特征的宏观概述。不过,本章认为,乌托邦小说虽有它固定的叙事模式,但随着相关历史—文化语境的更迭,也会有其必然的发展和内部细节上的差异与背离。尤其是随着文学的叙事向现代与后现代的转向,乌托邦小说的叙事策略也不可再被套以简单的模式。其语言技巧的复杂多样,以及意识表现上从内涵到外延的深不可测,让我们对乌托邦这一文类的叙事策略日趋难以把握。

第三节 《乌托邦》在汉语语境中的再生

(一) 严复首译"乌托邦"一词

19世纪末期,严复在译著《天演论》中巧妙运用了音译与意译相融合的技巧,将"Utopia"一词翻译为"乌托邦",在最大程度上做到了音意兼顾。按国内学者李小青的阐释:

> 在发音上"乌托邦"同英语 utopia 和拉丁文 vtopia 非常相似,在意思上表达得也很巧妙、准确:中文的"乌"恰好也当"没有"讲,"托"是"假托","邦"是"国家","托付给或寄托于乌有之乡或乌有之物"。"乌托邦"这个中文译名与庄子《逍遥游》中的"无何有之乡"以及司马相如《子虚赋》中的"子虚""乌有先生"皆有语义联系。这样从字面上理解,"乌托邦"就是一个虚构的理想国,一个没有的地方,一个理想的国家,这个译名先就给人一种神奇的、虚无缥缈的感觉。[①]

据学者黄兴涛考证,严复在1895年翻译出版的陕西味经本《天演论》中提及"乌托邦"一词。原文这样说:

> 假使负舆之中,而有如是一国,……夫如是之群,古今之世,所未有也。故中国谓之华胥,而西人称之曰乌托邦。乌托邦者,无是国

---

① 李小青:《永恒的追求与探索——英国乌托邦文学的嬗变》,成都:四川大学出版社,2010年版,第209页。

也，亦仅为涉想所存而已。[①]

在1898年以后的版本里，严复又删掉了原有的"中国谓之华胥，而西人"这几个字，原文修改为：

> 夫如是之群，古今之世所未有也，故称之曰乌托邦。乌托邦者，犹言无是国也，仅为涉想所存而已。然使后世果其有之，其致之也，将非由任天行之自然，而由尽力于人治，则断然可识者也。[②]

2013年，为了澄清和纠正学界乃至国人常识中对"乌托邦"一词首译的误解和误传，高放在《"乌托邦"一词的首译者是谁?》一文中，再次强调"乌托邦"最早出现在严复翻译的《天演论》中：书中上卷导言共有8篇，其中第8篇("导言八")的标题就是"乌托邦"。在这一篇中，原作者赫胥黎设计出了一个众善皆备、富强平等、通力合作、"郅治之隆"的理想国的草案。但实际只存在于人类的想象之中，并不可能在人间实现。在严复的译本中，这里所说的"乌托邦"就来自于莫尔所著的《乌托邦》。[③]

但事实上，英国进化论专家赫胥黎在他所著的《进化论与伦理学》(*Evolution & Ethics: And Other Essays*)中，并未提到莫尔的《乌托邦》，原文中的内容是这样：

> Thus the administrator might look to the establishment of an earthly paradise, a true Garden of Eden, in which all things should work together toward the well-being of the gardeners. [④]

若用现代白话文表达，又可译作：

> 这样，这位行政长官可以指望建立起一个人间乐园，一个真正的伊甸乐园。在这个乐园里，一切工作都是为了园丁们的幸福。[⑤]

由此，首先我们要指出的是，《天演论》所依据的英语原文里并没有说到莫尔的《乌托邦》，也并未出现"Utopia"一词；其次，我们可以推测出，在翻译

---

① 引自吴晓东：《中国文学中的乡土乌托邦及其幻灭》，《北京大学学报》(哲学社会科学版)2006年第1期，第74—81页。黄兴涛先生在致笔者的信中谈到了乌托邦的来源问题。

② 赫胥黎：《天演论》，严复译，北京：商务印书馆，1981年版，第22页。

③ 高放：《"乌托邦"一词的首译者是谁?》，《新湘评论》2013年5月1日，第53页。

④ Thomas H. Huxley, *Evolution & Ethics and Other Essays*, London: Macmillan and Co., Limited, 1911, p. 19.

⑤ 赫胥黎：《进化论与伦理学》，《进化论与伦理学》翻译组译，北京：科学出版社，1971年版，第13页。

《天演论》之前，严复必然读过莫尔的《乌托邦》，并且对其生成的历史渊源和意义功能都有所领悟，于是在翻译《天演论》的相关部分，并论及“人间乐园”这一问题时，借用了“乌托邦”这个词。

此外，严复在自己的另一本译著，出版于1901—1902年间的经济学名著《原富》(Adam Smith: *An Inquiry into the Nature and Causes of the Wealth of Nations*，也译作《国家富裕之性质与原因的探讨》)一书中，也提及了“乌讬(托)邦”一词。首先，在译本前所附的“斯密亚丹传”里，严复使用了“乌讬邦”一词：“虽然，吾读此书，见斯密自诡其言之见用也，则期诸乌讬邦……”而后，在正文“部丁”篇二，涉及“乌托邦”的原文为：

> “以吾英今日之民智国俗，望其一日商政之大通，去障塞，捐烦苛，俾民自由而远近若一，此其虚愿殆无异于望吾国之为乌讬邦。”接着严复有一段小夹注解释道：“乌讬邦，说部名。明正德十年英相摩而妥玛所著，以寓言民主之制，郅治之隆。乌讬邦，岛国名，犹言无此国矣。故后人言有甚高之论，而不可施行，难以企至者，皆曰此乌讬邦制也。”①

总的说来，严复的译介，以平实的语调诠释了“乌托邦”词义中的民主之制“郅治之隆”与“不可施行，难以企至”的意义，这基本保持了莫尔臆造“Utopia”的原意。② 而后，即使忽有争议，但经现已获取的文献证实，“Utopia”一词在中国的首译者确为严复。不过，关于严复为何采用“乌托邦”这一译法，他本人是否对此做出过具体解释，至今仍未见到相关文献证明。

(二)戴镏龄的《乌托邦》全译本

“乌托邦”正式进入中国，可以归为两个重要的途径：一个是上文所说的严复在《天演论》中的首译；另一个则是戴镏龄的《乌托邦》全译本。如果说，严复的《天演论》是对乌托邦最基本的词义，以及基本内容的概述，那么，戴镏龄的全译本，则是在传达乌托邦的具体内容与思想要义。1959年，戴镏龄的《乌托邦》全译本由商务印书馆出版，由此，使得“乌有”之义在中国广为流传，并影响深远。戴镏龄的译本是学界公认的权威，以致很多年来，有一大部分人都误以为他是“乌托邦”一词的首译者，而忽略了严

---

① 周黎燕：《何谓乌托邦——对“utopia”一词的词源学考察》，《学术论坛》2009年第5期，第144页。

② 同上。

复之前所作。

在《乌托邦》的序言中，戴镏龄对“乌托邦”作了简要的定义：

> 乌托邦这个词本身就是据古希腊虚造出来的，六个字母中有四个元音，读起来很响，指的却是“无何有之乡”，不存在于客观世界。[①]

如果说严复对“乌托邦”的释义仅涵盖“民主之制”与“难以企至”两层基本内容，而遗漏了“完美”和“理想”的成分，那么，戴镏龄的释义则突出了“无何有之乡”的虚幻性，使得上下句的转承之间，带有某种由价值判断而引起的轻蔑之意。当然，这种价值判断应该也不能被归为戴镏龄的个人主张，其中有很大的可能性是他延续并传达了苏联时期马列因的俄语译本中对“乌托邦”的评判。[②]

事实上，戴镏龄接手翻译的《乌托邦》，并非是“纯正”的《乌托邦》，而是根据马列因的译本转译而成的。可以说，戴镏龄版的《乌托邦》是在经历多次跨时空的“旅行”之后，才辗转进入中国语境。往往经过这样的一个传播途径，“在语言的翻译或转译、表述与再表述过程中，词义通常会发生一定程度的偏离、分化，甚至变异。”[③]20 世纪 50 年代，中国借用苏联院士沃尔金在《〈乌托邦〉的历史意义》中对莫尔的评价：“空想社会主义的鼻祖和空想社会主义的最伟大的代表人物”[④]，戴镏龄也将莫尔定位为“只是一个空想社会主义者”[⑤]。两者对莫尔思想的认知，以及传播话语方式几乎同出一辙，且避而不谈莫尔作为人文主义者的贡献。

因此，同样是在综合了音译和意译的基础上，相比于严复对实意的传达，以及吸取进步西学的初衷，戴镏龄所译的“乌托邦”重在凸显其“乌有”和“虚无”之意。正可谓是“译者无心，读者有意”，戴镏龄笔下的“乌托邦”从而影响，甚至误导了现代汉语中人们对乌托邦理念的审美与阐释，也为今后中国日常生活与大众文化中频繁出现的“乌托邦”一词，裹上了一层并不单一的色彩。

---

① 托马斯·莫尔：《乌托邦》，戴镏龄译，北京：商务印书馆，1960 年版，第 3 页。

② 详见周黎燕：《何谓乌托邦——对“utopia”一词的词源学考察》，《学术论坛》2009 年第 5 期，第 144 页。马列因的译本初版由苏联科学院出版局于 1935 年印行，第二版由苏联科学院出版局于 1947 年印行。

③ 周黎燕：《何谓乌托邦——对“utopia”一词的词源学考察》，《学术论坛》2009 年第 5 期，第 144 页。

④ 托马斯·莫尔：《乌托邦》，戴镏龄译，北京：商务印书馆，1960 年版，第 149 页。

⑤ 同上书，第 11 页。

另外，在此还有必要补充解决一个问题，那就是在严复译词与戴镏龄译书相隔的六十多年间里(1895—1959)，是否还出现过其他关于乌托邦的译介和评论？答案是肯定的。就现有的考证资料，本章做一个简单的历时梳理和陈述：①

1.《乌托邦》一书最早出现在中国，可能是1902年。当年中国唯一的文学报《新小说》的“哲理小说”类下，有一栏书目广告，其中有“英国德麻摩里著《华严界》”，即托马斯·莫尔的《乌托邦》，译者不详。

2. 1903年3月13日，马君武先生撰文《社会主义之鼻祖德麻斯摩尔之华严界观》载于《译书汇编》。文中谈及“华严界者Utopia，哲人想象中之一虚境也”。并说明严复《天演论》自拟的标题中有“乌托邦第八”云云，可能是根据“earthly paradise, true garden of Eden”意译过来的。而“华严”一词，有极大的可能性取自中国佛教的“华严宗”，因其立教的依据为《华严经》。按禅宗美学的定义，这是一部描绘、阐述和宣扬所谓佛的境界的大乘经典，并在其中构想了一个极其美妙又不可思议的理想世界，又名“华藏世界”。从生成理念上来看，华严界与乌托邦颇为相似；但从译介要传达的信息上看，这又过于偏重唯心主义，几乎完全立足于宗教立场。因此，该译名流传不广，之后鲜有人提及。

3. 1929年5月25日，鲁迅先生在北平《未名》半月刊第二卷第八期上发表了《现今的新文学的概观》，文中有使用“乌托邦”一词。此文之后收录进《三贤集》。

4. 1930年，叶启芳翻译了德国历史学家毕尔(Max Beer)所著的《社会斗争通史(第三卷)：近代农民斗争及乌托邦社会主义》，其中包括“中世纪之末期”“农民革命”“民族的及异教的社会斗争”“乌托邦之世纪”“英国的乌托邦主义者”等八章，书后附录：“美国的宗教社会主义之移民地”。该书由上海神州国光社出版，并于1933年再版。

5. 同在1930年，刘下谷翻译了日本人田杏村所著的《乌托邦社会主义》。该书由春明社书店出版。

6. 1933年，邓季雨与钟维明翻译了德国社会主义活动家兼理论家考茨基(K. Kautsky)所著的《乌托邦社会主义之评判》，由南京提拔书店出版，内容分为“人文主义时代和改革运动时代”“汤麦斯·穆尔”和“乌托

① 参见李小青：《永恒的追求与探索——英国乌托邦文学的嬗变》，成都：四川大学出版社，2010年版，第212—215页。

邦"三编。

7. 1935年,刘鳞生翻译的《乌托邦》由上海商务印书馆出版,并于1944年再版。作者"More"被译作"摩尔",全书分为"拉斐尔论国泰民安"和"论乌托邦政治"两编。导言包括摩尔氏的生平,及其学说的总和与批评;乌托邦学说的前因后果,以及由拉丁文原作翻译而成的其他译本的风格。

同在1935年,创刊于1925年的《生活》杂志更名为《新生》。戈宝权在当年的一期"名人及名著"专栏中介绍了"英国托马斯·摩尔《乌托邦》"一书。

(三) 理念的类比:传统思想与文学想象

《乌托邦》进入中国之后,不论其文本叙事方式,还是要表达的思想理念,都在中国文化与学术圈里引起了长久不息的共鸣与争辩。确切地说,所谓的乌托邦是16世纪初才正式出现的,仅为西方历史与文化语境下的特有产物。正如英国学者库玛(Krishan Kumar)在1987年出版的《近代的乌托邦与反乌托邦》中提出的一个论断:

> 现代的乌托邦——文艺复兴时代欧洲发明的西方现代的乌托邦——乃是唯一的乌托邦。[①]

库玛把乌托邦的形式和内容都放在欧洲文艺复兴、宗教改革,以及地理大发现等特殊的历史环境中来讨论,便由此断定:

> 乌托邦并没有普遍性。它只能出现在有古典和基督教传统的社会之中,也就是说,只能出现在西方。别的社会可能有相对丰富的有关乐园的传说,有关于公正平等的黄金时代的原始神话,有关于遍地酒肉的幻想,甚至有千年纪的信仰;但它们都没有乌托邦。[②]

不过,在所有非西方文明中,库玛又单独挑出中国,指出中国最接近发展出某种乌托邦的概念,但"却没有像在西方那样形成一个真正的乌托邦。在中国,也从来没有形成一个乌托邦文学传统"[③]。对此,中国学者张隆溪则认为:

> 从文学创作方面看来,中国也许不能说有一个丰富的乌托邦文

---

① Krishan Kumar, *Utopia and Anti-Utopia in Modern Times*, Oxford: Basil Blackwell, 1987, p. 3.

② Ibid., p. 19.

③ Ibid., p. 428.

> 学传统，然而如果乌托邦的要义并不在文学的想象，而在理想社会的观念，其核心并不是个人理想的追求，而是整个社会的幸福，是财富的平均分配和集体的和谐与平衡，那么，中国文化传统正是在政治理论和社会生活实践中，有许多因素毫无疑问具有乌托邦思想的特点。[①]

由此，若从这种理念的类比角度出发，对中国的传统文化进行考察，可以说，中国也有着深厚的乌托邦思想渊源。

与乌托邦理念最为相似的，莫过于中国传统的大同思想。"大同"这一概念源于儒家经典著作《礼记·礼运》。《礼记·礼运》虽然被视作是儒家的经典著作，但却汇集了先秦以来的诸子百家的思想，包含了儒家、道家、墨家、农家、阴阳家等各家的学说。陈正炎和林其锬在合著的《中国古代大同思想研究》中，把中国古代的大同思想分为六个类型：

一是怀古主义的向后看的道家思想；

二是宗教中存在的社会构想；

三是政治家和改革家实施的社会方案；

四是文学家的大同想象；

五是具有空想社会主义实践的社会实验；

六是农民革命中的朴素的"均贫富""等贵贱"的大同思想。[②]

也许，这样的分类稍显烦琐，但不可否认，从儒家的"大同"理论和老子的"小国寡民"开始，中国古人构建了类似于乌托邦的话语。如果如西方多位学者所说，西方乌托邦的核心是根本的世俗化，[③]那么，中国传统的类似乌托邦也具有浓重的人间性。儒家的"大同"思想充满现世热情，它指向社会的政治实践和伦理实践，它的乌托邦理念是在历史实践的过程中得到拓展与纠正的；而老子的"小国寡民"、庄子的"逍遥论"则具有超脱性，指向自然、自由的世界。"关于另一个理想世界的构想，两者尽管在具体的构想中存在差异，但在思维和价值层面上却存在相通之处，即把理想世界的建构指向现世的世界，而非宗教的超验世界。"[④]

另外，中国文学里表达对理想乐土的想象与追求的作品也不胜枚举。

---

① 张隆溪：《乌托邦：世俗理念与中国传统》，《山东社会科学》2008年第9期，第13页。

② 陈正炎、林其锬：《中国古代大同思想研究》，上海：上海人民出版社，1986年版，第91—92页。

③ 转引自张隆溪：《乌托邦：世俗理念与中国传统》，《山东社会科学》2008年第9期，第7页。

④ 李雁：《论乌托邦的概念与历史形态》，《吉林省教育学院学报》(下旬)2014年第1期，第104—105页。

据考证，其中以《诗经》的《国风·魏风·硕鼠》篇为最早，诗曰："硕鼠硕鼠，无食我黍。三岁贯女，莫我肯顾。逝将去女，适彼乐土。乐土乐土，爰得我所。"①这是一首典型的民歌，通过简略的语言表达了对现实生活状态的不满，从而引发了一种寻找乐土的意愿，但并未对乐土的模样展开具体的描述。而至今被谈论得最多，也被认定为最具乌托邦特色的，无疑是东晋陶渊明所作的《桃花源记》。

陶渊明的世外桃源不单是用于表达幻想和渴求，同时，也首开先河，为读者展现了一个被动态描绘的生活空间。陶渊明以简洁的语言，把发现桃源的过程描写得生动盎然。与莫尔笔下的希斯拉德航海偶遇乌托邦相似，陶渊明笔下的世外桃源原本也是隐蔽的，却又在偶然之间，被一位武陵渔人通过一个极狭窄的山洞发现。这种"途经某处"，"管中窥探"，再"偶然发现"的叙事模式，好似许多乌托邦文学作品叙事的共通点。渔人经过极其狭窄的洞口，进入桃花源，呈现在他眼前的便是一个与外部现实世界迥然不同，并自足自治的农耕社会。诗中桃源中人的生活："相命肆农耕，日入从所憩。桑竹垂余荫，菽稷随时艺；春蚕收长丝，秋熟靡王税。……童孺纵行歌，斑白欢游诣。"②通过与淳朴的桃源人对话，渔人发现这里生活的人"遂与外人间隔。问今是何世，乃不知有汉，无论魏晋"。流动的时间观念的缺失，可以说是所有乌托邦的一个本质属性，目的在于维持一种僵化的完美状态。而渔人的出现，先是打破了僵化，也为那种纯粹的虚幻注入了一抹现实感，成为了"实"与"幻"之间的重要纽带。桃源中人与渔人互相传达两个世界的信息，而桃源人告之渔人，有关这里的一切"不足为外人道"，以此确保桃源持续的封闭性。然而，来自现实世界的渔人还是违背了承诺，返回后告之太守，太守派人随渔人再次寻找桃源，这就成了外部现实世界对桃源的巨大威胁。不过，为了维护人们对乌托邦的一种美好幻想，桃源的故事又不得不以一种脱离正常逻辑，而又神秘引人入胜的方式结尾：不论人们如何努力寻找，桃花源都已消失得不见踪影，之后，也便再"无问津者"。这样的情节设计，也符合了乌托邦存在与被发现的一次性原则。

自从有了陶渊明的世外桃源，中国文学传统中产生了一种色彩鲜明的"桃花源情节"，并后续出现了许多类似的桃源幻梦作品。而陶渊明的《桃花

---

① 周振甫译注：《诗经译注》，北京：中华书局，2002年版，第156页。

② 袁行霈撰：《陶渊明集笺注》，北京：中华书局，2003年版，第479页。

源记》之所以可与《乌托邦》形成类比,正如张隆溪先生所言,其关键在于:

> 这篇桃源诗恰好不是写游仙或归隐这类个人之志,而是描写具理想色彩的社会群体及其生活,而这正是乌托邦文学的基本特点。也就是说,乌托邦所关注和强调的不是个人幸福,而是整个社会集体的安定和谐。……同时,桃源所要寄托的乌托邦寓意之产生,又与社会现实密切相关。①

在诗的结尾部分,陶渊明的表述手法由"幻"入"实",极具冲突与张力。诗曰:"奇踪隐五百,一朝敞神界。淳薄既异源,旋复还幽蔽。"而后却是:"借问游方士,焉测尘嚣外。愿言蹑轻风,高举寻吾契。"②前一句本是超越凡间,即临仙境界,可接下来又说,其实不必四处云游,在尘嚣之外去寻找桃源,那么,此桃源必然就坐落于现世的人间,具有乌托邦的世俗性与可建构性,而非耽于虚幻的一派空想。

(四)话语的变型:乌托邦的中国式表达

按耿传明的考证与概述,中国乌托邦文学的兴盛期可以说是从1900年开始的,到1919年"五四"运动之后告一段落。从时间上看,紧随严复对"乌托邦"一词的引介后发生。严复曾把历史分为"人心所造之史"和"人身所造之史",乌托邦即是这种"人心所造之史"的重要组成部分,只有了解了创造历史的人的内心世界,才能对历史本身产生更为深入的理解。③

在近20年的时间里,出现了大量译自国外和中国人自创的社会乌托邦小说、科幻乌托邦小说。据不完全统计,这类小说的总数有400余篇,译、著约各占一半。前期的社会乌托邦和科幻乌托邦小说有杂糅之势,到后期逐渐分化,科幻小说自成一家,成为现代文学中一个独立门类;而社会乌托邦小说则在"五四"运动之后(1919)开始衰落,这与新世界的"曙光"显现,与科学的阐释社会发展理论的传入有关。马克思科学社会主义思想的传入,苏联建立世界第一个社会主义国家等诸多历史事件的发生,使得关于未来社会发展的趋向似乎已少悬念,因此,对于未来社会的想象

---

① 张隆溪:《乌托邦:世俗理念与中国传统》,《山东社会科学》2008年第9期,第12页。

② 袁行霈撰:《陶渊明集笺注》,北京:中华书局,2003年版,第479页。

③ 耿传明:《清末民初乌托邦文学的类型、源流与文化心理考察》,《中山大学学报》(社会科学版)2011年第1期,第49页。

和预测便相应地有所减少。[1]

如果说，近代西方乌托邦的兴起与大英帝国的崛起和对外扩张，以及重塑世界历史的几次革命和运动密切相关，近代乌托邦在中国的出现和发展，也有着内外两重原因和动力。先从外力说，西方势力对传统中国的殖民式的介入，中国对西学的主动引进，带来了产生乌托邦所必备的科学、理性、人道主义等话语条件。再而观其内因，则如耿传明所言：

> 一个近代衰败、困顿的中国所持有的多难兴邦、贞下起元、后来居上的信念，以及再造文明、重获民族新生的渴望，使得中国社会的现代化变革，不单单是一个在西方冲击下所作出的简单的应急反应，也是一个顺应、追赶乃至超越世界潮流，主动应变、创造新文明的过程。[2]

近代中国文学与西方乌托邦小说的结缘，可以说肇始于美国作家爱德华·贝拉米于1888年出版的一部乌托邦小说《回顾：2000—1887》。该书在西方面世三年后，即被在华的英国传教士李提摩太改编介绍到中国。它先是刊登在1891年12月至1892年4月的《万国公报》上，名曰《回头看纪》。1894年，它又以《百年一觉》之名，由上海广学会出版。此书在晚清时期流传甚广，据悉，还曾陈列在光绪帝的案头。

就文学创作上的影响力而言，《回顾：2000—1887》似乎胜过《乌托邦》，原因在于其叙事修辞策略已从传统的空间维度转向现代的时间维度。与16世纪初出现的“在某处”的乌托邦不同，《回顾：2000—1887》中所描述的乌托邦已具备一些新的时代特点，并在向人们预示：完满地实现这样一个理想社会是指日可待的。这样一来，其文本叙事就是在呈现出一个完全可以被实现的历史—社会过程。“而从过去乃至当今社会发展的过程看，这种面向未来的前瞻性和介入现实社会改造的入世性，对处于重大历史拐点、被未知和不确定性谜团包围着的中国人来说具有极强的吸引力。”[3]因此，在康有为的《大同书》、谭嗣同的《仁学》和梁启超的《新中国未来记》等近代重要著述中，我们都依稀可见《回顾：2000—1887》留下的踪影。

从文化心理动机看，乌托邦在中国的出现，“首先与中国人在近代所

---

① 耿传明：《清末民初“乌托邦”文学综论》，《中国社会科学》2008年第4期，第177页。

② 同上。

③ 同上。

遭遇的巨大的挫折感有关，它首先表现为一种穷则思变的文化突围。甲午之后，旧秩序、旧文化的衰败已成不得不正视的现实，人们开始走出'传统'，来寻找解决中国问题的出路"。因此，"近代以来中国人的西化情结，不只缘于被动的枪炮教训，更有发现一个非中国的、从未出现过的'新文明'乌托邦的狂喜和激动"①。通过主动亲临他国的耳闻目睹，以及在国内被动地接受他国在政治与生活上殖民式介入，中国人对西方的了解逐渐深入。当距离所谓的真相越来越近，现实的西方世界，作为一种浪漫乌托邦的想象性对应物，便开始渐渐褪去原有的亮色。现实中帝国主义、资本主义的西方和中国人想象中的"华胥国"之类实有不小的差距，而西方宣称的种种言论，与他们实际上的作为，也有不可消解的抵牾之处。向往"新文明"的中国人又顿然发现，"新文明"在现实世界中其实并未"道成肉身"，真正得以实现。

对于当时的晚清人来说，由西方舶来的乌托邦与"新文明"，有着它令人费解的"两面性"。1906年，《月月小说》第1、2期上连载了未完结的创作《乌托邦游记》。作者萧然郁生借此表达了困惑与不满："我从前游过全世界……那各处的有名地方，文明的不过一个文明的面子，总道自己是文明的国民，看着别人都是野蛮，我暗暗地去侦探他们，哪知这文明国民，所作为的都是野蛮，不过能够行他的诈伪手段，强硬手段，就从此得了个文明的名声。总之能够侵夺别人欺侮别人的，都是文明；被人家侵夺，被人家欺侮的，都是野蛮，我看了心里十分不平。"②如果说，赛义德的"东方主义"是从西方主体性出发，主观并主动地凝视并揭示东方被"东方化"的这个事实，那么，从《乌托邦游记》的只言片语中，我们便可初见"西方主义"的端倪。

《乌托邦游记》中对西方文明的表态简单而又直接，并点明了西方与东方的二元对立关系，即由"文明"与"野蛮"、"侵夺"与"被侵夺"、"侮辱"与"被侮辱"等冲突组合相交而成。与西方人眼中相对弱势的东方"他者"相对，东方人眼中的西方"他者"无疑是强势与霸权的象征。这可以说是一种对强势西方文明的愤恨与抵抗，也可以说是一种对逆向的妥协与认同。刘崇中在《中国学术话语中的"西方主义"》中曾谈道：

> 西方主义站在本土文化方面，极力向西方文化(有时被它们称为

① 耿传明：《清末民初"乌托邦"文学综论》，《中国社会科学》2008年第4期，第178页。

② 于润琦主编：《清末民初小说书系·科学卷》，北京：中国文联出版公司，1997年，第74—75页。

世界文化或全球文化)靠拢,希望自己民族的文化思想能够得到西方的首肯和称赞。这种急需被认同的心理表现了西方主义者民族文化的自卑感,仿佛自己的民族文化没有被西方文化所认可,便有一种被世界文化遗忘或抛弃的感觉。可见,他们在当今文化碰撞中扮演着十分尴尬的双重文化角色。①

不可否认,既然是对一个"文明国"展开构想,那么,这个构想的产物就必须先符合欲求主体对于文明的理解。对中国来说,建构一个理想的"文明国",显然不是通过单一的西化能达到的,不论是主动地吸取和发展,还是被动地接受和模仿。西岛定生在《世界史上的中国(下)》的开头曾写道:

对于中国来说,世界曾经是自在性质的存在物,也就是它自己本身。从19世纪这个世界崩溃起,世界对中国来说,就成了自维性的存在。②

在西潮冲击前,世人心中的中国是作为一种自足原理而通用的世界,而新的"文明规则"企图以普遍世界之名将中国"殖民化"。这种改造与吞没不仅仅局限于地理层次,它表现了以欧洲原理为绝对理念的观念对中国传统思想的征服。在大多中国人眼里,近代历史是一个西方占据绝对强势的时期。在此阶段,他们对于这个世界的认知,或许也是弱肉强食而无绝对公理可言。相对于强势的"他者",饱受欺凌却又求告无门,或许是当时中国人的一种突出感受。于是,通过中国式的乌托邦表达,建立一个公正有效的世界秩序,也就成为在野蛮竞争世界中,处于劣势的中国人的一个强烈愿望。

第四节 《乌托邦》在当代媒体中的传播

进入当代,随着科学技术和影像媒体的高速发展,《乌托邦》也逐渐脱离了静态且平面的文字文本,找到了一种更为大众化又引人入胜的传播方式,那就是将自身的空间与时间特性融入科幻题材的影视改编创作。

① 刘崇中:《中国学术话语中的"西方主义"》,《外国文学研究》1997年第4期,第18页。

② 转引自沟口雄三:《中国的公与私·公私》,郑静译,孙歌校,北京:生活·读书·新知三联书店,2011年版,第92页。

影视改编的“前身”是科幻小说创作，对于这样一个在文学艺术圈被“边缘化”，而又在消费市场上占据了一席之地的畅销文类，苏恩文(Darko Suvin)在《科幻小说的诗学》(*Poetik der Science Fiction*)中，将这类作品中出现的乌托邦原型称为“一种作家用语言文字描绘成的准人类社会”。在这样一种纯虚构的“准人类社会”里：

> 社会政治制度、行为规范和人际关系的形成，都遵照着一种比作家身处的社会要更为完美的准则；作家的这种描绘与建构是基于一种疏离式的逻辑思维，而这种思维又源于一种别样的历史假设。①

科幻作品一方面是在现实的基础上建构一种以未来出现为可能性前提的秩序和模式；另一方面又试图在告诫我们，即使我们多么希望未来的世界会更加的“进步”，但若一味地按照这样一种秩序和模式发展，很有可能，我们看到的结果就会如作品中所呈现的一样荒诞而灰暗。

抛开艰涩的理论探讨，当“科幻”二字跃入我们的视线，我们对乌托邦的理解，更可以说是体验，直接被提升到了视觉感官的层面。可以说，对于当下的读者和观众而言，除小说形式外，其他类型与媒介也许可以更好地承担和展现乌托邦的原型。电影与电视的发展增加了可用的媒介和技术，也做出了一些有影响力的贡献。大部分科幻电影作品，如近几年在全球范围内上映的好莱坞大片《云图》(*Cloud Atlas*，2012)、《全面回忆》(*Total Recall*，2012)、《饥饿游戏》系列(*The Hunger Games*，2012—)、《极乐空间》(*Elysium*，2013)、《雪国列车》(*Snowpiercer*，2013)、《明日边缘》(*Edge of Tomorrow*，2014)、《分歧者：异类觉醒》(*Divergent*，2014)等，都在通过对未来世界和人类生存处境的想象、规划和呈现，表达对一个成型乌托邦的质疑、批判和反思。

当下科幻影视作品中最明显，也最吸引人的主题特征就是巧妙融合了时间与空间特性。众所周知，乌托邦是空间上的存在，那么，由此便衍生了一类作品，其故事发生的背景就是在同一个时间维度中探索或发现另一个空间上的乌托邦。以日本吉卜力工作室 1986 年推出的一部动画

---

① Darko Suvin, *Poetik der Science Fiction*: *Zur theorie und Gesellschte einer literarischen Gattung*, Frankfurt-on-Main: Suhrkamp, 1979, p. 76. qtd. in Wilhelm Vosskamp, “The Narrative Staging of Image and Counter-Image: On the Poetics of Literary Utopias”, eds. Jörn Rüsen, Michael Fehr and Thomas W. Rieger, *Thinking Utopia*: *Steps into Other Worlds*, New York: Berghahn Books, 2006, p. 266.

电影《天空之城》为例，该片的原作、导演、剧本和角色设定皆由日后扬名国际的动漫大师宫崎骏担任，英文译名为 *Laputa*: *Castle in the Sky*。从英文名可以看出，《天空之城》取材于英国作家斯威夫特(Jonathan Swift)《格列佛游记》(*Gulliver's Travels*)中的飞岛国"勒皮他"。斯威夫特在书中曾借格列佛之口对飞岛国的名字做出解释：飞岛国里的学者们认为"Laputa"这个词是由"Lapuntuh"派生而来，"Lap"在古文里意思是"高"，"untuh"是"长官"的意思。不过，格列佛觉得这未免有些牵强附会，认为"勒皮他"其实是指"quasi lap outed"，"lap"正确的意思应该是"阳光在海上舞蹈"；"outed"表示"翅膀"。总之，按照斯威夫特对"勒皮他"的定位和描述，这个美丽的岛国漂浮在天空之中，居民奇异，却又沉迷于思考，是"世界上最美好的一个所在"。借此原型，宫崎骏设计出了一座飘浮在天空中，神秘而孤独的"勒普他"。

宫崎骏《天空之城》标志

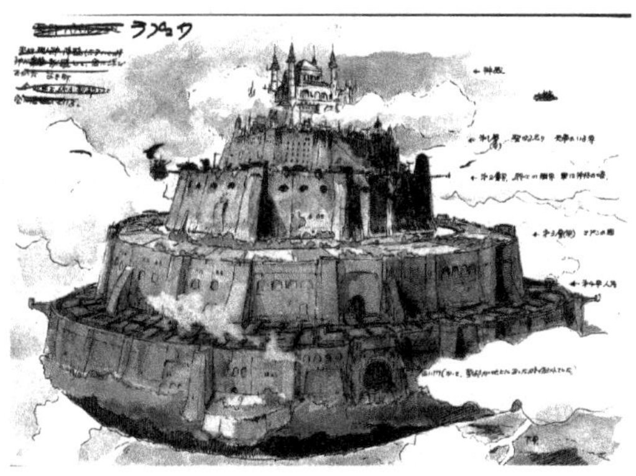

宫崎骏《天空之城》设计手稿

按照影片的逻辑叙事,在“勒普他”正式出现在观众视线之前,它就是一个人物角色口中互相传递的语言能指,所指就是一种完全超越地上人类历史文化的神秘空中文明。虽然“勒普他”已被前置于人们的思维认知,但除了片中一位叫“斯威夫特”的人物,其他大多数人不相信它的存在。突然间,一个真实身份为“勒普他”后裔的小女孩从天而降,随之闯入一群带有各自目的的人,千方百计地要寻找“勒普他”,叙事顺其发展。贯穿全片的,是令人眼花缭乱的争斗、追捕、逃跑的镜头,与温馨感人的相遇、相知、相别的情节。随着迷雾被一层层地拨开,传说中的天空之城出现在一团巨大的龙卷风的中心。而让人感到惊讶又遗憾的是,当我们随着片中的一对小男孩和小女孩登上“勒普他”之后,才发现这里已变成一座先进文明的遗址,虽然空荡的城市看似规划完整、合理而壮观,但却了无生气。一个破旧的机器人孤零地守护在这里,时常给主人的墓碑前放上一束鲜花,陪伴着它的,也只有偶尔会窜上它肩头的小精灵。最后,在一场最激烈的争斗之后,“勒普他”被咒语毁灭,文明的遗址也在爆炸中化为乌有,最后剩下巨大飞行石结晶载着“勒普他”的生命之树,向着天空的极限,缓缓上升。

《天空之城》涉及了乌托邦作品中常有的情节元素,比如“他者”空间的存在、高度发展的机械科技文明、人类欲望的无限膨胀,以及由此而至的毁灭与终结。但与另一类在当下流行风靡的作品相比,《天空之城》这样的作品并未触及一个在逻辑叙事上更易让人产生“错乱”之感的元素,那就是时间维度上的穿越,以及并带发生的空间上的异位。在此类作品中,有一件高科技工具成了最不可或缺的关键,那就是“时间机器”。若确切地说,这样一种绝妙而神奇的发明,源于英国作家威尔斯(H. G. Wells,又译韦尔斯)1895 年出版的《时间机器》(*The Time Machine*)一书。书中的“时间旅行者”搭乘着自己发明的“时间机器”自由穿行于过去与未来之间。按威尔斯的想象,“时间机器”一旦被启动,“夜幕降临,就像被熄了灯似的,转眼之间,明天又来到了。实验室变得暗淡下来,一片朦胧。它愈来愈暗淡了。明天夜晚又是一片昏黑,然后又是白天,黑夜,白天,越来越快”[①]。而对于常人实在难以体验到的时间旅行,威尔斯也给出了两段精彩的描述:

---

① 赫·乔·韦尔斯:《时间机器》,孙家新、翁如琏、范与中译,桂林:广西师范大学出版社,2002 年版,第 17 页。

> 我恐怕没法表达出在时间旅行中那种奇异的感觉。那是极端不舒服的。那种感觉同在急降铁路上的感觉完全一样——一种无可奈何的直冲下去的动作。我有预感到马上就要被撞得粉碎的恐惧。由于我加快了速度，黑夜紧跟着白天，就好像黑翅膀在扇动。实验室的模糊的影像，我似乎很快就看不到了。我看到太阳迅速地跳过天空，每分钟都在跳着，一分钟就标志着一天。我假定实验室已经被毁，我已经来到旷野。我仿佛看到过脚手架，但是我已经走得太快，弄不清楚任何移动的东西。最慢的蜗牛，也从我身边一下子冲过去。那种由于晦明交替而连续的眨眼，使我的眼睛难受极了。在断断续续的黑暗中，我看到月亮穿梭似的来往，从缺到圆，有时也看到那乍明乍灭的满天星斗。再过一会，当我继续前进时，速度更加快了，昼夜的跳动变成了一片灰白色；天空呈现奇异的深蓝色，一种仿佛刚刚破晓时那种辉煌的透明的颜色。跳动的太阳变成太空中的一条火，一道辉煌的拱门；月亮成了一条比较暗淡的波动的带子；我完全看不到星星，只能不时从蓝天上看到一道闪烁着的光环。
>
> 景色笼罩在朦胧的云雾中。我还是在这所房子坐落的山坡上，山肩灰白而模糊，耸立在我的头顶上。我看到树木生长变化仿佛蒸汽喷涌似的，一会儿枯黄，一会儿青翠。它们长出来，繁茂起来，凋零了，枯死了。高大的建筑物建立起来，隐约可见，非常漂亮。可是又像梦境一样消失了。整个地球的表面似乎都变了——在我的眼前融化着，流动着。在记录我的速度的仪表盘上，小针越转越快。马上我就看到太阳的带子上下晃动，从冬至到夏至，夏至到冬至，只要一分钟，也许更少一点。因此，我的步伐也就是一分钟等于一年多。这样，一分钟一分钟地，白雪闪过大地，消逝了，接着是明媚的、短暂的春天。[①]

“时间机器”改变了自然的时间轨迹，让人类不可触及又不可把控的时间变得“转瞬即逝”。这就意味着，通过科技的外力作用，可以让人类文明发展的任何一段历史都得以凝缩，或瞬间变型。而“时间旅行者”的介入，则打破了原本已成定论的历史格局，使得历史的进程因此被篡改。由此，通过“时光机器”与“时间旅行者”的故事，观众接受到的是一段段在历

---

① 赫·乔·韦尔斯：《时间机器》，孙家新、翁如琏、范与中译，桂林：广西师范大学出版社，2002年版，第17—18页。

史事实基础上加以虚构的故事,或者说,这也为我们提供了另一种看似荒谬的历史可能性。在当下可谓数量泛滥的此类作品中,英国的“国宝级”剧集《神秘博士》(*Doctor Who*)无疑可被称为一部“像时间一样漫长”的经典之作。

自1963年的首播至今,《神秘博士》已在英国的电视(及电影)屏幕上持续上演了半个世纪之久,且一直在更新,受到一代代观众的追捧,丝毫未有真正完结之意。剧中一位真实身份为“时间领主”(Time Lord)的外星来客,长着一副平常地球男人的外表(并会随着剧集的更新,演员的卸任更换而改变外表)。他驾驶着“时间机器”——一个外形为20世纪50年代英国伦敦警察亭的“塔迪斯”(Tardis)——与同伴们在宇宙中穿行,并能抵达任何一个时间和空间点:不论是人类社会的远古时期、莎士比亚或狄更斯的创作岁月,还是时间意义上的世界尽头。每当遇到他的地球人好奇追问他的身份,他的回答是:“我是博士!”(“I am the Doctor!”)这样一个标志性的回答,让他成了地球人(尤其是英国人)眼中最熟悉,却又最神秘的文化人物。而那个外表看似普通又小巧,内部构造神奇、复杂又广大的“时间机器”,早已成为BBC的注册商标。

英剧《神秘博士》海报

英剧《神秘博士》海报

最后，不得不提的一点是，这类影视作品被源源不断地生产出来，通过商业化的包装和造势呈现在观众眼前，具有共通性的主题和文化内涵也随着多样化的媒介传播载体（影院放映、电视转播、网络点击下载、光盘复制等）在全球范围内流通扩散。论其最直接的目的和作用，或许从大众娱乐和商业消费的层次出发要更为贴切。换言之，这是否也意味着"娱乐至死"语境下的乌托邦已叛离它极具思考性的本质，沦为赫胥黎所担忧的"文化滑稽戏"？[①] 诚然，一场场"滑稽戏"对我们（尤其是年轻一辈）潜在的意识塑型与日常文化生活所造成的影响，即使不够剧烈，但也都有目共睹。无论如何，在我们实在无法为存在的种种问题给出一段肯定的结语之前，未来始终具有依照"别样的历史假设"而出现的可能性。它或如一抹微光，隐隐闪烁在人类朦胧不清又不甚明了的希望之中。

① 波兹曼认为，有两种方法可以让文化精神枯萎，一种是奥威尔式的"文化成为监狱"，一种是赫胥黎式的"文化成为一场滑稽戏"。赫胥黎曾提出警告，在一个科技发达的时代里，造成精神毁灭的更可能是一个"满面笑容的人"。如果文化生活就是娱乐的周而复始，如果严肃的公众对话变成了幼稚的婴儿语言，总而言之，如果人民蜕化为被动的受众，而一切公共事务形同杂耍，那么这个民族就会发现自己危在旦夕，文化灭亡的命运就在劫难逃。详见尼尔·波兹曼：《娱乐至死》，章艳译，桂林：广西师范大学出版社，2011年版，第162—163页。

第五章
《巨人传》的生成与传播

弗朗索瓦·拉伯雷(François Rabelais,1494—1553)是法国文艺复兴时期著名的人文主义者、作家。拉伯雷不朽的文学声誉主要是在富有争议的小说《巨人传》(*La vie de Gargantua et de Pantagruel*)流传中产生的。

《巨人传》的生成和传播经历了一个充满争议的、曲折的过程,鲜明地呈现了文学场复杂的权力关系,包括宗教与世俗、民间与精英以及知识圈内部的争议。正是在这些无法消弭的争议中,人们一再反复阅读、评价、翻译和传播这部小说,进而在几个世纪中建立起拉伯雷在文学史上的不朽地位和名声。

第一节 《巨人传》在源语国的生成与传播

众所周知,《巨人传》取材于中世纪民间故事,整部小说用了 15 种语言,体现了作家渊博的学识。小说故事荒诞不经,语言时涉猥亵,在粗俗的形式、狂欢的氛围下,对中世纪被奉为神圣的一切进行了无情的亵渎和嘲弄。但更为重要的是,作家以极度夸张的“巨人主义”赞美了人类,体现了那个“需要巨人并产生了巨人的时代”[①]的精神。

① 中共中央马克思恩格斯列宁斯大林著作编译局编译:《马克思恩格斯选集》(第三卷),北京:人民出版社,2012 年版,第 843 页。

(一)"巨人"原型与民间文化土壤

鲜明的时代精神无疑是使《巨人传》成为经典的基本内核,但我们不能忽视萌生这种时代精神的深厚的民间文化土壤。从原型批评的角度考察,贯穿五部《巨人传》中的三代"巨人"的形象一直可以追溯到15世纪。"小说中的巨人在法国民间创作中早已存在。格朗古杰是15世纪一个民间笑剧中的人物,卡冈都亚的名字早已见于民间故事,庞大固埃曾经在中古时期的神秘剧里出现过,他为人机警,喜欢恶作剧。《巨人传》中穿插着一些民间故事,赞扬劳动人民的善良品质,歌颂他们的勇敢和智慧。"①

"巨人"形象的产生不是偶然的。按照巴赫金的观点,拉伯雷的创作与民间文化有着千丝万缕的联系。巴赫金把拉伯雷笔下的巨人形象置于中世纪和文艺复兴时期大背景中,认为这是典型的"为肉体恢复名誉",是"对中世纪禁欲主义的反动"②;从美学风格上说,拉伯雷艺术创作可称之为"怪诞现实主义",其主要特点是"降格",即把一切高级的、精神性的、理想的和抽象的东西转移到整个不可分割的物质—肉体层面,大地和身体的层面。③ 巴赫金特别指出中世纪的"狂欢节""戏谑""饮宴"等文化因子等对拉伯雷的影响,并联系塞万提斯等同时代其他作家,认为小说中大吃大喝的形象还保留着民间饮宴的、节庆的因素,包括大肚子、排泄、食欲等,就是典型的怪诞型狂欢节,是对以厨房和筵席为战场、以厨具和洗脸盆为武器和盔甲、以酒为血等的滑稽改编。④

如果说民间文化是《巨人传》生成的土壤和源泉,那么,希腊和拉丁文化的诙谐传统则是作为人文知识分子的拉伯雷的自觉选择。这种选择部分来自于作家本人的教育背景、文化修养和渊博学识。早在1513年,拉伯雷的保护人之一、巴黎法院的法官提拉库(André Tiraqueau, 1480—1588),就称赞了拉伯雷熟练的语言翻译技巧,并在《婚姻的律法与准则》(*De legibus connubialibus et iure maritali*, 1546)中推崇了拉伯雷渊博的古典文学修养:

---

① 杨周翰、吴达元、赵萝蕤主编:《欧洲文学史》(上卷),北京:人民文学出版社,1979年版,第161页。

② 巴赫金:《巴赫金全集》(第六卷),李兆林、夏忠宪等译,石家庄:河北教育出版社,1998年版,第22页。

③ 同上书,第24页。

④ 同上书,第27页。

> 让我们来猜想一下拉伯雷,一个低等级的修士,他是一个深谙技艺的人,娴熟于拉丁语、希腊语和所有的学科知识;此外,人们可以预知他的年龄,并预知他的生活习惯,而不必过分拘泥他的社会阶层。①

杰出的希腊语学者比德(Guillaume Budé, 1467—1540)有两封致拉伯雷的书信(1521 年 4 月 12 日;1523 年 1 月 27 日),并在致拉米(Pierre Lamy)的书信中多次提及拉伯雷。1523 年比德从巴黎写给拉米的书信(1523 年 2 月 5 日)中称赞了拉伯雷学习希腊语的成绩:

> 吉约姆·比德听说,拉米和拉伯雷因为热切、勤勉地学习希腊语而引发(人们的)关注。他们的会友本应对他们在很短的时间里学习该语言所取得的很好成绩而表示敬畏!然而,这些僧侣作出种种努力,来妨碍他们的工作。
>
> …………
>
> 最后,吉约姆·比德乐于以修道院的宁静生活来反对这世界所骚动的生活。他请求拉米代为表达对拉伯雷的致敬,如果他们在一起;否则,写信说明此意。②

拉伯雷的另一位保护人萨勒尔(Hugues Salel, 1504—1553)是国王弗朗索瓦一世(François Ier de France, 1494—1547)与王后的近侍(大臣),曾经用诗体翻译过《伊利亚特》前十卷和瓦拉(Laurentius Valla)的《女诗人》(*Epistre de Dame Poésie*),由此享有很高的声誉。萨勒尔和拉伯雷对希腊语、拉丁语和意大利人文主义思想有着共同的兴趣。《庞大固埃》录有萨勒尔的一首十行诗《于格·萨勒尔大人致本书作者十行诗一首》(*Dizain de Maistre Hugues Salel à l'Auteur de ce Livre*),诗中把拉伯雷看作新的德谟克利特信仰者,并欣赏小说中的滑稽。

> 倘使一个作家,由于结合
> 教育与笑谈而被世人推重,
> 我敢断言,你将大大受到欣赏;

---

① François Rabelais, *Œuvres de Rabelais* Vol. 1, éd. Louis Moland, Gustave Doré, Paris: Garnier frères, 1928, p. xviii.

② 译自《吉约姆·比德书信集》第五卷(Guilielmi Budaei, *Epistolarum lib*. V, Annotationibusque adiectis in singulas fere epistolas, Parigi, Josse Bade, 1531, pp. 199—200.

足下的高才，在这部大作里，
如我没有看差，是以玩笑
为基础，而发挥了有益的教言，
我仿佛看见古贤德谟克利特
在打趣我们世人的所作所为。
坚持前进吧，即使你在下界
未获酬报，上天定将记你一功。[①]

乔姆·科莱写道："他（拉伯雷）由于天赋的才能和自己的努力，达到了只有少数人达到过的那种博学的程度，因为毫无疑问，他是受过高等教育的人文主义者，最渊博的哲学家、神学家、数学家、医学家、法学家、音乐家、算术家、地质学家、天文学家，同时又是艺术家和诗人。"[②]

由此我们大致可以得出初步结论，拉伯雷的《巨人传》的生成与传播，一方面固然是由于扎根于深厚的民间文化土壤，应和了文艺复兴时期底层民众对身体、欲望、纵乐和庆典的强烈渴求；另一方面，由于作家本人深厚的古典文学修养，又将民间文化中的原型形象成功地嫁接上了希腊和拉丁文化的诙谐传统。由于16世纪法国识字人口不多，能阅读和欣赏拉伯雷作品的主要还是贵族和自由知识分子，他们更倾向于发现知识或精神的乐趣。正如一些西方学者所指出的，拉伯雷的调笑/戏谑显然不是下层民众化的，《巨人传》中丰富的术语、方言、行话、外语、文字游戏和思想只有极少的知识精英可以理解。[③] 而知识精英及其掌握的话语权力（从文本的印刷出版、流传，到版本的注释、校勘、修订和评论等），在《巨人传》经典化的过程中起到了关键作用。

（二）《巨人传》版本的生成与定型

众所周知，目前读者所看到的中译本《巨人传》全本共分五部，该书中译者鲍文蔚在"前言"中指出，小说"前两部通过叙述卡冈都亚和庞大固埃的出生、所受教育及其丰功伟绩，综合了人文主义思想的主要内容；后三部以庞大固埃与友人们周游列国寻访神瓶为线索，展示了中世纪广阔的

---

① 拉伯雷：《巨人传》，鲍文蔚译，北京：人民文学出版社，1998年版，第193页。

② 转引自阿尼西莫夫：《拉伯雷论》，方土人译，《新华月报》1953年第10期，第101页。

③ Lazare Sainéan, *L'influence et la réputation de Rabelais: interprètes, lecteurs et imitateurs, un rabelaisien*, Paris: J. Gamber, 1930, pp. 1—30.

社会画面,揭露和鞭笞了种种社会弊端”[①]。

从法文原文的出版情况来看,这部小说并非一次性完稿并定型出版,而是陆续完成并付梓出版的。从第二部的出版(1534)到第三部的付梓(1546),中间还有12年的间隔。小说的整体结构在单部出版过程中也是作了调整的。

1532年《庞大固埃勋业传》(*Pantagruel* or *Les horribles et épouvantables faits et prouesses du très renommé Pantagruel Roi des Dipsodes, fils du Grand Géant Gargantua*)在里昂由出版商努利出版,不久即风靡全国。1533—1542年此书在里昂和巴黎出现了7种版本。1532年该书另以《庞大固埃的预示》(*Pantagruéline prognostication, certaine, véritable et infalible* [“*sic*”] *pour l'an mil DXXXIII*)出版,有5种版本(1532、1533、1537、1538、1542)[②]

1534年《卡冈都亚:庞大固埃之父骇人听闻的传记》(*Gargantua* or *La vie très horrifique du grand Gargantua, père de Pantagruel*)在里昂由出版商居斯特出版,显然这是一本更成熟的小说,尤其是在语言、结构和技巧上,鲜明地表现出人文主义思想,再次风靡全国。从内容上说,这部后出的小说追溯了前部小说的主人公庞大固埃父亲的事迹,也可称为《庞大固埃勋业传》的“前传”。此书也非常受欢迎,1534—1542年共出现了6种版本。

1535年,法王弗朗索瓦开始镇压新教徒,迫害人文主义思想家,文艺复兴运动进入低潮。拉伯雷只得埋头学习医学,暂避风险。差不多十年之后,他才在国王庇护下获准出版第三部和第四部。

1546年,《第三卷 尊贵的庞大固埃英雄言行》(*Le tiers livre des faicts et dicts héroïques du bon Pantagruel*)在巴黎由出版商费赞达出版,1552年获得国王特许,标题再次重申了描写笑趣的目标。1546—1552年此书在里昂、巴黎、土伦和瓦朗斯等城市出现了10种版本。

1548年《第四卷 尊贵的庞大固埃英雄言行》(*Le quart livre des faicts et dicts héroïques du bon Pantagruel*)在里昂出版,这是一个108页的简略本,未标明出版商。1552年装饰有少量插画的《第四卷 尊贵的庞大固埃英雄言行》在巴黎由出版商费赞达出版,这是一个333页的修改

---

① 拉伯雷:《巨人传》,鲍文蔚译,北京:人民文学出版社,1998年版,第3页。

② John Lewis, «Rabelais and *The Disciple de Pantagruel*», *Études Rabelaisiennes*, Tome 22, Genève: Librairie Droz, 1988, pp. 118—120.

(全)本，拉伯雷将此书献给他的保护人红衣主教科利尼的奥第(Odet de Coligny, dit le cardinal de Châtillon)。作家在《第四卷》中叙述了庞大固埃和巴奴日等前往东方寻找魔瓶的海上远行，引入了异域色彩，并强调了天主教教义。1552—1553 年此书在里昂、巴黎、鲁昂等城市出现了 8 种版本。

1564 年《第五卷 尊贵的庞大固埃英雄言行》(*Le cinquième et dernier livre des faicts et dicts héroïques du bon Pantagruel*)出版，没有献词和出版信息，此时拉伯雷已经去世，有人认为这个版本是他人根据作家的遗稿整理出版的[①]。由于作者身份尚有质疑，该卷包含较多争议的内容。

一位作家的经典化往往开始于其死后。据专家统计，在拉伯雷逝世后，从 1556 年至 1626 年，冠以“拉伯雷作品集”之名的作品在里昂、蒙图尔、鲁昂、厄斯特亚等城市出现了 36 种版本，(较早的五卷本有 1564 年版、1565 年版、1567 年版)，里昂的出版商马丁、厄斯特亚，蒙图尔的佩斯诺，鲁昂的皮特-瓦尔，厄斯特亚的尼尔、弗厄等出版过该书。在 16 世纪，拉伯雷是少数出版“作品集”的当代作家，在人们对《巨人传》最普遍的阅读活动中，拉伯雷赢得了有争议的显著声誉。

进入 17 世纪后，出版了一些更全的版本，且有了注释本。这意味着拉伯雷经典化的另一个阶段开始了。1663 年路易和丹尼尔·厄尔泽维尔出版了现代版的《拉伯雷全集》(*Le Rabelais moderne ou les œuvres de Maître François Rabelais*)，这是一个精致而豪华的两卷本，包含作者生平、少量评论和多种版本的汇校注释，显然，经过漫长而曲折的经典化历程之后，拉伯雷的崇高声誉足以让他成为文学上的“不朽者”。至 1691 年，另有 4 次重排印行。1711 年杜夏(Jacob Le Duchat)编辑了全新六卷本的《拉伯雷全集》(*Œuvres de Maître F. Rabelais*)，这是第一个详细的注释版本，杜夏在《致温沃的拉比男爵》的献词中指出：“今天，拉伯雷和他的作品仍然在高贵而优雅的人们中间不乏支持者。他并不缺乏一个伟大的名声，在此情形下，他不能指望得到所有人的支持，以及人们经常表达出的喜爱。”[②]这大抵标志着拉伯雷经典化的最终完成。此后，杜夏在流亡德国柏林期间，增补修订了全集中的评论和注释(*Œuvres de Maître François Rabelais, avec des remarques historiques et critiques*, 1741)。

---

① 拉伯雷：《巨人传》，鲍文蔚译，北京：人民文学出版社，1998 年，第 4 页。

② François Rabelais, *Œuvres de Maître François Rabelais* Tome I, éd. Jacob Le Duchat, Bernard de La Monnoye, Amsterdam: Henri Bordesius, 1711, pp. iv—vi.

1912年勒弗朗、赛尼昂等编辑了《拉伯雷全集》(*Œuvres complètes de François Rabelais*),该书以严谨、丰富而准确的注释提供了16世纪丰富的知识现象。[①]

(三)拉伯雷同时代人对作家的评论及赞赏

《巨人传》的生成当然离不开作家本人的创造性写作。但由于时代久远,人们对拉伯雷的个人生活知之甚少。后人只能根据作家与同时代文人交往时留下来的一些信件,以及后者自己作品中流露出来的只语片言,来获得有关拉伯雷的教养、学识和性格等方面的信息。

《巨人传》第一部出版不久,拉伯雷的朋友,诗人圣吉莱(Mellin de Saint-Gelais, 1491—1558)就对拉伯雷表达了适度的称赞,肯定了拉伯雷小说在深层次上是灵魂的吁求,与上帝同在。圣吉莱似乎很能欣赏拉伯雷亦雅亦俗的滑稽逗乐。[②] 以下诗歌译自《圣吉莱全集》(*Œuvres complètes de Melin de Saint-Gelays*, 1535)。

> 四元素,构成这人生的作家,
> 因为上帝和他存有的协议,
> 突然间也是快乐身体的灵魂
> 当某种缺席的[元素]重新召回。
> 因此,它们是四个真正的朋友,
> 因为他的情感而连接与合一,
> 只有当这合而为一走向分离
> 死亡,在某一时刻再变为四个;
> 然而,当它突然间发生变化,
> 另一成分的心灵,却不会死去。

1537年新拉丁语诗人马克林(Jean Salmon Macrin, 1490—1557)给拉伯雷写了一首拉丁语颂诗《致弗朗索瓦·拉伯雷医生》(*À François Rabelais, de Chinon, médecin très habile*),称誉后者尖锐的讽刺力量,

---

① John O'Brien, *The Cambridge Companion to Rabelais*, Cambridge: Cambridge University Press, 2010.

② Marcel de Grève, *Études Rabelaisiennes*, Genève: Librairie Droz, 1961, p. 27.

“赢得了不朽的名声”，有人认为，此诗开启了拉伯雷经典化的进程。① 诗中提到拉伯雷“自然而优雅的理论”“锐利的机智”，以及渊博的知识：

……
你在奇诺地区的城市之间，
拉伯雷，你追随艺术之神
自然而优雅的理论
我们不否认锐利的机智；

还有优雅，独一的愉悦，
全面的赠礼，你熟练地
丰富地，流利地
掌握两种语言的知识。

向你传递治愈的艺术
你还曾努力学习数学，
月亮、恒星会来威胁我们，
行星有那么快的速度。

你的名声不小于帕伽马奥
从那些可怖的黑爪中
——死亡正在接近人们——
你努力夺下，使他复苏。

一切草本植物都可作为医药，
然而，你没有用心研究
解除所有疾病的艺术
去赢取你不朽的名声。
……

拉伯雷的朋友和同乡，法国文艺复兴初期的著名诗人马洛(Clément Marot，1496—1544)，在他诗中多次论及拉伯雷。事实上，1532 年后，在

① Marcel de Grève，«L'Interprétation de Rabelais au XVIe siècle»，*Études Rabelaisiennes*，Genève：Librairie Droz，1961，pp. 40—41.

里昂,拉伯雷与多勒(Étienne Dolet, 1509—1546)、努利、马洛、圣吉莱等人成为朋友,共同参与文学活动,拉伯雷医生以广闻博识和心智敏锐而赢得了朋友们的崇敬。以下节译《侍臣马洛对萨贡的争辩》(*Le Valet de Marot contre Sagon*, 1537),马洛在这首诗中提出了与萨贡(François de Sagon)不同的当代诗人新名单,其中包括拉伯雷。[①]

我的灵魂,是宽广而丰盈的,
这些丰饶的年岁,丰饶的季节,
有很多牛羊,可以领去放牧,
而它们会尥蹶子,抗拒主人。
可是,我没有看到圣吉莱,
还有厄罗埃、拉伯雷,
布罗多(Victor Brodeau)、塞弗(Maurice Scève)、夏毕,
看了(萨贡)的名录,我欲与他争辩。
名录上没有看到帕比庸(Almanque Papillon,1487—1559),
甚至在附页上都没有看到多诺(Étienne Dolet),
然而,有许多年轻的牛犊(笨家伙),
和许多新的(趣话丑闻)蒐集者,
(我)相信确是抬高了他们的名声。
他们总是厌恶那些知名的人士,
他们认为,原本就可以这样做。
因为在城市里,人们也许会说,
既然马洛这人是讨人喜欢的,
可这情形,他们却也不知道。[②]

以上这些拉伯雷的保护人和朋友对他的褒奖和赞赏,十分鲜活、可靠,为后世读者理解《巨人传》的作者提供了十分重要的第一手资料。

1553 年拉伯雷去世,拉伯雷的经典化进入了新的阶段。人们为他写作了一些"墓志铭(体)"的诗作,来表示对这位已故作家的崇敬。最早对拉伯雷献上赞辞的是一位名叫塔聿洛(Jacques Tahureau, 1527—1555)的年轻诗人,他写作了 2 首有关拉伯雷的诗,由此开启了拉伯雷的"圣化"

---

① Marcel de Grève, *Études Rabelaisiennes*, Genève: Librairie Droz, 1961, p. 39.

② Clément Morot:«Les poètes renommés de ce temps»,*Œuvres de Clément Marot*, La Haye: P. Gosse & J. Neaulme, 1731, pp. 549—550.

(consécration)过程。塔聿洛本人因写作爱情诗和讽刺诗而闻名,其诗多巧智和嘲讽。他接受了伊壁鸠鲁的感受标准,表现出积极的理性主义,认为一切使人愉悦的都是好的、合理的,而不是恶的和荒谬的。《论拉伯雷》(*De Rabelais*)一诗是模仿贝兹(Théodore de Bèze, 1519—1605)的一首拉丁语诗;《论逝者》(*De Lui-même très passé*, 1554)则是墓志铭,应用了死神的镰刀(lame)意象,突出了拉伯雷的讽刺才能。

论拉伯雷

正如他超出了笑谑,
那些用心良苦的人
去处理重大的事件。
他又怎样有更伟大的题材,
(我为他祈祷,我说)他选取了
一份严峻而重大的工作?

论逝者

拉伯雷——生性博学的人,他螯刺
最能螯刺的人们——已安息在这锋刃下;
他嘲笑终将被死亡战胜的人,
死亡带走了这个引起不安的人。[1]

七星诗社的年轻诗人杜·贝莱(Joachim du Bellay, 1522—1560)在多首诗中明显表达了对拉伯雷的敬意,《诗神醉意的一击》(*La Musagnoemachie*)称拉伯雷为"有益的、愉快的拉伯雷"。他用拉丁语为后者写作了一首墓志铭(*Pamphagi medici*, 1558),赞颂了拉伯雷诙谐逗笑的才华,进而推动了拉伯雷的经典化进程。现代学者费弗尔、勒弗朗、格里夫(Marcel de Grève)、歇斯尼(Elizabeth A. Chesney)等认为,诗中提到的潘伐居就是拉伯雷的化名,[2]

---

① 《论拉伯雷》与《论逝者》译自《塔聿洛诗集》(*Poésies de Jacques Tahureau*, Premières poesies, 1870, p. 73)。

② Lucien Febvre, *Le problème de l' incroyance au XVIe siècle*: *La religion de Rabelais*, Paris: Albin Michel, 1947, p. 98.

我是潘伐居,总是大吃痛饮,
看吧,我躺在这巨大的墓石下——
有一个无限的肚腹,
曾经我,睡觉,吃饭,喝酒,
宋努斯,尹格鲁维,巴库斯,维纳斯和尤库斯,
我活着的时候,他们是我的神。
你忽略了别的?我可是一个医生,
更多的,我会让人大声笑起。
不是使人流泪,羁旅的人,笑吧,
如果你因为已死的我的魂灵而快乐。[①]

显然,在这首诗中,诗人将作为作家的拉伯雷本人与他笔下的巨人形象联系起来了。1558年杜·贝莱在十四行诗《土地是丰沃的》(*La terre y est fertile, amples les édifices*)中再次对拉伯雷献上赞辞,肯定从拉伯雷小说中一切事物洋溢而出的健康精神与充沛力量,甚至是朴实粗野的力量。

七星诗社的另一位年轻诗人巴伊夫(Jean-Antoine de Baïf, 1532—1589)写作了两首有关拉伯雷的诗。在《拉伯雷的墓志铭》(*Épitaphe de Rabelais*)中,他赞誉了前辈文人拉伯雷所带来的笑趣,似乎是对萨勒尔、塔聿洛诗作的响应;在《论拉伯雷》(*De François Rabelais*)中则表示拉伯雷的作品被人们普遍的阅读。

拉伯雷的墓志铭

冥王普鲁东,来接待拉伯雷,
因此,你将成为他们的君王——
那些从来不笑的人们的——
从此以后,你也将欢声朗笑。

论拉伯雷

我是新(时代)的德谟克利特,

---

① 《潘伐居医生》(*Pamphagi medici*)译自《四卷诗》(*Andini poematum libri quatuor, quibus continentur*, 1558, pp. 56—57)。

因为几部作品而作了(民众)之王，
没有读过的人们是不会发笑的；
最后，这一直发笑的死神
却来嘲笑我的矫揉造作——
嘲笑这些没有欢笑的娱乐。①

普瓦提埃市的布朗热是拉伯雷的朋友，他熟悉拉伯雷，似乎阅读过小说《庞大固埃》，赞赏后者的精神、灵魂及天才。以下选译《拉伯雷的墓志铭》(*Épitaphe de François Rabelais*)：

在这墓石下面，躺着一位最优秀的笑谑者。他是怎样一个人，我们的后代会探寻它；因为所有人都会记住这位过去时代爱取笑的人；他们将了解他，超过别的人，因为对所有人来说，他是亲切可爱的。

他们可能认为他是一个逗乐的小丑，一个闹剧演员，他抓住有益的食物增进了出色的言词的表达力。不，不，他不是一个小丑，也不是路口广场上的闹剧演员。相反，他具有精致和敏锐的天分，他取笑人类，嘲笑其疯狂的欲望和他们对希望的轻信。

他的命运是平静的，他过着快乐的生活，吹起的风，总是对他有利。可是，人们再也找不到一个更博学的人，他不说笑话的时候，他喜欢严肃地谈话，也摹仿庄重的人物！

曾经可怕地面对着他的、阴沉而严肃注视的议员，却并不那么庄严，在他升高的座位前。那个被提出的问题，很大很难，这需要有很多学科知识和技巧来分析解决。你会说，对于他，这只是一个揭开的巨大主题；对于他，大自然的秘密尚未被揭示出来。

他具有雄辩的才能，善于记下、突出他乐于说出的一切，赞赏所有——辛辣的玩笑，传统的精彩言词——让人相信爱开玩笑并不是博学者微不足道的方面！他懂得希腊语(知识)和罗马所产生的一切(知识)。

但是，这位新(时代)的德谟克利特，他嘲笑徒然无益的担忧，粗俗者和王子的欲望，他们轻浮浅薄的忧虑，这短暂一生的忧心忡忡的劳作——它耗尽所有的时间，而这时间我们本应给予仁慈的天主。

---

① 以上二诗分别译自《巴伊夫诗集》(*Œuvres en rime de Ian Antoine de Baïf*, Tome 4, p. 373)和《娱闲集》(*Passe-temps* II, p. 280)。

1564年佚名的《巨人传》第五卷(*Le cinquième et dernier livre des faicts et dicts héroïques du bon Pantagruel*, 1564)出版,编辑者在卷首写下了一首献词《拉伯雷的墓志铭》(*Épitaphe de Rabelais*),暗示拉伯雷具有伟大的精神和卓越非凡的感知,是一位不朽的作家:

> 拉伯雷死了吗?这是另一本书。
> 这最精彩的部分复苏了他的精神,
> 为我们提供他的另一部作品,
> 它使全部作品不朽,生趣盎然。
> 也就是说,我便作如此理解:
> 拉伯雷死了,他却恢复了感知
> 为我们献出这本书。

坡特(Maurice de la Porte, 1531—1571)是一个词典编纂者,在诗歌方面是龙萨的弟子,1571年他写作的《拉伯雷的墓志铭》(*Épitaphe de François Rabelais*),响应了龙萨写作的颂诗体的诗作,重申拉伯雷是一个享乐主义者,然而他仍然对拉伯雷献上了赞誉,促进了拉伯雷的经典化。

> 拉伯雷:爱开玩笑的人,尖刻的、有益而愉快的嘲讽者,另一个伊壁鸠鲁,爱嘲笑的人或取乐的人,法国的卢西安,爱嘲弄的博学者,有享乐主义的肚腹,戏谑的快乐者,庞大固埃主义者。
>
> 弗朗索瓦·拉伯雷,医学博士,在他名为《庞大固埃》的作品中,喜好感官享受的生活,恰也名实相称。谁会有更多的知识/理解力,读这墓志铭(可知):他是一个多方面综合的博闻广识的名人。①

另一位龙萨的弟子,诗人沃盖林(Jean Vauquelin de la Fresnaye, 1536—1608)也是一位拉伯雷作品的热心读者,在诗中多次论及拉伯雷。在一首致匹隆红衣主教的讽刺诗中,他指出,拉伯雷日夜研读圣奥古斯汀的著作。②

除了同时代的朋友的激赏和赞美之外,后来一些本身是名作家的文人对拉伯雷的赞赏,是使得作家不断被圣化,其作品不断被经典化的重要因素。

---

① 译自《墓志铭诗集》(*Les Epithetes*, 1571, p. 224)。

② Guillaume Collectet, *François Rabelais*, Genève: Slatkine, 1970, p. 27.

以散文家出名的蒙田(1533—1592),在他著名的《随笔集》之“论书籍”(Des Livres)中暗示他喜欢阅读拉伯雷的作品。蒙田指出,拉伯雷的小说是值得玩味的消闲书,是与薄伽丘的《十日谈》一样充满机智/嘲讽的现代作品。

> 在那些纯属是消闲的书籍中,我觉得现代人薄伽丘的《十日谈》、拉伯雷的作品,以及让·塞贡的《吻》(若可把他们归在这类的话),可以令人玩味不已。至于《阿玛迪斯·德·高勒》和此类著作,我就是在童年也引不起兴趣。
>
> 我还要不揣冒昧地说,我这颗老朽沉重的心,不但不会为亚里士多德也不会为善良的奥维德颤抖,奥维德的流畅笔法和诡谲故事从前使我入迷,如今很难叫我留恋。①

红衣主教雅克·大卫(Jacques Davy du Perron, 1556—1618)在诗歌上追随龙萨、德斯坡特(Philippe Desportes, 1546—1606),却也很喜欢拉伯雷和蒙田的作品。在《法兰西国王传》(*La Biographie et prosopographie des roys de France*, 1583)中他认为拉伯雷是一个无神论者,后来他称颂拉伯雷的《庞大固埃》是出类拔萃的小说,像真正的《圣经》,后者的小说将使得法兰西“不朽”。

1699年贝尼埃的《拉伯雷及其作品评议与新考察》首次开启了拉伯雷研究,他在“序言”中指出,“所有人都知道拉伯雷的名字,人人浅谈辄止,大多人却不知道他是——伟大的人物抑或是小人物?弗朗索瓦(是什么人),是外国人?或者是文学中的(虚构)人物?”并特别提到了安特万·勒洛瓦(Antoine Le Roy)用拉丁语写作的《拉伯雷颂诗》(*Elogia rabelasina*)手稿。②

除了研究者以外,拉伯雷对同时代和后世的法国作家产生了极大的影响。苏联的文艺理论家巴赫金在他的专著《拉伯雷研究》中指出:

> 拉伯雷大量而深远的影响以及一系列对他的模仿之作,都最为鲜明地证明了拉伯雷深为同时代人所亲近和理解。几乎所有十六世纪的小说家,即在拉伯雷之后(确切些说,在他的长篇小说前两部出版后)从事写作的人,如博纳文图拉·德佩里埃、诺艾尔·杜法伊尔、布希·吉奥

① 蒙田:《蒙田随笔全集》(中卷),潘丽珍等译,南京:译林出版社,1996年版,第83页。

② Jean Bernier, *Jugement et observations sur la vie et les œuvres de François Rabelais*, Paris: Laurent d'Houry, 1699.

> 姆、塔尤罗·雅克、尼古拉·德·绍尔耶尔等,在或大或小的程度上都曾经是拉伯雷的追随者。这一时期的历史学家巴克、布兰托姆、皮埃尔·赫图阿尔,新教的善辩者和抨击者皮埃尔·维列、亨利·艾蒂安等人都难免不受其影响。十六世纪的文学甚至好像是在拉伯雷的名义下得以完成:在政治讽刺方面集大成者是杰出的《梅尼普讽刺论西班牙天主教徒之优点……》(1594 年),它反对联盟,是世界文学中最优秀的政治讽刺之一,而在文学方面——杰出的作品是别罗阿尔德·德·韦尔维尔的《生活成功之手段》(1612 年)。从这两部堪称世纪集大成之作可以看出受拉伯雷重要影响的痕迹;作品中的形象,尽管种类各异,但几乎都保持着拉伯雷式的怪诞风格的生命力。①

拉伯雷对后世欧洲作家的影响究竟如何?美国当代著名文化史家雅克·巴尔赞在其巨著《从黎明到衰落——西方文化生活五百年》一书中,对拉伯雷的影响作了简练的描述,认为“拉伯雷预示了整个法国文学,意思是他为所有的文学形式提供了光辉的榜样,包括寓言、警句、戏剧性对白和讽刺。”但是,更为重要的是:

> 拉伯雷的影响波及国外。许多作家沿袭他的路子,“坐在拉伯雷的安乐椅里笑得前仰后合”。关于这类作家和作品,人们立刻会想到斯威夫特的《格列佛游记》、斯特恩的《特里斯丹·项狄传》到皮科克的可爱的小说。德国的让-保罗·里希特尔吸引的主要是拉伯雷的技巧,而不是实质,但巴尔扎克把二者都吸收了,甚至还创作了一组采用拉伯雷式用语的模仿性故事《滑稽故事集》。②

按照巴尔赞的说法,拉伯雷的影响一直延续到 20 世纪,其中有两点值得注意,首先,拉伯雷把身体(包括食欲和性欲)看做驱动人们取得成就的力量。其次,拉伯雷的观点捍卫了人的尊严,“他提醒人们看待生活中的任何事物都不能忘记它与其他事物之间的比例,由此清楚地说明自然并不污染精神。”③仅凭这两点,我们就可以说,拉伯雷在推动欧洲文学向现代性发展的过程中起到了关键作用,《巨人传》呼应了文艺复兴这个“需

---

① 巴赫金:《巴赫金全集》(第六卷),李兆林、夏忠宪等译,石家庄:河北教育出版社,1998 年版,第 70—71 页。

② 雅克·巴尔赞:《从黎明到衰落——西方文化生活五百年》,林华译,北京:世界知识出版社,2002 年版,第 135 页。

③ 同上书,第 136 页。

要巨人并产生了巨人的”伟大时代的需要。

第二节 《巨人传》在中国的翻译与传播

(一) 汉语学界对《巨人传》的评论和介绍

晚清的陈季同是最早论及拉伯雷的现代中国学人,他明显影响到曾朴对法国文学的认知。[①] 曾朴在《答胡适之书》(1928)中写道:“他[陈季同]指示我文艺复兴的关系,古典和浪漫的区别,自然派,象征派和近代各派自由进展的趋势;古典派中,他教我读拉勃来的《巨人传》,龙萨尔的诗,拉星和莫理哀的悲喜剧,白罗瓦的《诗法》,帕斯卡尔的《思想》,孟丹尼的小论;浪漫派中,他教我读服尔德的历史,卢梭的论文,嚣俄的小说,威尼的诗,大仲马的戏剧,米显雷的历史;自然派里,他教我读弗劳贝、佐拉、莫泊三的小说,李尔的诗,小仲马的戏剧,泰恩的批评;一直到近代的白伦内甸《文学史》,和杜丹、蒲尔善、佛朗士、陆悌的作品,又指点我法译本的意西英德各国的作家名著。”[②]这里,曾朴只是提到了拉伯雷(拉勃来)的名字,但并未做进一步的论述和评价。

1918年,周作人在《欧洲文学史》之“文艺复兴时期 拉丁民族之文学”中,写了一个拉伯雷的专论,强调了拉伯雷芜秽之余的智慧。

> François Rabelais(1490—1552)初依教会,而性好学,乃去而学医。一五三二年著 Chroniques Gargantuines,叙一巨人事迹。次年作 Pantagruel,颠倒其姓名,自署曰 Alicofribas Nasier。其词诙谐荒诞,举世悦之,唯荒唐之中,仍含至理。Rabelais 以真善为美,对于当时虚伪恶浊之社会,抉击甚力,因晦其词以避祸。巨人 Pantagruel 生而苦渴,唯得 Bacbuc 圣庙之酒泉,饮之乃已。Panurge 欲娶妻,不能决,卜于圣瓶之庙(La dive Bouteille),而卜辞则曰饮。言人当饮智泉,莫问未来。渴于人生,饮以智慧,此实 Rabelais 之精义。其顺应自然,享乐人生之意,亦随在见之。书中文多芜秽,则非尽由时代使

---

① 彭建华:《现代中国的法国文学接受——革新的时代 人 期刊 出版社》,北京:中国书籍出版社,2008年版,第35页。

② 胡适:《胡适文存三集》(三),上海:亚东图书馆,1930年版,第1125—1142页。

然，盖蓬勃之生气，发而不可遏，故如是也。[①]

此文虽短，但对《巨人传》故事内容和基本精神的概括颇为精到。此后，周作人在《净观》《〈小五哥的故事〉附记》《〈徐文长的故事〉小引及其他说明》《与友人论性道德书》《答张崧年先生书》等文中多次论及拉伯雷(拉勃来)。

1921年民国军事学家蒋百里(1882—1938)将欧洲考察的成果写成了一本《欧洲文艺复兴史》，书中提到了拉伯雷，强调了无拘束的自由精神，称"拉勃来受文艺复兴之影响较马洛为深，其一生事迹传闻异辞，其实，初为小客店商人之子，入修道院，中年好读古书，为主教所恶，遂逃去，南至里昂学医，研究古典。里昂者，法伊交通之孔道，而南化入法之总机关也。既复至伊大利，为教士，后归法。当千五百三十五年，佛兰昔一世下教令，禁止新教，而人文派遂裂而为二。拉氏虽反对旧教，而不从新教。周旋于宫廷之间，卒自保为梅洞教士以殁。其名著为《巨人传》(*Les grandes et inestimables chroniques de l'énorme géant Gargantua*)，其书发端于'人生应否结婚'，而结果于酒神之'饮'，名旧教为伪善，名新教为暴烈，由'理想之国'之'灯'而遂达最后之目的地，亦一种寓言也。拉氏小说随兴所至而记之，无一定结构。其文学上之最大价值，在歌颂自然之神圣与慈爱以为至善云者。从心所欲之谓也。所谓恶，所谓苦，皆不守或反抗自然公例之故。故欲为则为，无拘束，无勉强，是为体认自然，是为至高道德之标准。其叙述之理想境，曰泰来姆僧院者 L'abbaye de Thélème 中有云，此院中有惟一之规则曰'任所欲为'(Fais ce que voudras)，且曰，凡自由之人善生善教而与正直之人交，则自然之力，即足以使之避恶而趋善。此种思想并非拉氏特倡之，盖实当时一般心理之趋向也。惟拉氏有文学天才，富于想象力，故其发挥能淋漓尽致，为一般人所欢迎，人或称其书为文艺复兴之圣经云。然当拉氏在日，其主义无大影响，其原因有三，一、则小说之结构甚粗，其写实主义为一般谈道德者所反对。二、轻视妇人，故为宫廷中所排斥。(当时宫廷妇人已有势力)三、无美术观念，故美术家多反对之，死后五十年人始尊之。"[②]相比于周作人的短论，蒋百里的这段描述更加详细，不但有对《巨人传》关键细节的描述，还探讨了拉伯雷主义之影响。1934年何鲁之的《欧洲中古史》引述了部分关于拉伯雷的评述。[③]

---

① 周作人:《欧洲文学史》，止庵校订，石家庄:河北教育出版社，2002年版，第131页。

② 蒋方震:《欧洲文艺复兴史》，上海:商务印书馆，1921年版，第65—67页。

③ 何鲁之编著:《欧洲中古史》，上海:商务印书馆，1937年版，第239页。

1923年,杨袁昌英在其著的《法兰西文学》一书中强调了拉伯雷的戏谑方面,书中称“辣波烈之著作为 Gargantua, Pantagruel, Panurge 等。初视之,颇类狂人戏谑,然细察之,则其人智力之伟大,思想之高超,极为显着。文艺复兴时代阔大之精神,渊博之学理,辉煌之乐观,坚强之勇力,发明力之富,同情心之厚,无一不显露于其纸笔之中。生平最恶愚钝,而攻击教堂虚伪之教育,尤为激烈。惟科学与人道为其最高尚之理想。彼之心思,极为勇敢而且为破坏的,然以阻于当时之思潮,不克直申其旨,是以其著作常用曲喻谈笑之法以出之。”①

1924年,顾钟序在其翻译的法格的《欧洲文学入门》中指出:“拉勃来着有史诗传奇二,曰‘巨人传’(Gargantua),曰‘Pantagruel’。其人博学而多哲学智慧,人皆过誉之,惟深识人心,刻画如绘,善述故事,人锡以‘滑稽荷马’之佳号,信然。”②

1924年,王维克翻译了波蒂埃(H et T. Pauthier)的《法国文学史》(*Notions d'histoire littéraire: littératures anciennes, littérature française, littératures étrangères, avec des extraits des principaux écrivains*, 1901),书中对拉伯雷的生平和创作作了比较详细的描述。文中写道:

> 拉勃来约在一四九五年生于西侬(Chinon),死年约在一五五三;初在把渡(Poitau)之寺院内为修道士,后即逃去,因其地不得遂其所愿以研究希腊文也;彼乃学医于蒙柏里(Montplier),实习于里昂天主医院,后以医生名义偕主教长笛倍来传教于圣西爱其(Saint Siése)附近之地。彼曾依次游历罗马,断朗,梅次(Metz)而返巴黎,于一五五O年为梅桐(Meudon)之教士,然为时未久即没,故实未尝行其职也。传言拉勃来乃欢乐者,爱酒及美食;然彼勤于事而不倦,且为当时极有学问之人则无可疑也。无论如何,彼实法国一大小说家(故事作者):在其《巨人加冈帝夏之可怖的一生》及《邦答格吕而之历史》中,所言巨人冒险之事,诚能尽滑稽之能事。然非仅狂放之滑稽已也,盖合精美之道德及讥刺焉。故于其当世及其后世,讥刺好战之君之愚昧的野心如毕克六各(Pichrochole)彼骗盗之所获;讥刺卖弄才情者之学问如伯拉马都(Janoto Bragmsrdus);讥刺审判官之习惯如伯立图宋(Bridoison)。然同时由格兰古西(Grandgousier)之口

---

① 杨袁昌英:《法兰西文学》,上海:商务印书馆,1923年版,第41页。

② 法格:《欧洲文学入门》,顾钟序译,上海:商务印书馆,1924年版,第58页。

中出其对于邦答格吕而所言为政之道;于卜诺克拉德(Ponocrates)教加冈帝夏中,述教育之步骤,此皆基于体育及吾人所称之实物教授,重径验之教育也。拉勃来对于中古期有不尽之兴致及想象,故爱讥刺及比喻;若彼亦如其当时人之有科举的好奇心者。则不能有如是端丽的兴味而常为粗鲁矣。人常责其于文中借用希蜡拉丁之文字,然彼爱“母国文字”,于使法国文字加富之功,其他之著作家少能及之。拉氏爱任其自然不加拘束之生活,其所守之格言曰:“为所欲为”。故彼之述作中所言,肆无忌惮也。法人以滑稽性闻于世,而拉氏尤为其中杰出之人。[①]

以上几位译介者虽然都已经历了白话文运动,但其著述基本上都是用文言文,对于一般读者而言未免有点隔膜。用白话文介绍拉伯雷的,徐霞村可算是第一人。1930年徐霞村出版了《法国文学史》一书,书中将拉伯雷译作“哈布雷”,并强调了其超越的思想和勇敢的反抗,作者认为:

哈布雷的杰作是关于两个荒诞的巨人(Gargantua et Pantagruel)的传记。两书共分五部,都是他抽暇写的。如果分类,它们可以算做“冒险小说”,但又缺少结构,原来哈布雷只是一章一章把它们写下来,完全不管大局。在材料上,哈布雷并没有十分独创的地方。他的故事是从托汉省的民间故事里取出来的,里面的细节也可以由他所读的书里找出线索。但是他能狂野地放纵他的机智和幻想而不为材料所拘,这就完全不是别人的了。他的特点层出不穷,有许多批评家都为他所眩,有时他造出最荒诞的事,有时他发现出最可笑的观念。他的古怪的文体正足以适合他的目的,这种文字的粗暴使他的作品充满了一种不能摹仿的空气。我们在哈布雷的作品里所找到的这种荒诞,滑稽和讽刺,有许多人以为它们都是他的个性的自然的反映,因而推想到他是一个纵酒玩世的人。其实他这些古怪的特性不过是表面上假装罢了,在这假装之下他是个超越的思想家,一个反抗当时的旧礼教的勇敢的战士。哈布雷找到了他的唯一的出路;借了荒诞作为外衣,他很痛快地发表了他对于许多事情的意见。哈布雷在他的作品里藏了一个理论,但是这理论是很简单的,“自然是好的,所以凡是自然的都是好的。”对于自然的酷爱带来了对于自

① H et T. Pauthier:《法国文学史》,王维克译,上海:泰东图书局,1924年版,第42—44页。

> 由的酷爱，对于自由的酷爱，使哈布雷对于新教和旧教都成了敌人，因为，在他看来，这两个神学的派别都是独断的专制的代表。但是虽然他也不对新教有什么好感，他的主要讽刺却是向旧教射去的，他痛恨他们的迷信的仪式，他痛恨他们的组织的虚伪，他尤其痛恨那蹂躏人的本能的，从事于空虚的学问的僧侣制度。除了宗教之外，哈布雷对一切传统，迷信，不自然都加以攻击；学者式的哲学家，法律的荒谬，"昴星社"（按即七星诗社——引者）的拉丁化的文章，都受过他的笑骂。哈布雷的"乌托邦"可以由他的几个人物的描写上找出来。邦达格利尔代表理想的君主；约翰修士代表善于做事的人；庞大固埃则代表机警而大胆的冒险者。[①]

这段文字用的是白话文，对拉伯雷其人其作的描述明显更为具体深入。

1933年徐仲年的《法国文学ABC》（上册）出版，书中强调了拉伯雷（哈白雷）的乐观情绪："最著名、最重要者为小说家哈白雷，终哈白雷之生，几乎没有在任何地方平静住过多年的；可是他的保护者从未抛弃过他，所以虽有风险，总得拨救。他死于一五五三。哈白雷的杰作为：《恰尔刚居阿》（一五三二）与《邦大狝吕爱儿》（一五三三）两书。这两部有趣的短篇小说集原为病人写的，使他们开开心。恰尔刚居阿和邦大狝吕爱儿父子两人，都是硕大无朋。两书共有五卷（第五卷恐怕不是哈白雷做的），无非叙述些两巨人引人发笑的事迹。哈白雷是一位乐天主义者，从他看来，自然是温柔的，生命是快活的。他的两位英雄亦如是主张。同时，哈白雷把当代可笑的人物——如一位巴黎文科大学萧尔蓬纳的神学博士——讽刺个痛快。哈白雷的天才是不可比拟的，以后只有莫里哀尔与他稍稍相近。"[②]1935年3月世界书局"西洋文学讲座"丛书重刊该书，更名为《法国文学》。[③]

1933年是拉伯雷450周年诞辰纪念，天津《大公报》刊载《拉伯雷诞生四百五十周年纪念》专文，强调了拉伯雷的诙谐讥讽：

> 书叙巨人父子生平，自髫龄受教，其一生事迹，如战争阴险，靡不群述，一如当时流行之游侠故事，初无严密结构。拉伯雷禀文家创造

① 徐霞村：《法国文学史》，上海：北新书局，1930年版，第32—36页。

② 徐仲年：《法国文学ABC》（上册），上海：世界书局，1933年版，第28—30页。

③ 徐仲年：《西洋文学讲座·法国文学》，上海：世界书局，1935年版，第17—19页。

观察之才,具哲人思维判别之力,集时人之知识于一身,而于事无不洞察,文思充溢,尽情诙谐讥讽,蓬勃有气,《大食王父子传》内容包罗甚广,其哲理命意若何?殆无能确指,或称此为巨制,为一时代,一国家之一切情思知虑之总和,而纳于博通能文之腕下……要之,祛除一切羁束,听人之天赋机能扩展,以求生活之自然,为文艺复兴时代之一主要思潮,殆亦即此作全书之精神。具读此名著者,即不问拉伯雷改进社会政教之用心,亦未有不觉著之纵声欢悦之情溢于纸背者,拉伯雷书中于教育、寺院至于一切巨细,靡不肆其抨击,古今讽刺作家中,惟古希腊 Lucian 与十七世纪英国斯威夫特差可与比,虽此二家,似尤未逮。①

1932 年 4 月,弗理契的《欧洲文学发达史》由沈起予翻译,上海开明书店出版。弗理契的拉伯雷评论对现代中国左派作家有较大的影响。书中认为:"拉布莱的小说从形式上说来,是非常流行于贵族及平民间的骑士小说之谐谑的反写。表现为作者的根本的讽刺手法的,是一种庄重而夸张的手法。人物——是巨人,他们的食欲是巨大的,他们都作超人的伟业,最后他们的言语也与作者自身的言语一样,是同一意思的话语之巨大的重积,此时作者以及主人公都完全创造出一种拟意大利的讽刺诗(这是拉布莱受有极大的影响的)的,新的言语和新的文法的形式小说的场面是起於不存在何处的国家'乌托邦'。"②

1935 年穆木天在《法国文学史》中从马克思主义文艺观出发,对拉伯雷(拉卜雷)作了评价,认为"拉卜雷是法国文艺复兴期的一个最大的代表,是法国人文主义的知识分子,人文主义的各种精神,是集在他的一身的。他是一个理解当代的非常庄重的学者,一个作斗争的人文主义者,一个想建新社会新宗教的理想主义者。拉卜雷的巨大的理想,是表露在他的巨作《迦尔刚求亚》和《盘塔葛绿叶尔》的里边的。在当时很受一般人的爱读,在法国文艺史上是一篇最大的杰作"。书中特别提到了四点,都切中了拉伯雷作品的特点。"第一,《迦尔刚求亚》和《盘塔葛绿叶尔》是一篇表露了人文主义的思想的很好的写实小说。里边是有津津的写实味。里

---

① 转引自钱林森:《法国作家与中国》,福州:福建教育出版社,1995 年版。2006 年 12 月湖北教育出版社出版的马祖毅等人所著《中国翻译通史·现当代部分》(第二卷)第 153 页转引这则评述文字,但也未指出准确出处。

② V. M. Friche:《欧洲文学发达史》,沈起予译,上海:开明书店,1932 年版,第 50—51 页。

边的人物是现实人物的超人化。一切描写是令人感出是描写当时的阶级社会的，人物是令人感到写实味的。他的语汇是非常的丰富。他能自由地运用古语，新语，学术话，职业话，雅语，俗语，讹用语，很巧妙地表现各种的变化，各种的情调。他这种夸大的写实，是很博得人的哄笑的。第二，拉卜雷作他的《迦尔刚求亚》和《盘塔葛绿叶尔》，目的是讽刺攻击中世纪。他是站在新兴的资产阶级的立场上攻击中世纪的。他借助于漫画的神奇古怪的形象，讽刺地写出中世纪文化的整个机构，他讽刺中世纪的文化的各各的面相。第三，他的全部哲学是人生的热爱和人间个性的自由的发展，即他的要求是生的实现，是肉的享乐，是顺着天性的肉体的所有的机能的发达。换一句话说，就是人—新兴的市民—的自由发展。第四，在铁莱姆僧院的计划中可以看见他的教育的计划。在迦尔刚求亚的教育那一段故事里，在'迦尔刚求亚与盘塔葛绿叶尔论教育书'里，都有拉卜雷的教育的主张。"①

1941 年《当代评论》第 1 卷第 5 期刊载吴达元写的《拉伯雷》一文，此文修改后收入作者本人编撰的《法国文学史》(1946 年，第 84—93 页)。1947 年，吴达元在《现代知识》第 1 卷第 2 期发表了《邦大格绿哀勒主义的创始者拉伯雷》一文，对前文稍有修改。文章特别提到了《巨人传》中的三个主要人物，并对其作了分析，认为"这部杰作虽然没有一个连贯的故事却有中心人物，不很多，只有三个：邦大格绿哀勒，巴奴芝和约翰，他们是作者生平动向的三种表现。拉伯雷是个学者，好学，谨慎，重理性，不苟且，这就是邦大格绿哀勒。他又是个还俗僧人，爱动，有血气，喜欢冒险，这就是约翰的模型。他又是个穷学生，喜欢喝酒，爱开玩笑，把这个人物形容过火一点，便造成巴奴芝这人物，三个人物中，巴奴芝最不像拉伯雷"②。

此外，作者还特别指出："《加纲督亚》和《邦大格绿哀勒》之所以不朽，全靠作者的哲学思想，就是所谓邦大格绿哀勒主义。拉伯雷自己给这主义下定义，说邦大格绿哀勒主义是'某种精神的愉快，用蔑视偶然的事物造成的。'偶然的事物就是大地上的东西，是最能激动我们的感情的事物，是我们最热烈追求的事物：人类的野心和爱好的对象。拉伯雷最憎恶的偶然的事物就是迷信。"为免中国读者误解，作者还做了进一步说明："但是我

---

① 穆木天译编：《法国文学史》，上海：世界书局，1935 年版，第 47—48 页。

② 吴达元：《邦大格绿哀勒主义的创始者拉伯雷》，《现代知识》1947 年第 1 卷第 2 期，第 26 页。

们别把邦大格绿哀勒主义解释为消极的怀疑一切的主义,更不要误解拉伯雷的思想,以为他是出世的思想。上帝是万能的,是好的。大自然是上帝的表现,也是万能的,是好的。世界是好的,人类是好的,世界和人类的目标也不能不是好的。自然和人类的理智是尽善尽美的。拉伯雷常常把自然和理智放在一起,好像它们在他的词汇里是同义的。拉伯雷有的是法兰西民族的现实精神,不适宜于形而上学的精神。他爱大自然,更爱生命。他不是为了学说而爱生命,他本能地爱生命,生命的各方面,肉体的和精神的,高尚的和粗鄙的,美丽的和丑恶的,这就是为什么他的杰作有俗不可耐的故事,有不道德的描写。黛雷姆僧院的组织制度就是拉伯雷的理想世界模型。在这里,不受任何拘束,只有唯一信条:'为汝所欲为'。"①

1953年世界和平理事会评定并颁布世界四大文化名人,分别是屈原、哥白尼、拉伯雷和何塞·马蒂,同年9月国内举行了隆重的纪念大会,并出现了10多篇拉伯雷评论。② 值得指出的是,苏联的法国文学研究专家阿尼西莫夫的《拉伯雷论》对中华人民共和国成立初期的拉伯雷研究产生了主宰性的影响,例如在具体的评论观点、批评方法和唯物论的意识形态上,尤其是革新了弗理契的评论。这意味着现代中国对拉伯雷批评的马克思主义文艺批评的重大转向,并鲜明地体现在杨周翰、吴达元、赵萝蕤主编的《欧洲文学史》(1979)之"法国文学和拉伯雷"中:"拉伯雷在《巨人传》第五部的序言里谈到他为谁写作,他形象地说,他'要伺候石工,替石工烧火煮饭'。小说中的巨人在法国民间创作中早已存在。格朗古杰是十五世纪一个民间笑剧中的人物,喀冈都亚的名字早已见于民间故事,庞大固埃曾经在中

① 吴达元:《邦大格绿哀勒主义的创始者拉伯雷》,《现代知识》1947年第1卷第2期,第23—27页。

② 这些文章分别刊载于:(1) 1953年《文艺报》第10、17期的李又然的《做你所愿意的——托念方斯华·拉伯雷逝世400周年》、《拉伯雷的作品》和社论《为保卫人类进步文化传统而斗争——纪念屈原、哥白尼、方·拉伯雷和何塞·马蒂》;(2)刊载于1953年《文艺月报》第9期的尼古林的《法朗沙·拉伯雷》(严大椿译)和成钰亭的《拉伯雷的一生》;(3)刊载于1953年《译文》第8期的阿尼西莫夫的《拉伯雷论》(方土人译),稍后该译文刊载于1953年《新华月报》第10期,并收入1953年"四大文化名人纪念"(北京)中的《纪念弗朗索瓦·拉伯雷》小册子;(4)分别刊载于1953年《保卫和平》第3、5、8期上的佚名《拉伯雷小传》,安多柯罗斯基的《弗朗沙·拉伯雷》,吴达元的《弗朗沙·拉伯雷简述》;(5)刊载于1953年《人民教育》第9期上的西鸿、鲁臣的《拉伯雷的教育思想》;(6)刊载于1953年《中华医史杂志》第4期上的田衰的《纪念中的两位医生——哥白尼和拉伯雷》;(7)刊载于1953年9月26日《长江日报》上的刘绶松的《纪念伟大的人文主义者和现实主义作家——拉伯雷》;(8)分别刊载于1953年9月27日、28日《光明日报》上的李又然的《拉伯雷的生平和他的思想》和郑振铎的《纪念弗朗索瓦·拉伯雷》等文。张月超的《文艺复兴时代法国人文主义者——拉伯雷》后收入《西欧经典作家与作品》(1957)。

古时期的神秘剧里出现过，他为人机警，喜欢恶作剧。《巨人传》中穿插着一些民间故事，赞扬劳动人民的善良品质，歌颂他们的勇敢和智慧。”①

1978 年至今，国内学界对拉伯雷的研究进入了一个新的阶段，引用了一些较新的西方理论。1983 年钱中文的《“复调小说”及其理论问题》首次在中国内地介绍巴赫金的文学批评，1991 年张冰的《艺术与生活的双重变奏——〈拉伯雷和他的世界〉读后》首次介绍了巴赫金对拉伯雷小说的批评，文中简要论及了拉伯雷小说的开放性文本、民间笑文化或即狂欢节文化、物质—肉体本质形象、宴饮形象、怪诞形体等核心观念。文末附录巴赫金著作的俄语书名，虽然文中所采用的书名是英译题名。此后，借用巴赫金的批评理论写作的有关拉伯雷的论文多有出现。② 然而，从新的理论视角研究拉伯雷毕竟不多，2011 年关晓红的《人文主义与生态主义双重视角下的〈巨人传〉》提出了生态主义视角，2012 年李雪君的《从〈巨人传〉中的女性描写看拉伯雷的女性观》提出了女性主义视角。此外，1981 年王锡的《拉伯雷的滑稽》，2003 年刘丹忱的《论拉伯雷的教育思想——纪念拉伯雷逝世 450 周年》，2007 年刘大涛的《试析〈巨人传〉中巴奴日的个人主义道德观》，2008 年何明亮的《论拉伯雷〈巨人传〉中的宗教思想》和魏茹芳的《拉伯雷〈巨人传〉中人的全面发展思想探析》，2011 年

---

① 杨周翰、吴达元、赵萝蕤主编：《欧洲文学史》(上卷)，北京：人民文学出版社，1979 年版，第 161 页。

② 主要有：1995 年夏忠宪的《拉伯雷与民间笑文化、狂欢化——巴赫金论拉伯雷》，1998 年李兆林的《巴赫金论民间狂欢节笑文化和拉伯雷的创作初探》，2002 年刘春荣的《重看拉伯雷与民间》，2003 年程正民的《拉伯雷的怪诞现实主义小说和民间诙谐文化》、陈素娥的《巴赫金论怪诞现实主义》，2004 年曾耀农、文浩的《狂欢化雅努斯——兼论巴赫金对诙谐史上拉伯雷的解读》、臧杨柳的《处在边缘的狂欢诗学——从巴赫金〈拉伯雷研究〉说起》、邱紫华的《论拉伯雷的“怪诞”美学思想》、龙溪虎的《论拉伯雷小说的狂欢化喜剧形态》，2005 年吴岳添的《从拉伯雷到雨果——从巴赫金的狂欢化理论谈起》，2006 年李晓光的《巴赫金怪诞现实主义理论的双重性》，2007 年焦宏丽的《民间的巨人——浅谈〈巨人传〉中民间诙谐文化的语言表征世间》、赵峻的《拉伯雷：文艺复兴时代的青春写作——兼论巴赫金狂欢化理论的局限性》，2009 年武斌的《浅谈巴赫金〈拉伯雷研究〉中的民众形象》，2011 年刘剑的《从〈拉伯雷研究〉看巴赫金文化诗学的人文关怀》、韩振江的《怪诞形象体系论——以拉伯雷〈巨人传〉为个案》、沈骊的《以〈巨人传〉为例分析拉伯雷作品中的怪诞形象》和刘剑的《对“人”的发现和疏离——巴赫金〈拉伯雷研究〉狂欢话语的意义与局限》等。其中程正民对巴赫金的拉伯雷评论有较为准确的介绍，突出了巴赫金批评中的两个重要观念，即怪诞现实主义小说和民间诙谐文化。法国文学研究专家吴岳添在论文中补述了一些关于拉伯雷小说的资料，例如：“《巨人传》的直接来源，是 1532 年在里昂出版的一本民间故事《巨人高康大传奇》，写的是巫师梅兰用巫术创造一家巨人的传奇故事，拉伯雷于 1531 年底到里昂行医，读了这个民间故事后深受启发，于是开始撰写《巨人传》。”赵峻、刘剑则明确提出了巴赫金狂欢化理论的局限性，虽然作者没能展开更深入的研究，但是大致暗示了近 20 年热闹的巴赫金理论已经开始落潮，毕竟巴赫金的拉伯雷研究是 1965 年以前完成的。

张成军的《〈巨人传〉与骑士文学》和余凤高的《医生拉伯雷》等论文分别从不同的角度分析考察了拉伯雷小说的文学传统及其思想性,不乏一些新的启发。例如,张成军指出:“拉伯雷对骑士文学不仅不陌生,而且颇为熟稔,可谓随手拈来——若拉伯雷在他的创作中有意识或无意识地借鉴了骑士文学。”“《巨人传》对骑士文学的戏拟可分为两个层面:一是微观方面,即作品细节;二是宏观方面,即情节结构。”①

(二)《巨人传》的翻译

拉伯雷作品的早期翻译是极少的。1933 年徐仲年在《法国文学ABC》(上册)中节选“巴特贝克之死”一段,这是现代中国对拉伯雷小说的首次翻译。

> 当邦大羿吕爱儿降生时,他的父亲恰尔刚居阿弄得手足无措:一边呢他看见他的妻子巴特倍克生产死了,一边呢他的儿子邦大羿吕爱儿这样肥大可爱:他不自知将言何事,将为何为。一种双料的骚扰使他为难:他应为妻丧而哭呢,还应为生子而欢乐。……他哭得像只母牛;但,忽然他狂笑如一只小牛,当他想起了初生的邦大羿吕爱儿。“呵!我的小孩,他说,我的小脚东西,你是多么美丽,我如何感激上帝给我这样美丽,这样快乐,这样嬉笑,这样可爱的儿子!呵,呵,呵,呵!我如何畅快!我们饮酒罢;呵!且把悲伤拨开,哙!取些上等酒来,把杯子洗洗,放上桌布,赶去这些狗,吹吹火,把烛点了,关上门,细切汤羹里用的面包……②

1953 年《译文》第 2 期刊载了沈宝基选译的《卡刚都亚与庞大固埃》,其中包括:“垒尔内的卖烧饼的和卡刚都亚的乡民如何发生争端”,“垒尔内的居民,在国王毕可肖的率领下,出其不意袭击卡刚都亚的牧羊人”,“沙伊埃的一个僧人如何保卫僧院,不令敌人侵犯”,“毕可肖如何袭击克莱莫岩及大度量被迫应战”,“庞大固埃怎样到了骗人岛”,“我们是怎样到了穿皮袍的猫王格里泼米诺居住的牢城的”,“格里泼米诺怎样要我们猜谜”,“穿皮袍的猫怎样靠贿赂为生”等节。

1954 年《译文》刊载了成钰亭翻译的《高康大》第 25 至 29 章关于毕克罗寿夫入侵并被高康大击退的战争故事。1956 年 12 月人民文学出版

---

① 张成军:《〈巨人传〉与骑士文学》,《邵阳学院学报》(社会科学版),2011 年第 5 期,第 81—86 页。

② 徐仲年:《法国文学 ABC》(上册),上海:世界书局,1933 年版,第 30—31 页。

社出版了鲍文蔚翻译的《巨人传》(第一卷)。

显然,译者将面临汉语法语语际转换的较多困难,这些汉译者显然认同拉伯雷的语言具有独特的时代特征,成钰亭在《高康大》之"译者的话"中指出:"读拉伯雷的书,要想到这是一部四百多年前的书,文字的描写,句法的运用,都和现在不同;那时的读者和现在的读者,在了解上,体会上,也迥不相同:有许多那时认为想入非非以及若干绝顶进步的医学名词,现在已是毫不稀奇;那时候盛行的习惯和语气,现在反而觉得莫名其妙,即如十六世纪法国文坛上流行的'Enigme'体裁的谜诗,文字的前后句,为了韵脚的关系,往往意思毫不连串,这在当时是相当普遍的,到了现在却相当费解了。//还有,无可讳言,作者的性格是最豪放不羁的,他信笔写来,不大计较前后有没有矛盾的地方,尤其对于同音字,双关语,更尽玩弄之能事,这种巧妙精彩的地方,是在别种文字里传达不出的。"[①]

1956 年 12 月人民文学出版社出版了鲍文蔚翻译的《巨人传》(第一卷)。1983 年人民文学出版社出版了鲍文蔚的增译本《巨人传》。鲍文蔚在"译者序"中写道:"但是(《庞大固埃的可怖而且惊人的事迹和勋业记》)夸张的滑稽故事下面却藏着辛辣的讽刺。作者在书里猛力攻击烦琐哲学,巴黎神学院,法官和教会。为谨慎起见,他不仅将讽刺隐蔽在无穷无尽的疯话脏语里,并且用了一个笔名。"[②]"一五四一年,他在里昂,将《喀冈都亚》和《庞大固埃》合订为一部,将一些过于直率的字眼略加修改,如'法兰西国王的愚蠢'改为他们'持久的忍耐','神学家'和'索尔朋神学博士'改为'诡辩家',神学院本身改为'涅尔城堡'。这便是后世所传的定本。"[③]"小说用这种文字写成,里面穿插着人民所喜闻乐见的形式,童话,寓言,稗史,小剧,笑谈,发挥作无穷无尽的诙谐,和洪亮而粗豪的笑声。所有这些特点汇合成一种笔力雄健,气势磅礴的文体。这文体,尽管有许多拉丁语,新语,行话,地方语等成分,夹杂其间,增加了阅读的困难,但四百年来还保持着它的青春和活力。"[④]

1978 年以后分别出版了成钰亭的全译本《巨人传》(上海译文出版社,1981)、鲍文蔚的增译本《巨人传》(人民文学出版社,1983),2002 年译林出版社出版了杨松河翻译的《巨人传》,2007 年中国书籍出版社出版了

---

① 方斯华·拉伯雷:《高康大》,成钰亭译,上海:平明出版社,1954 年版,第 12—13 页。

② 拉伯雷:《巨人传》(第一卷),鲍文蔚译,沈宝基校,北京:人民文学出版社,1956 年版,第 6 页。

③ 同上书,第 8 页。

④ 同上书,第 6—12 页。

陈筱卿翻译的《多雷插图本〈巨人传〉》,2008年长江文艺出版社出版了蔡春露翻译的《巨人传》。此外,1981年商务印书馆出版了《法语注释读物巨人传》,2005年哈尔滨出版社出版了英汉对照读物《巨人传》(郭素芳汉译)。

总体上说,与其他进入汉语语境的欧洲作家相比,拉伯雷的研究和翻译相对较弱。钱林森、苏文煜、陈励的《西勒纳斯盒中的珍藏——拉伯雷与中国》稍显误解地宣称拉伯雷在现代中国的传播为“寂寥的中国之旅”,并指出:“如果说由于新文学倡导者不适当的类比造成国人在外国文学介绍之初,与拉伯雷失之交臂还是一种偶然原因的话,那么文学趣味上的相悖,则是国人在以后岁月里难以接纳拉伯雷的根本原因。高卢民族狂放的天性,常常使他们将健全理智深刻思想诉诸放诞异怪的风格中,《巨人传》就是这样一部作品,它将‘崇高无法估价’的珍藏置于表面刻着滑稽怪像的西勒纳斯盒中,这种任性恣意、放诞不拘的狂欢式风格,使得具有儒学气质的中国读者,即便有意从理智上吸收其人文主义思想,情感上仍然对其粗俗表示厌恶,这也就是为何直到1981年新版的《巨人传》上还赫然标着‘内部发行’的字样。正由于倡导者的疏漏与民族审美框范的交互作用,使得这位法国最早的作家却最晚东渐中国。”①笔者认为,这个论断还是比较中肯的。

第三节 《巨人传》在美术领域的传播

《巨人传》几乎没有出现在电影、电视、网络视频等现代媒体中,相反,它却一直受到众多绘画家的青睐,出现了包括绘画诗、插图等多种形式。

在世界文学中,东西方都出现过各种各样的绘画诗,或者与造型艺术有关的文学类型、诗行或者散文语句明显呈现出可视的图像效果。绘画诗是文学与绘画相结合的最极端的艺术形式,它往往超出了传统诗歌的边界,甚至被赋予宗教象征的意义。原本是刻在宗教或崇拜物上的献词,似乎是专为祭祀而作的,祭坛诗(altar poem)就是明显的例证。图案诗是对所描述的事物进行再创造以及用文字形式再现的文学作品,可能源于东方文学(例如,埃及、希伯来、克里特岛)。《巨人传》第五卷中的“神圣之瓶”可以看作是“图案诗”。

---

① 钱林森:《法国作家与中国》,福州:福建教育出版社,1995年版,第23页。

文学插画(Illustrations)是文学和视觉艺术之间联系最常见的形式,插图不是全部画出文学作品中最显著的图景,相反,它们更多是表明插画作者的趣味和对文学作品的(主观)理解。从学术角度来说,文学插画是具有艺术史性质的。文学批评家和文学史家应该关注这种现象,A. -M. 贝西(Alain-Marie Bassy)的《拉封丹的寓言》(*Les Fables de La Fontaine*, 1986)论述到拉封丹寓言与绘画的关系。以阿里奥斯托(Ludovico Ariosto)的《疯狂的奥兰多》(*Orlando Furioso*)与美术的比较研究为例,R. W. 李(Rensselaer Wright Lee)的《树上的名字:阿里奥斯托在艺术之中》(*Names on Trees : Ariosto into Art*, 1976)、古斯塔夫·多雷(Gustave Doré)的《多勒的〈疯狂的和奥兰多〉插画》(*Doré's Illustrations for Ariosto's "Orlando Furioso"*, 1980)、S. B. 查尼(Sara Beth Charney)的《阿里奥斯托与视觉艺术》(*Ariosto and the Visual Arts : an Iconographical Study of Avarice*, 1988)富有启发地揭示了文学与视觉艺术的亲密关系。

在欧洲,文学插画的传统几乎与印刷术一样长久,《巨人传》在流传过程中,出现了多种风格的插图本印行,无疑,插图本在推广这本文学名著方面起到了重要的不可替代的作用。1537 年巴黎的加诺(Denis Janot)版本装饰有少量插画,1542 年里昂的居斯特(François Juste)版本也装饰有少量插画。1545 年鲁昂的出版商杜果(Jehan Dugort)新版的《布英格纳耶》(*Bringuenarilles, cousin germain de Fessepinte*)装饰有少量插画。1547—1548 年里昂的拉维耶(Claude de La Ville)版装饰有少量插画。1552 年装饰有少量插画的《第四卷 尊贵的庞大固埃英雄言行》在巴黎由出版商费赞达出版。一般来说,16 世纪的木板插画是非个人风格的绘画,依然保留了中世纪绘画的诸特征,例如在主题上多是梦幻/幻想题材、天主教题材、骑士题材和神话/传奇式的绘画,人物构图平面化,人物近似于现实“真实”,没有出现“巨人”的象征或寓意等。

插图本最著名的无疑要算 1854 年出版的《喀冈都亚与庞大固埃》,它采用了法国艺术家古斯塔夫·多雷创作的插画。1873 年出版的《喀冈都亚与庞大固埃》插入了 400 多幅古斯塔夫·多雷创作的插画。多雷创作的插画具有鲜明的浪漫主义绘画风格,题材喜好由时间而造成的“异域”题材,风格夸张怪诞,往往突出了“巨人”的象征或寓意等。除了多雷之外,还有一些著名的插图画家参与了插图本《巨人传》的绘画工作。1904 年纳布出版社(Nabu Press)出版的《拉伯雷作品集》(*The Works of Mr. Francis Rabelais*)采用的是 W. H. 罗宾逊(William Heath Robinson)创作的插画。W. H. 罗宾逊是著名的英国漫画作家,他创作的《喀冈都亚与庞大固埃》插画具有漫画的夸张,富有个性风格,往往表现出现实主义的细节。1922 年出版的《喀冈都亚与庞大固埃》采用的是 J. 埃玛尔(Joseph Hémard)创作的 525 幅插画。J. 埃玛尔是 20 世纪法国著名的漫画作家,他创作的《喀冈都亚与庞大固埃》插画具有滑稽/喜剧式的夸张,富有个性风格,往往表现出现代主义技巧。

1873 年古斯塔夫·多雷为《巨人传》创作的插画

《巨人传》为什么没有受到现代媒体的关注?古典主义、启蒙主义、自然主义和现代哲学都暗示现代法国文化走上了一条与拉伯雷相反的道路。每个时代总有为数众多的读者对拉伯雷和他的创作作品表达崇敬,然而有耐心的读者却是极少数的。显然不是因为拉伯雷的创作风格超出了现代媒体的限度,对比莫里哀喜剧的现代改编,拉伯雷再现的社会生活毕竟距离现代生活太遥远了,这些因为时间而变得陌生的风俗可能会带来更多的争议,至少在读者的可预知评价上是不确定的,人们可以期待现代媒体对此做出新的探险吗?

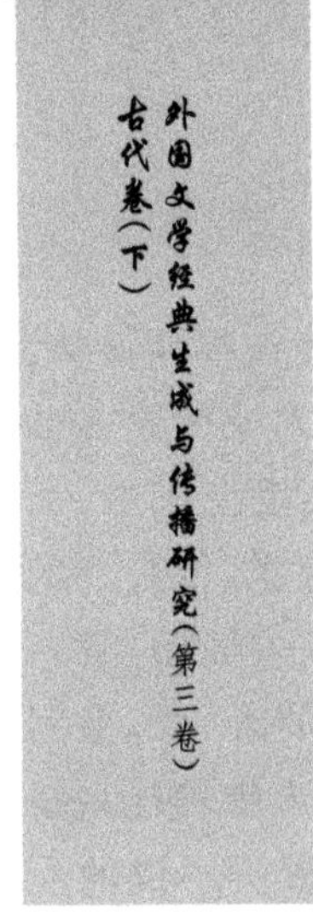

第六章
《仙后》的生成与传播

作为英国文艺复兴时期从乔叟过渡到莎士比亚的重要诗人，埃德蒙·斯宾塞(Edmund Spenser，1552—1599)无论在当时还是今天的英国文学界都享有崇高的地位，甚至被认为是仅次于莎士比亚和弥尔顿的重要诗人。① 也正是由于其杰出的文学创作，斯宾塞被后人称为"诗人画家""诗人音乐家"以及"诗人中的诗人"。

1575 年于剑桥大学取得硕士学位(MA)之后，斯宾塞很快走上了文学创作的道路。他在 1579 年发表了自己的第一部作品《牧羊人月历》(*The Shepheardes Calender*)，随后又陆续发表了一些以爱情为主题的十四行诗。但是纵观其所有文学创作，《仙后》(*The Faerie Queene*)无疑是其中最为重要的一部作品。

从篇幅上来看，作为叙事长诗的《仙后》篇幅之巨大是英国文学史上少有的。按照斯宾塞自己的计划，《仙后》应当前后共有 12 个章节，分别表达人的 12 种基本品德。然而遗憾的是，终其一生，斯宾塞都未能完成这部鸿篇巨制。斯宾塞在创作《仙后》第 6 章的时候，身体状况已经急转直下，在第 7 章仅完成 2 节时，即与世长辞。因此，后来对《仙后》的研究，主要集中在已经创作完成的 6 个章节上，本章也将沿用这样的研究思路。虽然《仙后》最终未能完成，但这丝毫也未影响《仙后》跻身于世界名著的行列之中，这部宏伟的史诗，以其新颖的格律形式、生动的情节人物、丰富的道德内涵和神秘的象征寓意吸引了从古至今的众多读者，也让评论界对史诗的结构、内容、形象等方方面面的问题产生了经久不衰的兴趣。

---

① 曾一：《埃德蒙·斯宾塞其人》，《文学界》(理论版)2010 年第 5 期，第 209 页。

从论文的总体数量上来看,《仙后》在中国的研究远不能被称作显学。从1995年至今,发表在各类杂志上的以《仙后》为主要分析对象的论文共计31篇,另有4篇以《仙后》为主题的硕士论文。从研究角度上来看,大多数论文关注的是《仙后》的作者情况和成书的历史时代背景,如曾一的《埃德蒙·斯宾塞其人》和胡家峦所著的《亚瑟王子之盾——〈仙后〉第一卷和英国的宗教改革》。另有部分论文研究的是《仙后》中的人物形象问题,但对于人物形象的研究主要集中在史诗第1章中的红十字骑士(the knight of the red crosse)身上,如马睿在2012年发表的《成长小说的先驱——红十字骑士成长历程》、段语吟以红十字骑士为题写作的硕士毕业论文。而刘立辉、蒋虹、胡家峦等学者则致力于《仙后》的文本内部研究,他们或从仙后的意向(蒋虹的《从水意向看斯宾塞〈仙后〉的整体对比结构》),或从叙事的方式(刘立辉的《宇宙时间和斯宾塞〈仙后〉的叙事时间》)等方面对《仙后》的文本进行了非常细致的分析。真正论及《仙后》的生成的仅有熊云甫先生的《斯宾塞〈仙后〉第一卷与英国中古文学传统》一文。该文资料翔实,论述严谨,对《仙后》第1章和英国中古文学之间的关系进行了细致的梳理。而谈到《仙后》对后世文学影响的文章数量更是少之又少,且大多大而化之,缺乏文本和理论的支撑。综上所述,我国对《仙后》的研究数量较少,还不够深入,研究观点也比较单一。①

欧美对《仙后》的研究——按照学者鲁道夫·高特弗雷德(Rudolf B. Gottfried)的说法——是在诺思罗普·弗莱(Northrop Frye)出版的《批评的解剖》(*The Anatomy of Criticism*)后获得了很大的进展。② 半个世纪以来,欧美对《仙后》可以说是从情节到人物,从背景到象征寓意等方面进行了全方位的研究。其中不乏关于《仙后》起源的分析,如李·皮佛(Lee Piepho)在其研究论文《埃德蒙·斯宾塞与新拉丁文学》(*Edmund Spenser and Neo-Latin Literature*)中就详细分析了史诗和拉丁文学的渊源,而尼古拉斯·坎尼(Nicholas Canny)则把史诗置入了盎格鲁-爱尔兰(Anglo-Irish)的文学传统之中,并认为《仙后》和盎格鲁文学的关系非同一般。在谈及《仙后》对后世文学的影响的问题上,大量论文从音韵学的

---

① 我国对于《仙后》的研究主要集中在史诗的第1章上,这很可能是因为第1章是唯一被较为完整翻译成中文的部分,而《仙后》原文借用了大量的拉丁语词汇和构词法,给后世的阅读者带来了极大的障碍。

② Rudolf B. Gottfried, "Our New Poet: Archetypal Criticism and *The Faerie Queene*", *PMLA*, Vol. 83, No. 5 (Oct. 1968), pp. 1362—1377.

角度分析了斯宾塞诗体对后世英国诗人——如弥尔顿和济慈——的影响，而《仙后》从结构到主题或是人物形象对后世文学，特别是对20世纪文学的影响研究则不多见，只能在研究幻想文学的论文中看到细枝末节。更多的学者，则因《仙后》丰富的幻想性把它推至于英国奇幻小说的源头。

不论从哪个方面研究《仙后》，首先要明确的是这部复杂的史诗的情节内容和基本结构。《仙后》篇幅宏大，人物众多，且章与章之间在情节上的承续性不强。整部史诗的主线是亚瑟(Arthur)因梦来到仙后葛萝莉阿娜(Gloriana)的宫廷，正逢其举行12天的宴会，每天葛萝莉阿娜都派一个骑士去帮助需要帮助的人。整部史诗，按照斯宾塞的计划，就以这12位骑士的经历为线索展开。《仙后》第1章主要叙述红十字骑士在乌娜(Una)的帮助下不断成长，最终克服诱惑完成屠龙的任务并由此拯救了乌娜的父母和国家；第2章的主角盖恩骑士(Sir Guyon)则是节制的象征，他立誓为贵妇阿玛维亚(Amavia)和骑士莫丹特(Mordant)向阿克拉西娅(Acrasia)复仇，在经历了诸多历险之后自己也身处险境，最后得到亚瑟王的帮助并摧毁了阿克拉西亚的“欢愉亭”(Bower of Bliss)[①]；第3章在已经成书的6个章节中显得比较特殊，因其主角是一位叫做布里托玛特(Britomart)的女士，她并非因为仙后的指派，而是为了寻找水晶球中看到的恋人而踏上征途。同时，布里托玛特也是贞洁的代表。而在章节的最后，布里托玛特未能找到自己的未婚夫，而是帮助骑士斯库达莫(Scudamour)救回了阿莱蕾特(Amoret)；第4章虽然在人物和情节上是上文的承续，但是从思想上来说却和前3章有较大的差别——似乎斯宾塞在这个部分把自己的目光从原本的宗教寓言转向了更为世俗的内容，他通过坎贝尔(Cambel)和特拉蒙德(Telamond)在比武大会上的经历展现了自己对于友谊的重要性的认识；第5章是关于代表正义的阿提戈(Artegall)和他的仆从铁人塔鲁斯(Talus)，阿提戈是正义女神的代表。阿提戈和塔鲁斯在文章中分别象征着正义的理念(阿提戈)和对正义的实践(塔鲁斯)。然而在本章第5节中，阿提戈对于正义的有限理解开始暴露，从而使其成为亚马逊女王蕾德刚德的俘虏，在受尽侮辱和折磨后，最终被布里托玛特所救；第6章的主要内容是关于谦恭有礼的卡力多

---

① 该地名在《仙后》中带有寓言色彩，其中的Bliss主要指物质和感官上的极大满足，从而和基督教中的“有福(Blessed)”形成巨大反差。

(Calidore)和牧羊女帕斯托蕾拉(Pastorella)的爱情故事,最终,牧羊女被发现是一位骑士和他的夫人的亲生女儿。整个第 6 章充满了牧歌情调,从而和前 5 章在审美情趣上表达出较大的差异。对于《仙后》的结构,较有代表性的观点可以归结为两种,一种是认为整部史诗是以亚瑟王的冒险经历为中心,把亚瑟王看做是联结史诗各个章节的关键;[①]另一种看法则认为"《仙后》的结构就像一个梦,梦中的情景以生动的画面出现,随后就烟消云散"[②]。笔者更认同后一种看法。纵观整部史诗,虽然亚瑟王不时以拯救者的形象出现在史诗的不同章节中,但这个人物本身的行动却未见延续性,很难担当起史诗纽带的重任。因此在下面的讨论中,笔者除略论史诗中人物形象与文艺复兴之前其他文学作品的类同,将更关注《仙后》隐藏在字里行间的细节,以期发现《仙后》隐藏在文字背后的文学渊源,正是这样一些文学渊源,对于《仙后》的生成起到了至关重要的作用。

第一节 《仙后》在英国的生成

虽然从斯宾塞写给友人的信中可以看出,《仙后》的写作目的和弘扬欧洲的文学传统没有多大关系,但斯宾塞出色的教育经历仍然使诗人自觉或不自觉地接受了文学传统的影响。斯宾塞在 9 岁时(1561 年)被 Merchant Taylor's School 录取,并在此接受了严格的人文主义教育。从该校首任校长理查德·穆卡斯特(Richard Mulcaster)的著作来看,这所学校的课程主要集中在拉丁语和希腊语上,除贺拉斯(Horace)和荷马(Homer)的作品是主要教学材料之外,学生还要学习奥维德(Ovid)、西塞罗(Cicero)等古罗马文人的作品。[③] 这就使得斯宾塞必然对古希腊文学和古罗马文学相当熟悉。而在剑桥大学学习期间,和他的导师加百列·哈维(Gabriel Harvey)一样,斯宾塞"很快接触到了大量的意大利古典作

---

① John Upton, "On The Faerie Queene", ed. Hugh Maclean, *A Norton Critical Edition: Edmund Spencer's Poetry*, New York: W. W. Norton & Company, 1968, p. 519.

② Graham Hough, "The Structure of The Faerie Queene", ed. Hugh Maclean, *A Norton Critical Edition :Edmund Spencer's Poetry*, New York: W. W. Norton & Company, 1968, p. 580.

③ Andrew Zurcher, *Edmund Spenser's The Faerie Queene*, *A Reading Guide*, Edinburgh: Edinburgh University Press Ltd., 2011, p. 2.

品"[①],包括阿里奥斯托(Ludovico Ariosto)的《疯狂的奥兰多》(*Orlando Furioso*)和塔索(Torquato Tasso)的《被解放的耶路撒冷》(*Jerusalem Delivered*)。实际上,国内外学术研究已经对斯宾塞和古罗马文学当中的渊源进行了梳理和研究,在此,本章不做赘述。[②] 笔者将把时间推得更远,因为斯宾塞的《仙后》不仅从古罗马文学中汲取了营养,也受到了时间更早的古希腊文学中的影响。

在《仙后》中的一些人物形象上,我们明显可以看到古希腊神话的影子。如骑士马瑞奈尔(Marinell)显然和神话中的阿多尼斯(Adonis)相关:他是海之女神(Sea-nymphes)的儿子,天然地与水有密不可分的联系,同时也正因其血统的关系,马瑞奈尔在面对女性的时候,始终无动于衷。弗洛瑞美尔(Florimel)的经历则和冥后珀耳塞福涅(Persephone)类似,她们都经历过"死亡",但最终都走向了复活,并且她们的复活为人世带来了值得祝福的生命力。如果说古希腊神话只是以细枝末节的方式深入《仙后》的创作过程中,那么古希腊文学的典范——荷马史诗对于《仙后》的影响则要强烈得多。最为明显的一个例子是当斯宾塞描述为帕里戴尔骑士(Sir Paridell)和布里托玛特在马尔贝克(Malbecco)府上举行的宴会:

> 当他们酒足饭饱之后,
> 温和的夫人向饱经历险的骑士们
> 询问他们的目的,
> 他问他们是谁,来自何方
> 经历过何样的事迹。(Ⅲ, ix, 32, 1—5)[③]

这样的诗节和荷马在《奥德赛》(*Odyssey*)中反复运用的诗节非常相似,例如在《奥德赛》第3章,奥德修斯(Odysseus)的儿子忒勒玛科斯(Telemachus)来到皮洛斯(Pylos)探寻自己父亲的下落,寻求老英雄涅斯托尔(Nestor)和墨涅拉奥斯(Menelaus)的帮助时一样:

---

① Andrew Zurcher, *Edmund Spenser's The Faerie Queene, A Reading Guide*, Edinburgh: Edinburgh University Press Ltd, 2011, p. 3.

② Bart van Es, *A Critical Companion to Spenser Studies*, Basingstoke: Palgave Macmillan, 2006, pp. 102—104.

③ 本章所引用的《仙后》一诗,皆来自由 Carol V. Kaske 编写的 *The Faerie Queene* (Hackett Publishing Company, 2005)。内容皆由笔者自译。因文章主要是从形象、情节等方面对《仙后》进行分析,因此在翻译的时候,多考虑按照内容义译,而较少考虑音韵的元素。引用的方式和标注,按照学界的普遍标准,不采用标注页码的形式,而是以大写罗马数字指代章,小写罗马数字指代节,后面两个阿拉伯数字分别指代段和行,下同。而在下文比较句法时本章将沿用英文原诗。

在他们满足了饮酒吃肉的欲望之后，
格瑞尼亚策马的涅斯托尔对大家说话：
“现在正是向客人了解询问的好时机，
他们是什么人，既然他们已经用完餐。
客人们，你们是什么人？从何处航行前来？
你们是有事在身，还是随意来这里？”①

近侍又高高托来各种式样的肉盘，
在他们面前再分别摆上黄金杯盏。
金发的墨涅拉奥斯欢迎他们这样说：
“就餐吧，尽情取用，待你们吃饱之后
我们再动问打听，你们是些什么人……”②

我们试比较上述的两段引文，不难发现他们之间的相似性是不容否认的。首先，主人的好客体现在未及询问客人的身份和目的，直接端上酒肉宴请客人，而“在他们满足了饮酒吃肉的欲望之后”一句，更是在《伊利亚特》(*Iliad*)和《奥德赛》中反复出现的套话。另外，主人在饭后询问的内容都涉及了客人的姓名、来历以及客人的目的。实际上，斯宾塞在《仙后》中描写宴请并不止上述的这一处，从第1章到第6章，宴请的主人和客人各不相同，但只有这一处表现出了和《奥德赛》的相似性，很可能斯宾塞有意为之。与此同时，《仙后》中的这位“温和的夫人”——马尔贝克的妻子海伦诺(Hellenore)曾经和骑士帕里戴尔短暂地私奔过，这正和墨涅拉奥斯的妻子海伦(Helen)离开斯巴达(Sparta)和帕里斯(Paris)共赴特洛伊(Troy)一样。③ 斯宾塞不仅在情节和人物上刻意模仿荷马，在句法和文法上似乎也在向荷马致敬，瑟彻(Zurcher)就比较过《仙后》和《奥德赛》中这样的两个句子：“Now when of meats and drinks they had their fill”(Ⅲ, ix, 32, 1)和“but when they had enough of food and drink”(《奥德赛》)的希腊语原文，并认为这两个句子在句法上极为类似，是斯宾塞对荷马史诗的刻意模仿。同时，瑟彻也认为海伦诺对帕里戴尔的倾心，正如卡

---

① 荷马：《荷马史诗·奥德赛》，王焕生译，北京：人民文学出版社，2003年版，第37页。

② 同上书，第55页。

③ 实际上，从两位女性角色的名字可见斯宾塞是有意把海伦诺塑造成和海伦类似的形象。

吕普索(Calypso)阻碍奥德修斯归家的旅程。[①]

马尔贝克的宴会只是斯宾塞向荷马致敬的一个片段，真正把荷马史诗的叙事和整个结构纳入《仙后》中来的，见于第2章第12节盖恩骑士向欢愉亭进发的部分。盖恩骑士立誓为阿玛维亚复仇，在路经阿尔玛(Almar)的宫殿后离开大陆，在朝圣者的指导下乘船驶向欢愉亭。虽然从象征意义上来说，盖恩骑士象征的节制和朝圣者象征的良心都和荷马史诗关系不大，但是纵观整个盖恩出海的历程则不难看出奥德修斯经历十年漂泊最终归家的历程对斯宾塞产生的巨大影响。

最先把《仙后》第2章第12节和《奥德赛》联系起来的，是在盖恩出海的过程中遇到了歌声甜美的人鱼。虽然在《奥德赛》中，基尔克(Circe)没有说过任何和塞壬(Siren)的外形有关的内容，但是塞壬的人鱼形象已经根深蒂固。事实上，中世纪的大量地图上都出现了人鱼，而她们美妙的歌声也是家喻户晓。和《奥德赛》一样，《仙后》中的人鱼歌声美妙，但最终的目的则是杀掉受到迷惑的旅人。(And their sweet skill in wonted melody; / Which ever after they abuse to ill, / T' allure weake traveillers, whom gotten they did kill.)(Ⅱ, xii, 31,7—9)同时，和奥德修斯的遭遇一样，盖恩也受到了人鱼"指名道姓"的引诱：

> 那位温厚仙女的神样后裔啊，
> 所有军队中最伟大的，
> 在所有骑士中拥有最杰出的战绩。(Ⅱ, xii,32,3—5)

歌曲的开头和"光辉的奥德修斯，阿开奥斯人的殊荣"[②]实在是有异曲同工之处。和荷马笔下的塞壬相比，斯宾塞为人鱼添加了柔美的容貌，以增强其诱惑力。但是奥德修斯有被蜜蜡塞住耳朵的同伴，而盖恩在朝圣者的劝说下最终也转头离去。如果我们对《仙后》第2章进行仔细观察的话，会发现其和荷马史诗更多的相似之处。基尔克告诫奥德修斯，在他的前方将有三条路供其选择，一条是普兰克泰伊(Planctae)，即撞岩。一条是被斯库拉(Scylla)守护的水道，多足的斯库拉会趁机捕获航海者。最后一条则由怪兽卡律布狄斯(Charybdis)守护，怪兽每天把海水分三次吞进吐出，由此形成巨大的漩涡。在盖恩和伙伴航行到第二天的时候，就由水

---

① Andrew Zurcher, *Edmund Spenser's The Faerie Queene, A Reading Guide*, Edinburgh: Edinburgh University Press Ltd, 2011, p.166.

② 荷马:《荷马史诗·奥德赛》，王焕生译，北京：人民文学出版社，2003年版，第226页。

手(Boteman)讲述了他们前方可能会遇到的灾难：

> 据说,前方就是贪婪湾,
> 吞吃全世界受害者的深渊;
> 他大口地吞吃,
> 然后很快又把那些死去的重新吐出。
> ……
> 另一边则是巨大丑陋的岩石斜出海面,
> 它们那陡峭的悬崖
> 高高耸立,令人畏惧,
> 对于那些胆敢靠近它粗糙的裂缝的人
> 投下深深的恐惧。而那些来到此地的
> 无人能够逃离:
> 因为,当他们逃离不断吞噬的狭窄裂口
> 他们就在岩石上被撕碎,葬身于无情的海浪。(Ⅱ, xii,3.3—4.9)

水手向盖恩描述的两个地方,很明显和荷马史诗中的第三条和第一条水路相关联。虽然在诗中并未出现“撞击”这一含义,但斯宾塞通过“斜出”“吞噬”“狭窄”等词汇把耸立的岩石和牙齿做了类比,从而影射岩石有可能会相互撞击。而当盖恩一行人行至贪婪湾时首先看到的是海面的巨大漩涡,在加上前文的“吞吃”“吐出”等词汇的运用,不难看出贪婪湾正是对应卡律布狄斯制造的漩涡。①

不仅盖恩航海的历程充满了奥德修斯式的磨难,而且其最终的目标欢愉亭也和奥德赛曾经停留的卡吕普索的岛类似。荷马在描绘卡吕普索的仙岛时,提到了下面的几个因素:香气弥漫的、林木繁茂的、硕果累累的、草地柔软的、鲜花盛开的等因素,在《仙后》中都无一例外地出现了。在第2章第12节的第50—54行中,斯宾塞详细描绘了盖恩来到欢愉亭时看到的景象:他看到枝叶交相辉映的密闭树林,闻到了各色鲜花盛开的美妙香气,路过了绿草如茵的草地,特别是还看到了如红宝石一般的硕果累累的葡萄。除了景色类似,仙岛上的卡吕普索和欢愉亭中的阿克拉西娅类似,她们都是美丽的女性,都象征了享乐,都企图诱惑英雄(奥德修斯和盖恩及其他骑士)从而使其忘记自己原来的道路。但是阿克拉西娅和

---

① 海上怪兽在《仙后》的第2章第12节开头并未出场,但在下文中也以多头的形象出现,但斯宾塞赋予了其基督教意义,因此将在下文论及。

《奥德赛》中的基尔克的相似之处还不止于此，在摧毁欢愉亭之后，盖恩和朝圣者在欢愉亭发现了一群猪，朝圣者告诉盖恩：

> 这些看上去是野兽的实际是人
> 他们被迷惑而变成了这个样子；
> 这些她（阿克拉西娅）曾经的恋人，被她用放荡喂养，
> 如今变成了丑陋的形状。（Ⅱ，xii，83，1—4）

这样的细节明显和《奥德赛》中的基尔克相关，她引诱奥德修斯的随从饮用掺有魔药的饮料，然后把他们都变成了猪。实际上，无论是卡吕普索还是基尔克，她们都企图用美色和享乐留住奥德修斯，即使其偏离原定的方向。把这两个角色合并表明"诱惑"仍然是本章的主题，它所具有的危险性甚至可以给人带来致命的伤害。

虽然和荷马史诗有诸多的相似之处，但这并不意味着希腊文学就是《仙后》的唯一渊源。《仙后》所包含的道德上的含义比古希腊文学要深厚得多。盖恩的航行虽然某种程度上和《奥德赛》相对应，但从角色来看，盖恩和奥德修斯则具有相当大的差异。奥德修斯在希腊史诗中表现出一种如孩童般的天真烂漫，他虽然聪慧勇敢，但总是在归家的途中不断地犯错，他和他的下属表现出一种缺乏节制的特征。奥德修斯逃离塞壬的魔爪也仅只是因为他听从了基尔克的指导把自己绑在了桅杆上，而并非他发自内心地不想去聆听塞壬的歌声。盖恩在航行的过程中虽也屡有动摇，但朝圣者这个斯宾塞创造的角色在骑士身边则担负起了重要的作用：他在骑士受到迷惑的时候提点他，在同行人失去勇气的时候鼓励他，而盖恩也每每毫不犹豫地听从朝圣者的指导。可见，盖恩身上体现了一种更为成熟的、理性的、节制的特性，甚至可以把盖恩看做是斯宾塞对奥德修斯缺乏节制的小小讽刺。由此可以推断，希腊文化绝不是《仙后》的唯一渊源，还有其他的文化或文学在《仙后》生成的过程当中起到了至关重要的作用。

作为西方文化和文学的源头，《圣经》（*Holy Bible*）对后世文学的影响是毋庸置疑的。事实上，学者普蕾斯格特（Anne Lake Prescott）就认为"《仙后》中布满了《圣经》的痕迹"[①]。美国学者纳西布·沙辛（Naseeb Shaheen）早在1976年就出版了专著，以讨论《圣经》是以何种方式深入

---

① Bart van Es, *A Critical Companion to Spenser Studies*, Basingstoke: Palgave Macmillan, 2006, p. 99.

《仙后》的叙事中的。[①] 中国也有学者论及《圣经》与《仙后》的关系。马睿认为红十字骑士的经历符合《圣经》中的“死亡—复活”模式,郭兴也认为红十字骑士实际上表明的是对上帝真理的追寻。而刘立辉则从时间观念入手,认为《仙后》的时间属性是《圣经》式的。[②] 上述文章普遍认为《仙后》第1章中红十字骑士的冒险和《圣经·创世纪》具有某种程度上的同构关系。乌娜的父母,实际上是亚当和夏娃的象征。他们居住的国度对应伊甸园,肆虐的毒龙则是潜进伊甸园的毒蛇,由此也是撒旦的化身。而红十字骑士最终战胜毒龙则象征着信仰战胜了撒旦,并且恢复了伊甸园的荣光。在我们把红十字骑士的经历做一个仔细的梳理之后会发现,这样的结论的确是站得住脚的。红十字骑士在前往乌娜王国的途中曾经偶遇一只叫做“过失(Error)”的怪兽,怪兽潜伏在暗无天日的洞穴里,斯宾塞在描绘怪兽的时候特意把其描绘成一只杂交生成的物种:“在那里他看到了丑陋的怪兽,/ 一半像一条毒蛇的形状,/ 而另一半还保留女人的样子。”(I, i, 14, 6—8)斯宾塞巧妙地把两个形象合而为一:它一方面代表着毒蛇,另一方面则象征着引诱男人吃下禁果的女人。同时,他也在这里赋予了怪兽道德上的含义:过失,即不可轻易受到引诱,无论其来自何方。同时,《仙后》中的反面人物多具有“引诱”和“欺骗”的元素,例如阿奇马戈(Archimago)引诱了红十字骑士,后又引诱盖恩,杜爱莎(Duessa)则是谎言的化身。和上帝战胜蛇形的对手一样,红十字骑士也战胜了“过失”,《圣经·创世纪》暗示上帝移除了蛇的脚,使之身体残缺——“你既做了这事,就必受诅咒,比一切的牲畜野兽更甚。你必用肚子行走,终身吃土”(创,3:14);红十字骑士最终也砍掉了怪兽的头。“过失”一方面对应《圣经·创世纪》中的蛇,另一方面也和《圣经·启示录》中的龙有相似之处:“我又看见三个污秽的灵,好像青蛙,从龙口、兽口并假先知的口中出来。”(启,16:13),而“过失”也从肮脏的胃中吐出了“无眼的青蛙和蟾蜍”(Ⅰ,i,20,1—7)。

《仙后》不仅从《圣经·创世纪》吸取灵感,也受到了《圣经·新约》中“四福音书”的影响。最明显的一个例子就是在史诗的第2章中,斯宾塞把“四福音书”对于进入天国的艰难做了转型,然后运用到了自己的创作

---

① Naseeb Shaheen, *Biblical References in The Faerie Queene*, Memphis: Memphis State University Press, 1976.

② 刘立辉:《斯宾塞〈仙后〉与西方史诗玄幻的叙事传统》,《重庆三峡学院学报》2008年第6期,第28页。

中。虽然耶稣不遗余力地宣扬进入天国获得拯救的益处，但他也很明确地指出："骆驼穿过针眼，比财主进神的国还容易呢。"（马可，10:25）在"四福音书"的其他部分，天国通常以一扇紧锁的大门的形象出现，如基督要把天国的钥匙给彼得（马太，16－19）。在《仙后》中，"紧锁的大门"也反复出现，不过却是出现在英雄的对立面。例如红十字骑士就在巨人的城堡中面对一扇紧锁的大门，"钥匙无处可见"（Ⅰ, viii, 37, 4）。斯宾塞似乎在表达这样一种观念，那就是有罪的人难以进入天堂，纯洁无罪的人也不会轻易坠入地狱，"紧锁的大门"在此成为分割善恶的界线。红十字骑士并不是整本《仙后》中唯一能和耶稣相联系的角色，第 2 章的主角盖恩身上也在某种程度上拥有耶稣的特质，尤其是在面对诱惑的时候，盖恩表现出和红十字骑士截然不同的特质：盖恩在前往懒散岛的路途中遇到的菲德莉亚（Phaedria）和玛门（Mammon）正对应"四福音书"中耶稣反复劝诫不可沾染的欲望（马太，5:23）和金钱（路加，12:33－34）。盖恩对欲望和金钱的抵制就让其有了某种和耶稣相对应的特质。不仅如此，盖恩在欢愉亭的经历还对应着"四福音书"中描绘的耶稣在沙漠里受到撒旦试探的情节。① 和耶稣一样，盖恩也选择忽视摆在眼前的诱惑，以此加持自己的信仰。在经受住种种考验之后，"魔鬼离了耶稣，有天使来伺候他"（马太，4:11），而盖恩最终也获得了"美酒"（Ⅱ，xii，87，9）。

除去古希腊和基督教文学传统，《仙后》更从英国本土的文化文学传统中汲取了营养。最明显的例证莫过于圣乔治的传说也被借用到了史诗中来。虽然没有固定成型的文本，但圣乔治作为英格兰文化的重要组成部分，其传说和形象在游行、表演、绘画和雕塑等场合反复出现。在《仙后》的第 1 章中，关于圣乔治传说的所有因素——一个处女公主、洁白的绵羊、骑士拯救公主脱离毒龙的魔掌，并且骑士拒绝在完成所有冒险前成婚——均一一出现。虽然乌娜作为真理的化身的象征意义毋庸置疑，但她身上仍然表现出了和圣乔治传说中类似的特性：她是一个尚未成婚的公主，在路途中她骑着白马，戴着白色的头巾遮住面庞，身边还有"牛奶般洁白的绵羊"（Ⅰ，i，4，1－9）。和圣乔治一样，红十字骑士也在光复了乌娜父母的王国后拒绝马上和乌娜成婚，而是要继续完成自己对仙后许下的诺言。民间传说中的圣乔治在屠龙后，龙血在地上形成了一个巨大的十字，这正是红十字骑士盾牌上的标记。而在中世纪和文艺复兴早期以

① 马太，4:1－11；马可，1:12－13，；路加，4:1－14。

圣乔治屠龙为题材的绘画作品中,大多数画家都把圣乔治手持的长矛对准了毒龙翅膀的下方,包括拉斐尔,这表明很可能传说中的确有关于圣乔治屠龙细节的描绘,而红十字骑士在和龙打斗时,"就在靠近龙的左翅下方,/锐利的钢铁造成了深广的伤口"(Ⅰ, xi, 20, 7—8),正和壁画中展示的一样。乌娜则在遭遇毒龙后,马上"退到旁边的小山;/从那里可以看到整个战场"(Ⅰ, xi, 5, 2—3),壁画作品中也都有一个少女站在旁边观看圣乔治的屠龙大战。从斯宾塞对这场惊心动魄的人龙战争的描绘上来看,史诗的读者或听众应当是非常熟悉圣乔治的故事传统的,这或许也是斯宾塞把圣乔治的叙事引入史诗的原因之一。

除此之外,中世纪的浪漫传奇对《仙后》的影响也是十分明显的。海伦·库珀(Helen Cooper)就认为英国浪漫传奇,特别是1400年以后的浪漫传奇启发了都铎(Tudor)时代的作家们,包括斯宾塞。[①] 作为"中世纪主要的世俗性娱乐文学"[②]形式的浪漫文学代表作,亚瑟王的传奇故事在英国可谓是家喻户晓。自12世纪法国诗人克雷蒂安·德·特罗亚(Chrétien de Troyes)"开创了以骑士精神与宫廷爱情相结合的主流浪漫传奇的传统"[③]之后,亚瑟王系列故事的面貌就被基本定型了。直至马洛礼(Thomas Malory)的名作《亚瑟王之死》(*Le Morte d'Arthur*)亦未能跳出骑士精神与宫廷爱情的窠臼。斯宾塞的《仙后》也遵循了浪漫传奇的传统。已经写完的6章,其固定模式无一例外都是无助的女性经受磨难,勇武的骑士挺身而出。虽然布里托玛特身为女性,但在冒险的过程中却始终身着男装,在拯救少女的过程中亦是当仁不让,这个角色身上的性别特征已经模糊,对史诗的结构未产生任何影响。而在卡力多和帕斯托蕾拉的爱情故事中,帕斯托蕾拉一开始虽然是一位牧羊女,但随着叙事的推进,她也被发现具有贵族的血统。帕斯托蕾拉始出场,就表现出一种"超越于其他人的"气质(Ⅵ, ix, 8, 2),她的出现也"让其他人如飘摇的灯光黯然失色"(Ⅵ, ix, 9, 5)。骑士被牧羊女吸引本就是浪漫传奇中常见的情节,而帕斯托蕾拉先被发现与众不同,后其血统又证明其的确要"高于"其他牧羊人的情节,与亚瑟王传奇中的托尔(Tor)骑士十分类似。斯宾

---

① David Wallace, *The Cambridge History of Medieval English Literature*, Cambridge: Cambridge University Press, 2002, p. 691.

② Ibid., p. 153.

③ 肖明翰:《中世纪浪漫传奇的性质与中古英语亚瑟王传奇之发展》,《四川师范大学学报》(社会科学版)2008年第1期,第79页。

塞又将所有章节的骑士统御在亚瑟王之下，让亚瑟王成为最终的拯救者，而亚瑟王则因梦到葛萝莉阿娜来到仙后的国土。这样，斯宾塞就把最负盛名的英格兰的缔造者和当时的女王伊丽莎白(Elizabeth I)联系起来了[①]，并最终通过引用亚瑟王的传说赋予了伊丽莎白女皇统治的合法性。

作为中世纪英国最著名的文学家，乔叟对文类的涉猎广泛以及他多层次的叙事结构都对后世的文学产生了极大的影响。[②] 熊云甫先生曾在《斯宾塞〈仙后〉第一卷与英国中古文学传统》一文中指出《仙后》第1章与乔叟的《坎特伯雷故事集》有某种传承关系。他在分析了《仙后》中亚瑟王在梦中爱上葛萝莉阿娜的情节后，认为乔叟的"托巴斯先生的故事"(*Sir Thopas' Tale*)是这一情节的直接来源。[③] 不仅亚瑟王和托巴斯先生不乏相似之处，而且"仙后"的人物名字亦直接来源于"托巴斯先生的故事"。熊云甫进一步指出："斯宾塞从这则故事中吸取了三点暗示，其一，亚瑟王时代是女人渴望并获得支配地位的时代；其二，仙后不再具有民间传说中'梦淫妖'的特征而成为与人和仙妖和谐相处的仙境女王；其三是作为具有支配地位的仙境女王，仙后是'负有声望的亚瑟王'的最佳配偶。"[④]事实上，作为被公认的中世纪英国最伟大的诗人，乔叟对《仙后》的影响是不可低估的。斯宾塞在《仙后》中数次直接提到乔叟的大名，他在第4章第2节中提到，乔叟使用的是纯净的、未经玷污的英语，因此获得的名声是永恒的(Ⅳ, ii, 32, 8—9)，在同一章节的第7行和第8行又强调"你的精神，将在我处重生/我将遵循你的脚步"，可见斯宾塞在语言风格和精神传统上是认同乔叟的。安·希金斯(Anne Higgins)也认为史诗第4章第2节中围绕着坎娜思(Canacee)的争斗是来源于《坎特伯雷故事集》中乡绅的故事和骑士的故事的合体。[⑤] 在骑士的故事中，艾米丽(Emelye)拒绝选择爱人，由此引发了帕拉蒙(Palomon)和艾凯特(Arcite)的纷争，最终由瑟修斯(Thesus)出面为她挑选夫婿。而在《仙后》中，这位"尽管很多

---

① 关于伊丽莎白和葛萝莉阿娜的同一性已有大量文章做出分析，在此不复赘述。

② David Wallace, *The Cambridge History of Medieval English Literature*, Cambridge: Cambridge University Press, 2002, p. 566.

③ 熊云甫：《斯宾塞〈仙后〉第一卷与英国中古文学传统》，《外国文学评论》2009年第1期，第78页。

④ 同上书，第79页。

⑤ Anne Higgins, "Spenser Reading Chaucer: Another Look at the 'Faerie Queene' Allusions", *The Journal of English and Germanic Philology*, Vol. 89, No. 1 (Jan. 1990), pp. 17—36.

领主和骑士都爱她(坎娜思),/但她始终谁都不爱,/心也从未被感动”(Ⅳ, ii, 36,1—3)的女性也由兄弟坎贝尔出面为其挑选夫婿。虽然《仙后》和《坎特伯雷故事集》中出现了不少平行关系,但这并非是斯宾塞照抄乔叟的例证。恰恰相反,希金斯就认为虽然斯宾塞“借用”了《坎特伯雷故事集》当中的故事,但其目标恰恰是为了改写以使其符合自己在道德上的目标。[①] 因为尽管托帕斯爵士和亚瑟王有相似之处,但乔叟笔下的托帕斯基本是一个不学无术、夸夸其谈的喜剧性人物,他长得英俊,穿得讲究,擅长狩猎,但始终没做出任何英雄的功绩。但唯有一点,就是托帕斯爵士洁身自好,斯宾塞正是把这一点放大之后作为亚瑟身上最主要的一个特征。毕竟,斯宾塞的初衷就是弘扬道德上的良知,这和充满了讽刺的《坎特伯雷故事集》是截然不同的。因此,虽然乔叟对斯宾塞有影响,但斯宾塞仅仅借用了其情节和人物,而在作品的精神上,斯宾塞则始终坚持自己的初衷。

文学传统并非《仙后》生成的唯一因素,当时的社会政治和宗教文化也对史诗的生成产生了影响。如果回顾伊丽莎白统治时期英国的政治宗教状况,我们会发现斯宾塞的宗教思想的复杂性。伊丽莎白统治下的英格兰不仅是一个新教国家,还是当时欧洲新教的领袖。但伴随着 1570 年和 1572 年尼德兰北部和法国新教所受到的打击,英格兰日益感到自己在整个欧洲范围内的孤立。因此,天主教成为了当时英国新教最大的敌人。斯宾塞先后为兰卡斯特伯爵(Earl of Lancaster)和威尔顿的格雷爵士(Baron Grey de Wilton)服务过,这二人都是当时坚定的反天主教人士,再加上《仙后》的中心葛萝莉阿娜就是伊丽莎白本人,而她执政的最大敌人就是其笃信天主教的姐姐玛丽(Mary I),斯宾塞在作品中加入新教的理念就不足为怪了。塔玛拉·乔林(Tamara Goeglein)就认为第 1 章中红十字骑士和沉思(Contemplation)的对话中的话语结构就明显具有新教色彩。[②] 而约翰·沃金斯(John Vokins)也认为在诸如《仙后》这样的作

① Anne Higgins, “Spenser Reading Chaucer: Another Look at the ‘Faerie Queene’ Allusions”, *The Journal of English and Germanic Philology*, Vol. 89, No. 1 (Jan. 1990), pp. 17—36.

② Tamara Goeglein, “Utterances of the Protestant Soul in ‘The Faerie Queene’: The Allegory of Holiness and the Humanist Discourse of Reason”, *Criticism*, Vol. 36, No. 1 (winter, 1994), pp. 1—19.

品中融入了新教的思想。[①] 另一方面，斯宾塞也有意把新教的支持者转变成史诗中的英雄，例如盖恩对应的是兰卡斯特伯爵，阿提戈则是威尔顿的格雷爵士的影子。[②] 这表明《仙后》的生成与当时的社会状况，尤其是宫廷生活亦有一定的联系。厄尔·富勒就认为"斯宾塞一定是受到了宫廷文化的影响，比如他认为爱情能够对人的思维和身体同时产生负面影响"，"比如他在描绘丘比特的面具时同时赋予其虚弱和死亡的含义"。[③] 下面以阿茉蕾特为例做简单分析。作为《仙后》中特别"多灾多难"的人物，阿茉蕾特虽非主角，但其身上被赋予的道德含义却一直为评论家津津乐道。在第3章中，女扮男装的骑士布里托玛特遇到哭泣的斯库达莫，随后决定为他救出其妻子，即阿茉蕾特。在被掳走的七个月中，无论布希瑞用什么魔法，阿茉蕾特始终不愿屈服于魔法师的淫威。布里托玛特在走进布希瑞的城堡时所经过的熊熊烈火可被看做是魔法师邪恶欲望的象征，[④]这就让绑架阿茉蕾特的行动被赋予了某种性目的，而阿茉蕾特的坚持实际上则是在抵抗婚后来自于其他男性的诱惑。阿茉蕾特被布里托玛特所救——不止一次以及二人之间展现出的友谊表明了斯宾塞对"贞洁"的认识，即贞洁不仅存在于婚前，也应当存在于夫妻的婚姻关系之中。但这并非是说斯宾塞就排斥一切的性欲望，和新教思想一样，斯宾塞也认为婚内的性欲望是合理的甚至是受到保护的。当阿茉蕾特走进维纳斯的神庙时，她"在女神的脸上/ 看到了(斯库达莫的)眼睛"(Ⅳ，xii，56，1－2)，认识到斯库达莫手中的盾始终能保护她的安全，由此也认识到斯库达莫和布希瑞的巨大差异，正是由于这种认知，阿茉蕾特最终回到了斯库达莫的怀抱。在此过程中，我们看到的是阿茉蕾特对超越婚姻的性关系的恐惧而非对性本身的抵抗。事实上，在新教的思想中，性行为早已不被看做是一种"玷污"，无论是路德(Martin Luther)还是加尔文(John Calvin)，都反复强调婚内性关系的合法性，并且把婚内的性关系置于婚姻中的重要

---

① David Wallace, *The Cambridge History of Medieval English Literature*, Cambridge: Cambridge University Press, 2002, p. 791.

② Andrew Zurcher, *Edmund Spenser's The Faerie Queene, A Reading Guide*, Edinburgh: Edinburgh University Press Ltd., 2011, pp. 180－181.

③ Earle B. Fowler, *Spenser and the System of Courtly Love*, New York: Phaeton Press, 1968, p. 46.

④ 烈火阻挡了斯库达莫拯救阿茉蕾特的行动，却丝毫没有阻碍布里托玛特(Ⅲ，xi，26，1－4)，这表明在布希瑞和阿茉蕾特的关系中并不存在任何制约，这是婚外情的特质。

地位。[①] 而斯宾塞想表达的贞洁观念也正是如此,第 5 章中布里托玛特从拉蒂甘德(Radigund)手中救回已经成为自己丈夫的阿提戈也正是这方面的例证。

作为一部篇幅巨大的,同时又诞生在文艺复兴这个欧洲文化大融合时代的作品,《仙后》的生成过程和影响其生成的因素是复杂的,除上述几方面的因素外,洛伊丝·惠特尼(Lois Whitney)亦分析了当时地理大发现对史诗的影响,认为拉蒂甘德这个角色就是新大陆居民在《仙后》中的变形。[②] 总之,无论是英国的本土文学传统,还是古希腊和基督教的精神,以及当时的社会、政治、宗教等因素都在《仙后》中留下了自己的痕迹。

第二节 《仙后》在英国的传播[③]

《仙后》自诞生之日起就受到了广泛的关注,不仅在后来 4 个世纪的过程中屡受批评家的青睐,而且对欧美后世的文学也产生了巨大的影响。《牛津英国文学百科全书》(*The Oxford Encyclopedia of British Literature*)就认为"虽然到了 20 世纪,《仙后》已经成为学者的史诗而难拥有更广泛的读者圈",但史诗对后世文学产生的巨大影响"则刚好与上述现象相反",它影响了英国的诗歌,其新教思想启发了 17 世纪的文学创作,英国 18 世纪哥特小说(Gothic fiction)也可溯源于此。[④] 鉴于后世对《仙后》接受的复杂性,下文将从两个方面谈及《仙后》的传播问题,一个方面是《仙后》的出版和评论,另一方面是《仙后》是如何对后世文学作品产生影响的。

关于《仙后》的版本问题,瑟彻在《文本和资源》一文中做过详细梳理。[⑤] 虽然有证据表明,关于《仙后》的手抄片段在 1588 年就开始在伦敦

---

① 林中泽:《16 世纪新教婚姻与性爱观评析》,《世界历史》1997 年第 4 期,第 67—70 页。

② Lois Whitney, "Spenser's Use of the Literature of Travel in the 'Faerie Queene'", *Modern Philology*, Vol. 19, No. 2 (Nov. 1921), pp. 143—144.

③ 或许是由于体裁和内容的关系,《仙后》始终没有在欧洲其他国家引起轰动,对《仙后》的出版和研究也主要集中在英国,因此本部分只就英国学者和文学有代表性的部分做出分析。

④ David Scott Kastan, *The Oxford Encyclopedia of British Literature*, Vol. 5, Oxford: Oxford University Press, 2006, p. 78. 上海外语教育出版社 2009 年引进出版。

⑤ Bart van Es, *A Critical Companion to Spenser Studies*, Basingstoke: Palgave Macmillan, 2006, pp. 249—253.

流行,但前 3 章的正式出版却一直推迟到 1590 年。当时的斯宾塞曾经短暂地回归过宫廷生活,而《仙后》的第 1 章、第 2 章和第 3 章在同时期由沃尔夫(Wolf)和思德逊纳出版公司(Stationer's Company)以四开大本的形式正式发行。在斯宾塞生命的最后 10 年中,彭森比(William Ponsonby)成为斯宾塞作品最主要的出版人和编辑,而《仙后》首次发行的数量大概是在 1500—2000 本之间,这在当时是一个不小的发行量,其中有 75—100 本流传至今。19 世纪末期的评论家们在考证《仙后》早期版本时发现,1590 年出版的《仙后》实际上有 2 个版本。出现这个现象的原因首先在于沃尔夫的出版公司在刊印史诗时仍然遵循较为传统的刊印方法,即在保留有错误的页面的前提下,加入新的、经过修订的内容的新页面,这就让史诗变得十分凌乱。虽然如此,这个糟糕的版本也并非一无是处,斯宾塞在把《仙后》献给伊丽莎白女王的时候,[①]曾经临时往史诗里加入了一些内容,主要是十四行诗,比如一首献给伯利爵士(Lord Burghley)的诗歌。伯利爵士是当时英格兰的财政大臣,同时也是伊丽莎白女王的重要幕僚。这样,这些临时加进去的篇章就被保留下来了,这也是为何 1590 年版的《仙后》内容实际略有差异。1596 年,理查德·菲尔德(Richard Field)开始重印《仙后》的前 3 章。在这个版本中,菲尔德保留了 15 首斯宾塞后期加入的诗歌[②]。这个版本也保留了上一个版本中的不少拼写错误。但至少,该版本保留了第 3 章的第 12 节,这是一个重要的部分,因为这一节正是第 3 章和后面的第 4 章、第 5 章的过渡与衔接。可以肯定的是,斯宾塞本人对拼写错误应该不负有任何责任,而新版本中第 1 章和第 2 章的拼写出现的戏剧性的转换很可能应该归因于出版商。随后,菲尔德出版了史诗的第 4 章到第 6 章,很可能是因为他得到了斯宾塞的手稿。在斯宾塞过世后,在 1604 年的 11 月,《仙后》的出版许可证传到了马修·罗文思(Mathew Lownes)手上。罗文思版的《仙后》是以对开本的形式出版的,但在正式出版前,罗文思对《仙后》的文本研究了整整 5 年,因此这个版本的错误相对前 2 个版本要少得多。同时,这也是第一次《仙后》发行时包括了未完成的第 7 章的前 2 节。1609 年,罗文思又开始着手出版"英国伟大诗人"的合集,斯宾塞的《仙后》当然被收录于该著作中。这也是首次《仙后》的每个章节被独立分开,读者可以根据自己

---

① 当时《仙后》已经开始印刷了。

② 斯宾塞总共往《仙后》中塞进了 17 首诗。

的需要进行有选择性的购买。18世纪,斯宾塞的热潮开始退潮,1715年,约翰·修斯出版了6卷斯宾塞作品集,该版本在1750年再版。

由于出版时间的关系,文艺复兴时期对斯宾塞的评价集中在他的首部作品《牧羊人月历》上。当时著名的文评家威廉·韦伯(William Webbe)就在著作《论英国诗歌》中盛赞斯宾塞是英国超越维吉尔的伟大诗人。斯宾塞的好友兼文评家锡德尼也称赞斯宾塞的诗歌是非常富有诗意的。[①] 由于《仙后》发表于16世纪末,已经接近文艺复兴的末尾,因此大量对《仙后》的评论是从17世纪才开始涌现的。17世纪的斯宾塞评论中,影响最大、产生时间也最早的是英国评论家科奈姆·狄葛比爵士(Sir Kenelm Digby)于1628年发表的评论性文章。[②] 在这篇文章中,狄葛比仔细分析了《仙后》第2章中亚瑟和盖恩进入阿尔玛的城堡时所看到的情景[③]:

> 他们看到的整个结构,部分是圆形,
> 部分是三角形,正是神圣的造物;
> 那不甚完满的部分,是有死的阴,
> 永恒的另一部分,完美无缺,是阳,
> 联结他们的,是长方形的基座,
> 长宽正好是七比九;
> ……
> 所有这一切即构成美好的和谐。(Ⅱ, ix, 22,1—9)

在狄葛比看来,这个章节恰恰证明了斯宾塞对数字、科学、哲学和宗教的超凡理解。[④] 正是这个煞费苦心的细节,让斯宾塞把自己的观念展露无遗,那就是阳性即完满、永恒和神圣,在此则象征着人的灵魂;而另一半阴性则是非完满、有死的和世俗的,在此对应着人的肉体。统一灵魂和肉体的则是方形的基座,四个角分别对应着四种体液,四种体液同时又被统御于七大行星九层天使之下,这就让人体和宇宙具有了某种同构性,因此人体的和谐意即宇宙的和谐。狄葛比的上述分析的重要性在于,一方

---

① 彭琴:《永远的埃德蒙·斯宾塞——〈仙后〉历代评论小结》,《安徽文学》(下半月)2010年第4期,第17页。

② Andrew Zurcher, *Edmund Spenser's The Faerie Queene, A Reading Guide*, Edinburgh: Edinburgh University Press Ltd., 2011, p. 188.

③ 阿尔玛的城堡本身就是人体和节制的象征,其在史诗中正受到各种肉欲的威胁。

④ Andrew Zurcher, *Edmund Spenser's The Faerie Queene, A Reading Guide*, Edinburgh: Edinburgh University Press Ltd., 2011, p. 189.

面他代表了整个17世纪对斯宾塞的评说，后来的评论家的目光主要都集中在《仙后》的哲学和宗教思想上，[①]尤其是乐于引证《仙后》中表达出来的新教思想，另一方面的影响则在于17世纪的文学创作开始大量延用《仙后》中的宇宙和宗教观念。

虽然哲学性和宗教性受到了新古典主义时期评论家的首肯，但在整个17世纪对于《仙后》的结构却未有人做出分析，这很可能是因为《仙后》汪洋恣肆的写作方式实在是和当时的文学观念格格不入。第一个为《仙后》中的结构进行辩解的是理查德·赫德(Richard Hurd)，他非常明确地提出他是在"哥特风格的概念下，而非新古典主义(Neoclassicism)的概念下"来评价斯宾塞的。[②] 赫德认为，如果把《仙后》置于哥特文学的范畴中，那么其身上那些在古典主义者看来不合规范的东西就恰恰变得合乎规范了，因为斯宾塞的哥特风格，主要是由其选择的骑士和城堡的内容所决定的。不得不说，完全不入新古典主义者法眼的《仙后》倒是在哥特文学和浪漫主义这里找到了志同道合的知音。进入19世纪后，评论斯宾塞的专著开始呈现出上升趋势，哈兹里特(Hazlitt)、娄伟尔(Lowell)、邓登(Dowden)都对《仙后》持肯定态度。进入20世纪后，对《仙后》的研究兴趣长盛不衰，研究角度也跳出了之前几个世纪对史诗宗教寓意和艺术风格的关注，呈现出多元化的趋势。C. S. 刘易斯(C. S. Lewis)最早开始研究《仙后》中的历史意识[③]，还有的学者则回到了浪漫主义(Romanticism)之前，重新研究《仙后》中的文学寓意，其中，麦克弗雷(Isabel MacCaffrey)就从人物形象和阿多尼斯花园的角度重新对史诗的寓意进行分析和研究。[④] 20世纪为《仙后》研究提供了一个崭新视野和角度的当属著名文学理论家诺思罗普·弗莱，他从结构上对史诗进行了细致的分析，认为史诗正是对应传奇的六个相位：第1个相位关于英雄的出身，如红十字骑士的来历问题，受到迫害的少女也属于该相位的延伸(乌娜)。第2个相位是主人公天真无邪的青春阶段，通常衍生为性爱遭到阻碍，例如阿茉蕾特受阻于火海而无法到达斯库达莫身旁。第3个相位是英雄探

① 例如1633年菲尼斯·弗莱彻也沿用狄葛比的分析方法对阿尔玛的城堡做出了类似的分析。

② William R. Muller, *Spenser's Critics: Changing Currents in Literary Taste*, Whitefish: Literary Licensing, 2012, p. 67.

③ Andrew Zurcher, *Edmund Spenser's The Faerie Queene, A Reading Guide*, Edinburgh: Edinburgh University Press Ltd., 2011, p. 191.

④ Ibid.

求的主题,这个主题贯穿在《仙后》第1章到第5章的内容之中。第4个相位是维护天真世界的完整性,第2章的主角盖恩所象征的节制是这方面的代表。第5个相位是由上而下以田园诗般的方式对经验进行关照,《仙后》第3章的人物对对应于此。最后一个相位则是"沉思",虽然弗莱没有明确指出,但是第6章的主角卡力多则明显对应于这个相位。[①] 弗莱对《仙后》的解读受到了高特弗雷德和柯默德(Kermode)等学者的挑战,但从原型批评的角度切入史诗仍不失为研究史诗的一个重要角度。20世纪后的斯宾塞研究还有一个引人注目的角度,1955年爱丁堡大学出版社出版了H. C. 常(H. C. Chang)的《斯宾塞的寓言与谦恭:一个中国视角》(*Allegory and Courtesy in Spenser: A Chinese View*),其中比较了斯宾塞的《仙后》和李汝珍的《镜花缘》,特别比较了第2章中的玛门宫和《镜花缘》中与酒、色、财、气争斗的寓意。

《仙后》除了给历代的评论家留下无尽的思考空间,也为后世的文学作品提供了范例,甚至其中的某些形象已经演化成英国文学史上的原型。虽然国内论文屡有提及斯宾塞对弥尔顿的影响,但都是泛泛而谈,甚至有人认为影响就是"战争与爱情"的主题。真正对二者的传承关系做出实在分析的是熊云甫先生。他援引了《仙后》第1章第1节第41段的9行诗歌,以此为基础仔细分析了斯宾塞在前人基石上创造的"斯宾塞诗行"的特点,认为就是这种诗歌形式对后来的弥尔顿甚至是19世纪的济慈产生了重大影响。实际上,除去音韵上的影响外,斯宾塞史诗中的一些形象也根深蒂固地存留于后来的文学作品中。以弥尔顿为例,弥尔顿一方面继承了斯宾塞寓宗教思想和政治说教于一体的诗歌风格,另一方面在人物塑造上也和《仙后》一脉相承。在《失乐园》的第2章,撒旦靠近了地狱的关口,在那里有三重三叠的大门:

> 大门前的两旁各坐着一个可怕的怪物,
> 一个上半身是女人,相当美丽,
> 下半身巨大,盘卷,满是鳞甲,
> 是一条长着致命毒刺的大蛇:
> 她的中部围着地狱的群犬,
> 张着塞倍拉斯的巨口,不停地

---

① 诺思罗普·弗莱:《批评的解剖》,陈慧、袁宪军、吴伟仁译,吴持哲校译,天津:百花文艺出版社,2006年版,第286—294页。

高声狂吠，狺狺吓人，但当
他们高兴或有喧哗的声音扰乱时，
就爬进母亲的肚子里去。[①]

从形象上来看，地狱之门的守护神之一显然是来自于红十字骑士遇上的“过失”，她们二者都是一半像蛇，另一半像女人。弥尔顿说其“长着致命毒刺”，斯宾塞则描述“过失”“尾巴的尖端是致命的毒刺”（Ⅰ，i，15，4）。地狱之门的守卫被群犬围绕，但弥尔顿也暗示二者之间的繁衍关系，并且不断吠叫的群犬还不时爬回母亲的肚子。“过失”也诞下“上千只小怪”，她每天用毒液喂养，但当红十字骑士盔甲的反光照进山洞，它们“全都爬进母亲的口中，瞬间消失不见”（Ⅰ，i，15，9）。

《仙后》和西方奇幻小说之间的渊源，中外论文都屡有提及。[②] 但是仅从善恶对立的二元结构和浪漫传奇与史诗传统的结合两个方面恐怕很难得出奇幻小说直接来源于《仙后》的有力论证。《仙后》的确对20世纪的奇幻小说产生过影响，而这种影响并非表层上的叙事结构相似，下面，笔者将力图证明《仙后》是如何在人物和情节上对20世纪奇幻小说的开山之作《魔戒》（*The Lord of the Rings*）及其后的奇幻小说作品产生影响的。

屠龙是《仙后》和《魔戒》前传《霍比特人》（*The Hobbit*）之中的重要情节。我们在上文分析过《仙后》中关于红十字骑士屠龙的叙事，特别提到了红十字骑士刺中了龙左边翅膀的下方。在《霍比特人》中，巴德的祖先吉瑞恩在巨龙史矛戈和矮人的河谷战役中也用铁弓射下了史矛戈左胸上的一片鳞片。巴德在后来的长湖镇战役中，听从鸫鸟的建议“你要注意它的左胸，那儿有一个地方可以用箭射穿”，也用最后一支箭射中了巨龙的左胸。“神箭以无比的力量直刺史矛戈的心窝”[③]。如果说刺中巨龙的左胸还有可能是托尔金（J. R. R. Tolkien）从中古英语传统中“借用”的情节，那么从巨龙的形态看，史矛戈和霸占乌娜父母王国的毒龙有极大的相似性。斯宾塞在叙述巨龙和红十字骑士的战斗前曾经细致描绘了巨龙的外形，它半飞半跑，巨大的身躯投下不祥的阴影（Ⅰ，xi，8，4），还特别提

① 外国文学名著丛书编辑委员会编：《失乐园》，朱维之译，上海：上海译文出版社，1984年版，第72页。

② 参见刘立辉：《斯宾塞〈仙后〉与西方史诗玄幻的叙事传统》，《重庆三峡学院学报》2008年第6期；George H. Thomson, “‘The Lord of the Rings’: The Novel as Traditional Romance”等。

③ 托尔金：《魔戒（前传）：霍比特人》，南京：译林出版社，2002年版，第213页。

到巨龙“浑身都是黄铜一般的鳞甲,/ 好像镀上了一层钢铁的外衣”(Ⅰ, xi, 9, 1—2)。在《霍比特人》中,巨龙亦一边咆哮一边冲向长湖镇,最重要的是巨龙因为长时间睡在自己的宝物上,所以“肚子上粘了一层宝石和黄金”[①],随后还对比尔博说自己“上上下下都镶嵌着铁甲和坚硬的宝石”。[②] 龙鳞的坚硬在中古文学传统中不少见,但是把龙描绘成身披金属和坚硬的外衣的确是斯宾塞的首创,托尔金的研究方向之一就是亚瑟王传说,不可能不熟悉《仙后》的情节。除此之外,《魔戒》中的一个重要人物——精灵女王盖拉德丽尔则表现出和《仙后》中的葛萝莉阿娜的某种传承关系。葛萝莉阿娜作为《仙后》的中心人物,严格地来说在史诗中出现得并不多,多半是通过其他人物的口中进行描绘的。但是,葛萝莉阿娜却是整部《仙后》背后的动力,是她召集了为期十二天的宴会,是她派遣骑士到人间去行侠仗义,是她成为亚瑟的梦中情人因此亚瑟才会踏上寻找葛萝莉阿娜的冒险旅程。如果没有了葛萝莉阿娜,整部史诗只能分崩离析。盖拉德丽尔也是《魔戒》行动背后的动因(至少是动因之一),是她召开了白色会议,是她促成了五军联盟并给予了魔王索隆第一击,是她鼓励护戒队继续踏上征程并给予他们帮助,也是她派遣军队帮助人类守卫圣盔谷。同时,和葛萝莉阿娜一样,盖拉德丽尔住在一个与世隔绝的地方,也拥有谜一样的身世。对两位女王外形的描绘是二者的又一个相似之处,第2章中盖恩骑士在说到自己的女王时这样说道:

> 她是美丽的仙后
> ……
> 是优雅和贞洁的花朵
> 她的美名遍布世界,无论远近
> ……
> 她的荣耀如清晨的星宿
> 她的光辉让大地变得明晰。(Ⅱ, ix, 9, 1—7)

盖恩在谈到葛萝莉阿娜的时候显然充满了崇敬,这里值得注意的是他把仙后比作了星辰。《魔戒》中的盖拉德丽尔也和星辰息息相关,托尔金在盖拉德丽尔出场前通过勒苟拉斯的歌谣歌唱了美丽的露西安:她的眉宇间有星辰闪烁,光芒照耀她的发丝。这是托尔金第一次把美丽的女

---

① 托尔金:《魔戒(前传):霍比特人》,南京:译林出版社,2002年版,第184页。

② 同上书,第193页。

性和星辰联系起来。而后盖拉德丽尔送给弗罗多一个小水晶瓶，里面“是被捕捉的埃兰迪尔之星的光芒”，山姆在看到盖拉德丽尔之镜时也认为里面“只有星星”①。无论从身份、住所、在作品中的功能以及和星星的联系上来看，盖拉德丽尔显然和葛萝莉阿娜具有某种同构性。同样的角色还出现在美国小说家萨尔瓦多(R. A. Salvatore)的代表作《冰风谷》(*The Icewind Dale Trilogy*)中。银月城的城主艾拉斯卓在星光中闪现，“头发闪着银光”②，在后来艾拉斯卓为凯蒂布莉儿制作猫眼头饰时③也借用了星光，因为这位女士独爱群星的光辉。艾拉斯卓终身未嫁，由此和葛萝莉阿娜一样是贞洁的象征。与此同时，银月城在被遗忘的世界中是善良的代表。

由以上分析可以看出，《仙后》不仅为历代的评论家提供了永恒的话题，也为后来的文学创作，特别是幻想性的文学创作提供了用之不竭的原型宝库。通过文本的不断再版，学术论文的不断发表，特别是拥有广泛读者群的奇幻小说的不断模仿，《仙后》在经历了数百年时光之后仍然在世界范围内不断传播。

第三节 《仙后》在中国的传播

和文艺复兴时期英国的其他作家如莎士比亚和乔叟相比，斯宾塞的《仙后》在中国不算是知名度很高的作品。甚至可以说，《仙后》在中国学术界产生的影响要大于在普通读者中产生的影响。

从《仙后》的翻译上来看，较早进行《仙后》翻译的是北京大学的胡家峦教授，胡家峦本人也是国内研究文艺复兴时期英国文学的专家。漓江出版社曾于1997—1998年间出版以“大师诗选”为题名的诗歌翻译选集，其中就收录了胡家峦先生翻译的《仙后》，算作是国内较早出现的《仙后》译本。④ 在该译本中，除去斯宾塞的部分十四行诗外，胡家峦先生选译了《仙后》第1章的第1节、第2节、第12节，以及第2章的第7节和第12节。应该说，胡家峦教授选择的章节正是20世纪以来评论界较为关注的

---

① J.R.R. 托尔金：《魔戒(第1部)魔戒现身》，朱学恒译，南京：译林出版社，2013年版，第392、408页。

② R.A. 萨尔瓦多：《冰风谷》第二册，王中宁译，北京：光明日报出版社，2002年版，第609页。

③ 该头饰可让佩戴者在黑暗中视物。

④ 斯宾塞：《斯宾塞诗选》，胡家峦译，桂林：漓江出版社，1997年版。

部分,也能够代表史诗的主要精神和特色,例如从第1章第1节、第2节、第12节上看,红十字骑士、乌娜、杜爱莎等史诗中重要人物的形象已经基本完整,斯宾塞在安排故事情节方面的特点也得到大致的表达。因此胡家峦先生的选择是合适的。从翻译方法上来看,该译本最大程度上遵照了史诗的原文,没有过多地用中文的表达习惯去侵蚀英文原诗,因此也原汁原味地保留了史诗的换行和断句的特点。《仙后》语言最大的特点在于用词古雅,斯宾塞特别推崇乔叟的语言风格,因此在行文过程中也时常借用乔叟的语言特点,经常使用的 i- (y-)前缀;在过去分词后加后缀-y;在原形动词前加前缀 en-;在一般现在时复数动词后加-en。在词汇方面,喜欢使用一些废词,如:algates, dight, eke, forthy 和 whylome 等[①],这都造成了翻译的困难。胡家峦教授在翻译过程中,没有一味地拟古,在翻译准确的基础上,用词力求简练清晰,一定程度上降低了读者阅读史诗的难度,因此值得肯定。在音韵上,斯宾塞对头韵情有独钟,在史诗中也大量地运用了头韵的技巧,同时作为"诗人中的诗人"的斯宾塞也没有忽视尾韵的运用。而汉语从语言传统和习惯上来看,头韵运用很少,大多数是用尾韵,胡家峦教授在翻译的过程中主要运用的是尾韵,如"同样的红十字也绘在银盾上面/表明想获得主佑的最高希望/在言行两方面他都忠心可见/但一副庄严的神情流露在脸上/他无所畏惧,却总是令人敬畏异常"[②]。因为语言习惯的差异,中文未能完全按照英文的行文习惯进行翻译,但笔者以为,这样一种翻译方法用在史诗上是没有问题的。因为从体裁上来看,史诗更偏向叙事而非抒情,所以在翻译过程中大可不必为了韵律的相似而牺牲语言的准确性。胡家峦教授的译本是目前国内研究《仙后》的学术论文的主要文本来源,但可惜不是完整的译本,未能展现史诗的全貌。

2011年,人民邮电出版社出版了"世界古代十大名著·美绘少年版",其中也收入了斯宾塞的《仙后》。该版翻译照顾到了《仙后》的主要情节,也突出了《仙后》各章的主要精神,但该译本对原作做了较大程度的改写,原因有二:第一,该译本没有按照史诗体裁进行翻译,而是把《仙后》翻译成了散文。把史诗用现代语言译成散文,在西方学术圈是被认可的翻

① 熊云甫:《斯宾塞〈仙后〉第一卷与英国中古文学传统》,《外国文学评论》2009年第1期,第82页。

② 斯宾塞:《斯宾塞诗选》,胡家峦译,桂林:漓江出版社,1997年版,第141页。

译方式。这种方式虽然丧失了史诗音韵上的特征，但是叙述更加流畅，能够更好地凸显史诗的情节主题。《贝奥武甫》(*Beowulf*)、《仙后》等语言过于古雅的文学作品都有现代英语的散文译本。“美绘少年版”或许也是出于情节流畅的目的，把《仙后》做了散文化处理，这样，史诗原本的音韵特征在该版本中没有体现。第二个原因和该译本的目标读者有关。虽然斯宾塞未明确说出其目标读者为何群体，但从他的写作目的上来看，应该是英国的市民阶层甚至是贵族群体。而“美绘少年版”则明确把目标读者指向了中国的小学生。[①] “美绘少年版”的初衷在于一方面中国小学生课外阅读中西方古代名著是缺失的，因此在学生后期接触到相对近代的外国文学作品时难免会因为缺乏对根源的了解而感觉到过于困难。另一方面则是希望借这套丛书引进欧美国家的经典阅读理念，即从小培养孩子经典阅读的习惯。应该说，这套丛书的出发点是非常好的。但也正因为目标读者的特殊性，该译本必然对原作进行了大幅度的修改。首先在语言上，用词尽量通俗简单，对于形容词的选择，丢弃了原作中大量的修辞性的描绘，而采用“善良、高贵”一类较为简单的词汇，在用词上较为接近童话而非史诗，这也使得《仙后》原本严肃庄重的风格变得较为轻快。其次在结构上，译本突出了《仙后》6 章中主要人物的行动主线，删去了大量的细枝末节，例如对上文提到的盖恩骑士出海，在该译本中则一笔带过，未做过多关注。而对在翻译中出现的人物，则在正文之前加上了人物表，以帮助读者理清各个人物之间的关系。再次，在象征和语言方面，“美绘少年版”对每个角色的象征意义做了直接的说明，这大大降低了小学生在阅读时的难度。同时，对于中国读者不太熟悉的象征和隐喻，该译本则直接采取了删除的方式，以降低史诗的复杂性。比如乌娜出场牵着绵羊，在原作中是一个至关重要的情节，但在“美绘少年版”中这个意向则直接被删去了。综上所述，“美绘少年版”基本上是把《仙后》作为一个童话故事来进行翻译的，它突出了骑士和公主、城堡和巨龙、巫师和魔法等中国小读者比较熟悉，也比较感兴趣的内容，而把史诗中的宗教性降到了最低。该译本还使用了一些插图，但从插图的样式上来看，比较接近儿童熟悉的童话插图，笔法也较为简单。2013 年 9 月，人民邮电出版社又出版了《仙后》的拼音美绘版，这个版本内容与结构和“美绘少年版”相差不大，但是插图的数量更多，用词更加简单，同时还为汉字配上了拼音，因为这个版

① 斯宾塞：《仙后》(美绘少年版)，赵冬改写，北京：人民邮电出版社，2011 年版，“序言”。

本的目标读者是学前阶段和小学低年级的学生。同一部作品的两个相似译本分别针对不同年龄段的读者,是因为该丛书吸收了美国教育专家苏珊·鲍恩的观点,即16岁以前的孩子应该阅读三遍经典。[①] 第一遍在学前阶段完成,阅读形式以图画为主,第二遍在小学完成,以插图故事为主,第三遍则是在小学高年级或初中完成,读本应该是原著。[②] 那么按照这个标准,人民邮电出版社是否还打算出版《仙后》的整本翻译原作,目前还不得而知。然而初衷是好的,但效果未必会达到出版者的预期。首先,毕竟文化圈有差异,中国的小读者能否像美国学生一样在初中前就完成西方经典的三遍阅读值得怀疑。其次,对经典原有的风味作过大的删改,是否还能让读者达到阅读经典的目的?这也是一个值得争论的话题。至少从《仙后》的"美绘少年版"来看,该作品没有表现出超越于普通童话故事的特质。但《仙后》的"美绘少年版"并非完全没有优势,至少它能够让中国的小读者了解到英国有一部著名的作品叫做《仙后》,里面的世界光怪陆离、充满冒险。当然,这一影响究竟何时才能对中国的普通成年读者群和学术界产生切实有意义的影响,只能交由时间来评判。

《仙后》在中国普通读者处影响力有限,在中国的学术圈也不是一部被特别关注的作品。关于《仙后》的学术论文直到1995年才第一次出现。段良亮于1995年在《郴州师专学报》上发表了《斯宾塞的长篇史诗〈仙后〉第1章的表现手法及其启示》。该论文就《仙后》第1章的红十字骑士和乌娜的象征意义展开分析,但分析较为粗浅,得出的结论也不够实在。随后的第二年,罗益民在《四川外语学院学报》发表《〈仙后〉创作背景探源——兼论其寓意结构系统》。在1997年至1999年的三年时间内,国内未见有《仙后》相关论文发表。直到2000年,胡家峦先生在《英美研究论丛》发表了《斯宾塞〈仙后〉中的玻璃球镜一文》,以《仙后》为切入点分析了文艺复兴时期英国诗人的宇宙观,该文论述充分,观点新颖,加上胡家峦先生本就是《仙后》的翻译者,因此研究非常扎实。从2002年到2007年,国内的《仙后》研究一直保持在一年一篇公开发表论文的频率上,研究角度也有所扩展。[③] 直到2008年,刘立辉、熊云甫、代小兵在同年发表《仙后》论文共计四篇,其中刘立辉和代小兵的文章是对史诗进行文化背景下的整体研究,而熊云甫的两篇文章则是立足《仙后》第1章分析了其中的

---

① 斯宾塞:《仙后》(美绘少年版),赵冬改写,北京:人民邮电出版社,2011年版,"出版前言"。

② 同上。

③ 如刘立辉2006年发表于《外国文学评论》上的《宇宙时间和斯宾塞〈仙后〉的叙事时间》。

人物形象、环境和情节意向。2009年是另一个《仙后》研究的"大年"，前后共计有6篇学术论文发表。除之前已经出现的角度外，还出现了从伦理道德方面和对话理论方面对《仙后》进行解读的论文。在其后的2010年至2013年，有关《仙后》的论文的发表数量维持在每年1—4篇不等，研究角度则继续保持在对史诗人物形象的关注上。相对于研究论文的总体偏少，从2008年到2014年共有5篇以《仙后》为主要研究对象的硕士论文出现，其中陈浩然关注史诗的道德寓意，梁汀关注史诗中英雄形象的塑造，段语吟关注红十字骑士成长问题，算是较为常见的研究《仙后》的角度。而彭琴的《国家崛起的时代对古老传说的改写——斯宾塞的〈仙后〉与亚瑟王系列英语中古浪漫传奇传统》则把史诗置于一个更加广阔的文化背景下，分析《仙后》对亚瑟王传统的创新，研究角度比较新颖，研究也比较扎实。

研究《仙后》的学术著作目前仅有一部，即2008年出版的《〈仙后〉与英国文艺复兴时期的释经传统》，作者赵冬就是上文提到的改写《仙后》"美绘少年版"的学者。该著作不同于以往国外的研究把斯宾塞的宗教思想归为特定的宗教流派，而是从《圣经》，特别是《圣经·启示录》入手分析斯宾塞的宗教观。而同年由北京大学出版社出版，胡家峦著的《文艺复兴时期英国诗歌与园林传统》也以相当的篇幅涉及了《仙后》，其中具体分析了史诗第3章第6节中的阿多尼斯花园，认为该花园不仅有丰富的寓意，也具有文艺复兴时期现实园林的特点。

总体来看，国内研究《仙后》的论文和专著数量偏少，研究角度也相对单一。部分论文过于大而化之，难有深度。但依然有研究较为详实、影响比较广泛的学术作品问世。

第四节 《仙后》在当代媒体中的传播

或许是因为人物众多，也或许是因为情节过于曲折，就目前来看，还未见到任何电影、电视剧或是电子游戏是以《仙后》为蓝本进行创作的。但这并不是说《仙后》在当代的流行文化中就完全没有影响，恰恰相反，《仙后》在经过变形和包装之后，其中的主要情节、人物甚至是主题都在当代媒体中反复出现，甚至可以说《仙后》参与了欧美当代流行文化的塑造。

"《星球大战》三部曲"(*Star Wars Trilogy*)是20世纪80年代前后风

靡欧美影坛的科幻电影。直至2013年,该系列都是美国和加拿大电影史上第二卖座的影片,在世界票房榜上排名第三,这已足以说明该电影在流行文化中的地位了。相比较于《星球大战》之所以成功的原因探讨,笔者对该系列影片和欧洲文化传统表现出的继承性和模仿性更感兴趣。甚至可以这样说,"星球大战"系列从主题到人物形象再到情节特征都是《仙后》在20世纪的再阐释。

从创作目的上看,斯宾塞在《仙后》前言中反复重申史诗的创作目的是为了塑造一个有道德和教养的高尚的人。而《星球大战》的编剧兼导演乔治·卢卡斯(George Lucas)在接受采访的时候也坦承《星球大战》的创作目的是因为"我想创作一部能充实当代神话的儿童电影,同时也能让(观众)接受基本道德的熏陶"[①]。可见二者的创作目的——即其想要表达的主题——都与道德观念有密切联系。同时,《星球大战》的不少情节还和《仙后》具有平行关系,特别是和史诗的第1章,也就是红十字骑士的叙事表现出极大的同一性。如果我们把《仙后》第1章的情节做一个概括和简化的话,大概应该是这样的:有一个出身未明的年轻人(红十字骑士)愿意为一个纯洁的少女(乌娜)排忧解难,在此过程中战胜了魔法师(阿奇马戈)给他造成的困难,接受了强大的帮助者(亚瑟)的帮助,在一个隐士(沉思)那里重拾了坚定的信仰,成为神圣的象征,最终帮助少女杀掉了夺取少女王国的怪兽(龙)并恢复了少女对王国的统治。这样一个情节显然也适用于卢卡斯的《星球大战》:一个年轻的来源不明的孩子(天行者卢克 Luke Skywalker)帮助一位纯洁的女性(莱娅公主 Princess Leia)反抗一个邪恶的对手(黑武士 Darth Vader),在行动过程中接受了汉·索罗(Han Solo)的帮助,在欧比-旺·克诺比(Obi-Wan Kenobi)和尤达大师(Yoda)那里学到了对原力(Force)的信仰,最终战胜了死星——这个夺取了莱娅公主的联盟的对手。可见,在主要情节的安排上,卢卡斯是受到了《仙后》的影响的。

或许会有人指出,英雄拯救公主并对抗魔法师的叙事不仅仅存在于《仙后》当中,但如果我们继续观察《星球大战》的人物和细节的话不难发现,这部电影中每一个重要的细节都是脱胎于《仙后》的。

---

① http:// www.inspirationalstories.com

《仙后》	《星球大战》
亚瑟闪亮的盾牌是坚定的信仰的象征	光剑里储存的力量是原力的象征
雄狮保护乌娜	长得像狮子一样的楚巴卡保护卢克和莱娅
乌娜身穿白衣,带着一个矮人做仆人	莱娅身穿白衣,带着 C-3PO 和 R2-D2 做仆人
阿奇马戈穿着黑衣,是地狱的象征	黑武士穿着黑衣,是死星(Death Star)的代表
信仰是红十字骑士制胜的关键	原力是卢克制胜的关键
乌娜告诉红十字骑士:"Add faith onto your force."	欧比－旺告诉卢克:"May the force be with you."
红十字骑士身上覆盖着"过失"的呕吐物	卢克必须穿过秽物才能得救
红十字骑士把剑插入巨龙口中然后杀了它	卢克驾驶着小飞机飞入死星的一个小口从而摧毁死星
阿奇马戈的逃脱使红十字骑士的任务未能完全完成	黑武士的逃脱使卢克的任务未能完全完成
在巨龙死前红十字骑士砍掉了它的爪子	在黑武士死前卢克砍断了他的手
乌娜被森林里的树精们(satyrs)所救	卢克和莱娅被森林住民伊沃克(Ewok)所救

除上述细节之外,关于性引诱可能带来的危险也出现在两部作品中。在《仙后》中,红十字骑士拥抱了杜爱莎,随后巨人出现,把红十字骑士关在了地牢中。而在《星球大战》中,当莱娅公主穿着性感,卢克向她靠近的时候,体型巨大的赫特人贾巴(Jabba the Hutt)出现,然后把卢克抓到了自己的地牢中。

细节的相似并不意味着卢卡斯的《星球大战》就是斯宾塞的《仙后》在20世纪的重新包装,事实上,卢卡斯还是对《仙后》做出了一些改动的,正是这些改动赋予了电影时代特色,从而让电影焕发出原作所没有的思想特征。最明显的一个例证就是成长中的主角的拯救者——《仙后》中的亚瑟和《星球大战》中的汉·索罗——在人物形象上所具有的显著差异。《仙后》中亚瑟的身份还不是一个国王而只是一个寻找仙后的骑士,按照斯宾塞本人的意图,《仙后》12 章每章写一种重要品德,而亚瑟则是这所有品德的集合体,换句话说,这应该是一个接近完美的形象。在史诗中也的确如此:亚瑟每次出场,无不仪表堂堂,他的盔甲从远处就可以看见,

“发出福玻斯一样的光亮”(Ⅰ，vii，29，5)，他手持闪亮的盾牌，头盔既让人目眩又让人恐惧。同时，亚瑟在面对受苦难的贵妇和骑士时谦恭有礼，在面对危险和诱惑时信仰坚定、智慧勇敢。总之，从整部史诗来看，这位骑士的拯救者是一个十分完美的形象。而汉・索罗就完全不是这样，虽然他也是作为拯救者出现，但是这个人物实在称不上完美。他自高自大，喜欢嘲讽别人，在碰到困难的时候有勇无谋。更为重要的是，这个人物是一个纯实用主义者，压根儿就不相信原力的存在，他的唯利是图和莱娅的理想主义时时发生激烈的碰撞。事实上，在根据古代文学作品改编的电影中，性格单一纯真的形象往往被性格复杂、善恶一体的形象所取代。[①]这一方面表明人对自身认识的加深，另一方面也表明在文化和思想极端复杂的今天，人类对于宗教性的纯真保持的一种怀疑态度。

另一个改变较大的例证则是英雄愤怒的来源。在《仙后》中，红十字骑士的愤怒有两个来源，一个是被阿奇马戈欺骗，误以为看到了表面纯真骨子里却放荡淫秽的乌娜，即性压力。另一个则是在面对巨龙时产生的怒意，即建功立业的渴望。卢卡斯在创作《星球大战》的时候把上述两种压力做了改变，卢克固然渴望建功立业，但他最主要的愤怒来源则是来自自己由光明堕入黑暗的父亲，也就是说，在《仙后》中制造紧张氛围的性压力在卢卡斯这里转变成了儿子面对父亲的愤怒。与其说卢卡斯是受到了弗洛伊德的影响，不如说是因为电影的目标观众使然。毕竟，卢卡斯的根本目的是拍摄一部给孩子看的电影，而父子关系的紧张很明显比两性关系的紧张更能引起观众的共鸣。当然，电影上映后在成人世界取得的巨大成功恐怕是卢卡斯之前没有想到的。

除了为当代电影提供结构性的框架和想象性的细节，《仙后》在现代传媒当中的另一个转型是其参与了亚瑟王系列传说的塑造。我们前面已经分析过，斯宾塞在塑造亚瑟王的时候，除了和前人一样关注亚瑟王的战绩武功之外，更重要的是他强化了亚瑟身上的贞洁性。事实上，正如斯宾塞在《仙后》前言中指出的那样，他之所以选择亚瑟完全是因为亚瑟在英国的知名度。也就是说，《仙后》中的亚瑟和中世纪传奇中的亚瑟相似性并不大。但无论如何，《仙后》仍然在后来的亚瑟王传说中留下了自己的痕迹，甚至我们可以看到当代传媒中亚瑟形象和红十字骑士形象的合一。

---

① 比如贝奥武甫和亚瑟王。

亚瑟王在影视作品中通常以少年的形象出现，比如《梅林传奇》和《圣城风云》。[①] 这两部电视剧一部来自美国，一部来自英国，但都不约而同地把亚瑟塑造成了一个成长中的骑士。他们都性格冲动、缺乏自制力，凭借着一身勇武在幻想的世界中横冲直撞。但鉴于欧美电视剧的特殊性[②]，我们可以预见的是这两个亚瑟可能永远长不大，可能一旦预见他们自己的“阿奇马戈”仍然会偏离原初的方向。这样，亚瑟就从史诗中的拯救者转变成了被拯救者。

在亚瑟王系列传奇中添加引人注目的女性是斯宾塞的《仙后》留给后世的另一个功绩。虽然诸如桂妮维亚(Guinevere)和伊索尔德(Isolde)这样的女性形象早已存在于亚瑟王的故事当中，但为传奇加入一个贯穿始终的女性形象——仙后则是从斯宾塞这里才开始的。在当代的影视作品中，女性占有一个重要的地位。2001 年上映的《阿瓦隆的迷雾》(*The Mist of Avalon*)是这方面一个杰出的例子。除了读者非常熟悉的桂妮维亚和莫甘娜(Morgaine)，该电影中出现了一个新的女性形象——湖夫人薇薇安(Viviane)。虽然在电影中薇薇安是作为一个即将衰落的文化的代表出现的，但我们仍然能够看到仙后的影子。她们都居住在一片神秘的仙地(faerie land)，那里风景优美，富饶美丽。她们都是作为女主宰出现的，而且都没有异教女主宰残暴、恐怖的特征，从形象上说更接近温柔的女性。事实上，不论是在《梅林传奇》还是在《圣城风云》中，我们都看到了类似的“女主宰”，她们有的善良，有的邪恶，但都是男性行动背后的永恒动力，正如斯宾塞的仙后。当然，斯宾塞塑造仙后很可能是为了褒扬伊丽莎白女王，而当代影视中的女主宰的频繁出现除了来源于斯宾塞的影响，另一方面可能是因为数量庞大的女性观众。

我们在上文已经辨析过，斯宾塞《仙后》中的梦境中的女性已经逐渐褪去了中世纪淫梦妖的特征，但在《仙后》的前三章中仍然有数量相当的邪恶女性是和梦境联系在一起的。她们身上往往具有诱惑的、邪恶的、性感的等因素，让信仰和心智不够坚定的骑士吃尽了苦头。但和中世纪的淫梦妖不同，这些邪恶的女性身上还带有某种欺骗性，她们经常幻化成骑士熟知的女性，然后再对骑士展开欺骗，比如第 1 章中的杜爱莎和第 3 章

---

① 2006 年上映的《亚瑟王传奇》力求恢复一个真实可信的亚瑟王形象，因此历史性较强，故不在本章考查范围内。

② 欧美电视剧基本上一周更新一集，除少量在拍摄前已经编剧完成的作品之外，大多数作品属于边拍边编，收视率好的可能拍上十多年，不好的则可能在尚未结尾的情况下被“砍”掉。

中幻化成埃莫瑞塔的冰雪魔女。同样的幻化情景也出现在当代的影视作品中。《梅林传奇》中莫甘娜先变成亚瑟的母亲欺骗梅林,后又幻化成桂妮维亚和亚瑟交欢,这个形象和《仙后》中的杜爱莎十分相似。她们都会魔法,都能幻化成主角心爱的女性,同时身上都带有某种性含义。如果我们把视野放得更为开阔的话,我们会发现邪恶女性变成主角心爱的女性的叙事在当代电影中比比皆是,比如《贝奥武甫与北海的诅咒》中的女妖化成了贝奥武甫青睐的王后,在《哈利·波特》系列中,罗恩(Ron)在毁灭魂器后的幻象中也看到了赤裸的赫敏(Hermione)拥抱哈利(Harry Potter)。

从诞生到今天参与流行文化的塑造,《仙后》经历了几百年的演变历程。它的生成表明,任何一部伟大的文学作品的诞生,都一定和其所存在的文化环境和其之前的伟大文学作品息息相关,也没有哪部文学作品可以“横空出世”,它们都只是人类幻想史上的一个片段。而经典真正的意义在于在综合前人想象的基础上能否生成自己的新的含义,能否借用以前的文化和文学塑造自己的品格。在这一点上,《仙后》无疑是做到了。在生成的同时,《仙后》也加入了对文艺复兴之后的文化的塑造,并最终在今天的现代影视作品中重新焕发出永恒的光彩。

第七章
《堂吉诃德》的生成与传播

2002年5月在一项由诺贝尔文学院和挪威读书会共同策划执行,由54个国家的100位知名作家选出的"所有时代最佳百部书籍"的调查中,《堂吉诃德》(*Don Quijote*)获得超过半数选票,荣膺"举世最佳文学作品"称号。把《追忆似水年华》的作者、得票率第二的普鲁斯特远远甩在后面,同时也使其他文学大师们的鸿篇巨制黯然失色,包括荷马的经典著作和托尔斯泰、陀思妥耶夫斯基、卡夫卡、福克纳以及加西亚·马尔克斯的作品[①]。西班牙伟大作家塞万提斯(Miguel de Cervantes)于1605年将《堂吉诃德》付梓印刷,至今出版已逾四百年,对世界文学影响深远。

在介绍主人公堂吉诃德时,塞万提斯这样写道:"不久以前,有位绅士住在拉·曼却的一个村上,村名我不想提了。……我们这位绅士快五十岁了,体格很强健。他身材瘦削,面貌清癯,每天很早起身,喜欢打猎。据说他姓吉哈达,又一说是吉沙达,记载不一,推考起来,大概是吉哈那。不过这点在本书无关紧要,咱们只要将来不失故事的真相就行。"[②]开篇伊始,作者即将读者带入了一片迷雾之中,并没有详细交代主人公的来历,甚至连名字都是可有可无,并无定论。这为日后对于《堂吉诃德》的文学原型的研究带来了不少困难。

---

① 尹承东:《堂吉诃德何以成为世界最佳》,《中华读书报》2002年7月24日。

② 塞万提斯:《堂吉诃德》(上),杨绛译,北京:人民文学出版社,1987年版,第9页。

第一节 《堂吉诃德》在源语国的生成与传播

《堂吉诃德》的故事究竟源于何处呢？在探究此问题时，我们不可避免地要谈及塞万提斯所处历史环境及本人的生活经历。

关于塞万提斯的早期生平我们所知甚少，仅仅可以断定 1547 年他出生在西班牙马德里附近的阿尔卡拉·德·埃纳雷斯镇(Alcalá de Henares)。此时距 1492 年“天主教双王”(Reyes Católicos)伊萨贝尔(Isabel)和费尔南多(Fernando)攻下半岛上最后一个穆斯林定居地——格拉纳达(Granada)王国，结束”光复战争“已经过去 50 多年。但是阿拉伯人在半岛近八个世纪的统治所留下的印记并未被全部抹去，反而在文化交融中不断助力西班牙文学的发展，给西班牙文学埋下了一个重要基因。[①]《一千零一夜》(*Las mil y una noches*)和经阿拉伯人演绎的印度神话史诗和传奇故事如《卡里莱和笛木乃》(*Calila y Dimna*)等在西班牙更是家喻户晓。阿拉伯文学不但是西班牙骑士小说(novelas caballerescas)的一个重要源头，而且同样是塞万提斯艺术想象的一个重要源泉。[②]

堂胡安·马努埃尔(Don Juan Manuel)在西班牙文学史上是塞万提斯的先驱中最有名望的一位，在塞万提斯身上可以辨别出马努埃尔的一些特殊品质。[③] 凡是熟悉塞万提斯作品的人都不会否认他是一个博览群书的人。虽然塞万提斯没有从学校里获得学位，但是在生活中他不断扩充着自己的阅读量，以《卢卡诺伯爵》(*El Conde Lucanor*)在当时的知名度，塞万提斯没有理由没读过这篇作品。更何况，他还有着在阿尔及尔生活的经历，虽然这段经历充满坎坷，并不愉快，但是不可否认这为他今后的创作提供了重要素材，也为他深入了解阿拉伯文化提供了契机。

在《堂吉诃德》的第一章中说到这位绅士每日读骑士小说，沉浸其中，已经完全丧失理性。“总之，他的头脑已经彻底发昏，终于冒出一个世上

---

① 周钦：《论西班牙文学中的阿拉伯渊源》，《暨南学报》(哲学社会科学版)2009 年第 2 期，第 193—198 页。

② 陈众议：《塞万提斯学术史研究》，南京：译林出版社，2011 年版，第 259 页。

③ 梅嫩德斯·伊·佩拉约(Menéndez y Pelayo)：《塞万提斯的文学渊源与〈堂吉诃德〉的写作》(“Cultura literaria de Miguel de Cervantes y elaboración del Quijote”)，原载于《梅嫩德斯·伊·佩拉约全集》(*Obras completas de Menéndez y Pelayo*)第四卷，马德里：高科委出版社(CSIC)，1941 年，第 323—356 页。译文引自陈众议编选：《塞万提斯研究文集》，南京：译林出版社，2014 年版，第 47 页。

任何疯子都没有想到的荒唐念头:觉得为了报效国家、扬名四方,他应该也必须当上游侠骑士,披坚执锐、跨马闯荡天下,把他读到的游侠骑士的种种业绩都一一仿效一番,冒着艰难险阻去剪除强暴,日后事成功就,必将留名千古。"[①]在小说的结尾处,堂吉诃德恢复了理智,对大家说:"……我如今恨死了阿马迪斯·德·高拉以及他那些绵延不绝的子孙;打心眼儿里讨厌亵渎神明的骑士小说;我看清了自己的愚妄,懂得了阅读这类书籍的危害,如今对他们厌恶透顶。多亏上帝慈悲,叫我从自身的经验中汲取了教训。"[②]由此,我们可以看到这个做着骑士梦的堂吉诃德正是寓言故事集《卡里莱和笛木乃》所源自的印度《五卷书》(*Panchatantra*)中的婆罗门或者阿拉伯的教士在西班牙的化身,他不离手的长矛也恰似在故事不断演绎过程中打破了蜜罐的那根棍子。[③] 当梦醒时,兀然发现一切只是虚幻,连骑士梦也散落而去。

《堂吉诃德》与阿拉伯文学的联系并不仅限于此,在第九章,塞万提斯写到由于故事突然中断,叙述者"我"十分懊丧。有一天,我正在托莱多(Toledo)的阿尔卡那市场。有个孩子跑来,拿着一些旧抄本和旧手稿向一个丝绸商人兜售。而他所卖的恰恰是阿拉伯学者西德·阿麦·贝嫩赫里特所写的《堂吉诃德》的故事。至此,塞万提斯假托阿拉伯学者之名展开了堂吉诃德的故事。虽然这只是一种戏仿,但也可以看出这是塞万提斯有意为之,侧面反映了阿拉伯文化在当时西班牙社会文化中的地位和普及程度。

除了东方文化的影响外,谈到《堂吉诃德》,不得不提到骑士小说的重要影响。因为任何一种小说与堂吉诃德之间的联系都没有它与骑士小说这般密切。没有骑士小说,不仅《堂吉诃德》是不可想象的,就连整个西方小说也会在故事性方面大打折扣。[④] 在《堂吉诃德》的前言中塞万提斯借朋友之口说"你只管抱定宗旨,把骑士小说的那一套扫除干净。那种小说并没有什么基础,可是厌恶的人虽多,喜欢的人更多呢。"[⑤]骑士小说于15世纪开始流行,16世纪达到了全盛时期。西班牙是骑士小说的一片沃土。15世纪末,西班牙赢得了"光复战争"的胜利,成为不可一世的新兴

---

① 米盖尔·德·塞万提斯·萨维德拉:《堂吉诃德》(上),董燕生译,武汉:长江文艺出版社,2008年版,第3页。

② 米盖尔·德·塞万提斯·萨维德拉:《堂吉诃德》(下),董燕生译,武汉:长江文艺出版社,2008年版,第838页。

③ 宗笑飞:《塞万提斯反讽探源》,《外国文学评论》2011年第3期,第225—233页。

④ 陈众议:《西班牙文学黄金世纪研究》,南京:译林出版社,2007年版,第63页。

⑤ 塞万提斯:《堂吉诃德》(上),杨绛译,北京:人民文学出版社,1987年版,第8页。

帝国。捍卫各小王国利益并在“光复战争”中立下汗马功劳的骑士阶层实际上已经完成了历史使命。但是,一方面由于它是西班牙“光复战争”的中坚力量,在长达八个世纪的抗击摩尔人统治的战斗中谱写了无数可歌可泣的篇章,骑士仍是许多西班牙人心目中的英雄;另一方面,历史开启了新的篇章,骑士传奇为艺术提供了想象的余地。[①] 骑士小说有着共同的特点,主人公都具有崇高的理想和精湛的武功,愿意为爱情、信仰和荣誉不惜冒险,甚至付出生命的代价;他们总是单枪匹马,单打独斗,却能取得完胜,最终功成名就,抱得美人归。当时最为流行的骑士小说有《骑士蒂朗》(又译《白骑士蒂朗》)(*Tirante el Blanco*)(1490)、《阿马迪斯·德·高拉》(*Amadís de Gaula*)(1508)、《埃斯普兰迪安的英雄业绩》(*Las Sergas de Esplandián*)(1510)、《帕尔梅林·德·奥利瓦》(*Palmerín de Oliva*)(1511)、《骑士西尔法》(*El Caballero Zifar*)(1512)和《希腊人堂利苏阿尔特》(*Lisuarte de Grecia*)(1514)。在这些作品中,流传最广,影响最大的是《阿马迪斯·德·高拉》和《骑士蒂朗》。可以肯定的是塞万提斯一定熟读过这些骑士小说,因此他对于其中的情节了如指掌并在运用时信手拈来。《堂吉诃德》中的很多情节就是对《阿马迪斯·德·高拉》的戏仿。首先从堂吉诃德的名字上来看,“这时候,我们的绅士又想起一件事:英武的阿马狄斯嫌阿马狄斯这个名字光秃秃的不够味,为了使故乡和国家闻名于世,他又加上了地名,说全了就是:阿马狄斯·德·高拉。于是,这位地地道道的骑士当然也要把家乡的地名添在自己的雅号上,这样就成了:堂吉诃德·德·拉曼却。”[②]不仅如此,据列奥·斯皮策(Leo Spitzer)[③]看来,“Quijote(吉诃德)”这个名字也跟骑士小说有着极深的渊源。它是 quij 加上一个源于 jigote 一词的滑稽后缀-ote,此时即可看出主人公的名字是以兰斯洛特(Lanzarote)为模板起的。[④] 此外,对骑士小说最明显的戏仿情节莫过于第二部第二十三章中堂吉诃德讲述在蒙特西诺斯地洞里的奇遇了。在此章中堂吉诃德自述了在地洞中的经历,所有描述都让人想到各种骑士小说中的情节。类似的例子在小说中还有很多,

---

① 陈众议:《西班牙文学黄金世纪研究》,南京:译林出版社,2007 年版,第 63 页。

② 米盖尔·德·塞万提斯·萨维德拉:《堂吉诃德》(上),董燕生译,武汉:长江文艺出版社,2008 年版,第 4 页。

③ 列奥·斯皮策(1887—1960)是奥地利罗曼语及西班牙语学者,文体学的代表人物之一。

④ 列奥·斯皮策:《〈堂吉诃德〉中的语言学视角》(“Perspectivismo lingüístico en el *Quijote*”),原载于《语言学与文学史》(*Lingüística e historia literaria*),马德里:格雷多出版社,1955 年版,第 137—187 页。

但是《堂吉诃德》中的两位主人公到底起源于何处？梅嫩德斯·伊·佩拉约经过不懈的研究，钩沉索隐，给出了答案：

> 塞万提斯用来写作这部人类智慧杰作的手法是令人赞叹的、崇高的简洁。其最初的创作动机和构思可能具有偶然性，并受到庸常轶闻的影响。……人们在吉梅兰公爵堂加斯帕尔·加塞兰·德·皮诺斯①的某本标注日期为1600年的笔记本中发现了这样的记载：一位萨拉曼卡的学生，不好好做功课，却沉溺于骑士小说。他读到书中一位著名的骑士在与几个乡下人混战，便立即站起来，手持宝剑，在房间里乱砍乱杀；他的同学赶来观看，以为发生了什么事情。他却说：你们再让我读读这一段，我正在保护一位骑士呢。真遗憾！瞧，这些个乡巴佬把他打成什么样子了！
>
> 倘使这些幻觉可以被看作是堂吉诃德疯狂的起源，那么后者并没有超出幻想的界限，也没有展示生活以外的怪诞。这样的例子还可以包括堂路易斯·萨帕塔②。在他的《杂记》中讲述的另一种生龙活虎的疯狂。这件事发生在堂路易斯·萨帕塔时代，即1599年他逝世之前。一位温顺、理智、正直的骑士，在毫无理由的情况下怒气冲冲地离开宫廷，并仿效奥兰多：他“脱掉衣服，赤身裸体，几刀就杀死了一头驴，然后挥舞手杖追打起农民来”。
>
> 所有这些或其中的某些事件加上《疯狂的奥兰多》都可能是点燃《堂吉诃德》这堆篝火的星星之火。这就如同堂吉诃德在黑山模仿阿马迪斯的忏悔。③

至此，堂吉诃德的原型已经水落石出，东方文化的浸染、骑士小说的熏陶以及日常生活中的琐事都成了塞万提斯创作的灵感来源，一个立体而丰满的堂吉诃德形象已经展现在我们面前。那么，相较之下，桑丘是否也有一个原型呢？佩拉约在同一篇文章中也给出了自己的答案：

> 桑丘并非一蹴而就，他的形成过程并不比堂吉诃德短暂和简单。

---

① 堂加斯帕尔·加塞兰·德·皮诺斯(Don Gaspar Garcerán de Pinós，1584—1638)即吉梅兰伯爵，西班牙作家。

② 堂路易斯·萨帕塔(Don Luis Zapata，1526—1595)：西班牙作家。

③ 梅嫩德斯·伊·佩拉约：《塞万提斯的文学渊源与〈堂吉诃德〉的写作》，原载于《梅嫩德斯·伊·佩拉约全集》第四卷，马德里：高科委出版社，1941年版，第323－356页。译文引自陈众议编选：《塞万提斯研究文集》，南京：译林出版社，2014年版，第62－63页。

他没有参与后者的第一次出行,而是在主人公的第二次出行时方才露面,毫无疑问,他的产生同样起源于作者对骑士小说的戏谑性模仿。在骑士小说中,游侠勇士的身边从来就不缺侍从,但是这些侍从譬如阿马迪斯的坎达林却并非喜剧人物,也不代表任何对立面。侍从者,侍从也。他被淹没、遗忘在一个非常罕见的骑士故事当中,它或许是最古老的骑士小说之一,却并没有出现在堂吉诃德的书房。然而,我认为塞万提斯不可能没有读过它;也许他在年轻的时候读过,甚至都记不起它的名字了:《上帝的骑士、门顿的国王西法尔及其生平、事迹》。在这部创作于14世纪早期的小说里产生了一个非常新颖的人物,他的处世哲学是以接连不断的格言表达出来的。这种哲学不是书中的哲学而是我们民族的格言或谚语。里巴尔多,这个永远无关乎骑士文学传统的人物,却代表了西班牙现实主义对虚构文学的入侵,这种入侵似乎无关他的身份。如果考虑到迄今为止里巴尔多还是我们知道的桑丘·潘沙的唯一前身,这个人物的重要性就不言自明了。两者的相似性还明显体现在,里巴尔多的对话中无时无刻不在使用大量谚语(凡六十余条)。在14世纪的任何其他文本中是无法找到如此众多的谚语的,直到大司铎塔拉维拉的《塞莱斯蒂娜》的出现,我们才重新看到了大量丰富多彩的表达方式。但是里巴尔多并不仅仅是语言生动、通俗的桑丘之雏形,而且在一些性格特征上也是他的先驱。……

古老叙述者的粗俗雏形与堂吉诃德的神圣侍从之间存在着巨大的观念差距,但是二者的亲缘关系无可否认。[①]

至此,《堂吉诃德》中两位主人公的原型已经呈现在我们面前。

有了深厚的创作基础加之塞万提斯的“奇思妙想”,《堂吉诃德》自1605年问世以后立即受到广大读者的欢迎,塞万提斯在世时就已经再版了16次,之后更是被翻译成几乎所有的语言。虽然《堂吉诃德》成就喜人,但是每个时代对于这部作品的解读却有着极大的差别:17世纪时人们仅仅把它当作一种消遣之书,浪漫主义时期认为它象征着理想与现实之间的斗争。《堂吉诃德》对于小说这一流派的影响是决定性的,只需指出19世纪的伟大小说家——福楼拜、狄更斯、托尔斯泰、加尔多斯……都将塞万提斯拜做现代小说之父即

① 梅嫩德斯·伊·佩拉约:《塞万提斯的文学渊源与〈堂吉诃德〉的写作》,原载于《梅嫩德斯·伊·佩拉约全集》第四卷,马德里:高科委出版社,1941年版,第323—356页。译文引自陈众议编选:《塞万提斯研究文集》,南京:译林出版社,2014年版,第65—66页。

可窥知一二。[①] 无论人们如何评价《堂吉诃德》，一个不争的事实是在出版之后，塞万提斯的伟大作品迅速在欧洲各国传播开来。

1. 17世纪

《堂吉诃德》(第一部)问世后，最初的接受主要是嘘声和笑声。嘘声来自同时代的文人，其中洛佩(Félix Lope de Vega)的判决奠定了塞学最初的基调。笑声是一般读者给予塞万提斯的回报。他们不是在堂吉诃德身上看到了自己的影子并和他同命运共欢乐，便是视他为十足的疯子、逗笑的活宝。[②] 由于塞万提斯一生坎坷，即使出版的《堂吉诃德》多次再版也未能跻身御用作家之列，因此当时广受赞誉和认可的洛佩对于他及其作品的评价成为17世纪学者们对《堂吉诃德》评判的重要依据。洛佩在1604年6月14日给一位医生的信中说道："没有比塞万提斯更糟糕的诗人，也没有哪个傻瓜会喜欢堂吉诃德……"[③]虽然学界对于塞万提斯作品的反响并不乐观，但是广大人民却对该书十分追捧，拿它当作休闲、娱乐、消磨时间的逗趣之作。1605年在《堂吉诃德》第一版出版后的几个月内马德里即再版1次，并且还出现了未经授权的3个版本，其中2个在里斯本发行，1个在瓦伦西亚(Valencia)发行。在接下来的几年中又分别在布鲁塞尔、马德里和米兰再版。[④] 此外，人们的热情并不仅限于阅读该书，他们认为堂吉诃德和桑丘是活生生、有血有肉的现实人物。在1605年西班牙巴亚多利德(Valladolid)为庆祝费利佩王子(príncipe Felipe)的诞生，以及1607年在秘鲁，1613年在德国的节日中都相继出现了扮演主仆二人的演员，为节日增添了欢乐的气氛。[⑤]

1612年，英国人托马斯·谢尔顿(Thomas Shelton)将《堂吉诃德》(第一部)译成英语，两年后塞萨尔·乌丹(César Oudin)将该作品译成法语，法兰西国王路易十三为表彰乌丹，曾赏他300法郎奖金。

1618年，法文版《堂吉诃德》第二部在巴黎出版，封面上首次出现了堂吉诃德和桑丘·潘沙(Sancho Panza)的形象。译者是法国作家弗朗塞

---

① 何塞·加西亚·洛佩兹(José García López)：《西班牙文学史》(*Historia de la literatura española*)，巴塞罗那：比森斯·比韦斯出版社，2009年版，第286页。

② 陈众议：《西班牙文学黄金世纪研究》，南京：译林出版社，2007年版，第3页。

③ 洛佩·德·维加：《书信集》(*Antología de cartas*)，马德里：卡斯塔利亚出版社，1985年版，第68页。

④ 冈萨罗·阿尔梅罗(Gonzalo Armero)主编：《〈堂吉诃德〉四百年》(*Poesía: Cuatrocienlos anos de Don Quijole por el mundo*)，《诗刊》(*Poesía*)，2005年(总)第45期，第19页。

⑤ 同上书，第27—29页。

斯·弗朗索瓦·德·罗塞(Francés François de Rosset)。此后,意大利文版、德文版及荷兰文版相继于1622年、1648年及1657年问世。其中德文版因为有四幅插图,从而成为《堂吉诃德》的第一个插图本,而荷兰文版则是境外出版的第一个全译本。插图版西班牙语全译本《堂吉诃德》直到1662年才在布鲁塞尔面世,而西班牙本土的读者直到1674年才看到插图版的《堂吉诃德》。[①] 1687年约翰·菲利普斯(John Philips)在伦敦出版了第一本带有插图的《堂吉诃德》英文译本。1700年,彼得·莫特(Peter Motteux)的英译本在伦敦出版。译者在序言中说:"在时下的诸多版本中,最不该忘记的是我自己的《堂吉诃德》,我竭尽全力,从前译者手中拯救了塞万提斯,并赋予他以自由:穿上合身的衣服尽情地冒险。"莫特在严厉批评前译者偷工减料的同时,充分肯定了塞万提斯,谓"塞万提斯的语言风格既现代又讲究,男人女人无不言如其人"。这就一言道破了塞万提斯的秘诀:现实主义方法。堂吉诃德和桑丘·潘沙不同,理发师和神甫有别。各色人物因身份不同而语言相异。[②] 值得注意的是,在众多语言的译本中意大利文版的译者洛伦佐·弗兰西奥西尼(Lorenzo Franciosini)的译文相当随意,为了迎合意大利读者的需求甚至改动了人物的名字。[③]

《堂吉诃德》刚刚面世后不久,就达到了尽人皆知的程度,因此在17世纪已有不少戏剧作者引用、演绎或者戏仿塞万提斯的作品。例如,洛佩虽然鄙视塞万提斯并贬低其作品,并在其喜剧《傻大姐》中借人物奥克塔维奥之口说:

我担心,而且有理由,
如果她热衷于诗歌,
她一定会成为一个
让世人耻笑的
女堂吉诃德。[④]

但是这在无形中扩大了《堂吉诃德》的影响。"黄金世纪"的最后一位大师佩德罗·卡尔德隆·德拉·巴尔卡(Pedro Calderón de la Barca)也

---

① 陈众议:《塞万提斯学术史研究》,南京:译林出版社,2011年版,第21页。

② 同上书,第22页。

③ 冈萨罗·阿尔梅罗主编:《〈堂吉诃德〉四百年》,《诗刊》2005年(总)第45期,第48页。

④ 朱景冬编选:《傻大姐》,见《洛佩·德·维加精选集》,北京,北京燕山出版社,2008年版,第456页。

在其作品中多次提到堂吉诃德并率先使用"吉诃德式"("quijotesco"或"quijotada")等概念,使堂吉诃德的影响进一步扩大。[①]

1614年,一位化名为阿隆索·费尔南德斯·阿维利亚内达(Alonso Fernández Avellaneda)的作家在西班牙塔拉戈纳(Tarragona)出版了所谓的《堂吉诃德》续集。学者们曾将该作品归为洛佩、阿拉尔孔(Ruiz de Alarcón),卡斯特罗(Guillén de Castro)或是莫利纳(Tirso de Molina)名下,但是时至今日仍无人能提出使人信服的证据。在伪作当中堂吉诃德被描写成一个粗俗而暴躁的疯子,桑丘则是一个令人生厌的乡野村夫。[②]阿维利亚内达在"序言"中为自己辩护并公开斥责塞万提斯,说他嫉贤妒能,中伤他人。在该作品出版的第二年,塞万提斯即予以还击,在相隔十年后出版了早已许诺的《堂吉诃德》第二部。此外,萨拉斯·德·巴尔巴迪略(Salas de Barbadillo)在1614年也出版了仿作《准点骑士》(*El caballero puntual*)。此作除了歪曲堂吉诃德形象,还刻意塑造了一个毫无理想主义色彩的投机分子胡安·德·托莱多(Juan de Toledo)。这个所谓的骑士使出浑身解数,只为混迹宫廷、跻身上流社会,但最终免不了戏法被人戳穿的尴尬和落魄,以至于不得不回到乡村,在极端的孤苦和潦倒中终其一生。除了故意丑化堂吉诃德形象的作品外,也有很多善意的改编。著名学者梅嫩德斯·佩拉埃斯(Menéndez Peláez)称类似改编或仿作仅17和18世纪的西班牙就多达30余种。[③]各种仿作的出版从一个侧面反映了《堂吉诃德》的畅销和影响巨大,虽然在此时人们还没有真正认识它的价值所在。

2. 18世纪

与17世纪相比,本世纪各国《堂吉诃德》译本的出版不如之前丰富,但是质量却在不断提高。首先在英国,自1700年出版了彼得·莫特的译文后,英国还分别于1738年、1755年和1792年出版了三个版本的《堂吉诃德》。其中1738年的版本为第一部西班牙语精装本。该书为四卷大开本,用纸考究,配有插图,并且注重文章质量,著名的瓦伦西亚人格雷戈里

① 陈众议:《塞万提斯学术史研究》,南京:译林出版社,2011年版,第10页。

② 何塞·加西亚·洛佩兹:《西班牙文学史》,巴塞罗那:比森斯·比韦斯出版社,2009年版,第287页。

③ 梅嫩德斯·佩拉埃斯(Menéndez Peláez):《西班牙文学史》(*Historia de la literatura española*),莱昂(León):艾维雷斯特出版社(Everest),1993年版,第707页。

奥·马央斯·伊·西斯卡尔(Gregoriano Mayans y Siscar,1699—1781)[①]撰写的塞万提斯的生平成了该译本最好的介绍信。这一版本由于做工精良,声名远播,在整个18世纪都占有优势地位。[②] 这多少刺激了西班牙王室,以至于到了1773年,卡洛斯三世(Carlos III) 亲自下令,命西班牙皇家语言学院(La Real Academia)出版一个更加精美的版本以挽回声誉。国王的命令成全了1780年的西班牙语精装版《堂吉诃德》。该版本同样分四卷,由著名印刷家伊巴拉(Joaquín Ibarra)担纲实施。它不仅依靠皇家语言学院的专家学者对不同版本进行了严肃校勘,而且集中了当时西班牙最著名的画家十余人绘制插画。[③] 除英国外,1780年魏玛(Weimar)和莱比锡(Leipzig)出版了弗里德里希·尤斯廷·贝尔图赫(Friedrich Justin Bertuch)的德语译本,1794年里斯本出版了第一本葡萄牙语版的《堂吉诃德》,1799年法国的让-皮埃尔·弗洛里昂(Jean-Pierre Florian)的译本在巴黎出版,成为18世纪的最后一个《堂吉诃德》译本。在众多的版本中,英国人约翰·鲍尔(John Bowle)在1781年出版的西班牙语修订版《堂吉诃德》最值得引起人们的注意,因为这是《堂吉诃德》的第一个注释本,虽然销量有限,却产生了非凡的效果。[④]

除了各种版本的不断出版发行之外,堂吉诃德的影响在进一步扩大。首先是《堂吉诃德》被写入西班牙皇家语言学院的《西班牙语词典》(*Diccionario de la lengua*)(1737)中,之后又被收入了狄德罗(Denis Diderot)的《百科全书》(*Encyclopédie*)中。在音乐、绘画和歌剧等各领域《堂吉诃德》也找到了各自的诠释者。

在文学批评领域,纵观整个18世纪依然是褒贬分明的正反两大阵营。正方除卡达尔索(José Cadalso)关于两个层面或两条线索的点到为止的评点,马央斯、佩利塞尔(Juan Antonio Pellicer)、里奥斯(Vicente de los Rios)等人对塞万提斯的生平及创作方法等进行了多维度的观照与阐述,强调了《堂吉诃德》的反讽、原创性、现实主义特征以及主要人物的双重性格、形式与内容的完美统一,等等。

---

① 格雷戈里奥·马央斯·伊·西斯卡尔:西班牙著名学者,法学家、历史学家、语言学家,从事多种题材的写作,与贝尼托·费霍奥(Benito Feijoo)同为西班牙启蒙运动的早期代表人物,出版了《米盖尔·德·塞万提斯·萨维德拉生平》。

② 冈萨罗·阿尔梅罗主编:《〈堂吉诃德〉四百年》,《诗刊》2005年(总)第45期,第97页。

③ 陈众议:《塞万提斯学术史研究》,南京:译林出版社,2011年版,第35页。

④ 冈萨罗·阿尔梅罗主编:《〈堂吉诃德〉四百年》,《诗刊》2005年(总)第45期,第135页。

反方则主要抨击塞万提斯的“松散”和“任意”。勒萨热(Alain-René Lesage)甚至攻其一点,不及其余,一叶障目,不见泰山,称阿维利亚内达远在塞万提斯之上,完全无视塞万提斯的理想主义精神和现实主义方法。当然,塞万提斯也是人,也有疏漏和败笔。比如“战俘的故事”和“无事生非的故事”,确有其生硬、随意之嫌,从而使有关指责得以成立。[1]

3. 19世纪

19世纪中对《堂吉诃德》的传播影响最大的事件是德国浪漫主义(Romanticismo)思想家和艺术家对于该作品的讨论。1799年至1801年路德维希·蒂克(Ludwig Tieck)出版了根据新的浪漫主义原则翻译的《堂吉诃德》。随着新版本的面世,在德国掀起了新一轮的塞万提斯热。德国哲学家谢林(Friedrichi Wilhelm Joseph von Schlling)在其《艺术哲学》(*Philosophie der Kunst*)中,第一次将堂吉诃德界定为浪漫主义的不朽典型,从而使塞万提斯成为浪漫主义运动的不二鼻祖。而海涅(Heinrich Heine)关于《堂吉诃德》的论述被认为是19世纪塞万提斯研究的经典之作。

> 塞万提斯、莎士比亚、歌德成了个三头统治,在记事、戏剧、抒情这三类创作里各个登峰造极……我说这伟大的三头统治在戏剧、小说和抒情诗里有最高的成就,并非对其他大诗人的作品有什么挑剔……他们的创作力流露出一种类似的精神:运行着永久不灭的仁慈,就像上帝的呼吸;发扬了不自矜炫的谦德,仿佛是大自然。[2]

除德国蒂克的译本外,1836—1837年巴黎出版了路易·威亚多特(Louis Viardot)翻译的《堂吉诃德》,该版本由当时法国最著名的插画家之一托尼·霍阿诺特(Tony Johannot)作图,共配画765幅。此后,没有新的译本出现,但是却不断有新的插图版本问世,其中比较重要的版本有1836年巴黎古斯塔夫·多雷(Gustave Doré)插图版;1879年巴塞罗那阿贝莱斯·麦斯特莱斯(Apeles Mestres)插图版;1898年巴塞罗那何塞·莫雷诺·卡尔波奈罗(José Moreno Carbonero)插图版以及1900年伦敦沃尔特·克拉奈(Walter Crane)的插图版。在19世纪,法国和英国还相继出版了儿童版《堂吉诃德》,而西班牙在18世纪下半叶至19世纪初才

---

① 陈众议:《塞万提斯学术史研究》,南京:译林出版社,2011年版,第41页。

② 钱锺书译:《精印本〈堂吉诃德〉引言》,见海涅著,张玉书选编:《海涅文集·批评卷》,北京:人民文学出版社,2002年版,第433页。转引自陈众议:《塞万提斯学术史研究》,南京:译林出版社,2011年版,第49页。

开始出版儿童版《堂吉诃德》。[①]

在西班牙围绕《堂吉诃德》的研究逐渐形成学派,先后产生了"探秘派""颂扬派"和"客观派"。探秘派以迪亚斯·德·本胡梅亚(Díaz de Benjumea)为代表。他在1859年至1880年之间,对塞万提斯及其作品进行了长时间的潜心研究,就学界争论的某些问题提出一得之见。颂扬派对塞万提斯的崇拜达到了五体投地的地步。他们每每借题发挥或突发奇想,把塞万提斯打扮成超人或旷世奇才。客观派的代表人物为梅嫩德斯·伊·佩拉约,他是19世纪后半叶西班牙最负盛名的语文学家。该派主要针对探秘派和颂扬派而产生,反对将塞万提斯及其作品神秘化或科学化。[②]

4. 20—21世纪初

纵观整个20世纪,对《堂吉诃德》的传播影响最大的事件莫过于庆祝该著作第一部出版300周年的纪念活动。虽然18世纪时《堂吉诃德》已经成为一本举世闻名的著作,但是人们还从未想过要举行相关活动进行庆祝。1905年阿方索十三世(Alfonso XIII)签署法令宣布当年的5月为堂吉诃德庆祝月(因为人们一直认为该书是在1605年5月首次公开发售的),将在全世界举行花车游行、展览、奖花赛诗会、出版纪念版本、科学研讨会、发行邮票、纪念币以及明信片等不计其数的活动来庆祝《堂吉诃德》出版300周年。在历史上,这是第一次如此大规模的举办相关的庆祝活动。[③]

在《堂吉诃德》出版300年后,继续有不同的版本在西方各国面世。1902年伦敦出版了由丹尼尔·乌拉别塔·维尔赫(Daniel Urrabieta Vierge)绘图的《堂吉诃德》,由于维尔赫是现代绘画的先驱,该版本也被认为是20世纪插图版《堂吉诃德》中的佼佼者。1908年,300周年纪念版《堂吉诃德》在马德里出版。该版本分为八卷,前四卷为《堂吉诃德》的文字版,后四卷为插图版,画家何塞·西门内斯·阿兰达(José Jiménez Aranda)致力于绘制插图版的《堂吉诃德》,但是当绘制完成689幅插图后,阿兰达不幸早逝。为了完成他的遗愿,许多艺术家相继拿起画笔,其中包括阿尔佩利兹(Alpériz)、毕尔巴鄂(Bilbao)、萨拉·伊·毕耶加斯

① 冈萨罗·阿尔梅罗主编:《〈堂吉诃德〉四百年》,《诗刊》2005年(总)第45期,第193－237页。

② 陈众议:《塞万提斯学术史研究》,南京:译林出版社,2011年版,第80－92页。

③ 冈萨罗·阿尔梅罗主编:《〈堂吉诃德〉四百年》,《诗刊》2005年(总)第45期,第246页。

(Sala y Villegas)、加西亚·拉莫斯(García Ramos)、路易斯·西门内斯(Luis Jiménez)等。阿兰达的朋友何塞·拉蒙·梅里达(José Ramón Mélida)为该书撰写了感人至深的序言。1916—1917 年间,在马德里出版了由弗朗西斯科·罗德里格斯·马林(Francisco Rodrígeuz Marín)注释、里卡多·马林(Ricardo Marín)插图的新一版《堂吉诃德》。罗德里格斯·马林是西班牙的著名学者,在该版本中他从历史、地理和语言学等方面对《堂吉诃德》进行了详细的注释。1931 年在列日(Lieja)出版了由赫尔曼·保罗(Hermann Paul)配画的《堂吉诃德》,该版本收录了画家 125 幅木刻版画,为了更好地进行创作,保罗还到曼查地区进行了实地考察。1926—1927 年间根据威亚多特译本,由法国插画家格斯·博法(Gus Bofa)配画的《堂吉诃德》在巴黎问世,该版本分为四卷,有 400 余幅插图,被认为是 20 世纪对《堂吉诃德》最具原创风格的诠释。①

第二节 《堂吉诃德》在汉语语境中的再生

作为世界文学宝库中的经典形象,《堂吉诃德》可谓与中国有着不解之缘,塞万提斯在《堂吉诃德》(第二部)的“献辞”中这样写道:

> ……现在有个家伙冒称堂吉诃德第二,到处乱跑,惹人厌恶;因此四方各地都催着我把堂吉诃德送去,好抵消那家伙的影响。最急着等堂吉诃德去的是中国的大皇帝。他一月前特派专人送来一封中文信,要求我——或者竟可说是恳求我把堂吉诃德送到中国去,他要建立一所西班牙语文学院,打算用堂吉诃德的故事做课本;还说要请我去做院长。我问那钦差,中国皇帝陛下有没有托他送我盘费。他说压根儿没想到这层。
>
> 我说:“那么,老哥,你还是一天走一二十哩瓦,或者还照你奉使前来的行程回你的中国去吧。我身体不好,没力去走那么迢迢长路。况且我不但是病人,还是个穷人。……”②

一直以来世人多认为这是塞万提斯又一次使用戏谑的手法来自嘲,

① 冈萨罗·阿尔梅罗主编:《〈堂吉诃德〉四百年》,《诗刊》2005 年(总)第 45 期,第 259—296 页。

② 塞万提斯:《堂吉诃德》(下),杨绛译,北京:人民文学出版社,1987 年版,第 2 页。

但是经过马联昌先生的研究,明朝皇帝听说过《堂吉诃德》并向塞万提斯发出邀请并非完全子虚乌有。马先生提出五条理由证明自己所言不虚:一、博大精深的华夏文明深深吸引着青少年时代的塞万提斯;二、西班牙传教士的许多著述都对塞万提斯产生过巨大影响;三、明朝的神宗皇帝不仅听到过塞万提斯和他的作品《堂吉诃德》,而且还可能向他发出过邀请;四、中国皇帝需要了解外部世界,需要西班牙语,需要塞万提斯,而此时的塞万提斯也比以前更希望了解中国;五、塞万提斯在“献辞”中陈述的无法来华的四点理由真实可信。① 如果能找到更多直接证据证明神宗年间在中国已经有人听过《堂吉诃德》,那么该著作的翻译和研究历史将大大提前。但是目前看来,有直接记载证明《堂吉诃德》在中国的传播最早可以追溯到20世纪20年代。

(一)《堂吉诃德》中译本概述

1922年,著名翻译家林纾根据助手陈家麟口译,从英文版转译了《堂吉诃德》,取名《魔侠传》,由上海商务印书馆出版。这是中国的第一本《堂吉诃德》译本。由于林纾不懂外语,由陈家麟口授,林纾用文言文撰写,只译了上半部。开篇这样译道:

> 在拉曼叉中有一村庄,庄名可勿叙矣,其地半据亚拉更,半据卡斯提落庄中有守旧之顾家,其人好用矛及盾,与骏马猎犬,二者皆旧时之兵械,其人尚古,古用之不去手。②

该版本与其说是翻译,不如说是在《堂吉诃德》原著的基础上改写的,因为除了多次转译(由西班牙语原文译为英文,再由陈家麟由英文译为汉语)导致部分内容的缺失外,林纾先生也在一些地方做了删节。但是该版本依然意义重大,它为中国读者了解《堂吉诃德》打开了一扇大门。中国读者至此知道了西方文学中有这样一部名著并且对于堂吉诃德有了些许了解。从该版本算起至今,据不完全统计国内已经推出了逾百个不同版本的《堂吉诃德》,其中意义重大的译本简介如下:

1. 傅东华《唐·吉诃德》(第一、二部),人民文学出版社,1959—1962年

在《堂吉诃德》被中国的知识分子知晓的情况下,《魔侠传》不再能满

---

① 马联昌:《塞万提斯的中国情结——〈唐吉诃德〉下卷〈献辞〉释疑》,《广东外语外贸大学学报》2005年第2期,第29—32页。

② 林纾、陈家麟:《魔侠传》,上海:商务印书馆,1922年版,转引自徐岩:《从〈堂吉诃德〉的中文译本看“复译”现象》,《中国科教创新导刊》2013年第10期,第62页。

足大家的需求,大家迫切需要一个完整的译本,1959 年傅东华出版了译自英文版的第一部中文全译本。这是中国出版的第一本《堂吉诃德》全译本,因此初步满足了大家阅读完整的《堂吉诃德》的需要,但是由于该版本也是从英文本转译而来,难免与原文会有偏差。

2. 杨绛《堂吉诃德》,人民文学出版社,1978 年

1959 年,杨绛接受中国社会科学院外国文学研究所交给她的任务,准备翻译《堂吉诃德》。为了确定翻译所依据的版本,杨绛找了比较有名望的 5 种英法译本仔细对比。她发现不同的译者对原文的理解出入很大,因此决定从西班牙原文翻译。最终她选择 1952 年西班牙皇家学院院士弗朗西斯科・罗德里格斯・马林编注的《堂吉诃德》第六版。这是当时最具权威性的版本。

杨绛以前翻译的都是英语和法语作品。为翻译《堂吉诃德》,1959 年她开始学习西班牙语,经过两年学习,1961 年她开始动手翻译,到 1966 年,她已完成翻译工作的四分之三。由于"文化大革命"影响,到 1976 年才最终完成翻译,《堂吉诃德》第一、二部全部定稿。1977 年杨绛又校对了一遍,把译稿交给人民文学出版社。1978 年,人民文学出版社出版了杨绛译的《堂吉诃德》,这是中国直接从西班牙语译成中文的第一个译本。初版印刷 10 万册,很快就销售一空。30 年来,杨绛翻译的《堂吉诃德》总印数已经达到 70 余万册。杨绛卓越的翻译成就受到学界和西班牙政府的任可。1986 年,西班牙国王颁给杨绛"智慧国王阿方索十世十字勋章",以表彰她对西班牙文化作出的贡献。①

3. 董燕生《堂吉诃德》,浙江文艺出版社,1995 年

1995 年是《堂吉诃德》在中国的丰收年,有董燕生、屠孟超、刘京胜三位西班牙语大家的译作问世。其中,董燕生教授的版本备受推崇。董燕生是北京外国语大学西班牙语系教授,博士生导师,被誉为西班牙语界的权威。董燕生的《堂吉诃德》译本被称为最详尽的译本,通达流畅,文采飞扬,是最贴近原文的译本。该译著获"1995—1998 年全国优秀文学翻译彩虹奖",并在 2001 年 9 月获中国作家协会颁发的"第二届鲁迅文学奖"。由于董燕生教授的突出贡献,2000 年 11 月 6 日获西班牙胡安・卡洛斯国王授予的"伊莎贝尔女王勋章";2006 年获西班牙"西中协商基金会"颁发的"西中交流贡献奖"。

---

① 乔澄澈:《翻译与创作并举——女翻译家杨绛》,《外语学刊》2010 年第 5 期,第 109—112 页。

4. 孙家孟《奇想联翩的绅士堂吉诃德·德·拉曼恰》,北京十月文艺出版社,2001 年

孙家孟系南京大学教授,中国著名翻译家,研究西班牙语言文学的著名学者,长期从事翻译工作,译著颇丰。其译文不仅准确、畅达,尤以传递原著语言之神采见长。孙先生翻译《堂吉诃德》历时五载,并向有关外国专家多方请教,不但使原著幽默、诙谐的风貌跃然纸上,还补译了以往所有中译本均未曾译介过的塞万提斯自撰的十一首对《堂吉诃德》艺术的赞美诗等珍贵文字,以及"国王特许"等一系列出版审批公文。更为难得的是,该版本还得到了西班牙达利基金会的授权,收录了 38 幅西班牙绘画大师萨尔瓦多·达利(Salvador Dalí)关于《堂吉诃德》的精美插图(10 幅水彩、28 幅素描),使该译本得到了升华。值得一提的是,季羡林与杨宪益二外德高望重的学界泰斗还为该书撰写了题词。[①]

(二)《堂吉诃德》中译本比较

虽然国内已经推出了众多《堂吉诃德》的译本,但是关于译本的比较,基本上局限于探讨译本的准确性和完整性,尚无人运用文化翻译理论对长达 90 年的《堂吉诃德》中译现象进行全面梳理和点评。[②]

严复在《天演论》译例言中提出:"译事三难:信、达、雅。求其信,已大难矣!顾信矣不达,虽译犹不译也,则达尚焉。"[③]如今,"信、达、雅"已经成为了翻译的不二准则,但是对于《堂吉诃德》这样一本皇皇巨著,完全达到此标准,难度可想而知。

在众多《堂吉诃德》中译本中杨绛、董燕生、孙家孟、张广森、屠孟超、刘京胜和唐民权几位大师的译著脱颖而出,成为若干篇研究《堂吉诃德》翻译的论文比较对象。从译本的准确性和完整性来看,针对上述各版本的比较似乎可以从以下几个方面展开:

第一,西班牙语原文版本的选择。自 1605 年《堂吉诃德》第一部发行

---

① 米盖尔·德·塞万提斯:《奇想联翩的绅士堂吉诃德·德·拉曼恰》(上卷),孙家孟译,北京:北京十月文艺出版社,2001 年版,"出版说明"。

② 王军:《新中国 60 年塞万提斯小说研究之考察与分析》,《国外文学》2012 年第 4 期,第 72—81 页。

③ 转引自茅盾:《译文学书方法的讨论》,见罗新璋、陈应年编:《翻译论集》,北京:商务印书馆,2009 年版,第 202 页。

以来，由于广受欢迎，不断再版，避开最初排版工人工作失误导致的错误[①]，文字的字义随着时代的进行，一步一步地增修以至现在的状态，许多字的字义因时代的前后而产生差异[②]，为了便于当代读者的理解，不断有注释版诞生。对于翻译者而言，一个好的西班牙注释版本能够解决很多翻译中的难题，不仅可以帮助理解，还能提供17世纪时西班牙的生活习俗、地理、历史等相关知识，甚至是《堂吉诃德》的研究概况。在上述的译本中，只有杨绛、孙家孟和屠孟超译本标注了西班牙语原文的版本。其中杨绛在"译者序"中指出："本书系根据1952年马德里版《西班牙古典丛书》(Clásicos Castellanos)中弗朗西斯戈·罗德里盖斯·马林的编注本第六版翻译，并参照两个更新的原著版本把译文通体校订一遍。"[③]其中的两个更新的原著版本指的是胡安·包蒂斯塔·阿瓦耶-阿尔塞编注的《堂吉诃德》(1977年马德里版)和穆里留(Luis Andrés Murillo)编注的《堂吉诃德》(1983年马德里版)。孙家孟的译本最后一页注明："根据Editorial Planeta, S. A., 1944年版译出"[④]。屠孟超的译本注明原文出版信息："ALHAMBRA, S. A., Madrid, 1988"[⑤]。董燕生的版本没有注明原文的出版信息，但是在"译后记"中指出："塞万提斯学院院长塞萨尔·安东尼奥·莫利纳先生特为作序，西班牙桑提亚纳出版集团联系《堂吉诃德》最初出版地巴利亚多利德所在的卡斯蒂利亚—莱昂自治区政府购买本书特装本并提供了有关《堂吉诃德》最初问世的珍贵资料。"[⑥]

第二，注释条目的比较。由于所采用的西班牙语注释版的版本不同以及翻译者的翻译标准不同[⑦]，各个中译本之间的注释条目数量有较大差异。从第一部开篇的"致贝哈尔公爵"献辞到第二部的最后一章结束，

① 英国出版的傅洛瑞斯(R. M. Flores)论文：《〈堂吉诃德〉第一部中马德里第一、第二版的排字工人》("The Compositors of the First and Second Madrid Editions of *Don Quijote*, Part I")指出1605年马德里出版的《堂吉诃德》第一部的第一版，按照塞万提斯的手稿排印；原稿已失，同年马德里印行的第二版按第一版排印，共改易了三千九百二十八处。参见杨绛：《堂吉诃德》(上)，北京：人民文学出版社，1987年版，"译者序"，第12页。

② 转引自茅盾：《译文学书方法的讨论》，见罗新璋、陈应年编：《翻译论集》，北京：商务印书馆，2009年版，第410页。

③ 杨绛：《堂吉诃德》(上)，北京：人民文学出版社，1987年版，"译者序"，第12页。

④ 米盖尔·德·塞万提斯：《奇想联翩的绅士堂吉诃德·德·拉曼恰》(下卷)，孙家孟译，北京：北京十月文艺出版社，2001年版，第816页。

⑤ 塞万提斯：《堂吉诃德》，屠孟超译，南京：译林出版社，2002年版，"出版信息"。

⑥ 米盖尔·德·塞万提斯·堂吉诃德·萨维德拉：《堂吉诃德》(下)，董燕生译，武汉：长江文艺出版社，2008年版，"译后记"，第853页。

⑦ 董燕生版本的"译后记"中特意指明："由于译文并非供学者研究的专著，注释应力求少而精，旨在扫除阅读中的障碍；注释行文则应言简意赅，点到为止。"见米盖尔·德·塞万提斯·堂吉诃德·萨维德拉：《堂吉诃德》(下)，董燕生译，武汉，长江文艺出版社，2008年版，"译后记"，第853页。

杨绛译本有注释 1125 条[①];董燕生译本有 398 条[②];孙家孟译本有 573 条[③](该注释数目包括对定价、国王特许以及赞美诗的注释);张广森译本有 436 条[④];屠孟超译本有 820 条[⑤];刘京胜译本有 300 条[⑥];唐民权译本有 125 条[⑦]。所有版本均未注明注释是原本所注还是译者添加的注释。此外,相同的注释条目,各译者给出的注释也不尽相同,例如各译本对第一部第一章开篇介绍部分"duleos y quebrantos los sábados"的翻译和注释如下:

杨绛译本:星期六吃煎腌肉和摊鸡蛋

原文 duelos y quebrantos,星期六在西班牙是吃小斋的日子,不吃肉,可是准许吃牲畜的头、尾、脚爪、心、肝、肠、胃等杂碎,称为 duelos y quebrantos。但各地区、各时期习俗不同,在塞万提斯的时代,在拉·曼却地区,这个菜就是煎腌肉和摊鸡蛋。

董燕生译本:星期六炖点羊蹄羊骨

为庆祝 1212 年西班牙人对摩尔人的一次作战胜利,规定星期六不动荤,但动物杂碎和骨头不在此例。这个禁令一直维持到 18 世纪。

孙家孟译本:星期六才吃些腊肉煎鸡蛋

当时的西班牙为庆祝对摩尔人的一次胜利,规定星期六不吃荤,但可吃一些动物杂碎。各地风俗不一,在拉曼恰地区就吃腊肉煎鸡蛋。

张广森译本:周六的杂碎煎鸡蛋

无注释

屠孟超译本:星期六吃鸡蛋和炸肉条

无注释

---

① 塞万提斯:《堂吉诃德》,杨绛译,北京:人民文学出版社,2008 年版。

② 米盖尔·德·塞万提斯·萨维德拉:《堂吉诃德》(上、下),董燕生译,武汉:长江文艺出版社,2008 年版。

③ 米盖尔·德·塞万提斯:《奇想联翩的绅士堂吉诃德·德·拉曼恰》(上、下卷),孙家孟译,北京:北京十月文艺出版社,2001 年版。

④ 塞万提斯:《堂吉诃德》,张广森译,上海:上海译文出版社,2006 年版。

⑤ 塞万提斯:《堂吉诃德》,屠孟超译,南京:译林出版社,2002 年版。

⑥ 塞万提斯:《堂吉诃德》(上、下),刘京胜译,北京:中央编译出版社,2014 年版。

⑦ 塞万提斯:《堂吉诃德》(上、下),唐民权译,长沙:湖南文艺出版社,2014 年版。

刘京胜译本：星期六吃脂油煎鸡蛋

无注释

唐民权译本：周六是鸡蛋和腌肉

无注释

从上文的注释情况可以看出，杨绛、董燕生和孙家孟的译本注释详细，而且杨绛的译本还提供了西班牙语原文，因此杨绛的译本除面向大众，使读者了解这部世界名著之外，也为西班牙语学者提供了宝贵的资料，有助于对原文的理解。

第三，谚语的翻译。堂吉诃德的侍从桑丘·潘沙在作品中占有重要地位，不仅与堂吉诃德构成了现实与理想的对照，还是堂吉诃德对话的主要人物。桑丘说话的特点之一是谚语不断。由于西班牙语与汉语分属不同的语系，虽然两种语言中都有谚语，但是能够完全吻合，可以直接互译的谚语却是少数，因此对于谚语的翻译也成了翻译中的一大特色和难点。山东大学杨云嵋在硕士毕业论文《汉西谚语对比研究——以〈堂吉诃德〉为例》中指出《堂吉诃德》中使用的谚语共计 198 条，大致相当于西班牙谚语总数的十分之一，其中两个以上短句构成的有 88 条，一个单句形式的有 110 条。《堂吉诃德》中的谚语，字面意思和深层意思都和汉语相符的有 3 条；说法不太一样，但表达同样意思的谚语有 24 条；和汉语说法一样，直译过来也很难理解的有 17 条；其余的则是在汉语中没有对应的谚语，但按字面意思翻译过来大家都能看懂的情况，该情况共有 154 条。[①]因此，可以说西语谚语汉译是大多数情况。杨云嵋在论文中还就杨绛、张广森和崔亚君的三个《堂吉诃德》中译本进行了简单比较并列出了三个译本中所有的谚语翻译。此外，吉林大学王治家在其硕士毕业论文《〈唐吉诃德〉中俗语翻译的分析与比较》中对杨绛、张广森和唐民权这三个《堂吉诃德》中译本中的谚语进行了分析与比较并得出结论：

> 每位专家对于翻译技巧的理解是不同的。一些人倾向于保留原文信息，而另一些人却更注重译文的流利程度。据我看来，应该考虑到大多数的读者都是普通人，他们并不从事西班牙文化或西班牙语的研究。

---

① 杨云嵋：《汉西谚语对比研究——以〈堂吉诃德〉为例》，山东大学硕士学位论文，2008 年，第 19—20 页。

杨绛老师的译文运用了很多的解释，虽然有一些解释对于理解谚语是非常必需的，但是我认为没有必要给出如此多的解释。或许杨老师是想让中国的读者有机会了解西班牙文化以及西班牙人民的智慧，但是我认为大多数的读者对此并不以为意。他们更愿意畅享流利的译文，而非接受此类信息。如果读者们真的想要了解西班牙文化，没有什么比读原文更好了。

在对谚语的翻译进行了比较和分析之后我为中国读者推荐唐民权老师的译本。我并不了解杨老师翻译的细节，但是我非常清楚唐老师翻译的过程。他在翻译《堂吉诃德》时时间充裕。他未曾想过要出版译作，只是当做消磨时间的一种方式。因此他也有更多的时间来完善翻译的句子。在读他的译本时，可以感到老师为了消弭翻译的痕迹而做出的努力。这个译本更像一本中文的原著。

张广森先生的译本有其自身的优点。但是由于他是被出版社约请进行翻译的，或许没有大量时间来完善译文质量。在谚语的翻译方面，他犯了一些明显的错误，有时还违背了原文的意图。[①]

虽然得出上述结论，王治家在论文结尾也指出由于个人能力和时间的限制，他没有对三个版本中的所有谚语进行完整的分析，但是依旧为《堂吉诃德》中译本中谚语的比较提供了宝贵的信息。

第四，翻译方法的比较。正如张广森先生在其翻译的《堂吉诃德》的“译本序”中所说：“不同的读者在读过同一部文学作品之后总会有着不同的理解和感受，同样，不同的译者对同一部原著的解读和处理也会千差万别，从而传达给读者的信息就会多少有些不同。这也正是我愿意试笔的动力之一。”[②]在《堂吉诃德》译本的字数方面曾经有过一系列的讨论，讨论的焦点集中在杨绛和董燕生两位大师的译本字数上。杨绛的译本为72万字，而董燕生的译本为83.9万字。面对译本字数的质疑，杨绛老师给出了解释：“西文语法与汉文语法繁简各有不同，例如，西文常用关系代词，汉文则不用，但另有方法免去代词。西文语法常用‘因为’‘所以’来表达因果关系，汉文只需把句子一倒，因果关系就很分明。她举例说，有一句话原文直译是‘他们都到伦敦去了；我没有和他们同到那里去，因为我

① 王治家：《〈唐吉诃德〉中俗语翻译的分析与比较》，吉林大学硕士论文，2009年，第25—26页。引文原文为西班牙语。

② 塞万提斯：《堂吉诃德》，张广森译，上海：上海译文出版社，2006年版，第4页。

头晕'，但是，将其改为'他们都到伦敦去了；我头晕，没去'，这样颠倒一下次序，既突出因果关系，语言也更为简练，而原文的意思一分未减。如果用前一种译法，为三句话，24 个字，后一种译法也是三句话，却只有 13 个字，字数减少了几乎一半，而意思反而更明确。"[①]在翻译方法的选择上不同，结果自然也会有所变化。杨绛的译本更多地考虑到了读者的感受，在忠于原著的基础上，用中文进行再次创作。[②] 董燕生是西班牙语界的大师，为中国培养了无数西班牙语人才。他的译本更加注重忠实于西班牙语原文，强调对句子和语篇的理解并在此基础上进行翻译，译文清楚流畅，也是不可多得的译文范本。

凡是从事翻译工作的人都知道："traduttóre，traditóre"(既是翻译，必定歪曲)这句意大利语成语，在这里"翻译"竟同"歪曲"画了等号。这话虽然刻薄，但是也准确表明了想要传达作者本意是难上加难的事情。在《堂吉诃德》第一部第六章中，塞万提斯也借神甫之口说过："译诗的人都犯这个毛病。不论你有多大本事，下多深功夫，总是弄不出人家土生土长的那股味道。"[③]世上最难能可贵的精神之一就是明知不可为而为之，能够读到这么多位大师精心翻译的《堂吉诃德》，中国的读者们不可谓不幸运。

众多《堂吉诃德》中译本的出现不但说明塞万提斯创作的人物有着极强的生命力，不愧为世界文学的瑰宝，从另一个侧面也反映出中国人民逐渐接受了堂吉诃德及其所代表的理想主义精神。

(三)《堂吉诃德》在中国的接受

20 世纪上半叶，《堂吉诃德》在周作人、鲁迅、茅盾、郑振铎、郁达夫、瞿秋白、唐弢等现代文坛大家的高度重视和积极评价中来到中国，虽然相比出版的年份，《堂吉诃德》是姗姗来迟，但是不可谓研究起点不高。从《堂吉诃德》在中国的接受来看，随着历史环境的变化，与外界接触的增多，我国读者对其评价和看法大致出现了三次高潮：20—30 年代、50—60 年代和 80—90 年代。

1949 年前对《堂吉诃德》的推荐和研究贡献最大的要属周氏兄弟。他们在日本留学期间就阅读了德文版的《堂吉诃德》。1918 年，周作人率先在《欧洲文学史》中对《堂吉诃德》进行了概括性的评价："然古之英雄，

① 胡真才：《〈杨绛全集〉编后谈》，《中国编辑》2016 年第 4 期，第 102 页。

② 赵同林：《杨绛的文学翻译贡献述略》，《兰台世界》2012 年 8 月上旬，第 56—57 页。

③ 米盖尔・德・塞万提斯・萨维德拉：《堂吉诃德》(上)，董燕生译，武汉：长江文艺出版社，2008 年版，第 30 页。

先时而失败者,其精神固皆 Don Quijote 也,此可深长思者也。"[①]鲁迅接受《堂吉诃德》与周作人相仿,他不仅一直珍藏着"莱克朗氏万有文库"(Reclam's Universal-Bibliothek)本,而且自20年代起陆续收集了好几种日译本。鲁迅的《阿Q正传》则被认为颇有堂吉诃德的影子。[②] 堂吉诃德初入中国的20世纪20—30年代,正是新文学运动中的文学革命至革命文学时期,文学担负着反帝、反封建和阶级斗争的重任。由于堂吉诃德显而易见是一个受讽刺嘲笑的"箭垛"型人物,因而新文学的闯将们很快就抓住其"箭垛"特点,在对内对外斗争中加以利用。[③] 报刊上发表了不少阐释堂吉诃德精神的文章,或翻译,或自撰。重要作品有:创造社的李初梨在《文化批判》第四期上发表的《请看我们中国的 Don Quixote 的乱舞》,石厚生在《创造月刊》第一卷第11期发表的《毕竟是"醉眼陶然"罢了》,曹靖华翻译的屠格涅夫著名论文《哈姆莱特与堂吉诃德》由鲁迅校编后在《奔流》上发表,这也是我国读者最早看到的国外对堂吉诃德的批评。此外,瞿秋白翻译了苏联著名作家卢那察尔斯基的剧本《解放了的堂吉诃德》,鲁迅认真校对之后还为译本写了"后记"。鲁迅自己也写过两篇以堂吉诃德为标题的杂文:《中华民国的新"堂吉诃德"们》与《真假堂吉诃德》。"套一句用熟了的话,堂吉诃德以及哈姆雷特三百年的东移被浓缩在中国1930年代的历史中。"[④]但在这个起步阶段由于没有一个完整的译本,对堂吉诃德的批评只有屈指可数的几篇翻译,人们对于堂吉诃德的印象还停留在表层,只是把他当做盲动、疯癫、不合时宜的人物看待。

中华人民共和国成立后,党和人民政府十分重视对外交流和发展工作。1955年中国响应世界和平理事会的号召,在北京举办"世界著名美国诗人惠特曼的《草叶集》出版100周年、《堂吉诃德》出版350周年纪念大会",《人民文学》《新华月报》《文艺月报》《人民日报》《光明日报》《文汇报》等报纸杂志纷纷刊登有关塞万提斯及其《堂吉诃德》的文章,如叶君健的《塞万提斯的〈堂吉诃德〉》和《〈堂吉诃德〉的现实主义》、巴金的《永远属于人民的巨著》、周扬的《纪念〈草叶集〉和〈堂吉诃德〉》、文学翻译家曹未风

① 周作人:《欧洲文学史 艺术与生活 儿童文学小论 中国新文学的源流》,长沙:岳麓书社,1989年版,第131页。

② 陈众议:《塞万提斯学术史研究》,南京:译林出版社,2011年版,第143页。

③ 刘武和:《堂吉诃德的中国接受》,《云南师范大学学报》(哲学社会科学版)2002年第34卷第2期,第44—47页。

④ 钱理群:《丰富的痛苦——堂吉诃德与哈姆雷特的东移》,北京:北京大学出版社,2007年版,第227页。

的《纪念〈堂·吉诃德〉出版350周年》，由此在全国范围内形成了一个不大不小的“塞万提斯热”。傅东华的《唐·吉诃德》全译本出版是此次纪念活动的丰硕成果之一。20世纪50年代对于《堂吉诃德》的批评不再只看到其表层，而是运用马克思主义唯物辩证法，揭示出了堂吉诃德可笑的外表下蕴藏着的伟大与崇高。将《堂吉诃德》定位为现实主义的伟大杰作。50年代末60年代初杨绛先生已经开始着手从西班牙语原文翻译《堂吉诃德》，并在翻译的过程中撰写了《堂吉诃德和〈堂吉诃德〉》一文，她深入研究文本，探讨分析了塞万提斯的创作意图与堂吉诃德性格的关系，进而揭示出了堂吉诃德性格复杂、矛盾的原因。该文推动了对《堂吉诃德》的文本研究。

20世纪80年代以来，随着改革开放的推进，中外交流的加深，国外新的批评理论与方法以及西方塞学的经典成果不断被译介到中国，研究者们也运用新的理论把堂吉诃德置于跨时代、跨地域的文化交汇中加以考察，这也使得我国的堂吉诃德研究进一步推进，达到了一个新的高度。在80—90年代众多的有关堂吉诃德的评论文章中，秦家琪、陆协新写的《阿Q和堂吉诃德形象的比较研究》，陈众议的《模糊现实主义与〈堂吉诃德〉》，饶道庆的《意义的重建：从过去直到未来——〈堂吉诃德〉新论》，周宁的《幻想中的英雄：论〈堂吉诃德〉的多重意义》，孙靖、马汉广的《论堂吉诃德与模糊的世界》，等等，都是用新的眼光、从新的视角来分析阐释堂吉诃德的意义，堂吉诃德在当代新的观念意识和价值尺度下，本体意义不断获得“多元化”“现代化”。[①]

进入新世纪后，堂吉诃德的研究领域进一步拓宽。罗文敏有三篇关于《堂吉诃德》的研究性文章值得注意，《语句有涯 能指无垠——谈〈堂吉诃德〉的形式创新》[②]、《结构重构性在〈堂吉诃德〉中的多样化表现》[③]以及《论〈堂吉诃德〉中戏拟手法的艺术表现》[④]分别从叙事学、后现代性以及戏拟手法三个方面展开了对《堂吉诃德》的研究。随着研究的深入和文章

---

① 王军：《新中国60年塞万提斯小说研究之考察与分析》，《国外文学》2012年第4期，第72—81页。

② 罗文敏：《语句有涯 能指无垠——谈〈堂吉诃德〉的形式创新》，《甘肃社会科学》2004年第3期，第48—49页。

③ 罗文敏：《结构重构性在〈堂吉诃德〉中的多样化表现》，《宁夏大学学报》（人文社会科学版）2007年第1期，第106—111页。

④ 罗文敏：《论〈堂吉诃德〉中戏拟手法的艺术表现》，《海南大学学报》（人文社会科学版）2007年第4期，第463—467页。

数量的增多,中国的学者也从《堂吉诃德》在中国的接受情况方面做出了总结,代表性文章有:刘武和的《堂吉诃德的中国接受》、陈国恩的《〈堂吉诃德〉与20世纪中国文学》、王军的《新中国60年塞万提斯小说之考察与分析》以及华东师范大学黄晓夏的硕士论文《中国学术视野下的西班牙文学》中的第三章"《堂吉诃德》研究"。

总的看来,研究持续到新世纪,中国学者们对《堂吉诃德》的关注方向大致有以下这些类别:元素以及主题研究(讽刺、戏拟、人文主义、后现代性、不确定性、文化身份、理想主义、精神恋爱、荒诞性、悲剧性、喜剧性、偶然性、必然性等),形式以及类型研究(元小说性、文本间性、与流浪汉小说和骑士小说的关系、叙事模式等),比较研究(中国接受、平行研究、影响研究等),跨学科研究(语义学研究等)等。[①]

作为中国《堂吉诃德》研究的集大成者,陈众议的《塞万提斯学术史研究》于2011年出版。对于塞万提斯这样一位经典作家的研究一直以来都是热点,用一本书来概括其研究的方方面面实在是万难之事。因此,"撷取塞万提斯学术史中最为突出的冰山一角便是作为绝对中心的《堂吉诃德》研究"成为作者这一研究课题的巧妙的切入点,以点至线、至面,最终为读者勾勒出一幅塞万提斯研究的全局图。该书由两部分组成,第一部分为塞万提斯及其《堂吉诃德》的学术史梳理,相对客观地对有关研究成果进行了系统性全面梳理;第二部分为"研究之研究",站在世纪的高度和民族立场上审视经典,诠释经典。[②] 陈众议先生不仅将塞学与世界文学联系起来,而且最终回归中国文学研究,更难能可贵的是,在该书的附录部分列出了重要文献目录,为后来的研究者提供了参考。

除在理论上接受《堂吉诃德》外,中国的作家也积极将堂吉诃德精神移植到自己的作品中,形成了鲜明的特色。代表性的例子是鲁迅的《阿Q正传》和废名的《莫须有先生传》。

虽然鲁迅从未在公开场合说过自己创作的阿Q受到了《堂吉诃德》的影响,但是两者的渊源极深。国内多篇论文都从堂吉诃德与阿Q的名字、籍贯、"精神胜利法"、悲剧性格和喜剧性格以及"革命与追求"等诸多方面进行了探讨和分析,比较了两者的异同,多认为阿Q形象是堂吉诃

① 黄晓夏:《中国学术视野下的西班牙文学》,华东师范大学研究生论文,2012年,第30页。

② 马媛颖:《站在巨岩上的凝望——读陈众议〈塞万提斯学术史研究〉》,《社会科学管理与评论》2011年第4期,第96—98页。

德形象的"类似再现"，甚至是"影响性再现"。[①]

秦家琪、陆协新在《阿Q和堂吉诃德形象的比较研究》中对于阿Q形象是堂吉诃德形象的"影响性再现"的结论提出了自己的看法：1. 鲁迅是一位学贯中西、博古通今的大学者，也是一位敢于和善于从中国古代文学、民间文学和外国文学中不断"拿来"，并加以去芜存菁地改造，从中汲取养料，"为我所用"的伟大作家。2.《堂吉诃德》作为一个外在因素和外部条件，它在促进鲁迅完成自己的艺术构思，形成主人公的美学性格，以及运用讽刺艺术手段等方面，也不能不说是一种重要的艺术上的冲动力量，是一个重要的影响力。3. 从鲁迅对塞万提斯和《堂吉诃德》的众多评论文字中，可发现他对这位西班牙大作家和他的名著有着深刻的理解。[②]因此，阿Q是鲁迅受到堂吉诃德形象影响下创作出的人物，并且在继承的基础上有发展和创新。

但阿Q显然只是堂吉诃德的一个反面，鲁迅用阿Q创造了一个毫无理想色彩的反堂吉诃德。从创作之初，鲁迅并没有打算让阿Q名垂千古，而是在《阿Q正传》的序言中说："然而要做这一篇速朽的文章，才下笔，便感到万分的困难了。"《阿Q正传》最初分章发表于北京《晨报副刊》，自1921年12月4日起至1922年2月12日止，每周或隔周刊登一次，署名巴人。文章刊登后曾引起不小的轰动，很多人在阿Q身上看到了自己的影子，因此疑心作者是在借阿Q嘲讽自己，这使得鲁迅专门写了一篇《阿Q正传的成因》来澄清自己的写作意图。《阿Q正传》全文仅两万余字，但是辛酸讽刺的文笔却不容小觑。20世纪的中国，一场伟大的变革随着时势的发展悄然而至。"五四"运动开辟了中国文化的新纪元，而文学反传统的大潮势不可挡，极大地冲击了传统文化中的封建、反

---

① 相关文章可以参考：秦家琪、陆协新：《阿Q和堂吉诃德形象的比较研究》，《文学评论》1982年第4期，第55—67页；陈光军：《借鉴与突破：阿Q与堂吉诃德之比较》，《山东教育学院学报》1994年第3期，第57—61页；李志斌：《堂吉诃德和阿Q形象之比较》，《郑州大学学报》（哲学社会科学版）1999年第1期，第124—128页；姜智芹：《阿Q和堂吉诃德比较研究新探》，《青岛海洋大学学报》（社会科学版）2000年第2期，第82—85页；陈国恩：《〈堂·吉诃德〉与20世纪中国文学》，《外国文学研究》2002年第3期，第123—175页；张方方、张维青：《喜剧姿态与悲剧精神——〈阿Q正传〉与〈堂吉诃德〉之分析比较》，《济宁师范专科学校学报》2003年第6期，第100—104页；路全华：《阿Q，变通到中国的堂吉诃德》，天津师范大学硕士毕业论文，2004年；王学礼：《堂吉诃德与阿Q》，《考试》（教研版）2008年第3期，第61—62页；黄晓夏：《中国学术视野下的西班牙文学》，华东师范大学研究生毕业论文，2012年，第37页。

② 秦家琪、陆协新：《阿Q和堂吉诃德形象的比较研究》，《文学评论》1982年第4期，第55—67页。

动的糟粕。“阿Q这典型,如果只作为雇农来看,阿Q的故事,如果只作为反映辛亥革命的失败来看,那就不能够说明它的复杂性和深刻性。在旧社会中,所谓‘阿Q相’是普遍存在的;从‘衮衮诸公’到‘正人君子’(伪善者),知识分子,市民,乃至劳动人民,都是或多或少地有几分阿Q的‘精神气质’。因为,所谓‘阿Q相’者,其构成的因素不是别的,而正是阶级社会的剥削制度所产生的等级观念和自私自利的思想意识,再加上半封建半殖民地的媚外成性的统治阶级的愚民政策。”①阿Q,这个从消极方面被发展了的堂吉诃德,应时而生,反讽的意味更浓,结合中国的实际批判了人民头脑中旧社会旧制度所产生的封建思想,使塞万提斯的不朽名著在中国焕发了新生。阿Q形象不仅是我国文学史上的一个不朽的光辉典范,而且在世界优秀艺术典型的画廊里,也占有一个不容置疑的突出位置,让他和堂吉诃德携手并列,定能博得人民的双重赞美。②

在中国现代文学史上,小说创作受《堂吉诃德》的影响,除了鲁迅,还有废名,与鲁迅用哈姆雷特的怀疑精神来解剖中国的堂吉诃德,坚持一种激进的启蒙主义立场有所不同,废名是以人生真谛探寻者的姿态,用戏拟手法把堂吉诃德的精神东方化了。③《莫须有先生传》受《堂吉诃德》的影响是明显的,而且也有证可循。周作人在《怀废名》中说:“这一期间的经验(按指移居西山)于他的写作很有影响,村居,读莎士比亚,我所推荐的《吉诃德先生》,李义山诗,这都是构成《莫须有先生传》的分子。”多年后作者在《〈废名小说选〉序》中也说:“就《桥》与《莫须有先生传》说,英国的哈代,艾略特,尤其是莎士比亚,都是我的老师,西班牙的伟大小说《吉诃德先生》我也呼吸过它的空气。”《莫须有先生传》第六章讲他所带的“两部好书”,“一是英吉利的莎士比亚,一是西班牙的西万提斯”,言语之间,对后者似乎更加重视。此书写作,深受《堂吉诃德》的影响。④ 废名的《莫须有先生传》对于《堂吉诃德》的模仿是多方面的,例如两者都是传记,都以小标题的形式划分章节,都塑造了一个理想型的主人公,都有对社会和人性的批判,都有游戏的成分,都采用了随意性很强的结构,“涉笔成书”等。但是与堂吉诃德相比,莫须有先生身上体现出了明显的东方文化价值取

① 茅盾:《鲁迅——从革命民族主义到共产主义》,《纪念与研究》1983年第00期。

② 秦家琪、陆协新:《阿Q和堂吉诃德形象的比较研究》,《文学评论》1982年第4期,第67页。

③ 陈国恩:《〈堂吉诃德〉与20世纪中国文学》,《外国文学研究》2002年第3期,第125页。

④ 止庵:《堂吉诃德、房东太太与禅——读废名小说〈莫须有先生传〉》,《名作欣赏》2004年第10期,第67—72页。

向。他的理想带有纯精神的性质，追求道德完善，精神自由，“至人无梦”的人生境界，这都是东方文化的体现，因为东方文化更看重人格的自我完善，“克己复礼”，“老者安之，朋友信之，少年怀之”，把返本归心作为文化的主流，这与西方建功立业的价值取向是有着极大的不同的。此外，在反映和批判社会现实方面，《堂吉诃德》涉及人物众多，兼有各行各业的代表，可谓一部反映17世纪西班牙生活的“百科全书”，而莫须有先生的活动范围有很大的局限性，交往的对象也局限于“儿女翁媪”，所述之事也多为家长里短，日常琐事。[①] 但是同样是叙述乡间生活，与鲁迅的阿Q相比，莫须有先生却缺乏针砭时弊的力度，这与作者本人的世界观有着很大的关联。废名本人把禅佛的“悟”当做深陷乱世时的精神出路，因此在“莫须有先生今天写日记”中这样写道：

> 莫须有先生来回踱步，踱到北极，地球是个圆的，莫须有先生仰而大笑，我是一个禅宗大弟子！而我不用惊叹符号，而低头错应人天天来掏茅司的叫莫须有先生让开羊肠他要过路了，而莫须有先生之家犬狺狺而向背粪桶者迎吠，把莫须有先生乃吓糊涂了，于是莫须有先生赶紧过来同世人好生招呼了。[②]

这里，想象的出发点是东方佛教的“空”，因而莫须有先生从中可以来去自由，了无滞碍，他生活在自己的世界中，但也时不时受到外界的“干扰”而回到现实中来。“干扰”的主体很大一部分来源于房东太太。同堂吉诃德有一个忠心的侍从桑丘·潘沙一样，莫须有先生身边也有一位类似的人物：房东太太。作者在介绍房东太太时说：“其价值并不在莫须有先生之下，没有这位莫须有先生的房东太太，或者简直没有《莫须有先生传》也未可知。”房东太太是莫须有先生的主要对话者，虽然她与桑丘·潘沙有很多差异，无法相提并论，但是在追求实际、不做空想方面却是完全一致的。[③] 可以说莫须有先生和房东太太的组合在形式上是对堂吉诃德和桑丘·潘沙的模仿，作为一对理想和现实的二元对立而存在，但是两者之间的冲突远没有《堂吉诃德》中那样明显，最终也没有出现主仆双方相

---

① 夏元明：《〈莫须有先生传〉与〈堂吉诃德〉之比较研究》，《黄冈师范学院学报》2001年第6期，第28—32页。

② 艾以、曹度主编：《废名小说》，合肥：安徽文艺出版社，1997年版，第87页。

③ 相关内容可以参考麦思克：《“迂狂文士”与“疯癫骑士”——〈莫须有先生〉和〈堂吉诃德〉比较》，西南大学硕士学位论文，2012年，第22—25页。

互影响和相互转化的过程。作为在汉语语境中再生的又一位堂吉诃德,莫须有先生空有理想而很少付诸实践,隐匿在个人的世界中追求精神自由,其社会反响和影响不及鲁迅的阿Q深远,但作为一次全新的尝试,依然为学者提供了无限讨论和比较的空间。

第三节 《堂吉诃德》在当代媒体中的传播

进入20世纪后,《堂吉诃德》的传播形式变得多种多样,除了原有的纸质印刷方式外,电影、音乐、歌剧和戏剧等不同传播途径逐渐产生并流行,对于《堂吉诃德》的研究和批评也渐渐深入各个方面。

1903年,堂吉诃德的形象首次出现在电影中。由费南迪·泽卡(Ferdinand Zecca)和吕西恩·侬格特(Lucien Nonguet)联合指导的无声电影在华盛顿举行了首映。虽然该影片最终只有7个场景,也没有得到预期的反响,但是作为西班牙庆祝《堂吉诃德》出版300周年庆祝活动的一部分,这部电影依然具有里程碑的意义。

1905年,法国诗人和剧作家让·黎施潘(Jean Richepin)为了庆祝《堂吉诃德》出版300周年创作了戏剧《堂吉诃德》(*Don Quichotte*)。该剧分为三个部分、八个场景,于1905年10月16日在巴黎的法兰西剧院(la Comédie-Française)首演。

1905年,西班牙大富豪、摄影家路易斯·奥查兰(Luis Ocharán)产生了要将《堂吉诃德》中的场景拍摄出来的想法。一年后,他终于找到了理想的堂吉诃德扮演者,之后他便与演员们一起到了位于西班牙卡塔布里亚(Cantabria)的卡斯特罗·乌尔蒂亚莱斯(Castro Urdiales)地区的城堡。该城堡为奥查兰个人所有,他的愿望就是要尽可能忠实地拍摄出塞万提斯作品中的形象,为此他不仅在资金上做了充足准备,甚至还复制了国家武器博物馆中的样品。奥查兰的拍摄作品陆续登载在各种杂志上。

1910年2月24日在蒙特卡罗(Montecarlo)的赌场剧院(Théâtre du Casino)上演了朱尔·马斯内(Jules Massenet)的歌剧《堂吉诃德》。该剧受到观众的热烈欢迎,连续上演了五次。其成功主要归功于堂吉诃德的扮演者费道尔·夏里亚宾(Feodor Chaliapin)的精彩演出。

1918年年底,应波利尼亚克王妃(Princesa de Polignac)的要求,西班牙作曲家曼努埃尔·德·法雅(Manuel de Falla)根据《堂吉诃德》第二部第25—26章的内容编写了音乐作品《佩德罗师傅的傀儡戏》(*El retablo de Maese Pedro*)。该作品首先于1923年3月23日在塞维利亚(Sevilla)的圣费尔南多剧院(Teatro de San Fernando)以音乐会的形式首演,之后于1923年6月25日在波利尼亚克王妃的沙龙以舞台剧的形式演出。

1933年,由奥地利导演格奥尔格·威廉·帕布斯特(Georg Wilhelm Pabst)导演的电影《堂吉诃德》在几经波折后上映,被誉为对“塞万提斯小说的可信的改编”。1934年第一部动画片版的《堂吉诃德》上映,该片由美国著名导演乌布·伊沃克斯(Ub Iwerks)创作。此后,1987年由克鲁斯·德尔加多(Cruz Delgado)创作的动画片《堂吉诃德》成为西班牙众多动画片版本中最重要的一版。

1947年,由西班牙导演拉斐尔·希尔(Rafael Gil)拍摄的电影《拉曼却的堂吉诃德》(*Don Quijote de La Mancha*)上映。该片时长2个小时,包括了《堂吉诃德》中的所有情节。①

1955年,在《堂吉诃德》出版350周年之际,毕加索(Picasso)创作了一幅有关《堂吉诃德》的画作,此画后被用作全国和平运动理事会(Conseil National du Mouvemente de la Paix)的宣传海报,进而广为流传。

1957年,应编辑约瑟夫·弗雷(Joseph Foret)的要求,萨尔瓦多·达利为巴黎出版的选编本《堂吉诃德》创作了一系列石版画。60年代,达利继续创作了一批以堂吉诃德为题材的画作。这一系列近百幅达利的作品渐渐成了堂吉诃德的肖像代表,获得了极大的成就。

从1955年在巴黎拍摄了最初的几个场景开始,尤其是从1957年开始在墨西哥进行拍摄后,奥逊·威尔斯(Orson Welles)始终坚持《堂吉诃德》的拍摄,将《堂吉诃德》搬上银屏已经成了威尔斯的一个无法摆脱的执念。除了取景墨西哥外,威尔斯还到意大利、西班牙进行拍摄,威尔斯本人利用做演员赚得的报酬支持着拍摄这部电影的一切费用。但是直到1985年他因心脏病去世,《堂吉诃德》也没有完成拍摄,1992年才由威尔斯的一位助手根据留下的素材勉强拼凑成一部影片,这样拼凑而成的影片无法被称为《堂吉诃德》,因此助手给它命名为《奥逊·威尔斯的堂吉诃德》。② 尽管如此,这部电影还是被认为是所有版本中最让人信服、最美

---

① 冈萨罗·阿尔梅罗主编:《〈堂吉诃德〉四百年》,《诗刊》2005年(总)第45期,第303—322页。

② 张玮:《小说到电影——〈堂吉诃德〉电影版本之比较》,山西大学硕士学位毕业论文,2012年,第13页。

好和最感人的一部。

鉴于电影及电视版《堂吉诃德》的受众及影响范围更广,我们有必要叙述《堂吉诃德》在该领域的传播情况。自电影被发明以来,各国导演争先恐后地将自己心目中的《堂吉诃德》搬上了大屏幕,由此可见《堂吉诃德》在当代媒体中受欢迎的程度。从对原著的改编角度来看,《堂吉诃德》影视剧大致可以分为以下几类:(1)忠实于原著,尽量展现书中的重要细节。(2)基于原著,但是根据导演个人的执导理念对原著的情节进行改编。(3)借用堂吉诃德这个经典人物,使其融入所在国的氛围,突出电影的娱乐性和商业性。

现就以上三类电影各举一例浅析其内容及影响。

1. 西班牙的曼努埃尔·古铁雷斯·阿拉贡:10年光阴铸就影视版《堂吉诃德》

在很多场合西班牙导演曼努埃尔·古铁雷斯·阿拉贡(1942—)都半开玩笑半认真地说过如果在电影领域他有领路人的话,那么一位是约翰·福特(John Ford),一位是塞万提斯。也许在西班牙的电影界再难找出另一位比他更喜爱塞万提斯的导演了。在导演生涯中他始终与塞万提斯的作品有着不解之缘。他的电影《最美丽的夜晚》(*La noche más hermosa*)和《马拉维拉斯》(*Maravillas*)都让人想到《堂吉诃德》中的片段。虽然多次强调不会拍摄电视剧也不会改编已有的文本,1989年初阿拉贡还是接受了制片人艾米利亚诺·皮德拉(Emiliano Piedra)的邀请为西班牙广播电视台拍摄了6集电视连续剧《堂吉诃德》。在采访中阿拉贡坦言当皮德拉问自己是否想拍摄《堂吉诃德》时,他回答:"是的。"这一回答令他自己也十分吃惊。

总长300分钟的电视剧表现的是《堂吉诃德》第一部中的主要情节。阿拉贡看到卡米洛·何塞·塞拉(Camilo José Cela)改写的剧本后并不满意,因此自己编写了剧本并挑选费尔南多·雷伊(1917—1994)来扮演该剧的灵魂人物——堂吉诃德。事实证明他的选择是正确的。经过两年的艰苦拍摄,该剧于1991年在西班牙广播电视台上映并引起了热烈反响和评论。在剧情的改编方面,阿拉贡完全尊重原著,细节毕现,从堂吉诃德夜以继日地读书以致头脑昏聩,决定出游,到为自己、坐骑和心上人起名字这样的细节,再到堂吉诃德与比斯开人对打,中途高举长矛,动作停滞,插入叙述者寻找本书下文的过程,进而到堂吉诃德在黑山发疯的场面以及多洛苔亚叙述费尔南多和露丝辛达的婚礼等场面,导演完全根据原著的叙述顺序进行拍摄，使观众犹如逐页阅读《堂吉诃德》一般。但是囿于时间的限制，阿拉贡还是对原著进行了删节，对于备受评论界诟病的插入小说《何必追根究底》未做任何展示。在演员的台词设计方面，阿拉贡考虑到观众的感受和尊重原著的角度，让堂吉诃德的话显得夸张可笑并不合时宜地使用古语，而其他人物则使用了通俗易懂的现代语言。在演员的表演方面，费尔南多·雷伊充分表现出了堂吉诃德执著、疯狂、滑稽的一面，与阿尔弗拉多·兰达扮演的桑丘·潘沙形成了鲜明的对比。他们的表演获得了观众的一致认可，双双获得 1992 年银相框（Fotogramas de Plata）最佳电视剧男演员奖。他们的形象永远留在了人们的脑海中，时至今日，在西班牙问人们关于《堂吉诃德》的最好的影视剧，大部分人首先还会想到曼努埃尔·古铁雷斯·阿拉贡导演的这一版电视剧。

塞万提斯在《堂吉诃德》第一部出版 10 年后才出版了第二部，中间的艰辛和曲折无法言表。阿拉贡，这位钟爱塞万提斯的导演，也是在 12 年后的 2002 年才将《堂吉诃德》的第二部搬上了大屏幕。与电视剧相比，电影的时间更短，仅有 119 分钟，因此在表现第二部时，导演无法像第一部一样全面展示书中细节，而是以杜尔西内娅中魔法为主线，穿插了堂吉诃德在蒙特西诺斯洞穴的奇遇、主仆二人在公爵府的经历并着重笔墨刻画了堂吉诃德得到阿韦亚内达伪作后一路追寻痛打模仿者的情节。虽然电影版的《堂吉诃德》故意采用了与电视版一模一样的片头，但是在对原著的改编上，电影版有更多耐人寻味的细节。原著中堂吉诃德在公爵府中受到公爵及其夫人和大批侍从的捉弄，但是他一直没有发觉，最终只是“早就觉得该结束在城堡里过的那种闲散的日子了”因而离开，与此同时，虽然桑丘在公爵许诺给他的岛上任总督时也受人捉弄，但是还是办了几件漂亮的案子，多少赢得了大家的尊重。在阿拉贡的电影中，堂吉诃德看到中了魔法的“杜尔西内娅”后万分心焦，一心想着抽打桑丘 3000 鞭子以助其心上人破除魔法。他拒绝了侍女阿勒提西多拉的示爱，却无意中窥见在更衣室卸妆的“杜尔西内娅”，发现他居然是一个健硕、英俊的男人，震惊之余，愤而离去。此时在岛上的桑丘也是备受折磨和取笑，吃尽苦头，现实使他最终清醒过来，大叫：“够了，不要再闹了！”“我并不担心敌人，而是发现那么多‘朋友’中无一人真心。”主仆二人同时从虚幻的世界中回到了真实，并在荒野中重逢。貌似此时，已经清醒的二人应该回到现实世界中继续平常人的生活了，但是故事并未就此结束。途中偶遇的骑士及其女儿将主仆二人重新带到了虚拟的世界：阿韦亚内达出版了一本

《堂吉诃德》伪作,并宣称堂吉诃德是个疯子,连骑士也信誓旦旦地说在托莱多的疯人院里见过他。这一切又重新激起了堂吉诃德和桑丘的好奇和愤慨,他们按照书上所写一路追寻,最终将假的堂吉诃德打翻在地。但此时的堂吉诃德早已不是那个理想远大,执著于信念的游侠骑士了,他的体力也已渐渐不支,最终在与参孙·卡拉斯科假扮的月亮骑士对决中败下阵来。影片的最后一个场景更加耐人寻味,堂吉诃德已经完全清醒,在病榻上奄奄一息地宣布自己是好人吉哈诺,但万分悲痛的桑丘回到家后,回答儿子"做个游侠骑士很好吗?"的问题时深情地说:"如果主人再一次叫我出游,我还会去的……我相信我们会有一个美好的世界。"此时,堂吉诃德和桑丘调换了位置,两者所代表的理想与现实融合在了一起。

2. 苏联的格里戈里·科津采夫:永不消逝的堂吉诃德精神

1957年导演格里戈里·科津采夫(Grigori Kozintsev)执导的苏联首部《堂吉诃德》在戛纳电影节(Festival de Cannes)上映。一年后,该电影在伦达皇家节日大厅(Festival Hall Londinense)上映,成绩斐然。1958年上海电影译制厂即将该片译成中文配音放映,可见其影响力之大。

科津采夫可以说是当时苏联改编外国名著最多的导演,除拍摄塞万提斯的《堂吉诃德》外,他还曾拍摄莎士比亚的《哈姆雷特》。科津采夫是一位很有特点的导演,他既热爱文学作品,也热爱电影事业,有着旺盛的创作欲望和丰富的艺术才华,因此他不允许自己的作品成为文学作品的"临摹画",丧失了电影本身的艺术价值,而是通过对文学作品的大胆改编,截取作品中精彩的片段,去掉对于电影来说多余的部分,将一部文学作品再创作成为一部优秀的电影。[①]

在不到两个小时的电影中,要展现《堂吉诃德》这部70余万字作品的方方面面显然是不太现实的,因此与阿拉贡导演不同,科津采夫没有按照《堂吉诃德》原著中的顺序一一展现其中的细节,而是选取了上下两册中他认为最重要的情节进行改编,将其时空顺序打乱,从而形成一部与原作情节不同,但是主旨理念相同的故事。在他看来,书中堂吉诃德历险的故事中最引人入胜的莫过于主仆二人到公爵府做客的故事了。因此在影片开头,略去了原著中堂吉诃德单独出行的场面,而是直接劝服桑丘与他一同出游。在路上,他们首先解救了牧羊的孩子安德烈斯,然后就碰到了阿

① 张玮:《小说到电影——〈堂吉诃德〉电影版本之比较》,山西大学硕士学位论文,2012年。

勒提西多拉率领的车队。与原著中公爵府调皮的侍女身份不同，影片中的阿勒提西多拉变身成为一位高贵但恶毒的夫人，她认定堂吉诃德是一个可笑的“小丑”，百般挑逗，吓得主人公落荒而逃，也为下文他们到公爵府做客埋下了伏笔。与此同时，堂吉诃德一些荒唐行为如袭击抬着圣母像的队伍，与羊群大战，抢了一位理发师的脸盆当做曼布里诺头盔都通过女管家、外甥女、理发师和神甫的谈话间接透露出来，既不违背原著，同时精简了画面。在解放了囚徒，在客店中大战红葡萄酒皮囊后，堂吉诃德回到了家，第一次出行结束了。阿勒提西多拉的到来为堂吉诃德和桑丘的第二次出行提供了绝妙的注解。但是与原著中虽然促狭，爱捉弄人但心地善良的公爵夫妇不同，在科津采夫的视角中这对公爵夫妇及其所有侍从都是骄傲自大，冷若冰霜，毫无同情心和怜悯心的剥削阶级代表。阿勒提西多拉一直在与公爵府中的小丑打赌堂吉诃德是否会取代他的位置，公爵夫妇不但组织策划戏弄堂吉诃德的丑剧还亲自参与其中。最残忍的是当堂吉诃德得知阿勒提西多拉为了他而殉情深深自责时，假死的贵妇人缓缓坐起，口口声声骂我们的游侠骑士是“老干鱼先生，老木头先生”，公爵也趁机说堂吉诃德是“一位喜剧大师”，他的行为“证明慈悲为怀的行为是滑稽的，忠实是可笑的，而爱情是狂热的幻想的结晶”，并拿出钱作为他参与演出的酬金。在失落的骑士缓步走出公爵府时，小丑不失时机地将一张写有“疯子先生”的纸条贴在了他的背上。与此形成鲜明对比的是桑丘在任总督的“岛”上虽然起初受到老百姓的嘲笑和质疑，但是由于机智、公正地审判了养猪人和告状的女人之间的案子而受到了大家的尊敬。在被戏弄离开总督府的时候，桑丘义正词严地说道：“一个庄稼汉不会没地方去。而你，书记官，你被开除的话什么都干不了，你只是公爵的狗。”

科津采夫所处的年代是一个特殊的年代，因此在电影的改编过程中各个人物都被烙上了鲜明的时代印记。堂吉诃德虽然薄有资财，是个乡绅，但是他的家除了众多的骑士小说外，几乎徒有四壁，纵然不能把他列入劳动人民之列，他的崇高理想和所作所为却已经完全超越了阶级的限制。桑丘很明显成了劳动人民的代表。与原著中桑丘偶尔狡猾欺骗堂吉诃德不同，影片中的桑丘真心爱护他的主人，信任他，一直追随他，安慰他。并且在任总督的短暂时期内展示出了劳动人民的智慧。公爵夫妇和阿勒提西多拉以及众多参与戏弄堂吉诃德的侍从都是剥削阶级的代表，他们自私自利，将自己的快乐建立在他人的痛苦上，是劳动人民的对立面。正是为了表现阶级冲突，科津采夫才将最大的篇幅放在了公爵府中，从这个角度来看导演的改编,可以说是入情入理。

在大战风车并被月亮骑士打败后,堂吉诃德踏上了回乡之旅。在病榻上,堂吉诃德看似最终清醒,宣布自己不再是游侠骑士,而是“善人阿隆索·吉哈诺”。这看似一个符合原著的结尾,但事实是在想象中的杜尔西内娅、阿尔东莎以及桑丘的鼓励下,堂吉诃德高声宣布:“我们要不断的战斗,我和你一定要活到,活到美好的时代,正义一定能战胜自私和不公道。前进,前进,绝不要后退!”堂吉诃德和桑丘·潘沙的背影又一次出现在一望无际的荒原上,堂吉诃德精神永存不朽。

3. 中国的阿甘:中国化的堂吉诃德——《魔侠传之唐吉可德》

自从世界名著《堂吉诃德》被搬上大屏幕后,我国在其引进方面可谓不遗余力,除前文提到的由上海电影译制厂翻译的科津采夫的《堂吉诃德》外,还曾译制并播放过西班牙导演德尔加多拍摄的动画片《堂吉诃德》、阿拉贡导演的电视剧《堂吉诃德》,以及美国导演彼得·叶兹导演的《堂吉诃德》。但国人要想看到中国导演改编的名著还要等到 2010 年 10 月阿甘的《魔侠传之唐吉可德》上映。该片是国内第一部改编世界名著的商业大片,但上映后因为剧情薄弱,缺乏高潮,3D 技术稚嫩引发争议。[①]

从改编的角度看,主要以拍摄商业片为主的导演阿甘对《堂吉诃德》有着自己的理解。为了使堂吉诃德中国化,他选取了中国古代武侠故事为这位英雄做注解,影片中充满了对这部名著的戏仿。例如,《堂吉诃德》的第一章介绍骑士的禀性和日常起居时没有交代具体地点,略述家中情况,并说明堂吉诃德因为饱读骑士小说而头脑不清,对此,《魔侠传之唐吉可德》如是讲道:“话说某朝某代,蜀中有一户唐门,祖上本是武功高强的盖世英雄,传至唐方海一辈,则一心教授四个儿子饱读圣贤之书。然而唐家第三子唐吉字可德,无心圣贤,专好武侠神怪小说,以至于走火入魔,不辨虚实。”此后,唐吉可德骑着家中瘦马离家出走,游侠历险。整篇故事以唐吉营救自己的心上人——被豪强劫掠的翠花为主线,以唐吉与豪强的狗腿子令狐有味的对抗为辅线,讲述了不畏强暴,有情人终成眷属的故事。

与其他忠于原著的改编不同,作为一部商业片,《魔侠传之唐吉可德》更加注重娱乐性,截取原著中搞笑和娱乐的部分加以夸张和戏仿,从狗腿

---

① 钟敏珺:《中国化的堂吉诃德——〈魔侠传之唐吉可德〉中草根的宏大叙事》,《中国研究生》2012 年第 5 期,第 48—50 页。

子的名字“令狐有味”，到双方多次打斗的场面来看，可谓娱乐性十足。此外，在当代社会，不断被动挨打，磕得头破血流却毫无成就，最终只能在幡然醒悟后死于病榻上的堂吉诃德也许会让工作压力重重的观众难以接受，而一个看似无用，总是遭人嘲笑，却能歪打正着成为英雄抱得美人归的唐吉可德却会成为一个真正的励志角色，满足观众的期待。但是，我们不得不承认该片没有塞万提斯这部伟大作品的深度，未能深入挖掘主人公的复杂性格，而只是表面继承了小说中人物的性格，堂吉诃德疯癫可笑，桑丘世俗但内心善良。

不过，对于原著结尾的改编却耐人寻味。唐吉可德解救了翠花，两人花前月下，卿卿我我，不再过问世间俗务，而一直追随唐吉的桑丘却全身披挂踏上了行侠仗义之旅。也许阿甘想告诉我们理想和现实是可以互相转化，合二为一的，并且与阿拉贡的电影结局桑丘深情的剖白内心、科津采夫的影片结局堂吉诃德和桑丘主仆二人重新上路相比，阿甘更进一步，使桑丘完全蜕变，从市井之人成为了匡扶正义的英雄。这也许是这部商业大片中最耐人寻味的一幕吧！

第八章
莎士比亚戏剧的生成与传播

威廉·莎士比亚(William Shakespeare，1564—1616)，英国文艺复兴时期的剧作家和诗人。自17世纪初开始，莎士比亚作品被翻译成各种语言，传播开来，深深地影响了后世的文学和艺术。特别是莎士比亚戏剧对各地剧场产生了持久的影响，至今仍活跃在世界各国的舞台上，其受欢迎的程度超过了其他任何剧作家的作品。

莎士比亚何以拥有经久不衰的生命力？英国古典主义批评家德莱顿(J. Dryden)曾经指出，莎士比亚"有一颗通天之心，能够了解一切人物和激情"[①]。当代美国文学批评家布鲁姆(Harold Bloom)也表示："莎士比亚'发明'了我们现在所知道的'人'。"[②]的确，莎士比亚"发明"了形态各异、性格复杂的人群，源源不断地为各地剧场输送了丰富的舞台形象。莎士比亚的"不受任何意识形态约束"的"非功利性"，[③]还给后世人们的重新阐释留下了无尽的空间。莎士比亚"在所有语言中能被普遍地感觉到"的"多元文化性"，[④]更是为各国的艺术家们重新诠释并不断上演提供了无限的可能性。因此，四百多年来，莎士比亚在世界各国不同的文化语境中一直被人们研究、表演和重新阐释。这就印证了他的同时代的朋友和对手本·琼生(B. Jonson)的赞美，莎士比亚"不属于一个时代而属于所

① 约翰·德莱顿：《悲剧批评的基础》(1679)，见中国社会科学院外国文学研究所外国文学研究资料丛刊编辑委员会编：《莎士比亚评论汇编》(上)，北京：中国社会科学出版社，1979年版，第33页。

② 哈罗德·布鲁姆：《如何读，为什么读》，黄灿然译，南京：译林出版社，2011年版，第224页。

③ 哈罗德·布鲁姆：《西方正典：伟大作家和不朽作品》，江宁康译，南京：译林出版社，2005年版，第41页。

④ 同上书，第45页。

有的世纪"①。我们也有充分的理由相信，莎士比亚是经典的中心，"在影响我们理解经由语言所模仿的人类的特性、思维和个性方面，只有《圣经》可以与之媲美"②。

第一节　莎士比亚戏剧在源语国的生成

（一）莎士比亚戏剧分类及其来源

英国文艺复兴时期，戏剧有较复杂的划分，《哈姆雷特》（*Hamlet* 2.2：363—367）中表现了一种学究式的戏剧分类观念：悲剧、喜剧、历史剧、田园剧、田园喜剧、田园史剧、历史悲剧、历史田园悲喜剧等。莎士比亚创作了 37 部戏剧，赫闵和康代尔编订的第一对开本把它们划分为三个类型，包括 14 部喜剧，10 部历史剧（其中包括《亨利四世》第一、二部，《亨利六世》上、中、下篇等 5 个作品）和 12 部悲剧，后来又加入悲剧《辛白林》。③但是赫闵和康代尔的划分具有鲜明的时代特征，引发了戏剧类型上的争议。

1. 莎士比亚喜剧

莎士比亚悲剧似乎是一个严肃而确定的类型。喜剧作为一个传统的文学类型，则经历了较复杂的演变。古代希腊喜剧对英国文学复兴影响极小，古代罗马喜剧（普劳图斯和泰伦斯）及喜剧理论（多拿图斯和埃万提乌斯的《悲剧和喜剧》），却对其有直接的影响。莎士比亚的早期喜剧《错误的喜剧》和《第十二夜》对拉丁喜剧有明显的模仿色彩，而《仲夏夜之梦》主要是改编自奥维德的故事。中世纪题材（如传奇故事）显然被莎士比亚较多地采用，例如《暴风雨》《维洛那二绅士》《皆大欢喜》《驯悍记》《终成眷属》等，然而，这些喜剧的直接来源，一般是文艺复兴初期的文艺作品，甚至是都铎王朝早期作品。莎士比亚的另外一些喜剧则是直接取材于文艺

---

① 本·琼生：《题威廉·莎士比亚先生的遗著，纪念吾敬爱的作者》（1623），见中国社会科学院外国文学研究所外国文学研究资料丛刊编辑委员会编：《莎士比亚评论汇编》（上），北京：中国社会科学出版社，1979 年版，第 13 页。

② Burton Raffel, ed., *The Annotated Shakespeare*, *King Lear / William Shakespeare*, New Haven and London: Yale University Press, 2007, p. 195.

③ John Heminges and Henry Condell, eds., *Mr. William Shakespeare's Comedies, Histories & Tragedies*, London: Isaac Jaggard & Edward Blount, 1623.

复兴时期的故事,例如《威尼斯商人》《无事生非》《温莎的风流娘们儿》《一报还一报》《爱的徒劳》《冬天的故事》。

英国文艺复兴时期的喜剧较多表现了通俗的(宗教)节日化的因素(歌舞、化装、狂欢、戏嘲、求爱、猥亵等),并强化了丑角意识(clowning spirit)和求爱情节(courtship)。后来李利(John Lyly)和皮尔(George Peele)等革新了伊丽莎白时期喜剧。另外,当时意大利喜剧较为流行,莎士比亚的喜剧便偏离了都铎王朝早期喜剧,而且莎士比亚在《李尔王》(*King Lear* 1.2: 151)中明确地指示了他与旧喜剧的差别。伊丽莎白时期,基督教节日往往有喜剧演出,《爱的徒劳》(*Love's Labour's Lost* 5.2: 463)提到圣诞节的喜剧(a Christmas comedy),这是中世纪以来的基督教节日演出的风格化喜剧。《哈姆雷特》(*Hamlet* 2.2:284—285)中表现了一种波洛涅斯式的戏剧分类观念,其中,喜剧则划分为一般喜剧、田园喜剧、悲喜剧等。莎士比亚认为喜剧指灵巧轻快的风格,包含机智、嘲讽、戏谑、逗笑,《爱的徒劳》(*Love's Labour's Lost* 5.2:882—884)中俾隆说道:"我们的求婚未能像旧戏的结局,/杰克没娶上吉丽。姑娘们的雅礼/却也使得我们的嬉戏一如喜剧。"喜剧并不完全指情节上愉快的结局。虽然在《仲夏夜之梦》(*A Midsummer Night's Dream* 4.2:35—47)中提到了"甜蜜的喜剧"(a sweet comedy),在《驯悍记》(*The Taming of the Shrew Induction* 2:31—38)中提到"快乐的喜剧"(a pleasant comedy),但是在《仲夏夜之梦》(*A Midsummer Night's Dream* 3.1:9—13)中,莎士比亚认为戏中戏《皮拉摩斯和提斯柏的喜剧》是最悲惨的喜剧。生活的世界既不是戏剧性的,也不是悲剧性的,然而在莎士比亚喜剧中,现实是易变的,也是可打造的,包含了喜剧特质,主人公往往遭受不期而遇的事件或变故,偏离因果律下的平衡和谐状态,便容易趋向灾难的命运,但最终总是皆大欢喜的结局。莎士比亚喜剧的共同特征:喜剧中大量使用机智辛辣的语言、比喻、嘲讽,爱情主题是莎士比亚喜剧中一贯的主题,纠缠的多重情节或情节线索,乔装或者错认人物是莎士比亚喜剧中最有力的促动因素。莎士比亚戏剧往往有喜剧与悲剧的交混。

喜剧作为戏剧类型是一个随时代变化的观念,莎士比亚的喜剧是一个尚存争议的领域。至1598年,莎士比亚至少创作了7部喜剧,例如《驯悍记》《温莎的风流娘儿们》《无事生非》等。密尔斯(Francis Meres)在《智慧的宝库》(*Palladis Tamia*, or *Wits Treasury*, 1598)提到莎士比亚的6部喜剧,但是喜剧《赢得爱情》(*Love labours wonne*)未见于任何莎士比亚戏剧集,此剧或遗失或更名。密尔斯是否对喜剧也有不同的看法呢?16 世纪末的喜剧观念显然与现在不同。因为喜剧与悲剧交混,《一报还一报》《皆大欢喜》和《特洛伊罗斯与克瑞西达》,甚至还包括《冬天的故事》和《威尼斯商人》,这些喜剧被归为问题剧(problem play);[①]《辛白林》《泰尔亲王配力克里斯》《暴风雨》《冬天的故事》和《两位贵亲戚》(*The Two Noble Kinsmen*)被归为传奇喜剧(romantic comedy)。[②]赫闵和康代尔编订的第一对开本包括 14 部喜剧:《暴风雨》《维洛那二绅士》《温莎的风流娘儿们》《一报还一报》《错误的喜剧》《无事生非》《爱的徒劳》《仲夏夜之梦》《威尼斯商人》《皆大欢喜》《驯悍记》《终成眷属》《第十二夜》《冬天的故事》。后来编者重新划分了莎士比亚喜剧,即另增《辛白林》《泰尔亲王配力克里斯》《特洛伊罗斯与克瑞西达》,然而,在第一对开本中《特洛伊罗斯与克瑞西达》《辛白林》被归为悲剧,在第三对开本(1664)中新收入的《泰尔亲王配力克里斯》也被归为悲剧。[③]另外,《两位贵亲戚》是莎士比亚与弗莱彻(John Fletcher)合写的喜剧,却从未收入任一对开本。

2. 莎士比亚历史剧

莎士比亚历史剧是最有争议的类型,莎士比亚明显指示了悲剧、喜剧、历史剧、田园剧等学究式的划分[④],海伍德自觉区分了历史剧与悲剧、喜剧。历史大事(例如王权更替)对于当代总有一些特殊的意义,赫闵和康代尔把莎士比亚所有罗马题材的戏剧划分为悲剧(值得指出的是,《特洛伊罗斯与克瑞西达》排列在历史剧一类的最末,1609 年四开本题名为《著名历史剧特罗伊勒斯与克莱西达》,19 世纪博阿斯把它归属于"问题剧"),但是,英国历史题材的作品被划分为历史剧(除开《李尔王》和《辛白林》),这仅仅是基于某种经验和习惯的标准,例如,一般历史剧是讲述历史战争故事,历史上的重大人物在社会动荡中的作用和对历史事件、国家

---

① F. S. Boas, *Shakespeare and His Predecessors*, New York: Scribners, 1900, pp. 344—408.

② Edward Dowden, *Shakespeare: A Critical Study of His Mind and Art*, 1875.

③ The play was printed in quarto twice in 1609 by the stationer Henry Gosson. Subsequent quarto printings appeared in 1611, 1619, 1630, and 1635. The play was not included in the First Folio in 1623; it was one of seven plays added to the original Folio thirty-six in the second impression of the Third Folio in 1664.

④ POLONIUS: The best actors in the world, either for tragedy, comedy, history, pastoral, pastoral-comical, historical-pastoral, tragical-historical, tragical-comical-historical-pastoral, scene individable or poem unlimited. Seneca cannot be too heavy, nor Plautus too light. For the law of writ and the liberty, these are the only men. (*Hamlet* 2. 2:363—367)

命运的关切,甚至是民族情感和爱国精神。但莎士比亚历史剧分类往往有些含混,例如,1595 年《亨利六世》下篇八开本原题名为《约克公爵理查真实悲剧和好国王亨利六世的死》,1597 年四开本题名为《理查二世悲剧》,1623 年第一对开本题名为《理查三世悲剧》,1598 年密尔斯的《智慧的宝库》把《理查二世》《理查三世》《亨利四世》和《约翰王》都归属于悲剧。[①]伊丽莎白晚期普遍的社会焦虑引发了英国历史的反思,英国(尤其是伦敦)舞台上出现了较多历史剧,显然莎士比亚的历史剧也染上了最鲜明的时代色彩。历史剧往往包含特殊的文化认知框架,它或多或少再现历史事件的细节,莎士比亚则巧妙地建构了"都铎神话"的结构,且较多融合了悲剧和戏剧的成分,例如《亨利四世 第一部》中的福尔斯塔夫就是一个喜剧性的虚构形象,《亨利五世》以快乐的婚礼结束。

赫闵和康代尔编订的第一对开本把莎士比亚戏剧划分为三个类型:悲剧、喜剧、历史剧,历史剧《亨利六世》共有三篇,四开本 *The Firste parte of the Contention of the Twoo Famous Houses of Yorke and Lancaster* 初版于 1594 年;八开本 *The True Tragedie of Richard Duke of Yorke, and the Death of Good King Henrie the Sixt* 初版于 1595 年,这两个作品便是《亨利六世》中篇、下篇的最初文本,但作者身份有争议。[②] 1619 年 *The Whole Contention Betweene the Two Famous Houses, Lancaster and Yorke*(即《亨利六世》中篇、下篇)标明为"新加改订与增补,莎士比亚写作"。*The Thirde parte of Henry ye Sixt*(即《亨利六世》上篇)最初刊行于 1623 年第一对开本,虽然该剧在 1592 年 3 日已经成功

① Francis Meres, *Palladis Tamia*, *Wits Treasury*, 1598, "As Plautus and Seneca are accounted the best for Comedy and Tragedy among the Latines : so Shakespeare among ye English is the most excellent in both kinds for the stage; for Comedy, witnes his *Ge' tleme' of Verona*, his *Errors*, his *Love labors lost*, his *Love labours wonne*, his *Midsummer night dreame*, and his *Merchant of Venice*: for Tragedy his *Richard the 2*, *Richard the 3*, *Henry the 4*, *King John*, *Titus Andronicus* and his *Romeo and Juliet*."

② The original title of 2 *Henry VI* is *The First part of the Contention betwixt the two famous Houses of Yorke and Lancaster, with the death of the good Duke Humphrey: and the banishment and death of the Duke of Suffolke, and the Tragicall end of the proud Cardinal of Winchester, with the notable Rebellion of Jack Cade: and the Duke of Yorke's first claim unto the crowne*. The original title of 3 *Henry VI* is *The True Tragedie of Richard Duke of Yorke, and the death of good King Henrie the Sixt, with the Whole Contention betweene the two Houses, Lancaster and Yorke*. 同《亨利六世》上篇一样,《亨利六世》中篇、下篇的创作应该早于 1592 年,三篇的创作时间次序却有较多争议。

上演。一般认为,《亨利六世》三联剧不完全是莎士比亚创作的,还有别的合作作者,例如纳什(Thomas Nashe)、马娄(Christopher Marlowe)、洛奇(Thomas Lodge)、皮尔等。

莎士比亚《亨利六世》三联剧主要是从哈尔(Edward Hall)《兰开斯特和约克家族的联合》(*The Union of the Two Noble and Illustre Families of Lancaster and York*, 1548)和霍林西德(Raphael Holinshed)《英格兰、苏格兰和爱尔兰编年史》(*Chronicles of England, Scotland and Ireland*, 1577)改写,并引用了巴德文(William Baldwin)《廷臣之鉴》*Mirror for Magistrates*, 1559)。另外,在《亨利六世》中篇中,莎士比亚还参考了格拉夫顿(Richard Grafton)的《编年史》(*A Chronicle at Large*, 1569)、法比安(Robert Fabyan)的《新英法编年史》的(*New Chronicles of England and France*, 1516)、浮克斯(John Foxe)的《殉道者之书》(*Acts and Monuments*, *Book of Martyrs*, 1563)等。在《亨利六世》下篇中,莎士比亚还参考了戏剧《格伯达克》(Thomas Norton and Thomas Sackville, *Gorboduc*, 1561)、《西班牙悲剧》(Thomas Kyd, *The Spanish Tragedy*, 1582—1591)和《罗密欧与朱丽叶的悲惨故事》(Arthur Brooke, *The Tragical History of Romeus and Juliet*, 1562)等,《亨利六世》下篇戏剧化的创造明显加强。

戏剧必然把历史事件当前化和前景化,不同于严谨的历史叙述,莎士比亚在戏剧中却突出了一些历史细节,甚至一些虚构的糅合,例如在《亨利六世》中篇中,凯德起义,约克公爵从爱尔兰回国与阿尔邦战斗,玛格丽特王后与埃莉诺公爵夫人的冲突,等等;在《亨利六世》下篇中,亨利王与约克公爵的王位协议、蒙塔格(Montague)的歧误形象、基督教的神话原型等。莎士比亚的历史剧往往倾向于把权力争夺和社会势力表现为个人冲突,更多突出了道德上的训诫和历史的借鉴,而不是真实本身。在纳什的剧场记叙中,塔尔伯特公爵英勇感人的舞台形象与历史阅读表现出了较大反差。①

---

① Thomas Nashe, stated in his *Pierce Penniless*, *His Supplication to the Devil*, "How would it have joyed brave Talbot, the terror of the French, to think that after he had lain two hundred years in his tomb, he should triumph again on the stage, and have his bones new embalmed with the tears of ten thousand spectators at least (at several times) who in the tragedian that represents his person imagine they behold him fresh bleeding."

3. 莎士比亚戏剧中的“戏中戏”

文艺复兴时期的英国戏剧包含了多种异质的或者杂糅的戏剧成分，例如希腊罗马古典戏剧，中世纪宗教剧和民间戏剧，文艺复兴时期意大利、西班牙、法国、德国戏剧，东方故事(例如《驯悍记》中捉弄斯赖的故事)等等，戏中戏(Play within a play)是一个重要的戏剧手法，也许“戏中戏”更适宜容纳异质的或者杂糅的戏剧成分。基德在《西班牙悲剧》中首次运用了戏中戏，基德失传的悲剧《哈姆雷特》(*Ur-Hamlet*)也使用了这一戏剧手法。莎士比亚在《驯悍记》《仲夏夜之梦》《爱的徒劳》《哈姆雷特》中分别使用了“戏中戏”，也就是说，莎士比亚显著地偏爱“戏中戏”，并熟练地掌握了这一戏剧手法。

早期喜剧《驯悍记》中交织着三个故事，戏中戏是驯悍妇的故事，这是一个流传民间的古老故事。戏中戏的剧词有散文、素体诗、双行诗体，整个喜剧，诗句僵硬造作，双关语运用过多。《爱的徒劳》中的戏中戏名为《九大伟人》(*The Nine Worthies*)，另外还有一出宫廷的假面舞剧，戏中戏的剧词主要是押韵的双行诗体，值得指出的是，喜剧《爱的徒劳》包含数首十四行诗，有批评家认为，这一喜剧剧词较多模仿约翰·李利的绮丽体(Euphuism)，对此并有嘲讽意味。《仲夏夜之梦》中的戏中戏名为《最可悲的喜剧，以及皮拉摩斯和提斯柏的最残酷的死》(*The Most Lamentable Comedy and Mostcruel Death of Pyramus and Thisbe*)取材于奥维德的《变形记》(*Metamorphoses*)，戏中戏还包含一个希腊神仙剧，戏中戏的剧词有散文、素体诗、双行诗体，仙王、仙后、仙女、女王、公爵等人物对白则采用押韵的双行诗体，另外，六行诗节和八行诗节也运用了双行诗体。

《哈姆雷特》悲剧包含两个片段戏中戏，一个是取材维吉尔《埃涅阿斯纪》的史诗悲剧，这仅仅是一个剧中演员诵读的片段；一个名为《捕鼠机》(即“贡扎果谋杀案”)，这是一个被改编的历史悲剧，哈姆雷特参与改编戏中戏，并借此证实宫廷的谋杀真相，在哈姆雷特看来，这是一个机关。然而，取材维吉尔《埃涅阿斯纪》的史诗悲剧片段使用了抑扬格五音步诗体，不押韵；名为《捕鼠机》的历史悲剧片段却使用了英雄双行诗体。一方面，莎士比亚使用“戏中戏”戏剧手法(像双关语一样)表现出一个逐渐成熟的过程，在戏剧观念上最后走向调和。从“驯悍妇”的故事到“贡扎果谋杀案”，戏中戏也从勉强而生硬的嵌入走到了融入与亲和，在悲剧《哈姆雷特》和喜剧《爱的徒劳》之间，不是戏剧上模仿的真实与虚构的对立，而是“戏中戏”戏剧手法的两种不同效果，轻松谐趣的效果和严肃净化的效果，即故事叙述内部的“讲故事”或者假想的形式，“戏中戏”属于叙述技巧的元素，呈现“一个虚构，一个激情的梦”。另一方面，莎士比亚的戏中戏普遍使用了双行诗体。

(二) 莎士比亚作品和印刷时代

1. 早期印刷的莎士比亚作品

早期印刷的莎士比亚作品主要包括：(1)1593、1594 年莎士比亚印行了两首长诗《维纳斯和阿多尼斯》(*Venus and Adonis*)、《鲁克丽丝受辱记》(*The Rape of Lucrece*)，把它们献给赖奥思利伯爵(Henry Wriothesley)；(2)1609 年索普(Thomas Thorpe)印行了莎士比亚十四行诗；(3)1594—1598 年印行了多个开本较小的第一四开本，包括：《泰特斯·安德洛尼克斯》(*Titus Andronicus*，1594)、《亨利六世》中篇(1594)、《亨利六世》下篇(1595)、《罗密欧与朱丽叶》(1597)、《理查二世》(1597)、《理查三世》(1597)、《爱的徒劳》(1598)、《亨利四世 第一部》(*Henry IV*，*part* 1，1598)；(4)1600 年印行了多个第一四开本，包括：《亨利四世 第二部》(*Henry IV*，*part* 2)、《亨利五世》、《威尼斯商人》、《仲夏夜之梦》、《无事生非》；(5)1602—1609 年间印行了多个第一四开本，包括：《温莎的风流娘儿们》(1602)、《哈姆雷特》(1603)、《李尔王》(1608)、《特洛伊罗斯与克瑞西达》(1609)、《泰尔亲王配力克里斯》(1609)；(6)1622 年首次印刷了《奥赛罗》。

在这 18 个早期印刷的戏剧中，《理查三世》(1597、1598、1602、1605、1612、1622)和《亨利四世 第一部》(1598、1599、1604、1608、1613、1622)各先后印刷了 6 次，《理查二世》先后印刷了 4 次(1597、1598、1608、1615)，显然这些是当时最受人们喜爱的戏剧，《泰特斯·安德洛尼克斯》(1594、1600、1611)，《罗密欧与朱丽叶》(1597、1599、1609)，《亨利五世》(1600、1602、1619)，《哈姆雷特》(1603、1604、1611)，《泰尔亲王配力克里斯》(1609、1611、1619)先后印刷了 3 次，它们在舞台上也是多次演出。

时代的偏爱显然与后来的经典戏剧没有必然的对应关系。莎士比亚没有享有自己作品的版权，正如这个时期的戏剧界的一般情形，剧作家往往会把作品卖给剧团或者某个经纪人(例如剧场老板、出版商、书商等)。反复多次的印刷显然意味着巨大的经济利益，正如 1639 年钱柏林(Robert Chamberlain)说的那样，莎士比亚的戏剧值很多钱，而不是别的价值。一方面，莎士比亚的戏剧在 16—17 世纪之交是极受伦敦文化阶层喜爱的。王室成员(包括国王詹姆斯一世)的喜好与保护，为莎士比亚赢得了显赫的作家地位。另一方面,很多莎士比亚的伪作表明莎士比亚已经成为大众共同关注的作家,1625 年阅邓(William Camden)还写到莎士比亚创作了 48 部戏剧作品。

按照埃斯卡皮的社会学理论,"作家死后 10 年,20 年或 30 年,总要到忘却那儿去报到。如果某个作家跨越了这条可怕的门槛,那他就踏进了文学人口的圈子,几乎就能流芳百世——至少可以跟看见他出生的那个文明的集体记忆共存亡。"[①] 1619 年吉嘉德(William Jaggard)和帕威尔(Thomas Pavier)印刷了包含 10 个戏剧的第一个大开本的莎士比亚剧集(Pavier quartos, or False Folio),其中有 2 个伪作(pseudo-Shakespearean),收入的莎士比亚作品包括:《亨利五世》《李尔王》《威尼斯商人》《温莎的风流娘儿们》《仲夏夜之梦》《泰尔亲王配力克里斯》《亨利四世 第二部》《亨利四世 第三部》。这是一个粗糙的盗印本,有较多明显错误,例如删节等。这个戏剧选集的出版直接推动了莎士比亚的经典化。吉嘉德父子(William and Isaac Jaggard)几乎是莎士比亚的忠实出版商和书商,他们印刷过收录莎士比亚 5 首诗歌的《激情旅行》(*The Passionate Pilgrim*, 1599, 1612)。

2. 1623 年印刷的第一对开本

1623 年出版商布朗特(Edward Blount)和吉嘉德父子印刷的开本较大的第一对开本(*Mr. William Shakespeare's Comedies, Histories & Tragedies*)包含 36 个戏剧,是莎士比亚的同事海明斯(John Heminges)和康德尔(Henry Condell)编辑的,献给两位赫伯特伯爵(William Herbert and Philip Herbert)。这个精确完善的版本(First Folio)没有收入《泰尔亲王配力克里斯》和《两位贵族亲戚》,后者于 1634 年首次单独印刷。

莎士比亚戏剧汇集了多种社会权利:作者、注册者、出版商和书商、赞助人、编辑人,甚至包括剧团、审查机构、剧场和观众。《亨利五世》(1599)是四出历史剧的最末一剧,1600 年的注册者是帕威尔,也就是说,他拥有该剧的所有权。第一四开本的"序言"中指出它"已经演出多次",莎士比亚本人可能参与了表演。1605 年 1 月 7 日在宫廷演出,此后没有演出的记载,1723 年才再次被搬上舞台演出。英国内战与共和时期,莎士比亚

---

① 罗·埃斯卡皮:《文学社会学》,王美华、于沛译,合肥:安徽文艺出版社,1987 年版,第 54—55 页。

的戏剧几乎没有在舞台上演出。1660 年以来，在伦敦精心修复的剧院里莎士比亚的戏剧被重新演出，人们却为这些上演的戏剧增添了音乐、舞蹈、打雷、闪电、波浪机、烟花等时尚的因素。新的剧作家往往按照古典主义原则加以改编，1662 年达维南（William D'Avenant）把莎士比亚的《一报还一报》改编为《多此一举》（*Much Ado*），1664 年达维南改编了莎士比亚的《麦克白》，1667 年德莱顿和达维南改编了莎士比亚的《暴风雨》，1668 年德莱顿把莎士比亚的《安东尼和克莉奥佩特拉》较自由地改编为《一切为了爱》（*All for Love*, or *The World Well Lost*）。1681 年忒特（Nahum Tate）改编了莎士比亚的《李尔王》。

（三）莎士比亚成为经典作家

莎士比亚身前生后都受到很高的赞誉，尤其是贵族人物和知识阶层的代表人物对他的赞誉，依据布尔迪厄的文学场假说，莎士比亚的声誉大振，很快就占据了一个经典作家的崇高地位，并拥有不可忽视的象征资本，尤其是与同时代的作家竞争，莎士比亚被认为胜过"大学才子派"的剧作家约翰·李利、托马斯·基德和克里斯托弗·马洛。

1598 年密尔斯的《智慧的宝库》较多论述到莎士比亚，首次确认了莎士比亚是英国的民族诗人，"正如普劳图斯和塞内加创作了拉丁语中最好的喜剧和悲剧；在英语中，莎士比亚在这两种舞台戏剧都是最优秀的，喜剧则有《维洛那二绅士》《错误的喜剧》《爱的徒劳》《获得爱情》《仲夏夜之梦》《威尼斯商人》，悲剧有《理查二世》《理查三世》《亨利四世》《约翰王》《泰特斯·安德洛尼克斯》《罗密欧与朱丽叶》。"

一封时间未确定（1613—1616）的，署名 F. B. 的作者写给本·琼生的诗体信（*A Letter to Ben Jonson* 第 15—21 行）中直接赞誉了莎士比亚，认为莎士比亚的诗是最好的。[①] 作者可能是诗人、戏剧家鲍曼特（Francis Beaumont）。

在这里我可能滑向
（似乎我心中有这种倾向）学究气质，
让这些诗行摒除所有知识，保持明了
像莎士比亚最好的（诗），对此，我们的后人会听到

---

① James McManaway, *Studies in Shakespeare*, *Bibliography and Theatre*, Associated University Presses, 1993, p. 184.

传道者有能力向他们的听众展现
世间的生人有时可以达到多远
借助于自然微暗的光亮。

1620年泰勒(John Taylor)的《颂赞大麻仔》(*The Praise of Hemp-seed*)明显承认莎士比亚是当代的伟大诗人,具有卓越的诗才,他的作品同乔叟、锡德尼、斯宾塞等伟大诗人的创作一样,现在还富有生命力:①

在纸上,许多诗人现在还存活着
不然他们的诗行和他们的生命早已灭亡。
老乔叟、高尔、托马斯·莫尔勋爵,
带着桂冠的菲利普·锡德尼勋爵,
斯宾塞和莎士比亚在诗艺上是卓越的,
爱德华代尔勋爵、格林、纳什、丹尼尔,
塞路斯特·鲍曼特、约翰·哈林顿勋爵,
时间疾驰,他们的作品会被人遗忘,
然而,在纸上他们是不朽的
一直活着,对抗死神,永不会死亡。

1620年巴斯(William Basse)在《莎士比亚墓志铭》(*An Epitaph upon Shakespeare*)中再度把莎士比亚同已经去世的伟大诗人乔叟、斯宾塞、鲍曼特并列在一起,确立了莎士比亚作为不朽的悲剧家的地位。巴斯《论一六一六年去世的莎士比亚》(*On Mr. Wm. Shakespeare, he died in April* 1616)写道:

著名的斯宾塞想更靠近
博闻的乔叟,杰出的鲍曼特躺着,
与斯宾塞稍稍接近,留下一个空间
给莎士比亚,在你们三重四重的墓地之间。
把这四个安置在同一张床上,转变一下
待到世界的末日,因为第五个几乎
在今天到末日之间,被命运杀害,
因为他,你们的剧幕将会再次拉起。
如果你们比他先去世就禁止

① Oscar James Campbell, Edward G. Quinn, eds., *A Shakespeare Encyclopaedia*, London: Methuen, 1966, p. 853.

他在你们神圣的墓园中占有第四个
在你们的雕饰的大理石墓碑之下。
罕见的悲剧家莎士比亚安眠着，他独自安眠，
你不受打扰的宁静，未与人共享的墓，
不必像主人一样拥有你的坟墓的佃户，
对我们和其他人，这应该是
荣誉，在你被埋葬在这里之后。

可以说1623年第一对开本最初完成了莎士比亚的经典化，这是继本·琼生编订戏剧集对开本(1616)后的第二个，对开本的戏剧集意味着莎士比亚被置于寻常作家无法达到的崇高地位。第一对开本的序言即是本·琼生的《纪念莎士比亚》(*To the Memory of Mr. William Shakespeare and What He Hath Left Us*)。琼生第一次宣称莎士比亚不属于一个时代而属于所有的世纪，[①]“我这样竭力赞扬你的人和书；/说你的作品简直是超凡入圣，/人和诗神怎样夸也不会过分。”“时代的灵魂！/我们所击节称赏的戏剧元勋！/我的莎士比亚，起来吧；我不想安置你/在乔叟、斯宾塞身边，卜蒙也不必/躺开一点儿，给你腾出个铺位：/你是不需要陵墓的一个纪念碑，/你还是活着的，只要你的书还在，/只要我们会读书，会说出好歹。”“我要唤起雷鸣的埃斯库罗斯，/还有欧里庇得斯、索福克勒斯/巴古维乌斯、阿修斯、科多巴诗才/也唤回人世来，听你的半筒靴登台，/震动剧坛：要是你穿上了轻履，/就让你独自去和他们全体来比一比—。”[②]值得指出的是，至少是在1614年本·琼生已经注意到莎士比亚，1629年本·琼生在《新客店》(*The New Inn*)的末尾宣称，莎士比亚的《特洛伊罗斯与克瑞西达》与泰伦斯和普劳图斯的一样是最好的喜剧，本·琼生在《材料或者发现》(*Timber, or Discoveries*, 1640)中多处赞誉了莎士比亚。

1632年弥尔顿的十四行诗《莎士比亚墓志铭》(*An Epitaph on the Admirable Dramatic Poet, William Shakespeare*)作为第二对开本的序言，毫不迟疑地称赞莎士比亚是不朽的诗人。[③] 莎士比亚显然一直是人

---

① Ben Jonson, *The Works of Ben Jonson*, Vol. 3. London: Chatto & Windus, 1910, pp. 287—289.

② 中国社会科学院外国文学研究所外国文学研究资料丛刊编辑委员会编：《莎士比亚评论汇编》(上)，北京：中国社会科学出版社，1979年版，第11—15页。

③ Charles Knight, *Studies of Shakespeare: Forming a Companion Volume to Every Edition of the Text*, Whitefish: Kessinger Publishing, 2004, p. 505.

们经常谈论的话题。1632 年兰多夫(Thomas Randolph),1834 年哈宾顿(William Habington),1835 年海伍德(T. Heywood)先后评论了莎士比亚的戏剧。我们还可以列出更多的人名。

1636 年诗人萨克令(John Suckling)勋爵首次评述了莎士比亚,称莎士比亚是更早时期的诗人。在《〈小妖精〉序言》(*Prologue to the Goblins*)中依然把莎士比亚作为伟大的作家,虽然表示了轻微的反讽。[①]

> 莎士比亚、鲍曼特、弗莱彻统治着舞台,
> 这时代没有十个好的诗人(智慧女神)。
> 客人找不到创意的厨师;人们本该
> 吃上各种最可口悦心的食物。
> 那是怎样奇异的多样!每个戏剧,
> 对于苦行派都是飨宴,每一天,
> 却表明来到的是多么奇怪,
> 如今,这样的结果真不幸:
> 口味是愈来愈高,数量是愈来愈多,
> 确实,而后他们再也不能提供,
> 以前的盛宴,和以后的盛宴。——

1640 年岱格斯(Leonard Digges)的诗《论大师莎士比亚》(*Upon Master William Shakespeare, the Deceased Author, and His Poems*, prefixed to Shakespeare's *Poems*),作为莎士比亚《诗集》的序言,高度赞誉了莎士比亚,包括莎士比亚的戏剧,岱格斯强调了莎士比亚的自然和独创性,并悄悄删除了来自本·琼生的揶揄,"尽管你不大懂拉丁语,也不懂希腊语,/我不会到别处找名字把你推崇":

> 诗人是天生而不是养成的,我会证实
> 这个真理,我却是喜欢这快乐的记忆
> 关于永恒的莎士比亚,他一人
> 就足够使这个观点成立。
> 首先,他是一个诗人,无人可以质疑
> 当听到对他所见的赞誉——对这

① John Suckling, *The Works of Sir John Suckling: Containing His Poems, Letters, and Plays* Gale Ecco, Print Editions, 1766, p. i.

印制的诗，你将会在此，（我不是说
读者，他的作品，精心创作的戏剧，
对他，并不重要），看见整个机智的典范
没有艺术的作品，是不可比拟的。
其次，只有自然为他添彩，仔细阅读
这整个作品，你会发现他没有借用
希腊诗人的语句，没有模仿拉丁诗人，
也不像拾荒者一样从别人拾取什么，
他没有从机智的朋友乞求某一场景，
零星地拼贴他的戏剧：他所写的一切
全是他自己的：情节、语言和雅致。

1647年，豪威尔（James Howell）比较了本·琼生、莎士比亚、查普曼。同年，巴克勋爵（George Buck）的《咏最精巧作品的作者之孤独》（*To the Desert of the Author in His Most Ingenious Pieces*）再次比较了本·琼生、莎士比亚、查普曼，虽然莎士比亚一直居于伟大的作家中，这些评论暗示了经典化过程中优秀作家之间严峻的声誉竞争，尤其是后来作家的强大冲击，①

让莎士比亚、查普曼和受称赞的本
拥有着他们诗笔的永恒美誉和盛德
对于这一点我迟疑了：我愿意举出
弗莱彻的诗作为可能的竞争者。

1655年，怀特（Abraham Wright）在《札记》（*Commonplace Book*）中记录了他阅读过的莎士比亚戏剧，怀特认为《奥赛罗》在剧体诗和情节上是非常优秀的，特别是情节，但他并不喜欢《哈姆雷特》，认为它是一个无足轻重的剧作，其中的剧体诗也很平凡。也许这显露出了一个时代的特殊趣味与标准，尤其是怀特个人的主观意见。怀特在后来的《戏剧演出史》（*Historia Histrionica: an Historical Account of the English Stage*, 1699）中再度广泛评价了莎士比亚。②

---

① Charlotte Carmichael Stopes, *The Bacon-Shakspere Question Answered*, Cambridge: Cambridge University Press, 2010, p. 167.

② Brian Vickers, *William Shakespeare: the Critical Heritage*, London: Routledge, 1995, p. 29.

1662年,弗勒(Thomas Fuller)在《瓦立克郡名人》(*Worthies Warwickshire*)明显响应了本·琼生的评价,把莎士比亚和普劳图斯并列,而后把莎士比亚和本·琼生比较,承认莎士比亚因为高度巧智和想象而更灵活,(瓦立克郡即是英国的谑称):"普劳图斯是一个地道的喜剧家,我们的莎士比亚(如果活着)也会自认如此的。此外,虽然他卓越的天分,一般是戏谑的,使他倾向于节日庆典的气息,但他更是(这样处置时),庄重而严肃的,正如他的悲剧所表现的那样。因此,赫拉克利特自己可能(我的意思是,这一点似乎是秘密和不可见)在他的喜剧提供欢笑,人物是非常快乐的。德谟克利特几乎禁不住在他的悲剧中叹息,他们又是如此哀伤。事实上,在他的角色上,他是一个杰出的实例,一个不是养成的,而是天生的诗人。确实,他的学识是非常少的;这恰似康沃尔钻石是没有被任何工匠打磨,有棱角而且平顺,就像他们从大地采回来的一样,那些他采用的艺术本身是极自然的。"①

1664年,纽卡斯托公爵夫人玛格丽特·卡文迪西(Margaret Cavendish)在一封信中运用广博的知识热情地为莎士比亚辩护:"我对你信中评述莎士比亚的人物而不赞许他的话感到惊讶,这应该是你不自觉的或者自信的表现,你说它们只描写了小丑、傻子、看守员,诸如此类。关于那些人物,尽管莎士比亚的巧智会自我解答的,我是说,从莎士比亚的判断或贬责来看,他不很了解戏剧,或巧智,然而那些恰当的、正确的、通俗的、自然的表达,例如,小丑或傻子的幽默、述说、语句、装束、举止、动作、词语和人生经历,都是机智的、明敏的、巧于判断的和善于观测的……然而莎士比亚并不缺乏机智来表达生活中的各种人物,他们有怎样的品质、职业、学历、身世或出生,等等;他也不缺乏机智来表达多样性,不同的脾性、天性,或许多人类的激情。他在他的戏剧中很好地表现了各种人

① Emma Smith, *Shakespeare's Histories: A Guide to Criticism*, New Jersey: John Wiley & Sons, 2008, p.5. "Plautus, who was an exact comedian, yet never any scholar; as our Shakespeare (if alive) would confess himself. Add to all these, that though his genius generally was jocular, and inclining him to festivity, yet he could, (when so disposed), be solemn and serious, as appears by his Tragedies, so that Heraclitus himself (I mean if secret and unseen) might afford to smile at his comedies, they were so merry; and Democritus scarce forbear to sigh at his tragedies, they were so mournful. He was an eminent instance of the truth of that rule, Poeta non fit, sed nascitur, one is not made but born a poet. Indeed his learning was very little; so that as Cornish diamonds are not polished by any lapidary, but are pointed and smooth even as they are taken out of the earth, so nature itself was all the art which was used upon him."

物，一个人会认为他自己已经变成了莎士比亚所描述的人物中的某一个。”①

德莱顿（英国桂冠诗人）是本·琼生之后知识阶层的首要评论者，他几乎一直关注着莎士比亚并作出了大量古典主义的评论，甚至认为莎士比亚有很多次比所有语言中的任何诗人都写得更好。1664 年德莱顿在《〈女士争风〉献词》（*Epistle Dedicatory of the Rival Ladies*）中指出：“莎士比亚，（具有他那个时代不可避免的错误，无疑是诗界一个伟大的灵魂，甚至比我们民族的任何人更伟大。）是持续押韵之苦的第一人，他发明了一种写作形式，我们称为素体诗。”②1667 年，德莱顿在《论戏剧诗》（*An Essay of Dramatic Poesy*）中指出：“自莎士比亚开始，在现代，他具有最伟大、最可理解的灵魂。”③

综上所述，在 1593—1623 年间，莎士比亚经历了一个比较顺利的经典化过程，显然呈现出文学场复杂的权力关系。1616 年之后，即英国巴洛克文学时期，莎士比亚不时被揶揄地认为是过去或过时的作家。复辟王朝时期人们从新古典主义标准出发往往指责莎士比亚的粗野和怪诞，（例如鬼魂、滑稽人物、幻想等），人们把莎士比亚和先前的伟大诗人比较，和同时代的诗人比较，和后来的诗人比较，但一直占据着文学神殿中的崇高地位。我们不必回避经典化过程中的经济价值和文化价值，热情关注莎士比亚的群体是知识阶层的上层和贵族阶层，这无疑表明同时赢得贵族、知识精英和大众群体的诗体戏剧在这个时代占据着文学场的主导区

---

① Brian Vickers, *William Shakespeare: the Critical Heritage*, London: Routledge, 1995, pp. 39－40. “I Wonder how that Person you mention in your Letter, could either have the Conscience, or Confidence to Dispraise Shakespear's Playes, as to say they were made up onely with Clowns, Fools, Watchmen, and the like; But to Answer that Person, though Shakespear's Wit will Answer for himself, I say, that it seems by his Judging, or Censuring, he Understands not Playes, or Wit; for to Express Properly, Rightly, Usually, and Naturally, a Clown's, or Fool's Humour, Expressions, Phrases, Garbs, Manners, Actions, Words, and Course of Life, is as Witty, Wise, Judicious, Ingenious, and Observing,... yet Shakespear did not want Wit, to Express to the Life all Sorts of Persons, of what Quality, Profession, Degree, Breeding, or Birth soever; nor did he want Wit to Express the Divers, and Different Humours, or Natures, or Several Passions in Mankind; and so Well he hath Express'd in his Playes all Sorts of Persons, as one would think he had been Transformed into every one of those Persons he hath Described.”

② John Dryden, *The Critical and Miscellaneous Prose Works of John Dryden*, Vol. 2, London: Cadell & Davies, 1800, pp. 10－11.

③ J. Mitford, ed., *The Works of John Dryden, In Verse and Prose*, Vol. 2, New York: George Dearborn, 1836, p. 241.

域和更高的文体类型的空间。印刷技术在莎士比亚经典化过程几乎拥有造神的力量。

第二节 莎士比亚戏剧在汉语语境中的再生

19世纪末20世纪初,莎士比亚戏剧被介绍到中国。林纾是译介莎士比亚戏剧的第一人,1904年商务印书馆出版了林纾和魏易合译的文言故事《吟边燕语》,它是根据兰姆姐弟的《莎士比亚戏剧故事集》翻译。《吟边燕语》不仅影响到一代文学戏剧大家,而且成为中国文明戏上演莎剧的蓝本。[①] 无疑,林纾是守旧的,他遭遇了新文学群体的严厉指责,1912年以来,林纾、陈家麟翻译的莎士比亚历史剧几乎被人们忽视。[②] 到20世纪三四十年代,朱生豪是翻译莎士比亚戏剧贡献最大的翻译家。在1936年至1944年不到10年间,他译出了31部莎剧。朱生豪自觉地选择了独立的翻译策略和方法,他在《莎士比亚戏剧全集》之"译者自序"写道:"余译此书之总之,第一在求于最大可能之范围内,保持原作之神韵,逼不得已而求其次,亦必以明白晓畅之字句,忠实传达原文之意趣;而于逐字逐句对照式之硬译,则未敢赞同。"[③]朱生豪的译文与晚清而来的翻译传统有明显的亲近/亲和品质,朱生豪避免了直译/意译、信+达等观念,他采取了忠实、神韵、意趣来表达自己的翻译观,并明确表示以"明白晓畅"反对"硬译"。也就是说,朱生豪的翻译是采取偏向汉语习惯及其规则的改写行为,努力顺从现代中国读者的阅读口味。卞之琳是20世纪中国重要的莎士比亚评论家和白话诗体的翻译家。卞之琳的莎士比亚马克思主义新评论不免打上了时代的印记;在莎士比亚四种悲剧的翻译实践中,卞之琳提倡以诗译诗,严谨地追随原诗(如素体诗)形式规范,成功实现了对莎

---

① 张泗洋主编:《莎士比亚大辞典》,北京:商务印书馆,2001年版,第1257页。

② 林纾研究近年出现了一些专著,包括林薇的《百年沉浮——林纾研究综述》(1990)、韩洪举的《林译小说研究——兼论林纾自撰小说与传奇》(2005)、郝岚的《林译小说论稿》(2005)、樽本照雄的《林纾冤罪事件簿》(2007)、以及数篇博士论文,例如刘宏照的《林纾小说翻译研究》(2010年华东师大博士论文)。1916年林纾、陈家麟翻译的《凯彻遗事》,刊载于《小说月报》第七卷上,根据莎士比亚第一对开本的分类,此剧属于悲剧。参见 John Heminges and Henry Condell, eds., *Mr. William Shakespeare's Comedies, Histories & Tragedies*, London: Isaac Jaggard & Edward Blount, 1623。

③ 朱生豪:《莎士比亚戏剧全集》"译者自序",见中国翻译工作者协会《翻译通讯》编辑部编:《翻译研究论文集(1894—1948)》,北京:外语教学与研究出版社,1984年版,第364页。

士比亚悲剧素体诗的释义和汉语白话新诗重构，同时，也启发了汉语白话新诗的格律建设。

（一）林纾的莎士比亚翻译

清代中晚期，莎士比亚在中国的形象是变化的：1840 年林则徐主持编译的《四洲志》（*The Encyclopaedia of Geography*）之"二十八 英吉利"《杂记》项下称"在感弥利赤建书馆一所，有沙士比阿、弥尔顿、士达萨、特弥顿四人工诗文，富著述"[①]；1856 年慕维廉（William Muirhead）称莎士比亚为儒林中的知名士；1882 年谢卫楼（D. Z. Sheffield）称莎士比亚为骚客，擅作戏文，哀乐罔不尽致；1885 年艾约瑟（Joseph Edkins）称莎士比亚为最著名之词人，所作词曲，语词练达，口吻逼肖，各尽其态，毕露情形；1903 年李提摩太（Timothy Richard）称莎士比亚为诗中之王，戏文中之大名家；1904 年约翰·伦白·李思（John Lambert Rees）称莎士比亚为最著名的诗人，辞藻瑰丽。[②] 郭嵩焘在《出使英法日记》光绪四年十二月二十六日的日记中写道："是夕，马格里邀赴来西恩阿摩戏馆，观所演舍克斯毕尔戏文，专主装点情节，不尚炫耀。……"[③]严复在《天演论·导言》之"十六 进微"（1897）中写道："而民之官骸性情，若无少异于其初，词人狭斯丕尔之所写生。狭斯丕尔，万历间英国词曲家，其传作大为各国所传译宝贵也。方今之人，不仅声音笑貌同也，凡相攻相感不相得之情，又无以异。"[④]1902 年梁启超在《饮冰室诗话·八》中写道："近世诗家，如莎士比亚、弥儿敦、田尼逊等，其诗动亦数万言。伟哉！勿论文藻，即其气魄固已夺人矣。中国事事落他人后，惟文学似差可颉颃西域。"[⑤]总言之，莎士比亚，主要还是被看作剧作家，而不是诗人。

1. 林纾论莎士比亚

莎士比亚是英国伟大的（诗体）剧作家和诗人，但是林纾对莎士比亚

---

① 李长林、杜平：《中国对莎士比亚的了解与研究——〈中国莎学简史〉补遗》，《中国比较文学》1997 年第 4 期，第 146 页。此文极详细地考证了莎士比亚在中国的早期介绍材料。但是查实穆芮原书，在"公共图书馆"（Public libraries）项下（P380）没有作家名，却在"想象性作品"（Works of Imagination）项下（P378）提及：莎士比亚、弥尔顿、斯宾塞、德莱顿、蒲柏、拜伦、康贝尔、司各特、摩尔、骚塞。《四洲志》中士达萨当为 Spenser 译名，特弥顿当为 Dryden 译名。

② 林精华、许小红：《莎士比亚在中国》，《中外文化交流》1994 年第 4 期，第 9—11 页。

③ 郭嵩焘：《伦敦与巴黎日记》，长沙：岳麓书社，1984 年版，第 873 页。阮珅：《中国最早的莎评》，《武汉大学学报》（社会科学版）1989 年第 2 期，第 129 页。

④ 王栻主编：《严复集》（第五册），北京：中华书局，1986 年版，第 1353 页。

⑤ 梁启超：《饮冰室诗话·八》，《新民丛报》1902 年第 5 期。

及其戏剧的认识是模糊的。虽然《吟边燕语》标明莎士比亚原著,林纾却明确地宣称二十则戏剧本事为《莎诗纪事》,而且说明其标题是新制的名目。林纾从文章和政教殊途异趣的观念出发,在争论辨析的言论中,显现出守旧的意识形态。《吟边燕语·序》(1904)写道:"欧人之倾我国也,必曰:识见局,思想旧,泥古骇今,好言神怪,因之日就沦弱,渐即颓运。而吾国少年强济之士,遂一力求新,丑诋其故老,放弃其前载,惟新之从。余谓从之诚是也,顾必谓西人之夙行夙言,悉新于中国者,则亦誉人增其义,毁人益其恶耳。英文家之哈葛得,诗家之莎士比,非文明大国英特之士耶?顾吾尝译之书矣,禁蛇役鬼,累累而见。莎氏之诗,抗吾国之杜甫,乃立义遣词,往往托象于神怪。西人而果文明,则宜焚弃禁绝,不令淆世知识。然证以吾之所闻,彼中名辈,耽莎氏之诗者,家传户诵,而又不已,则付之梨园,用为院本。士女联襼而听,欷歔感涕,竟无一斥为思想之旧,而怒其好言神怪者,又何以故?夫彝鼎罇罍,古绿斑驳,且复累重,此至不适于用者也。而名阀望胄,毋吝千金,必欲得而陈之。亦以罗绮刍豢,生事所宜有者,已备足而无所顾恋。……虽哈氏、莎氏,思想之旧,神怪之托,而文明之士,坦然不以为病也。……英人固以新为政者也,而不废莎氏之诗。余今译《莎诗纪事》,或不为吾国新学家之所屏乎?"[①]林纾从这些戏剧本事中看到了莎士比亚的神怪成分(例如《哈姆雷特》《麦克白》《辛白林》《暴风雨》《维洛那二绅士》等),并从古典中国的"子不语怪力乱神"立场,表达了现代的社会学式批评。应该指出的是,出于对梁启超之群治观念的争辩,林纾有意区分了文学与政教,所谓文章家愉悦心目的观点是一种古典中国的纯文学观念。此后(1914),林纾却承认莎士比亚善写人情,并深刻剖析社会,《荒唐言·跋》写道:"林纾曰:是书语颇不经。盖伊门之传奇,麦里郝斯取之为小传。其体如余之旧译《吟边燕语》是也。顾莎士比亚为诗近情,而伊门则多神鬼事,即起落亦无笋接处。"[②]

林纾在《旅行述异》之"《画征》篇识语"(1906)写道:"畏庐居士曰:西俗之于吾俗,将毋同乎?……顾诗人既与恒人异,似宜自爱其同类,互相宝贵,而又不然。……虽然,欧西如莎士比、爱迭生、摆伦,死后断坟,联千古帝王之陵寝,宁不可贵?中国初无是也。似欧俗之待诗流,优于中国,而欧文此篇,则丑绘诗人贫状,抑又何也?平心而论,文章一道,实为生人

① 兰姆:《吟边燕语》,林纾、魏易译,北京:商务印书馆,1981年版,第1—2页。

② 阿英编:《晚清文学丛钞·小说戏曲研究卷》,北京:中华书局,1960年版,第641页。

不可失之利器。天下怀才无试，岂特诗人？"[①]基于中西一致的现代（晚清）观念，林纾似乎倾向于认同莎士比亚的天才及其崇高的文学地位。

2.《吟边燕语》的翻译考察

玛丽·兰姆和查尔斯·兰姆改写的《莎士比亚戏剧故事集》是一本流传极广的儿童读本，共有20个戏剧故事，包括12个喜剧故事（仅阙《温莎的风流娘们儿》和《爱的徒劳》2个喜剧本事）和8个悲剧故事：《哈姆雷特》《奥赛罗》《李尔王》《麦克白》《罗密欧与朱丽叶》《雅典的泰门》《波里克利斯》《辛白林》等，林纾、魏易的翻译包含了全部改写的故事。林纾在《吟边燕语·序》写道："《莎诗纪事》传本至夥，互校颇有同异，且有去取，此本所收，仅二十则。"[②]林纾所谓"传本至夥"则意味着，莎士比亚戏剧出现了较多戏剧故事的散文改写本，例如兰姆、奎勒-库奇、斯多克（Winston Stokes）、克拉克（Mary Cowden Clarke）、莫瑞斯（Harrison Smith Morris）、麦考莱（Elizabeth Wright Macauley）、铎德（Elizabeth Frances Dodd）、布里顿（Fay Adams Britton）等，而现代中国对此有了模糊的认识。显然，林纾、魏易的翻译并不是把莎士比亚戏剧改写成小说，新文学群体（郑振铎、胡适、鲁迅、茅盾等）对林纾的如是批评，仅仅是一种婉言或者严厉的姿态。

以下逐录"女变"一节，林纾、魏易是鲜明的汉语文言的改写，有较多增衍节略，以顺应汉语文言的表达习惯，尤其较多（对白）删略，强化了情节中的行动，例如，"平原旷远，无板屋茅檐之蔽"（For many miles about there was scarce a bush; and there upon a heath, exposed to the fury of the storm in a dark night），"仍为雅谑，以悦王心"，这句以下出现了较大删略，包括弄人对白和四行诗体的歌曲。从汉语文言看，林纾的译文确是简洁而有效的表达。当然这里还遭遇了汉英文化上悬殊的差异，"老王骑马直冒风雨而行"（when the old man sallied forth to combat with the elements）。[③]

---

① 阿英编：《晚清文学丛钞·小说戏曲研究卷》，北京：中华书局，1960年版，第240—241页。

② 兰姆：《吟边燕语》，林纾、魏易译，北京：商务印书馆，1981年版，第1—2页。

③ 兰姆：《吟边燕语》，林纾、魏易译，北京：商务印书馆，1981年版，第64—65页；Charles Lamb and Mary Lamb, *Tales from Shakespeare*, New York: Thomas Y. Crowell, 1878.

***King Lear* Ⅲ.2:1—75**	***King Lear*, *Tales from Shakespeare***	**女变**
William Shakespeare	Mary & Charles Lamb	林纾、魏易译
LEAR Blow, winds, and crack your cheeks! Rage, blow, You cataracts and hurricanoes, spout Till you have drenched our steeples, drowned the cocks! You sulph'rous and thought-executing fires, Vaunt-couriers of oak-cleaving thunderbolts, Singe my white head; and thou all-shaking thunder, Strike flat the thick rotundity o'th' world, Crack nature's moulds, all germens spill at once That makes ingrateful man.	The wind were high, and the rain and storm increased, when the old man sallied forth to combat with the elements, less sharp than his daughters' unkindness. For many miles about there was scarce a bush; and there upon a heath, exposed to the fury of the storm in a dark night, did king Lear wander out, and defy the winds and the thunder; and he bid the winds to blow the earth into the sea, or swell the waves of the sea till they drowned the earth, that no token might remain of any such ungrateful animal as man.	时天雨大至,且风,老王骑马直冒风雨而行,平原旷远,无板屋茅檐之蔽。王且行且咒,言风宜大至,直吹世界入海,勿留丑类,遗害世人。
FOOL O nuncle, court holy water in a dry house is better than this rain-water out o'door. Good nuncle, in, ask thy daughters blessing. Here's a night pities neither wise men nor fools.	The old king was now left with no other companion than the poor fool, who still abided with him, with his merry conceits striving to outjest misfortune, saying it was but a naughty night to swim in, and truly the king had better go in and ask his daughter's blessing:	时独有优者,随马而行,他骑悉遁,王侧几空,优者行次,仍为雅谑,以悦王心。

续表

King Lear Ⅲ.2:1—75	*King Lear*, *Tales from Shakespeare*	女变
William Shakespeare	Mary & Charles Lamb	林纾、魏易译
LEAR Rumble thy bellyful; spit, fire; spout, rain! Nor rain, wind, thunder, fire are my daughters. I tax not you, you elements, with unkindness. I never gave you kingdom, called you children. You owe me no subscription. Then let fall Your horrible pleasure. Here I stand your slave, ...		
FOOL [Sings] He that has and a little tiny wit, With heigh-ho, the wind and the rain, Must make content with his fortunes fit, Though the rain it raineth every day.	But he that has a little tiny wit With heigh ho, the wind and the rain! Must make content with his fortunes fit Though the rain it raineth every day:	

以下迻录"蛊征"①一节，林纾、魏易的改写明显模仿了文言表达的陈规(如《史记·刺客列传》)，并有大量节略和一些增衍，以顺应汉语文言的表达习惯，尤其是删略显得枝蔓的对白、被突出的基督教因素和心理描写部分，集中到情节中的人物行为，例如，"步促行蹶，精魄外越，似见暗陬中亦现一匕首，血渖淋漓，漾空如鱼游，爪之即不复见"(and as he went, he thought he saw another dagger in the air, with the handle towards him, and on the blade and at the point of it drops of blood; but when he tried to grasp at it, it was nothing but air)，"马伯司急出，心跃色变"(With such horrible imaginations Macbeth returned to his listening wife)，"王薨"以下出现了大量的删略。林译确是简洁而有效的表达，但鲜明的汉化改写确乎排除了太多异域色彩，甚至简化了戏剧本事。

① 兰姆：《吟边燕语》，林纾、魏易译，北京：商务印书馆，1981年版，第37—38页；Charles Lamb and Mary Lamb, *Tales from Shakespeare*, New York: Thomas Y. Crowell, 1878.

***Macbeth* Ⅱ.1:33—64; Ⅱ.2:25—60**	***Macbeth*, *Tales from Shakespeare***	**蛊征**
William Shakespeare	Mary & Charles Lamb	林纾、魏易译
MACBETH Is this a dagger which I see before me,【Ⅱ.1:33】 The handle toward my hand? Come, let me clutch thee: I have thee not, and yet I see thee still. Art thou not, fatal vision, sensible To feeling as to sight? Or art thou but A dagger of the mind, a false creation, Proceeding from the heat-oppressèd brain? I see thee yet, in form as palpable As this which now I draw. Thou marshall'st me the way that I was going, And such an instrument I was to use. Mine eyes are made the fools o' th' other senses, Or else worth all the rest. I see thee still, And on thy blade and dudgeon gouts of blood, Which was not so before. There's no such thing: ...	So, taking the dagger in his hand, he softly stole in the dark to the room where Duncan lay; and as he went, he thought he saw another dagger in the air, with the handle towards him, and on the blade and at the point of it drops of blood; but when he tried to grasp at it, it was nothing but air, a mere phantasm proceeding from his own hot and oppressed brain and the business he had in hand.	[马伯司心动],遂起,挟匕首出,步促行蹶,精魄外越,似见暗陬中亦现一匕首,血沛淋漓,漾空如鱼游,爪之即不复见。因自解曰,此幻相,由吾心造也,世安有鬼!
[A bell rings] I go, and it is done. The bell invites me. Hear it not, Duncan, for it is a knell That summons thee to heaven or to hell.【Ⅱ.1:64】	Getting rid of this fear, he entered the king's room, whom he despatched with one stroke of his dagger.	径入,以刃剚王胸,王薨。

续表

Macbeth Ⅱ.1:33—64; Ⅱ.2:25—60	*Macbeth*, *Tales from Shakespeare*	蛊征
William Shakespeare	Mary & Charles Lamb	林纾、魏易译
MACBETH There' s one did laugh in's sleep, and one cried, 'Murder!', 【Ⅱ.2:25】 That they did wake each other; I stood, and heard them, But they did say their prayers and addressed them Again to sleep. ...	Just as he had done the murder, one of the grooms, who slept in the chamber, laughed in his sleep, and the other cried: 'Murder,' which woke them both, but they said a short prayer; one of them said: 'God bless us!' and the other answered 'Amen'; and addressed themselves to sleep again.	
MACBETH One cried 'God bless us!' and 'Amen' the other, As they had seen me with these hangman's hands. List'ning their fear, I could not say 'Amen' When they did say 'God bless us.' ...	Macbeth, who stood listening to them, tried to say 'Amen,' when the fellow said 'God bless us!'	
MACBETH But wherefore could not I pronounce 'Amen'? I had most need of blessing and 'Amen' Stuck in my throat. ...	but, though he had most need of a blessing, the word stuck in his throat, and he could not pronounce it.	

续表

Macbeth Ⅱ.1:33—64; Ⅱ.2:25—60	*Macbeth, Tales from Shakespeare*	蛊征
William Shakespeare	Mary & Charles Lamb	林纾、魏易译
MACBETH Methought I heard a voice cry, 'Sleep no more: Macbeth does murder sleep', the innocent sleep, Sleep that knits up the ravelled sleeve of care, The death of each day's life, sore labour's bath, Balm of hurt minds, great nature's second course, Chief nourisher in life's feast. ...	Again he thought he heard a voice which cried: 'Sleep no more: Macbeth cloth murder sleep, the innocent sleep, that nourishes life.'	
MACBETH Still it cried, 'Sleep no more' to all the house; 'Glamis hath murdered sleep', and therefore Cawdor Shall sleep no more: Macbeth shall sleep no more.	Still it cried: 'Sleep no more,' to all the house. 'Glamis hath murdered sleep, and therefore Cawdor shall sleep no more. Macbeth shall sleep no more.'	
LADY MACBETH Who was it, that thus cried? Why, worthy thane, You do unbend your noble strength to think So brain-sickly of things. Go get some water And wash this filthy witness from your hand. Why did you bring these daggers from the place? They must lie there. Go carry them and smear The sleepy grooms with blood. ...	With such horrible imaginations Macbeth returned to his listening wife, who began to think he had failed of his purpose, and that the deed was somehow frustrated. He came in so distracted a state, that she reproached him with his want of firmness, and sent him to wash his hands of the blood which stained them,	马伯司急出,心跃色变,夫人延而抚定之,以水濯其手,去血污,

续表

***Macbeth* Ⅱ.1:33—64; Ⅱ.2:25—60**	***Macbeth*, *Tales from Shakespeare***	**蛊征**
William Shakespeare	Mary & Charles Lamb	林纾、魏易译
LADY MACBETH Infirm of purpose! 【Ⅱ.2: 55】 Give me the daggers. The sleeping and the dead Are but as pictures; 'tis the eye of childhood That fears a painted devil. If he do bleed, I'11 gild the faces of the grooms withal, For it must seem their guilt.	while she took his dagger, with purpose to stain the cheeks of the grooms with blood, to make it seem their guilt.	复以刃置醉士怀，且掬血涂醉士面。

兰姆改写莎士比亚悲剧、喜剧故事，已经超出了剧体诗与散文体的文体差异，尤其表达了浪漫主义时期的资产阶级世界观和行为立场。林纾从中国古典诗文及文化出发，认同并改写西洋文学的翻译活动，其间的理性分析与争辩，往往包含了一贯的爱国热情。如果相信译出语文化在价值上高于译入语文化，忠实原作者及其作品，即成为一个理想翻译在道义上的承诺，或者说，是一种基于真实/真理的翻译意识形态，这易于促进文化上的革命。然而，林纾翻译的汉化改写，作为文言时代的一种翻译策略，似乎陷入了"任情删易"的讹误，却也坚守了中国古典文化的崇高价值及地位，并顺从了主流的文言阅读习惯和古典文学传统，林纾译作的普遍流行和深刻影响，表明了晚清和民国初期温和与宽容的翻译意识形态。

3. 莎士比亚历史剧的翻译

因为兰姆《莎诗纪事》(即《吟边燕语》)只收入了莎士比亚悲剧、喜剧，悲剧故事在数量上偏少了些，1916 年林纾、陈家麟翻译了《凯彻逸事》。逐译莎士比亚历史剧，对商务印书馆和林纾、陈家麟来说，便是一个积极而严肃的选择。林纾、陈家麟翻译了莎士比亚《雷差得纪》《亨利第四纪》，先后在《小说月报》第七卷刊载，商务印书馆还刊印了《亨利第六遗事》，《亨利第五纪》作为林译遗作刊载于《小说世界》。林纾、魏易翻译的《亨利第六遗事》追随奎勒-库奇的改写本，所以没有莎士比亚三联剧的独立划分。林译《亨利六世》(上篇)与塔尔伯特有关的场景，《亨利六世》(中篇)几个阁老权臣之死的场景，《亨利六世》(下篇)王后与要克公爵争权的场景，主要是从莎士比亚原剧作翻译出来的。这些是没有分行的文言散文体的戏剧翻译,人们一直忽视这个早期最优秀的莎士比亚历史剧译作。[①]

以下逐录《亨利六世》(上篇)[②]一节,林纾、魏易的改写顺应了汉语文言表达的习惯和规范,并有较多节略增衍,尤其是删略显得枝蔓和怪神的成分,以及英语文化色彩强烈的部分,便集中到情节中的人物行为,林译确是简洁而有效的表达,例如,"敌故无粮,罷不自振。"(They want their porridge and their fat bull beeves. /Either they must be dieted like mules /And have their provender tied to their mouths, /Or piteous they will look, like drowned mice.)"天上火星本佑英人,今日似转而为我矣。"(Mars his true moving, even as in the heavens /So in the earth, to this day is not known. /Late did he shine upon the English side; /Now we are victors, upon us he smiles.)

***King Henry* Ⅵ Part One, Ⅰ.2**	***King Henry* Ⅵ (1900:309)**	**亨利第六遗事**
	Historical Tales from Shakespeare	
William Shakespeare	Arthur Thomas Quiller-Couch	林纾、陈家麟译
CHARLES. Mars his true moving, even as in the heavens So in the earth, to this day is not known. Late did he shine upon the English side; Now we are victors, upon us he smiles. What towns of any moment but we have?	The English had let their golden opportunity slip; but for all their fortunate delay the plight of the Dauphin, as we may yet call him, was very nearly desperate. As his first step Bedford laid siege to Orleans, and while he invested it with ten thousand men Charles had to	王方坐困于阿里安。谓大将野伦肯曰:天上火星本佑英人,今日似转而为我矣。英国方苦饥,战士不力,殆星精使然。

① 郑振铎的《林琴南先生》认为林纾、陈家麟把莎士比亚的历史剧改写成小说,樽本照雄的《林纾冤罪事件簿》、濑户宏的《林纾的莎士比亚观》则认为林纾、陈家麟是从奎勒-库奇的改写本翻译的。本章英语引文主要出自 W. J. Craig, ed., *Shakespeare Complete Works*, London: Oxford University Press, 1966; Arthur Thomas Quiller-Couch, *Historical Tales from Shakespeare*, London: E. Arnold, 1910.

② 1619 年 *The Whole Contention Betweene the Two Famous Houses, Lancaster and Yorke*.(即《亨利六世》中篇、下篇)标明为"新加改订与增补,莎士比亚写作"。*The Firste Parte of the Contention of the Two Famous Houses of Yorke and Lancaster* 初版于 1594 年,*The True Tragedie of Richard Duke of Yorke, and the Death of Good King Henrie the Sixt* 初版于 1595 年,这两个作品便是《亨利六世》中篇、下篇的最初文本,但作者身份有争议。*The Thirde Parte of Henry ye Sixt* (即《亨利六世》上篇)最初刊行于 1623 年第一对开本,但不完全是莎士比亚创作的,还有别的合作作者。

续表

King Henry Ⅵ Part One, Ⅰ.2	*King Henry* Ⅵ (1900:309)	亨利第六遗事
	Historical Tales from Shakespeare	
William Shakespeare	Arthur Thomas Quiller-Couch	林纾、陈家麟译
At pleasure here we lie near Orleans; Otherwhiles the famish'd English, like pale ghosts, Faintly besiege us one hour in a month.	look on and own himself powerless to relieve the city. The besieged themselves lay under a spell of terror, cowed as it were by the names of Bedford and his two gallant lieutenants, the Earl of Salisbury and Lord Talbot. Behind the English all the north of France, as far eastward as the border of Lorraine, lay ravaged and starving, the crops burnt, the peasantry destitute.	
ALENCON. They want their porridge and their fat bull beeves. Either they must be dieted like mules And have their provender tied to their mouths, Or piteous they will look, like drowned mice.		野伦肯曰:敌故无粮,罷不自振。
REIGNIER. Let's raise the siege. Why live we idly here? Talbot is taken, whom we wont to fear; Remaineth none but mad-brain'd Salisbury, And he may well in fretting spend his gall Nor men nor money hath he to make war.		复有一稗将,名雷尼亚,近曰:今胡不鏖扑,解此重围。且英将他鲁保忒已见禽,敌中无毒我之人,奚惧之深。今但有无胆之肖鲁司白雷,深匿不面矣,且其勇概亦不如前。既无粮储,又寡精锐,如何成军?

续表

King Henry Ⅵ Part One, Ⅰ.2	*King Henry* Ⅵ (1900:309)	亨利第六遗事
	Historical Tales from Shakespeare	
William Shakespeare	Arthur Thomas Quiller-Couch	林纾、陈家麟译
CHARLES. Sound, sound alarum; we will rush on them. Now for the honour of the forlorn French! Him I forgive my death that killeth me, When he sees me go back one foot or flee.		王曰:趣出战。吾军当进命而前,用雪前耻。众中苟见我却退者,即以刃加我。
Here alarum. They are beaten hack by the English, with great loss. Re-enter CHARLES, ALENCON, and REIGNIER.		两军既接,法兵复大败。王及野伦肯雷尼亚皆归壁。

此节以下关于奥尔良贞德的叙述,是从奎勒-库奇的改写本中迻译,因为莎士比亚剧作《亨利六世》极度简化了贞德的身份介绍,然而,这一插入的成分可以使得故事更明了清晰。

以下迻录《亨利六世》(中篇)一节,林纾、魏易的文言改写,主要是较多的删略,也稍有增衍,尤其是删除显得迟延而枝蔓的对白,繁复的成分,以及英语文化色彩鲜明的部分,以顺应汉语文言的表达习惯和规范,突出了原戏剧情节中的人物行为,例如,“惟皇后初无奁具,英国不得过问”(and she sent over of the King of England's own proper cost and charges, without having any dowry.),林纾译文显然突出了衰微的王权形象,发挥了文言的细微达意(如暗讽、影指等)功能。

King Henry Ⅵ Part Two, Ⅰ.1	*King Henry* Ⅵ (1900:326)	亨利第六遗事
	Historical Tales from Shakespeare	
William Shakespeare	Arthur Thomas Quiller-Couch	林纾、陈家麟译
... SUFFOLK. My lord protector, so it please your grace, Here are the articles of contracted peace Between our sovereign and the French king Charles, For eighteen months concluded by consent.	When Suffolk brought Margaret home to London in state, the Protector's voice faltered as he read over the contract. At the clause ceding Anjou and Maine he fairly broke down.	及沙厚克迎后而归,遂行大婚之礼。帝后见面,礼官宣读婚约。

续表

King Henry Ⅵ Part Two, Ⅰ.1	*King Henry* Ⅵ (1900:326)	亨利第六遗事
	Historical Tales from Shakespeare	
William Shakespeare	Arthur Thomas Quiller-Couch	林纾、陈家麟译
GLOUCESTER. [Reads] 'Imprimis, it is agreed between the French king Charles, and William de la Pole, Marquess of Suffolk, ambassador for Henry King of England, that the said Henry shall espouse the Lady Margaret, daughter unto Reignier King of Naples, Sicilia and Jerusalem, and crown her Queen of England ere the thirtieth of May next ensuing. Item, that the duchy of Anjou and the county of Maine shall be released and delivered to the king her father'—		王之婚约,则格老司忒宣读。约言:法国王叉罗司及英国领使沙厚克,议定英国皇帝册立马加雷替为后,即为法国安沮公女,此外尚有一节,礼成以后,安沮之地,及昧阴之省,不属英国。赐安沮公为汤沐邑。
[Lets the paper fall]		读至此,格老司忒手颤,竟坠婚约于地。
KING. Uncle, how now!		亨利第六见状言曰:叔父患作乎?胡手颤至是?
GLOUCESTER. Pardon me, gracious lord; Some sudden qualm hath struck me at the heart And dimm'd mine eyes, that I can read no further.		格老司忒曰:陛下,老臣心痛眼昏,不能竟其辞矣。
KING. Uncle of Winchester, I pray, read on.		英王曰:请豹豪忒叔父读之。
CARDINAL. [Reads] 'Item, It is further agreed between them, that the duchies of Anjou and Maine shall be released and delivered over to the king her father, and she sent over of the King of England's own proper cost and charges, without having any dowry.'	The Cardinal, Suffolk's chief supporter, took the scroll from him and read on.	豹豪忒继读曰:此两处悉归后父安沮公,惟皇后初无奁具,英国不得过问。

续表

King Henry Ⅵ **Part Two, Ⅰ.1**	*King Henry* Ⅵ **(1900:326)**	**亨利第六遗事**
	Historical Tales from Shakespeare	
William Shakespeare	Arthur Thomas Quiller-Couch	林纾、陈家麟译
KING. They please us well. Lord marquess, kneel down: We here create thee the first duke of Suffolk, And gird thee with the sword. Cousin of York, We here discharge your grace from being regent I' the parts of France, till term of eighteen months Be full expired. Thanks, uncle Winchester, Gloucester, York, Buckingham, Somerset, Salisbury, and Warwick; We thank you all for the great favour done, In entertainment to my princely queen. Come, let us in, and with all speed provide To see her coronation be perform'd.	Henry listened, professed himself well pleased with the bargain, and made Suffolk a duke for his services.	亨利第六殊不了了于外事,以为两国和亲可以无事。

以下逐录《亨利六世》(下篇)一节,林纾、魏易的文言改写,主要是较多的删略,却也有(说明或者评论)增衍,尤其是删除显得迟延而枝蔓的对白,残忍的场景,以及英语文化色彩鲜明的部分,以顺应汉语文言的表达习惯和规范,突出了原戏剧情节中的人物行为,例如,"尔淫妇之凶,较狐为烈"(Shee-Wolfe of France,/ But worse then Wolues of France,/ Whose Tongue more poysons then the Adders Tooth:/ How ill-beseeming is it in thy Sex,/ To triumph like an Amazonian Trull,/ Vpon their Woes whom Fortune captiuates?),林纾译文突出了残酷的权力争斗,强调了玛格丽特王后对敌手毫不宽容的侮辱手段。

King Henry Ⅵ Part Three, Ⅰ.4	*King Henry* Ⅵ (1900:355—356)	亨利第六遗事
	Historical Tales from Shakespeare	
William Shakespeare	Arthur Thomas Quiller-Couch	林纾、陈家麟译
CLIFFORD. Hold valiant Clifford, for a thousand causes I would prolong a while the Traytors Life: Wrath makes him deafe; speake thou Northumberland.	And at-length the Duke found himself, faint and alone, hedged around by his deadly enemies. He could hope for no quarter.	要克亦见擒，克利何得将枭其首，
QUEEN. Hold, valiant Clifford! for a thousand causes I would prolong awhile the traitor's life. Wrath makes him deaf: speak thou, Northumberland.	But Margaret held back Clifford's sword while she made her prisoner taste the full bitterness of death.	马后止之，曰：勿尔。
... QUEEN. Braue Warriors, Clifford and Northumberland, Come make him stand vpon this Mole-hill here, That raught at Mountaines with outstretched Armes, Yet parted but the shadow with his Hand. What! was it you that would be England's King? Was't you that reuell'd in our Parliament, And made a Preachment of your high Descent? Where are your Messe of Sonnes, to back you now? The wanton Edward, and the lustie George? And where's that valiant Crook-back Prodigie,	She enthroned him on a molehill—this man who had reached at mountains. 'Where are your sons now, to back you? —wanton Edward and lusty George, and your boy Dicky, that crook-back prodigy? Where is your darling, your Rutland? Look, York'—she held out a crimsoned napkin — 'I dipped this in your boy's blood. If you have tears for him, take this and wipe your eyes.' They called on him to weep for their sport. They brought a paper crown and set it on him. 'Marry, now he looks like a king!'	战场上本有小阜，王后令其立其上，数之曰：尔数子安往，而丑子雷差得胡不救汝。遂出红巾，其上皆血渍，示要克曰：此血即尔子所溅者，汝果闻尔子死而痛哭者，即以此红巾拭尔泪痕。此时王后及诸将争嘲笑以为乐，复以纸为王冕，加诸其首，曰：此土阜即宝座，尔今日御大宝矣。

续表

King Henry Ⅵ Part Three, Ⅰ.4	*King Henry* Ⅵ (1900:355—356)	亨利第六遗事
	Historical Tales from Shakespeare	
William Shakespeare	Arthur Thomas Quiller-Couch	林纾、陈家麟译
Dickie, your Boy, that with his grumbling voyce Was wont to cheare his Dad in Mutinies? Or with the rest, where is your Darling, Rutland? Looke Yorke, I stayn'd this Napkin with the blood That valiant Clifford, with his Rapiers point, Made issue from the Bosome of the Boy: And if thine eyes can water for his death, I giue thee this to drie thy Cheekes withall. Alas poore Yorke, but that I hate thee deadly, I should lament thy miserable state. I prythee grieue, to make me merry, Yorke. What, hath thy fierie heart so parcht thine entrayles, That not a Teare can fall, for Rutlands death? Why art thou patient, man? thou should'st be mad: And I, to make thee mad, doe mock thee thus. Stampe, raue, and fret, that I may sing and dance. Thou would'st be fee'd, I see, to make me sport: Yorke cannot speake, vnlesse he weare a Crowne. A Crowne for Yorke; and Lords, bow lowe to him:		

续表

King Henry Ⅵ Part Three, Ⅰ.4	*King Henry* Ⅵ (1900:355—356)	亨利第六遗事
	Historical Tales from Shakespeare	
William Shakespeare	Arthur Thomas Quiller-Couch	林纾、陈家麟译
Hold you his hands, whilest I doe set it on. [Putting a paper crown on his head] I marry Sir, now lookes he like a King: I, this is he that tooke King Henries Chaire, And this is he was his adopted Heire. But how is it, that great Plantagenet Is crown'd so soone, and broke his solemne Oath? As I bethinke me, you should not be King, Till our King Henry had shooke hands with Death. And will you pale your head in Henries Glory, And rob his Temples of the Diademe, Now in his Life, against your holy Oath? Oh 'tis a fault too too vnpardonable. Off with the Crowne; and with the Crowne, his Head, And whilest we breathe, take time to doe him dead.		
CLIFFORD. That is my Office, for my Fathers sake.	Clifford, in his father's memory, claimed the privilege of dealing the death-stroke. The doomed man's indignant protest moved even his enemy Northumberland to pity.	小克利河得急于父仇,立欲剚刃。
QUEEN. Nay stay, let's heare the Orizons hee makes.		

续表

King Henry Ⅵ Part Three, Ⅰ.4	*King Henry* Ⅵ (1900:355—356)	亨利第六遗事
	Historical Tales from Shakespeare	
William Shakespeare	Arthur Thomas Quiller-Couch	林纾、陈家麟译
YORK. Shee-Wolfe of France, But worse then Wolues of France, Whose Tongue more poysons then the Adders Tooth: How ill-beseeming is it in thy Sex, To triumph like an Amazonian Trull, Vpon their Woes whom Fortune captiuates? But that thy Face is Vizard-like, vnchanging, Made impudent with vse of euill deedes. I would assay, prowd Queene, to make thee blush. To tell thee whence thou cam'st, of whom deriu'd, Were shame enough, to shame thee, Wert thou not shamelesse. Thy Father beares the type of King of Naples, Of both the Sicils, and Ierusalem, Yet not so wealthie as an English Yeoman. Hath that poore Monarch taught thee to insult? It needes not, nor it bootes thee not, prowd Queene, Vnlesse the Adage must be verify'd, That Beggers mounted, runne their Horse to death. 'Tis Beautie that doth oft make Women prowd, But God he knowes, thy share thereof is small. 'Tis Vertue, that doth make them most admir'd,	'Woman, worse than tiger, I take thy cloth and wash my sweet boy's blood from it with my tears. So, keep it. Go boast of it, and have in thine own hour of need such comfort as thou art offering me!'	要克骂曰:尔淫妇之凶,较狐为烈,尔今以吾子之血,令吾拭泪,尔后日亦必如我。

续表

King Henry Ⅵ **Part Three,Ⅰ.4**	***King Henry* Ⅵ(1900:355—356)**	**亨利第六遗事**
	Historical Tales from Shakespeare	
William Shakespeare	Arthur Thomas Quiller-Couch	林纾、陈家麟译
The contrary, doth make thee wondred at. 'Tis Gouernment that makes them seeme Diuine, The want thereof, makes thee abhominable. Thou art as opposite to euery good, As the Antipodes are vnto vs, Or as the South to the Septentrion. Oh Tygres Heart, wrapt in a Womans Hide, How could'st thou drayne the Life-blood of the Child, To bid the Father wipe his eyes withall, And yet be seene to beare a Woman's face? Women are soft, milde, pittifull, and flexible; Thou, sterne, obdurate, flintie, rough, remorselesse. Bidst thou me rage? why now thou hast thy wish. Would'st haue me weepe? why now thou hast thy will. For raging Wind blowes vp incessant showers, And when the Rage allayes, the Raine begins. These Teares are my sweet Rutlands Obsequies, And euery drop cryes vengeance for his death, 'Gainst thee fell Clifford, and thee false French-woman.		

续表

King Henry Ⅵ Part Three, Ⅰ.4	*King Henry* Ⅵ(1900:355—356)	亨利第六遗事
	Historical Tales from Shakespeare	
William Shakespeare	Arthur Thomas Quiller-Couch	林纾、陈家麟译
Northumb. Beshrew me, but his passions moues me so, That hardly can I check my eyes from Teares. Yorke. That Face of his, The hungry Caniballs would not haue toucht, Would not haue stayn'd with blood: But you are more inhumane, more inexorable, Oh, tenne times more then Tygers of Hyrcania. See, ruthlesse Queene, a haplesse Fathers Teares: This Cloth thou dipd'st in blood of my sweet Boy, And I with Teares doe wash the blood away. Keepe thou the Napkin, and goe boast of this, And if thou tell'st the heauie storie right, Vpon my Soule, the hearers will shed Teares: Yea, euen my Foes will shed fast-falling Teares, And say, Alas, it was a pittious deed. There, take the Crowne, and with the Crowne, my Curse, And in thy need, such comfort come to thee, As now I reape at thy too cruell hand. Hard-hearted Clifford, take me from the World, My Soule to Heauen, my Blood vpon your Heads.		

续表

King Henry Ⅵ Part Three，Ⅰ.4	*King Henry* Ⅵ(1900:355—356)	亨利第六遗事
	Historical Tales from Shakespeare	
William Shakespeare	Arthur Thomas Quiller-Couch	林纾、陈家麟译
QUEEN. What，weeping-ripe，my Lord Northumberland? Think but vpon the wrong he did us all， And that will quickly dry thy melting tears. ...	Margaret had no pity. She taunted Northumberland's compassionate weakness. With her own dagger she followed up Clifford's stroke.	王后大怒，其旁有一伯爵，颇怜要克，王后斥之。
CLIFFORD. Heere's for my Oath，heere's for my Fathers Death. [Stabbing him]		此时克利河得进刃，王后亦出剑，遂落其首。
QUEEN. And heere's to right our gentle-hearted King. [Stabbing him] ...		
QUEEN. Off with his Head，and set it on Yorke Gates， So Yorke may ouer-looke the Towne of Yorke.	'Off with his head！Set it on York gates， and let York overlook his city of York!'	以首级悬诸要克之省，省属要克公，故即以首级悬诸城堞，俾守此城。

鲁迅如在(《"莎士比亚"》《又是"莎士比亚"》等文中)不免有对莎士比亚的误解，林纾对莎士比亚及其戏剧的认识总体上是模糊的。暂且不论林纾、魏易翻译《吟边燕语》是散文体的改写故事，在对林纾近乎严厉的批评中，人们却一直忽略了林纾、陈家麟翻译的莎士比亚历史剧，其中，《亨利第六遗事》是不分行的、文言散文体的戏剧翻译作品，有较多的汉化文言改写，上篇基本上是林纾式的直译，中篇、下篇则有较多删略，而且插入了从奎勒-库奇及别的改写本翻译出来的片段。

事实上，林纾对莎士比亚的了解比现在人们想象的要多得多，《亨利第六遗事》是晚清至民国初期最优秀的戏剧译作，人们应该宽容地接受林纾的散文体翻译，分行书写会更清楚明了一些。基于古典中国的文言习惯、文学规范与儒学伦理，林纾承认莎士比亚的崇高地位，并从翻译经验中发现莎士比亚戏剧包含了较多神怪成分，尤其是包含了与古典中国相似的旧思想，当然，这是争辩的偏执。20 世纪中国莎剧的散文翻译应该是主要的形态，而文言戏曲是否必须分行书写却是问题的另一面。在田汉翻译莎士比亚《哈姆雷特》之前，林纾、陈家麟翻译的《亨利六世》片段具有不可忽视的文化意义。

(二) 朱生豪的莎士比亚翻译

朱生豪的31个莎士比亚戏剧翻译是现代中国一个不可忽视的翻译成就。朱生豪的翻译主要是在1942—1944年间完成的，主要依据牛津版《莎士比亚全集》。[①] 1944年12月朱生豪去世时仅完成31种戏剧的翻译，以及未完的《亨利五世》译稿。1947年上海世界书局出版了朱生豪翻译《莎士比亚戏剧全集》27种。1954年作家出版社出版了朱生豪翻译的《莎士比亚全集》31种。1955年台湾世界书局出版了朱生豪翻译、虞尔昌补译的《莎士比亚全集》(5卷本)。1978年人民文学出版社出版了朱生豪翻译、吴兴华等校订、梁宗岱等补译的《莎士比亚全集》(11卷本)。1998年译林出版社出版了裘克安等修订、辜正坤等补译的《莎士比亚全集》(8卷本)。可以说五十余年间(1947—1998)朱生豪的译本被多家出版社不断刊行重印，其声誉也因此被高频重复和强调，并赢得了几代读者的喜爱和推崇(例如黄雨石)，由此确立了朱生豪译本丰碑式的地位。

1. 赞助者的影响

赞助者(patronage)指某团体或者个人给予/提供给他人的支持、鼓励、特许权，尤其是经济上的帮助。勒菲弗尔(André Lefevere)进而认为赞助者是一个主要来自文学翻译的外在制约因素，主要影响文学翻译的意识形态。巴斯内特、勒菲弗尔编写的《翻译、改写以及对文学名声的控制》一书指出，赞助者指某种像权力的事物(个人或者机构)，它可能有助于，或者妨碍文学作品的阅读、写作、改写，赞助者可以通过多种形式施加影响，个人(如权威人物)、群体、宗教团体、政党、阶级、宫廷、出版机构、大众传媒机构，等等，各种赞助者往往以各种机构为手段建立规范，这些机构如学院、审查机构、评论期刊、教育机制的建立。赞助者主要控制作品产生、出版、流通、销售、接受、效果。赞助者的影响包括意识形态的、经济的(作者/译者的经济收入)和(作者/译者)地位要素。作品只有被赞助人所接受，才有可能融合到某个支持的读者群及其生活方式中去，才能被读

① 朱生豪在《莎士比亚戏剧全集》"译者自序"写道："越年战事发生，历年来辛苦搜集之各种莎集版本，及诸家注释考证批评之书，不下一二百册，悉数毁于炮火，仓卒中惟携出牛津版全集一册，及译稿数本而已，厥后转辗流徙，为生活而奔波，更无暇晷，以续未竟之志。及三十一年春，目睹世变日亟，闭户家居，摈绝外务，始得专心一志，致力译事。虽贫穷疾病，交相煎迫，而埋头伏案，握管不辍。"

者所认可。

勒菲弗尔指出，写作/翻译可以接受或者抗拒赞助者，接受赞助者意味着，代表某一文化或社会的意识形态的赞助人确立具有决定性作用的意识形态价值参数，作者/译者则在这个参数范围内写作或者改写，愿意接受赞助者的合法性及其（强制的）权力。一方面，作为一定意识形态代言人的赞助人，利用他们的话语权力对翻译进行直接干预；另一方面，熟知意识形态价值参数的作者/译者大多也会自觉地避免触犯意识形态，在他们认为允许的范畴内，操纵他们的话语行为。

朱生豪翻译莎士比亚戏剧的赞助者其实并不明朗和具体。1933 年 7 月，刚毕业于之江大学的朱生豪经胡山源（之江大学教师、世界书局编辑）举荐，到上海世界书局参与编辑《英汉求解、作文、文法、辨义四用辞典》。胡山源回忆说："我在杭州之江大学教书时，他在读书。我没有直接教到他，但认识他，并知道他中英文都好，为全班第一。他毕业后，即由我介绍来英文部工作。"此前胡山源已经翻译了《莎士比亚评传》，可以说，胡山源引导了朱生豪热情地阅读莎士比亚，甚至从事莎士比亚作品的翻译工作。当然，朱生豪在之江大学也学习了莎士比亚的课程。

1935 年年初，世界书局打算翻译《莎士比亚戏剧全集》。时任世界书局英文部主任的詹文浒（曾是嘉兴秀州中学英语教师），建议朱生豪翻译莎士比亚的全部剧本，于是朱生豪与世界书局签订了《莎士比亚戏剧全集》的出版合同，计件付酬。朱生豪在《莎士比亚戏剧全集》"译者自序"写道："廿四年春，得前辈詹文浒先生之鼓励，始着手为翻译全集之尝试。"[①] 后来宋清如回忆此事："1936 年的秋天，他告诉我在开始写译的工作了，而且已经同世界书局订了约，用每千字两元的代价作为报酬。他估计着全书约在一百八十万字左右，准备在两年中把全集一起译出。"[②]吴洁敏、朱宏达在《朱生豪和莎士比亚》认为："詹文浒当时鼓励朱生豪译莎，主要是为了世界书局在翻译之年能与中华、商务等书局竞争。当然，其中也有为朱生豪经济上考虑的因素。因为，当时朱生豪要负担全家三四口人的生活，经济实属拮据。"[③]应该说，詹文浒是朱生豪翻译《莎士比亚戏剧全

---

① 朱生豪：《莎士比亚戏剧全集》"译者自序"，见中国翻译工作者协会《翻译通讯》编辑部编：《翻译研究论文集》(1894—1948)，北京：外语教学与研究出版社，1984 年版，第 364 页。

② 宋清如：《关于朱生豪译述〈莎士比亚戏剧全集〉的回顾》，《社会科学》1983 年第 1 期，第 81 页。

③ 吴洁敏、朱宏达：《朱生豪和莎士比亚》，《外国文学研究》1986 年第 2 期，第 81—82 页。

集》的直接赞助者,而世界书局是朱生豪翻译的出版商和就职所在。宋清如在《莎士比亚戏剧全集》"译者介绍"中指出:"他(詹文浒)发现了这一个年青伙伴那样酷嗜诗歌,而且具有那样卓越的诗歌天才,便劝他(朱生豪)从事莎士比亚戏剧全集的移植。"[①]别的材料表明,詹文浒事实上始终支持朱生豪的莎士比亚戏剧翻译,朱文振在《朱生豪译莎侧记》指出:"到1939年冬又转去当时《中美日报》任编辑……同时,他仍抓紧业余机会,重新收集有关莎剧的书籍资料,坚持翻译莎剧,随时交稿以取得当时还能得到的那一点稿费,藉以度日糊口。"[②]但是,范泉在《朱生豪的"小言"创作》中指出,1939年9月,詹文浒任《中美日报》社总编辑,朱生豪随之来到报社编辑部,朱生豪实际上做了詹文浒的秘书或"总编助理"的工作。[③]在报社时,朱生豪只要有空,就看莎剧,不断翻字典,反复思索,补译在"八·一三"事变中被毁的《仲夏夜之梦》《威尼斯商人》《第十二夜》等9部喜剧剧本,[④]但是1941年12月译稿再次被毁。自1939年9月而后,朱生豪已经不再是世界书局的职员。[⑤] 显然,詹文浒和世界书局并没有对朱生豪的翻译活动发生较多的实际干预,也没有对他的翻译策略及方法施加明显的影响。换言之,朱生豪早先时期的莎士比亚戏剧翻译是独立而自由的,也是个人化的。

1941年12月后,詹文浒去了重庆,之后他几乎不再直接影响到朱生

---

① 宋清如:《莎士比亚戏剧全集》"译者介绍",见莎士比亚:《莎士比亚戏剧全集》(一),朱生豪译,北京:作家出版社,1954年版,第1页。

② 朱文振:《朱生豪译莎侧记》,《外语教学》1981年第2期,第78页。

③ 朱生豪著,范泉编选:《朱生豪小言集》,北京:人民文学出版社,2000年版,"编者序言"。当时林汉达任世界书局英文编辑部主任,1924年,林汉达毕业于之江大学。詹文浒是《英汉求解、作文、文法、辨义四用辞典》的主编,对朱生豪甚为优遇。

④ 朱生豪在《莎士比亚戏剧全集》"译者自序"写道:"厥后转辗流徙,为生活而奔波,更无暇晷,以续未竟之志。"显然,《中美日报》社的编辑工作占去了朱生豪绝大部分时间和精力,宋清如在《关于朱生豪译述〈莎士比亚戏剧全集〉的回顾》写道:"后来在流徙时期以及在中美日报馆,重新补译了一部分。"朱生豪致宋清如的信:"我这两天大起劲,*Tempest* 的第一幕已经译好,虽然尚有应待斟酌的地方。做这项工作,译出来还是次要的,主要的工作便是把僻奥的糊涂的弄不清楚的地方查考出来。因为进行得还算顺利,很抱乐观的样子。如果中途无挫折,也许两年之内可以告一段落。虽然不怎样正确精美,总也可以像个样子。"范泉在《朱生豪的"小言"创作》中指出:"在报社的两年多时间里,虽然还曾利用业余时间,补译那七种被毁的译稿,但是他的主要精力,却是在以'小言'为总题,写作了多达1141篇,总字数为396千余字的新闻随笔。"

⑤ 据史料,朱生豪在《中美日报》社的编辑职务,始终没有明确宣布,在报社编辑部名单中,没有朱文森(朱生豪)的名字。

豪的莎士比亚戏剧翻译。[①] 抗日战争时期，朱生豪主要用散文翻译莎士比亚戏剧，基本投合了上海世界书局的商业目标，即普及性的莎剧读本，并使莎剧译作显现为文学审美化，朱生豪《莎士比亚戏剧全集》之"译者自序"写道："盖莎翁笔下之人物，虽多为古代之贵族阶级，然彼所发掘者，实为古今中外贵贱贫富人人所同具之人性。故虽经三百余年以后，不仅其书为全世界文学之士所耽读，其剧本且在各国舞台与银幕上历久搬演而弗衰，盖由其作品中具有永久性与普遍性，故能深入人心如此耳。""夫莎士比亚为世界的诗人，固非一国所独占；倘因此集之出版，使此大诗人之作品，得以普及中国读者之间，则译者之劳力，庶几不为虚掷矣。"[②]应该说，在日本占领的中国南方，为了避免侵略者的意识形态和文艺政策上的压迫，世界书局更乐于出版《莎士比亚戏剧全集》一类的名著译作，同时，中国读者也更容易认可/接受此类的名著译作。总而言之，赞助者对朱生豪的翻译活动限制、规范作用是有限的。

2. 意识形态的影响

意识形态（ideology）是一个不断衍变的概念，最初并不是一个翻译学的观念。勒菲弗尔强调了翻译中意识形态的意义，虽然这个宽泛的观念（也许应该包括乌托邦、时代精神、道德观念、文化传统、社会地位、阶级意识、性别意识、政治倾向等）引发了较广泛的争议。

朱生豪是从 1935 年开始翻译莎士比亚戏剧的，可以说，朱生豪基本上认同新文学运动群体的启蒙主义和中国文艺复兴的观念，一个知识人的身份自觉是十分强烈的。朱生豪的翻译主要是在 1942—1944 年完成的，民族主义的意识形态显然深深影响了他的翻译实践。1939—1941 年朱生豪在《中美日报》上发表的时事短论表现出鲜明的民族主义，例如 1939 年 10 月 13 日《正义自在人心》写道："本报以正义公道为立场，对于任何一方无所偏爱，凡反乎正义公道的行为，一律加以抨击。在目前的中日战事中，无可讳言地我们是寄同情于反侵略的一方。……汪派的恶意毁谤及胁迫，也不能蒙蔽（上海租界）工部局董事诸公的灼眼，可知本报之仍得在如此困难的环境下和读者见面，绝不是一件偶然的事。"[③]

---

① 1934—1945 年，陆高谊任世界书局总经理，1924 年陆高谊毕业于之江大学，1942 年曾作朱生豪、宋清如的结婚介绍人，此时期是朱生豪的直接赞助者。

② 朱生豪：《莎士比亚戏剧全集》"译者自序"，见中国翻译工作者协会《翻译通迅》编辑部编：《翻译研究论文集》（1894—1948），北京：外语教学与研究出版社，1984 年版，第 364 页。

③ 朱生豪著，朱尚刚编注：《朱生豪小言集》，北京：商务印书馆，2016 年版，第 586－588 页。

朱生豪翻译的莎士比亚戏剧往往表现出灾难时代的国家忧患，是强烈的意识形态的投射，以下主要选取朱生豪的《哈姆莱特》的译例来说明意识形态在译文中普遍的渗透。事实上，别的莎士比亚戏剧同样表现出意识形态的相似情形。①

Hamlet 1.5：182—190	
William Shakespeare	朱生豪译，人民文学出版社，1994，卷五，311页
HAM Rest, rest, perturbed spirit! So, gentlemen,	安息吧，安息吧，受难的灵魂！好，朋友们，
With all my love I do commend me to you:	我以满怀的热情，信赖着你们两位；
And what so poor a man as Hamlet is	要是在哈姆莱特微弱的能力以内，
May do, to express his love and friending to you,	能够有可以向你们表示他的友情之处，
God willing, shall not lack. Let us go in together;	上帝在上，我一定不会有负你们。让我们一起进去，
And still your fingers on your lips, I pray.	请你们记着无论在什么时候都要守口如瓶。
The time is out of joint; O cursed spite,	这是一个颠倒混乱的时代，唉，倒霉的我
That ever I was born to set it right!	却要负起重振乾坤的责任！
Nay, come, let's go together.	来，我们一块儿去吧。

“这是一个颠倒混乱的时代，唉，倒霉的我/却要负起重振乾坤的责任！”这并不是语言转换的偏差现象，也不是错译问题，恰恰是时代的无意识模糊了(对其自身和别的群体而言)英语原文的真实状况，却加强了汉语的情感意义和意识形态化的审美意义。

---

① 本章朱生豪翻译莎士比亚戏剧的译文全引录自莎士比亚：《莎士比亚全集》，朱生豪等译，北京：人民文学出版社，1994年版；原英语文本主要引录自 W. J. Craig, ed., *Shakespeare Complete Works*, London: Oxford University Press, 1966.

***Hamlet* 1.2：1—7**	
William Shakespeare	朱生豪译，人民文学出版社，1994，卷五，289 页
KING Though yet of Hamlet our dear brother's death	虽然我们亲爱的王兄哈姆莱特新丧未久，
The memory be green, and that it us befitted	我们的心里应当充满了悲痛，
To bear our hearts in grief and our whole kingdom	我们全国都应当表示一致的哀悼，
To be contracted in one brow of woe,	可是我们凛于后死者责任的重大，
Yet so far hath discretion fought with nature	不能不违情逆性，
That we with wisest sorrow think on him,	一方面固然要用适度的悲哀纪念他，
Together with remembrance of ourselves.	一方面也要为自身的利害着想；

“可是我们凛于后死者责任的重大，不能不违情逆性，”这并不是语言转换的增衍，也不是可以赞许的策略，恰恰是国难时期的意识形态呼唤着个人责任，以及大无畏的选择。意识形态灵巧地深深穿透整个社会的网络，正如渗透了整个《哈姆莱特》的翻译文本，从而培育了一种整体社会的幻觉，并操纵虚拟的主体身份。

***Hamlet* 3.2：297—300**	
William Shakespeare	朱生豪译，人民文学出版社，1994，卷五，357 页
HAMLET For thou dost know, O Damon dear,	因为你知道，亲爱的朋友，
This realm dismantled was	这一个荒凉破碎的国土
Of Jove himself; and now reigns here	原本是乔武统治的雄邦，
A very, very—pajock.	而今王位上却坐着——孔雀。

“这一个荒凉破碎的国土/原本是乔武统治的雄邦，”乔武(Jove)是一个易生歧义的音译词，Damon(人名)在此被取消了音译，意译为“朋友”。在朱生豪的译文中，特定的意识形态容易引发一种解读式的(国家危难)幻象，作为一种看待事物的方法，它进而关联到传统中国的一系列观念(如雄邦、王位、国破)，另一方面，该意识形态也容易阻碍、禁止、取缔异域色彩的话语(如希腊神话故事“斯阿司和达蒙”)，从而达到想象的一致。

Hamlet 3. 4：149—155	
William Shakespeare	朱生豪译，人民文学出版社，1994，卷五，369页
HAMLET Confess yourself to heaven;	向上天承认您的罪恶吧，
Repent what's past; avoid what is to come;	忏悔过去，警戒未来；
And do not spread the compost on the weeds	不要把肥料浇在莠草上，
To make them ranker. Forgive me this my virtue;	使它们格外蔓延起来。原谅我这一番正义的劝告；
For in the fatness of these pursy times	因为在这种万恶的时世，
Virtue itself of vice must pardon beg,	正义必须向罪恶乞恕，
Yea, curb and woo for leave to do him good.	他必须俯首屈膝，要求人家接纳他的善意的箴规。

"因为在这种万恶的时世，/正义必须向罪恶乞恕，"暂且不论传统意象的运用，朱生豪的译文显然交织着某种意识形态，它包含"正义(virtue)""万恶(pursy)""俯首屈膝(curb)"等观念，当该意识形态作为抽象思想体系运用到文学名著的翻译中，凸显出抗日战争时期的中国所采取的政治倾向。朱生豪的翻译表现了译者的积极介入，他并没有采取"中立"，忧患时代的抗争和理想鲜明地呈现在译文中。

在莎士比亚戏剧的众多汉译本中，朱生豪的译本具有最强烈的情感色彩。抗日战争爆发，朱生豪目睹世变日亟，辗转流徙，以至于贫病交迫，危难时代的感受是极容易深入莎剧翻译中的，朱生豪专心致力译事本身就是一种民族精神和高尚气节的表征，朱生豪明确表达了这种自觉意识。时代的意识形态鲜明地烙印在汉译莎剧中，因此朱生豪译本以丰富的语言和强烈情感打动了几代读者。

3. 汉语诗学观念的影响

社会文化规范、意识形态和诗学制约着翻译活动，译入语内的诗学是翻译活动中一个重要的文化操纵因素。勒菲弗尔认为，诗学包括两方面：其一，即文学技巧、文体类型、主题、象征、原型形象及其所处境况等具体内容；其二，在一种文化中，作为整体的文学实际上的功用和角色。诗学将影响文学主题的选择，一旦文学作品被阅读，其主题必然与文化系统相关联。[①]已经形成的诗学体系(即一种编码系统)既反映文学技巧,也反映文学作品在文学领域中的功能化观念。勒菲弗尔的诗学观念即指某种文化的文学体系、传统及其规范的总和,显然基于这样一个根本假设:在某种文化内部存在着一个稳定而成熟的文学系统,以及文学恪守一个或者多个规范系统。然而,拥有不完全信息的作者和读者面对自己所属的文化系统并依赖数量有限的探索式规则,来认识该文化系统中的诗学。通常,这些探索式规则是十分有用的,但有时却也导向严重的系统性的错误。

汉语诗学作为一个社会文学标准的总和,对翻译中语言的运用起着至关重要的作用。然而,作者和读者仅仅是片面地掌握并操纵诗学中的极其有限的规范,分别在想象世界和文本世界探索,这些创造性的活动显然受制于一个更大更复杂的符号世界(文化系统),甚至被符号世界编制到一个可预见的行动计划中。文学是文化中最富有想象力的构成因素,文学可以对主流文化表现出不同的态度:顺从与因袭(合作)、革新与改造(包容)、反抗与革命(背叛)。汉语诗学是一个多元的、不断演变的、较为独立的文学观念总和,《诗经》指示着最早形成的汉语诗学体系,汉末至唐代佛典的翻译,一种完全不同的文化及其诗学体系逐渐融入汉语文化/诗学中。晚清至民国初期,汉语的诗学体系出现了分裂的危机,背叛或者包容的态度逐渐成为普遍流行的风尚,新文学革命(主要是白话和欧化诗学)随着最后一次帝制复辟的破产(1916 年)最终取得主导地位,并成为当时官方的意识形态。

现代汉语(白话)文化体系是从新确立的欧化标准上发生的,欧化是极普遍的。新文学运动从一开始就面临着种种内在矛盾,主要是以欧化知识来建设白话新文学,表现为白话与文言的对立,这对传统文化的偏离是明显的。同样,汉语诗学也面临着一个危机化的转变,即传统诗学与欧化诗学的对立。朱生豪以包容的态度接受了欧化标准,并试图与传统诗学调和,这是大多数人的倾向,但是只在某个时期是主流诗学,民族的大众的文化立场则鲜明地划定了自己的边界。下面选取莎士比亚的喜剧《第十二夜》来分析朱生豪的翻译。[②]

---

① André Lefevere, *Translation, Rewriting, and the Manipulation of Literary Fame*, London/New York:Routledge, 1992, pp. 73—86.

② 本章引用主要出自 W. J. Craig, ed., *Shakespeare Complete Works*, London: Oxford University Press. 1966;莎士比亚:《莎士比亚全集》,朱生豪等译,北京:人民文学出版社,1994 年版。

《第十二夜》(*Twelfth Night*, or *What You Will*)是莎士比亚较为成熟的喜剧,剧中有较多音乐插曲和基督教节日的狂欢。这一爱情主题的喜剧使用了较多诗体,主要是素体诗。

以下迻录一节公爵奥西诺的对白,原诗为素体诗,主要是抑扬格五音步。朱生豪的散文译文有明显汉化改写,例如:"尽量地奏下去,好让爱情/因过饱噎塞而死。"(*Give me excess of it, that surfeiting, / The appetite may sicken and so die.*)"虽然你有海一样的容量"(*That, notwithstanding thy capacity, / Receiveth as the sea.*)"可是无论怎样/高贵超越的事物,一进了你的范围,/便会在顷刻间失去了它的价值。"(*Nought enters there, / Of what validity and pitch soe'er, / Even in a minute.*)白话诗学引发了翻译的增衍或者节略,朱生豪的译文甚至过分强调了爱情本身,例如最末两行原本可译作"幻想有极多的形态,/而爱情又是最富于幻想的"。

***Twelfth Night* 1.1:1—14**	
William Shakespeare	朱生豪译 吴兴华校
If music be the food of love, play on;	假如音乐是爱情的食粮,那么奏下去吧;
Give me excess of it, that surfeiting,	尽量地奏下去,好让爱情
The appetite may sicken and so die.	因过饱噎塞而死。
That strain again, it had a dying fall;	又奏起这个调子来了!它有一种渐渐消沉下去的节奏。
O it came o'er my ear like the sweet sound	啊!它经过我的耳畔,就像微风
That breathes upon a bank of violets,	吹拂一丛紫罗兰,发出轻柔的声音,
Stealing and giving odour. Enough; no more.	一面把花香偷走,一面又把花香分送。够了!别再奏下去了!
'Tis not so sweet now as it was before.	它现在已经不像原来那样甜蜜了。
O spirit of love, how quick and fresh art thou,	爱情的精灵呀!你是多么敏感而活泼;
That, notwithstanding thy capacity,	虽然你有海一样的容量,可是无论怎样
Receiveth as the sea. Nought enters there,	高贵超越的事物,一进了你的范围,
Of what validity and pitch soe'er,	便会在顷刻间失去了它的价值。
Even in a minute. So full of shapes is fancy,	爱情是这样充满了意象,
That it alone is high fantastical.	在一切事物中是最富于幻想的。

《第十二夜》中有较多双行诗体，通常，每一场的最末都有双行诗体，剧中格言、警句和表达强烈情感及深思的片段，往往也用双行诗体。以下迻录一节奥丽维娅的独白，第 1—2 行是无韵的素体诗，第 3—12 行则是押韵的双行诗体，表达了奥丽维娅对乔装的薇奥拉的强烈爱情，原诗主要是抑扬格五音步。朱生豪的译诗是严整的每行 10 字，包括第 1—2 行，每两行押韵，有明显的汉化改写，例如"爱比杀人重罪更难隐藏"(A murd'rousguilt shows not itself more soon,/ Than love that would seem hid)，"别以为我这样向你求情，/你就可以无须再献殷勤"(Do not extort thy reasons from this clause,/ For that I woo, thou therefore hast no cause;/ But rather reason thus with reason fetter)，原诗 3 行的译诗根据白话新诗的习惯写作 2 行，而原诗的最末诗行的译诗却排列为 2 行。

Twelfth Night **3.1：130—141**	
William Shakespeare	朱生豪译 吴兴华校
O what a deal of scorn looks beautiful	唉！他嘴角的轻蔑和怒气，
In the contempt and anger of his lip !	冷然的神态可多么美丽！
A murd'rous guilt shows not itself more soon,	爱比杀人重罪更难隐藏；
Than love that would seem hid. Love's night is noon.	爱的黑夜有中午的阳光。
Cesario, by the roses of the spring,	西萨里奥，凭着春日蔷薇、
By maidhood, honour, truth, and everything,	贞操、忠信与一切，我爱你
I love thee so that, maugre all thy pride,	这样真诚，不顾你的骄傲，
Nor wit nor reason can my passion hide.	理智拦不住热情的宣告。
Do not extort thy reasons from this clause,	别以为我这样向你求情，
For that I woo, thou therefore hast no cause;	你就可以无须再献殷勤；
But rather reason thus with reason fetter:	须知求得的爱虽费心力，
Love sought is good, but giv'n unsought is better.	不劳而获的更应该珍惜。

《第十二夜》中有较多歌谣，如爱情歌谣。以下迻录一节小丑费斯特所唱的爱情歌谣，原诗是一个六行诗节，主要是抑扬格四音步，第 1—2 行为双行诗，第 3—6 行为交叉韵式。除了最后一行，朱生豪的译诗是严整的每行 10 字，韵式一如原诗，有明显的汉化改写，例如"不要蹉跎了大好的年华"(In delay there lies no plenty)，"转眼青春早化成衰老"(Youth's a stuff will not endure)，甚至包括一个错译"你双十娇娃"(sweet and twenty)。

Twelfth Night **2.3: 41—46**	
William Shakespeare	朱生豪译 吴兴华校
What is love? 'Tis not hereafter;	什么是爱情?它不在明天;
Present mirth hath present laughter;	欢笑嬉游莫放过了眼前,
What's to come is still unsure.	将来的事有谁能猜料?
In delay there lies no plenty,	不要蹉跎了大好的年华;
Then come kiss me, sweet and twenty;	来吻着我吧,你双十娇娃,
Youth's a stuff will not endure.	转眼青春早化成衰老。

以下迻录一节奥丽维娅的女仆玛利娅的对白,这节散文嘲讽了清教徒马伏里奥,而马伏里奥体现了心理和社会的复杂性,这只是当时常见的喜剧性题材,尤其是女仆的闹剧。朱生豪的散文译文是最明显的汉化改写,例如"他是个鬼清教徒,反复无常、逢迎取巧是他的本领;/一头装腔作势的驴子"(The devil a puritan that he is, or anything constantly but a / time-pleaser, an affectioned ass),"背熟了几句官话,/便倒也似的倒了出来"(that cons / state without book and / utters it by great swarths)。

Twelfth Night **5.5: 99—104**	
William Shakespeare	朱生豪译 吴兴华校
The devil a puritan that he is, or anything constantly but a	他是个鬼清教徒,反复无常、逢迎取巧是他的本领;
time-pleaser, an affectioned ass, that cons state without book and	一头装腔作势的驴子,背熟了几句官话,
utters it by great swarths. The best persuaded of himself: so	便倒也似的倒了出来;自信非凡,
crammed (as he thinks) with excellencies, that it is his grounds of	以为自己真了不得,
faith that all that look on him love him; and on that vice in him	谁看见他都会爱他;我可以凭着
will my revenge find notable cause to work.	那个弱点堂堂正正地给他一顿教训。

与朱生豪同时期的译者对汉语诗学可能有不同的主观选择并表现为

有差别的、显性/隐形的运用。新文学运动以来，外国文学享有较高的地位，而白话文学内部的分野逐渐明显起来，鲁迅、周作人、傅斯年、茅盾、朱君毅、瞿秋白等是主张逐句直译的，郭沫若、李思纯、吴宓、梁实秋、赵景深、朱生豪等则有不同的翻译主张。朱生豪有意追求对汉语诗学的顺应态度，鲜明地反对逐字逐句对照式的硬译："拘泥字句之结果，不仅原作神味，荡焉无存，甚且艰深晦涩，有若天书，令人不能卒读，此则译者之过，莎翁不能任其咎者也。"[①]换言之，朱生豪以包容的态度接受了白话文学的欧化标准，并试图与传统诗学调和，尤其是对汉语文言诗学的同情。总而言之，朱生豪在翻译活动中对汉语（白话）诗学的积极选择，使得汉语诗学对翻译产生了动态的影响。

（三）卞之琳的莎士比亚翻译

卞之琳从新月诗派走到了现代主义，他的诗歌翻译大致包括英法诗歌（包括传统诗歌和现代主义诗歌）、散文诗和（莎士比亚）诗体戏剧。卞之琳以学者的严谨主要追求英诗规则的移植，尤其是音节的顿（音组）和押韵，亦步亦趋，刻意求似，表现出鲜明的个人色彩，我们可以称之为"卞之琳式"：在风格上，表现为普遍的知性、情绪的克制、内敛的风格；在语言上，表现为白话上的纯洁，语汇上的工整，细节的精致、技巧化。卞之琳提倡以诗译诗，并翻译了莎士比亚的四个诗体悲剧，考察这一现象对白话新诗的建设有着重要的借鉴意义。

1. 卞之琳的莎士比亚研究

卞之琳的莎士比亚研究主要包含在《莎士比亚悲剧论痕》(1989)中，既有独立论文《论〈哈姆雷特〉》(1955)、《论〈奥瑟罗〉》(1955)、《〈里亚王〉的社会意义和莎士比亚的人文主义》(1964)、《莎士比亚戏剧创作的发展》(1964)、《〈哈姆雷特〉的汉语翻译及其英国改编电影的汉语配音》(1979)、《莎士比亚首先是莎士比亚——首届中国莎士比亚戏剧节随感》(1986)，另外还有《哈姆雷特》"译本序"(1956)、《莎士比亚悲剧四种》"译者引言"(1985)、《〈莎士比亚悲剧四种〉"译本说明"(1985)。李伟民认为，卞之琳在莎学研究上见解独到，新见迭出，是一个在中国和世界极有影响的第一

---

① 朱生豪：《莎士比亚戏剧全集》"译者自序"，见中国翻译工作者协会《翻译通讯》编辑部编：《翻译研究论文集(1894—1948)》，北京：外语教学与研究出版社，1984年版，第364页。

流莎学专家。[①] 然而,1986 年卞之琳写道:"但冀其中所谈,说对了也罢,说错了也罢,多少有一家之言,证明在天下滔滔就此发言者当中,忝居人后,还不至于全像'矮人看戏','都是随人说短长'。""这些论文、序文、译评等等,可说是写一部专著的部分基础材料或副产品。集在一起,索性照原样,基本上不改,只是删去一些废话、套话,略去一些浮夸语、过头语,摘去一些本不恰当或属多余的帽子,揭去一些容易揭去的标签,统一了一下所涉及的译名。"[②]暂且论这些删去、略去、摘去、揭去的只属于特定时代的文字,但应该强调卞之琳对此的反思观念。卞之琳的《莎士比亚悲剧四种》"译者引言"简要传达了这种剩下的、纯净化的莎士比亚研究论。

首先谈谈新批评的反思。卞之琳的莎士比亚悲剧研究归属于传统马克思主义(辩证唯物主义与历史唯物主义)的莎士比亚批评,卞之琳从事莎士比亚研究主要是从 1952 年后开始的。《莎士比亚悲剧论痕》"前言"是一篇极重要的卞之琳研究资料。卞之琳回忆道:"当时国内莎士比亚新研究还在草创时期,我年逾 40,自挑起这副担子,只凭辩证唯物主义与历史唯物主义的一点肤浅的基本知识、大半淡忘的中西文化和文学偏颇涉猎所得的浮泛现象,并非不知天高地厚,只是自命正当盛年,欣逢盛世,敢于从零开始。"[③]卞之琳(1985)反思所从事 30 年的莎士比亚研究:"他[莎士比亚]虽然也知道一些西方古典戏剧教条,对中世纪民间戏剧传统有所继承与翻新,对同时代戏剧风尚有所沿袭,而当然不知道后世所谓现实主义和浪漫主义的说法,当然更无从想到现代西方不断标新立异、叫人眼花缭乱的烦琐文学理论,解剖活人的文学批评,当然也不可能预先明白近一个多世纪以来阐释科学社会主义经典的权威理论家所谓反映论、世界观、创作方法,等等。但是从莎士比亚名下的大多数剧作(因为一部最了不起的文学作品也总有败笔、漏洞、松劲处,所以不可能是全部剧作),从这些剧作本身来看,总不能不承认作者既有头脑,深怀激情,掌握了多种表现手法。""就算是偶合吧,巧合吧,折射吧,曲射吧,不计针对时事的影射(那在有长远价值的文学作品中是低级的),哈姆雷特所说(这不是莎士比亚借他口所说又是什么?)'演戏的目的,从前也好,现在也好,都是仿佛要给

---

① 李伟民:《百岁存劲节 千载慕高风——论卞之琳的莎学研究思想》,《四川戏剧》2001 年第 2 期,第 12—15 页。

② 卞之琳:《莎士比亚悲剧论痕》"前言",《卞之琳文集》(下卷),合肥:安徽教育出版社,2004 年版,第 3—10 页。

③ 同上书,第 4 页。

自然照一面镜子;给德行看一看自己的面貌,给荒唐看一看自己的姿态,给时代和社会看一看自己的形象和印记'、里亚所说'这个……大舞台',也只举例说(还有诸多'梦'呀、'幻'呀),除了说'反映'还能叫什么呢?莎士比亚戏剧里,不大见诸字面,更多寓诸内涵,总处处有当时社会趋势的本质反映。"①

卞之琳的莎士比亚新评论成就和意义是很有限的。卞之琳承认,他的莎士比亚研究也不免打上了时代的印记,正如莎士比亚受了时代的制约。卞之琳总结说明了自己在莎士比亚研究中搬弄的几个概念:阶级性与人民性、人文主义与人道主义、现实主义与浪漫主义;另外,还有莎士比亚化、唯物主义、辩证法、反映论、世界观,等等。

接着谈谈修正的新批评观点。卞之琳称《莎士比亚悲剧四种》"译者引言"是其莎士比亚新评论的闭幕词,在"译者引言"中,卞之琳表达了其莎士比亚研究最后的、修正的观点。

(1) 关于社会本质,卞之琳认为:莎士比亚并不能说明他所处的时代——英国的社会本质(或实质)——英国封建关系没落,资本主义关系萌芽,部分资产阶级贵族化,部分贵族资产阶级化,王权靠人民支持而得以中央集权,而人民群众和新剥削阶级与王权离心离德。人文主义这个过渡性质(两栖类)的思潮,随同英国文艺复兴的鼎盛而面临着不可避免的危机。具体言之,16 世纪最后 10 年,辉煌理想的驰骋,掩盖了阴暗,占主导地位,而 17 世纪最初 10 年,阴暗现实的暴露,掩盖了辉煌,取而代之,占主导地位。

(2) 关于莎士比亚戏剧创作的发展,卞之琳写道,莎士比亚四大悲剧创作于中期,《哈姆雷特》(1601)正写在转折点上,最明显表现了这整个转折点的开始,另三部就据以作路标,发展、深化,一起来构成一大丛分水岭,亦即一大道鸿沟,达到了莎士比亚悲剧(以致全部剧作)所表现的阴沉思想的最低点,同时也是卓越艺术的最高点。继续下旋,人文主义内部矛盾表面化,出现了危机,然而矛盾出奇迹,危机出转机,经过差不多同时编写的阴暗喜剧(或悲喜剧),稍后编写的 2 部罗马题材悲剧和另一部希腊题材悲剧,最后结束于《暴风雨》与别的 2 部传奇剧,以幻想取代了理想,聊以获取矛盾统一。

---

① 卞之琳:《莎士比亚悲剧四种》"译者引言",《卞之琳文集》(下卷),合肥:安徽教育出版社,2004 年版,第 320 页。

(3) 关于莎士比亚悲剧艺术，卞之琳写道，《哈姆雷特》意义最丰富，《奥赛罗》结构最谨严，《里尔王》气魄最宏伟，《麦克白》动作最迅疾。一种实质上是决定论的命运感(较恰当地称之为历史命运感)，在莎士比亚四大悲剧里特别明显，尤其在《哈姆雷特》里做了最醒目、最有条理的表达。理想在现实面前的破灭，是非的颠倒，等等，理想、正义、人道，经过灾殃，重又闪了光辉，构成了莎士比亚四种悲剧的核心。贯穿四大悲剧的宿命论，实际上是决定论主宰了悲剧作者，社会发展的历史条件注定了谁也难以超越。哈姆雷特的使命感(“天生偏要我把它重新整好”)，接力式通过四部悲剧，“到头来，还是个真糟”。这些戏终究是时代的悲剧。疯狂或者类疯狂贯串了四大悲剧，还越出了四大悲剧范围。

卞之琳的莎士比亚批评显然包含了他对现代中国的思考，卞之琳特别强调了四大悲剧中的丑角，卞之琳指出莎士比亚有时偏叫小丑(莎士比亚时代专业弄人就叫傻子)表现为明辨是非，最通情达理，甚至最高尚的人物，而另一方面，又会叫冠冕人物扮演了小丑的角色。是非颠倒这种剥削社会的不公平本质，在莎士比亚笔下，总会通过这种再颠倒过来的戏剧处理表现出来。值得指出的是，卞之琳认为，只有哈姆雷特堪称我们今日所谓的知识分子，充当了莎士比亚的代言人。显然，知识分子问题激起了卞之琳的感同身受。卞之琳还是正确地指出：“凭莎士比亚戏剧本身来进行分析、评价，是纵览莎士比亚作品所可遵循的基本道路。只有从剧本里才会最可靠地窥见莎士比亚思想与艺术的来龙去脉。”①

卞之琳的莎士比亚新批评远不是见解独到的。卞之琳最初主要是遵循了经典马克思主义批评的观念，而后对随声附和当代的时髦西风持理智的批判态度，却也往往陷入辩证法的陈式中。三十余年里，卞之琳基本上坚持了马克思主义的批评立场，他的莎士比亚新批评是一种在正统的马克思主义批评和西方自由批评之间的折中评论，而大致对西方自由批评持一种紧张的批判态度，“至于所引起的奇谈怪论，愈到晚近，愈见频繁”。

2. 莎士比亚四种悲剧的翻译

卞之琳是一个技巧化的诗人，在译诗实践中，他坚持一贯的白话新诗格律的理想，他的英诗翻译多有刻意雕琢的细节。卞之琳比较细致地讨

① 卞之琳：《莎士比亚悲剧四种》“译者引言”，《卞之琳文集》(下卷)，合肥：安徽教育出版社，2004年版，第318—334页。

论了剧体诗的白话新诗体翻译:“我这样,无非想尽可能保持原来面目,无非是试试,至今还不敢肯定我们用汉语写白话新体格律诗也可以这样写无韵格律诗(非指所谓素体诗,那在英国现代也早已是过时的体裁)真也行得通。”[①]以下主要选取《哈姆雷特》的译诗,分析卞之琳在剧体诗翻译上的积极尝试。[②] 卞之琳写道:“莎士比亚的诗剧语言,既有民族风格、时代风格,当然有他的个人风格,而他一贯的个人风格也有前后期风格的变化,前期风格明快、流利,较多流行风格的娴熟到烂熟的风味,《哈姆雷特》以后,特别在《里亚王》以后,遣词造句,日趋繁复艰深,却较多新颖的风味,同时也逐渐达到炉火纯青的境地。即使在莎士比亚的同一个剧本里,应人物性格、心情的需要,语言还有多种变化。”[③]

***Hamlet* 3.1:56—77**		
William Shakespeare	卞之琳译	朱生豪译、吴兴华校
To be, or not to be, that is the question—	活下去还是不活:这是问题。	生存还是毁灭,这是一个值得考虑的问题;
Whether 'tis nobler in the mind to suffer	要做到高贵,究竟该忍气吞声	默然忍受命运的暴虐的毒箭,
The slings and arrows of outrageous fortune,	来容受狂暴的命运矢石交攻呢,	或是挺身反抗人世的无涯的苦难,
Or to take arms against a sea of troubles,	还是该挺身反抗无边的苦恼,	通过斗争把它们扫清,这两种行为,
And by opposing end them. To die, to sleep—	扫它个干净?死,就是睡眠——	哪一种更高贵?死了;睡着了;
No more; and by a sleep to say we end	就这样;而如果睡眠就等于了结了	什么都完了;要是在这一种睡眠之中,

① 卞之琳:《〈哈姆雷特〉的汉语翻译及其英国改编电影的汉语配音》,《卞之琳文集》(下卷),合肥:安徽教育出版社,2004年版,第132—134页。

② 莎士比亚:《莎士比亚全集》,朱生豪等译,北京:人民文学出版社,1994年版; W. J. Craig, ed., *Shakespeare Complete Works*, London: Oxford University Press. 1966, pp. 56—77.

③ 卞之琳:《〈哈姆雷特〉的汉语翻译及其英国改编电影的汉语配音》,《卞之琳文集》(下卷),合肥:安徽教育出版社,2004年版,第134页。

续表

***Hamlet* 3.1:56—77**		
William Shakespeare	卞之琳译	朱生豪译、吴兴华校
The heart-ache and the thousand natural shocks	心痛以及千百种身体要担受的	我们心头的创痛，以及其他无数血肉之躯
That flesh is heir to—'tis a consummation	皮痛肉痛，那该是天大的好事，	所不能避免的打击，都可以从此消失，
Devoutly to be wished. To die, to sleep—	正求之不得啊！死，就是睡眠；	那正是我们求之不得的结局。死了，睡着了；
To sleep, perchance to dream. Ay, there's the rub,	睡眠，也许要做梦，这就麻烦了！	睡着了也许还会做梦；嗯，阻碍就在这儿：
For in that sleep of death what dreams may come,	我们一旦摆脱了尘世的牵缠，	因为当我们摆脱了这一具朽腐的皮囊以后，
When we have shuffled off this mortal coil,	在死的睡眠里还会做些什么梦，	在那死的睡眠里，究竟将要做些什么梦，
Must give us pause. There's the respect	一想到就不能不踌躇。这一点顾虑	那不能不使我们踌躇顾虑。
That makes calamity of so long life,	正好使灾难变成了长期的折磨。	人们甘心久困于患难之中，也就是为了这个缘故；
For who would bear the whips and scorns of time,	谁甘心忍受人世的鞭挞和嘲弄，	谁愿意忍受人世的鞭挞和讥嘲、
Th'oppressor's wrong, the proud man's contumely,	忍受压迫者虐待、傲慢者凌辱，	压迫者的凌辱、傲慢者的冷眼、
The pangs of disprized love, the law's delay,	忍受失恋的痛苦、法庭的拖延、	被轻蔑的爱情的惨痛、法律的迁延、
The insolence of office, and the spurns	衙门的横暴，做埋头苦干的大才、	官吏的横暴和费劲辛勤
That patient merit of th' unworthy takes,	受作威作福的小人一脚踢出去，	所换来的小人的鄙视，
When he himself might his quietus make	如果他只消自己来使一下尖刀	要是他只要用一柄小小的刀子，

续表

***Hamlet* 3.1:56—77**		
William Shakespeare	卞之琳译	朱生豪译、吴兴华校
With a bare bodkin? Who would fardels bear,	就可以得到解脱啊？谁甘心挑担子，	就可以清算他自己的一生？谁愿意负着这样的重担，
To grunt and sweat under a weary life,	拖着疲累的生命，呻吟，流汗，	在烦劳的生命的压迫下呻吟流汗，

卞之琳把莎士比亚剧中抑扬格五音步的素体诗译成白话新诗体的五顿（音组），哈姆雷特的诗体对白第一行是诗译中突出的对原诗格律的成功模拟，分行也较为吻合，卞之琳指出："我这里重复活字，用了两次，和原文重复 be 字，都是在节奏上配合这里正需要的犹豫不决的情调。"[①]卞之琳的译诗有意回避了意译（paraphrase）的策略及其后果，虽然在白话新诗上并没有突出的节奏效果，但在白话散文上还是简洁而练达的。

以下是《哈姆雷特》戏中戏的伶王对白，一个六行的诗节，抑扬格五音步诗体，双行押韵，莎士比亚是故意采用陈词滥调，多处用典（神话），影射过时的优雅诗风。译诗作为一种解释性的转达形态，卞之琳却采用中国旧戏曲的手法使得该诗庸俗化，在正式严谨的语气里，突出雅中出俗的效果，换言之，卞之琳对整个戏中戏的译诗，每行 11—12 字，有意追求遣词造句上的庸俗化（近似"打油诗"），并采取了汉化改写。然而，开场白的三行格律诗是套语，形似浅近，伶王对白则是陈旧的雅辞，（语言的）时间性是原诗表达的焦点，原诗的表现在于陈腐表达所致的反讽效果，而不是庸俗化本身，其中神话因素（福波斯的车、尼普顿的盐涛、特勒斯的圆球、亥门神）会更有益于白话译诗的表达力量，一种刻意模仿的讹熟，汉化改写并不是理想的迻译策略。

***Hamlet* 3.2:155—160**		
William Shakespeare	卞之琳译	朱生豪译、吴兴华校
Full thirty times hath Phoebus' cart gone round	"金乌"流转，一转眼三十周年，	日轮已经盘绕三十春秋
Neptune's salt wash and Tellus' orbed ground,	临照过几番沧海，几度桑田，	那茫茫海水和滚滚地球，

① 卞之琳：《〈哈姆雷特〉的汉语翻译及其英国改编电影的汉语配音》，《卞之琳文集》（下卷），合肥：安徽教育出版社，2004 年版，第 133 页。

续表

***Hamlet* 3.2:155—160**		
William Shakespeare	卞之琳译	朱生豪译、吴兴华校
And thirty dozen moons with borrow'd sheen	三十打"玉兔"借来了一片清辉,	月亮吐耀着借来的晶光,
About the world have times twelve thirties been,	环绕过地球三百又六十来回,	三百六十回向大地环航,
Since love our hearts and Hymen did our hands	还记得当时真个是两情缱绻,	自从爱把我们缔结良姻,
Unite commutual in most sacred bands.	承"月老"作合,结下了金玉良缘。	亥门替我们证下了鸳盟。

以下是《哈姆雷特》戏中戏的另一个对白,一个六行的诗节,抑扬格五音步诗体,双行押韵,均为阴韵(最后一组是近似韵),卞之琳的译诗是每行五顿(音组),每行 13—15 字,照原诗押阴韵(实字与虚字"哩、了、吧"组成的复合韵),韵式 AABBCC 不变,纯用白话,糅合了少数口语,由于刻意对应原诗,译诗却失去了原诗的流利而一贯的气韵,表现出明显的散文化和浅俗色彩。

***Hamlet* 3.2:231—236**		
William Shakespeare	卞之琳译	朱生豪译、吴兴华校
Thoughts black, hands apt, drugs fit, and time agreeing,	心黑,手巧,药也灵,时候也方便哩;	黑心快手,遇到妙药良机,
Confederate season, else no creature seeing.	机会也跟我串通,没有人看见哩;	趁着没人看见事不宜迟。
Thou mixture rank, of midnight weeds collected,	毒药啊,半夜里采毒草,炼得你毒透了,	你夜半采来的毒草炼成,
With Hecat's ban thrice blasted, thrice infected,	念三遍黑开娣恶咒,咒得你恶透了,	赫卡忒的咒语念上三巡,
Thy natural magic and dire property	现在就发挥你魔力,使出你凶劲吧。	赶快发挥你凶恶的魔力,
On wholesome life usurp immediately.	一下子整个儿夺去他健全的生命吧!	让他的生命速归于幻灭。

莎士比亚剧是以素体诗为主要体裁的诗体剧,理想的莎士比亚戏剧

译本应该是诗体译本。方平在《漫谈卞、曹两家的莎剧优秀译本》选择了卞之琳译诗五例，认为卞之琳的译诗是精心的制作，有一种明快的、富于弹性的节奏感，凝练贴切、字字照应。

***Hamlet* 1.1:143—146**		
William Shakespeare	卞之琳译	朱生豪译、吴兴华校
We do it wrong being so majestical	它一举一动都这样威严，堂皇，	我们不该用暴力对待
To offer it the show of violence,	我们不该对它这样子粗暴；	这样一个尊严的亡魂；
For it is as the air invulnerable,	它就象空气，刀枪都伤它不得，	因为它是像空气一样不可侵害的，
And our vain blows malicious mockery.	瞎砍是行不了凶，倒出了丑。	我们无益的打击不过是恶意的徒劳。

方平指出："卞译可说一丝不苟，精雕细琢，把语言的装饰性、音乐性，发挥得淋漓尽致……认为比起原作来，毫不逊色，且语句更工整，更诗意盎然。"[①]应该说，卞之琳的译诗语言是练达的，诗行是比较整齐的，基本实现了英汉诗行音步—顿(音组)严格的对等迻译。

***Hamlet* 1.5:9—23**		
William Shakespeare	卞之琳译	朱生豪译、吴兴华校
I am thy father's spirit,	我是你父亲的灵魂，	我是你父亲的灵魂，
Doomed for a certain term to walk the night,	判定有一个时期要夜游人世，	因为生前孽障未尽，被判在晚间游行地上，
And for the day confined to fast in fires,	白天就只能空肚子受火焰燃烧，	白昼忍受火焰的烧灼，
Till the foul crimes done in my days of nature	直到我生前所犯的一切罪孽	必须经过相当的时期，等生前的过失
Are burnt and purged away. But that I am forbid	完全烧净了才罢。我不能犯禁，	被火焰净化以后，方才可以脱罪，
To tell the secrets of my prison house,	不能泄漏我狱中的任何秘密，	若不是因为我不能违犯禁令，泄漏我的狱中的秘密，

① 方平：《漫谈卞、曹两家的莎剧优秀译本》，《外国文学》2003年第6期，第100—103页。

续表

Hamlet 1.5:9—23		
William Shakespeare	卞之琳译	朱生豪译、吴兴华校
I could a tale unfold whose lightest word	要不然我可以讲讲,轻轻的一句话	我可以告诉你一桩事,最轻微的几句话,
Would harrow up thy soul, freeze thy young blood,	就会直穿你灵府,冻结你热血,	都可以使你魂飞魄散,使你年轻的血液凝冻成冰,
Make thy two eyes like stars start from their spheres,	使你的眼睛,像流星,跳出了框子	使你的双眼像脱了轨道的星球一样向前突出,
Thy knotted and combined locks to part	使你纠结的发卷卷卷分开,	使你的纠结的鬈发根根分开,
And each particular hair to stand an end	使你每一根发丝丝丝直立。	
Like quills upon the fretful porpentine.	就象发怒的豪猪身上的毛刺。	像愤怒的豪猪身上的刺毛一样森然耸立;
But this eternal blazon must not be	可是这种永劫的神秘决不可	可是这一种永恒的神秘,
To ears of flesh and blood. List, list, oh list!	透露给血肉的耳朵。听啊,听我说!	是不能向血肉的凡耳宣示的。听着,听着,啊,听着!
If thou didst ever thy dear father love—	如果你曾经爱过你亲爱的父亲——	要是你曾经爱过你的亲爱的父亲——

方平还认为,莎士比亚戏剧善于运用形象思维,以下哈姆雷特对白中吹笛子的比喻是较好的一例,而且还有下文的呼应:Do you think I am easier to be played on than a pipe? (你们以为我比一管笛子还容易吹弄吗?)卞之琳的翻译,“诗意的形象性,诗行的节奏感,都保存在译诗中,诵读这两行时也就不缺少视觉和听觉上的美感”。

Hamlet 3.2:46—64		
William Shakespeare	卞之琳译	朱生豪译、吴兴华校
Nay, do not think I flatter,	别以为我是在恭维你;	不,不要以为我在恭维你;
For what advancement may I hope from thee,	因为我能指望你提拔我什么,	你除了你的善良的精神以外,
That no revenue hast but thy good spirits	你自己就身无长物,只有靠好精神	身无长物,我恭维了你又有什么好处呢?

续表

***Hamlet* 3.2:46—64**		
William Shakespeare	卞之琳译	朱生豪译、吴兴华校
To feed and clothe thee? Why should the poor be flattered?	穿衣吃饭呀？为什么要恭维穷人呢？	为什么要向穷人恭维？
No, let the candied tongue lick absurd pomp so	不，让甜嘴去舐荒唐的豪华吧，	不，让蜜糖一样的嘴唇去吮舐愚妄的荣华，
And crook the pregnant hinges of the knee	让关节灵活的膝盖跪下去拍开	在有利可图的所在屈下
Where thrift may follow fawning. Dost thou hear?	谄媚生财的门路吧。你听清了没有？	他们生财有道的膝盖来吧。听着。
Since my dear soul was mistress of her choice,	自从我亲爱的灵魂会自己选择，	自从我能够辨别是非、察择贤愚以后，
And could of men distinguish her election,	会鉴别人物以来，它就挑中你，	你就是我灵魂里选中的一个人，
Sh'ath sealed thee for herself, for thou hast been	打好了记号。因为你始终一贯，	因为你虽然经历一切的颠沛，
As one in suffering all that suffers nothing,	遭受一切而不受半点伤痛，	却不曾受到一点伤害，
A man that Fortune's buffets and rewards	无论受命运的打击或是照拂，	命运的虐待和恩宠，
Hast tane with equal thanks. And blest are those	你都能处之泰然，同样谢谢。	你都是受之泰然；
Whose blood and judgement are so well commeddled	有福的是感情和理智相称的一种人，	能够把感情和理智调整得那么适当，
That they are not a pipe for Fortune's finger	他们并不做命运所吹弄的笛子，	命运不能把他玩弄于指掌之间，
To sound what stop she please. Give me that man	随她的手指唱调子。只要我看到	那样的人是有福的。情所奴役的人，
That is not passion's slave, and I will wear him	谁不是命运的奴隶，我就要把他	我愿意把他珍藏在我的心坎，
In my heart's core, ay in my heart of heart,	珍藏在心坎里，哎，心坎的心坎里，	我的灵魂的深处，正像我对你一样。
As I do thee. Something too much of this.	就象我珍爱你一样。这不必多说了。	这些话现在也不必多说了。

对于莎士比亚戏剧中的素体诗,汉语白话的以诗译诗远还没有成熟,探索的尝试应该继续下去。素体诗虽不押韵,但有较鲜明的节奏,并不等于分行的散文,梁实秋却有不同的看法:“凡原文为无韵诗体,则亦译为散文。因为无韵诗中文根本无此体裁;莎士比亚之运用无韵诗体亦甚自由,实已接近散文,不过节奏较散文稍为齐整;莎士比亚戏剧在舞台上,演员并不咿呀吟诵,无韵诗亦读若散文一般。所以译文以散文为主,求其能达原意。至于原文节奏声调之美,则译者力有未逮,未能传达其万一,唯读者谅之。”[①]白话文学中确乎应该建设新的格律诗,是否有必要建立素体诗显然超出了翻译本身。

卞之琳的白话译诗风格与其白话新诗创作是一致的,卞之琳的译诗表现出鲜明的个人色彩,运用较纯净的白话汉语,但较多消融了原作者的诗歌风格。卞之琳指出,莎剧译文中诗体与散文体的分配,都照原样,诗体中各种变化也力求相应,诗体部分一律等行翻译,对莎士比亚戏剧中各种诗体的普通规则和格律形态刻意移植,如以顿(音组)作为诗的单位、阴韵、多种韵式(如交叉韵)、较整齐的诗行等,基于亦步亦趋的译写策略,译诗中多处有勉强押韵、矫揉成顿、增衍节略等的刻意细节。然而,卞之琳在译诗上的尝试只是白话新诗的一种探索,而不是白话新诗的必然形式和内在规范,却也推进了白话新诗的格律建设。

3.《哈姆雷特》中“戏中戏”的翻译

在翻译莎士比亚四种悲剧时,卞之琳指出:“《哈姆雷特》戏中戏的台词用双行一韵体(中文里或称‘偶韵体’或称‘随韵体’),各剧每场终了一语或数语、格言、警句、在一种特殊心情中说的片断,往往也用双行一韵体。穿插到剧中的民歌片断、小曲、打油诗,等等,自有各种不同的格律,用韵也有不同的变化。译文中诗体与散文体的分配,都照原样,诗体中各种变化,也力求相应。”[②]在莎士比亚悲剧中,每场结束语、格言、警句采用双行诗体(一般是抑扬格五音步),表明双行诗体依然是正式的、严肃的、崇高风格的诗体,莎士比亚比较严格地沿袭传统的双行诗通行诗体,较少变化。在强调正式的、严肃的、崇高的风格时,莎士比亚也使用双行诗体来表达庄重的情感和极严肃的思想。

---

① 梁实秋:《丹麦王子哈姆雷特之悲剧》“例言”,见莎士比亚著,梁实秋译:《丹麦王子哈姆雷特之悲剧》,上海:商务印书馆,1936年版,第1—2页。

② 外国文学名著丛书编辑委员会编,卞之琳译:《莎士比亚悲剧四种》,北京:人民文学出版社,1989年版,第4—5页。

以下逐录《哈姆雷特》中取材于维吉尔《埃涅阿斯纪》的史诗悲剧中的两节剧诗，卞之琳在译注中写道："以下几段剧词，一般学者倾向于认为出于莎士比亚自作，模拟早期同代剧作家风格，与本剧正文风格成鲜明对照，以符合'戏中戏'的要求。词句上史诗气重，戏剧性少，正因为如此，才与正文分得清，加重全剧的戏剧性。"①

***Hamlet* 2.2:410—422**		
William Shakespeare	卞之琳译	朱生豪译、吴兴华校
The rugged Pyrrhus, he whose sable arms,	凶狠的披勒斯，披一身漆黑的盔甲，	野蛮的皮洛斯蹲伏在木马之中，
Black as his purpose, did the night resemble	深藏潜伏在不祥的木马当中，	黝黑的手臂和他的决心一样，
When he lay couched in the ominous horse,	黑得象他的杀心，赛过黑夜，	像黑夜一般阴森而恐怖；
Hath now this dread and black complexion smeared	一出来就把漆黑的狰狞相涂上了	在这黑暗狰狞的肌肤之上，
With heraldy more dismal. Head to foot	更显煞气的纹章。从头到脚，	现在更染上令人惊怖的纹章，
Now is he total gules, horridly tricked	现在是浑身鲜红，可憎可怕，	从头到脚，他全身一片殷红，
With blood of fathers, mothers, daughters, sons,	染上了千百家父母子女的鲜血，	溅满了父母子女们无辜的血；
Baked and impasted with the parching streets,	顿时让烧焦的街道焙干，烘硬；	那些燃烧着熊熊烈火的街道，
That lend a tyrannous and a damned light	火光熊熊，穷凶极恶的照着他	发出残忍而惨恶的凶光，照亮敌人
To their lord's murder. Roasted in wrath and fire,	直杀到当朝的主人。火焰加凶焰，	去肆行他们的杀戮，也焙干了到处横流的血泊；
And thus o'er-sizèd with coagulate gore,	内外烤透了，涂一层凝结的血浆，	冒着火焰的熏炙，像恶魔一般，全身胶黏着凝结的血块，
With eyes like carbuncles, the hellish Pyrrhus	眼睛象红灯笼，凶煞一般的披勒斯	圆睁着两颗血红的眼睛，

① 外国文学名著丛书编辑委员会编，卞之琳译：《莎士比亚悲剧四种》，北京：人民文学出版社，1989年版，第4—5页。

续表

Hamlet 2.2:410—422		
William Shakespeare	卞之琳译	朱生豪译、吴兴华校
Old grandsire Priam seeks—	到处寻普赖姆老王。	来往寻找普里阿摩斯老王的踪迹。

这一罗马题材(维吉尔)的英雄诗剧需要史诗式的崇高风格,卞之琳刻意地亦步亦趋、等行翻译,基本上保持原文跨行与行中大顿。译诗每行五音步,11—14字,在细节上多模仿原诗。也许由于白话新诗尚未树立鲜明的史诗风格,在卞之琳的白话译诗中,史诗诗行与悲剧中的素体诗在效果上完全近似,几无差异,风格混同。

Hamlet 2.2:460,463—475①		
William Shakespeare	卞之琳译	朱生豪译、吴兴华校
But who -ah woe! —had seen the mobled queen—	可是谁见了那位裹装的王后——	谁看见那蒙脸的王后——
Run barefoot up and down, threat'ning the flames	赤脚奔跑,用泡瞎眼睛的热泪	满面流泪,在火焰中赤脚奔走,
With bisson rheum, a clout upon that head	威胁大火;头上缠一块布片	一块布覆在失去宝冕的头上,
Where late the diadem stood, and, for a robe,	代替了原先的冠冕;作为袍服,	也没有一件蔽体的衣服,
About her lank and all o'e-teemèd loins	在她枯瘦的生育过多的腰身	只有在惊惶中抓到的一幅毡巾,
A blanket, in th'alarm of fear caught up—	裹一条惊惶中随手抓起的毛毯——	裹住她瘦削而多产的腰身;
Who this had seen, with tongue in venom steeped	伤心惨目,谁看了不会含毒水	谁见了这样伤心惨目的景象,
'Gainst Fortune's state would treason have pronounced.	唾骂命运作弄人,万恶不赦?	不要向残酷的命运申申毒詈?
But if the gods themselves did see her then,	如果天上的众神当时也在旁	【下移至倒数第二行】
When she saw Pyrrhus make malicious sport	亲见她一看披勒斯残酷的闹着玩,	她看见皮洛斯以杀人为戏,

① 卞之琳、朱生豪所据牛津版本不同,故有诗行的不同排列,特此说明。朱译原文与1623年第一对开本相符。

续表

Hamlet 2.2:460,463—475		
William Shakespeare	卞之琳译	朱生豪译、吴兴华校
In mincing with his sword her husband's limbs,	横一刀竖一刀割裂她丈夫的肢体,	正在把她丈夫的肢体脔割,
The instant burst of clamour that she made,	立刻发出了一声惨极的哀号,	忍不住大放哀声,那凄凉的号叫——
Unless things mortal move them not at all,	(除非是人情一点也动不了天心)	除非人间的哀乐不能感动天庭——
Would have made milch the burning eyes of heaven,	火一样燃烧的天眼睛也就会湿漉漉,	即使天上的星星也会陪她流泪,
【原 470 行】		假使那时诸神曾在场目击,
And passion in the gods.	天神也就会心酸啊!	他们的心中都要充满悲愤。

除末行,卞之琳的译诗每行五音步,11—15 字,基本上实现了等行翻译和对行安排。But if the gods themselves did see her then(如果天上的众神当时也在旁/亲见她),是一个跨行的成功例句。然而,偶尔有对原诗词语的严格仿译,几近矫揉,这些欧化语例用法("泡瞎眼睛的热泪""火一样燃烧的天眼睛")明显偏离了汉语白话的习惯与规范。

以下迻录历史悲剧《捕鼠机》中伶后的对白,卞之琳在译注中写道:"莎士比亚显然为了使戏中戏的诗句与《哈姆雷特》剧本本文的诗句,对照鲜明,不易互相混淆,正如第二幕引词中用史诗风格,在这里一直到戏中戏终了,用双行押韵办法,而且使字句俗滥……"[①]卞之琳对译诗有更详细的说明:"在戏中戏里为了显出与本戏截然区分,就故意用陈腔滥调……我在译文里索性更把它庸俗化一点,中国旧曲化一点。"[②]

Hamlet 3.2:142—153		
William Shakespeare	卞之琳译	朱生豪译、吴兴华校
So many journeys may the sun and moon	愿日月周游,再历尽三十春秋,	愿日月继续他们的周游,

① 外国文学名著丛书编辑委员会编,卞之琳译:《莎士比亚悲剧四种》,北京:人民文学出版社,1989 年版,第 96 页。

② 同上书,第 134 页。

续表

Hamlet 3.2:142—153		
William Shakespeare	卞之琳译	朱生豪译、吴兴华校
Make us again count o' er ere love be done.	你我的情爱也不会就此罢休!	让我们再厮守三十春秋!
But woe is me, you are so sick of late,	目前只可怜夫君这般多病,	可是唉,你近来这样多病,
So far from cheer and from your former state,	无精打采,全不见往日的豪兴,	郁郁寡欢,失去旧时高兴,
That I distrust you. Yet though I distrust,	好教人愁煞!所幸,我少见多怪,	好教我满心里为你忧惧。
Discomfort you my lord it nothing must.	夫君是明白人,大可以不必介怀;	可是,我的主,你不必疑虑;
For women's fear and love hold quantity,	女人的忧虑和爱情总斤斤较量,	女人的忧伤像爱情一样,
In neither aught, or in extremity.	要少、都没有,要有、全多到非常。	不是太少,就是超过分量;
Now what my love is, proof hath made you know;	我对你情爱太深,你早有所知,	你知道我爱你是多么深,
And as my love is sized, my fear is so.	我为你牵肠挂肚,也理应如此。	所以才会有如此的忧心。
[Where love is great, the littlest doubts are fear;	情爱一深,小怪会变成大惊,	越是相爱,越是挂肚牵胸;
Where little fears grow great, great love grows there.]	小怪成大惊,爱情便大到极顶。	不这样哪显得你我情浓?

此节双行诗体表现为严肃的史诗风格,抑扬格五音步,押同韵或者相似韵。双行诗体在英语悲剧的传统中属于崇高风格,具有较强的表现力,是为了沿用与模仿传统悲剧,而且,在莎士比亚同时代,双行诗体依然是悲剧的通行表达形式,莎士比亚使用双行诗体既没有模仿嘲讽(或者反讽)的意味,也不是有意庸俗化。卞之琳白话译诗每行五音步,11—13字,卞之琳所采取的是汉化改写,有意追求遣词造句上的庸俗化(近似"打油诗"),在理解和效果上,与原诗差异较大。

以下逐录历史悲剧《捕鼠机》伶王的对白,这节诗也是双行诗体,抑扬格五音步,有较严格的韵式,卞之琳在译注中指出:"这段话原文[170—199]也与戏中戏里其他对白部分风格稍有不同。"

***Hamlet* 3.2:173—190**		
William Shakespeare	卞之琳译	朱生豪译、吴兴华校
Most necessary 'tis that we forget	我们对自己欠下了什么大债，	我们对自己所负的债务，
To pay ourselves what to ourselves is debt.	最好都抛在脑后，不必去理睬。	最好把它丢在脑后不顾；
What to ourselves in passion we propose,	我们在一时的激动里许下了誓愿，	一时的热情中发下誓愿，
The passion ending, doth the purpose lose.	热情淡掉了，意志就烟消云散。	心冷了，那意志也随云散。
The violence of either grief or joy	无论悲欢，发作得过分强烈，	过分的喜乐，剧烈的哀伤，
Their own enactures with themselves destroy.	都会摧毁了自己实行的气节。	反会毁害了感情的本常。
Where joy most revels, grief doth most lament;	欢天喜地会带来痛哭流泪，	人世间的哀乐变幻无端，
Grief joys, joy grieves, on slender accident.	一转眼悲转为欢，欢转为悲。	痛哭转瞬早变成了狂欢。
This world is not for aye, nor 'tis not strange	人世是变幻无常的，也不必见怪，	世界也会有毁灭的一天，
That even our loves should with our fortunes change.	爱惜总是随时运变去变来；	何怪爱情要随境遇变迁；
For 'tis a question left us yet to prove,	是运随爱转呢还是爱逐运移。	有谁能解答这一个哑谜，
Whether love lead fortune, or else fortune love.	这是个还需要证明来解决的问题。	是境由爱造？是爱逐境移？
The great man down, you mark his favorite flies.	大人物一倒，他的嬖幸都跑了，	失财势的伟人举目无亲；
The poor advanced makes friends of enemies.	穷酸一得志，跟他的仇敌都要好了；	走时运的穷酸仇敌逢迎。
And hitherto doth love on fortune tend,	从古到今只有爱侍候幸运，	这炎凉的世态古今一辙：

续表

Hamlet 3.2:173—190		
William Shakespeare	卞之琳译	朱生豪译、吴兴华校
For who not needs shall never lack a friend,	富有的从来不缺少朋友来照应,	富有的门庭挤满了宾客;
And who in want a hollow friend doth try,	你要在穷困里找上虚伪的朋友,	要是你在穷途向人求助,
Directly seasons him his enemy.	他会翻眼无情,变你的对头。	即使知交也要情同陌路。

卞之琳的白话译诗每行五音步,11—14字,原诗175—176与177—178两个双行诗体单位的语义连贯被减弱,偶尔有对原诗词语的严格仿译,却近似矫揉;行中停顿,尤其是史诗风格,都未能在白话译诗中细致复制。也许,在白话新诗中并没有双行诗体这一韵律形式,像没有素体诗一样,也不可确信应该树立一种白话新诗的双行诗体,对莎士比亚悲剧"戏中戏"和双行诗体的迻译依然是一个需要探索的诗歌尝试,而风格的迻译一直是诗歌翻译中最有争议的方面,"戏中戏"显然具有主要以双行诗体为标志的区别性风格,这是不可忽视的文体上的价值。

伊丽莎白时代主要是一个革新和重构英语戏剧规范的时代,莎士比亚戏剧的"戏中戏"是一个被突出的、多次使用的戏剧叙事手法,莎士比亚运用"戏中戏"这一戏剧技巧是一个不断成熟的过程,而且"戏中戏"的剧词主要是文体地位极高的双行诗体,这表明莎士比亚较大遵从了英语戏剧的传统惯例,接纳了新确立的(悲剧)经典传统。由于莎士比亚新评论的强势介入,卞之琳显然误解了"戏中戏"所采用的双行诗体,卞之琳诗译的庸俗化策略在根本上消除了悲剧原诗的风格,需要进一步尝试、探索、发展和完善的白话及白话新诗,在根本上,局限了"戏中戏"及其所使用的双行诗体对等汉译,尤其是诗体迻译。可以说,白话新诗的空间与白话的柔韧性,在很大程度上决定了英语双行诗的成熟诗译。

从以上不同汉译本的对比来看,译者的主观性是隐性的跨文化交往表征,虽然成熟的翻译行为有意避免本国化的改写。晚清至民国初年,中国古典文学的观念以及文言的表达习惯,依然强有力地影响了文学翻译,林纾采取了顺应文言的翻译策略,对原作的删略增衍现象主要是一种需要宽容的文化反应。新文学运动以来,外国文学名著的观念深入人心,朱生豪重译莎士比亚戏剧,显然融入了中国现代文明建设的运动,并包含这一主观上的目标。上海世界书局的商业目标是出版一种普及性的莎士比亚戏剧读本,这显然要求迎合一般读者阅读习惯,遵循汉语文化的传统和文学规范。毋庸置疑，朱生豪译本有简单化的释义转化，其中文言迻译较多趋向中国化（汉化）。卞之琳的莎士比亚悲剧四种诗译是较重要的重译，卞之琳接受了曹未风、朱生豪、孙大雨等翻译的直接影响。英汉悬殊，文体风格迥异，卞之琳以诗译诗、刻意移植、亦步亦趋、刻意求似，只是一种白话诗歌迻译的理想，依然是可争议的翻译原则，其独特的文体风格，可以称之为卞之琳式。值得指出的是，卞之琳的诗译理想是具有明显倾向性的，即提倡白话对抗文言和建设纯粹的白话文，白话汉语的不成熟则明显显露出卞之琳诗译在文体风格上的单调。

翻译是译入语文化中一种鲜明的目的性行为，虽然不少译者声称是亦步亦趋地追随原作，文学翻译从来就是阐释和创造性的改写，译者有意识或无意识地在迻译过程中体现某种约束的规范和文化目标，甚至主观的意图。通常，译者所采取的翻译策略与方法决定了译文的文本品质、预期的可读性和理想的译文接受效果。多重的、多层次的文化规范制约着当下时代的写作活动。翻译规范在很大程度上取决于翻译活动及其译作在译入语文化中的地位，翻译必然接受文化规范的制约。对于某一文化，文学翻译是一个不断发展的进程，如佐哈（Itamar Even-Zohar）所说，只有当翻译越来越接近成熟，并具有重要的中心地位时，翻译才会注重文学的“充分性”，即亦步亦趋的追求与原文的结构和内容一致；相反，在不成熟的翻译阶段，文学翻译则注重“可接受性”，即为了迁就读者，尽量遵循译入语文化的文学规范和习惯。①

第三节　莎士比亚戏剧在当代媒体中的传播

莎士比亚戏剧的传播包括翻译、出版、批评研究、影视改编和舞台表演等各方面。

关于批评研究，我国外国文学研究的前辈杨周翰先生早在 20 世纪 70 年代末在其主持编写的《莎士比亚评论汇编》中就曾介绍了西方的莎评史，他还指出，莎士比亚“是世界文学中被人们评论得最多的作家之一”②。自莎士比亚同时代的同行本·琼生称他为“时代的灵魂”之后，莎

---

① Itamar Even-Zohar, *Polysystem Studies*, Durham: Duke University Press, 1990, p. 17.

② 中国社会科学院外国文学研究所外国文学研究资料丛刊编辑委员会编：《莎士比亚评论汇编》（上），北京：中国社会科学出版社，1979 年版，第 1 页。

士比亚经历了19世纪的新古典主义和浪漫主义批评。到20世纪,先是各种“传统派”莎评涌现,如“浪漫派”和历史—现实派。30年代后又出现了新的批评流派,如“意象—象征—语义”派、人类学派、心理学派、苏联和西方的马克思主义莎评、存在主义莎评等。[①] 20世纪后半叶还出现了解构主义、新历史主义、女性主义等莎士比亚批评流派。[②] 不仅是西方莎评,东方各国的莎评也在不断发展中。中国的莎士比亚批评,从20世纪初至今经历了译介、评介、独立研究、形成队伍、出版个人的莎学专著和文集等各个阶段,批评方法从传统的社会历史批评到美学、语言、考证、比较等新的理论方法研究。中国莎评引起国际莎坛的关注是在20世纪80年代之后。也是从80年代开始,莎士比亚在中国的传播得到了全面的开展,莎士比亚教学和研究广泛深入,出现了《莎士比亚研究》创刊号、首届莎士比亚戏剧节等,随之出现了更多新颖、多元的莎士比亚研究和批评。[③] 从中外莎评史可见不同时代、不同国家的人们对于莎士比亚有着热切的关注和不同的解读。

莎剧影视改编经历了从默片到有声电影;从英国本土到欧洲各国,再到美国好莱坞、东方各国;从基本忠实于原著的改编到当代的各种改编。根据英文维基百科所提供的数据,到2015年8月为止,莎士比亚为1088部影视提供了有效的资源。[④] 事实上,改编自莎士比亚戏剧的有声电影大多是“衍生物”(offshoots),即有着“莎士比亚因素”的电影。[⑤] 罗素·杰克逊(Russell Jackson)在其主编的《电影中的莎士比亚》中指出,至今大约有50部有声电影制作于莎士比亚戏剧,之前的“默片”时代估计有400多部关于莎士比亚题材的电影。在电影出现的第一个世纪里,莎士比亚戏剧在媒体的发展中起着荣誉而不是支配的作用。[⑥] 当媒体进入它的第二个世纪,电影节目积聚了大量源自或受启发于莎士比亚作品的电影,并且在莎剧电影及其观众接受的学术研究方面成绩显著。研究者们

---

① 中国社会科学院外国文学研究所外国文学研究资料丛刊编辑委员会编:《莎士比亚评论汇编》(下),北京:中国社会科学出版社,1981年版,第1—18页。

② 谈瀛洲:《莎评简史》,上海:复旦大学出版社,2005年版,第199—215页。

③ 张泗洋主编:《莎士比亚大辞典》,北京:商务印书馆,2001年版,第1305—1222页。

④ List of William Shakespeare screen adaptations, 2015年8月27日更新。https://en.m.wikipedia.org/wiki/List_of_William_Shakespeare_screen_adaptations

⑤ Russell Jackson, ed., *The Cambridge Companion to Shakespeare on Film*, Cambridge: Cambridge University Press, 2007, p. 2.

⑥ Ibid.

从各自不同的角度、运用不同的方法对于电影的艺术成就、娱乐业经济、电影和戏剧的类别、电影导演,以及更为广泛的文化政治等问题进行了研究。[①] 罗素·杰克逊还指出,20 世纪 80 年代初英国影像的发展和革新,使得绝大多数有声莎士比亚电影得以广泛的传播,过去教授和研究者们只能在电影俱乐部和恢复的剧院里看到的莎剧电影,现在可以从影像店的货架上轻易地获得。[②]

至于莎剧舞台表演,内容更加丰富,时间更为久远。英国国内的莎剧舞台表演经历了从早期的莎士比亚时代开始,到王政复辟时期、18 世纪、浪漫主义和维多利亚时期,再经过 20 世纪的发展,直至当今的舞台表演。从欧美各国到非洲、亚洲各国的舞台有着大量的莎剧的改编、演出。如同莎剧的影视剧改编一样,这些舞台表演也是从忠实于莎剧原著到借用莎剧情节进行的各种改编。艺术种类包括西方舞台上的话剧、音乐剧、芭蕾舞,以及东方舞台上的日本歌舞伎、能剧,中国的各种戏曲剧种等。遗憾的是,直到 20 世纪末,莎剧的舞台表演才引起西方学者们的重视和研究。莎剧改编研究专家丹尼斯·肯尼迪(Dennis Kennedy)指出,在莎士比亚的视觉表演史中绝大多数改编自莎剧的舞台表演在过去是被排除在莎剧研究之外的,然而它们是值得广泛考察和研究的,因为它们与莎士比亚在整个剧场和文化中的地位以及运用之间有着令人着迷的关系。[③] 21 世纪初,英国莎士比亚研究专家斯丹利·威尔斯(Stanley Wells)在其主编的《舞台上的莎士比亚》(2002)中,汇集了研究莎剧舞台表演的许多重要论文,学者们采用不同的方法,从文本改编、演技、舞台、布景或剧场等各个方面研究英国国内舞台上的莎剧表演;对于国际舞台上的莎剧表演,研究则涉及跨文化、移植、翻译等问题。[④] 随着 20 世纪 80 年代影像业的迅速发展和普及,莎剧的舞台表演多被录制为影像资料,这些不同方式的改编和不同风格的表演,为莎士比亚研究提供了广阔多变的诠释空间。

中国舞台上出现莎士比亚的表演始于二十世纪初。早期话剧即文明戏时期上演了二十几出莎士比亚剧目,大都以林纾翻译的《吟边燕语》为

---

① Russell Jackson, ed., *The Cambridge Companion to Shakespeare on Film*, Cambridge: Cambridge University Press, 2007, p. xi.

② Ibid., p. 9.

③ Dennis Kennedy, *Looking at Shakespeare: A Visual History of Twentieth-Century Performance* (Second Edition), Cambridge: Cambridge University Press, 2001, p. 4.

④ Stanley Wells, Sarah Stanton, eds., *The Cambridge Companion to Shakespeare on Stage*, Cambridge: Cambridge University Press, 2002, pp. xv—xvi.

蓝本。20年代至40年代开始了莎剧原本的演出,中国话剧形式得以巩固。50年代至60年代的莎剧演出,主要是受斯坦尼斯拉夫斯基体系的影响。80年代随着中国首届"莎士比亚戏剧节"的召开,中国舞台上的莎剧表演出现了一个高潮,有话剧、戏曲、木偶、广播剧等多种戏剧样式。如研究者们所说,莎士比亚戏剧对于中国现代戏剧的发展、戏曲表演风格以及戏剧艺术教育起着重要的作用和影响。① 同时,中国舞台上的莎剧表演史也反映了20世纪中国社会的变化是如何影响人们呈现莎士比亚的不同的方法的。② 早期文明戏,顺应新思想、新风格的时代要求,表演不同于传统戏曲的莎剧,极大地推动了中国现代戏剧的发展。抗日战争时期,舞台上的莎剧被赋予"爱国色彩"(《哈姆雷特》1942年)。50年代至60年代,苏联专家进入中国课堂并指导排练,舞台上的莎剧赞美推翻了"旧中国"的典型人物,与"阶级敌人"作斗争。③ "文化大革命"后最初的几年中,舞台上表演的莎剧还是"正统的呈现"(《无事生非》1979年、《麦克白》1980年)。④ 90年代由于中国社会的转型,话剧舞台上出现了"反叛经典"的莎剧表演(《哈姆雷特》1994年)、《奥赛罗》1994年。导演认为每个人都是哈姆雷特,伊阿古的行为被认为是正当的。这些莎剧在演出风格上舍弃了苏联专家在50年代建立起来的风格也超越了正统学者的阐释。⑤ 总之,中国人在不同的时期,根据不同的需要在舞台上呈现出不同面目的莎士比亚。20世纪80年代后的莎剧舞台表演大多通过影像资料得以传播,不仅丰富了中国戏剧的剧目,而且为跨文化戏剧研究提供了丰富的案例。不过,至今进入西方学者研究视野的主要是欧美各国的莎剧改编;至于东方,则主要关注的是日本、印度两国的莎剧改编,对于中国莎剧改编的论述却很少。中国国内对于莎剧改编的研究也严重不足,也

---

① 曹树钧、孙福良:《莎士比亚在中国舞台上》,哈尔滨:哈尔滨出版社,1989年版,第1—5页。

② Li Ruru, *Shashibiya: Staging Shakespeare in China*, Hong Kong: Hong Kong University Press, 2003, p. 5.

③ "Shakespeare in China: Between His First 'Arrival' and the Cultural Revolution", See Li Ruru, *Shashibiya: Staging Shakespeare in China*, Hong Kong: Hong Kong University Press, 2003, pp. 11—51.

④ "Orthodox Presentation in Chinese Eyes: *Much Ado About Nothing* (1957, revival: 1961 & 1979) *Macbeth* (1980)", See Li Ruru, *Shashibiya: Staging Shakespeare in China*, Hong Kong: Hong Kong University Press, 2003, pp. 53—82.

⑤ "Rebels Against the Classics: *Hamlet* (1989, 1990 & 1994), *Othello* (1994)", See Li Ruru, *Shashibiya: Staging Shakespeare in China*, Hong Kong: Hong Kong University Press, 2003, pp. 83—108.

有少数在海外的中国学者将话剧改编莎剧与戏曲改编莎剧一并作为中国戏剧来进行研究。但他们在戏曲编演莎剧的研究方面，较之于话剧编演莎剧的研究又显得薄弱。何况，话剧与戏曲不同，前者以语词为中心，后者侧重于唱、念、做、打的综合表演。两者一并研究，总是难以深入。因此，专门而集中地研究中国戏曲编演莎剧就显得很有必要。

（一）中国戏曲版莎剧

1. 戏曲版莎剧的兴起

中国戏曲版莎剧，是指以中国传统戏曲形式改编并演出的莎士比亚戏剧。早在民国初年，受话剧编演莎剧的影响，我国地方戏曲（秦腔、川剧、粤剧）就曾经上演过莎剧，如四川雅安川剧团根据《哈姆雷特》改编演出的川剧《杀兄夺嫂》，开创了我国地方戏演出莎剧的先河。[①] 到 20 世纪四五十年代，又有一些戏曲版莎剧作品出现。如越剧《情天恨》（1942 年）、京剧《铸情记》（1948 年）均改编自《罗密欧与朱丽叶》，越剧《孝女心》（1946 年）改编自《李尔王》，越剧《公主与郡主》（1950 年）改编自《奥赛罗》。[②] 但尽管如此，在 80 年代以前，戏曲版莎剧还只是伴随着大量的话剧莎剧而进行的少数尝试性的演出，并未造成很大的影响。

1986 年，首届中国莎士比亚戏剧节之后，戏曲莎剧进入一个崭新的阶段。应邀前来参加首届莎剧节的国际莎士比亚协会主席菲利浦·布洛克班克（J. Philip Brockbank）感慨地说："莎士比亚在中国像是春天，而在英国则是冬天。"[③]戏剧节期间，北京、上海两地共演出莎剧 25 台，其中戏曲版莎剧有 5 台。[④] 演出反响之热烈引发了人们对莎士比亚戏剧与中国戏曲的共通与相异、冲突与和谐以及莎剧中国化等问题的思考和讨论，同时也为中国戏曲改编莎剧提供了成功的范例和有益的借鉴。

1994 年，上海国际莎士比亚戏剧节的召开，更是把戏曲版莎剧推向了一个高潮。自此至今，中国先后又出现了十几出戏曲版莎剧。这些剧

---

① 参见曹树钧、孙福良：《莎士比亚在中国舞台上》，哈尔滨：哈尔滨出版社，1989 年版，第 78 页。

② 同上书，第 219—221 页。

③ J. Philip Brockbank, "Shakespeare Renaissance in China." *Shakespeare Quarterly*, Vol. 39, No. 2, 1988, pp. 195—204.

④ 昆曲《血手记》（《麦克白》）、京剧《奥赛罗》、越剧《第十二夜》、越剧《冬天的故事》、黄梅戏《无事生非》，见曹树钧、孙福良：《莎士比亚在中国舞台上》，哈尔滨：哈尔滨出版社，1989 年版。

目与80年代相比,不仅在改编方法上更加多样化,[①]显示出人们对中国戏曲如何表现莎士比亚这一问题有了较成熟的认识,主体意识也愈显突出;而且学者和艺术工作者对80年代提出的关于戏曲改编莎剧的一些问题,特别是莎剧戏曲化、中国化问题,做了进一步深入的探讨。[②]

自20世纪80年代初至2010年,大约已有29出戏曲版莎剧。详见下表:

莎士比亚戏剧中国戏曲版剧目(1983—2007)

时间	剧目	剧种	改编者	莎剧原著
1983年	《奥赛罗》	京剧	北京实验京剧团 编剧:邵宏超;导演:郑碧贤、马永安	《奥赛罗》
	《天之骄女》	粤剧	广州实验粤剧团 改编:秦中英;导演:张奇虹、红线女	《威尼斯商人》
1985年	《天长地久》	越剧	上海市虹口越剧团 改编:陈曼;艺术指导:金风;导演:谢洪林、周志刚	《罗密欧与朱丽叶》
	《奥赛罗》	京剧片断	演唱:齐啸云	《奥赛罗》
1986年	《奥赛罗》	京剧	北京实验京剧团(首届中国莎士比亚戏剧节复演) 编剧:邵宏超;导演:郑碧贤、马永安	《奥赛罗》
	《血手记》	昆剧	上海昆剧团 编剧:郑拾风;导演:李家耀、沈斌、张铭荣;艺术总指导:黄佐临;昆剧顾问:郑传鉴	《麦克白》
	《第十二夜》	越剧	上海越剧院三团 编剧:周水荷;导演:胡伟民、孙红江	《第十二夜》

① 不仅出现了更加中国化、戏曲化的越剧《王子复仇记》(《哈姆雷特》1994),而且还出现了具有后现代特征的实验性的戏曲版莎剧,如京剧《李尔在此》(2001)、川剧《马克白夫人》(2001)等。

② 曹树钧:《莎翁四大悲剧戏曲编演的成就与不足》,《英语研究》2005年第3期;蒋维国:《莎士比亚·黄梅戏·〈无事生非〉》,见中国莎士比亚研究会编:《莎士比亚研究》(第4期),杭州:浙江文艺出版社,1994年版;陈惇:《穿中国戏装的莎士比亚》,见陈惇:《跨越与会通——比较文学外国文学论文选》,南昌:江西教育出版社,2002年版。

续表

时间	剧目	剧种	改编者	莎剧原著
1986年	《无事生非》	黄梅戏	安徽省黄梅戏剧团 编剧：金芝；导演：蒋维国、孙怀仁	《无事生非》
	《冬天的故事》	越剧	杭州越剧院一团 改编：钱鸣远、王复民、天马；导演：王复民	《冬天的故事》
	《乱世王》	京剧	武汉市京剧团 编剧：周笑光；导演：胡导	《麦克白》
	《维洛那二绅士》	川剧	贵阳市川剧团 改编：徐企平、陈泽凯、高德祥、罗醒仁；导演：徐企平	《维洛那二绅士》
	《欲望城国》	京剧	台北当代传奇剧场 编剧：李慧敏；艺术总监、导演：吴兴国	《麦克白》
1987年	《温莎的风流娘儿们》	东江戏	惠州市东江戏剧团 编剧：侯穗珠；导演：侯穗珠	《温莎的风流娘儿们》
	《温莎的风流娘儿们》	潮剧	汕头市潮剧团	《温莎的风流娘儿们》
	《巧断人肉》	湘剧	湖南省湘剧院	《威尼斯商人》
	《血剑》	婺剧	婺剧小百花东阳演出团 编剧：金锦良、阮东英、王庸华；导演：阮东英	《麦克白》
	《罗密欧与朱丽叶》	豫剧	周口地区豫剧团 改编：王中民；导演：任芝玲	《罗密欧与朱丽叶》
	《奥赛罗》	京剧选场（英语）	演唱：齐啸云、张云溪	《奥赛罗》
1989年	《奇债情缘》	庐剧	合肥市庐剧团 艺术顾问：张君川；艺术指导：任国栋、程功恩；改编：侯路；导演：傅成兰、马成忠	《威尼斯商人》

续表

时间	剧目	剧种	改编者	莎剧原著
1990年	《王子复仇记》	京剧	台北当代传奇剧场 编剧:王安祈;导演:吴兴国	《哈姆雷特》
1994年	《王子复仇记》	越剧	上海越剧院 编剧:薛允璜;导演:苏乐慈、吴小楼、刘觉	《哈姆雷特》
	《李尔王》	丝弦戏	石家庄丝弦戏剧团 改编:戴晓彤;导演:阎计通	《李尔王》
1995年	《歧王梦》	京剧	上海京剧院 编剧:王涌石;导演:欧阳明、马科	《李尔王》
	《天作之合》	粤剧	广州红豆粤剧团 编剧:吴树民、张奇虹;导演:张奇虹等;总艺术指导:红线女	《第十二夜》
1996年	《卓梅与阿罗》	花灯戏	玉溪地区花灯戏剧团	《罗密欧与朱丽叶》
2000年	《滇王梦》	滇剧	昆明滇剧团	《麦克白》
2001年	《马龙将军》	越剧	浙江绍兴小百花越剧团	《麦克白》
	《马克白夫人》	川剧	四川省川剧团 导演:田曼莎	《麦克白》
	《李尔在此》	京剧	台北当代传奇剧场 吴兴国一人分饰十角	《李尔王》
2004年	《暴风雨》	京剧	台北当代传奇剧场 导演:徐克;主演:吴兴国	《暴风雨》
2005年	《王子复仇记》	京剧	上海京剧院(赴丹麦"哈姆雷特之夏"戏剧节) 编剧:冯钢;导演:石玉昆	《哈姆雷特》
2007年	《英雄叛国》	粤剧	香港金英华剧团 主演:罗家英、汪明荃	《麦克白》

2. 戏曲版莎剧的类型

关于中国戏曲版莎剧的类型,学者们提出过各种说法,其中较有代表性并常为人引用的是"中国化"和"西洋化"两种不同的类型。曹树钧在总结中国戏曲改编莎剧的初步经验时提出:"迄今为止,戏曲改编莎剧主要采用两种方法，一种是将莎剧中的人物、地点、时间、风俗习惯全部或基本改成带有中国特点。采用此种改编方法的有越剧《冬天的故事》、昆剧《血手记》、越剧《天长地久》、黄梅戏《无事生非》等。为了叙述方便，我们姑且称之为'中国化'的改编方法。第二种改编方法，则是人物、时间、地点、风俗习惯等全部或基本上按照莎翁原作。如越剧《第十二夜》、京剧《奥赛罗》、粤剧《天之骄女》等。姑且称之为'西洋化'的改编方法。"[①]

除了上述两种基本的改编方法之外，曹树钧还提出另一种别具一格的方法，这就是用英语将莎剧改编成戏曲，这是一种更高层次的改编。著名京剧花脸演员齐啸云就表演过根据《奥赛罗》改编的英语京剧选场。[②]

3. 戏曲版莎剧的意义

中国戏曲版莎剧有力地推动了中国戏曲现代化进程。20 世纪 80 年代，中国戏曲因为缺乏时代性而面临严重危机，戏曲观众大量流失。一些有识之士努力寻找造成这一严峻现实的原因，并寻求改变这一状况的途径。一位当代戏曲剧作家指出："由于历史的原因，戏曲界的封建性、行帮性是较强的，观念保守，胸襟狭隘。""观念也亟待更新。戏曲观念的更新首先依赖于戏曲作家本人价值观的更新。""不少剧目在舞台上倡导的东西，正是观众厌恶的东西；而它所反对的，又恰恰是人们所喜爱的。"[③]

承载着中国传统文化的戏曲，尽管其内容和观念陈旧，但是其表现手段有着独特的魅力。无限自由的舞台时空、无处不在的虚拟动作、唱念做打相结合的表现手段等[④]，这些凝聚着民族特色和传统文化的戏曲形式，反映了广阔的大千世界，表现了各种人物；再加上戏曲美轮美奂的歌舞和色彩鲜艳的服装，吸引着一代又一代的中国人，也令世界各国艺术家们青睐。德国戏剧理论家布莱希特(Bertolt Brecht)提出的"间离效果"(或称"陌生化效果")的艺术方法就是深受中国戏曲表演的启发。法国前卫戏剧理论家阿尔托(Antonin Artaud)极力推崇东方剧场，说它是一种演员的剧场，而西方剧场则完全忽略了演员身体的动作，一味强调语言对白就是一切，致使作为视觉艺术的戏剧竟然无从发挥形象之美。[⑤] 可以说，戏

---

① 曹树钧、孙福良：《莎士比亚在中国舞台上》，哈尔滨：哈尔滨出版社，1989 年版，第 190 页。

② 同上书，第 195 页。

③ 魏明伦：《一条坎坷的希望之路——答〈成都晚报〉》，见魏明伦：《戏海弄潮》，上海：文汇出版社，2001 年版，第 152、153、154 页。

④ 见阿甲：《戏曲表演论集》，上海：上海文艺出版社，1962 年版，第 146 页。

⑤ 转引自施叔青：《西方人看中国戏剧》，北京：人民文学出版社，1988 年版，第 93—94 页。

曲完全能够为表现丰富的莎士比亚所运用。

中国戏曲与莎士比亚戏剧结合,两者相得益彰。戏曲可以用自由的舞台时空来表现莎剧中广阔的宇宙,用唱、念、做、打的综合表演来表现莎剧中各种人物和激情;而莎剧中普遍的人性和复杂的人物心理则在戏曲的虚拟传神、简繁有致的形式中得以凸现和延展、夸张和强化、发扬和光大。莎士比亚戏剧在这种结合中获得了新的生命和意义,戏曲也会在此过程中丰富自己的表现形式,在与西方戏剧/文化的对话中更新陈旧的观念。

(二)戏曲版《麦克白》

昆剧《血手记》[①]和京剧《欲望城国》[②]均改编自莎士比亚悲剧《麦克白》,是20世纪80年代以来中国戏曲改编莎剧中比较成功的案例。两剧的演出在国内外都引起了不小的反响,但相关的研究却不多。[③] 这里将结合改编文本和演出录像以及相关演出资料,对两剧进行考察,并着重分析中国版麦克白(马佩/敖叔征)形象的变异。通过比较,我们发现,中国版的两个麦克白在心理轨迹上有着惊人的相似性,但与莎剧中麦克白相比却都发生了内质的变形。为何在戏曲剧种、文本结构和表演风格如此迥异的两剧中竟会出现主人公心理特质的一致性倾向?中国戏曲麦克白的内质变形究竟隐含着怎样的深层原因?中国版《麦克白》果真如有些学者所言"遗失了原剧中的精华"了吗?下面将对这些问题进行探讨。

---

① 昆剧《血手记》,郑拾风改编,艺术指导黄佐临,导演李家耀,上海昆剧团演出。本章所据改编剧本(未出版复印件)和演出光盘VCD(1987年录制)均于2005年7月购于上海昆剧团。

② 京剧《欲望城国》,李慧敏改编,导演吴兴国,台北当代传奇剧场演出。本章所据改编剧本发表于《中外文学》第15卷第11期(1987年),演出光盘DVD(台北当代传奇剧场2005年发行)。

③ 有关两剧的研究请参见曹树钧:《莎翁四大悲剧戏曲编演的成就与不足》(见张冲主编:《同时代的莎士比亚:语境、互文、多种视域》,上海:复旦大学出版社,2005年版,第352页);亢西民:《昆剧〈血手记〉与莎剧〈麦克白〉比较摭谈》(见高福民、周秦主编:《中国昆曲论坛2004》,苏州:苏州大学出版社,2005年版);章新强:《中国戏曲舞台上的〈血手记〉》(《中国戏剧》2006年第2期);李伟民:《莎士比亚悲剧〈血手记〉在中国的传播和影响》(《西北民族大学学报》〈哲学社会科学版〉2006年第1期);胡耀恒:《西方戏剧改编为平剧的问题——以〈欲望城国〉为例》(《中外文学》1987年第15卷第11期);Catherine Diamond(戴雅雯):《做戏疯,看戏傻:十年所见台湾剧场的观众与表演(1988—1998)》(吕健忠译,台北:书林出版有限公司,2000年版,第316页);徐宗洁:《从〈欲望城国〉和〈血手记〉看戏曲跨文化改编》(中央戏剧学院学报《戏剧》2004年第2期);Lei, Bi-qi Beatrice, "*Macbeth* in Chinese Opera", ed. Nicholas R. Moschovakis, *Macbeth*: *New Critical Essays* (New York: Routledge, 2008, pp. 280-284)。

1. 改编意图：莎士比亚戏曲化

昆剧《血手记》和京剧《欲望城国》的改编者在其改编意图上极为相似。首先，他们都想借助莎士比亚戏剧给中国传统戏曲注入新鲜的活力。《血手记》的艺术指导、导演艺术家黄佐临说："我想借助莎翁的《麦克白斯》，给昆曲这个'温'字打一针'强心针'。"[①]《欲望城国》的导演吴兴国也说："希望能让国剧从古老的时空中走出来。"[②]如前所述，《血手记》和《欲望城国》均改编于20世纪80年代，那时中国的戏曲因为缺乏时代性而面临着危机。所以，两位导演不约而同地想到了这个"说不尽的莎士比亚"。

两剧在改编意图上的另一个共同点是莎士比亚戏曲化，即用中国戏曲的形式演绎莎士比亚。黄佐临曾说："莎士比亚时代的舞台与我国戏曲的传统舞台有许多相似之处，二者演出都质朴无华，不用布景，连续不断，突出人物……"几乎可说是"门当户对"。因此，他希望"充分发挥本剧种传统的程式手段'载歌载舞'，努力使莎剧昆曲化"[③]。吴兴国也发现莎剧《麦克白》与京剧有很多共同点，比如"剧本对语言功能的发挥和诗的应用、浓厚的叙述性，使剧中人物常常跳出情节与观众交谈、人物出现的秩序性和场次繁多……"这些"使剧情的转化能合理而自然"，因此他要"用国剧的技巧来表演莎士比亚的《马克白》"。[④]

莎士比亚戏剧与中国戏曲之间的相似性为戏曲改编莎剧提供了便利。《麦克白》是"以一个人物为主串起许多零散场面的史传式剧作"[⑤]，中国戏曲多数结构与此相似，只是线索比较单一，剧情比较简单。昆剧《血手记》即按照中国传统戏曲的"一人一事"[⑥]"一线到底"[⑦]的结构原则，将《麦克白》剧中的一些次要情节和人物删除，突出了麦克白夫妇弑君篡位这一主要情节，共设计了晋爵、密谋、嫁祸、刺杜、闹宴、问巫、闺疯、血偿八场戏。[⑧] 京剧《欲望城国》也删除了原作中的一些次要情节和人物以适应戏曲舞台的表演，但它采用了话剧的分幕分场的结构形式，将莎剧原作的五幕二十七场精简为四幕十四场，它们分别为第一幕四场（山鬼、三报、

① 黄佐临：《昆曲为什么排演莎剧》，《戏曲艺术》1986年第4期，第4页。

② 吴兴国：《从传统走入莎翁世界》，《中外文学》1987年第15卷第11期，第50页。

③ 黄佐临：《昆曲为什么排演莎剧》，《戏曲艺术》1986年第4期，第4页。

④ 吴兴国：《从传统走入莎翁世界》，《中外文学》1987年第15卷第11期，第50—51页。

⑤ 孙惠柱：《第四堵墙：戏剧的结构与解构》，上海：上海书店出版社，2006年版，第26页。

⑥ 李渔：《闲情偶记》，张萍校点，西安：三秦出版社，1998年版，第8页。

⑦ 同上书，第12页。

⑧ 根据上海昆剧团演出的《血手记》（VCD，1987年录制）。

森林、封赏),第二幕三场(怂恿、驾临、谋害),第三幕三场(驯马、奔逃、大宴),第四幕四场(更夫、洗手、预言、毁灭)。[①]

两个改编本都将剧中的背景从原作的苏格兰移至中国古代。《血手记》的故事发生在中国古代的郑国;《欲望城国》则是在东周战国时期的蓟国,因为吴兴国认为"《麦克白》的情景和东周列国历史中所描写的历史事件相当接近",所以可以很自然地"转化成中国的背景和中国的情感"。[②]两个改编本中的人物都用了中国人名,剧中人虽然比原作中的人物有所削减,但主要人物基本对应于原作(见下表)。

剧中主要人物对照表

莎剧《麦克白》	昆剧《血手记》	京剧《欲望城国》
三女巫	三仙姑	山鬼
麦克白	马佩	敖叔征
麦克白夫人	铁氏(马佩之妻)	敖叔征夫人
班柯	杜戈	孟庭
弗里斯(班柯之子)	杜宁(杜戈之子)	孟登(孟庭之子)
邓肯国王	郑王	蓟侯
马尔康(长子)	郑元(郑王之子)	幼主
道纳本(次子)		
考特爵士(叛将)	司徒老贼	相国威烈
麦克德夫等六贵族	梅云将军(铁氏妹婿)	闵子羽等四大臣

这样,昆剧《血手记》和京剧《欲望城国》虽然在结构安排上有所不同,但均围绕英雄弑君篡位这一主要情节展开戏情;两剧都改用中国古代背景和人物,在戏曲舞台上向国内外观众演绎中国古代一个善良正直的英雄是如何被其野心毁灭,而这也正是莎剧《麦克白》的主题。

2. 表演文本分析:麦克白/马佩/敖叔征

麦克白这一人物形象最突出的特征是有着"诗人的想象"[③]。莎剧运用大量的内心独白来表现他的内心活动的延展、冲突、纠结和痛苦。那

① 根据台北当代传奇剧场演出的《欲望城国》(DVD,2005 年发行)。

② 吴兴国:《从传统走人莎翁世界》,《中外文学》1987 年第 15 卷第 11 期,第 50 页。

③ A. C. Bradley, *Shakespearean Tragedy: Lectures on Hamlet, Othello, King Lear, Macbeth*, New York: Palgrave Macmillan, 2007, p. 268.

么，中国戏曲是如何通过唱、念、做、打的综合表演手段来展现人物的这一性格特点的呢？在这种演绎中麦克白又是如何在内质上变了形？

（1）女巫预言：野心的象征/天意的暗示

在莎剧原作中，女巫的预言是麦克白走向弑君篡位之路的第一诱因。昆剧《血手记》和京剧《欲望城国》也分别在第一场戏（“晋爵”/“山鬼”）中设置了仙姑/山鬼的预言。莎剧三女巫在昆剧的舞台上成了一高二矮的三仙姑。他们在昏暗朦胧、烟雾升腾的“鬼影滩”上变幻舞姿，显现其阴阳二面，分别念着“我乃真也假”，“我乃善也恶”，“我乃美也丑”。[①] 而到了京剧舞台上，三女巫干脆变成一个长发飘飘的山鬼。她在幽暗阴森、狂风呼号的森林中发出尖厉古怪的声音：“山精水怪现身影，聚毒为蛊扰人心，不喜天下太平世，兴风作浪无安宁。”[②]与莎剧中的女巫一样，昆剧三仙姑和京剧山鬼在戏中各自代表不可知的超自然力量，要诱惑从战场归来的英雄麦克白/马佩/敖叔征。

然而，莎剧三女巫说话含蓄：“美即丑恶丑即美，翱翔毒雾妖云里。”[③]这仅仅暗示了一个黑白颠倒的混乱时代，剧中没有迹象表明“麦克白的行动是受女巫以及其他外在力量的驱使”[④]，而昆剧三仙姑和京剧山鬼则明确表示要捉弄马佩/敖叔征。京剧中山鬼在幽蓝的追光下跳上台来，自报家门，然后说道：“明日，大将敖叔征搬兵还朝，必打森林经过。不免，在此等候于他，作弄一番。”说完山鬼发出了洋洋得意的长笑“嘻嘻……”。昆剧三仙姑临下场时的台词“姐妹们，你们看，自寻死路的贵人来了！”同样道出了她们有着“捉弄”的意图。与莎剧原作相比，昆剧和京剧为英雄出场提供了一个更加险恶的外在环境，为日后英雄弑君篡位寻找借口留有了些许空间；而莎剧女巫说话的含蓄和不确定则意味着麦克白对自己日后的命运将要承担起责任。

从内容上看，三仙姑/山鬼的预言与三女巫大致相同；然而，马佩/敖叔征对于预言的反应却与麦克白有所不同。马佩/敖叔征先是吃惊，转而

---

① 本章所引《血手记》台词，均以上海昆剧团演出的《血手记》(VCD，1987 年录制)为主，并参照郑拾风改编的《血手记》剧本(未出版复印件)。

② 本章所引《欲望城国》台词，均以台北当代传奇剧场演出的《欲望城国》(DVD，2005 年发行)为主，并参照李慧敏改编的《欲望城国》剧本(《中外文学》1987 年第 15 卷第 11 期)。

③ 本章所引《麦克白》台词见莎士比亚：《莎士比亚全集》(五)，朱生豪等译，北京：人民文学出版社，1994 年版。

④ A. C. Bradley, *Shakespearean Tragedy: Lectures on Hamlet, Othello, King Lear, Macbeth*, New York: Palgrave Macmillan, 2007, p. 261.

怒斥:"你们,胆敢戏弄于我!"(马佩)"妖魔大胆,竟敢如此称道,分明是要陷我于不忠不义,休走看剑。"(敖叔征)好像他们全无弑君的念头。而原作中麦克白听到女巫的"未来的君王"的祝福时由吃惊转为害怕,"全然失去常态,扑扑地跳个不住",这表明麦克白心中早有弑君的想法,他"无论是接受还是拒绝诱惑,在他的内心已经有了诱惑"[①]。随着剧情发展,马佩/敖叔征的心理也产生了些微变化,但他们很快都平复了心情;而麦克白一经女巫的挑逗之后就再也没有停止过对预言的想象。正如许多学者所言,女巫实际是麦克白内心欲望的象征。[②]

因此,我们看到在莎剧中,野心一开始就被植入麦克白的内心,所以,当女巫的预言后来应验,他不再吃惊反而是陷入了更深的遐想:"葛莱密斯,考特爵士;最大的尊荣还在后面。"相比而言,在昆剧和京剧中,野心仍被悬置在马佩/敖叔征的外部,仙姑/山鬼的预言只在他们的头脑中停留了片刻,他们的内心很快就恢复了常态。所以,马佩/敖叔征后来得到国王封赏时感到异常震惊。马佩倒吸一口气,用了一个惊眼"亮相"[③];敖叔征更是吃惊得跌坐在地,等众人退场后,他独自站在舞台上,惊怕得双眼瞪着前方。

(2) 夫人怂恿:野心的明晰/天意的强化

如果说女巫的预言唤醒了麦克白的"朦胧的野心",那么麦克白夫人的怂恿则使这野心渐趋明晰并最终促使麦克白走上弑君篡位的不义之路。中国版麦克白夫人(铁氏/敖叔征夫人)也扮演了同谋者的角色。与麦克白夫人相同,铁氏/敖叔征夫人在性格上都表现得极其强势。"铁氏"之名就显得强悍;敖叔征夫人眉心画有红痣,显得冷面有心计。她们像麦克白夫人那样用"舌尖的勇气",为自己的丈夫扫除了障碍。铁氏说:"哼哼,当断不断,妇人之仁!"敖叔征夫人也说:"哼!说什么大丈夫,威猛将,却原来也是这般无能。"这些言语与麦克白夫人的"是男子汉就应当敢作敢为"的怂恿如出一辙。

---

① A. C. Bradley, *Shakespearean Tragedy: Lectures on Hamlet, Othello, King Lear, Macbeth*, New York: Palgrave Macmillan, 2007, p. 262.

② "symbolical representations of thoughts and desires which have slumbered in Macbeth's breast and now rise into consciousness and confront him", See A. C. Bradley, *Shakespearean Tragedy: Lectures on Hamlet, Othello, King Lear, Macbeth*, New York: Palgrave Macmillan, 2007, p. 263. 见方平:《"人"的悲剧——谈悲剧〈麦克白斯〉的"莎味"》,《读书》1987年第12期,等等。

③ 亮相,戏曲表演术语。指剧中人在上、下场或一段舞蹈动作结束时的短暂停顿,通过形体造型,表现人物的精神状态。这里指马佩瞪大眼睛,身子向上一提亮相,眼睛左右急速转动,表示异常吃惊。参见中国大百科全书总编辑委员会《戏曲　曲艺》编辑委员会、中国大百科全书出版社编辑部编:《中国大百科全书·戏曲　曲艺》,北京:中国大百科全书出版社,1983年,第214页。

不过,需要指出的是,麦克白夫人/铁氏/敖叔征夫人在劝说意图上却不尽相同。麦克白夫人竭力怂恿丈夫,是因为她和麦克白怀有同样的野心:“你的信使我飞越蒙昧的现在,我已经感觉到未来的搏动了。”而铁氏和敖叔征夫人却不约而同地想到了天意。昆剧中马佩将仙姑的预言和国王封赏之事告诉了铁氏,她沉吟不语,反而劝说马佩:“这一字并肩王,并非吉兆,不如辞掉。”见马佩犹疑,她又干脆说:“既然交不得兵权,就要动用兵权……”马佩骇然颤抖。接着铁氏又适时地指出这是天意:“王爷休要惊慌,妾身伴随多年,深知王爷心事,既不愿居人之下,却又优柔寡断,多次丧失良机,此番御驾亲临,乃是天意呀!”因为有了天意的支撑,刚刚听到“动用兵权”还感到骇然的马佩很快接受了夫人的“弑君嫁祸”之计。京剧中敖叔征夫人的劝说更加强化了天意。当敖叔征告知夫人回朝途中所遇山鬼之事时,夫人立刻说:“莫非这是天意不成么?”敖叔征为鬼魅之言应验而感到心绪不宁,夫人却欣喜地唱道:“劝夫君,休得要,把自己来怨;……你是那,真龙显,天赐河山。”后来,敖叔征夫人又进一步劝说夫君:“今夜,若遂了心愿,便可屏王室,霸诸侯,江山一统,列国敬仰,此乃天命所归,民之大幸也。”敖叔征夫人最后一句高亢悠长的念白,一下子激起了敖叔征的雄心。经过一番激烈的争执,敖叔征在夫人的“上天”“机缘”的劝说下,决心弑君。

(3) 国王被害:野心的驱使/天意的召唤

在莎剧原作中,麦克白弑君之前内心深处进行着野心与正义的较量。一方面他觉得作为国王的臣子、亲戚和城堡的主人,不该犯弑君之罪;另一方面,他又感到自己“跃跃欲试的野心”难以抑制。麦克白在清醒的道德意识与罪恶的野心之间痛苦挣扎,以致思维狂乱并出现幻觉,一把流着血的刀子在他眼前摇晃。如麦克白一样,昆剧马佩的眼前也出现了利剑的幻影:“呀! 啥眼前晃荡? 又一龙泉,空中作响,血淋淋利刃锋芒!”唱到最后一句时,马佩恐惧惶乱、步履不稳、浑身颤抖,反映了马佩在良心上的忍与不忍之间的徘徊。京剧敖叔征是以无言的动作来表现他在弑君前的内心慌乱。当夫人去给轮班侍卫酒内下药时,敖叔征看着夫人的背影愕然。少顷,他慢慢回过神来,几步踉跄,双手在胸前交替颤抖,内心斗争激烈。他做了一个杀人的动作,脸上出现瞬间的喜悦:“遂了心愿”;但转而又惊恐万分:“怕的是,事败露,罪孽滔天,梦空人间。”可见,敖叔征是在恶行与败露之间犹豫。

麦克白最后是野心占了上风,时钟促使他仓促行动:“我去,就这么干;钟声在招引我。不要听它,邓肯,这是召唤你上天堂或者下地狱的丧钟。”但马佩/敖叔征最终是在天意的召唤下完成了谋杀。当马佩犹豫不决之时,铁氏的画外音“九五之尊,虎踞龙床,皇天有命,违命不祥”给了马佩以力量,一句一声锣,重重地敲在马佩的心上,画外音使马佩野心再度膨胀,他接唱道:“既然是纷纷吉兆报祯祥,隐约约天赐龙泉指方向,到手的九五之尊莫彷徨。”敖叔征则是在夫人的“上天”“机缘”和“男子汉”“威猛将”的推动下完成了恶行。

(4) 鬼魂闹宴:灵魂的拷问/鬼魂的纠缠

昆剧《血手记》第五场“闹宴”和京剧《欲望城国》第三幕第三场“大宴”分别设置了“鬼魂闹宴”的戏。与莎剧原作中的麦克白一样,为了巩固王位,马佩/敖叔征杀害了威胁性最大的同行将军杜戈/孟庭。然而,麦克白/马佩/敖叔征的内心对于同行将军的惧怕因素是有所不同的,因而,鬼魂出现时他们的表现也就有所不同。

虽然,麦克白谋害班柯将军是因为女巫曾预言班柯子孙将君临朝政,他对此无法接受;但谋害班柯的一个最主要原因是班柯的高贵品德令他生畏:“我对于班柯怀着深切的恐惧,他的高贵的天性中有一种使我生畏的东西。”实际上,麦克白内心恐惧的是正义。然而,麦克白又明白“以不义开始的事情,必须用罪恶使它巩固”。于是,新的罪行在继续发生。

昆剧和京剧在改编中都强化了权力相争的因素,至于原作中班柯高贵天性的威慑力却没有提及。马佩对杜戈鬼魂唱道:“只怨你错时机棋输一着,咱岂敢百战功劳付流沙。”他谋害杜戈是不失时机地除掉自己的有力的竞争对手。敖叔征谋害孟庭将军除了害怕孟庭将山鬼预言告知国王而惨遭杀身之祸之外,更重要的理由是担心他的子嗣将会登上蓟王之位:“你的后代要称王,难道我敖叔征就无有后代了么?!”

由于麦克白/马佩/敖叔征谋杀同行将军班柯/杜戈/孟庭的动机不一样,他们后来面对其鬼魂时的反应就有了明显的差异。麦克白的台词表明他内心对班柯的惧怕:“去! 离开我的眼睛! 让土地把你藏匿了!”他希望班柯鬼魂消失,其实是要排斥在道义上受到的再次审判。马佩/敖叔征却表现得极为强悍。面对杜戈鬼魂,马佩先是脸色大变:“这该杀的又来了!”他在惊恐中抖掉了自己的王冠,但后来又拔剑追杀鬼魂。同样,当孟庭鬼魂出现并逼近敖叔征时,敖叔征一边说:“你……你若再不离去,我! 我! 我就杀了你!”一边持剑向孟庭砍去,最后他还爬上桌子大叫:“孟庭,我才是……真命天子,你休想夺去江山。”马佩/敖叔征对于鬼魂的追杀表明他们以为战胜鬼魂就能稳坐江山，他们的心中几乎没有半点悔意。

(5) 再访女巫：探知命运/再寻天意

麦克白在受到班柯鬼魂的惊吓后心理极度虚弱，决定重访女巫探知命运。但他深知："我已经两足深陷于血泊之中，要是不再涉血前进，那么回头的路也是同样使人厌倦的。"马佩/敖叔征则是在处境不利时重访仙姑/山鬼，祈求她们的保佑。马佩/敖叔征将一切归于天意，他们认为此前的弑君行为是因为听从了仙姑/山鬼的话。马佩唱道："仙姑呵，祸与福来往穿梭，全为你劝说寡人攀登宝座。"敖叔征则将自己眼前不利的处境怪罪于老天："唉！想我敖叔征，本是个忠义大将，不想却犯下这弑君背义的罪过。难道这都是上天的安排不成吗？"既然，马佩/敖叔征认为是天意使然，那么现在重访仙姑/山鬼就是为了再次寻求天意的支撑。

马佩/敖叔征得到仙姑/山鬼的答复之后精神为之一振。昆剧中马佩发出一声响亮悠长的"带马"之后狂放地唱道："苍天不亡我奈我何！"京剧中敖叔征则决定按照山鬼的嘱咐去做："我要杀得他人仰马翻，鬼哭狼嚎，杀得他天昏地暗，日落星沉！"而且他坚信山鬼的预言是天意所示："你们全都来吧！苍天注定你等，俱是我刀下之鬼……"

在莎剧中，麦克白得到幽灵的答案之后也曾获得过一时的信心和力量："幸运的预兆！好！勃南的树林不会移动，叛徒的举事也不会成功，我们巍巍高位的麦克白将要尽其天年。"而且，他还将恶念立即付诸行动，即突袭了武将麦克德夫的城堡；并决定"从这一刻起，我心里一想到什么，便要把它立刻实行，没有迟疑的余地"。然而，这一猛烈的行动之后，麦克白仍常常陷入幻想之中，心理更加麻木。正如赫士列特所说："他的思想迷离恍惚，他的行动突然而猛烈，因为他觉得自己的决心靠不住。"[①]

(6) 英雄毁灭：坦然和清醒/不甘和困惑

和麦克白一样，马佩/敖叔征最后都落得毁灭的下场，不同的是，马佩/敖叔征带着困惑死去，麦克白则坦然接受死亡。

莎剧里麦克白从一开始就很清楚自己弑君行为的后果："我们树立下血的榜样，教会别人杀人，结果反而自己被人所杀；……这就是一丝不爽的报应。"事实上，对于没有人的尊荣的日子，麦克白早已厌倦："我已经活得够长久了；……凡是老年人所应该享有的尊荣、敬爱、服从和一大群朋

① 赫士列特：《莎士比亚戏剧人物论(1817)》，见中国社会科学院外国文学研究所外国文学研究资料丛刊编辑委员会编：《莎士比亚评论汇编》(上)，北京：中国社会科学出版社，1979年版，第198页。

友,我是没有希望再得到的了。"所以,当他发现女巫的预言破灭后,没有过多的指责。马佩/敖叔征却对未来充满了指望,因此,当仙姑/山鬼所预言的恶兆出现时,马佩和敖叔征的反应就相当激烈。当马佩得知"那城外森林渐渐移动"之时,他惊立片刻,瞪大的眼睛里露出了惊恐的神情,面对背插树枝齐整舞动的郑元大军大叫:"不好,仙人的话果然应验了!"虽然他威武地上马迎战,但心里已经乱了方寸。京剧中敖叔征听到三报"森……林移动……了!"时大惊失色,并一脚踹了报子。岂料随着音乐由慢而急,敖叔征紧张地看到了森林移动;音乐突然停止,全场寂静,只听到敖叔征紧张慌乱的声音:"森林!森林它真的移、移、移……动了!"他内心的坚强的支撑突然间动摇,心理渐渐走向崩溃。

对死的认识就是如此不同:马佩/敖叔征一直依赖天意,所以一旦失去天意的支撑,其心理也就随之塌陷了;麦克白在预感到末日来临时,深知这是"不爽的报应",即"公正的惩处",希望尽快结束这悲惨的命运。

尽管麦克白希望尽快结束自己的命运,但他面对马尔康率领的英军讨伐,没有逃遁,表示"我要战到我的全身不剩一块好肉"。最后他在与麦克德夫的交战中仍然"擎起我的雄壮的盾牌,尽我最后的力量"。麦克白如英雄般倒下。昆剧马佩最初也表现出英雄好汉的情怀:"我马佩呵,料来日不长,七尺躯宁战死不投降!" 两军交战中,起先他在气势和武艺上都占优势,他乜斜着杜宁大将等人,心里好像在说:你们都是仙姑所言"十月怀胎的人",怎会是我的对手呢?但后来,当他与梅云对峙时,不想梅云却大声笑道:"哈!哈哈!我,母亲怀胎七月,早产了我梅云。"马佩大惊,结果被梅云枪挑下马,众士兵上前将他乱刀砍死。而京剧中敖叔征面对即将来临的毁灭则表现出绝望和挣扎。他在众将士的默默注视下痛苦地将硬靠(戎装)背后的四面靠旗一根根拔出扔下高台,这象征他信心的渐渐丧失。当乱箭穿身后,他手指苍天,瞪大眼睛,满脸痛苦和困惑,仿佛在说,苍天,你为何要捉弄我敖叔征呢?最后他摔后僵尸①倒下。

马佩/敖叔征到死都没能明白自己的罪责,天意使其无法直视自己的野心和罪恶,一个死得不甘,一个死得困惑;而麦克白从弑君念头的产生直至死亡,始终有着清醒的罪恶意识,所以坦然接受毁灭的结局。

3. "重塑的莎士比亚"

就《血手记》和《欲望城国》两剧本身而言,它们在戏曲剧种、剧本结构

---

① 后僵尸,戏曲表演基本功中的毯子功。演员僵直身体,往后跌扑。参见中国大百科全书总编辑委员会《戏曲 曲艺》编辑委员会、中国大百科全书出版社编辑部编:《中国大百科全书·戏曲曲艺》,北京:中国大百科全书出版社,1983 年版,第 383 页。

和表演风格上都不相同，然而在人物塑造上却有着上述惊人的相似，这一点颇耐人寻味。据说，《血手记》的"标题和一个舞台色调显然是受了徐晓钟导演的话剧《麦克白》(1980)当中血手意象的启发"[①]，而《欲望城国》在改编之前虽然也参照过好几个版本，包括昆剧《血手记》，但它"并没有取法于它的创意"，其"所有偏离莎士比亚情节之处"，"全都因袭黑泽明(Akira Kurosawa)在1957年推出的电影《蜘蛛巢城》(*Throne of Blood*)的改编。"[②]由此可见，两剧在改编前并不曾相互参照；那么，是什么原因造成马佩和敖叔征形象塑造上的相似呢？同时，通过以上对表演文本的分析，我们发现中国戏曲改编本塑造的两个相似的麦克白，却与它们的原型有着内质的变形，这种内质的变形导致了人们的一个最主要的批评，即戏中"人物的心理冲突减弱了"[③]。心理冲突是《麦克白》一剧最重要的特色，这么重要的问题难道是编导的无意疏忽？当然不是。《欲望城国》的导演吴兴国明确说过：《麦克白》"对犯罪心理的刻画之深，在放眼世界的剧本中都难有匹敌"[④]，而《血手记》导演黄佐临从英国剑桥大学毕业、曾专门研究莎士比亚[⑤]，不可能不知莎剧的这一特色。那么，究竟是什么缘故使两剧在塑造人物时几乎向着同一方向偏移？两部改编作品中的人物果然"心理冲突减弱了"吗？

中国版麦克白的内质变形首先表现在对女巫预言的诠释上。莎剧中女巫的预言很含蓄，暗示了麦克白的朦胧的野心。而中国两剧则强化了仙姑和山鬼的神秘力量，致使她们的预言不约而同地被铁氏和敖叔征夫人理解为天意，天意就成为她们劝说丈夫弑君篡位的有力依据。为此，有批评者指出：《血手记》马佩的"政治野心的企图被巧妙地变形为顺从神意的行为"[⑥]。《欲望城国》"舍行为动机而代之以预言，又抹杀敖叔征内在

---

① Li Ruru, *Shashibiya: Staging Shakespeare in China*, Hong Kong: Hong Kong University Press, 2003, p. 121.

② Catherine Diamond (戴雅雯)：《做戏疯，看戏傻：十年所见台湾剧场的观众与表演(1988—1998)》，吕健忠译，台北：书林出版有限公司，2000年版，第43页。

③ 同上书，第52页。

④ 吴兴国：《从传统走入莎翁世界》，《中外文学》1987年第15卷第11期，第50－51页。

⑤ 黄佐临：《莎士比亚剧作在中国舞台演出的展望》，见中国莎士比亚研究会编：《莎士比亚在中国》，上海：上海文艺出版社，1987年版，第2页。

⑥ Lei, Bi-qi Beatrice, "*Macbeth* in Chinese Opera", ed. Nicholas R. Moschovakis, *Macbeth: New Critical Essays*, New York: Routledge, 2008, p. 284.

的心理特征"[①]。

实际上,原作和改编中对于女巫预言的不同处理反映了人们对待命运的两种不同态度。莎士比亚利用了古希腊悲剧中常见的命运观念,但他"从来没有使天神直接干预人事,他也无意于阐明对超自然影响的信念"[②]。毕竟他所处的时代已经是文艺复兴时期,不仅人们要求个性解放,而且意大利政治家马基雅维利提出的意志或野心,也经由英国悲剧作家马洛的创作"进入伊丽莎白时期主要悲剧的结构中"[③]。因此,我们不难理解,莎士比亚自然不会让女巫对麦克白产生决定性的影响,而是将重心落在了麦克白自己身上。同时,莎士比亚的创作还接受了中世纪的"基督教的道德惩罚观"[④],这就使得麦克白既有"跃跃欲试的野心",又不乏灵魂的自省意识。

我们再来看中国版的麦克白。起先他们在夫人的劝说下,将女巫预言理解为天意,这一点颇似孔子和儒家的"天命"论;[⑤]但后来当他们对弑君感到犹豫害怕时,又想到"梦空人间"(敖叔征),"劳心者心碎,劳力者空忙"(马佩),似乎有了佛家的意味;再当他们不顺之时,或"求仙人降祯祥消灭灾祸"(马佩),好像又有道教的色彩,或怨天尤人:"难道这都是上天的安排不成吗!"(敖叔征),又像是宿命论[⑥];这里唯独没有原作中的"道德惩罚观"。正如有位学者所指出的:中国文化虽然历史久远,其宗教仍是出于避祸趋福、长生求仙之念,并无忏悔罪恶迁善爱人的宗教。[⑦] 西方一位哲人也曾说过:"东方人相信实体性的力量只有一种,它统治着世间被制造出来的一切人物,而且以毫不留情的变幻无常的方式决定着一切人物的命运;因此,戏剧所需要的个人动作的辩护理由和反躬内省的主体性在东方都不存在。"[⑧]吴兴国自己也这样说:"中国舞台上不曾创造过类似的角色,也就是虽然不义,却因为承认自己的诸般罪行与自欺而深感罪

---

① Catherine Diamond(戴雅雯):《做戏疯,看戏傻:十年所见台湾剧场的观众与表演(1988—1998)》,吕健忠译,台北:书林出版有限公司,2000年版,第54页。

② 阿·尼柯尔:《西欧戏剧理论》,徐士瑚译,北京:中国戏剧出版社,1985年版,第134页。

③ 同上书,第212页。

④ 同上书,第205页。

⑤ 参见杨伯峻:《论语译注》,北京:中华书局,1980年版,第12页。

⑥ 同上书,第11页。

⑦ 参见梁漱溟:《东西文化及其哲学》,上海:上海世纪出版集团,2006年版,第95页。

⑧ 黑格尔:《美学》第三卷下册,朱光潜译,北京:商务印书馆,1986年版,第297页。

咎，因此使得旁人纵使不愿意却也不得不赞赏，甚至同情。”[①]于是，中国的麦克白在天意的遮掩下，不去直视自己的野心，而在挥剑刺杀与良心不忍之间动摇、犯罪背义与害怕败露之间徘徊。中国版麦克白并不缺乏心理冲突，只不过心理冲突的内容发生了变形。他们缺少令观众感动的“某种崇高的高贵品质”[②]，即良心的自我谴责。应该说，这样的“麦克白”才是中国历史和戏曲舞台上常见的人物，就如吴兴国所言，战国时代“政治伦理败坏，常有臣弑君的事情”[③]。

其次，中国版麦克白的内质变形还反映在他们与班柯鬼魂（杜戈/孟庭）的较量上。莎剧中麦克白惧怕班柯鬼魂，是因为在麦克白看来，后者是正义的化身。在莎士比亚的戏剧中，“超自然现象却总是和一个活生生的悲剧人物的思想与观念联系在一起的”。《麦克白》一剧中的班柯幽灵，“如果不全是，至少部分是麦克白内心的幻象”[④]。班柯对于麦克白无疑是灵魂的拷问。

而中国版班柯鬼魂就像传统戏曲那样，象征着前来复仇的冤魂。这样的处理就如有论者所言，《血手记》中的“超自然因素不仅为这出戏提供了令人激动的效应和惊人的场面，而且也忽略这对夫妇的道义上的责任”[⑤]；《欲望城国》的观念“相当接近民俗信仰中神鬼报应的想法，缺少莎剧中的人道与伦理精神”[⑥]。确实，我国传统民俗信仰与传统戏曲有着千丝万缕的联系，仅从戏曲剧目看，表现神鬼、灵异、果报的戏就非常多。据说，这两出剧都借鉴了表现复仇冤魂的传统京剧《伐子都》。在《欲望城国》里，“《伐子都》成为改编的心理和艺术表现的基础”[⑦]。《血手记》中扮演马佩的计镇华在其表演中也运用了《伐子都》中的一些身段。[⑧] 该剧中

---

① Catherine Diamond（戴雅雯）：《做戏疯，看戏傻：十年所见台湾剧场的观众与表演（1988—1998）》，吕健忠译，台北：书林出版有限公司，2000年版，第52页。

② 阿·尼柯尔：《西欧戏剧理论》，徐士瑚译，北京：中国戏剧出版社，1985年版，第159、217页。

③ 转引自 Catherine Diamond（戴雅雯）：《做戏疯，看戏傻：十年所见台湾剧场的观众与表演（1988—1998）》，吕健忠译，台北：书林出版有限公司，2000年版，第42页。

④ 阿·尼柯尔：《西欧戏剧理论》，徐士瑚译，北京：中国戏剧出版社，1985年版，第130页。

⑤ Lei, Bi-qi Beatrice, *Macbeth in Chinese Opera*, ed. Nicholas R. Moschovakis, *Macbeth: New Critical Essays*, New York: Routledge, 2008, p. 284.

⑥ 胡耀恒：《西方戏剧改编为平剧的问题——以〈欲望城国〉为例》，《中外文学》1987年第15卷第11期，第79页。

⑦ See Shih Wen-shan, *Intercultural Theatre: Two Beijing Opera Adaptations of Shakespeare*, Dissertation, University of Toronto, 2000, p. 227.

⑧ 转引自陈方：《演绎莎剧的昆剧〈血手记〉》，《戏曲研究》第76辑，第28页。

麦克白夫人(铁氏)被鬼魂逼疯,更是全面地运用了传统戏曲中表现鬼魂的手法。被马佩夫妇害死的郑王、杜戈、梅妻甚至鹦鹉都变成了一个个有实体的鬼魂形象追逼着铁氏,还采用了“鬼魂喷火”的传统特技。这简直就是传统戏《打金砖》的翻版。[①] 莎剧的鬼魂戏就这样从形式到内涵被演绎成中国戏曲舞台上的鬼魂戏,莎剧麦克白也就演变成中国传统鬼魂戏中常见的冤魂报复的对象。

最后,中国版麦克白的内质变形还体现在他们的死亡结局上。在莎剧中,麦克白清楚这是“公正的裁判”,所以坦然面对死亡。这种“对自己的罪行负责正是伟大人物的光荣”[②]。中国版麦克白不仅死得不甘和困惑,而且导演还安设了乱刀砍死和乱箭穿身的死亡方式,这里含蓄地透出恶人终遭千刀万剐的结局,也迎合了观众的恶有恶报的传统心理。

实际上,善恶必报的主题与莎剧密切相关,只是这一主题原本是隐含在莎剧的人物心理活动中。但是,当这一主题遇到偏重道德教化传统的中国戏曲时,它就被自然地强化了。所以有人提出:“《欲望城国》之所以成功,其实存在着很吊诡的因素:莎翁原剧写的是人的野心欲望如何一步一步吞噬自我的过程,而这出戏的故事框架及结局,却又恰恰对上了‘善恶到头终有报’的中国传统观念,所以这出戏的观众直可‘各取所需’地各自获得情感洗涤或道德教化的满足。”[③]

中国的戏曲传统及其形成这种戏曲传统的历史、文化、民俗、信仰等综合因素,既导致了两出不同戏剧的内在一致,也导致了中国版麦克白的内质变形以及两剧题旨对原著的偏离。在这种偏移中,《血手记》和《欲望城国》因为改编者自觉或不自觉地融入主体意识,将莎剧文本的原初“意义”(meaning)解读成带有中国文化的“意味”(significance),[④]结果一致呈现出东方式的诠释:莎剧麦克白的野心被披上了东方文化色彩的天意外衣;麦克白的灵魂拷问变成了中国戏台上常见的鬼魂索命;莎剧中隐含的善恶必报思想被凸显为佛教的因果报应观念;麦克白的内倾性的良心谴责被演绎成马佩/敖叔征外倾性的天意规避。莎剧中的每一点模糊的暗示在中国戏曲中都得以明晰和强化从而变形,而且,这种变形有着自身内

① 转引自陈方:《演绎莎剧的昆剧〈血手记〉》,《戏曲研究》第76辑,第29页。

② 黑格尔:《美学》第三卷下册,朱光潜译,北京:商务印书馆,1986年版,第309页。

③ 王安祈:《当代戏曲》,台北:三民书局,2002年版,第148页。

④ 见拉曼·塞尔登编:《文学批评理论——从柏拉图到现在》,刘象愚、陈永国等译,北京:北京大学出版社,2003年版,第201页。

在逻辑的一致性，即情节内容与戏曲形式的统一。

中国版麦克白的内质变形曾引起过人们对其悲剧精神的质疑。有人指出京剧《欲望城国》中敖叔征的毁灭"更是情节剧的、宿命论的，而不是悲剧的"[①]。一位外国评论者则指出，昆剧《血手记》"把马克白诠释成彻头彻尾、毫不含糊的恶棍"[②]。莎剧麦克白的悲剧性是明显的，他虽然是反面人物，但他弑君之后，犯罪意识时刻折磨着他，血腥的想象令他恐怖；他诅咒女巫但不转嫁责任，"即使最后的希望破灭他仍能傲视一切：大地、地狱和天堂，在这种傲视中保留了某种庄严或崇高的品质"[③]。因此有学者指出："《麦克白》独特的地方是把一个坏人转变为一位英雄。"[④]而中国版《麦克白》却与之不同。开场时马佩/敖叔征是英武的大将、国王的忠臣，但弑君之后他们不再有心灵的恐惧，更没有痛苦的自责。甚至弑君前他们的紧张慌乱也不同于莎剧麦克白：他们惧怕的是杀人的恐怖和败露的后果，而莎剧麦克白惧怕的是"行动的可怕的卑劣"[⑤]。其结果是，莎剧麦克白由于有着内在的崇高和庄严而给人以心灵的感动，"麦克白从来没有完全失去我们的同情"[⑥]。而中国版麦克白虽然从行当上看是以正面形象（老生/武生[⑦]）出现的，但由于其内心世界的困惑和糊涂，到剧终时无论其弑君的卑鄙行为还是其缺乏自省和责任的内心世界，都使他从最初的忠臣猛将转变为后来的暴君。正如上文所指出的，有学者认为"敖叔征不再是个悲剧英雄，而是佛教果报观念的一个象征人物"；中国版麦克白凸显了"善恶到头终有报"的中国传统伦理道德的主题。在这个意义上，中国版麦克白是缺少了某种悲剧的意义；而且，这也似乎印证了黑格

---

① See Shih Wen-shan, *Intercultural Theatre: Two Beijing Opera Adaptations of Shakespeare*, Dissertation, University of Toronto, 2000, p. 276.

② 转引自 Catherine Diamond（戴雅雯）：《做戏疯，看戏傻：十年所见台湾剧场的观众与表演（1988—1998）》，吕健忠译，台北：书林出版有限公司，2000 年版，第 42 页。

③ A. C. Bradley, *Shakespearean Tragedy: Lectures on Hamlet, Othello, King Lear, Macbeth*, New York: Palgrave Macmillan, 2007, p. 277.

④ 阿·尼柯尔：《西欧戏剧理论》，徐士瑚译，北京：中国戏剧出版社，1985 年版，第 217 页。

⑤ A. C. Bradley, *Shakespearean Tragedy: Lectures on Hamlet, Othello, King Lear, Macbeth*, New York: Palgrave Macmillan, 2007, p. 270.

⑥ Ibid., p. 277.

⑦ 若按戏曲行当划分，昆剧马佩这一角色是用老生行来表演的，老生行在戏曲中一般是正面人物；京剧敖叔征这一角色结合了武生、老生、大花脸的特点于一身，为的是塑造麦克白复杂的性格，但敖叔征的外形总体上仍是一个英雄形象。

尔所说的东方因缺少“个人动作的辩护理由和反躬内省的主体性”[①]而没有真正的悲剧这一观点。其实,自近代以来中国学者们对中国古典戏曲是否有悲剧这一论题就展开过许多讨论[②],20 世纪 80 年代正是这一讨论处于白热化的阶段。在此大背景下,莎剧的这两出改编戏曲里所隐含的内质变形,却似乎以实际行动论证了黑格尔的观点,这不能不引起人们的深思。

时至今日,进入 21 世纪,中国社会现实又发生了巨大的变化,一种包含了道德承担意识的个体观正在觉醒。同时,随着东西方文化交流的深入,人们对基督教的灵魂忏悔和罪恶意识亦不再感到陌生。这是否意味着黑格尔所言的悲剧所需要的“人物已意识到个人自由独立的原则”[③]这一前提在当今中国或许不再缺乏了?面对时代的变迁和人们思想观念的变化,莎剧麦克白的改编会不会出现新的变形?[④] 中国版麦克白的遮盖野心的天意外衣是否应被揭开?直视野心进行良心自我谴责或寻求天意借以规避责任,哪一种更能震撼人的灵魂?这些应当是编剧、导演、演员和观众共同来思考的问题。

无疑,莎士比亚戏剧的批评研究、影视改编和舞台表演在日趋多元化,正是多元的解读、改编和表演影响着莎士比亚戏剧的传播和再生。过去,人们常常讨论的一个问题是改编演出“是否忠实于莎剧原著”。围绕这一问题,莎士比亚的艺术家们与电影市场总是存在着紧张的关系,莎士比亚的舞台编导与剧场的观众总是存在着矛盾。在今天看来,这已经不再是一个问题。实际上,改编中东西方文化的碰撞或多元文化的融合所产生的新的“意味”,正是跨文化戏剧的本来意义。[⑤] 这种意义在今天乃至未来对于莎剧和改编自莎剧的任何艺术都具有双向的推动作用。有位外国评论家曾赞扬京剧《欲望城国》的艺术家们不得不“篡改”权威莎剧的勇气,同时他在京剧改编中看到了一种使莎士比亚得以鲜活并具有生命

① “但是根据我们所知道的少数范例来看,就连在中国人和印度人中间,戏剧也不是写自由的个人的动作的实现,而只是把生活的事迹和情感结合到某一具体情境。”见黑格尔:《美学》第三卷下册,朱光潜译,北京:商务印书馆,1986 年版,第 298 页。

② 郑传寅:《中国戏曲文化概论》(修订版),武汉:武汉大学出版社,1993 年版,第 171—179 页。

③ 黑格尔:《美学》第三卷下册,朱光潜译,北京:商务印书馆,1986 年版,第 297 页。

④ 沈斌:《是昆剧 是莎剧——重排昆剧〈血手记〉的体验》,《上海戏剧》2008 年第 8 期,第 10—10 页。

⑤ 跨文化戏剧在最严格意义上说是创造了混合体。See Patrice, Pavis, ed., *A Reader in Intercultural Performance*, London and New York: Routledge, 1996, p. 9.

力的品质。他还提出“京剧的真实性”和“忠实于莎士比亚”这两种立场都不是根本性的问题，因为对于任何有进展和要发展的艺术形式，改变和修改都是必要的，特别是在这样一个迅速发展的社会中。[①] 电影《恋爱中的莎士比亚》的文本顾问罗素·杰克逊也表示，人们质疑“电影”是否给“莎士比亚”带来公正，或者责备“莎士比亚”对于“电影”是不适当的题材，这两种说法都是有问题的。因为“电影”和“莎士比亚”都不是稳定的实体，但两者结合在一起可以产生令人愉快、印象深刻的结果。[②]

事实上，如本章开头所说，莎士比亚作为世界经典的中心，其丰富性、普遍性、模糊性、文化多元性的特征为人们的不同解读和重新阐释提供了无限的可能性。法国著名的莎剧改编艺术家阿里亚娜·姆努什金(Ariane Mnouchkine)曾表示，她致力于莎士比亚戏剧改编就是因为莎剧中的“意识形态中立性”(ideological neutrality)[③]。正是莎剧中的“意识形态中立性”吸引着一代又一代的艺术家们对莎士比亚进行不断的重塑，从而使莎剧产生新的内涵和意义的延伸。斯蒂芬·格林布拉特在其主编的《诺顿莎士比亚》中说得更加明白：莎士比亚在全球得以传播并拥有经久不衰的生命力，主要依赖于其非凡的延展性、可以逃避定义和牢固占有的富有变化的能力。[④]

---

① See Shih Wen-shan, *Intercultural Theatre: Two Beijing Opera Adaptations of Shakespeare*, Dissertation, University of Toronto, 2000, pp. 275—277.

② Russell Jackson, ed., *The Cambridge Companion to Shakespeare on Film*, Cambridge: Cambridge University Press, 2007, pp. 9—10.

③ See Kennedy Dennis, *Looking at Shakespeare: A Visual History of Twentieth-Century Performance*, Cambridge: Cambridge University Press, 2001, p. 286.

④ Stephen Greenblatt, ed., *The Norton Shakespeare*, Second Edition, New York · London: W. W. Norton & Company, 2008, p. 1.

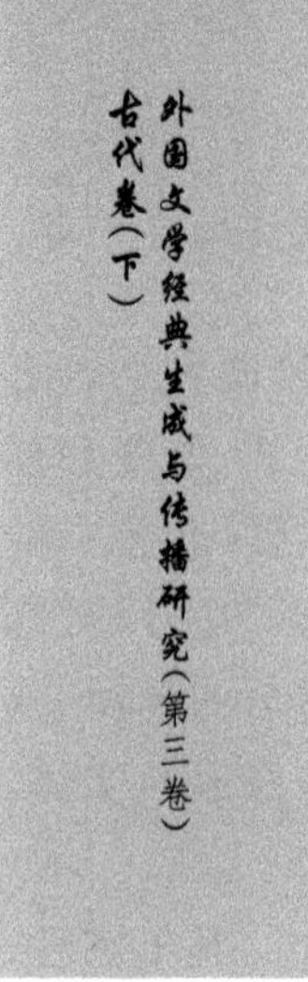

参考文献

奥维德:《变形记》,杨周翰译,北京:人民文学出版社,2005年版。

巴尔赞,雅克:《从黎明到衰落:西方文化生活五百年,1500年至今》(上下册),林华译,北京:中信出版社,2013年版。

巴赫金:《巴赫金全集》(第六卷),李兆林、夏忠宪等译,石家庄:河北教育出版社,1998年版。

鲍屡平:《乔叟诗篇研究》,杭州:杭州大学出版社,1990年版。

贝西埃,让等主编:《诗学史》上册,史忠义译,天津:百花文艺出版社,2002年版。

彼特拉克:《歌集》,李国庆,王行人译,广州:花城出版社,2000年版。

伯顿,罗伯特:《忧郁的解剖》(精简本),冯环译注,肖建荣审校,北京:金城出版社,2012年版。

薄伽丘:《十日谈》,王林译,北京:北京燕山出版社,2001年版。

伯克,彼得:《意大利文艺复兴时期的文化与社会》,刘君译,北京:东方出版社,2007年版。

布鲁姆,哈罗德:《如何读,为什么读》,黄灿然译,南京:译林出版社,2011年版。

布鲁姆,哈罗德:《西方正典:伟大作家和不朽作品》,江宁康译,南京:译林出版社,2005年版。

布鲁姆,哈罗德:《影响的焦虑》,徐文博译,南京:江苏教育出版社,2006年版。

曹树钧、孙福良:《莎士比亚在中国舞台上》,哈尔滨:哈尔滨出版社,1989年版。

常耀信主编:《英国文学通史》(第一卷),天津:南开大学出版社,2010年版。

陈正炎、林其锬:《中国古代大同思想研究》,上海:上海人民出版社,1986年版。

陈众议:《塞万提斯学术史研究》,南京:译林出版社,2011年版。

陈众议:《西班牙文学黄金世纪研究》,南京:译林出版社,2007年版。

杜比,乔治主编:《法国史》(上卷),吕一民等译,北京:商务印书馆,2010年版。

费斯克,约翰:《理解大众文化》,王晓珏、宋伟杰译,北京:中央编译出版社,2001年版。

弗莱,诺思罗普:《批评的解剖》,陈慧、袁宪军、吴伟仁译,吴持哲校译,天津:百花文艺出版社,2006年版。

格林布拉特，斯蒂芬：《俗世威尔——莎士比亚新传》，辜正坤等译，北京：北京大学出版社，2007年版。

哈伊，丹尼斯：《意大利文艺复兴的历史背景》，李玉成译，北京：生活·读书·新知三联书店，1988年版。

荷马：《荷马史诗·奥德赛》，王焕生译，北京：人民文学出版社，2003年版。

赫茨勒，乔·奥：《乌托邦思想史》，张兆麟等译，南木校，北京：商务印书馆，1990年版。

赫胥黎：《天演论》，严复译，北京：商务印书馆，1981年版。

黑格尔：《美学》第三卷下册，朱光潜译，北京：商务印书馆，1986年版。

吉莱斯皮，米歇尔·艾伦：《现代性的神学起源》，张卜天译，长沙：湖南科学技术出版社，2012年版。

加林：《意大利人文主义》，李玉成译，北京：生活·读书·新知三联书店，1998年版。

金东雷：《英国文学史纲》，长春：吉林出版集团有限责任公司，2010年版。

卡莱尔：《文明的忧思》，宁小银译，北京：中央档案出版社，1999年版。

拉伯雷：《巨人传》，鲍文蔚译，北京：人民文学出版社，1998年版。

勒佩尼斯，沃尔夫：《何谓欧洲知识分子：欧洲历史中的知识分子和精神政治》，李焰明译，桂林：广西师范大学出版社，2011年版。

李小青：《永恒的追求与探索——英国乌托邦文学的嬗变》，成都：四川大学出版社，2010年版。

梁漱溟：《东西文化及其哲学》，上海：上海世纪出版集团，2006年版。

刘意青、罗经国主编：《欧洲文学史》（第1卷），北京：商务印书馆，1999年版。

罗斯金，约翰：《罗斯金散文选》，沙铭瑶译，天津：百花文艺出版社，1997年版。

曼古埃尔，阿尔维托：《阅读史》，吴昌杰译，北京：商务印书馆，2002年版。

曼海姆，卡尔：《意识形态与乌托邦》，姚仁权译，北京：中国社会科学出版社，2009年版。

米盖尔·德·塞万提斯·萨维德拉：《堂吉诃德》（上、下），董燕生译，武汉：长江文艺出版社，2008年版。

莫尔，托马斯：《乌托邦》，戴镏龄译，北京：商务印书馆，1960年版。

尼柯尔，阿：《西欧戏剧理论》，徐士瑚译，北京：中国戏剧出版社，1985年版。

彭建华：《现代中国的法国文学接受——革新的时代　人　期刊　出版社》，北京：中国书籍出版社，2008年版。

乔叟，杰弗雷：《坎特伯雷故事》，方重译，上海：上海译文出版社，1983年版。

钱林森：《法国作家与中国》，福州：福建教育出版社，1995年版。

塞尔登，拉曼编：《文学批评理论——从柏拉图到现在》，刘象愚、陈永国等译，北京：北京大学出版社，2003年版。

塞万提斯：《堂吉诃德》（上、下），杨绛译，北京：人民文学出版社，1987年版。

桑兹，约翰·埃德温：《西方古典学术史》（第三版）（第一卷下册），张治译，上海：上海人民出版社，2010年版。

莎士比亚：《莎士比亚全集》，朱生豪等译，北京：人民文学出版社，1994年版。

斯宾塞:《斯宾塞诗选》,胡家峦译,桂林:漓江出版社,1997年版。

斯皮瓦格尔,杰克逊·J.:《西方文明简史》(第四版),董仲瑜等译,北京:北京大学出版社,2010年版。

斯塔罗宾斯基,让:《镜中的忧郁:关于波德莱尔的三篇阐释》,郭宏安译,上海:华东师范大学出版社,2012年版。

斯坦纳,乔治:《语言与沉默》,李小均译,上海:上海人民出版社,2013年版。

谈瀛洲:《莎评简史》,上海:复旦大学出版社,2005年版。

童庆炳、陶东风主编:《文学经典的建构、解构和重构》,北京:北京大学出版社,2007年版。

托尔金:《魔戒(前传):霍比特人》,南京:译林出版社,2002年版。

王守仁、方杰:《英国文学简史》,上海:上海外语教育出版社,2006年版。

王佐良主编:《英国诗选》,上海:上海译文出版社,1988年版。

韦措尔特,威尔赫姆:《丢勒和他的时代》,朱艳辉、叶桂红译,北京:北京大学出版社,2009年版。

韦尔斯,赫·乔:《时间机器》,孙家新、翁如琏、范与中译,桂林:广西师范大学出版社,2002年版。

锡德尼,菲利普:《爱星者与星:锡德尼十四行诗集》,曹明伦译,保定:河北大学出版社,2008年版。

杨周翰、吴达元、赵萝蕤主编:《欧洲文学史》(上卷),北京:人民文学出版社,1979年版。

张泗洋主编:《莎士比亚大辞典》,北京:商务印书馆,2001年版。

中国社会科学院外国文学研究所外国文学研究资料丛刊编辑委员会编:《莎士比亚评论汇编》(上),北京:中国社会科学出版社,1979年版。

周作人:《欧洲文学史》,北京:东方出版社,2007年版。

Bloom, Harold. *Petrarch*, New York & Philadelphia: Chelsea House Publishers, 1989.

Bradley, A. C. *Shakespearean Tragedy: Lectures on Hamlet, Othello, King Lear, Macbeth*, New York: Palgrave Macmillan, 2007.

Coburn, K. *The Collected Works of Samuel Taylor Coleridge*, London: Routledge; Princeton: Princeton University Press, 2001.

Coleridge, S. T. *Poetical Works*, ed. J. C. C. Mays, 3 vols, Princeton: Princeton University Press, 2001.

Contini, Gianfranco. *Preliminari sulla lingua del Petrarca*, from Francesco Petrarca, Canzoniere, Torino: Carcanet Press, 1968.

Correale, Robert M. & Hamel, Mary. *Sources and Analogues of the Canterbury Tales, Volume 2*, Cambridge: D. S. Brewer, 2005.

Cousins, A. D. and Howarth, Peter. *The Cambridge Companion to the Sonnet*, Cambridge: Cambridge University Press, 2011.

Fisher, John H. *The Importance of Chaucer*, Carbondale: Southern Illinois University

Press, 1992.

Galsworthy, John. *The Country House*. London: J. M. Dent & Sons, Ltd. , 1935.

Greenblatt, Stephen, ed. *The Norton Shakespeare*, Second Edition, New York: W. W. Norton & Company, 2008.

Greenblatt, Stephen. *Renaissance Self-Fashioning: From More to Shakespeare*, Chicago and London: The University of Chicago Press, 1980.

Greene, Roland. *Post-Petrarchism: Origins and Innovations of the Western Lyric Sequence*, New Jersey: Princeton University Press, 1991.

Grève, Marcel de. *Études Rabelaisiennes*, Genève: Librairie Droz, 1961.

Jackson, Russell, ed. *The Cambridge Companion to Shakespeare on Film*, Cambridge: Cambridge University Press, 2007.

Kennedy, Dennis. *Looking at Shakespeare: A Visual History of Twentieth-Century Performance* (Second Edition), Cambridge: Cambridge University Press 2001.

Kleinhenz, Christopher. *The Early Italian Sonnet: The First Century* (1220—1321), Lecce: Edizioni Milella, 1986.

Knight, Charles. *Studies of Shakespeare: Forming a Companion Volume to Every Edition of the Text*, Whitefish: Kessinger Publishing, 2004.

Kolbas, E. Dean. *Critical Theory and the Literary Canon*. Boulder: Westview Press, 2001.

Kumar, Krishan. *Utopia and Anti-Utopia in Modern Times*, Oxford: Basil Blackwell, 1987.

Lefevere, André. *Translation, Rewriting & the Manipulation of Literary Fame*, London: Routledge, 1992.

Logan, George M. , ed. *The Cambridge Companion to Thomas More*, New York: The Cambridge University Press, 2011.

Lounsbury, Thomas R. *Studies in Chaucer*, 3vols. New York: Russell & Russell,1962.

Mouret, François J. -L. *Les traducteurs anglais de Pétrarque* 1754—1798, Paris: Didier, 1976.

Muller, William R. *Spenser's Critics: Changing Currents in Literary Taste*, Whitefish: Literary Licensing, 2012.

O' Brien, John. *The Cambridge Companion to Rabelais*, Cambridge: Cambridge University Press, 2010.

Opeenheimer, Paul. *The Birth of the Modern Mind: Self, Consciousness, and the Invention of the Sonnet*, New York: Oxford University Press, 1989.

Petrarca, Francesco. *The Canzoníere* or *Rerum Bulgaríum Fragmenta*, trans. Mark Musa, Bloomington: Indiana University Press, 1996.

Rüsen, Järn; Fehr, Michael and Rieger, Thomas W. , eds. *Thinking Utopia: Steps into Other Worlds*, New York: Berghahn Books, 2006.

Stopes, Charlotte Carmichael. *The Bacon-Shakspere Question Answered*, Cambridge: Cambridge University Press, 2010.

Wallace, David. *The Cambridge History of Medieval English Literature*, Cambridge: Cambridge University Press, 2002.

Wilkins, Ernest Hatch. *The Invention of the Sonnet and Other Studies in Italian Literature*, Rome: Edizioni de Storia e Letteratura, 1959.

Zuccato, Edoardo. *Petrarch in Romantic England*, New York: Macmillan, 2008.

Zurcher, Andrew. *Edmund Spenser's The Faerie Queene, A Reading Guide*, Edinburgh: Edinburgh University Press Ltd., 2011.

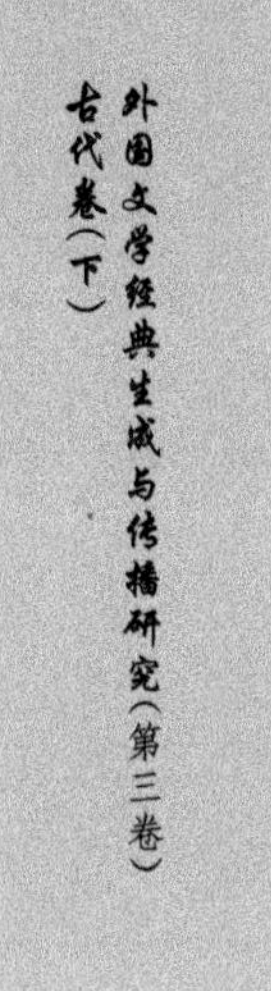

索　引

F

G

H

J

K

L

M

后 记

本卷涉及的时间范围大致涵盖了15世纪末到17世纪初,史学界一般称之为中世纪后期,文学史上则称之为文艺复兴时期。现为分卷方便和统一起见,称为古代卷(下)。借用哈贝马斯的说法,这是一个“延长了的16世纪”,在社会学意义上,它是西方现代性展开的重要阶段;在文学史意义上,它是文学经典生成和传播的一个重要时期。

本卷由本人负责牵头,邀请对这方面研究有所专长的作者撰写。全卷书稿完成后由本人对各章节的篇章结构和部分细节作了平衡和调整。具体分工如下:

本卷导论 张德明(浙江大学)
第 一 章 林晓筱(浙江传媒学院)
第 二 章 沈家乐(浙江大学)
第 三 章 王 荣(浙江电子科技大学)
第 四 章 杨晓雅(浙江大学)
第 五 章 彭建华(福建师范大学)
第 六 章 董 玮(云南师范大学)
第 七 章 刘 莹(中国人民大学)
第 八 章 李小林(浙江大学)、彭建华(福建师范大学)、郝岚(天津师范大学)

特别需要说明的是,参与撰写本卷各章(节)的作者,都是本专业副教授以上的专家或本专业优秀的博士生,熟悉撰写主题,文章写得都很认真,很有学术分量,各章(节)完全可以作为一篇独立论文发表。而且,他们自己都有着繁重的科研、教学任务,为了完成这个课题而暂时放下手头的工作,连续几年沉浸其中,积极参与了研究和撰写工作,借此机会,向他们表示衷心的感谢!

张德明

2018年6月21日